Louise Penny

Tief eingeschneit

Der zweite Fall für Gamache

Roman

Aus dem kanadischen Englisch von
Andrea Stumpf und Gabriele Werbeck

Kampa

Die Originalausgabe erschien 2006 unter dem Titel *Dead Cold* im Verlag Headline Book Publishing, a division of Hodder Headline, London. In den USA erschien der Roman 2007 unter dem Titel *A Fatal Grace*. Die deutsche Erstausgabe erschien 2010 unter dem Titel *Und die Furcht gebiert den Zorn* im Verlag Blanvalet, München.

Die Autorin dankt für die freundliche Genehmigung zur Verwendung einiger Textpassagen. Die Quellennachweise finden Sie am Ende des Buches.

Für den Blick hinter die Verlagskulissen:
www.kampaverlag.ch/newsletter

www.kampaverlag.ch
Satz: Tristan Walkhoefer, Leipzig
Gesetzt aus der Stempel Garamond LT / 2107100
Druck und Bindung: Friedrich Pustet, Regensburg
Auch als E-Book erhältlich und als Hörbuch bei DAV
ISBN 978 3 311 12008 7

I

Wenn CC de Poitiers gewusst hätte, dass sie ermordet werden würde, hätte sie ihrem Ehemann Richard möglicherweise ein Weihnachtsgeschenk gekauft. Sie wäre vielleicht sogar noch zum Krippenspiel in Miss Edwards Mädchenschule, der Madenschule, wie CC ihre unförmige Tochter gerne aufzog, gegangen, in dem diese mitwirkte. Hätte CC de Poitiers gewusst, dass ihr Ende nahte, hätte sie vielleicht gearbeitet, statt sich in dem billigsten Zimmer, das das Ritz in Montréal im Angebot hatte, einzumieten. Aber das einzige Ende, von dessen Herannahen sie wusste, blühte einem Mann namens Saul.

»Und, wie findest du es? Gefällt es dir?« Sie balancierte das Buch auf ihrem bleichen Bauch.

Saul betrachtete es nicht zum ersten Mal. Die letzten Tage hatte sie es alle fünf Minuten aus ihrer riesigen Handtasche gezogen. Während irgendwelcher Geschäftstreffen, Essenseinladungen oder Taxifahrten durch die verschneiten Straßen von Montréal beugte sich CC unvermittelt nach unten und tauchte triumphierend mit ihrem Werk in der Hand wieder auf, als sei es das Produkt einer neuerlichen Jungfrauengeburt.

»Mir gefällt das Bild«, sagte er und war sich seiner Unverschämtheit durchaus bewusst. Er hatte das Bild selbst aufgenommen. Er wusste, dass sie mehr hören wollte, förmlich darum bettelte, und er wusste, dass er keine Lust dazu hatte. Er fragte sich, wie viel Zeit er noch mit CC de Poitiers verbringen konnte, ohne so zu werden wie sie. Nicht körperlich, natürlich. Mit ihren achtundvierzig war sie ein paar Jahre jünger als er. Sie war schlank, drahtig, durchtrainiert, ihre Zähne strahlten viel zu weiß, und ihre Haare waren viel zu blond. Wenn man sie anfasste, hatte man das Gefühl, eine Eisschicht zu berühren. Das fühlte sich schön und zerbrechlich an, was er attraktiv fand. Aber es war auch gefährlich. Wenn diese Eisschicht jemals brechen, in Stücke gehen sollte, würde er mit zerbrechen.

Ihr Äußeres war nicht das Problem. Während er sie dabei beobachtete, wie sie ihr Buch mit größerer Zärtlichkeit streichelte, als sie ihm gegenüber jemals gezeigt hatte, fragte er sich, ob das Eiswasser in ihren Eingeweiden auf irgendeinem Wege in ihn eingedrungen war, vielleicht beim Sex, und ihn langsam gefrieren ließ. Er konnte sein Innerstes schon nicht mehr spüren.

Mit seinen zweiundfünfzig Jahren stellte Saul Petrov langsam fest, dass seine Freunde nicht mehr ganz so brillant, nicht mehr ganz so clever, nicht mehr ganz so schlank waren wie früher. Die meisten langweilten ihn mittlerweile sogar. Auch bei ihnen hatte er schon das eine oder andere verräterische Gähnen bemerkt. Sie wurden dick, glatzköpfig und träge, und er befürchtete, dass es bei ihm nicht anders war. Das Schlimme daran war nicht einmal, dass die Frauen ihn kaum mehr ansahen oder dass er überlegte, ob er seine Alpinski gegen Langlaufski tauschen sollte, auch nicht dass sein Hausarzt ihn zu einer ersten Prostata-Untersuchung einbestellt hatte. Das konnte er alles hinnehmen. Was Saul Petrov um zwei Uhr morgens weckte und ihm mit derselben Stimme ins Ohr flüsterte, die ihn als Kind gewarnt hatte, unter seinem Bett würden Löwen hausen, war die Gewissheit, dass die Leute ihn mittlerweile langweilig fanden. Bei solchen Gelegenheiten holte er ganz tief Luft und versuchte, sich mit der Mutmaßung zu beruhigen, das unterdrückte Gähnen seines Tischnachbarn habe mit dem Wein, dem *magret de canard* oder dem überheizten Restaurant zu tun, zumal sie alle in dicken Winterpullovern steckten.

Aber die nächtliche Stimme suchte ihn weiter heim und warnte ihn vor bevorstehenden Gefahren: vor einer drohenden Katastrophe; davor, dass er beim Erzählen zu weit ausholte, dass die Aufmerksamkeitsspanne zu kurz war, dass zu viele Augenlider zu schwer wurden; vor schnellen und verstohlenen Blicken auf Armbanduhren, der impliziten Überlegung, wann man endlich gehen konnte; vor Augen, die im Raum herumwanderten, verzweifelt Ausschau nach anregenderer Gesellschaft hielten.

So kam es, dass er sich von CC verführen ließ. Verführen und verschlingen, sodass der Löwe unter seinem Bett zum Löwen in seinem Bett wurde. Er vermutete inzwischen, dass diese egozentrische Frau genug davon hatte, nur um sich selbst, um ihren Ehemann und selbst diese Katastrophe von Tochter zu kreisen, und deshalb nun ihn umkreiste, um sich ihn einzuverleiben.

Er hatte durch ihre Gesellschaft schon ihre Grausamkeit angenommen. Er hatte sogar angefangen, sich zu verachten. Allerdings noch lange nicht so sehr, wie er sie verachtete.

»Es ist ein wunderbares Buch«, sagte sie, ohne ihm Beachtung zu schenken. »Stimmt das etwa nicht? Wer wollte das nicht haben?« Sie fuchtelte mit dem Buch vor seinem Gesicht herum. »Die Leute werden sich darauf stürzen. So viele Menschen da draußen sind hilfsbedürftig.« Sie drehte sich um und sah zum Fenster ihres Hotelzimmers hinaus auf das Gebäude gegenüber, als überschaute sie eine ihretwegen versammelte Menschenmenge. »Ich habe es für sie gemacht.« Jetzt wandte sie sich mit großen, ernsten Augen zu ihm um.

Glaubte sie das wirklich?, fragte er sich.

Er hatte das Buch natürlich gelesen. *Be Calm – Ruhe finden* hatte sie es genannt, nach dem Unternehmen, das sie vor ein paar Jahren gegründet hatte, was zum Lachen war, wenn man sah, was für ein Nervenbündel sie war. Die unruhigen, nervösen Hände, die ständig etwas glatt strichen und gerade rückten. Ihre schnippische Art, die Ungeduld, die schnell in Ärger umschlug.

Trotz ihres gelassenen, unterkühlten Auftretens würde man CC de Poitiers ganz sicher nicht mit dem Begriff Ruhe beschreiben.

Sie war mit ihrem Buch bei allen möglichen Verlagen Klinken putzen gegangen, angefangen bei den renommierten Verlagshäusern in New York bis hin zu Publications Réjan et Maison des cartes, einem Kleinstverlag in dem Dörfchen St. Polycarpe an der Schnellstraße zwischen Montréal und Toronto, in dem sich Fuchs und Hase Gute Nacht sagten.

Alle hatten abgelehnt, da sie sofort gemerkt hatten, dass das Manuskript eine fade Mischung aus albernen Selbsthilferezepten war, in unausgegorene buddhistische und hinduistische Lehren verpackt und abgesondert von einer Frau, die auf dem Umschlagfoto so aussah, als würde sie ihre eigenen Jungen auffressen.

»Kein Schwein will Erleuchtung«, hatte sie zu Saul in ihrem Büro in Montréal gesagt, als ein ganzer Schwung Absagen eingetroffen war, dabei hatte sie die Briefe in Fetzen gerissen und auf den Boden fallen lassen, damit die Putzfrau sie einsammelte. »Mit dieser Welt liegt es im Argen, das sage ich dir. Die Leute sind brutal und unsensibel, das Einzige, wonach ihnen der Sinn steht, ist, sich gegenseitig aufs Kreuz zu legen. Es gibt keine Liebe und kein Mitgefühl. Das«, sie holte mit ihrem Buch weit aus, als sei es ein alter mythischer Hammer, mit dem sie auf den Amboss der Rache schlagen wollte, »wird den Leuten beibringen, ihr Glück zu finden.«

Ihre Stimme war leise, die Worte erzitterten unter dem

Gewicht ihrer Gehässigkeit. Sie hatte ihr Buch schließlich im Selbstverlag herausgebracht, damit es rechtzeitig vor Weihnachten auf den Markt kam. Dass es in dem Buch ständig um Licht ging und es exakt zur Wintersonnenwende auf den Markt gekommen war, hielt Saul für reinste Ironie. Am dunkelsten Tag des Jahres.

»Wie heißt der Verlag noch mal, bei dem es herausgekommen ist?« Er konnte sich einfach nicht zurückhalten. Sie schwieg. »Ach ja, jetzt erinnere ich mich«, sagte er. »Es wollte keiner. Das muss schrecklich gewesen sein.« Er zögerte einen Moment und überlegte, ob er noch mehr Salz in die Wunde streuen sollte. Ach, warum nicht, es war sowieso schon egal. »Ich frage mich, wie du dich da gefühlt hast?« Bildete er sich nur ein, dass sie zusammenzuckte?

Aber sie schwieg weiter, sehr beredt, und ihr Gesicht blieb ausdruckslos. Was CC nicht mochte, existierte nicht. Dazu zählten auch ihr Ehemann und ihre Tochter. Dazu zählten alle Unannehmlichkeiten, jede Kritik, jedes harte Wort, das nicht von ihr selbst kam, alle Gefühle. CC lebte, soweit Saul wusste, in ihrer eigenen Welt, in der sie vollkommen war, in der sie ihre Gefühle und ihr Versagen verbergen konnte.

Er fragte sich, wie lange es noch dauern würde, bis diese Welt mit einem Riesenknall in die Luft flog. Er hoffte, dass er dabei war, wenn das passierte. Nur nicht zu nah.

Die Leute sind brutal und unsensibel, hatte sie gesagt. Brutal und unsensibel. Es war gar nicht so lange her, dass er die Welt für schön gehalten hatte, damals hatte er sich bereit erklärt, als freiberuflicher Fotograf und als Liebhaber von CC zu fungieren. Jeden Morgen war er früh aufgewacht und hatte den Tag begonnen, als sei es der erste und alles möglich, er hatte gesehen, wie bezaubernd Montréal war. Er hatte gesehen, wie die Leute lächelten, wenn man ihnen in einem der Cafés ihren Cappuccino brachte oder sie ihre Blumen oder ihr Baguette in Empfang nahmen. Er hatte gesehen, wie im Herbst die Kinder die heruntergefallenen Kastanien zum Basteln einsammelten. Er hatte die alten Frauen gesehen, die untergehakt die Main Street entlanggegangen waren.

Er war weder so dumm noch so blind, dass er nicht auch all die obdachlosen Männer und Frauen bemerkte oder die bleichen, geschundenen Gesichter, die von einer langen, trostlosen Nacht zeugten und einem noch längeren vor ihnen liegenden Tag.

Aber tief in seinem Herzen hielt er das Leben für schön. Das spiegelte sich in seinen Fotos, die das Licht, das Strahlen, die Hoffnung einfingen. Natürlich auch die Schatten, die das Licht von Natur aus begleiteten.

Ironischerweise war es genau das, was CCs Aufmerksamkeit erregt und sie dazu gebracht hatte, ihm ein Angebot zu unterbreiten. Ein Artikel in einer Hochglanzzeitschrift aus Montréal hatte ihn als »angesagten« Fotografen bezeichnet, und CC gab sich immer nur mit dem Besten zufrieden. Weshalb sie auch immer ein Zimmer im Ritz nahmen. Ein enges, trübseliges Zimmer auf einer der unteren Etagen ohne Aussicht und Charme, aber im Ritz. CC würde das Shampoo und das Briefpapier mitnehmen, um damit ihren Wert zu demonstrieren, so wie sie ihn genommen hatte. Sie benutzte diese Dinge, um damit bei Leuten Eindruck zu schinden, denen das eigentlich egal war, so wie bei ihm. Irgendwann sortierte sie dann aus. So hatte sie ihren Ehemann ausgemustert, so ignorierte sie ihre Tochter oder machte sich über sie lustig.

In der Welt ging es brutal und unsensibel zu.

Davon war er mittlerweile auch überzeugt.

Er hasste CC de Poitiers.

Er stieg aus dem Bett, ließ CC de Poitiers und ihr Buch, das sie zärtlich betrachtete, zurück. Er sah sie an, und ihr Bild verschwamm vor seinen Augen. Er legte den Kopf schief und fragte sich, ob er wieder einmal zu viel getrunken hatte. Aber ihr Bild verschwamm noch mehr, dann wurde es wieder scharf, als würde er zwei verschiedene Frauen durch ein Prisma ansehen, die eine schön, glamourös, lebendig und die andere eine dumme, blondierte Ziege, ewig meckernd, bockig, kratzbürstig. Und gefährlich.

»Was ist das?« Er griff in den Papierkorb und holte eine Mappe heraus. Eine Künstlermappe, offenbar. Sie war sorgfältig und mit viel Geschmack in altes Büttenpapier gebunden. Er schlug sie auf, und ihm stockte der Atem.

Eine Serie von Arbeiten, licht und leicht, die auf dem Papier zu leuchten schienen. Er spürte, wie sich etwas in seiner Brust regte. Die Bilder zeigten eine sowohl bezaubernde als auch verletzliche Welt. Vor allem aber war es eine Welt, in der es noch Hoffnung und Trost gab. Es war eindeutig die Welt, die der Künstler täglich sah, die Welt, in der der Künstler lebte. So wie er selbst einmal in einer Welt voller Licht und Hoffnung gelebt hatte.

Die Bilder sahen einfach aus, waren in Wirklichkeit aber sehr komplex. Motive und Farben waren übereinandergeschichtet. Der Künstler musste viele Stunden und Tage daran gearbeitet haben, um den gewünschten Effekt zu erzielen.

Er blickte auf das vor ihm liegende Blatt. Ein majestätischer Baum ragte hoch in den Himmel, als strecke er sich nach der Sonne. Der Künstler hatte ihn fotografiert und dabei einen Moment der Bewegung eingefangen, ohne dass das Bild deswegen unruhig wirkte. Im Gegenteil, es strahlte Würde aus, Ruhe und vor allem Kraft. Die Spitzen der Zweige schienen zu schmelzen oder zu verschwimmen, so als bliebe bei allem Selbstvertrauen und Streben ein winziger Zweifel. Es war brillant.

Jeder Gedanke an CC war vergessen. Er war in den Baum geklettert, spürte beinahe das Kratzen der rauen Rinde, wie damals, als er auf dem Schoß seines Großvaters gesessen und sich an dessen unrasierte Wange geschmiegt hatte. Wie hatte der Künstler das nur zustande gebracht?

Er entdeckte keine Signatur. Er blätterte weiter und spürte, wie sich langsam ein Lächeln auf sein gefrorenes Gesicht stahl und bis in sein verhärtetes Herz drang.

Wenn eines Tages die Geschichte mit CC beendet war, könnte er vielleicht wieder seine eigentliche Arbeit aufnehmen und Bilder wie diese hier schaffen.

Mit einem Seufzer entwich all die Dunkelheit, die sich in ihm angesammelt hatte.

»Und, gefällt es dir?« CC hob ihr Buch hoch und wedelte damit herum.

2

Crie legte ihr Kostüm vorsichtig zurecht, um den weißen Chiffon nicht zu zerreißen. Das Krippenspiel hatte schon begonnen. Sie hörte die unteren Klassen »Es ist ein Ros' entsprungen« singen, auch wenn es sich verdächtig nach »Es ist ein Ross entsprungen« anhörte. Einen kurzen Moment fragte sie sich, ob sie damit gemeint war. Machten sie sich über sie lustig? Sie verdrängte den Gedanken und fing leise vor sich hin summend an, in das Kostüm zu steigen.

»Wer ist das?« Über das Geplapper der vielen Kinder hinweg war die Stimme von Madame Latour, der Musiklehrerin, zu hören. »Wer summt da?«

Madames vogelähnliches, kluges Gesicht sah um die Ecke, wohin sich Crie verzogen hatte, um sich in Ruhe umzuziehen. Instinktiv packte Crie das Kostüm und versuchte, ihren fast nackten, vierzehnjährigen Körper damit zu bedecken. Was natürlich nicht ging. Zu viel Körper und zu wenig Chiffon.

»Warst du das?«

Crie starrte sie an und brachte vor Angst keinen Ton heraus. Ihre Mutter hatte sie gewarnt. Hatte sie davor gewarnt, in der Öffentlichkeit zu singen.

Aber heute war ihr so leicht ums Herz gewesen, dass sie sich zu einem Summen hatte hinreißen lassen.

Madame Latour sah auf das fette Mädchen und spürte Ekel

in sich aufsteigen. Diese Fettwülste und die schrecklichen Dellen, die Unterwäsche, die unter den Fleischmassen verschwand. Das Gesicht wie eingefroren, ein starrer Blick. Der Physik- und Biologielehrer, Monsieur Drapeau, hatte gesagt, dass Crie in seinen Fächern die Beste sei, woraufhin ein anderer Lehrer eingeworfen hatte, dass in diesem Halbjahr Vitamine und Mineralstoffe Unterrichtsthema gewesen seien und dass Crie das Buch wahrscheinlich verschlungen hätte.

Wie dem auch war, sie nahm jedenfalls an der Aufführung teil, vielleicht ging sie endlich einmal aus sich heraus, auch wenn das natürlich einen ziemlichen Kraftakt darstellen würde.

»Du musst dich beeilen. Du bist gleich dran.« Sie verschwand, ohne auf eine Antwort zu warten.

Das war die erste Weihnachtsaufführung, an der Crie in den fünf Jahren, die sie nun schon Miss Edwards Mädchenschule besuchte, teilnahm. Die anderen Jahre hatte sie sich irgendwelche Entschuldigungen überlegt, während die anderen Schüler sich Gedanken über Kostüme machten. Keiner hatte je versucht, sie zum Mitmachen zu überreden. Stattdessen hatte man ihr die Aufgabe übertragen, für das Bühnenlicht zu sorgen, da sie nun mal ein Händchen für alles Technische hatte, wie Madame Latour es formulierte. Tote Materie, hatte sie gemeint. So kam es, dass Crie die Weihnachtsaufführung jedes Jahr allein im Dunkeln und nur von hinten sah, während die schönen, strahlenden, talentierten Mädchen tanzend und singend und von Crie ins rechte Licht gesetzt die Geschichte vom Weihnachtswunder vorgetragen hatten.

Nicht so in diesem Jahr.

Sie zog ihr Kostüm an und musterte sich im Spiegel. Eine riesige Schneeflocke aus Chiffon blickte zurück. Sie musste zugeben, dass es eher nach einer Schneeverwehung als einer einzelnen Schneeflocke aussah, aber immerhin war es ein

Kostüm und eigentlich auch recht schön. Den anderen Mädchen hatten ihre Mütter geholfen, aber Crie hatte ihres ganz alleine genäht. Um Mommy zu überraschen, hatte sie sich eingeredet und versucht, die andere Stimme zum Schweigen zu bringen.

Wenn sie genau hinsah, konnte sie die winzigen Blutstropfen sehen, wo ihre dicken, plumpen Finger mit der Nadel herumgestochert und die eigene Hand getroffen hatten. Aber sie hatte sich davon nicht beirren lassen, bis das Kostüm fertig war. Und dann hatte sie einen Geistesblitz. Wirklich, es war der beste Gedanke, den sie in ihren vierzehn Jahren gehabt hatte.

Ihre Mutter verehrte das Licht, das wusste sie. Danach, erzählte sie ihr ohne Unterlass, strebten alle Menschen. Deshalb spreche man auch von Erleuchtung. Deshalb würden kluge Leute als Leuchten oder helle Köpfe bezeichnet. Würden dünne Leute sich durchsetzen. Weil zwischen leicht und licht eine innere Verwandtschaft bestand.

Es war alles völlig einleuchtend.

Deshalb spielte Crie jetzt eine Schneeflocke. Das weißeste, leichteste aller Elemente. Und was brachte sie zum Strahlen? Nun, sie war in einen Ramschladen gegangen und hatte von ihrem Taschengeld eine Tube Glitzercreme gekauft. Mit starr nach vorne gerichtetem Blick und angehaltenem Atem hatte sie es geschafft, an den Schokoladenriegeln vorbeizugehen. Crie machte jetzt schon seit einem Monat Diät, bestimmt würde ihre Mutter es bald bemerken.

Sie trug die Glitzercreme auf und sah sich das Ergebnis an.

Das erste Mal in ihrem Leben fand sich Crie schön. Und sie wusste, dass in wenigen Minuten ihre Mutter dasselbe denken würde.

Clara Morrow sah durch die mit Eisblumen übersäten Sprossenfenster in ihrem Wohnzimmer auf das winzige

Dorf Three Pines. Sie beugte sich vor und wischte die Scheibe an einer Stelle frei. Jetzt, wo wir etwas Geld haben, dachte sie, sollten wir die alten Fenster endlich ersetzen. Clara wusste, dass das die vernünftigste Entscheidung wäre, doch die meisten ihrer Entscheidungen wurden nicht von der Vernunft gesteuert. Aber sie fügten sich in ihr Leben. Während sie die an eine Schneekugel erinnernde Szenerie betrachtete, wurde ihr klar, dass es ihr gefiel, das Dorf durch das schöne Muster, das der Frost auf das alte Glas malte, hindurch anzusehen.

Sie nippte an ihrer heißen Schokolade und beobachtete die bunt gekleideten Dorfbewohner, die durch den in sanften Flocken fallenden Schnee spazierten, sich mit behandschuhten Händen zuwinkten und ab und zu stehen blieben, um miteinander zu plaudern, wobei sie wie Comicfiguren beim Sprechen kleine Wölkchen hervorstießen. Einige waren auf dem Weg in Oliviers Bistro auf einen *café au lait*, andere holten frisches Brot oder einen *gateau au chocolat* in Sarahs Bäckerei. Myrnas Buchladen neben dem Bistro war heute geschlossen. Monsieur Béliveau schippte Schnee vor seinem Gemischtwarenladen und winkte Gabri zu, der mit wehendem Mantel über den Dorfanger zu seiner Pension an der Ecke eilte. Für einen Fremden hätten die Dorfbewohner einer wie der andere ausgesehen, ja selbst geschlechtslos. Im Winter sahen in Québec alle gleich aus. Große rudernde, watschelnde, dick verpackte Daunen- und Watteberge, sodass selbst die Schlanken mollig wirkten und die Molligen wie Kugeln. Alle sahen gleich aus. Bis auf die Strickmützen auf ihren Köpfen. Clara konnte sehen, wie Ruth' hellgrüne Toque Waynes bunt gestreifter Pudelmütze zunickte, die Pat an langen Herbstabenden gestrickt hatte. Die Lévesque-Kinder trugen verschiedene Blautöne, während sie auf dem zugefrorenen Teich ihrem Eishockeypuck hinterherjagten, die kleine Rose im Tor fror so sehr, dass Clara ihren wasserblauen Bommel zittern sah. Ihre Brüder liebten sie, und jedes Mal, wenn sie auf das Tor zurasten, taten sie so, als stolperten sie, und statt einen scharfen Schlagschuss abzugeben, schlitterten sie langsam auf sie zu, bis sie alle in einem riesigen, lachenden Haufen an der Torlinie endeten. Das Ganze erinnerte Clara an einen der Kunstdrucke von Currier und Ives, die sie als Kind stundenlang betrachten konnte und sich dabei immer gewünscht hatte, hineinsteigen zu können.

Three Pines lag unter einer dicken weißen Decke. In den letzten paar Wochen waren dreißig Zentimeter Schnee gefallen, und jedem der alten Häuser am Dorfanger war eine strahlend weiße Mütze aufgesetzt worden. Rauch stieg aus den Kaminen auf, als hätten die Häuser eigene Stimmen und einen eigenen Atem, die Gartentore und Haustüren waren weihnachtlich geschmückt. Nachts erstrahlte das stille kleine Dorf in den Eastern Townships im Glanz der Lichterketten. In Vorbereitung des großen Tages war unter Erwachsenen und Kindern fröhliche Geschäftigkeit ausgebrochen.

»Vielleicht springt ihr Auto nicht an«, Claras Ehemann Peter trat ins Zimmer. Er war groß und schlank und sah aus wie ein Top-Manager, wie sein Vater. Aber anders als dieser verbrachte er seine Tage damit, sich über seine Staffelei zu beugen und mit akribischer Genauigkeit seine abstrakten Bilder zu malen, wobei er regelmäßig auch ein wenig Ölfarbe in seine lockigen grauen Haare brachte. Sie gingen für Tausende von Dollar an Sammler auf der ganzen Welt, aber weil er so langsam arbeitete und nur ein oder zwei im Jahr produzierte, lebten er und Clara in Armut. Bis vor nicht allzu langer Zeit jedenfalls. Claras Gemälde von Kriegerinnen und ihren Uteri und schmelzenden Bäumen mussten erst noch ihren Markt finden.

»Sie kommt schon noch«, sagte Clara. Peter sah seine Frau an, ihre Augen waren blau und warm, ihr einst dunkles Haar von Grau durchzogen, obwohl sie erst Ende vierzig war. Um den Bauch und die Hüften herum wurde sie langsam etwas rundlich, kürzlich hatte sie davon gesprochen, dass sie wieder Madeleines Gymnastikkurs besuchen wollte. Er war klug genug, keine Antwort zu geben, als sie ihn fragte, wie er die Idee fände.

»Bist du sicher, dass ich nicht mitfahren kann?«, fragte er mehr aus Höflichkeit als aus einem echten Bedürfnis heraus, sich in Myrnas Blechkiste zu quetschen und sich auf dem langen Weg bis in die Stadt durchschütteln zu lassen.

»Natürlich nicht. Ich will doch dein Weihnachtsgeschenk kaufen. Abgesehen davon ist im Auto nicht genug Platz für Myrna, mich, dich und die Geschenke. Wir müssten dich in Montréal zurücklassen.«

Vor ihrem offenen Gartentor hielt ein winziges Auto, dem eine mächtige schwarze Frau entstieg. Das mochte Clara an den Ausflügen mit Myrna vielleicht am liebsten. Zuzusehen, wie sie in ihr mikroskopisch kleines Auto ein- und ausstieg. Clara war überzeugt, dass Myrna im Grunde größer als das Auto war. Es war schon zum Schreien, Myrna im Sommer dabei zu beobachten, wie sie sich hineinwand, während ihr Kleid sich bis zur Taille hochschob. Myrna lachte nur darüber. Im Winter war es noch lustiger, weil sie dann einen dicken rosafarbenen Anorak trug, der ihren Umfang nahezu verdoppelte.

»Ich stamme von einer Insel, Kindchen. Mir ist einfach kalt.«

»Du stammst von der Insel Montréal«, stellte Clara fest.

»Stimmt«, bekannte Myrna mit einem Lachen. »Allerdings von der Südseite. Ich liebe den Winter. Es ist die einzige Zeit, in der ich eine rosa Haut bekomme. Was meinst du? Ginge ich durch?«

»Als was?«

»Als Weiße.«

»Willst du das denn?«

Myrna sah ihre beste Freundin auf einmal ganz ernst an, dann lächelte sie. »Nein. Nein, nicht mehr. Nein.«

Die Antwort schien ihr zu gefallen, auch wenn sie darüber ein bisschen überrascht zu sein schien.

Jetzt stiefelte die falsche Weiße in ihrer aufgeplusterten rosa Haut, mit mehrfach um den Hals geschlungenen Schals und einer lila Mütze mit orangefarbenem Bommel den gerade erst freigeschaufelten Weg hoch.

Sie wären schnell in Montréal. Es war eine kurze Fahrt, weniger als anderthalb Stunden, selbst bei diesen Witterungsverhältnissen. Clara freute sich auf den Nachmittag, den sie mit Weihnachtseinkäufen verbringen wollte, aber der Höhepunkt des Ausflugs, eines jeden Ausflugs nach Montréal zur Weihnachtszeit, war ein Geheimnis. Ihr ganz persönliches Vergnügen.

Clara Morrow konnte es kaum erwarten, das Weihnachtsschaufenster von Ogilvy's zu sehen.

Das Nobelkaufhaus mitten in Montréal hatte das schönste Weihnachtsschaufenster auf der ganzen Welt. Mitte November wurden die riesigen Fensterscheiben plötzlich mit schwarzem Papier bedeckt. Dann begann das gespannte Warten. Wann würde der Schleier, hinter dem sich das Wunderwerk verbarg, gelüftet? Als Kind hatte Clara das aufregender gefunden als die Santa-Claus-Parade. Kaum hatte sich herumgesprochen, dass Ogilvy's das Papier endlich wieder entfernt hatte, war Clara nach Downtown zu dem magischen Schaufenster geeilt.

Dann war es so weit. Clara lief auf das Schaufenster zu, aber kurz davor blieb sie stehen, gerade so, dass es außerhalb ihrer Sichtweite war. Sie schloss die Augen und sammelte sich, dann machte sie einen Schritt nach vorne, öffnete die Augen und sah es. Claras Dorf. Der Ort, an den sie sich in ihrer Kindheit flüchtete, wenn Enttäuschungen und erste Grausamkeiten ihre zarte Seele bedrückten. Sommer wie Winter, alles was sie tun musste, war, die Augen zu schließen, und schon war sie dort. Bei den tanzenden Bären und Schlittschuh laufenden Enten und bei den Fröschen in ihren viktorianischen Kostümen, die von einer Brücke ihre Angeln ins Wasser hielten. Nachts, wenn das Monster unter den Dielen ihres Zimmers schnaubte und schnaufte und mit seinen langen Krallen schabte, dann kniff sie ihre kleinen blauen Augen zusammen und versetzte sich in das magische Fenster und in das Dorf, das das Monster niemals finden konnte, weil der Eingang von Freundlichkeit bewacht wurde.

Als sie älter war, geschah etwas ganz Wunderbares. Sie verliebte sich in Peter Morrow und erklärte sich bereit, New York später im Sturm zu erobern. Stattdessen zog sie in das kleine Dorf südlich von Montréal, das er so sehr mochte. Clara kannte die Gegend nicht, sie war ein richtiges Stadtkind, aber sie liebte Peter so sehr, dass sie nicht eine Sekunde zögerte.

So kam es, dass Clara, clevere und zynische Absolventin der Kunstakademie, vor sechsundzwanzig Jahren aus ihrem klapprigen VW Käfer stieg und in Tränen ausbrach.

Peter hatte sie in das verzauberte Dorf ihrer Kindheit gebracht. Das Dorf, das sie in dem Gefühl der eigenen Wichtigkeit und in der Überheblichkeit, die das Erwachsenendasein begleiteten, vergessen hatte. Ogilvy's Schaufenster gab es also in Wirklichkeit, und es hieß Three Pines. Sie hatten ein kleines Haus am Dorfanger gekauft und sich ein Leben geschaffen, das mehr Zauber in sich barg, als Clara jemals zu träumen gewagt hätte.

Ein paar Minuten später öffnete Clara in dem gut geheizten Auto den Reißverschluss ihres Anoraks und betrachtete die vorüberziehende Schneelandschaft. Dies war ein besonderes Weihnachten, aus Gründen, die zugleich furchtbar und wunderbar waren. Ihre liebe Freundin und Nachbarin Jane Neal war vor gut einem Jahr ermordet worden und hatte Clara ihr gesamtes Vermögen vermacht. Das vorangegangene Weihnachten hatte sie ein zu schlechtes Gewissen gehabt, um etwas von dem Geld auszugeben. Sie hätte das Gefühl gehabt, von Janes Tod zu profitieren.

Myrna warf Clara einen Blick zu, ihre Gedanken nahmen dieselbe Richtung. Sie erinnerte sich an die liebe, tote Jane Neal und den Rat, den sie Clara nach dem Mord an Jane gegeben hatte. Myrna war es gewohnt, Ratschläge zu erteilen. Sie hatte in Montréal als Psychotherapeutin gearbeitet, bis ihr klar geworden war, dass die meisten ihrer Patienten eigentlich gar nicht wollten, dass es ihnen besser ging. Sie wollten eine Pille und die Bestätigung, dass es nicht ihre Schuld war, wenn irgendetwas schiefging.

Irgendwann hatte Myrna das Handtuch geworfen. Sie hatte ihr kleines rotes Auto mit Büchern und Kleidern vollgeladen und war über die Brücke gefahren, von der Insel Montréal herunter, nach Süden in Richtung der Grenze zu den USA. Sie wollte nach Florida, sich an den Strand setzen und überlegen, was sie tun sollte.

Aber das Schicksal und eine Heißhungerattacke waren ihr dazwischengekommen. Myrna war in gemütlichem Tempo über die gewundenen Landstraßen gefahren und erst etwa eine Stunde unterwegs, als sie plötzlich Hunger überkam. Das Auto schnaufte auf einer Schotterstraße einen Hügel hoch, von der Kuppe aus sah sie plötzlich versteckt in den Wäldern ein Dorf zu ihren Füßen liegen. Myrna war so verzaubert von dem Anblick, dass sie anhielt und ausstieg. Das Frühjahr neigte sich dem Ende zu, und die Sonne nahm langsam an Kraft zu. Ein Bach rauschte unter einer alten steinernen Mühle durch, an einer weiß gestrichenen Holzkirche vorbei und mäanderte am Rand des Dorfes entlang. Das Dorf selbst bildete einen Kreis um den Dorfanger, von dem in alle vier Richtungen unbefestigte Straßen abgingen. Die alten Häuser um den Dorfanger waren zum Teil im Québecer Stil mit steil abfallenden Blechdächern und schmalen Gauben gebaut, andere waren geschindelt und hatten breite, offene Veranden. Mindestens eines war aus Naturstein, errichtet aus den Steinen der umliegenden Felder, von einem Pionier, der im Wettlauf mit dem herannahenden, mörderischen Winter geschuftet hatte.

Auf dem Anger befand sich ein Teich, an dessen einem Ende erhoben sich drei majestätische Kiefern.

Myrna holte ihre Karte von Québec hervor. Nach ein paar Minuten faltete sie sie wieder zusammen und lehnte sich verwundert gegen das Auto. Das Dorf war nicht in der Karte verzeichnet. Es waren Orte darin verzeichnet, die seit Jahrzehnten nicht mehr existierten. Es waren winzige Fischerdörfer und Weiler, die aus zwei Häusern und einer Kirche bestanden, darin verzeichnet.

Aber dieses Dorf nicht.

Sie sah zu den Dorfbewohnern hinunter, die in ihren Gärten arbeiteten, ihre Hunde ausführten oder lesend auf einer Bank am Teich saßen.

Vielleicht war es ein verzaubertes Dorf wie im Märchen, tauchte nur alle paar Jahre auf und erschien dann auch nur Leuten, die sich danach sehnten. Dennoch zögerte Myrna. Bestimmt gab es auch dort nicht das, wonach sie sich sehnte. Beinahe hätte sie kehrtgemacht und wäre nach Williamsburg gefahren, das wenigstens auf der Karte stand, aber dann entschloss sie sich, das Wagnis einzugehen.

Three Pines hatte all das, wonach sie sich sehnte.

Es gab Croissants und *café au lait*. Es gab Steak mit Pommes frites und die *New York Times*. Es gab eine Bäckerei, ein Bistro, eine Pension, einen Gemischtwarenladen. Hier fand sie Frieden, Stille und Heiterkeit. Sie fand große Freude und große Traurigkeit und die Fähigkeit, beides zu akzeptieren und zufrieden zu sein. Sie fand Gemeinschaft und Freundlichkeit.

Und einen leer stehenden Laden mit einer Wohnung darüber. Für sie.

Myrna blieb für immer.

Innerhalb von nur wenig mehr als einer Stunde war Myrna aus einer Welt des Zweifels in eine Welt der Zufriedenheit gewechselt. Das war vor sechs Jahren. Heute brachte sie neue und gebrauchte Bücher und ebensolche Ratschläge unter ihre Freunde.

»Um Himmels willen, komm doch endlich mal wieder in die Pötte«, hatte sie zu Clara gesagt. »Es ist Monate her, seit Jane gestorben ist. Du hast geholfen, den Mord an ihr aufzuklären. Du weißt genau, dass Jane sich ärgern würde, dass sie dir all ihr Geld hinterlassen hat, und du freust dich nicht einmal darüber. Hätte sie es doch mir gegeben.« Myrna hatte in gespieltem Bedauern den Kopf geschüttelt. »Ich hätte etwas damit anzufangen gewusst. Zack, runter nach Jamaika, ein netter Rastafari, ein gutes Buch …«

»Moment mal. Du angelst dir einen Rastafari und liest dann ein Buch?«

»Na klar. Beide erfüllen jeweils einen bestimmten Zweck. Ein Rastafari ist ganz toll, wenn er hart ist, bei einem Buch ist das nicht der Fall.«

Clara lachte. Sie teilten die Abneigung gegen gebundene Bücher. Mit dem festen Einband hatte man im Bett wenig Freude.

»Anders als bei einem Rastafari«, sagte Myrna.

Myrna hatte ihre Freundin dazu gebracht, den Tod von Jane zu akzeptieren und das Geld auszugeben. Was Clara an diesem Tag auch vorhatte. Endlich würden sich auf der Rückbank des Autos schwere Papiertüten in satten Farben stapeln, mit Tragegriffen aus Kordel und geprägten Schriftzügen mit Namen wie Holt Renfrew und Ogilvy. Keine einzige quietschgelbe Plastiktüte aus dem Ramschladen. Auch wenn Clara Ramschläden insgeheim liebte.

Zu Hause starrte Peter aus dem Fenster und zwang sich dazu, aufzustehen und etwas mit seiner Zeit anzufangen, ins Atelier zu gehen und an seinem Gemälde zu arbeiten. In diesem Moment sah er, dass an einer Stelle das Eis von der Scheibe gekratzt worden war. In Form eines Herzens. Er lächelte und sah hindurch, sah, dass in Three Pines alles seinen gewohnt gemütlichen Lauf nahm. Dann blickte er nach oben, zu dem verschachtelten alten Haus auf dem Hügel. Das alte Hadley-Haus. Noch während er hinaufblickte, fingen die Eisblumen wieder an zu wachsen und füllten das Herz mit Eis.

3

»Von wem ist das?«, fragte Saul CC und hob die Mappe mit den Bildern in die Höhe.

»Was?«

»Die Mappe hier.« Er stand nackt im Hotelzimmer. »Ich habe sie im Papierkorb gefunden. Von wem ist sie?«

»Von mir.«

»Von dir?« Er starrte sie verblüfft an. Einen Moment lang fragte er sich, ob er sie falsch eingeschätzt hatte. Das waren eindeutig die Arbeiten eines begnadeten Künstlers.

»Natürlich nicht. Irgendein Spaßvogel aus dem Dorf hat sie mir gegeben, damit ich sie den Galeristen, mit denen ich befreundet bin, zeige. Hat versucht, mir in den Hintern zu kriechen, ich hätte mich totlachen können. ›Ach bitte, CC, du kennst doch die tollsten Leute.‹ ›Ach, CC, würde es dir sehr viel ausmachen, meine Arbeiten einigen von deinen Freunden zu zeigen?‹ Schreckliche Nervensäge. Stell dir nur vor, mich um einen Gefallen zu bitten! Hatte sogar den traurigen Mut, mich unumwunden zu fragen, ob ich sie nicht Denis Fortin zeigen könnte.«

»Was hast du gesagt?« Das Herz wurde ihm schwer. Er kannte die Antwort eigentlich schon.

»Ich sagte, dass ich das gerne tun würde. Jetzt leg das Ding endlich wieder dorthin zurück, wo du es gefunden hast.«

Saul zögerte, dann klappte er die Mappe zu und warf sie in den Papierkorb, er verachtete sich dafür, dass er sich an der Vernichtung dieser wunderbaren Bilder beteiligte, noch mehr aber verachtete er sich dafür, dass er das sogar wollte.

»Hast du heute Nachmittag nichts vor?«, fragte er.

Sie rückte das Glas und die Lampe auf dem Nachttischchen zurecht, bewegte beide einen Millimeter, bis sie genau da standen, wo sie sollten.

»Nichts Wichtiges«, sagte sie und wischte eine riesige Staubflocke vom Tisch. Also wirklich, so was im Ritz. Sie musste mit dem Manager reden. Sie sah zu Saul, der am Fenster stand.

»Du lässt dich ganz schön gehen.«

Er hatte einmal eine gute Figur, dachte sie. Aber jetzt war er wabbelig. CC war schon mit fetten Männern im Bett gewesen. Sie war mit richtiggehenden Hänflingen im Bett gewesen. Sie konnte beiden Extremen etwas abgewinnen. Es war das Zwischenstadium, das absolut abstoßend war.

Sie ekelte sich vor Saul und konnte sich nicht mehr erinnern, wie sie überhaupt auf die Idee gekommen war, dass diese Geschichte etwas taugte. Dann sah sie auf den glänzenden weißen Umschlag ihres Buchs, und es fiel ihr wieder ein.

Das Foto. Saul war ein phantastischer Fotograf. Über dem Titel *Be Calm* war ihr Gesicht zu sehen. Die Haare so blond, dass sie beinahe weiß erschienen, der Mund rot und verführerisch, die Augen von einem hinreißenden, klugen Blau. Und ihr Gesicht so bleich, dass es sich vor dem hellen Hintergrund fast auflöste und der Eindruck erzeugt wurde, dass ihre Augen, ihr Mund und ihre Ohren über dem Umschlag schwebten.

CC war hingerissen von dem Bild.

Nach Weihnachten würde sie Saul in die Wüste schicken. Wenn er den letzten Auftrag ausgeführt hatte. Sie bemerkte, dass er gegen den Schreibtischstuhl gestoßen sein musste, als er die Mappe entdeckt hatte. Er stand schief. Sie spürte, wie die Spannung in ihr wuchs. Was fiel ihm eigentlich ein, sie absichtlich so zu ärgern, und das wegen dieser dummen Mappe. CC sprang aus dem Bett, rückte das böse Ding gerade und nutzte die Gelegenheit, das Telefon parallel zur Tischkante auszurichten.

Dann schlüpfte sie ins Bett zurück und strich das Laken über ihrem Schoß glatt. Vielleicht sollte sie ein Taxi ins Büro nehmen. Aber dann erinnerte sie sich, dass sie noch etwas vorhatte. Etwas Wichtiges.

Ogilvy's hatte Schlussverkauf, und in einem Laden mit Kunsthandwerk auf der Rue de la Montagne hatte sie ein Paar Eskimostiefel gesehen, das sie haben wollte.

In nicht allzu ferner Zeit hätte sie ihre eigene Kleider- und Möbelkollektion, die in Geschäften in ganz Québec verkauft würde. Auf der ganzen Welt. Bald würden all die arroganten Chichi-Designer, die sich über sie lustig gemacht hatten, zu Kreuze kriechen. Bald würden alle Li Bien kennen, ihre eigene Design- und Lebensphilosophie. Feng-Shui war passé. Die Leute sehnten sich nach etwas Neuem, bei ihr bekamen sie es. Li Bien wäre in aller Munde und in jedem Haus.

»Hast du schon ein Haus für die Feiertage gemietet?«, fragte sie.

»Nein, ich fahre morgen hin. Warum hast du eigentlich in dieser Einöde ein Haus gekauft?«

»Ich hatte meine Gründe.« Sie spürte Wut in sich aufsteigen, weil er ihre Entscheidungen infrage stellte.

Es hatte fünf Jahre gedauert, bis sie ein Haus in Three Pines kaufen konnte. Wenn nötig, konnte CC de Poitiers geduldig sein, allerdings musste es auch einen guten Grund geben.

Sie hatte das lausige Dorf des Öfteren besucht, Kontakte zu Immobilienmaklern aus der Umgebung geknüpft und sogar mit Verkäufern in den Läden der nahe gelegenen

Ortschaften Saint-Rémy und Williamsburg gesprochen. Es hatte Jahre gedauert. Offensichtlich kamen Häuser in Three Pines nicht allzu oft auf den Markt.

Vor nicht ganz einem Jahr hatte sie einen Anruf von einer Immobilienmaklerin namens Yolande Fontaine erhalten. Es gebe ein Haus. Ein echtes Schmuckstück, viktorianischer Stil, das auf dem Hügel stand, der sich über dem Dorf erhob. Das Haus des Mühlenbesitzers. Das Haus dessen, der das Sagen hatte.

»Wie viel?«, hatte CC gefragt, überzeugt, dass es ihre Mittel überstieg. Sie müsste ihre Firma beleihen, alles belasten, was sie besaß, und ihren Mann dazu bringen, seine Versicherungspolice und seine Altersvorsorge zu versilbern.

Die Antwort der Immobilienmaklerin hatte sie überrascht. Der Preis lag weit unter Marktwert.

»Da ist nur eine Kleinigkeit«, hatte Yolande mit ihrer unangenehmen Stimme erklärt.

»Nur heraus damit.«

»Es gab da einen Mord. Und einen Mordversuch.«

»Ist das alles?«

»Na ja, theoretisch fand auch noch eine Entführung statt. Jedenfalls ist das Haus deshalb so günstig. Ein echtes Schnäppchen. Wunderbare Rohre, fast alles Kupfer. Das Dach wurde erst vor zwanzig Jahren neu gedeckt. Das …«

»Ich nehme es.«

»Möchten Sie es sich nicht erst ansehen?« Yolande hätte sich ohrfeigen können, kaum hatte sie die Frage gestellt. Wenn diese dumme Kuh das alte Hadley-Haus unbesehen kaufen wollte, ohne Besichtigung, ohne Exorzismus, dann sollte sie doch.

»Bereiten Sie schon mal den Vertrag vor. Ich komme heute Nachmittag mit einem Scheck vorbei.«

Und das hatte sie getan. Sie hatte ihren Mann eine Woche später davon in Kenntnis gesetzt, weil sie seine Unterschrift brauchte, um sich seine Altersvorsorge vorzeitig auszahlen zu lassen. Er hatte protestiert, aber so zaghaft, dass ein Unbeteiligter es nicht einmal als Protest erkannt hätte.

Das alte Hadley-Haus, der monströse Kasten auf dem Hügel, gehörte ihr. Ihr Glück war vollkommen. Es war perfekt. Three Pines war perfekt. Zumindest wäre es das, wenn sie erst einmal damit fertig war.

Saul schnaubte und wandte sich ab. Er wusste, was die Stunde geschlagen hatte. CC würden ihn fallen lassen, sobald sein nächster Auftrag in diesem gottverlassenen Nest abgeschlossen war. Er sollte für ihren ersten Katalog Fotos von ihr machen, wie sie an Weihnachten unter den Ureinwohnern herumtollte. Wenn möglich sollte er Aufnahmen von den Dörflern machen, wie sie CC voller Staunen und Bewunderung ansahen. Dafür müsste er sicher einige Scheinchen hinblättern.

Alles, was CC tat, hatte einen Zweck, und der ließ sich seiner Meinung nach auf zwei Dinge reduzieren: Entweder nutzte es ihrem Konto oder ihrem Ego.

Warum hatte sie ein Haus in einem Dorf gekauft, von dem noch nie jemand gehört hatte? Es ging nicht um Prestige. Deshalb musste es das andere sein.

Geld.

CC wusste etwas von dem Dorf, das niemand sonst wusste, und das hatte mit Geld zu tun.

Auf einmal erschien ihm Three Pines doch ganz interessant.

»Crie! Beweg dich, um Gottes willen.«

Das konnte man durchaus wörtlich verstehen. Der zierliche, verhätschelte Nachwuchs eines Treuhandvermögens und eines Schönheitswettbewerbs rang darum, hinter der Schneeverwehung, die Crie darstellte, gesehen zu werden.

Sie hatte es auf die Bühne geschafft und tanzte und wirbelte mit den anderen, engelsgleichen Schneeflocken herum, bis sie plötzlich abrupt innehielt. Es störte offenbar niemanden, dass es in Jerusalem eigentlich keinen Schnee gab. Die Lehrerin nahm völlig zu Recht an, dass jemand, der an die Jungfrauengeburt glaubte, auch glauben konnte, dass in dieser wundersamen Nacht Schnee gefallen war. Was dagegen störte, war, dass eine der Flocken, eine Art Mikroklima für sich, mitten auf der Bühne zu Eis erstarrt war. Direkt vor dem Jesuskind.

»Beweg endlich deinen dicken Hintern!«

Wie all die anderen Beleidigungen glitt auch diese an Crie ab. Sie bildeten das Hintergrundrauschen ihres Lebens. Crie nahm sie kaum noch wahr. Jetzt stand sie stocksteif auf der Bühne und starrte ins Publikum, als hätte sie der Blitz getroffen.

»Brie hat Lampenfieber«, flüsterte Madame Bruneau, die den Theaterkurs leitete, der Musiklehrerin, Madame Latour, zu, als erwartete sie, dass diese etwas dagegen unternahm. Selbst die Lehrer nannten Crie hinter ihrem Rücken Brie. Zumindest glaubten sie, dass es hinter ihrem Rücken wäre. Im Grunde hatten sie längst aufgehört, sich darum zu kümmern, was das seltsame und schweigsame Mädchen mitbekam und was nicht.

»Das sehe ich«, gab Madame Latour patzig zurück. Der ungeheure Stress, jedes Jahr Miss Edwards Krippenspiel auf die Beine zu stellen, hatte merklich an ihr gezehrt.

Aber es war nicht das Lampenfieber, das Crie erstarren ließ. Es war etwas, das nicht da war, was sie zum Innehalten brachte.

Crie wusste aus langer Erfahrung, dass das, was man nicht sah, am schlimmsten war.

Was Crie nicht sah, brach ihr das Herz.

»Ich erinnere mich, was mein erster Guru, Ramen Das, zu mir sagte«, CC lief mittlerweile in einem weißen Bademantel im Hotelzimmer herum, packte Briefpapier und Seifen ein und erzählte ihre Lieblingsgeschichte. »›CC Das‹, sagte er. So nannte Ramen Das mich«, erklärte CC dem Briefpapier. »Nur wenigen Frauen wurde diese Ehre zuteil, besonders im Indien der damaligen Zeit.«

Ramen Das hatte vielleicht gar nicht gemerkt, dass CC eine Frau war, dachte Saul.

»Das war vor zwanzig Jahren. Ich war noch ein Kind, unschuldig, aber selbst damals war ich schon auf der Suche nach der Wahrheit. Ich traf in den Bergen auf Ramen Das, und wir hatten sofort eine spirituelle Verbindung.«

Sie legte ihre Hände aneinander, und Saul hoffte, dass sie jetzt nicht sagen würde …

»Namaste«, sagte CC und verbeugte sich. »Das hat er mir beigebracht. Sehr spirituell.«

Sie nahm das Wort »spirituell« so oft in den Mund, dass es für Saul jede Bedeutung verloren hatte.

»Er sagte: ›CC Das, du hast eine große spirituelle Begabung. Du musst diesen Ort verlassen und sie der Welt zuteilwerden lassen. Du musst den Menschen sagen, wie sie Ruhe finden, to be calm‹, sagte er.«

Während sie redete, formte Saul jedes der Worte gleichzeitig lautlos mit den Lippen.

»›CC Das‹, sagte er, ›wer, wenn nicht du, weiß, dass alles weiß ist, wenn sich die Chakras im Gleichgewicht befinden. Wenn alles weiß ist, ist alles gut.‹«

Saul fragte sich, ob sie gerade einen indischen Mystiker mit einem Ku-Klux-Klan-Mitglied verwechselte. Wenn, dann war das wirklich höchst ironisch.

»›Du musst wieder in die Welt zurück‹, sagte er. ›Es wäre falsch, dich noch länger hier zu halten. Du musst ein Unternehmen gründen und es Be Calm nennen.‹ Und das tat ich.

Deshalb habe ich auch dieses Buch geschrieben. Um das Wort der Spiritualität zu verbreiten. Die Menschen müssen davon erfahren. Diese ganzen dubiosen Sekten führen die Menschen nur in die Irre und nutzen sie aus. Es war meine Pflicht, ihnen von Li Bien zu berichten.«

»Moment, das verstehe ich nicht«, sagte Saul und sah mit Genugtuung, dass Ärger in ihren Augen aufblitzte. CCs Reaktionen waren bis aufs Letzte vorhersehbar. Sie hasste es, wenn man andeutete, dass ihre Ideen aus irgendeinem Grund nicht völlig einsichtig waren. »War es Ramen Das, der dir von Li Bien erzählt hat?«

»Nein, du Idiot. Ramen Das war in Indien. Li Bien ist eine alte orientalische Philosophie, die in meiner Familie von Generation zu Generation weitergegeben wird.«

»Von alten chinesischen Philosophen?« Da sie ihm ohnehin bald den Laufpass geben würde, konnte er ihr jetzt ruhig eins reinwürgen. Dann hätte er später eine lustige Geschichte zu erzählen. Um seiner Unterhaltung etwas von ihrer Geistlosigkeit zu nehmen. Er würde CC zur Lachnummer machen.

Sie schnalzte mit der Zunge und schnaubte. »Du weißt, dass meine Familie aus Frankreich stammt. Frankreich kann auf eine lange, ehrenvolle Geschichte der Kolonisierung des Ostens zurückblicken.«

»O ja. Zum Beispiel in Vietnam.«

»Genau. In meiner Familie gab es Diplomaten, die einige der alten spirituellen Lehren mit zurückbrachten, unter anderem Li Bien. Ich habe dir das doch alles schon erzählt. Vielleicht hast du nicht zugehört. Abgesehen davon steht es in meinem Buch. Hast du es etwa nicht gelesen?«

Sie warf es in seine Richtung, und er duckte sich, nachdem es ihn bereits am Arm getroffen hatte.

»Natürlich habe ich dein verdammtes Buch gelesen. Ich habe es wieder und wieder durchgekaut und dann noch mal.« Er musste sich sehr zusammenreißen, es nicht als den hochgradigen Schwachsinn zu bezeichnen, der es seiner Meinung nach war. »Ich kenne die Geschichte. Deine Mutter hat eine Li-Bien-Kugel bemalt, das ist die einzige Hinterlassenschaft, die du von ihr besitzt.«

»Nicht nur von ihr, Arschloch. Von meiner ganzen Familie.« Mittlerweile zischte sie nur noch. Er wollte sie ärgern, aber mit dieser Reaktion hatte er nicht gerechnet. Als sie sich erhob und ihre Gestalt die Sonne verdunkelte, ihn allen Lichtes beraubte, fühlte er sich plötzlich wie ein Zwerg, ein Kind. Er schrumpfte und winselte und kauerte sich zusammen. Innerlich. Nach außen hin stand er stocksteif da und starrte sie an. Er fragte sich, was ein solches Monster hervorgebracht hatte.

CC hätte ihm am liebsten die Arme herausgerissen. Die Glupschaugen aus den Höhlen gedrückt, das Fleisch von den Knochen gekratzt. Sie spürte eine Kraft in ihrer Brust wachsen und sich ausdehnen, wie ein Stern, der sich in eine Supernova verwandelte. Sie wollte den Pulsschlag an seinem Hals spüren, während sie ihn würgte. Sie hätte es gekonnt. Obwohl er größer und kräftiger war, hätte sie es tun können. Wenn sie sich so fühlte, gab es nichts, was sie aufhalten konnte, das wusste sie.

Nach einem Mittagessen aus gedünstetem Lachs und *gigot d'agneau* hatten sich Clara und Myrna getrennt, um ihre Weihnachtseinkäufe zu erledigen. Aber zunächst wollte sich Clara auf die Suche nach Siegfried Sassoon machen.

»Du willst in eine Buchhandlung?«, fragte Myrna.

»Natürlich nicht. Ich will mir die Haare schneiden lassen.« Also wirklich, Myrna hatte keine Ahnung mehr.

»Von Siegfried Sassoon?«

»Nicht von ihm persönlich, aber von jemandem in seinem Salon.«

»Soweit ich weiß, ist es die Hölle, in der Jugend und Lachen verschwinden.«

Clara hatte Bilder von Sassoon-Salons gesehen und dachte, dass Myrnas Beschreibung zwar ein wenig übertrieben war, aber nicht ganz danebenlag, ging man nach den finster dreinschauenden Frauen mit den Schmollmündern auf den Fotos.

Einige Stunden später kämpfte sich eine erschöpfte und zufriedene Clara, bepackt mit Tüten voller Geschenke, die Rue St. Catherine hoch. Ihre Shoppingtour war höchst erfolgreich gewesen. Sie hatte für Peter das perfekte Geschenk gefunden und für Verwandte und Freunde hübsche Kleinigkeiten. Myrna hatte recht. Jane hätte ihren Spaß daran gehabt, zu sehen, dass sie das Geld ausgab. Auch was Sassoon anging, hatte Myrna recht, wenn Clara auch nicht gleich darauf gekommen war, was sie meinte.

»Seidenstrümpfe? Schokoriegel?«, erklang hinter ihr die melodische, warme Stimme.

»Gerade habe ich an dich gedacht, du hinterhältiges Luder. Du hast mich in die finstersten Gassen Montréals geschickt, wo ich Wildfremde fragen musste, wo ich Siegfried Sassoon finde.«

Myrna lehnte sich brüllend vor Lachen gegen die Wand eines alten Bankgebäudes.

»Ich weiß nicht, ob ich mich aufregen soll oder erleichtert bin, dass keiner ahnte, dass ich mir von einem toten Dichter aus dem Ersten Weltkrieg die Haare schneiden lassen wollte. Warum hast du mir nicht gesagt, dass er Vidal und nicht Siegfried heißt?« Mittlerweile lachte auch Clara und ließ ihre Taschen auf den schneebedeckten Bürgersteig plumpsen.

»Du siehst toll aus«, sagte Myrna, als sie sich schließlich wieder beruhigt hatte, und trat einen Schritt zurück, um Clara zu mustern.

»Ich habe eine Mütze auf dem Kopf, du dumme Kuh«, sagte Clara, und beide Frauen brachen erneut in Lachen aus, als sich Clara die Pudelmütze tief über die Ohren zog.

Es war schwer, unter diesen Umständen nicht unbeschwert zu sein. Es war fast vier am Nachmittag des 22. Dezember, und die Sonne war bereits untergegangen. Die Straßen von Montréal, über denen immer ein gewisser Zauber lag, erstrahlten zu dieser Zeit des Jahres im Lichterglanz. Die ganze Rue St. Catherine war mit Weihnachtsschmuck dekoriert, dessen Leuchten und Glitzern von den Schneeflocken vervielfältigt wurde. Jetzt, zur Stoßzeit, krochen die Autos im Schneckentempo vorbei, und die Fußgänger eilten die verschneiten Bürgersteige entlang und blieben gelegentlich stehen, um in ein hell erleuchtetes Schaufenster zu blicken.

Ihr Ziel lag direkt vor ihnen. Ogilvy's. Das Schaufenster. Sogar aus einer Entfernung von einem halben Häuserblock konnte Clara den Schimmer sehen, und die Verzauberung, die sich auf den Gesichtern der Kinder davor spiegelte. Augenblicklich spürte sie die Kälte nicht mehr, und die Menschenmassen, die eben noch gedrängelt und geschubst hatten, wichen zurück; selbst Myrna verschwand im Hintergrund, als sich Clara dem Schaufenster näherte. Da war es. Die alte Mühle im Wald.

»Wir treffen uns drinnen«, flüsterte Myrna, aber ihre Freundin war nicht mehr da. Clara war in das Schaufenster geklettert. Vorbei an den entzückten Kindern, die davorstanden, über den Lumpenhaufen auf dem Bürgersteig hinweg mitten in das idyllische Winterbild. Sie ging gerade über die Holzbrücke, auf Großmutter Bär in der hölzernen Mühle zu.

»Haben Sie ein bisschen Kleingeld übrig?«

Ein würgendes Geräusch durchfuhr Claras Welt.

»Iiih, das ist ja eklig, Mommy«, rief ein Kind, als Clara

ihre Augen von dem Schaufenster losriss und nach unten sah. Der Haufen Lumpen hatte sich übergeben, und sein Mageninhalt dampfte auf der verkrusteten Decke, in die sich der Mann eingewickelt hatte. Oder die Frau. Clara wusste es nicht, es war ihr auch egal. Sie ärgerte sich, weil sie das ganze Jahr über, all die Wochen und Tage auf diesen Moment gewartet hatte und irgendein Penner einfach darauf gekotzt hatte. Jetzt heulten die Kinder, und der Zauber war dahin.

Clara wandte sich von dem Schaufenster ab und sah sich nach Myrna um. Sie musste schon hineingegangen sein, dachte Clara, zu dem großen Ereignis. Sie waren an diesem Tag nicht nur wegen des Schaufensters bei Ogilvy's. Ruth Zardo, eine Nachbarin und gute Freundin aus dem Dorf, stellte in der Buchhandlung im Untergeschoss des Kaufhauses ihr neuestes Buch vor.

Normalerweise übergab sie ihre schmalen Gedichtbände einer anonymen Leserschaft, nach einer Lesung im Bistro in Three Pines. Aber es war etwas Erstaunliches passiert. Die alte, verbitterte Dichterin aus Three Pines hatte den Literaturpreis des Generalgouverneurs gewonnen. Das hatte alle umgehauen. Nicht etwa, weil sie es nicht verdiente. Clara wusste, dass ihre Gedichte wunderbar waren.

Wer verletzte dich so unheilbar,
dass du die ausgestreckte Hand mit Verachtung strafst?
Es war nicht immer so.

Nein, Ruth Zardo verdiente den Preis. Es hatte sie nur erschreckt, dass andere das auch wussten.

Wird es mir mit meinen Arbeiten eines Tages ähnlich ergehen?, fragte sich Clara, als sie von der Drehtür in die parfümgeschwängerte gedämpfte Atmosphäre von Ogilvy's gewirbelt wurde. Werde auch ich eines Tages ans Licht der

Öffentlichkeit befördert? Endlich hatte sie den Mut aufgebracht, CC de Poitiers, der neuen Nachbarin, eine Mappe mit ihren Arbeiten zu übergeben, nachdem sie im Bistro zufällig mitbekommen hatte, wie diese von ihrem Busenfreund Denis Fortin erzählte.

Wenn man eine Ausstellung in der Galerie Fortin in Outremont, dem Intellektuellenviertel von Montréal, hatte, bedeutete das, man hatte es geschafft. Fortin wählte nur die Allerbesten aus, die aktuellsten, vielversprechendsten und respektlosesten Künstler. Er hatte auf der ganzen Welt Verbindungen. Selbst … durfte sie wagen, das zu denken? Zum Museum of Modern Art in New York. Das MOMA. MOMA mia.

Clara stellte sich die Vernissage in der Galerie Fortin vor. Sie würde vor Witz sprühen, umringt von Bewunderern, weniger bedeutende Künstler und umso bedeutendere Kritiker würden an ihren Lippen hängen, damit ihnen bloß keines ihrer klugen Worte entging. Peter würde etwas abseits von dem Kreis der Bewunderer stehen und das Ganze mit einem angedeuteten Lächeln beobachten. Er wäre stolz auf sie und würde sie endlich als ebenbürtige Künstlerin betrachten.

Crie saß auf der schneebedeckten Treppe von Miss Edwards Schule. Inzwischen war es dunkel. Drinnen und draußen. Sie starrte stur geradeaus, ohne etwas zu sehen, auf ihrer Mütze und ihren Schultern sammelte sich der Schnee. Neben ihr stand eine Tasche, in die sie ihr Schneeflocken-Kostüm gestopft hatte. Und ihr Zeugnis.

Nur Einser.

Ihre Lehrer hatten ts, ts, ts gemacht, den Kopf geschüttelt und geseufzt, dass gerade ein derart gestörtes Kind so viel Verstand besaß. Das ist eine dicke, fette Ungerechtigkeit, hatte einer von ihnen gesagt, und alle hatten gelacht.

Bis auf Crie, die zufällig in dem Moment vorbeigegangen war.

Die Lehrer kamen überein, dass sie mit demjenigen, der sie so sehr verletzt hatte, dass sie kaum zu sprechen oder anderen in die Augen zu sehen wagte, ein ernstes Wörtchen sprechen mussten.

Schließlich stand Crie auf und machte sich mit vorsichtigen Schritten auf den Weg in die Innenstadt von Montréal, auf dem glatten, steilen Weg und unter der Last des unerträglich schweren Gewichts der Chiffon-Schneeflocke ununterbrochen um Balance ringend.

4

Als Clara durch das Kaufhaus ging, fragte sie sich, was schlimmer war, der Gestank des armen Penners oder der aufdringliche Geruch aus der Parfümerieabteilung. Nachdem etwa zum fünften Mal irgendein abgemagertes junges Ding Clara angesprüht hatte, wusste sie die Antwort. Sie ekelte sich schon vor sich selbst.

»Das wurde aber auch Zeit.« Ruth Zardo hinkte auf Clara zu. »Du siehst aus wie eine Beutelratte.« Sie küssten sich zur Begrüßung auf die Wangen. »Und du stinkst.«

»Das bin nicht ich, das ist Myrna«, flüsterte Clara, nickte zu der neben ihr stehenden Freundin und wedelte sich mit der Hand vor der Nase herum. Die Begrüßung der Dichterin war sehr viel herzlicher als sonst ausgefallen.

»Hier, kauf das.« Ruth reichte ihr ein Exemplar ihres neuen Buchs, *Mir geht's* GUT. »Ich schreibe dir sogar eine Widmung rein. Aber zuerst musst du es kaufen.«

Ruth Zardo, groß gewachsen und würdevoll, ging auf ihren Stock gestützt zu dem kleinen Tisch in einer Ecke des riesigen Ladens, um dort auf jemanden zu warten, der das Buch von ihr signiert haben wollte.

Clara ging und zahlte das Buch, dann ließ sie es sich signieren. Sie kannte ausnahmslos alle, die sich hier eingefunden hatten. Da waren Gabri Dubeau und sein Freund Olivier Brulé. Gabri war groß und ausladend, eindeutig ein Schleckermaul, das nicht Nein sagen konnte. Er war Mitte dreißig und hatte entschieden, dass er genug davon hatte, jung, gestählt und schwul durchs Leben zu gehen. Na ja, nicht unbedingt davon, schwul zu sein. Neben ihm stand Olivier, gut aussehend, schlank, elegant. Anders als sein Freund war er blond, zupfte gerade ein beunruhigendes Strähnchen Haare von seinem seidenen Rollkragenpullover und wünschte sich dabei ganz offensichtlich, er könne es wieder einpflanzen.

Ruth hätte nicht den ganzen Weg nach Montréal zurücklegen müssen, um ihr Buch vorzustellen. Die einzigen Leute, die gekommen waren, stammten aus Three Pines.

»Das ist reine Zeitverschwendung«, sagte sie und beugte den Kopf mit den kurz geschnittenen weißen Haaren über Claras Buch. »Niemand aus Montréal ist gekommen, nicht eine lausige Seele. Nur ihr. Wie öde.«

»Vielen herzlichen Dank, alte Wortklauberin«, sagte Gabri, der zwei Bücher in seinen großen Händen hielt.

»Weißt du«, Ruth sah hoch, »das hier ist eine Buchhandlung«, sagte sie betont langsam und laut. »Hier kommen Leute her, die lesen können. Es ist keine öffentliche Badeanstalt.«

»Eigentlich schade.« Gabri sah zu Clara.

»Es ist Myrna«, sagte sie, aber da Myrna auf der anderen Seite des Gangs stand und mit Emilie Longpré plauderte, glaubte ihr kein Mensch.

»Wenigstens überdeckst du den Mief von Ruth' Gedichten«, sagte Gabri und hielt *Mir geht's GUT* von sich weg.

»Alte Schwuchtel«, zischte Ruth.

»Alte Schachtel«, zischte Gabri und zwinkerte Clara zu. *»Salut, ma chère.«*

»Salut, mon amour. Was ist das andere, das du da hast, für ein Buch?«, fragte Clara.

»Das ist von CC de Poitiers. Wusstest du, dass unsere neue Nachbarin ein Buch geschrieben hat?«

»Gott, das heißt, sie hat mehr Bücher geschrieben als gelesen!«, sagte Ruth.

»Dort drüben liegen sie.« Er deutete auf einen Stapel weißer Bücher auf dem Tisch mit den Remittenden. Ruth schnaubte, dann wurde sie still, als ihr klar wurde, dass es vielleicht nur eine Frage von Tagen war, bis sich ihre kleine Sammlung von sorgsam komponierten Gedichten zu CCs Müll in den Büchersarg gesellte.

Einige Leute standen herum, unter anderem die drei Grazien von Three Pines: Emilie Longpré, eine zierliche, elegante Erscheinung in einem schmal geschnittenen Rock, Bluse und Seidenschal; Kaye Thompson, mit ihren über neunzig die Älteste der drei Freundinnen und verhutzelt und verschrumpelt wie eine Kartoffel, die nach Wick VapoRub roch; und Beatrice Mayer, mit einem wilden roten Schopf, der weiche, plumpe Körper unter einem voluminösen bernsteinfarbenen Kaftan und klobigen Ketten um den Hals nicht unbedingt vorteilhaft verborgen. Mother Bea, wie man sie nannte, hielt ein Exemplar von CCs Buch in der Hand. Sie drehte sich um und sah in Claras Richtung, nur einen Moment lang. Aber der reichte.

Mother Bea wirkte völlig fassungslos, ohne dass Clara ihre Miene richtig deuten konnte. War es Ärger? Angst? Auf jeden Fall hatte sie etwas sehr verstört, dachte Clara. Dann verschwand der Ausdruck, und an seine Stelle trat wieder die vertraute friedliche und heitere Miene in Mothers rosigem und faltigem Gesicht.

»Kommt, wir gehen rüber«, Ruth stand unbeholfen auf und nahm dankbar Gabris Arm. »Hier passiert sowieso nicht viel. Wenn später die nach großer Lyrik gierigen Horden einfallen, komme ich schnell zu meinem Tisch zurück.«

»Bonjour, meine Liebe.« Die zierliche Emilie Longpré küsste Clara auf beide Wangen. Selbst im Winter, wenn die meisten Québecer unter den vielen Woll- und Steppschichten wie Karikaturen ihrer selbst aussahen, wirkte Em elegant und grazil. Ihre Haare waren von einem geschmackvollen Hellbraun und gut frisiert. Kleidung und Make-up waren zurückhaltend und entsprachen dem Anlass. Mit ihren zweiundachtzig Jahren war sie eine der Matriarchinnen des Dorfs.

»Hast du das gesehen?« Olivier reichte Clara ein Buch. CC starrte sie an, grausam und kalt.

Be Calm – Ruhe finden.

Clara blickte zu Mother. Jetzt war ihr klar, warum sich Mother so aufregte.

»Hör dir das an.« Gabri begann den Klappentext vorzulesen. »Ms de Poitiers hat offiziell erklärt, dass Feng-Shui der Vergangenheit angehört.«

»Selbstverständlich, es ist eine alte chinesische Lehre«, sagte Kaye.

»An seiner statt«, fuhr Gabri fort, »schenkt uns diese neue Doyenne des Designs eine wesentlich komplexere, wesentlich tiefer gehende Philosophie, die nicht nur unser Zuhause bereichern und sein Erscheinungsbild prägen wird, sondern auch unsere Seele, jede Sekunde unseres Lebens, jede unserer Entscheidungen, jeden unserer Atemzüge. Der Weg ist bereitet für Li Bien, den Weg des Lichts.«

»Was ist Li Bien?«, fragte Olivier in die Runde. Clara glaubte zu sehen, wie Mother ihren Mund öffnete und dann wieder schloss.

»Mother?«, fragte sie.

»Ich? Nein, meine Liebe, ich habe keine Ahnung. Warum fragst du?«

»Ich dachte, du bist vielleicht mit Li Bien vertraut, weil du doch ein Yoga- und Meditationszentrum leitest«, sagte Clara vorsichtig.

»Ich bin mit sämtlichen spirituellen Wegen vertraut«, sagte sie, was eine gelinde Übertreibung war, wie Clara fand.

»Aber mit diesem nicht.« Deutlicher brauchte sie nicht zu werden.

»Es ist dennoch ein merkwürdiger Zufall«, sagte Gabri, »findest du nicht?«

»Was denn?«, fragte Mother mit heiterer Stimme und Miene, aber mit bis zu den Ohren hochgezogenen Schultern.

»Na ja, dass CC ihr Buch *Be Calm* nennt. So heißt doch dein Meditationszentrum.«

Schweigen.

»Und?«, sagte Gabri, der ahnte, dass er in ein Fettnäpfchen getreten war.

»Das muss ein Zufall sein«, erklärte Emilie ruhig. »Vielleicht ist es auch eine Verneigung vor dir, *ma belle*.« Sie wandte sich zu Mother und legte eine schmale Hand auf den rundlichen Arm ihrer Freundin. »Sie wohnt jetzt seit ungefähr einem Jahr in dem alten Hadley-Haus und empfindet deine Arbeit bestimmt als Inspiration. Es ist eine Hommage an deine Spiritualität.«

»Und ihr Haufen Mist ist wahrscheinlich höher als deiner«, beruhigte Kaye sie. »Das muss ein gutes Gefühl sein. Ich hätte nicht gedacht, dass das möglich ist«, sagte sie zu Ruth, die erfreut auf ihre Heldin blickte.

»Schöne Frisur.« Olivier wandte sich an Clara, in der Hoffnung, die Stimmung aufzulockern.

»Danke.« Clara fuhr sich mit der Hand durch die Haare, was dazu führte, dass sie in alle Richtungen abstanden und sie aussehen ließen, als hätte sie gerade jemand erschreckt.

»Du hast recht«, sagte Olivier zu Myrna. »Sie sieht aus wie ein verängstigter Infanterist in den Schützengräben von Vimy. Dieser Look steht nicht vielen. Sehr mutig, sehr neues Millennium. Ich beglückwünsche dich.«

Claras Augen verengten sich, und sie warf Myrna, die von einem Ohr zum anderen grinste, einen bitterbösen Blick zu.

»Scheiß auf den Papst«, sagte Kaye.

CC rückte den Stuhl erneut zurecht. Sie stand angekleidet und allein in dem Hotelzimmer. Saul war gegangen, ohne ihr einen Abschiedskuss zu geben oder einen einzufordern.

Sie war erleichtert, als er ging. Jetzt konnte sie es endlich tun.

CC stand am Fenster, ein Exemplar von *Be Calm* in der Hand. Langsam hob sie das Buch und drückte es an ihre Brust, als hätte ihr genau das ihr ganzes Leben lang gefehlt.

Sie legte den Kopf in den Nacken und wartete. Würde sie ihnen in diesem Jahr entgehen? Nein. Ihre Unterlippe begann leicht zu zittern. Dann flatterten ihre Lider, und ein Kloß bildete sich in ihrer Kehle. Dann kamen sie, strömten kalt über ihre Wangen in die offene, stumme Mundhöhle. Sie stürzte ihnen hinterher in den dunklen Abgrund und fand sich in einem vertrauten Zimmer zur Weihnachtszeit wieder.

Ihre Mutter stand neben einer riesigen, toten, ungeschmückten Tanne, die in eine Ecke des nüchternen, dunklen Zimmers gelehnt war, um sie herum ein Teppich spitzer Nadeln. An dem Baum hing eine einzelne Kugel, die ihre Mutter gerade hysterisch heulend herunterriss. CC konnte die Nadeln noch immer auf den Boden prasseln hören und die Kugel auf sich zurasen sehen. Sie wollte sie nicht fangen. Hatte bloß ihre Hände in die Höhe gestreckt, um ihr Gesicht zu schützen, aber die Kugel war direkt in ihren Händen gelandet und dort liegen geblieben, als hätte sie ein Zuhause gefunden. Ihre Mutter saß inzwischen auf dem Boden und wiegte sich weinend vor und zurück, und CC wollte nur, dass sie damit aufhörte. Wollte sie zum Schweigen bringen, ihr sagen, sie solle still sein, sie beruhigen, bevor die Nachbarn wieder die Polizei riefen und ihre Mutter wieder weggebracht wurde. Und CC bei irgendwelchen Fremden zurückblieb.

Einen Moment nur sah CC auf die Kugel in ihren Händen. Sie schimmerte und fühlte sich warm an. Es war ein schlichtes Bild darauf gemalt. Drei hohe Kiefern, die wie eine Familie zusammenstanden, auf den gebogenen Ästen lag Schnee. Darunter stand in der Handschrift ihrer Mutter *Noël.*

CC beugte sich zu der Kugel und verlor sich in dem Frieden, der Ruhe und dem Licht. Aber sie musste zu lange geguckt haben. Ein Klopfen an der Tür schreckte sie aus ihren Träumen auf und brachte sie unsanft zu dem vor ihr liegenden Schrecken zurück.

»Was ist da drinnen los? Lassen Sie uns rein«, befahl die Stimme des Mannes auf der anderen Seite der Tür.

CC gehorchte, doch es war das letzte Mal, dass sie irgendjemanden irgendwo einließ.

Crie ging am Ritz vorbei, blieb stehen und starrte das Nobelhotel an. Der Portier ignorierte sie und bot ihr nicht an, die Tür für sie zu öffnen. Langsam ging sie weiter, der Schneematsch war durch ihre Stiefel gedrungen, die Wollhandschuhe baumelten an ihren Händen, schwer von dem daran haftenden Schnee.

Es war ihr egal. Sie stapfte durch die dunklen, verschneiten, verstopften Straßen, Fußgänger rempelten sie an und bedachten sie mit einem angewiderten Blick, als hätten dicke Kinder ihre Gefühle wie Zuckerguss über einen Kuchen verteilt und verschluckt.

Sie ging dennoch weiter, ihre Füße waren inzwischen eiskalt. Sie hatte das Haus ohne richtige Winterstiefel verlassen, und als ihr Vater eine vorsichtige Andeutung gemacht hatte, ob sie nicht etwas Wärmeres anziehen wollte, hatte sie ihn einfach nicht beachtet.

So wie ihn ihre Mutter einfach nicht beachtete. Wie ihn die Welt nicht beachtete.

Vor *Monde de la musique* blieb sie unvermittelt stehen. Da

hing ein Poster von Britney Spears, auf dem sie über einen heißen, exotischen Strand tanzte, fröhliche Backgroundsängerinnen wirbelten glücklich lachend um sie herum.

Crie stand lange vor dem Schaufenster, sie spürte weder Füße noch Hände. Sie spürte überhaupt nichts mehr.

»Wie bitte?«, sagte Clara.

»Scheiß auf den Papst«, wiederholte Kaye klar und deutlich. Mother Bea tat so, als habe sie es nicht gehört, und Emilie trat ein wenig näher an ihre Freundin heran, so als wolle sie sich bereithalten, falls Kaye zusammenbrechen sollte.

»Ich bin zweiundneunzig, und ich weiß alles«, sagte Kaye. »Bis auf eines.«

Erneut sagte keiner etwas. Aber an die Stelle des peinlichen Schweigens war Neugier getreten. Kaye, die normalerweise wortkarg und kurz angebunden war, hatte ihre Stimme erhoben. Die Freunde scharten sich um sie.

»Mein Vater gehörte im Ersten Weltkrieg dem Expeditionskorps an.« Was für eine Geschichte sie auch immer erwartet hatten, sicher nicht etwas dieser Art. Sie sprach leise, das Gesicht entspannt, ihr Blick wanderte umher, bis er auf den Büchern in einem der Regale zu ruhen kam. Kaye reiste durch die Zeit, etwas, das Mother Bea ihrer eigenen Aussage nach während des yogischen Fliegens machte, aber zu dieser Meisterschaft hatte sie es nie gebracht.

»Sie hatten eine Einheit gebildet, die sich nur aus Katholiken zusammensetzte, die meisten irischer Abstammung wie Daddy und natürlich Québecer. Er hat nie über den Krieg gesprochen. Keiner hat das getan. Und ich habe nie gefragt. Stellt euch das mal vor. Vielleicht wollte er ja, dass ich ihn frage?« Kaye sah zu Em, die schwieg. »Nur eines hat er uns vom Krieg erzählt.« Jetzt hielt sie inne. Sie sah sich um, ihr Blick fiel auf ihre flauschige Strickmütze. Sie nahm sie und setzte sie auf, dann sah sie erwartungsvoll zu Em. Alle hielten die Luft an.

»Um Himmels willen, Weib, nun rück schon raus damit«, knurrte Ruth.

»Ach ja.« Kaye schien sich erst jetzt ihrer selbst bewusst zu werden. »Daddy. An der Somme. Geführt von General Rawlinson. Ein unglaublicher Dummkopf. So viel habe ich nachgelesen. Mein Vater steckte bis zum Hals im Matsch und in der Scheiße, Pferde- und Menschenscheiße. Das Essen war von Maden befallen. Seine Haut verfaulte ihm am lebendigen Leib. Haare und Zähne fielen ihm aus. Sie hatten schon lange aufgehört, für den König und das Vaterland zu kämpfen, sie kämpften nur noch füreinander. Er liebte seine Freunde.«

Kaye blickte zu Em, dann zu Mother.

»Die Jungs nahmen Aufstellung und pflanzten auf den Befehl hin ihre Bajonette auf.«

Alle beugten sich noch weiter vor.

»Der letzte Trupp war eine Minute vorher losgestürmt, sie waren allesamt niedergemäht worden. Sie konnten die Schreie hören und die sich windenden zerfetzten Körper sehen, die in den Schützengraben gestürzt waren. Jetzt waren sie an der Reihe, mein Vater und seine Freunde. Sie warteten auf den Befehl. Er wusste, dass er sterben würde. Er wusste, dass er nur noch ein paar Minuten zu leben hätte. Er wusste, dass er nur noch ein paar Worte sagen konnte. Und wisst ihr, was die Jungs riefen, als sie losstürmten?«

Die Welt hatte aufgehört, sich zu drehen, und wartete gespannt.

»Sie bekreuzigten sich und riefen: ›Scheiß auf den Papst.‹«

Die Freunde zuckten alle gleichzeitig zusammen, als hätten die Worte, das Bild sie getroffen. Kaye wandte sich zu Clara und sah sie aus ihren wässrigen blauen Augen prüfend an. »Warum?«

Clara fragte sich, wie Kaye auf die Idee kam, dass sie das wusste. Sie wusste es nicht. Sie war klug genug, nichts zu sagen. Kaye ließ ihren Kopf sinken, als wäre er plötzlich zu schwer, ihr schmaler Nacken bildete eine tiefe Furche in ihrem Schädel.

»Wir sollten gehen, meine Liebe. Du musst müde sein.« Em legte ihre schmale Hand auf Kayes Arm, und Mother Bea nahm den anderen, die drei alten Frauen gingen langsam aus der Buchhandlung. Heim nach Three Pines.

»Das gilt auch für uns. Brauchst du eine Mitfahrgelegenheit?«, fragte Myrna Ruth.

»Nein, ich bleibe bis zum bitteren Ende hier. Ihr Ratten müsst kein schlechtes Gewissen haben. Lasst mich einfach zurück.«

»Die heilige Ruth unter den Heiden«, sagte Gabri.

»Unsere Königin unter den Dichterfürsten«, sagte Olivier. »Wir bleiben bei dir.«

»Da war mal 'ne Frau namens Ruth«, sagte Gabri.

»Die verlor niemals den Mut«, sagte Olivier.

»Komm, lass uns gehen.« Myrna zog Clara weg, auch wenn Clara gerne gewusst hätte, welchen Reim auf Mut sie gefunden hätten. Skorbut? Mahut? Nein, ein richtiges Wort wäre besser. Dichten war schwerer, als es aussah.

»Ich muss nur noch eine Kleinigkeit erledigen«, sagte Clara. »Es dauert bloß eine Minute.«

»Dann hole ich das Auto, wir treffen uns draußen.« Myrna eilte davon. Clara ging in die kleine Brasserie von Ogilvy's und kaufte ein Sandwich und ein paar Weihnachtsplätzchen. Dann nahm sie noch einen großen Kaffee mit und machte sich auf den Weg zur Rolltreppe.

Sie hatte Schuldgefühle wegen des Obdachlosen, über den sie hinweggestiegen war, als sie in das Kaufhaus gegangen war. Sie hegte insgeheim den Verdacht, wenn Gott jemals auf die Erde kommen sollte, dann in Gestalt eines Bettlers.

Und wenn er das nun gewesen war? Oder sie? Egal. Wenn es Gott war, hatte Clara das tiefe, fast spirituelle Gefühl, dass sie es verdorben hatte. Als sich Clara zu den vielen Leuten auf der Rolltreppe gesellte, entdeckte sie ein bekanntes Gesicht, das ihr entgegenkam. CC de Poitiers. CC hatte sie auch gesehen, davon war sie überzeugt.

CC de Poitiers umklammerte den Handlauf der Rolltreppe und starrte die Frau an, die gerade im Untergeschoss die Rolltreppe betrat. Clara Morrow. Diese blasierte, ewig lächelnde, selbstgerechte Dorfschnepfe. Die stets von ihren Freunden umringt war, immer in Begleitung dieses gutaussehenden Ehemanns, mit dem sie angab, als wäre es mehr als eine Grille der Natur, dass sie sich einen der Montréaler Morrows geschnappt hatte. CC spürte, wie Wut in ihr aufstieg, als Clara sich mit großen, glücklich strahlenden Augen näherte.

CCs Griff verstärkte sich, sie konnte sich gerade noch davon abhalten, sich über die glatte Metallwand hinweg auf Clara zu stürzen. Sie ballte ihre ganze Wut zusammen und machte ein Geschoss daraus; wäre ihre Brust eine Kanone gewesen, dann hätte sie wie Ahab ihr Herz als Kanonenkugel auf Clara abgefeuert.

Stattdessen tat sie das Nächstbeste.

Sie drehte sich zu dem Mann neben ihr und sagte: »Schade, dass du Claras Arbeiten für die banalen Werke einer Amateurin hältst, Denis. Du glaubst also, dass sie nur ihre Zeit verschwendet?«

Als Clara an ihr vorbeifuhr, hatte CC die Befriedigung, ihr selbstgefälliges, arrogantes, hässliches kleines Gesicht in sich zusammenfallen zu sehen. Volltreffer. CC bedachte den verdutzten Fremden neben ihr mit einem Lächeln, es war ihr völlig egal, ob er sie für nicht mehr ganz dicht hielt.

Wie im Traum verließ Clara die Rolltreppe. Der Boden

schien sehr weit unten zu sein, die Wände wichen zurück. Atme. Atme, befahl sie sich, von der Angst befallen, dass sie tatsächlich sterben könnte. Von Worten getötet. Von CC getötet. Ganz beiläufig, grausam. Sie hatte in dem Mann neben CC Fortin nicht erkannt, aber sie kannte ihn ja auch nur von Fotos.

Die banalen Werke einer Amateurin.

Dann setzten der Schmerz und die Tränen ein, und sie stand mitten im Ogilvy's, seit ihrer Kindheit ein Ort der Sehnsucht für sie, und weinte. Schluchzend ließ sie ihre kostbaren Geschenke auf den Marmorboden sinken, sie legte das Sandwich, die Plätzchen und den Kaffee vorsichtig ab, wie ein Kind, das dem Weihnachtsmann etwas zu essen gibt. Dann sank sie selbst auf die Knie und empfing ihre letzte Gabe, ein Bündel Schmerzen.

Die banalen Werke einer Amateurin. All ihre Zweifel, ihre Ängste waren begründet. Die Stimme, die ihr nachts ins Ohr flüsterte, während Peter schlief, hatte nicht gelogen.

Ihre Arbeiten waren Mist.

Einkäufer strömten um sie herum, keiner kam ihr zu Hilfe. So wie sie dem Obdachlosen draußen nicht geholfen hatte, wurde Clara auf einmal klar. Langsam sammelte sie ihre Pakete ein, erhob sich und schleppte sich durch die Drehtür.

Es war dunkel und kalt, der Wind und der Schneefall hatten zugenommen und trafen sie völlig unvorbereitet. Clara blieb stehen, damit sich ihre Augen an die Dunkelheit gewöhnen konnten.

Da, unter dem Schaufenster, auf dem Boden zusammengekauert, saß der Bettler.

Sie trat näher, sah, dass das Erbrochene nicht mehr dampfte, sondern schon gefroren war. Als Clara näher kam, sah sie, dass es eine alte Frau war. Sie konnte ein paar dünne Strähnen stahlgrauer Haare sehen, magere Arme hielten die verdreckte Decke über den Knien fest. Clara beugte sich nach unten und nahm einen kurzen Moment den Gestank wahr. Es reichte, dass sie würgen musste. Instinktiv wich sie zurück, dann beugte sie sich wieder vor. Sie stellte die schweren Tüten auf den Boden, dann legte sie das Essen neben die Frau.

»Ich habe Ihnen etwas zu essen gebracht«, sagte sie zuerst auf Englisch, dann auf Französisch. Sie schob die Tüte mit dem Sandwich näher heran und hielt den Kaffee in die Höhe, in der Hoffnung, die Pennerin würde ihn sehen.

Sie rührte sich nicht. Clara fing an, sich Sorgen zu machen. Lebte sie überhaupt noch? Clara streckte ihre Hand aus und hob das verschmierte Kinn in die Höhe.

»Geht es Ihnen gut?«

Ein Handschuh schoss hervor, schwarz, schmutzstarr, und schloss sich um Claras Handgelenk. Der Kopf hob sich. Müde, wässrige Augen sahen Clara an und hielten ihren Blick fest.

»Ich habe deine Bilder immer sehr gemocht, Clara.«

5

Das ist wirklich erstaunlich.« Myrna wollte nicht so klingen, als bezweifelte sie, was ihre Freundin sagte, daher war »erstaunlich« noch milde ausgedrückt. Es war unglaublich. Trotz des heißen Tees und des Feuers im Kamin bekam sie eine Gänsehaut auf den Unterarmen.

Sie waren schweigend von Montréal nach Hause gefahren und hatten sich das Weihnachtskonzert von CBC im Radio angehört. Am nächsten Morgen stand Clara aufgeregt und strahlend in aller Herrgottsfrüh in ihrer Buchhandlung.

»Stimmt«, sagte Clara, nippte an ihrem Tee, nahm noch einen sternförmigen Butterkeks und fragte sich, wann sie guten Gewissens anfangen konnte, sich aus den Schüsselchen mit Lakritze und kandiertem Ingwer, die Myrna im ganzen Laden verteilt hatte, zu bedienen.

»Sie hat wirklich gesagt: ›Ich habe deine Bilder immer sehr gemocht, Clara.‹?«

Clara nickte.

»Und das war gleich nachdem CC gesagt hat, deine Sachen wären – na ja, egal.«

»Nicht nur CC, sondern auch Fortin. Die banalen Werke einer Amateurin, hat er gesagt. Sei's drum. Gott findet sie gut.«

»Und mit Gott meinst du die verdreckte Pennerin?«

»Genau.«

Myrna beugte ihren massigen Körper im Schaukelstuhl

vor. Um sie herum waren wie üblich Bücher aufgestapelt, die darauf warteten, durchgeblättert und mit einem Preis versehen zu werden. Clara hatte den Eindruck, dass ihnen Beine wuchsen, auf denen sie Myrna durchs Dorf folgten. Wo Myrna ging und stand, waren Bücher, wie ziemlich unhandliche Visitenkarten.

Myrna dachte zurück. Sie hatte die Obdachlose bemerkt, sie bemerkte eigentlich die meisten Obdachlosen. Sie fragte sich, was geschehen würde, wenn sie jemals einen wiedererkannte. Jahrelang hatte sie Patienten in der psychiatrischen Klinik in Montréal betreut, bis sie eines Tages, nicht ganz so unerwartet, wie sie sich gerne vormachte, eine Mitteilung erhielt. Die meisten der Klienten – über Nacht waren die Patienten zu Klienten geworden – sollten entlassen werden. Sie hatte natürlich dagegen protestiert, aber schließlich hatte sie nachgegeben. So kam es, dass sie über ihren alten, zerkratzten Schreibtisch hinweg einem »Klienten« nach dem anderen in die Augen blickte und ihm ein Blatt Papier reichte, auf dem stand, dass er, versehen mit einem Rezept und einem Gebet, so weit sei, allein zu leben, was eine glatte Lüge war.

Die meisten von ihnen verloren bald das Rezept, das Gebet erreichte sie wahrscheinlich nie.

Außer vielleicht Claras Pennerin.

War es möglich, Myrna betrachtete ihre Freundin über den Rand ihres Bechers hinweg, dass Clara Gott auf der Straße begegnet war? Myrna glaubte an Gott und betete, dass Gott nicht einer der Männer oder Frauen war, die sie verraten hatte, als sie ihren Entlassungsschein unterschrieb. Das Gewicht, das Myrna mit sich herumschleppte, lastete nicht nur auf ihren Hüften.

Clara sah an den überquellenden Bücherborden vorbei zum Fenster hinaus. Myrna wusste genau, was Clara sah. Sie hatte schon unzählige Male in ebendiesem Stuhl gesessen, aus dem Fenster gestarrt und geträumt. Ihre Träume waren ganz einfacher Natur. Wie Leigh Hunts Abou Ben Adhem hatte sie immer nur von Frieden geträumt. Und hier hatte sie ihn gefunden, in diesem abgelegenen, vergessenen Dorf in den Eastern Townships. Nachdem sie jahrzehntelang Menschen behandelt hatte, denen es nie besser ging, nachdem sie jahrelang aus dem Fenster verlorenen Seelen hinterhergesehen hatte, wie sie in eine Straße einbogen, die ihr neues Heim werden sollte, hatte sich Myrna nach einer anderen Aussicht gesehnt.

Sie wusste, was Clara sah. Sie sah den Dorfanger, der jetzt unter einer dicken Schneedecke lag, eine krumme Eislaufbahn, zwei Schneemänner und am gegenüberliegenden Ende drei riesige Kiefern, die nachts unter lustigen roten, grünen und blauen Lichterketten erstrahlten. Auf der Spitze der höchsten leuchtete kilometerweit sichtbar ein heller weißer Stern.

Clara sah Frieden.

Myrna erhob sich, trat zu dem Holzofen in der Mitte ihres Ladens und nahm die alte Kaffeekanne, um sich noch einen Becher einzugießen. Sie überlegte, ob sie das kleine Töpfchen hervorholen sollte, um Milch für eine heiße Schokolade darin zu erwärmen, entschied dann aber, dass es dafür noch zu früh sei.

Sie hatte zu beiden Seiten des Ofens jeweils einen Schaukelstuhl aufgestellt und ihnen gegenüber ein Sofa, das Peter auf dem Sperrmüll in Williamsburg gefunden hatte. In der Ecke stand ein Weihnachtsbaum, den sie und Billy William aus dem Wald geholt hatten, und erfüllte den Laden mit seinem süßen Duft. Er war geschmückt, und darunter lagen bunt eingewickelte Geschenke. Daneben stand ein Tablett mit Plätzchen für alle, die im Laden vorbeischauten, Schüsselchen mit Süßigkeiten waren über den ganzen Raum verteilt.

»Woher kennt sie deine Bilder?«, fragte Myrna.

»Was glaubst du?« Clara wollte wirklich wissen, was Myrna dachte. Sie wussten beide, was Clara glaubte.

Myrna überlegte einen Moment lang mit einem Buch in der Hand. Sie konnte mit einem Buch in der Hand immer besser denken. Aber dieses Mal fiel ihr dennoch nichts ein.

»Ich weiß nicht.«

»Sicher?«, fragte Clara mit einem Grinsen.

»Du weißt es auch nicht«, sagte Myrna. »Du willst glauben, dass es Gott war. Ich muss dir leider sagen, manche Leute kamen schon für weniger in die Klapse.«

»Aber nicht lange.« Clara sah Myrna in die Augen. »Was würdest du denn an meiner Stelle glauben? Dass CC recht hat und meine Bilder Mist sind oder dass eine Obdachlose Gott ist und die Bilder brillant sind?«

»Oder du hörst endlich auf, andere über dich urteilen zu lassen, und entscheidest das selbst.«

»Das habe ich versucht.« Clara lachte. »Um zwei Uhr nachmittags sind die Sachen brillant, um zwei Uhr nachts der reinste Mist.« Sie beugte sich vor, bis ihre Hände beinahe die Myrnas berührten. Dann sah sie ihrer Freundin in die Augen und sagte mit leiser Stimme: »Ich glaube, ich bin Gott begegnet.«

Myrna lächelte, aber es war kein überhebliches Lächeln. Wenn Myrna eines wusste, dann war es das, wie wenig sie wusste.

»Ist das Ruth' Buch?« Clara nahm *Mir geht's* GUT in die Hand. »Verkaufst du es mir?«

»Aber du hast es doch gestern schon gekauft. Wir beide. Sie hat sie auch signiert. Ich bilde mir übrigens ein, gesehen zu haben, dass sie sogar ein paar Bücher von Auden signiert hat.«

»Ich habe meines irgendwo liegen lassen. Ich nehme es

mit, und wenn sie einen Anthony Hecht signiert, kaufe ich den auch.«

Clara schlug das Buch an irgendeiner Stelle auf und las.

»Alle Kinder sind mal traurig,
aber manche kommen drüber weg.
Vergiss es! Und denk mal an dein Glück,
kauf dir einen Hund, ein Kleidungsstück.
Bei manchen erfüllt auch Tanzen diesen Zweck.

Wie stellt Ruth das bloß an? Ich könnte schwören, dass sie nur eine alte Säuferin ist.«

»Das hast du von Gott auch geglaubt«, sagte Myrna.

»Hör mal zu:

Vergessen? Was denn?
Die Traurigkeit, den Schatten
dessen, was dir widerfuhr
am Tag des Gartenfestes,
als du ins Haus kamst, von der Sonne geküsst,
dein Mund verklebt vom Zucker,
in deinem neuen Kleid mit süßer Schleife
und dem Eiscremeflecken,
und als du dir im Badezimmer sagtest,
ich bin nicht das Lieblingskind.«

Myrna sah zum Fenster hinaus und fragte sich, ob der Friede ihrer kleinen Gemeinschaft, so verletzlich und kostbar, im Begriff war zu zerbrechen. Seit CC de Poitiers zu ihnen gestoßen war, hing eine Wolke darüber, die zunehmend dunkler wurde. Sie hatte etwas Hässliches mit nach Three Pines gebracht, gerade rechtzeitig zu Weihnachten.

6

Die Vorweihnachtszeit war von Geschäftigkeit geprägt. Clara liebte diese Zeit. Alles daran. Von den dämlichen Werbespots über die armselige Parade für Père Noël durch Saint-Rémy, die von Canadian Tire gesponsert wurde, bis zu den Sternsängern, die unter Gabris Leitung standen. Die Sänger gingen über die verschneiten Straßen von Haus zu Haus, und zu den Schneeflocken in der eisigen Nachtluft gesellten sich alte Lieder, Lachen und Atemwölkchen. Die Dorfbewohner luden sie in ihre Wohnzimmer ein, dann nahmen sie Aufstellung um Klaviere und Weihnachtsbäume und tranken Brandy-Eierflips, aßen geräucherten Lachs, Butterkekse und Lebkuchen und all die anderen Köstlichkeiten, die zum Fest gebacken wurden. Die Sternsänger sangen im Laufe von wenigen Abenden in jedem Haus im Dorf, nur in einem nicht. In stillschweigender Übereinkunft hielten sie sich von dem düsteren Haus auf dem Hügel fern. Dem alten Hadley-Haus.

Gabri führte in seinem viktorianischen Cape und mit Zylinder die Sänger an. Er hatte eine schöne Stimme, auch wenn er nach Höhen strebte, die ihm versagt waren. Jedes Jahr besuchte Ruth Zardo das Bistro als Weihnachtsmann, sie war, wie Gabri sagte, auserwählt worden, weil sie sich nicht extra einen Bart wachsen lassen musste. Jedes Jahr kletterte Gabri auf ihren Schoß und bat sie um die Sopranstimme eines Knaben, und jedes Jahr drohte ihm der Weihnachtsmann damit, dass er gleich im Kastratenchor singen könnte.

Jedes Weihnachten stellten Monsieur und Madame Vachon die alte *crèche* in ihrem Vorgarten auf, komplett mit Jesuskind in einer Badewanne auf Löwenfüßen, umgeben von den drei Weisen und irgendwelchen Nutztieren aus Plastik, die der Schnee langsam unter sich begrub und die im Frühling völlig unverändert wieder auftauchten, ein weiteres Wunder, wenn es auch nicht alle Dorfbewohner dafür hielten.

Billy Williams spannte die Percherons vor den leuchtend roten Schlitten und fuhr mit Jungen und Mädchen durch das Dorf, hinauf in die schneebedeckten Hügel. Die Kinder krochen unter das mottenzerfressene Bärenfell und hielten mit beiden Händen die heiße Schokolade umklammert, während die würdevollen grauen Giganten sie mit solcher Ruhe und Vorsicht zogen, als wüssten sie, dass ihre Fracht wertvoll war. Im Bistro überließ man den Eltern die Fensterplätze, wo sie heißen Cidre tranken und ihre Kinder über die Rue du Moulin verschwinden sahen, dann drehten sie sich wieder dem Lokal mit seinen ausgeblichenen Stoffen, dem wild zusammengewürfelten Mobiliar und den offenen Kaminen zu.

Clara und Peter legten letzte Hand an die Weihnachtsdekoration, stellten in der Küche Kiefernzweige passend zu der deckenhohen Waldkiefer im Wohnzimmer auf. Ihr Haus roch wie alle anderen nach Wald.

Die Geschenke lagen hübsch eingewickelt unter dem Baum. Jeden Morgen ging Clara an ihnen vorbei und freute sich, dass endlich, dank Janes Testaments, keines der Geschenke mehr vom Sperrmüll in Williamsburg stammte. Endlich würden sie sich etwas schenken, das nicht erst desinfiziert werden musste.

Peter hängte ihre Strümpfe an den Kaminsims. Sie hatten Butterplätzchen in Form von Sternen, Bäumen und Schneemännern gebacken und mit silbernen Liebesperlen, die wie Schrotkugeln aussahen, dekoriert. Jeden Abend vor dem Singen schürte Peter das Kaminfeuer an und las, während Clara auf dem Klavier klimperte und Weihnachtslieder schmetterte. Myrna oder Ruth, Gabri oder Olivier schauten des Öfteren vorbei und tranken etwas oder ließen sich zu einem zwanglosen Abendessen einladen.

Auf einmal war der Vierundzwanzigste da, und sie machten sich alle auf den Weg zu Emilies *réveillon*-Feier. Aber zuerst zur Mitternachtsmesse in der Kirche St. Thomas.

»Stille Nacht, heilige Nacht«, sang die Gemeinde mit mehr Begeisterung als Können. Es hörte sich ein wenig wie das alte Seemannslied »What Shall We Do With the Drunken Sailor« an. Wie selbstverständlich führte Gabris schöner Tenor sie oder machte es zumindest deutlich, wenn sie sich auf musikalisches Neuland gewagt hatten oder auf hoher See verloren gegangen waren. Mit einer Ausnahme. Aus einer der hinteren Bankreihen erklang eine Stimme von so exquisiter Klarheit, dass selbst Gabri staunte. Die Stimme des Kindes schwang sich empor, vermischte sich mit den auf und ab wogenden Stimmen der Gemeinde und schwebte um die Stechpalmen- und Tannenzweige, die die Mitglieder des Vereins anglikanischer Frauen überall verteilt hatten, sodass die Gläubigen den Eindruck hatten, gar nicht in einer Kirche, sondern in einem Wald zu sein. Billy Williams hatte nackte Ahornzweige an den Dachbalken befestigt, und die anglikanischen Frauen hatten ihn auf Betreiben von Mother gebeten, kleine weiße Lichterketten darum zu schlingen. Die Decke glitzerte wie ein Sternenhimmel über dem Häuflein der versammelten Gotteskinder. Die Kirche war von Grün und Licht erfüllt.

»Grün ist das Herz-Chakra«, hatte Mother erklärt.

»Das freut den Bischof sicher«, sagte Kaye.

Am Weihnachtsabend war St. Thomas voll von Familien, aufgeregten, überdrehten Kindern, älteren Männern und Frauen, die ihr Leben lang hierhergekommen waren, immer in derselben Bank saßen und demselben Gott huldigten, hier ihre Lieben tauften, verheirateten und zur ewigen Ruhe betteten. Einige hatten sie nie zu Grabe tragen können und sie stattdessen in dem kleinen Buntglasfenster verewigt, das sich an einer Stelle befand, wo das Morgenlicht, das jüngste Licht hereinfiel. Dort marschierten sie nun in warmen Gelb-, Blau- und Grüntönen, in ewiger Vollkommenheit, erstarrt im Ersten Weltkrieg. Unter den schönen jungen Männern waren ihre Namen zu lesen und die Worte: *Sie waren unsere Kinder*.

In dieser Nacht war die Kirche voll mit Anglikanern, Katholiken, Juden, Ungläubigen und Leuten, die an etwas Unbestimmtes, auf keine Kirche Beschränktes glaubten. Sie kamen, weil St. Thomas am Weihnachtsabend voller Grün und voller Licht war.

An diesem Weihnachtsabend war sie völlig unerwartet auch noch von hinreißendem Gesang erfüllt.

»Alles schläft«, sang die Stimme und rettete die Gemeinde vor dem drohenden Untergang. Clara drehte sich um und hielt Ausschau nach dem Kind. Viele andere reckten ebenfalls ihre Hälse, um zu sehen, wer sie führte. Selbst Gabri war durch die unverhoffte und nicht ganz willkommene Gegenwart der göttlichen Stimme gezwungen, seinen Platz an der Spitze aufzugeben. Es war, als wäre ein Engel, wie es in Yeats' Wiegenlied hieß, der wimmernden Toten müde geworden und hätte die Gesellschaft der Lebenden gesucht.

Plötzlich hatte Clara eine unversperrte Sicht.

Dort hinten stand CC de Poitiers, die einen flauschigen weißen Pullover aus Kaschmir oder Mohair trug. Neben ihr stand der Ehemann, mit gerötetem Gesicht und stumm wie ein Fisch. Neben ihm wiederum stand ein dickes Mädchen, das ein ärmelloses quietschrosa Strandkleid trug. Ihre Unterarme zierten dicke Wülste, und die Speckrollen um ihren Bauch ließen sie in dem engen Kleid wie ein dahinschmelzendes Erdbeereis aussehen. Es war grotesk.

Aber sie hatte ein schönes Gesicht. Clara hatte das Kind schon gesehen, wenn auch immer nur aus größerer Entfernung und mit verdrossener, unglücklicher Miene. Aber jetzt war das Gesicht zu den Deckenbalken mit den Lichterketten gehoben und trug einen Ausdruck, in dem Clara Seligkeit erkannte.

»O wie lacht«. Cries außerordentliche Stimme spielte zwischen dem Gebälk mit den Lichtern, dann schlüpfte sie unter der Tür der alten Kapelle nach draußen und tanzte mit den sanft herabschwebenden Schneeflocken und den abgestellten Autos und kahlen Ahornbäumen. Die Worte des alten Weihnachtsliedes glitten über den zugefrorenen Teich, ließen sich in den Weihnachtsbäumen nieder und drangen in jedes glückliche Heim in Three Pines.

Nach dem Gottesdienst eilte der Pfarrer zur Christmette im benachbarten Cleghorn Halt.

»Joyeux Noël«, sagte Peter zu Gabri, als sie sich auf den Stufen vor der Kirche zu dem kurzen Gang durch das Dorf zu Emilies Haus versammelten. »Was für eine schöne Nacht.«

»Und was für ein schöner Gottesdienst«, sagte Clara, die neben Peter trat. »War die Stimme dieses Kindes nicht unglaublich?«

»Nicht schlecht«, gab Gabri zu.

»Nicht schlecht?« Mother Bea watschelte zu ihnen, Kaye an ihrem Arm wie einen Muff und Emilie an der anderen Seite. »Sie war wirklich unglaublich. Ich habe noch nie eine solche Stimme gehört, ihr vielleicht?«

»Ich brauche was zu trinken«, sagte Kaye. »Wann gehen wir endlich?«

»Jetzt gleich«, beruhigte Em sie.

»Olivier holt das Essen aus dem Bistro«, sagte Gabri. »Wir haben gedünsteten Lachs gemacht.«

»Willst du mich heiraten?«, fragte Myrna.

»Ach, das fragst du doch bestimmt jedes Mädchen«, sagte Gabri.

»Nein, du bist die Erste«, bekannte Myrna und lachte. Aber das Lachen verging ihr rasch.

»Du bist eine dumme Göre«, hörten sie eine Stimme auf der anderen Seite der Kirche zischen. Alle erstarrten, die Worte, die durch die frostige Nachtluft schnitten, brachten sie unvermittelt zum Verstummen. »Alle Leute haben dich angestarrt. Wie peinlich!«

Es war CCs Stimme. Die Kirche hatte einen Seiteneingang, von dem aus ein Pfad zur Rue du Moulin und zu dem alten Hadley-Haus führte. CC musste dort im Schatten der Kirche stehen.

»Sie haben dich ausgelacht. ›Halleluja tönte es laut von fern und nah‹«, sang CC mit kindlicher, falscher Stimme. »Und was du anhast. Bist du krank? Ich glaube, du bist nicht mehr ganz zurechnungsfähig.«

»Also wirklich, CC«, war eine männliche Stimme zu vernehmen, so unterwürfig und leise, dass sie kaum die Schneeflocken durchdrang.

»Sie ist deine Tochter. Sieh sie an. Fett, hässlich und faul. Genau wie du. Hast du vielleicht nicht alle Tassen im Schrank, Crie? Ist es das? Hm? Ist es das?«

Keiner der Freunde rührte sich, so als versteckten sie sich vor einem Ungeheuer, leise flehend, bitte, bitte, jemand würde es zum Schweigen bringen. Irgendjemand anderes.

»Und du hast dein Geschenk ausgepackt, du selbstsüchtiges Kind.«

»Aber du hast doch gesagt, dass ich …«, war die leise Erwiderung zu hören.

»Ich, ich, ich. Das ist alles, was ich von dir höre. Hast du dich überhaupt bedankt?«

»Danke für die Schokolade, Mommy.« Die Stimme und das Mädchen wurden immer kleiner, so als wollten sie verschwinden.

»Zu spät. Es zählt nicht mehr, wenn ich erst darum betteln muss.« Das Ende des Satzes ging im Klackern von CCs Schuhen auf dem Weg unter, das klang, als liefe sie auf Krallen.

Die Gemeinde stand wortlos da. Neben Clara fing Gabri an zu summen, tief und langsam, dann formte er fast unhörbar die Worte des alten Weihnachtsliedes: »Traurig, seufzend, blutend, sterbend, eingemauert in dem kalten steinernen Grab.«

Sie waren dem Ungeheuer entkommen. Statt ihrer hatte es ein verängstigtes Kind verschlungen.

7

»*Joyeux Noël, tout le monde*«, strahlte Em ein paar Minuten später, als sie ihren Gästen die Haustür öffnete. Ihr ein Jahr alter Schäferhund Henri raste zur Tür hinaus und sprang jeden Neuankömmling an, bevor er mit einem Stück Weihnachtskuchen zurück in die Diele gelockt werden konnte. Das fröhliche Durcheinander trug dazu bei, das Unbehagen, das nach CCs Grobheiten zurückgeblieben war, vergessen zu lassen. Das gesamte Dorf schien gleichzeitig einzutreffen, die Leute liefen die Stufen zu Ems breiter Veranda hoch und schüttelten den Schnee von Hüten und Mänteln.

Emilies Haus war ein riesiges altes Schindelhaus, das genau gegenüber dem der Morrows auf der anderen Seite des Angers stand. Olivier, die Platte mit dem Lachs auf dem Arm, blieb außerhalb des Lichtkreises, der auf die Veranda fiel, stehen.

Es berührte ihn jedes Mal wieder, wenn er sich Ems hübschem Haus näherte, besonders nachts. Es war, als beträte er eines der Märchen, die er im Schein einer Taschenlampe unter der Bettdecke gelesen hatte und in denen es von rosenüberwucherten Cottages und schmalen steinernen Brücken, glühenden Feuerstellen und Paaren, die sich zufrieden an den Händen hielten, wimmelte. Sein erleichterter Vater hatte gedacht, er würde den *Playboy* lesen, aber stattdessen tat er etwas unendlich Genussvolleres und Gefährlicheres. Er träumte von dem Tag, an dem er sich seine eigene Märchenwelt erschaffen würde, zumindest teilweise hatte er das mittlerweile geschafft. Er hatte seinen Prinzen gefunden. Und wenn er Ems Cottage sah, dessen warmes gelbes Licht ihm schon von fern den Weg leuchtete, dann wusste er, dass er in ebenjenes Buch trat, mit dem er sich getröstet hatte, als die Welt kalt, hart und ungerecht zu sein schien. Jetzt lächelte er und ging auf das Haus zu, seine Gabe für den Weihnachtsabend vor sich her tragend. Er ging vorsichtig, damit er nicht auf dem Eis ausrutschte, das möglicherweise unter der dünnen Schneedecke lag. Das reine Weiß war schön und gleichzeitig gefährlich. Man wusste nie genau, was sich darunter verbarg. Ein Winter in Québec konnte einen sowohl verzaubern als auch umbringen.

Die Gäste trugen das mitgebrachte Essen in die allseits bekannte Küche und beluden Herd und Ofen mit immer mehr Eintöpfen und Pies. Schüsseln, bis an den Rand mit kandiertem Ingwer, Früchten und Kirschen mit Schokoladenglasur gefüllt, machten sich den Platz auf dem Küchenbüfett mit Puddings, Kuchen und Plätzchen streitig. Die kleine Rose Lévesque starrte zu dem *bûche de Noël* hoch, dem traditionellen Weihnachtskuchen in Form eines Baumstamms aus Biskuit und Buttercreme, ihre winzigen, pummeligen Finger klammerten sich an das mit Weihnachtsmännern, Rentieren und Weihnachtsbäumen bestickte Tischtuch. Im Wohnzimmer bereiteten Ruth und Peter Drinks zu, Ruth schenkte sich Scotch in ein Glas, von dem Peter wusste, dass es eine Vase war.

Die Lichter auf dem Baum brannten, und die Vachon-Kinder saßen daneben und lasen die Namensschildchen an dem Berg von bunt eingewickelten Geschenken auf der Suche nach den ihren. Die Wangen einiger Gäste glühten so rot wie das Feuer im Kamin. Im Esszimmer bog sich der ausgezogene Tisch ächzend unter den Schmortöpfen und *tourtières,* hausgemachten Baked Beans und gepökeltem Schinken. Am Kopfende des Tisches thronte würdevoll ein Truthahn. Die Mitte des Tisches war wie jedes Jahr einem von Myrnas prächtigen Blumenarrangements vorbehalten. Dieses Jahr war es ein Gesteck aus Tannenzweigen und einer wunderschönen Amaryllis. In dem kleinen Tannenwald steckte in einem Bett aus Mandarinen, Cranberrys und Schokolade ein Lautsprecher, aus dem leise kanadische Weihnachtslieder erklangen.

Olivier trug den im Ganzen gedünsteten Lachs zu Tisch. Für die Kinder, die sich, ganz ohne Aufsicht, mit Süßigkeiten vollstopften, wurde ein Punsch zubereitet.

In dieser Weise feierte Emilie Longpré den *réveillon,* das Fest, das vom Weihnachtsabend zum ersten Weihnachtsfeiertag überleitete, eine alte Tradition aus Québec, genau so hatten es ihre Mutter und ihre *grandmère* in demselben Haus an demselben Abend gehalten. Clara entdeckte Em, die die Runde machte, und legte ihr den Arm um die schmale Taille.

»Kann ich dir helfen?«

»Nein, meine Liebe. Ich will nur sichergehen, dass es allen gut geht.«

»Uns geht es hier immer gut«, sagte Clara wahrheitsgemäß, gab Em einen zarten Kuss auf beide Wangen und schmeckte Salz. Sie hatte an diesem Abend geweint, und Clara wusste, warum. Zu Weihnachten waren die Häuser voll von den Menschen, die anwesend waren, und denen, die abwesend waren.

»Wann nimmst du eigentlich endlich deinen Weihnachtsmannbart ab?«, fragte Gabri, der neben Ruth auf dem abgewetzten Sofa am Feuer saß.

»Miststück«, murmelte Ruth.

»Schlampe«, sagte Gabri.

»Seht mal da.« Myra ließ sich neben Ruth aufs Sofa fallen, ihr Gewicht katapultierte die anderen beiden beinahe in die Höhe. Myrna deutete mit ihrem Teller zu einer Gruppe junger Frauen, die beim Weihnachtsbaum standen und über den Sitz ihrer Frisuren klagten. »Die Mädchen da denken, dass mit ihren Haaren was nicht stimmt. Die werden schon noch sehen.«

»Stimmt«, sagte Clara, die sich suchend nach einem Stuhl umsah. Überall standen Leute herum, die auf Französisch und Englisch miteinander quasselten. Schließlich setzte sie sich auf den Boden und stellte ihren voll beladenen Teller auf den Sofatisch. Peter gesellte sich zu ihr.

»Um was geht's?«

»Haare«, sagte Myrna.

»Rette dich«, sagte Olivier und streckte die Hand nach Peter aus. »Für uns ist es zu spät, aber du kannst noch davonkommen. Soweit ich weiß, ist auf dem anderen Sofa eine Diskussion über Prostataprobleme im Gange.«

»Setz dich.« Clara zog Peter an seinem Gürtel nach unten. »Die Mädchen dort denken, dass sie ein Problem haben.«

»Die werden schon noch sehen, wie es erst ist, wenn die Wechseljahre kommen«, fuhr Myrna fort.

»Prostata?«, fragte Peter Olivier.

»Und Hockey«, seufzte er.

»Hört ihr Kerle zu?«

»Es ist wirklich schlimm, eine Frau zu sein«, sagte Gabri. »Erst kriegen wir unsere Tage, dann verlieren wir unsere Jungfräulichkeit an euch Tiere, dann verlassen die Kinder das Haus, und wir geraten in eine Sinnkrise …«

»Nachdem wir die besten Jahre unseres Lebens an undankbare Widerlinge und egoistische Kinder vergeudet haben«, nickte Olivier.

»Kaum haben wir uns dann für einen Töpferkurs und ein Kochseminar angemeldet, bums …«

»Oder auch nicht«, sagte Peter und lächelte Clara an.

»Pass auf, was du sagst, Bürschchen.« Sie piekste ihn mit ihrer Gabel.

»Wechseljahre«, sagte Olivier mit einer sonoren Radio-Ansagerstimme.

»Mir haben Hitzewallungen immer Spaß gemacht«, zwitscherte Gabri.

»Das erste graue Haar. Erst dann stimmt etwas nicht mit den Haaren, vorher nicht«, sagte Myrna, ohne den Männern Beachtung zu schenken.

»Wenn das erste aus deinem Kinn wächst«, sagte Ruth. »Dann stimmt erst recht was nicht.«

»Oh, das ist wahr!« Lachend gesellte sich Mother zu ihnen. »Die langen drahtigen.«

»Vergiss nicht den Schnurrbart«, sagte Kaye und ließ sich auf dem Platz nieder, den Myrna ihr angeboten hatte. Gabri stand auf, damit Mother sich setzen konnte. »Wir haben ein feierliches Abkommen getroffen.« Kaye nickte zu Mother und blickte dann zu Em, die sich mit ein paar Nachbarn unterhielt. »Wenn eine bewusstlos im Krankenhaus liegt, sorgen die anderen dafür, dass es entfernt wird.«

»Das Beatmungsgerät?«, fragte Ruth.

»Das Kinnhaar«, sagte Kaye und blickte Ruth leicht alarmiert an. »Ich streiche dich von der Besucherliste. Mother, mach dir bitte eine Notiz.«

»Ach, das habe ich mir schon vor Jahren notiert.«

Clara trug ihren leer gegessenen Teller zum Büfett zurück und kehrte kurz darauf mit Trifle, Schokoladenkuchen und einer kleinen Lakritzauswahl zurück.

»Die habe ich den Kindern geklaut«, sagte sie zu Myrna. »Du solltest dich beeilen, wenn du welche willst. Die wissen langsam, was gut ist.«

»Ich esse einfach deine«, sagte Myrna und hätte sich auch eine Lakritzpfeife geschnappt, wenn nicht eine Gabel ihre Hand bedroht hätte.

»Ihr Süchtigen seid wirklich furchtbar.« Myrna blickte auf Ruth' Vase, aus der die Hälfte des Scotchs verschwunden war.

»Da liegst du falsch«, sagte Ruth, die Myrnas Blick gefolgt war. »Das war einmal meine Lieblingsdroge. Als Heranwachsende war es Anerkennung, in meinen Zwanzigern war es Wertschätzung, in meinen Dreißigern Liebe, in meinen Vierzigern war es Scotch. Das hielt eine ganze Weile an«, gab sie zu. »Das Einzige, wonach ich mich jetzt noch wirklich sehne, ist eine gute Verdauung.«

»Ich bin süchtig nach Meditation«, sagte Mother, die gerade ihre dritte Portion Trifle aß.

»Das wäre übrigens eine Idee.« Kaye wandte sich an Ruth. »Du könntest Mother im Zentrum besuchen. Beim Meditieren kannst du jeden Scheiß loswerden.«

Schweigen breitete sich auf diese Bemerkung hin aus. Clara kämpfte darum, das eklige Bild, das vor ihrem inneren Auge aufgetaucht war, wieder loszuwerden, und war froh, als Gabri ein Buch von dem Stapel unter dem Sofatisch nahm und es in die Höhe hielt.

»Da wir gerade von Scheiß sprechen, ist das nicht CCs Buch? Em muss es während deiner Signierstunde gekauft haben, Ruth.«

»Sie hat wahrscheinlich genauso viele Bücher verkauft wie ich. Ihr seid alle Verräter«, sagte Ruth.

»Das müsst ihr euch anhören.« Gabri schlug *Be Calm* auf, und Clara bemerkte, dass Mother Anstalten machte, sich zu erheben, aber Kaye legte ihr eine ihrer Klauen auf den Arm und zwang sie, sitzen zu bleiben.

»Daher«, las Gabri, »leuchtet es sicherlich ein, dass Farben wie Gefühle schädlich sein können. Es ist kein Zufall, dass negativen Gefühlen Farben zugeordnet werden, zum Beispiel Rot für den Zorn, Grün für den Neid, Blau für die Traurigkeit. Aber wenn man alle Farben zusammenmischt –

was bekommt man dann? Weiß. Weiß ist die Farbe des Göttlichen, der Balance. Unser Ziel ist Balance. Die erreicht man nur, wenn man die Gefühle in seinem Inneren bewahrt, am besten unter einer Schicht Weiß. Das ist Li Bien, eine altehrwürdige Lehre. In diesem Buch erfahren Sie, wie Sie lernen, Ihre wahren Gefühle zu verbergen, sie vor einer kalten und voreingenommenen Welt zu schützen. Li Bien ist die alte chinesische Kunst, Farbe im Inneren aufzutragen. Die Farben, die Gefühle werden innen bewahrt. Nur so lassen sich Frieden, Harmonie und Ruhe erreichen. Wenn wir alle unsere Gefühle in uns behielten, gäbe es keinen Zwist, keine Bosheit, keine Gewalt, keinen Krieg. Mit *Be Calm* biete ich Ihnen und dieser Welt Frieden und Ruhe.« Gabri klappte das Buch zu. »Das war nicht gerade Li Bien, was heute Abend aus dem Yin-Yang kam.«

Peter fiel in das Gelächter der anderen ein, aber er vermied es, einem von ihnen in die Augen zu sehen. Insgeheim, unter seiner weißen Haut, stimmte Peter CC zu. Gefühle waren gefährlich. Gefühle wurden am besten unter einer ruhigen und friedlichen Maske verborgen.

»Das verstehe ich nicht«, sagte Clara, die durch das Buch blätterte und an einer bestimmten Passage hängen geblieben war.

»Und den anderen Kram schon?«, fragte Myrna.

»Na ja, nein, aber hier heißt es, dass sie ihre Lebensphilosophie in Indien erworben hat. Vorher hieß es doch, dass Li Bien chinesisch ist, oder?«

»Du suchst tatsächlich nach einem Sinn in dem Ganzen?«, fragte Myrna. Clara hatte sich wieder über das Buch gebeugt, und ihre Schultern fingen an zu zucken, schließlich bebte sie am ganzen Leib und blickte zu ihren Freunden auf, die sich schon Sorgen machten.

»Was ist los?« Myrna streckte ihre Hand nach Clara aus, der die Tränen über die Wangen liefen.

»Die Namen ihrer Gurus«, brachte Clara zwischen zwei Schluchzern heraus. Myrna war sich auf einmal nicht mehr sicher, ob sie weinte oder lachte.

»Krishnamurti Das, Ravi Shankar Das, Gandhi Das. Ramen Das. Khalil Das. Gibran Das. Sie nennen sie sogar CC Das.« Inzwischen brüllte Clara vor Lachen wie die meisten anderen.

Die meisten. Aber nicht alle.

»Was soll daran falsch sein?«, sagte Olivier und wischte sich die Augen. »Gabri und ich folgen dem Weg von Häagen-Dazs, der von Zeit zu Zeit recht steinig sein kann.«

»Und einer deiner Lieblingsfilme ist *Das Boot*«, sagte Clara zu Peter, »du müsstest also auch erleuchtet sein.«

»Stimmt, allerdings ist da das Das andersrum.«

Carla fiel vor Lachen gegen Peter, Henri kam angelaufen und sprang auf sie beide drauf. Als Clara sich und auch Henri wieder beruhigt hatte, stellte sie überrascht fest, dass Mother gegangen war.

»Was hat sie denn?«, fragte sie Kaye, die ihrer Freundin nachsah, wie sie ins Esszimmer zu Em ging. »Haben wir etwas Falsches gesagt?«

»Nein.«

»Wir wollten sie nicht beleidigen«, sagte Clara und nahm Mothers Platz neben Kaye ein.

»Das habt ihr doch auch nicht. Ihr habt ja nicht einmal über sie gesprochen.«

»Wir haben über Dinge gelacht, die Mother ernst nimmt.«

»Ihr habt über CC gelacht, nicht über sie. Das weiß sie sehr wohl zu unterscheiden.«

Clara war nicht ganz überzeugt. CC und Mother hatten beide ihr Unternehmen Be Calm genannt. Sie lebten jetzt beide in Three Pines, und sie folgten einem ähnlichen spirituellen Weg. Clara fragte sich, ob die Frauen vielleicht mehr verbargen als nur ihre Gefühle.

Die Rufe *»Joyeux Noël«* verloren sich in der Nacht, als die Weihnachtsfeier zu Ende war. Emilie winkte den letzten ihrer Gäste nach und schloss die Tür.

Es war halb drei Uhr morgens, und sie war völlig erschöpft. Sie stützte sich mit der Hand am Tisch in der Diele ab und ging langsam in das Esszimmer zurück. Clara, Myrna und die anderen hatten schon aufgeräumt und heimlich das Geschirr gespült, während sie mit einem kleinen Glas Scotch auf dem Sofa gesessen und sich mit Ruth unterhalten hatte.

Sie hatte Ruth immer gemocht. Alle waren überrascht gewesen, als vor mehr als zehn Jahren ihr erster Gedichtband erschienen war, überrascht, dass eine augenscheinlich so spröde und verbitterte Frau so viel Schönheit in sich bergen konnte. Aber Em hatte es gewusst. Sie hatte es schon immer gewusst. Das hatte sie mit Clara gemein, und das war einer der vielen Gründe, die Em für Clara eingenommen hatten, von dem Tag an, als diese jung, arrogant, voller Ungestüm und Talent hier aufgetaucht war. Clara sah Dinge, die andere nicht sehen konnten. Wie der kleine Junge in *The Sixth Sense*, aber statt Geister sah Clara das Gute. Was an sich wiederum ziemlich unheimlich war. Es war so viel angenehmer, in den anderen das Schlechte zu sehen; dadurch hatte man alle möglichen Entschuldigungen für das eigene schlechte Verhalten parat. Aber das Gute? Nur wirklich besondere Menschen sahen das Gute in anderen.

Auch wenn nicht jeder, wie Em sehr wohl wusste, etwas Gutes in sich trug, das man sehen konnte.

Sie ging zu der Musikkommode, zog eine Schublade auf und holte vorsichtig einen einzelnen Wollhandschuh heraus. Darunter lag eine Schallplatte. Sie legte die Platte auf, streckte die Hand aus, um den Abspielknopf zu drücken, der Finger gekrümmt und zitternd wie eine ermattete Version von Michelangelos *Schöpfung*. Dann ging sie zum

Sofa zurück und hielt dabei behutsam den Handschuh, als befände sich noch eine Hand darin.

In den rückwärtigen Zimmern schliefen Mother und Kaye. Seit Jahren verbrachten die drei Freundinnen den Weihnachtsabend miteinander und begingen den folgenden Tag in aller Ruhe. Em glaubte, dass dies ihr letztes Weihnachten war. Sie glaubte auch, dass es Kayes letztes war, vielleicht sogar Mothers. Halb drei.

Die Musik setzte ein, und Emilie Longpré schloss die Augen.

In ihrem Zimmer konnte Mother die ersten Takte von Tschaikowskys Violinkonzert D-Dur hören. Mother hörte es immer nur am Weihnachtsabend, auch wenn es früher einmal ihr Lieblingsstück gewesen war. Es war für sie alle etwas Besonderes. Für Em am meisten, das war klar. Jetzt spielte sie es nur noch einmal im Jahr, in den frühen Morgenstunden zwischen dem Weihnachtsabend und dem ersten Weihnachtsfeiertag. Es brach Mother das Herz, wenn sie es hörte und daran dachte, dass ihre Freundin allein im Wohnzimmer saß. Aber sie respektierte und liebte Em zu sehr, um ihr diese Zeit, die sie allein mit ihrer Trauer und ihrem Sohn verbrachte, zu nehmen.

In dieser Nacht befand sich Mother in Gesellschaft ihrer eigenen Trauer. Sie wiederholte beständig, du wirst Ruhe finden, du wirst Ruhe finden. Aber das Mantra, das ihr so viele Jahre Ruhe gebracht hatte und nach dem sie ihr Zentrum – Be Calm – benannt hatte, hatte plötzlich seine Bedeutung verloren, war von dieser schrecklichen, gestörten, monströsen Frau seiner Kraft beraubt worden. Dieser verfluchten CC de Poitiers.

Kaye drehte sich ächzend um. Selbst wenn sie sich nur auf die Seite drehte, überfielen sie unerträgliche Schmerzen. Ihr

Körper gab langsam auf. Es hieß immer, dass man den Geist aufgab. Aber genau das Gegenteil war der Fall. Sie verwandelte sich in einen Geist. Sie schlug die Augen auf und wartete, bis sie sich an die Dunkelheit gewöhnt hatten. Aus der Ferne hörte sie Tschaikowsky. Es war, als würde die Musik nicht nur durch ihre halb tauben Ohren zu ihr vordringen, sondern auch durch ihre Brust, direkt in ihr Herz, wo sie sich ausbreitete. Es war kaum auszuhalten. Kaye nahm einen tiefen, rasselnden Atemzug und hätte Emilie beinahe zugerufen, dass sie die Musik ausmachen sollte. Diese göttliche Musik ausmachen. Aber sie tat es nicht. Sie liebte ihre Freundin zu sehr, um ihr die Zeit mit David zu nehmen.

Die Musik ließ sie an ein anderes Kind denken. Crie. Wer nannte sein Kind Crie? Wie cri, der Schrei? Namen waren wichtig, das wusste Kaye. Wörter waren wichtig. Das Kind hatte an diesem Abend wie ein Engel gesungen, es hatte sie alle für einen kurzen Moment am Göttlichen, am Übermenschlichen teilhaben lassen. Aber mit einigen wenigen wohlgewählten Worten hatte ihre Mutter das in etwas Hässliches verwandelt, was noch Minuten zuvor etwas ganz Wunderschönes war. CC war eine Alchemistin mit der ungewöhnlichen Gabe, Gold in Blei zu verwandeln.

Was hatte Cries Mutter gehört, das eine solche Reaktion hervorrufen konnte? Es konnte jedenfalls nicht dieselbe Stimme gewesen sein. Vielleicht hatte sie sie gehört, und genau das war das Problem. Vielleicht hörte sie auch noch andere Stimmen.

Sie wäre nicht die Erste.

Kaye versuchte, diesen Gedanken beiseitezudrängen, aber er kehrte immer wieder zurück. Und ein anderer Gedanke, eine andere Stimme tauchte auf, die eines Mannes, melodisch, irisch, freundlich.

»Du hättest dem Kind beistehen sollen. Warum hast du nichts unternommen?«

Es war immer dieselbe Frage und immer dieselbe Antwort. Sie hatte Angst. Hatte ihr Leben lang Angst gehabt.

Und jetzt ist es jetzt.
Und das finstere Ding ist hier,
Und am Ende ist es nichts Neues;

Die Verse von Ruth Zardos Gedicht kamen ihr in den Sinn. Heute Nacht hatte das finstere Ding einen Namen und ein Gesicht und trug ein rosa Kleid.

Das finstere Ding war nicht CC, es war die Anklage in Gestalt von Crie.

Kaye ließ ihren Blick umherwandern, sie umklammerte mit beiden Händen die Decke unter ihrem Kinn, um sich warm zu halten. Ihr war seit Jahren nicht mehr richtig warm gewesen. Ihr Blick fiel auf die rote Digitalanzeige des Weckers. Drei Uhr. Und hier lag sie, in ihrem Schützengraben. Kalt und zitternd. Heute Nacht hätte sie die Gelegenheit gehabt, all die Momente der Feigheit in ihrem Leben wiedergutzumachen. Alles, was sie hätte tun müssen, war, das Kind zu verteidigen.

Kaye wusste, dass es bald so weit wäre. Bald müsste sie aus ihrem Schützengraben kriechen und sich dem, was da kam, stellen. Aber sie war noch nicht bereit. Noch nicht. Bitte.

Dieses verdammte Frauenzimmer.

Em hörte, wie die Violinklänge vertraute Orte aufsuchten. Sie umspielten den Baum, suchten nach Geschenken und lachten an dem mit Eisblumen überzogenen Fenster, das zu den im Lichterglanz erstrahlenden Bäumen auf dem Dorfanger hinaussah. Das Konzert erfüllte den ganzen Raum und einen segensreichen Moment lang konnte Em mit geschlossenen Augen so tun, als spiele nicht Yehudi Menuhin, sondern ein anderer.

Die Weihnachtsabende glichen sich stets. Aber dieser war schlimmer als die meisten. Sie hatte zu viel gehört. Zu viel gesehen.

Plötzlich wusste sie, was sie zu tun hatte.

Der Morgen des ersten Weihnachtsfeiertags zog klar und sonnig herauf, die mit dem gestrigen Schnee überzuckerten Zweige der Bäume brachten die Welt zum Glitzern. Clara öffnete die Tür ihres Windfangs, um Lucy, den Golden Retriever, hinauszulassen, und atmete tief die frische Luft ein.

Der Tag ging friedlich dahin. Peter und Clara öffneten ihre Strümpfe, die mit Rätselheften, Zeitschriften, Süßigkeiten und Orangen gefüllt waren. Aus Peters Strumpf quollen Cashewkerne, und die Gummibärchen aus dem von Clara hielten nicht lange vor. Bei Kaffee und Pancakes zum Frühstück öffneten sie ihre größeren Geschenke. Peter war entzückt über seine Armani-Uhr und legte sie gleich um, wobei er den Ärmel seines Frottebademantels weit über seinen Ellbogen schob, damit er sie besser bewundern konnte.

Dann kramte er mit großem Trara unter dem Baum herum und tat so, als finde er das Geschenk für sie nicht mehr, bis er schließlich mit hochrotem Kopf wieder auftauchte.

Er reichte ihr etwas in Rentiergeschenkpapier gewickeltes Rundes.

»Bevor du es auspackst, möchte ich dir etwas sagen.« Er wurde noch ein wenig röter. »Ich weiß, wie sehr dich diese Sache mit Fortin und CC verletzt hat.« Sie wollte protestieren, aber er bedeutete ihr zu schweigen. »Ich weiß auch von Gott.« Er fühlte sich unglaublich dumm, als er das sagte. »Ich meine, du hast mir erzählt, dass du Gott auf der Straße begegnet bist, obwohl du wusstest, dass ich es nicht glauben würde. Ich wollte dir nur sagen, dass ich es zu schätzen weiß, dass du mir davon erzählt und darauf vertraut hast, dass ich dich nicht auslachen würde.«

»Aber das hast du doch getan.«

»Gut, aber nicht sehr. Jedenfalls wollte ich dir sagen, dass ich darüber nachgedacht habe, und du hast recht, ich glaube nicht, dass Gott eine Obdachlose ...«

»Was denkst du denn, wer oder was Gott ist?«

Er wollte ihr nur ein Geschenk überreichen, und sie – sie löcherte ihn mit Fragen nach Gott.

»Du weißt, was ich glaube, Clara. Ich glaube an Menschen.«

Sie verstummte. Sie wusste, dass er nicht an Gott glaubte, und das war natürlich in Ordnung. Das war selbstverständlich ganz allein seine Sache. Aber sie wusste auch, dass er nicht wirklich an Menschen glaubte. Zumindest dachte er nicht, dass sie gut, freundlich und wunderbar waren. Vielleicht hatte er das einmal getan, aber nach dem, was mit Jane passiert war, sicher nicht mehr.

Jane war ermordet worden, und dabei war auch in Peter etwas gestorben.

Nein, sosehr sie ihren Mann auch liebte, sie musste sich eingestehen, dass das Einzige, woran er glaubte, er selbst war.

»Das stimmt nicht«, sagte er und setzte sich neben sie auf das Sofa. »Ich weiß genau, was du denkst. Ich glaube an dich.«

Clara blickte in sein ernstes, schönes Morrow-Gesicht und küsste es.

»CC und Fortin sind Idioten. Ich habe nie einen Hehl daraus gemacht, dass ich deine Arbeiten nicht verstehe, sie vielleicht niemals verstehen werde, aber ich weiß, dass du eine großartige Künstlerin bist. Ich weiß es hier.«

Er berührte seine Brust, und Clara glaubte ihm. Vielleicht drang sie endlich zu ihm durch. Vielleicht wurde er auch nur besser darin, ihr zu sagen, was sie hören wollte. Beides war ihr recht.

»Pack dein Geschenk aus.«

Clara riss ungeduldig das Papier auf. Peter konnte kaum zusehen. Er fing die durch die Luft fliegenden Fetzen auf und strich sie glatt.

Es war eine Kugel. Was wenig überraschend war. Überraschend war dagegen ihre Schönheit. Sie schien in ihren Händen zu leuchten. Sie war mit einem schlichten Bild bemalt. Drei Bäume, von Schnee bedeckt. Darunter stand ein einziges Wort, *Noël*. Bei all seiner Schlichtheit war das Bild weder grob noch naiv gemalt. Es war von einem Stil, wie ihn Clara noch nie gesehen hatte. Eine leichte Eleganz. Eine sich ihrer selbst gewisse Schönheit.

Clara hielt sie gegen das Licht. Wie konnte eine bemalte Kugel so sehr leuchten? Dann sah sie näher hin. Und lächelte. Sie blickte zu Peter, der sie erwartungsvoll beobachtete. »Die Farbe ist überhaupt nicht außen. Sie ist ganz aus Glas. Die Farbe ist innen. Kaum zu glauben.«

»Gefällt sie dir?«, fragte er leise.

»Sie ist wunderbar. Wie du. Danke, Peter.« Sie umarmte ihn, ohne die Kugel wegzulegen. »Es muss ein Weihnachtsschmuck sein. Glaubst du, es ist ein Bild von Three Pines? Die drei Bäume darauf sehen genau aus wie die Kiefern auf unserem Dorfanger. Aber ich denke mal, drei Nadelbäume, die zusammenstehen, sehen immer so aus. Ich finde sie wunderschön, Peter. Es ist das schönste Geschenk, das es gibt. Und ich werde auch nicht fragen, woher du es hast.«

Dafür war er ihr dankbar.

Um elf Uhr war die Kastanienfüllung im Truthahn und der Truthahn im Ofen, er erfüllte das Haus mit noch mehr wunderbaren weihnachtlichen Düften. Peter und Clara beschlossen, einen Spaziergang zum Bistro zu machen, und begegneten auf dem Weg einigen Nachbarn. Bei den meisten brauchten sie einen Moment, um sie zu erkennen, weil sie offenbar in ihren Weihnachtsstrümpfen neue Mützen gefunden hatten, nachdem die lieb gewordenen alten von Hunden und Kätzchen angenagt worden waren. Den ganzen Winter über spielten die Haustiere mit den Bommeln der Mützen, bis die meisten Dorfbewohner schließlich irgendwann wie Kerzen aussahen, mit einem Docht auf dem Haupt statt des Wollballs.

Im Bistro angekommen, entdeckte Clara Myrna, die mit einem Glas Glühwein am Kamin saß. Sie kämpften sich aus ihren Mänteln, die sie offenbar nicht aus ihrer Umarmung lassen wollten, und legten ihre Mützen und Handschuhe auf den Heizkörper, damit sie warm blieben. Fortwährend trafen fröhlich lachende Dorfbewohner mit ihren Kindern ein, die vom Langlaufen oder Schneeschuhlaufen kamen, mit dem Schlitten den Hügel an der Mühle hinuntergesaust oder auf dem Teich Schlittschuh gelaufen waren. Einige machten sich gerade auf den Weg zum Mont Saint-Rémy, wo sie nachmittags Ski fahren wollten.

»Wer ist das?« Myrna deutete auf einen Mann, der allein an einem Tisch saß.

»Monsieur Molson Canadian. Er bestellt immer ein Molson Canadian. Knickert nicht beim Trinkgeld«, sagte Olivier und stellte zwei Irish Coffee vor Clara und Peter auf den Tisch und dazu ein paar Lakritzpfeifen. »Fröhliche Weihnachten.« Er küsste sie beide, dann nickte er zu dem Fremden. »Er ist vor ein paar Tagen aufgetaucht.«

»Vielleicht hat er sich irgendwo eingemietet«, sagte Myrna. Es war ungewöhnlich, Fremde in Three Pines zu sehen, weil es schwer zu finden war und nur selten jemand zufällig darüber stolperte.

Saul Petrov nippte an seinem Bier und biss in sein mit Roastbeef, schmelzendem Stilton und Rucola belegtes Baguette. Daneben lag auf dem Teller ein immer kleiner werdender Haufen von leicht gesalzenen Strohkartoffeln.

Es war vollkommen.

Das erste Mal seit Jahren fühlte sich Saul wieder wie ein Mensch. Er hatte nicht vor, diese freundlichen Leute anzusprechen, aber er wusste, wenn er es täte, würden sie ihn an ihren Tisch einladen. Genau diesen Eindruck machten sie jedenfalls. Ein paar hatten schon in seine Richtung gelächelt und ihre Gläser gehoben, ein *»Santé«* und *»Joyeux Noël«* mit den Lippen geformt.

Sie machten einen netten Eindruck.

Kein Wunder, dass CC sie verachtete.

Saul tauchte ein Kartoffelstäbchen in die winzige Mayonnaiseschüssel und fragte sich, wer von ihnen wohl der Künstler war. Der diesen erstaunlichen, schmelzenden Baum geschaffen hatte. Er wusste nicht einmal, ob es ein Mann oder eine Frau war.

Vielleicht sollte er sich erkundigen. Three Pines war so klein, dass er sicher jemanden fände, der ihm das sagen könnte. Er wollte dem Künstler gratulieren, ihn oder sie zu einem Bier einladen, über ihrer beider Kunst reden. Über etwas Kreatives reden, das nichts mit den finsteren Dingen zu tun hatte, die er mit CC teilte. Aber zuerst hatte er in Three Pines etwas zu erledigen. Sobald er das hinter sich gebracht hatte, würde er den Künstler suchen.

»Entschuldigung.« Er hob den Kopf, und eine riesige schwarze Frau lächelte auf ihn herunter. »Ich heiße Myrna. Mir gehört die Buchhandlung nebenan. Ich wollte Ihnen nur sagen, dass morgen in Williamsburg ein großes Gemeindefrühstück und ein Curling-Wettkampf stattfindet. Wir gehen alle hin. Es sollen Spenden für das Regionalkrankenhaus gesammelt werden. Sie sind herzlich eingeladen.«

»Wirklich?« Er hoffte, dass seine Stimme gelassener klang, als er sich fühlte. Warum hatte er plötzlich Angst? Vor dieser Frau sicher nicht. Vielleicht hatte er ja Angst vor ihrer

Freundlichkeit? Angst, dass sie ihn für einen anderen hielt. Jemanden, der interessant, talentiert und nett war.

»Das Frühstück findet im Vereinsheim der Royal Canadian Legion statt und beginnt um acht, der Curling-Wettkampf ist für zehn am Lac Brume angesetzt. Vielleicht haben Sie ja Zeit zu kommen.«

»Merci.«

»De rien. Joyeux Noël«, sagte sie in ihrem schönen, wenn auch nicht akzentfreien Französisch. Er bezahlte sein Mittagessen, ließ ein noch größeres Trinkgeld als sonst liegen, verließ das Lokal und stieg für die kurze Fahrt zum alten Hadley-Haus auf dem Hügel in sein Auto.

Er würde CC von der Veranstaltung erzählen. Es passte perfekt. Genau die Gelegenheit, auf die er gehofft hatte.

Wenn die Veranstaltung zu Ende war, hätte er auch den Auftrag, dessentwegen er hier war, abgeschlossen, und dann konnte er vielleicht mit diesen Leuten am selben Tisch sitzen.

8

»Hast du etwas gefunden?«

Chief Inspector Armand Gamache schenkte seiner Frau ein Glas Perrier ein und küsste sie auf den Scheitel, als er sich über sie beugte, um einen Blick auf das Dokument in ihrer Hand zu werfen. Es war der zweite Weihnachtsfeiertag, und sie befanden sich in seinem Büro in Montréal. Er trug, wie immer, wenn er im Büro war, einen grauen Flanellanzug, Hemd und Krawatte, und nur die elegante Kaschmirstrickjacke wies darauf hin, dass er eigentlich frei hatte. Er war zwar erst Anfang fünfzig, aber er schien aus einer anderen Zeit zu stammen, ein wahrer Gentleman. Er lächelte auf seine Frau hinunter, seine dunkelbraunen Augen betrachteten ihr leicht gelocktes ergrauendes Haar. Von dort, wo er stand, konnte er nur schwach den Duft von Joy von Jean Patou aufnehmen, dem Eau de Toilette, das er seiner Frau jedes Weihnachten schenkte. Dann ging er um sie herum und ließ sich ihr gegenüber auf dem Ledersessel nieder und rutschte in die Dellen, die er im Laufe der Jahre hineingesessen hatte. Sein Körper zeugte von den vielen Mahlzeiten, die er genossen hatte, und den ausgedehnten Spaziergängen, die er schon immer Sportarten wie Rugby vorgezogen hatte.

Seine Frau, Reine-Marie, saß in einem zweiten Ledersessel, eine riesige rot-weiß karierte Serviette auf dem Schoß, in der einen Hand ein Dossier, in der anderen ein Truthahn-

Sandwich. Sie nahm einen Bissen, dann nahm sie ihre Lesebrille ab, die sie an einer Kette trug.

»Ich hatte gehofft, ich hätte etwas gefunden, aber dem ist nicht so. Ich dachte, der Ermittlungsbeamte hätte eine bestimmte Frage nicht gestellt, aber ich sehe hier, dass er das später nachgeholt hat.«

»Um was geht es?«

»Den Fall Labarré. Der Mann, der vor die Metro gestoßen wurde.«

»Ich erinnere mich.« Gamache schenkte sich ein Glas Wasser ein. Um sie herum waren fein säuberlich Akten auf dem Boden gestapelt. »Ich wusste gar nicht, dass der Fall nie abgeschlossen wurde. Du hast nichts gefunden?«

»Tut mir leid, Schatz. Ich bin nicht besonders gut dieses Jahr.«

»Manchmal gibt es einfach nichts zu entdecken.«

Die beiden nahmen neue Akten zur Hand und lasen in einvernehmlichem Schweigen weiter. Es war inzwischen eine Tradition bei ihnen. Am zweiten Weihnachtsfeiertag nahmen sie Truthahn-Sandwiches, Obst und Käse mit in Gamaches Büro in der Mordkommission und verbrachten den Tag mit der Lektüre von Mordfällen.

Sie sah zu ihrem Mann, der sich in eine Akte versenkt hatte, versuchte, aus den Blättern die Wahrheit herauszukitzeln, in den nüchternen Worten, in den Fakten und Zahlen eine menschliche Gestalt zu entdecken. Zwischen jedem Paar Pappdeckel lebte ein Mörder.

Es waren die ungelösten Mordfälle. Vor ein paar Jahren hatte Chief Inspector Gamache seinen gleichrangigen Kollegen bei der Montréal Metropolitan Police aufgesucht und ihm bei einem Glas Cognac im Club Saint-Denis einen Vorschlag unterbreitet.

»Ein Austausch, Armand?«, hatte Marc Brault gefragt. »Wie stellen Sie sich das vor?«

»Ich würde den zweiten Weihnachtsfeiertag vorschlagen. Da ist es bei der Sûreté ruhig und in Ihrem Büro wahrscheinlich auch.«

Brault hatte genickt und Gamache dabei mit Interesse betrachtet. Er hatte wie die meisten seiner Kollegen immensen Respekt vor dem stillen Mann. Nur Idioten unterschätzten ihn, aber Brault wusste, dass es bei der Polizei von Idioten wimmelte. Idioten mit Macht, Idioten mit Waffen.

Der Fall Arnot hatte das zweifelsfrei bewiesen. Der Fall hatte den vor ihm sitzenden großen, nachdenklichen Mann beinahe zerstört. Brault fragte sich, ob Gamache die ganze Geschichte kannte. Wahrscheinlich nicht.

Armand Gamache sprach mit tiefer, angenehmer Stimme weiter. Brault fielen die grauen Schläfen und die zunehmende Glatze auf, die er nicht dadurch zu verbergen versuchte, dass er die verbliebenen Haare darüberkämmte. Der dunkle, ebenfalls ergrauende Schnurrbart war dicht und sorgfältig gestutzt. Sein Gesicht war von Sorgenfalten aber auch von Lachfalten durchzogen, und seine dunkelbraunen Augen blickten Brault nachdenklich über den Rand der Lesebrille hinweg an.

Wie hielt er nur stand?, fragte sich Brault. Schon bei der Polizei von Montréal gab es intern ein ständiges Hauen und Stechen, und er wusste, dass es bei der Sûreté von Québec noch schlimmer zuging. Weil mehr auf dem Spiel stand. Und doch war Gamache aufgestiegen und leitete die größte und renommierteste Abteilung der Sûreté.

Aber er würde sicher nicht weiter aufsteigen. Selbst Gamache wusste das. Allerdings schien Armand Gamache, anders als Marc Brault, der von Ehrgeiz getrieben war, mit seinem Leben zufrieden zu sein, sogar glücklich. Es hatte einmal eine Zeit gegeben, vor dem Fall Arnot, da hatte Brault den Verdacht gehegt, dass Gamache etwas einfältig sei, keine rechte Ahnung habe. Das glaubte er inzwischen nicht mehr. Jetzt wusste er, was hinter den freundlichen Augen und der ruhigen Miene steckte.

Er hatte das seltsame Gefühl, dass Gamache genau wusste, was vor sich ging, sei es in Braults Kopf oder in den komplizierten Hirnwindungen der Leute von der Sûreté.

»Ich würde vorschlagen, dass jeder von uns dem anderen die Akten seiner ungelösten Fälle übergibt und wir ein paar Tage mit deren Lektüre verbringen. Vielleicht entdecken wir ja etwas.«

Brault nahm einen Schluck Cognac und lehnte sich nachdenklich auf seinem Stuhl zurück. Die Idee war gut. Sie war allerdings auch reichlich unkonventionell und würde vielleicht Ärger nach sich ziehen, wenn jemand davon erfuhr. Er lächelte Gamache an und beugte sich vor.

»Warum? Haben Sie unterm Jahr nicht genug Arbeit? Oder haben Sie keine Lust, die Weihnachtsfeiertage mit Ihrer Familie zu verbringen?«

»Wissen Sie, wenn ich könnte, würde ich in mein Büro ziehen und von Automatenkaffee leben. Ich habe kein Privatleben, und meine Familie verachtet mich.«

»Davon habe ich schon gehört, Armand. Ich verachte Sie im Übrigen auch.«

»Und ich Sie.«

Die beiden Männer lächelten. »Ich würde mir wünschen, dass jemand so etwas für mich täte. Ganz einfach, reiner Egoismus. Wenn ich einem Mord zum Opfer fiele, würde ich hoffen, dass der Fall gelöst wird. Dass sich jemand dafür ins Zeug legt. Wie könnte ich das jemand anderem verweigern?«

So einfach war das. Und er hatte recht.

Marc Brault streckte die Hand aus und schüttelte Gamaches Pranke. »Gut, Armand, abgemacht.«

»Abgemacht, Marc. Und wenn Ihnen etwas passieren sollte, wird der Fall auch nicht ungelöst bleiben.« Das sagte er mit großer Schlichtheit, und es überraschte Brault, wie viel ihm das bedeutete.

So kam es, dass sich die beiden Männer in den letzten Jahren immer auf dem Parkplatz der Sûreté getroffen hatten, um am zweiten Weihnachtsfeiertag Akten auszutauschen, als handelte es sich um Geschenke. An jedem zweiten Weihnachtsfeiertag öffneten Armand und Reine-Marie die Kartons und suchten darin nach Mördern.

»Das ist aber komisch.« Reine-Marie ließ ihr Dossier sinken und sah, dass er sie anblickte. Sie lächelte und fuhr fort. »Da ist ein Fall von vor ein paar Tagen. Ich frage mich, wie er in den Stapel geraten ist.«

»Vorweihnachtsstress. Da muss jemandem ein Irrtum unterlaufen sein. Gib her, ich lege die Akte in den Ausgang zurück.« Er streckte seine Hand aus, aber sie hatte ihren Blick wieder auf die Blätter gesenkt und zu lesen angefangen. Nach einem Moment zog er seine Hand zurück.

»Entschuldige Armand. Ich habe gerade festgestellt, dass ich die Frau kannte.«

»Nein!« Gamache legte sein Dossier beiseite und ging zu Reine-Marie. »Was ist das für ein Fall?«

»Sie war keine Freundin oder jemand, der mir nahestand. Du kanntest sie vielleicht auch. Die Obdachlose vom Busbahnhof Berri. Die bei jedem Wetter dick eingemummelt war. Dort war jahrelang ihr Stammplatz.«

Gamache nickte. »Aber das kann noch nicht als ungelöster Fall eingestuft worden sein. Du sagst, sie ist erst vor ein paar Tagen gestorben, oder?«

»Sie ist am Zweiundzwanzigsten ermordet worden. Seltsamerweise befand sie sich nicht am Busbahnhof. Sie war auf der Rue de la Montagne, vor dem Ogilvy's. Das ist wie weit entfernt? Zehn, fünfzehn Blocks?«

Gamache setzte sich wieder und wartete, beobachtete Reine-Marie beim Lesen, ein paar graue Strähnen fielen ihr in die Stirn. Sie war Anfang fünfzig und bezaubernder als zu der Zeit, als sie geheiratet hatten. Sie trug wenig Make-up, zufrieden mit dem Gesicht, das die Natur ihr zugedacht hatte.

Gamache konnte den ganzen Tag dasitzen und sie betrachten. Er holte sie manchmal an ihrer Arbeitsstelle, der Bibliothèque nationale, ab, wobei er bewusst zu früh kam, um sie dabei zu beobachten, wie sie historische Dokumente durchging, sich Notizen machte, der Kopf gesenkt, der Blick ernst.

Dann sah sie von ihrem Schreibtisch auf, bemerkte, dass er sie beobachtete, und auf ihrem Gesicht breitete sich ein Lächeln aus.

»Sie ist erwürgt worden.« Reine-Marie ließ die Akte sinken. »Hier steht, dass ihr Name Elle war. Kein Nachname. Das ist doch nicht zu glauben. Eine Beleidigung. Sie machen sich noch nicht einmal die Mühe, ihren richtigen Namen herauszufinden, also nennen sie die Frau einfach *elle*, sie.«

»Es ist nicht einfach, einen Namen herauszufinden«, sagte er.

»Was wahrscheinlich der Grund dafür ist, dass bei der Mordkommission keine Kindergartenkinder beschäftigt werden.«

Er musste lachen, als sie das sagte.

»Sie haben es nicht einmal versucht, Armand. Sieh doch selbst.« Sie hob das Dossier in die Höhe. »Es ist die dünnste Akte von allen. Sie war für sie nur eine Pennerin.«

»Soll ich es versuchen?«

»Könntest du das? Und wenn du nur ihren Namen herausfindest.«

Gamache suchte den Karton zu Elles Fall, der mit den anderen von Brault an der Wand seines Büros aufgestapelt war. Er streifte sich Handschuhe über und breitete seinen Inhalt auf dem Boden aus.

Es dauerte nicht lange, und es lagen lauter zerschlissene, verdreckte Kleidungsstücke vor ihm, und gegen den Geruch, der sich augenblicklich breitmachte, kam selbst Blauschimmelkäse nicht an.

Neben den Kleidern lagen alte Zeitungen, verknittert und schmutzig. Zur Isolation, vermutete Gamache, wegen der harten Winter in Montréal. Worte konnten vieles erreichen, das wusste er, aber sie konnten das Wetter nicht ändern. Reine-Marie gesellte sich zu ihm, gemeinsam gingen sie den Inhalt des Kartons durch.

»Sie scheint sich buchstäblich mit Wörtern umgeben zu haben«, sagte Reine-Marie und hob ein Buch hoch. »Die Zeitungen zum Warmhalten und dann noch das Buch.«

Sie schlug es an irgendeiner Stelle auf und fing an zu lesen.

»Längst tot und anderswo begraben,
Hat meine Mutter über mich noch Macht.«

»Darf ich mal sehen?« Gamache nahm das Buch und betrachtete den Umschlag. »Ich kenne die Dichterin. Persönlich. Ruth Zardo.« Er sah auf den Titel. *Mir geht's GUT.*

»Die aus dem kleinen Dorf, das dir so gut gefiel? Ist sie nicht eine deiner Lieblingsdichterinnen?«

Gamache nickte und blätterte zur ersten Seite vor. »Das Buch habe ich noch nicht. Muss neu sein. Ich kann mir nicht vorstellen, dass Elle es gelesen hat.« Er sah auf das Veröffentlichungsjahr und bemerkte die Widmung: »Du stinkst, von Herzen, Ruth«.

Gamache ging zum Telefon und wählte eine Nummer.

»Spreche ich mit der Buchhandlung von Ogilvy? Ich wüsste gerne – ja, ich warte.« Er drehte seinen Kopf zu Reine-Marie und lächelte. Sie streifte sich Gummihandschuhe über und nahm eine kleine Holzschachtel, die sich auch in dem Karton befunden hatte. Es war eine ganz einfache, ziemlich abgenutzte Schachtel. Reine-Marie drehte sie um und entdeckte vier Buchstaben auf dem Boden.

»Wie erklärst du dir das?«, fragte sie und zeigte sie Armand.

B KLM

»Lässt sie sich öffnen?«

Vorsichtig hob sie den Deckel und schaute hinein, dabei wurde ihre Miene immer verwirrter.

In der Schachtel waren lauter Buchstaben.

»Willst du nicht – ja, hallo?« Er hob entschuldigend die Augenbrauen. »Ich rufe wegen Ruth Zardos neuestem Buch an. Ja, genau das. Viele Leute? Ich verstehe. Gut, ich danke Ihnen.« Er hängte ein. Reine-Marie hatte den Inhalt der Schachtel auf den Schreibtisch geleert und ordnete die Buchstaben zu kleinen Häufchen.

Es waren fünf verschiedene. Bs, Cs, Ms, Ls und Ks.

»Dieselben wie auf dem Boden, bis auf die Cs«, sagte sie. »Warum diese Buchstaben, und warum nur Großbuchstaben?«

»Glaubst du, es hat etwas zu bedeuten, dass es nur Großbuchstaben sind?«, fragte Gamache.

»Ich weiß nicht, aber bei den Schriften, mit denen ich in der Arbeit zu tun habe, ist es so, dass bei einem aus Großbuchstaben zusammengesetzten Begriff die einzelnen Buchstaben meistens ein Wort repräsentieren.«

»Wie bei FBI oder CIA.«

»Du kannst den Polizisten in dir einfach nicht verleugnen, aber genau das meinte ich. *Mir geht's GUT* zum Beispiel«, sagte sie und deutete auf Ruth' Buch, das auf dem Schreibtisch von Gamache lag. »Ich wette, das GUT steht für irgendetwas. Was haben die von der Buchhandlung gesagt?«

»Ruth Zardo hat das Buch vor ein paar Tagen vorgestellt, im Ogilvy's. Am zweiundzwanzigsten Dezember.«

»Dem Tag, an dem Elle starb«, sagte Reine-Marie.

Gamache nickte. Warum gab Ruth Zardo einer Obdachlosen ein Buch von sich und widmete es ihr »von Herzen«? Er kannte die alte Frau gut genug, um zu wissen, dass sie mit solchen Worten nicht hausieren ging. Er wollte gerade erneut zum Telefon greifen, als es klingelte.

»*Ja, allô?* Gamache hier.«

Schweigen am anderen Ende.

»*Bonjour?*« Er versuchte es noch einmal.

»Chief Inspector Gamache?«, fragte eine verunsicherte Stimme. »Ich hatte nicht erwartet, dass Sie selbst ans Telefon gehen.«

»Ich bin ein vielseitiger Mann.« Er lachte entwaffnend. »Womit kann ich dienen?«

»Mein Name ist Robert Lemieux. Ich bin der diensthabende Polizist vom Revier in Cowansville in den Eastern Townships.«

»Ich erinnere mich. Wir haben uns während der Ermittlungen im Fall Jane Neal kennengelernt.«

»Ja, Sir.«

»Was kann ich für Sie tun, mein Junge?«

»Es gab einen Mord hier.«

Nachdem er sich die Eckdaten hatte durchgeben lassen, legte Gamache auf und sah seine Frau an. Sie saß ruhig und gefasst in ihrem Sessel.

»Hast du deine langen Unterhosen?«, fragte sie.

»Ja, Madame.« Er zog die oberste Schreibtischschublade auf und zeigte ihr einen Packen dunkelblaue Seide.

»Bewahren dort nicht die meisten Polizisten ihre Waffe auf?«

»Ich finde, eine lange Unterhose ist Schutz genug.«

»Da bin ich aber froh.« Sie umarmte ihn. »Ich gehe jetzt besser, mein Schatz. Auf dich wartet Arbeit.«

Von der Tür aus sah sie ihm zu, wie er seine Anrufe tätigte, mit dem Rücken zum Raum, vor sich die Skyline von Montréal. Sie kannte jede seiner Bewegungen in- und auswendig, sah die leicht gelockten Haare in seinem Nacken und musterte die starke Hand, die den Hörer gegen das Ohr hielt.

Innerhalb von zwanzig Minuten war Armand Gamache auf dem Weg zum Tatort, seine rechte Hand Inspector Jean Guy Beauvoir saß am Steuer. Sie nahmen die Champlain-Brücke Richtung Autobahn für die anderthalbstündige Fahrt ins Herz der Eastern Townships.

Gamache starrte ein paar Minuten aus dem Fenster, dann schlug er noch einmal das Buch auf und las das Gedicht zu Ende, dessen Anfang Reine-Marie ihm vorgelesen hatte.

Wenn mein Tod uns scheidet,
Dann sollen Vergeben und Vergebenes eins werden.
Oder wird es, wie immer, zu spät sein?

9

Ihr Name war Cecilia de Poitiers«, sagte Agent Robert Lemieux als Antwort auf Gamaches erste Frage. »Aber alle nannten sie CC. Das ist die Stelle, an der es passiert ist, Sir.« Lemieux versuchte, nicht allzu beflissen zu klingen. Andererseits wollte er auch nicht gleichgültig klingen. Er straffte die Schultern und bemühte sich darum, so auszusehen, als wüsste er, was er tat.

»Hier?« Gamache beugte sich über den Schnee.

»Ja, Sir.«

»Woher wissen Sie das?«, fragte Jean Guy Beauvoir. »Hier sieht es doch überall gleich aus.«

Das war tatsächlich so. Fußabdrücke im Schnee, so weit das Auge reichte. Genauso gut hätte die Santa-Claus-Parade über den Tatort marschiert sein können. Beauvoir zog sich seine schwarze Skimütze tiefer ins Gesicht und klappte die Ohrenschützer herunter. Diese Kopfbedeckung kam dem, was er unter kleidsam verstand, noch am nächsten und war einigermaßen warm. Jean Guy Beauvoir befand sich in einem ständigen Konflikt mit sich selbst, hin- und hergerissen zwischen dem Bedürfnis, Sachen zu tragen, die seinen schlanken, athletischen Körper zur Geltung brachten, und dem Bedürfnis, sich dabei nicht seinen knackigen Hintern abzufrieren. Der Winter in Québec machte es einem praktisch unmöglich, gleichzeitig gut auszusehen und warm angezogen zu sein. Und Jean Guy Beauvoir legte ganz gewiss keinen Wert darauf, mit Anorak und Ringelmütze eine lächerliche Figur abzugeben. Er blickte zu Gamache, der so gesetzt wirkte, und fragte sich, ob ihm genauso kalt war wie ihm selbst und er es nur nicht zeigte. Der Chief trug eine graue Pudelmütze, einen gelben Kaschmirschal und eine lange Daunenjacke in einem dunklen Beige. Er schien nicht zu frieren. Beauvoir war verblüfft, wie hübsch warm ein Anorak, eine merkwürdige Mütze, dicke Fäustlinge und all dieses Zeug bei minus zehn Grad aussahen. Ihn beschlich der Verdacht, dass möglicherweise er derjenige war, der merkwürdig aussah. Er schob diesen unerfreulichen Gedanken schnell beiseite, und schon fuhr ihm ein Windstoß durch seine schicke Fliegerjacke hindurch bis in die Knochen. Bibbernd trat er auf der Stelle. Sie standen auf einem zugefrorenen See, kalt und öde. Das diesseitige Ufer lag ungefähr hundert Meter hinter ihnen, das andere Ufer war nichts weiter als ein dunkler Strich in der Ferne. Beauvoir wusste, dass hinter der Landspitze, die sich zu ihrer Linken erhob, Williamsburg lag, aber momentan hatte er das Gefühl, dass sie sich fernab jeglicher Zivilisation befanden. Zumindest standen sie an einer Stelle, an der etwas sehr Unzivilisiertes geschehen war.

Genau hier war jemand ermordet worden.

Leider hatte zum betreffenden Zeitpunkt niemand etwas bemerkt.

»Erzählen Sie mir alles, was Sie wissen«, sagte Gamache zu Lemieux.

Das war immer einer der schönsten Momente, wie Beauvoir fand. Der Beginn eines neuen Rätsels. Aber Gamache wusste, dass dieses Rätsel, wie bei jedem Mord, vor langer Zeit begonnen hatte. Das hier war weder der Anfang noch das Ende.

Gamache ging etwas weiter auf den See hinaus, unter seinen Schritten brach die dünne Schicht Harsch, und seine

Stiefel sanken in den weicheren Schnee darunter. Gamache spürte an seinen Knöcheln das verräterische Rieseln von Wassertropfen und wusste, dass der Schnee den Weg in seine Stiefel gefunden hatte.

»Laut Zeugenaussagen ist das Opfer einfach zusammengebrochen«, sagte Lemieux mit Blick auf den Chief, um herauszufinden, ob diesem seine Antworten genügten. Er wirkte unzufrieden, und Lemieux krümmte sich innerlich. Hatte er jetzt schon etwas falsch gemacht? »Sie haben versucht, sie wiederzubeleben, weil sie dachten, es wäre ein Herzanfall, dann haben sie sie auf einen Pritschenwagen gelegt und ins Krankenhaus gebracht.«

»Sie sind also auf dem gesamten Tatort herumgetrampelt«, sagte Beauvoir, als wäre das Lemieux' Schuld.

»Ja, Sir. Ich denke, sie haben ihr Bestes getan.«

Lemieux wartete auf eine weitere Rüge, doch sie blieb aus. Stattdessen schnaubte Beauvoir, und Gamache sagte: »Fahren Sie fort.«

»Der Arzt in der Notaufnahme, ein Dr. Lambert, hat etwa eine halbe Stunde später die Polizei benachrichtigt. Ungefähr um halb zwölf heute Mittag. Er sagte, er habe einen ungeklärten Todesfall. Er habe den Leichenbeschauer kommen lassen, und es sehe so aus, als sei das Opfer durch einen Stromschlag getötet worden. Wie schon gesagt, offiziell hat er es als ungeklärten Todesfall bezeichnet, das muss er, bis amtlicherseits erklärt wird, dass es sich um einen Mord handelt, aber als wir ins Krankenhaus kamen, hat er deutlich gemacht, dass für ihn kein Zweifel besteht. Sie wurde ermordet.«

»Bitte benutzen Sie ihren Namen, Agent«, sagte Gamache ohne Tadel in der Stimme. »Wir sollten Madame de Poitiers als Menschen betrachten.«

»Ja, Sir. Sie, Madame de Poitiers, wurde genau hier durch einen Stromschlag getötet.«

Das hatte Lemieux auch am Telefon gesagt, es hatte schon seltsam genug geklungen, als Gamache es in seinem Büro gehört hatte, aber hier am Tatort erschien es noch seltsamer.

Wie konnte jemand mitten auf einem zugefrorenen See durch einen Stromschlag getötet werden? Früher konnte man in der Badewanne jemanden auf diese Weise umbringen, aber das war zu Zeiten, bevor in den meisten Elektrogeräten ein Fehlerstrom-Schutzschalter eingebaut war. Warf man seiner besseren Hälfte heutzutage einen Toaster in die Wanne, hatte das lediglich zur Folge, dass die Sicherung rausflog, das Gerät seinen Geist aufgab und der oder die Liebste ziemlich sauer war.

Nein. Heutzutage war es nahezu unmöglich, jemanden mit Strom umzubringen, es sei denn, man war der Gouverneur von Texas. Es auf einem zugefrorenen See zu tun, vor den Augen Dutzender von Zeugen, wäre der reine Wahnsinn.

Aber jemand war wahnsinnig genug gewesen, es zu wagen.

Und jemand war schlau genug gewesen, es zu schaffen.

Wie? Gamache sah sich langsam um, aber er konnte nichts Ungewöhnliches entdecken. Ganz sicher schmorten auf dem Eis keine alten Fernsehgeräte oder Toaster vor sich hin. Es standen jedoch drei Gartenstühle aus Metall im Schnee, von denen einer umgekippt war. Hinter den Stühlen ragte etwas in die Höhe, das wie ein riesiger verchromter Pilz aussah, etwa fünf Meter hoch. Ungefähr sieben Meter weiter links standen ein paar Zuschauerbänke.

Alles war zum See hin ausgerichtet, zu einer freigeräumten Fläche auf dem Eis, sieben, acht Meter von den Bänken entfernt. Gamache lief darauf zu, wobei er versuchte, nicht durch den tiefen Schnee zu gehen, und stellte fest, dass es sich um ein langes, schmales Rechteck handelte, auf dem verstreut große, runde Steine lagen.

Curling.

Gamache hatte diesen Sport selbst nie gespielt, aber er hatte sich die Landesmeisterschaft der Herren im Fernsehen angesehen und wusste, wie ein Curling-Stein aussah. Dem Spielfeld hier haftete etwas Unheimliches an, wie allen verlassenen Orten. Gamache konnte beinahe das Knirschen hören, mit dem die Steine über das Eis glitten, die Stimmen der Mannschaftsmitglieder, die einander etwas zuriefen. Noch vor wenigen Stunden war dieser Ort voll fröhlicher Menschen gewesen. Bis auf einen. Einer war so unfroh gewesen, so unglücklich und krank, dass er jemandem das Leben hatte nehmen müssen. Gamache versuchte sich vorzustellen, was dieser Jemand getan hatte. Wo hatte er gesessen? Mit den anderen auf den Zuschauerbänken, oder hatte er sich von ihnen abgesondert, weil er im Begriff war, etwas zu tun, das ihn für immer zum Außenseiter machen würde? War er aufgeregt gewesen, oder hatte er Todesangst verspürt? Hatte er den Mord bis ins letzte Detail geplant, oder hatte ihn plötzlich eine solch unbezähmbare Wut überkommen, dass er handeln musste? Gamache stand reglos da und lauschte aufmerksam, ob er die Stimme des Mörders hören konnte, ob sie sich von dem geisterhaften Gelächter der Kinder und den Anfeuerungsrufen der Spieler unterschied.

Aber er konnte nichts hören. Noch nicht.

Vielleicht gab es auch gar keine Stimmen, nur den Wind, der über den vereisten See fegte, Schnee aufwirbelte und kleine gefrorene Wellen zurückließ.

Die Leute von der Spurensicherung spannten ihr gelbes Absperrband um den Tatort, fotografierten jeden Quadratzentimeter, sammelten alles ein, das wie ein Beweisstück aussah. Sie vermaßen und tüteten ein und nahmen Fingerabdrücke, was bei minus zehn Grad keine leichte Aufgabe war. Gamache wusste, dass sie gegen die Zeit arbeiteten. Es war kurz vor halb drei, seit dem Mord waren drei Stunden vergangen, und das Wetter wurde schlechter. Ein Tatort im

Freien war immer problematisch, aber ein See mitten im Winter war mit ganz besonderen Problemen verbunden.

»Wie kann man hier jemanden mit einem Stromschlag umbringen?«, fragte Beauvoir skeptisch. »Was sagen denn die Zeugen?«

»Der Curling-Wettkampf begann ungefähr um zehn«, sagte Lemieux und warf einen Blick auf seine Notizen. »Bis alle an Ort und Stelle waren, war es ungefähr halb elf. Die meisten Zuschauer saßen da drüben auf den Bänken, aber das Opfer und eine zweite Frau saßen auf den Stühlen hier.«

»Saß das Opfer auf dem, der umgefallen ist?«, fragte Beauvoir.

»Das weiß ich nicht.« Dieses Geständnis kostete Lemieux unendliche Überwindung. Seltsamerweise sah ihn Gamache jetzt zum ersten Mal mit mehr als nur höflichem Interesse an. »Die Leute haben erst dann mitbekommen, dass irgendetwas nicht stimmte, als die Frau, die hier saß, laut rief. Zuerst hat keiner sie gehört, weil es auf den Zuschauerbänken so zuging.«

»Es gab eine Massenschlägerei?«, fragte Beauvoir ungläubig. In diesem Zusammenhang konnte er sich allenfalls eine Massenflucht vorstellen.

»Ich vermute, dass jemand einen guten Stein gespielt hat«, sagte Lemieux.

»Lieber keine Vermutungen«, sagte Gamache ruhig.

»Ja, Sir.« Lemieux senkte den Kopf und versuchte, angesichts des milden Tadels nicht allzu niedergeschlagen dreinzusehen. Er wollte nicht wie ein übereifriger Schuljunge erscheinen. Er befand sich in einer heiklen Lage. Er musste unbedingt den richtigen Eindruck hinterlassen.

»Als die Leute begriffen, was los war, versuchten sie, Madame de Poitiers wiederzubeleben. Es waren ein paar Mitglieder der freiwilligen Feuerwehr da.«

»Ruth Zardo auch?«, fragte Gamache.

»Woher wissen Sie das?«

»Ich habe sie während meiner letzten Ermittlung hier kennengelernt. Sie leitet also noch die freiwillige Feuerwehr von Three Pines?«

»Ja, Sir. Sie war mit ein paar anderen hier. Olivier Brulé, Gabri Dubeau, Peter und Clara Morrow ...«

Die Namen ließen ein Lächeln auf Gamaches Gesicht erscheinen.

»... sie haben mit Wiederbelebungsversuchen begonnen, dann haben sie das Opfer auf einen Pritschenwagen gelegt, der in der Nähe stand, und haben sie nach Cowansville gebracht, wo ihr Tod festgestellt wurde.«

»Woher wusste der Arzt, dass sie durch einen Stromschlag getötet wurde?«, fragte Beauvoir.

»Verbrennungen. Ihre Hände und ihre Füße sind verbrannt.«

»Und das hat während der Wiederbelebungsversuche keiner bemerkt?«, fragte Beauvoir.

Lemieux war klug genug, nichts darauf zu erwidern. Nach einer kurzen Pause fuhr er mit seinem Bericht fort.

»Madame de Poitiers hinterlässt einen Ehemann und eine Tochter. Sie waren dabei und sind mit ihr ins Krankenhaus gefahren. Ich habe Namen und Adresse notiert.«

»Wie viele Leute haben es gesehen?«, fragte Gamache.

»Etwa dreißig, vielleicht auch mehr. Bei dem Curling-Wettkampf handelte es sich um ein alljährlich stattfindendes Ereignis. Vorher fand ein Gemeindefrühstück in der Legion Hall statt.«

Überall um sie herum waren jetzt die Tatortermittler an der Arbeit, die sie hin und wieder kurz unterbrachen, um Gamache eine Frage zu stellen oder eine Beobachtung mitzuteilen. Beauvoir entfernte sich, um die Suche nach Beweisstücken zu beaufsichtigen, und Gamache stand eine Weile da und sah seinen Leuten bei der Arbeit zu, bevor er sich in Bewegung setzte und gemächlich den Tatort zu umrunden begann, gemessenen Schrittes, die behandschuhten Hände auf den Rücken gelegt. Agent Lemieux, der ihn dabei beobachtete, schien es, als würde sich der Chief Inspector in eine eigene Welt zurückziehen.

»Kommen Sie bitte mit.« Der Chief Inspector war stehen geblieben und drehte sich so unvermittelt um, dass Lemieux sich von Gamaches lebhaften braunen Augen dabei ertappt sah, wie er ihn anstarrte. Eilig stapfte er durch den Schnee zu ihm und ging neben ihm her, wobei er sich fragte, was jetzt wohl von ihm erwartet wurde. Nach ein oder zwei Minuten kam er zu dem Schluss, dass er dem Mann vielleicht einfach nur Gesellschaft leisten sollte. Also legte auch Lemieux die Hände auf den Rücken und ging langsam im Kreis um den Tatort herum, immer wieder, bis sie mit ihren Stiefeln einen kreisrunden Pfad in den Schnee getreten hatten, in dessen Mitte ein kleinerer Kreis, wie das Schwarze einer Zielscheibe, die Stelle markierte, an der CC de Poitiers zu Tode gekommen war.

»Was ist das?«, fragte Gamache schließlich und deutete auf das Metallgebilde, das wie ein kleiner eingefrorener Atompilz über dem Tatort aufragte.

»Das ist ein Heizstrahler, Sir. So was wie eine Lampe, nur dass sie Wärme abgibt.«

»Ich kenne etwas Ähnliches von den Terrassen in Québec«, sagte Gamache in Erinnerung an das eine oder andere Glas Weißwein auf den alten steinernen Terrassen in Vieux Québec und an die Heizstrahler, die es den Gästen ermöglichten, bis in den frühen Herbst hinein ihr Abendessen im Freien zu genießen. »Aber die waren viel kleiner.«

»Die meisten sind auch kleiner. Das hier ist Industriegröße. Man setzt sie im Winter auf Baustellen ein und bei irgendwelchen Sportveranstaltungen. Ich glaube, der hier wurde vom Jugend-Eishockeyverein in Williamsburg ausgeliehen. Die spielen meistens im Freien, deshalb haben sie vor ein paar Jahren eine große Spendenaktion auf die Beine gestellt, um Geld für eine Tribüne und irgendeine Heizung für die Zuschauer zusammenzubekommen.«

»Stammen Sie aus der Gegend?«

»Ja, Sir. Ich bin in Saint-Rémy aufgewachsen. Meine Familie ist weggezogen, aber ich wollte nach der Polizeischule hierher zurück.«

»Warum?«

Warum? Die Frage überraschte Lemieux. Das hatte ihn noch nie jemand gefragt. War das ein Trick von Gamache, wollte er ihn auf die Probe stellen? Er blickte den großen Mann an und kam zu dem Schluss, dass das vermutlich nicht der Fall war. Er wirkte nicht wie jemand, der Tricks nötig hatte. Trotzdem war es wohl am besten, eine diplomatische Antwort zu geben.

»Ich wollte zur Sûreté, und ich dachte, dass es von Vorteil für mich wäre, wenn ich hier arbeite, weil ich so viele Leute kenne.«

Gamache sah ihn einen Augenblick schweigend an. Einen unbehaglichen Augenblick lang, dann wandte er sich wieder der Betrachtung des Heizstrahlers zu. Lemieux' Anspannung ließ ein wenig nach.

»Der wird wohl elektrisch betrieben. Der Strom, der Madame de Poitiers umgebracht hat, kam wahrscheinlich von diesem Heizstrahler. Trotzdem ist sie an einer ganz anderen Stelle zusammengebrochen. Könnte es sein, dass er nicht richtig angeschlossen war und Madame de Poitiers irgendwie damit in Berührung gekommen ist und es geschafft hat, noch ein paar Schritte zu gehen, bevor sie zusammengebrochen ist? Was meinen Sie?«

»Darf ich eine Vermutung äußern?«

Gamache lachte. »Ja, aber erzählen Sie Inspector Beauvoir nichts davon.«

»Die Leute hier in der Gegend benutzen ständig Generatoren, um Strom zu erzeugen. Jeder hat einen. Ich halte es für möglich, dass sie jemand an einen davon angeschlossen hat.«

»Sie meinen, jemand hat ein Überbrückungskabel genommen und die beiden Klammern an den Enden an ihr festgeklemmt?« Er bemühte sich, nicht allzu ungläubig zu klingen, aber es fiel ihm schwer. »Glauben Sie nicht, dass sie das gemerkt hätte?«

»Nicht, wenn sie beim Curling zugesehen hat.«

Der junge Lemieux und Chief Inspector Gamache hatten offenbar unterschiedliche Erfahrungen, was Curling anging. Gamache fand genug Gefallen daran, um sich die Landesmeisterschaft im Fernsehen anzusehen. Das war in Kanada praktisch eine Pflichtveranstaltung. Aber es war nichts, worüber er alles andere vergaß. Er bekäme es ganz sicher mit, wenn Reine-Marie plötzlich einen Generator anwerfen und zwei riesige gezahnte Klemmen an seinen Ohren befestigen würde.

»Irgendwelche anderen Vorschläge?«

Lemieux schüttelte den Kopf und bemühte sich um einen Gesichtsausdruck, in dem sich angestrengtes Nachdenken widerspiegelte.

Jean Guy Beauvoir hatte sich von der Spurensicherung losgerissen und gesellte sich wieder zu Gamache, der jetzt vor dem Heizstrahler stand.

»Wie wurde dieses Gerät betrieben, Jean Guy?«

»Keine Ahnung. Wir haben die Fingerabdrücke gesichert und Fotos gemacht, Sie können es also anfassen, wenn Sie wollen.«

Die beiden Männer umrundeten den Pfosten, beugten sich abwechselnd nach unten und blickten gen Himmel, wie zwei Mönche auf einem sehr kurzen Pilgergang.

»Hier ist der Schalter.« Gamache drückte darauf, und es geschah nichts, was nicht weiter verwunderlich war.

»Ein neues Rätsel.« Beauvoir lächelte.

»Hört das denn niemals auf?«

Gamache sah zu Agent Lemieux, der auf einer der Zuschauerbänke saß, in seine kalten Hände hauchte und etwas in sein Notizbuch schrieb. Der Chief Inspector hatte ihn gebeten, seine Aufzeichnungen zu ordnen.

»Was halten Sie von ihm?«

»Lemieux?«, fragte Beauvoir und spürte, wie ihm das Herz schwer wurde. »Ganz in Ordnung.«

»Aber?«

Woher wusste er, dass es ein Aber gab? Nicht zum ersten Mal hoffte Beauvoir, dass Gamache nicht tatsächlich seine Gedanken lesen konnte. Da oben befand sich eine Menge Müll. Wie sein Großvater zu sagen pflegte: »Stöbere lieber nicht in deinem Kopf herum, *mon petit*. Dort ist es sehr gruselig.«

Diesen Rat hatte er stets befolgt. Beauvoir verbrachte wenig Zeit mit der Erforschung seiner Gedankenwelt, und noch weniger mit der anderer. Er zog Fakten vor, Beweise, Dinge, die man sehen, anfassen und festhalten konnte. Das Denken überließ er mutigeren Männern wie Gamache. Aber jetzt fragte er sich, ob der Chief sich nicht auf irgendeine Art und Weise Zutritt zu seinem Kopf verschafft hatte. Er würde dort auf eine Menge peinliche Dinge stoßen. Mehr als nur ein bisschen Pornographie. Ein oder zwei Phantasien, die um Agent Isabelle Lacoste kreisten. Und eine sogar um Agent Yvette Nichol, Polizistin in Ausbildung, die ihnen vor ungefähr einem Jahr zugeteilt worden war und sich als absolute Katastrophe entpuppt hatte. Bei dieser Phantasie spielte Zerstückelung eine gewisse Rolle. Falls Gamache tatsächlich in Beauvoirs Kopf herumkramte, würde er allerdings, was seine Person betraf, auf nichts außer Hochachtung stoßen. Wenn er tief genug wühlte, würde er zu guter Letzt vielleicht die Kammer finden, die Beauvoir vorzugsweise sogar vor sich selbst verschlossen hielt. In dieser Kammer hausten Beauvoirs Ängste, stinkend und hungrig. Verborgen hinter der Angst vor Zurückweisung und Nähe, kauerte die Angst davor, Gamache eines Tages zu verlieren. Und hinter dieser Angst wiederum, in jener verborgenen Kammer, gab es noch etwas. Dort versteckte sich Beauvoirs Liebe, Schutz suchend zusammengerollt zu einer winzigen Kugel in den hintersten Winkel seines Geistes verbannt.

»Ich finde, er ist zu bemüht. Irgendetwas stimmt da nicht. Ich traue ihm nicht.«

»Weil er die Dorfbewohner verteidigt hat, die versucht haben, Madame de Poitiers zu helfen?«

»Natürlich nicht«, log Beauvoir. Er mochte es nur nicht, wenn man ihm widersprach, vor allem nicht, wenn das ein halber Junge tat. »Er schien keine Ahnung zu haben, worum es geht. So etwas sollte nicht vorkommen. Nicht bei einem Beamten der Sûreté.«

»Er hat keine Erfahrung mit Mordfällen. Das ist wie bei einem praktischen Arzt, der plötzlich jemanden operieren muss. Theoretisch müsste er dazu in der Lage sein, und er ist wahrscheinlich besser dafür ausgebildet als ein Busfahrer, aber er tut es normalerweise eben nicht. Ich bin nicht sicher, wie gut ich zurechtkäme, wenn man mich plötzlich ins Drogendezernat oder zur Dienstaufsicht versetzen würde. Ich schätze, dass mir einige Fehler unterlaufen würden. Nein, ich finde, Agent Lemieux hat seine Sache ganz gut gemacht.«

Daher weht der Wind, dachte Beauvoir. »Ganz gut ist nicht gut genug«, sagte er. »Sie hängen die Latte ziemlich tief, Sir. Das ist die Mordkommission. Die Elite der Sûreté.« Er bemerkte, das Gamache unwillig reagierte, wie immer, wenn solche Begriffe fielen. Aus irgendeinem Beauvoir unbegreiflichen Grund wollte Gamache nicht hören, was nun einmal eine unumstößliche Tatsache war. Selbst in den obersten Etagen gab man das zu. Nur die Besten der Besten schafften es zur Mordkommission. Die Klügsten, die Mutigsten, die Leute, die jeden Morgen ihr behagliches Heim verließen, ihren Kindern einen Abschiedskuss auf die Stirn drückten und sich hinaus in die Welt begaben, um Verbrecher zur Strecke zu bringen, die mit Vorsatz töteten. Da war kein Platz für die Schwachen. Und Auszubildende waren per se schwach. Schwäche führte zu Fehlern, und Fehler führten dazu, dass irgendetwas ganz fürchterlich schiefging. Der Mörder konnte entkommen, um erneut zu töten, vielleicht sogar einen Angehörigen der Sûreté. Vielleicht einen selbst, vielleicht – die Tür ging einen winzigen Spalt auf, und ein Dämon entfloh der verborgenen Kammer –, vielleicht Armand Gamache. Eines Tages wird ihn sein Bedürfnis, jungen Polizisten weiterzuhelfen, umbringen. Beauvoir knallte die Tür wieder zu, jedoch nicht ohne einen Moment lang eine heftige Wut auf den Mann vor sich zu verspüren.

»Wie oft müssen wir das eigentlich noch durchmachen, Sir«, sagte Beauvoir, und seine Stimme klang auf einmal hart und ärgerlich. »Wir sind ein Team. Ihr Team, wir werden immer jede Anordnung von Ihnen befolgen. Aber bitte, bitte hören Sie auf, so etwas von uns zu verlangen.«

»Ich kann nicht, Jean Guy. Ich habe Sie in Trois-Rivières aufgelesen, wissen Sie noch?«

Beauvoir verdrehte die Augen.

»Sie saßen in einem Korb im Schilf.«

»Gras, Sir. Wie oft muss ich Ihnen noch sagen, dass es Gras war. Drogen. Ich saß in einem Haufen konfiszierter Drogen. Und es war kein Korb, es war ein Eimer. Von Kentucky Fried Chicken. Und ich saß auch nicht drin.«

»Oh, das tut mir aber leid. Ich habe Superintendent Brébeuf erzählt, dass ich Sie in einem Korb gefunden habe. So was. Aber Sie erinnern sich? Sie waren lebendig unter einem Berg von Beweisstücken begraben, und warum? Weil

Sie allen dermaßen auf die Nerven gegangen waren, dass man Sie für alle Zeiten in die Asservatenkammer verbannt hatte.«

Beauvoir erinnerte sich jeden Tag daran. Niemals würde er den Moment vergessen, in dem er gerettet worden war. Von dem groß gewachsenen Mann mit den kurz geschnittenen grau melierten Haaren, der untadeligen Kleidung und den freundlichen dunkelbraunen Augen.

»Sie haben sich gelangweilt und waren zornig. Ich habe Sie genommen, als keiner sonst Sie wollte.« Gamache sprach so leise, dass niemand außer Beauvoir ihn hören konnte. Er sprach mit unverhohlener Zuneigung. Beauvoir erinnerte sich plötzlich an die Lektion, die er immer möglichst schnell vergaß. Gamache war der Beste von allen, der Klügste, der Mutigste, der Stärkste, weil er bereit war, allein in seinem Kopf herumzustöbern und dort alle Türen zu öffnen und alle finsteren Kammern zu betreten. Und sich mit dem anzufreunden, was er dort vorfand. Er betrat auch die finsteren, verborgenen Kammern in den Köpfen anderer. Den Köpfen von Mördern. Er stellte sich jedem Monster, dem er begegnete. Er begab sich an Orte, von denen Beauvoir nie gedacht hätte, dass es sie überhaupt gab.

Deshalb war Armand Gamache ihr Chief. Sein Chief. Und deshalb mochte er ihn so sehr. Deshalb tat Jean Guy Beauvoir jeden Tag sein Bestes, um diesen Mann zu beschützen, der keinen Zweifel daran ließ, dass er weder beschützt werden wollte noch musste. Tatsächlich versuchte er jeden Tag, Beauvoir davon zu überzeugen, dass seine Vorstellung von Schutz ein Trugschluss war, eine Täuschung. Alles, was es bewirkte, war, dass es ihm den Blick auf die möglicherweise schrecklichen Dinge verstellte, die seiner harrten. Besser, man sah sie und stellte sich ihnen. Und versuchte nicht, sich hinter einer Rüstung zu verstecken, die sowieso keinen Schutz bot. Nicht vor dem, was sie jagten.

»Ich will Ihnen etwas sagen, Jean Guy«, fuhr Gamache jetzt mit einem breiten, strahlenden Lächeln fort, »wenn Sie Agent Lemieux nicht wollen, nehme ich ihn. Ich werde ihn Ihnen nicht aufhalsen.«

»Nur zu, nehmen Sie ihn, aber weinen Sie sich später nicht bei mir aus, wenn Sie herausfinden, dass er der Mörder ist.«

Gamache lachte. »Ich muss zugeben, dass ich oft fürchterlich danebengegriffen habe, vor allem in letzter Zeit«, damit meinte er Agent Yvette Nichol, auch wenn er das nie sagen würde, »aber das würde alles in den Schatten stellen. Trotzdem, wer nicht wagt, der nicht gewinnt.«

Gamache tätschelte Beauvoir mit so viel Zuneigung den Arm, dass diesem beinahe die Luft wegblieb. Dann war er weg, steuerte, den Ermittlern von der Spurensicherung zunickend, mit zielstrebigen Schritten über das Eis auf Agent Lemieux zu, um dem jungen Mann einen glücklichen Tag zu bescheren. Eine glückliche Woche. Glückliche Aussichten.

Beauvoir beobachtete, wie Gamache leise mit Lemieux sprach. Er sah, wie auf dem Gesicht des Jungen ein Ausdruck fassungslosen Staunens erschien, als sei soeben ein Engel an ihm vorbeigeschwebt. Diesen Ausdruck hatte Beauvoir schon oft bei Leuten gesehen, wenn sie mit Gamache sprachen. Er hatte ihn noch nie gesehen, wenn jemand mit ihm sprach.

Beauvoir schüttelte verwundert den Kopf und wandte sich wieder den unmittelbar anstehenden Aufgaben zu.

10

Sieh mal, wer da kommt«, rief Peter von der Küche ins Wohnzimmer. Clara klappte ihr Buch zu und trat neben ihren Mann an die Spüle. Sie schob den Vorhang zur Seite und erblickte eine vertraute, lieb gewonnene Gestalt, die auf ihre Haustür zuschritt, sie wurde von einem Mann begleitet. Einem Fremden.

Clara eilte in die Diele, um die Tür zu öffnen, und musste dabei über Lucy steigen, die keinerlei Anstalten machte, ihr Zuhause zu verteidigen. Der einzige Mensch, den sie anbellte, war Ruth, und das auch nur, weil Ruth zurückbellte.

»Na, ist es Ihnen kalt genug?«, rief Clara.

»Ich habe gehört, dass es schneien soll«, sagte Gamache.

Clara lächelte bei seinen Worten. Sie hatte ihn seit mehr als einem Jahr nicht mehr gesehen, seit dem Mord an Jane. Sie hatte sich manchmal gefragt, ob bei einem Wiedersehen mit Gamache auch einige der alten Wunden wieder aufbrechen würden. Würde sie ihn unweigerlich mit den schrecklichen Ereignissen von damals in Verbindung bringen? Nicht nur mit dem Verlust von Jane, sondern auch mit jenen grauenhaften Minuten, als sie im Keller des alten Hadley-Hauses gefangen gewesen war? Doch als sie ihn jetzt auf sich zukommen sah, empfand sie nichts als Freude. Und Wohlbehagen. Darüber hinaus hatte sie ganz vergessen, welch ein Vergnügen es war, einen hochrangigen Polizisten von der Sûreté perfektes Englisch mit einem leichten britischen

Akzent sprechen zu hören. Sie wollte ihn immer fragen, wo er das gelernt hatte, doch sie hatte es stets vergessen.

Gamache küsste Clara zur Begrüßung auf beide Wangen und schüttelte Peter freundschaftlich die Hand. »Darf ich Ihnen Agent Robert Lemieux vorstellen. Er ist uns von der Sûreté in Cowansville zugeteilt worden.«

»Enchanté«, sagte Lemieux.

»Un plaisir«, erwiderte Clara.

»Es war also Mord«, sagte Peter, während er ihnen die Jacken abnahm. Er war mit CC ins Krankenhaus gefahren und hatte bereits lange vor ihrer Ankunft dort gewusst, dass sie tot war. Er war auf dem Spielfeld gewesen und hatte Mothers großartigen letzten Schuss verfolgt, als er bei einem zufälligen Blick zu den Zuschauerbänken festgestellt hatte, dass die Leute, die eigentlich den Curling-Spielern hätten zusehen sollen, aufgestanden waren und ein ganz anderes Geschehen verfolgten. Er hatte seinen Besen fallen lassen und war hinübergerannt.

Und da lag sie, CC de Poitiers, bewusstlos im Schnee. Alle ihre Gliedmaßen verkrampft, als würde sie sich heftig gegen irgendetwas wehren.

Sie hatten versucht, sie wiederzubeleben, sie hatten einen Krankenwagen gerufen und schließlich beschlossen, dass es schneller gehen würde, wenn sie sie selbst führen. Also hatten sie sie auf die Ladefläche von Billy Williams' Pritschenwagen gelegt und waren in halsbrecherischem Tempo schlingernd und holpernd über die verschneiten Landstraßen nach Cowansville gerast. Er, Olivier und Ruth auf der offenen Ladefläche, während Billy Williams wie ein Irrer aufs Gas getreten hatte. Neben Billy in der Fahrerkabine hatten CCs Ehemann und ihre Tochter in sich zusammengesunken gesessen. Sie hatten starr geradeaus geblickt. Schweigend und reglos, wie zwei Schneemänner. Peter wusste, dass es herzlos war, dennoch ärgerte er sich unwillkürlich darüber, dass der Mann nichts unternahm, um seine Frau zu retten, während Fremde alles Menschenmögliche versuchten.

Olivier drückte in regelmäßigen Abständen auf CCs Brust und gab ihr eine Herzmassage. Ruth gab ihm den Rhythmus vor. Peter hatte den schlechtesten Part erwischt. Er musste Luft in ihre toten Lungen pressen. Sie war tot. Alle wussten es, aber sie mühten sich trotzdem weiter ab, während Billy jedes Schlagloch und jede vereiste Stelle zwischen Williamsburg und Cowansville mitnahm. Auf dem eiskalten Blechboden kauernd, spürte Peter, wie er mit jedem Holperer in die Höhe geschleudert wurde und unsanft wieder auf seinen Knien landete, die er sich mit jedem Mal ein bisschen mehr anschlug. Aber er gab nicht auf. Nicht um CCs willen. Sondern weil es Olivier neben ihm nicht besser erging. Ruth hielt ebenso sanft wie unnachgiebig CCs Kopf, sie kniete ebenfalls, ihre schlimme Hüfte und ihre alten Knie krachten auf den Boden, während sie mit fester Stimme laut zählte. Er hatte die Mund-zu-Mund-Beatmung fortgesetzt, hatte seine warmen Lippen auf die von CC gedrückt, die immer kälter und steifer geworden waren, bis es sich schließlich so angefühlt hatte wie damals, als er ein kleiner Junge gewesen war und seine Skistöcke geküsst hatte. Nur weil er wissen wollte, wie das war. Sie waren so kalt, dass es brannte, und er hatte seinen Mund nicht mehr davon lösen können. Schließlich hatte er sich losgerissen, wobei eine Schicht Haut auf den Stöcken kleben geblieben war. Mit blutigen Lippen hatte er sich rasch umgesehen, um sich zu vergewissern, dass ihn niemand beobachtet hatte.

CC von Mund zu Mund zu beatmen hatte sich ähnlich angefühlt. Er hatte das Gefühl, wenn er noch lange weitermachte, dann würden seine feuchten Lippen schließlich an ihren kleben bleiben und er käme nicht mehr von ihr los, bis er sich endlich losreißen und für immer einen Teil von sich an ihr zurücklassen würde, ein blutiger Kuss, der Leben spenden sollte.

Es war das Abstoßendste, was er jemals tun musste, zumal er sie bereits zu Lebzeiten ziemlich abstoßend gefunden hatte. Der Tod hatte das nicht besser gemacht.

»Es war Mord. Madame de Poitiers wurde vorsätzlich mit einem Stromschlag getötet«, sagte Gamache.

Clara drehte sich zu ihrem Mann. »Du hast doch erzählt, dass die Ärzte einen Mord nicht ausschließen wollten.«

»Ich habe gehört, wie Dr. Lambert mit einem Polizisten darüber gesprochen hat. Moment mal. Waren das nicht Sie?«, fragte Peter Lemieux.

»*Ja, monsieur.* Jetzt erinnere ich mich. Ich glaube, wir sind uns auch schon ein paarmal bei irgendwelchen Veranstaltungen begegnet.«

»Das ist gut möglich. Ein Stromschlag also«, sagte Peter nachdenklich. »Na ja, es lag auch so ein Geruch in der Luft. Wie beim Grillen.«

»Also, wo du es sagst, fällt es mir auch wieder ein«, sagte Clara mit Ekel in der Stimme. »Es herrschte ein solches Durcheinander, dass es schwer ist, sich an Einzelheiten zu erinnern.«

»Genau darum wollte ich Sie gerade bitten«, sagte Gamache und bedeutete Lemieux, sich Notizen zu machen. Peter führte sie in das gemütliche Wohnzimmer und legte im Kamin einen Birkenscheit nach, von dem die Flammen sofort züngelnd, zuckend und knisternd Besitz ergriffen. Gamache fiel erneut der Holzfußboden aus honigfarbener Kiefer auf, die Sprossenfenster, die auf den Dorfanger hinaussahen, das Klavier und die Bücherregale, die eine ganze Wand einnahmen und bis obenhin vollgestellt waren. Vor dem offenen Kamin stand ein Sofa, flankiert von zwei Sesseln. Die Fußschemel davor waren über und über mit alten Zeitungen, Zeitschriften und aufgeschlagenen Büchern bedeckt. Das Einzige, was für Gamache in diesem vertrauten Zimmer neu war, war der riesige und reich geschmückte Weihnachtsbaum, der einen wunderbaren Duft verströmte. Clara folgte ihnen mit einem Tablett mit Tee und Plätzchen, und sie ließen sich alle vier vor dem warmen Kaminfeuer nieder. Draußen ging die Sonne unter; am dunkler werdenden Horizont ballten sich Wolken zusammen.

»Wo sollen wir anfangen?«

»Mit heute Morgen, bitte. Wenn ich es richtig verstanden habe, fand ein Gemeindefrühstück statt?«

»Bei der Royal Canadian Legion, in der Rue Larry in Williamsburg. Peter und ich sind schon früher hingefahren, um bei den Vorbereitungen zu helfen. Das Ganze war eine Wohltätigkeitsveranstaltung für das Krankenhaus.«

»Wir waren ungefähr um sieben dort«, fuhr Peter fort, »mit uns kamen noch ein paar andere Freiwillige. Myrna Landers, Emilie Longpré, Bea Mayer und Kaye Thompson. Mittlerweile klappt bei uns so was wie am Schnürchen. Tische und Stühle aufstellen, das übernehmen Clara und ich, während die anderen Kaffee kochen und sich um das Essen kümmern.«

»Um die Wahrheit zu sagen, am Morgen des ersten Weihnachtsfeiertags sind die meisten Leute nicht besonders hungrig. Sie zahlen zehn Dollar und können dafür so viel essen, wie sie wollen«, sagte Clara. »Peter und ich bereiten das Essen zu, während Em und Kaye es ausgeben. Kaye ist bestimmt zweihundert Jahre alt und hilft immer noch, aber inzwischen sucht sie sich Tätigkeiten, die sie im Sitzen erledigen kann.«

»Zum Beispiel alle anderen herumkommandieren«, sagte Peter.

»Dich kommandiert sie nie herum. Das ist meine Aufgabe«, sagte Clara. »Es ist alles ehrenamtlich.«

»Eine ungeheuer ehrenwerte Einstellung«, sagte Peter mit bekannter Leidensmiene.

»Was haben die anderen gemacht?«, fragte Gamache. Die Frage überraschte Lemieux. Ihm würden bald die leeren Seiten knapp, wenn sie weiterhin so ausführlich auf Dinge eingingen, die sich schon Stunden vor dem Mord ereignet hatten. Er bemühte sich, kleiner zu schreiben.

»Wer ist noch übrig?« Peter drehte sich zu Clara. »Myrna Landers und Bea Mayer.«

»B-e-e?«, fragte Lemieux.

»Sie heißt eigentlich Beatrice, aber alle nennen sie Bea.« Peter buchstabierte den Namen für Lemieux.

»Um genau zu sein, nennen sie alle Mother«, sagte Clara.

»Warum?«, fragte Gamache.

»Versuchen Sie, es herauszufinden«, sagte Clara. Lemieux sah den Chief an, weil er wissen wollte, ob er sich über Claras vorlauten und vertraulichen Ton ärgerte, aber Gamache lächelte.

»Was haben Myrna und Bea bei dem Frühstück gemacht?«, fragte Gamache.

»Sie haben zwischendurch immer mal wieder die Tische abgeräumt und Kaffee und Tee ausgeschenkt«, sagte Peter.

»Oh ja«, sagte Clara. »Mothers Tee. Irgendein Gebräu aus Kräutern. Widerlich. Ich habe nichts gegen Tee«, Clara hob ihren Becher in die Höhe, »nicht einmal gegen Kamillentee, aber ich möchte lieber nicht wissen, was in dem drin ist, den Mother jedes Jahr anbietet. Das ist wirklich ein Phänomen. Niemand trinkt ihn, trotzdem versucht sie es immer wieder.«

Der Unterschied zwischen Duldsamkeit und Wahnsinn ist nicht groß, dachte Gamache. »Waren Madame de Poitiers und ihre Familie auch da?«

»Ich weiß es nicht«, sagte Clara, nachdem sie kurz überlegt hatte. »Wir haben die ganze Zeit gewerkelt und hatten deshalb keine Gelegenheit, uns umzusehen.«

»Ist während des Frühstücks irgendetwas Ungewöhnliches vorgefallen?«, fragte Gamache.

Peter und Clara dachten über die Frage nach, dann schüttelten beide den Kopf.

»Peter war dieses Jahr in Ems Mannschaft, zum ersten Mal, deshalb ist er früh gegangen.«

»Als ich endlich wegkam, waren Em und Mother schon unten am See. Es ist nur ein kleines Stück die Straße runter und dann nach rechts. Ungefähr fünf Minuten zu Fuß von der Legion Hall.«

»Ihre Mannschaft hat nicht auf Sie gewartet?«

»Na ja, Georges hat gewartet. Er war der zweite Mann in unserem Team. Er war dieses Jahr auch zum ersten Mal beim Curling dabei.«

»Georges und wie noch?«

»Simenon«, sagte Peter und lächelte, als er Gamache die Stirn runzeln sah. »Ich weiß. Seine Mutter war mit dem Fluch der Leselust behaftet.«

»Und deswegen hat sie ihren Sohn ebenfalls mit einem Fluch belegt«, sagte Gamache.

»Georges und ich sind runter zum Lac Brume gegangen, dort haben wir Em und Mother getroffen. Billy Williams hatte ein Spielfeld für uns vom Schnee freigeräumt, die Zuschauerbänke hatte er schon ein paar Tage vor Weihnachten aufgestellt.«

»Das Eis war dick genug?«

»Aber ja, schon lange. Außerdem ist es nahe am Ufer, und ich glaube, Billy prüft immer mit einem großen Bohrer, wie dick es ist. Unser Billy ist ein sehr umsichtiger Mann.«

»Was ist Ihnen am See sonst noch aufgefallen?«

Peter kramte in seinem Gedächtnis. Er hatte am Straßenrand gestanden und über den flachen Hang auf den schneebedeckten See hinuntergesehen. Mother und Em waren drüben bei ihren Stühlen gewesen.

»Stühle«, sagte Peter. »Mother, Em und Kaye bringen sich immer Stühle mit, damit sie nahe beim Heizstrahler sitzen können.«

»Wie viele Stühle waren es dieses Mal?«, fragte Gamache.

»Drei. Zwei standen direkt neben dem Heizstrahler, der dritte stand ein kleines Stück weiter vorn.«

»Was ist dann passiert?« Gamache beugte sich vor, den warmen Becher Tee mit seinen großen Händen umklammernd, und sah ihn gespannt und neugierig an.

»Plötzlich schienen alle gleichzeitig einzutrudeln«, sagte Peter. »Em und Mother saßen auf ihren Stühlen, als Georges und ich kamen. Wir haben eine Weile unsere Taktik besprochen, dann traf die andere Mannschaft ein, und kurze Zeit später waren die Zuschauerbänke voll.«

»Ich bin gekommen, als das Spiel gerade anfing«, sagte Clara.

»Wo haben Sie gesessen?«

»Auf einer der Bänke, zwischen Myrna und Olivier.«

»Und wo war CC?«

»Sie saß auf einem der Stühle beim Heizstrahler.« Über Claras Lippen huschte ein Lächeln.

»Was ist?«, fragte Gamache.

Clara fühlte sich ertappt und wurde rot. »Ich habe gerade an CC gedacht. Das sah ihr ähnlich, sich den besten Platz zu schnappen. Um genau zu sein, hat sie sich den Stuhl ausgesucht, der dem Heizstrahler am nächsten stand. Der hätte eigentlich Kaye zugestanden.«

»Sie haben sie nicht besonders gemocht, nicht wahr?«, fragte er.

»Nein. Ich fand sie gemein und egoistisch«, sagte Clara. »Trotzdem hat sie es nicht verdient, umgebracht zu werden.«

»Was hat sie denn verdient?«, fragte er.

Die Frage brachte Clara in Verlegenheit. Was hatte CC

verdient? Sie ließ sich die Frage durch den Kopf gehen, während sie in das Feuer starrte und das Spiel der Flammen verfolgte. Lemieux rutschte auf seinem Platz hin und her und hatte bereits den Mund geöffnet, um etwas zu sagen, aber Gamache warf ihm einen raschen Blick zu, und er schloss ihn wieder.

»Sie verdiente es, allein gelassen zu werden. Das wäre die angemessene Strafe dafür gewesen, dass sie andere Menschen so geringschätzig behandelt hat, so viel Leid verursacht hat.« Clara gab sich Mühe, ihre Stimme ruhig und fest klingen zu lassen, aber sie hörte selbst, wie dünn und zittrig sie war, und hoffte, dass sie nicht auch noch in Tränen ausbrechen würde. »Man konnte CC nicht über den Weg trauen.«

Gamache schwieg und fragte sich, was CC wohl getan haben mochte, um diese liebenswürdige Frau so tief zu verletzen, dass sie ihr etwas derart Schreckliches wünschte. Denn Gamache wusste ebenso gut wie Clara, dass Einsamkeit weitaus schlimmer war als der Tod.

In diesem Moment wurde ihm klar, dass die Aufklärung dieses Falls nicht einfach würde. Im Leben eines Menschen, der so gestört war, dass er anderen solchen Schmerz zufügen konnte, gab es mit Sicherheit viele Geheimnisse und viele Feinde. Gamache rückte ein bisschen näher ans Feuer. Draußen war die Sonne inzwischen untergegangen, die Nacht senkte sich über Three Pines.

11

So schlimm war sie gar nicht«, sagte Ruth Zardo und drückte den Korken in die Weinflasche zurück. Sie hatte sich selbst nachgeschenkt, ohne ihren Besuchern ein Glas anzubieten.

Gamache und Lemieux saßen in Ruth' eiskalter Küche auf harten weißen Gartenstühlen aus Plastik an einem Plastiktisch, ihrem sogenannten Essplatz. Ruth trug mehrere mottenzerfressene Pullover übereinander, die Männer hatten ihre Anoraks anbehalten.

Agent Lemieux ballte seine Hände abwechselnd zur Faust und rieb sie aneinander, nur mühsam widerstand er dem Drang, sie auch noch anzuhauchen. Nach dem Gespräch mit den Morrows hatten Gamache und er den Dorfanger überquert und sich dem kleinsten Haus genähert, das Agent Lemieux jemals zu Gesicht bekommen hatte. Eigentlich sah es eher aus wie eine Hütte mit zwei Fenstern im Erdgeschoss und einem Fenster im ersten Stock. Der weiße Anstrich war abgeblättert, und eine der Lampen über dem Eingang war kaputt.

Die Tür wurde von einer Frau wie ein Besen geöffnet. Stocksteif und hager, alles an ihr hatte etwas Verdorrtes. Ihr Körper, ihre Arme, ihre Lippen und ihr Humor. Als sie ihr durch den düsteren Flur folgten, der nur von ein paar Funzeln erhellt wurde, stolperte er ein paarmal über irgendwelche Bücherstapel.

»Wie ich sehe, stellt die Sûreté jetzt auch Behinderte ein«, sagte Ruth und deutete mit ihrem Stock auf ihn. »Trotzdem ist er wahrscheinlich immer noch besser als die, die Sie das letzte Mal angeschleppt haben. Wie hieß sie gleich noch mal? Egal. Eine Katastrophe. Ausgesprochen unhöflich. Setzen Sie sich, wenn es sein muss, aber machen Sie es sich nicht allzu bequem.«

Lemieux rieb sich noch einmal die Hände, dann nahm er seinen Stift und begann zu schreiben.

»Man hat mir CC als gemein und egoistisch beschrieben«, sagte Gamache, überrascht, dass sein Atem keine weißen Wölkchen bildete.

»So?«

»Nun ja, es klang nicht nach einem guten Menschen.«

»Oh, sie war kein guter Mensch, aber so schlimm war sie auch nicht. Mal im Ernst«, die alte Dichterin nahm einen großen Schluck von dem Wein und stellte das Glas dann auf den runden Plastiktisch zurück, »wer ist nicht gemein und egoistisch?«

Gamache hatte ganz vergessen, was für ein Vergnügen es war, sich mit Ruth Zardo zu unterhalten. Er musste laut lachen und fing ihren Blick auf. Sie stimmte in sein Lachen ein.

Robert Lemieux begriff nicht, was so lustig war.

»Was haben Sie von Madame de Poitiers gehalten?«

»Ich denke, sie war verbittert und kleinlich und ja, sehr gemein. Aber vermutlich gab es einen Grund dafür. Wir haben sie nicht gut genug gekannt, noch nicht, um es rauszukriegen.«

»Wie lange haben Sie sie gekannt?«

»Etwas über ein Jahr. Sie hat das alte Haus von Timmer Hadley gekauft.« Während Ruth das sagte, ließ sie Gamache nicht aus den Augen, gespannt, wie er reagieren würde, aber sie wurde enttäuscht. Seine Reaktion hätte sie eine halbe Stunde zuvor im Haus von Clara und Peter verfolgen können. Clara hatte ihm erzählt, dass CC das alte Haus der Hadleys gekauft hatte. Dann hatten sie alle schweigend dagesessen, Agent Lemieux hatte sich wieder gefragt, was ihm entgangen war.

Das letzte Mal, als Armand Gamache in jenem Haus war, hatte ihn das beinahe das Leben gekostet, genau wie Peter, Clara und Beauvoir. Wenn es jemals ein Haus gegeben hatte, das weinte, dann war es dieses.

Niemals würde Gamache den Keller und die Finsternis vergessen. Selbst jetzt, vor einem fröhlich lodernden Feuer, einen Becher Tee in den Händen und im Kreis von wohlgesinnten Menschen, überlief es Gamache eiskalt.

Er wollte nicht in dieses düstere Haus zurück, aber ihm war klar, dass er musste.

CC de Poitiers hatte das Haus gekauft. Das sagte mehr über diese Frau aus als noch so viele Adjektive.

»Sie hat es nur an den Wochenenden benutzt«, fuhr Ruth fort, als sich ihre vermeintliche Bombe als Blindgänger erwies. »Sie kam mit ihrem Mann und ihrer Tochter her. Das waren vielleicht zwei Nieten. CC hatte wenigstens noch einen Funken Leben in sich. Die beiden dagegen wirkten wie zwei große träge Fettklöße. Dick und faul. Und langweilig. Furchtbar langweilig.«

Für Ruth Zardo war langweilig eine der schlimmsten Beleidigungen. Es kam gleich nach freundlich und nett.

»Was ist beim Curling passiert?«, fragte Gamache.

Über CCs Familie zu reden schien Ruth' Zorn geweckt zu haben. Sie wurde noch schroffer.

»Sie ist gestorben.«

»Mit drei Worten kommen Sie mir nicht davon«, sagte Gamache.

»Ems Mannschaft hat verloren, wie immer. Dann ist CC gestorben.« Ruth lehnte sich auf ihrem Stuhl zurück und funkelte Gamache an.

»Treiben Sie nicht Ihre Spielchen mit mir, Madame Zardo«, sagte er liebenswürdig, ohne den Blick von ihr zu wenden. »Müssen wir denn wirklich wieder damit anfangen? Haben Sie nie genug davon?«

»Von Wut? Wut ist genauso gut wie das hier.« Sie hob ihr Glas und prostete ihm spöttisch zu.

»Aber warum sind Sie wütend?«

»Macht ein Mord Sie nicht wütend?«

»Aber Sie sind nicht deswegen wütend«, sagte er bedächtig, beinahe sanft. »Oder zumindest nicht allein deswegen. Da ist noch etwas.«

»Kluger Junge. Ich wette, das haben Sie in der Schule sehr oft zu hören bekommen. Wie spät ist es?«

Gamache schien sich durch den abrupten Themenwechsel nicht aus der Fassung bringen zu lassen. Er warf einen Blick auf seine Uhr.

»Viertel vor fünf.«

»Ich muss gleich los. Eine Verabredung.«

»Was ist beim Curling passiert?«, fragte Gamache erneut. Lemieux hielt den Atem an. Er wusste nicht, warum, aber irgendetwas Wichtiges schien gerade zu passieren. Die alte Dichterin starrte Gamache an, aus ihrer Miene und ihrer Haltung sprach nichts als Widerwille. Gamache starrte einfach nur zurück, mit offener und nachdenklicher und entschlossener Miene.

Ruth Zardo hielt seinem Blick buchstäblich nicht stand. Es kam Lemieux so vor, als würde sie ihre Augen voller Zorn schließen und in einer anderen Welt wieder öffnen. Oder zumindest mit einer anderen Haltung. Sie holte tief Luft und nickte. Auf ihrem Gesicht erschien ein schwaches Lächeln.

»Sie bringen meine schlimmsten Seiten zum Vorschein, Chief Inspector.«

»Heißt das, Sie haben vor, sich anständig zu benehmen?«

»Ich fürchte.«

»Ich bitte um Verzeihung, Madame.« Gamache erhob sich kurz von seinem Stuhl und deutete eine Verbeugung an. Sie neigte huldvoll ihren Kopf in seine Richtung.

Lemieux war sich nicht ganz im Klaren darüber, was da gerade vor sich ging. Vielleicht handelte es sich um irgendeinen geheimen englischen Code, ein Ritual des Widerstands und der Unterwerfung. Bei Begegnungen zwischen Frankokanadiern passierte so etwas selten, soweit er das mit seinem geringen Erfahrungsschatz beurteilen konnte. Seiner Ansicht nach zeigten die Franzosen ihre Gefühle viel offener. Die Engländer dagegen? Die waren verschlagen. Man wusste nie genau, was sie dachten, geschweige denn, was sie fühlten.

»Ich saß auf der Bank neben Gabri. Der Curling-Wettkampf war schon eine Weile im Gang. Em war am Verlieren, wie schon gesagt. Die arme Em verliert immer. Deswegen musste sie ihre Mannschaft sogar einmal Be Calm nennen. Irgendwann packte mich Gabri am Arm. Jemand schrie, es habe einen Unfall gegeben.«

Ruth beschrieb ihnen, wie es abgelaufen war, durchlebte das Geschehen im Geiste noch einmal. Wie sie auf ihrem Platz herumrutschte und versuchte, einen Blick auf die Ursache all der Aufregung zu erhaschen. Die dicken Anoraks, Mützen und Schals, die ihr die Sicht nahmen, die sich leerenden Zuschauerbänke, als die Leute sich zunächst langsam in Bewegung setzten und dann immer schneller wurden, bis sie schließlich im Laufschritt zu denen eilten, die sich bereits um den umgestürzten Stuhl herum versammelt hatten.

Ruth hatte sich einen Weg durch die Menge gebahnt, in der Erwartung, die zusammengebrochene Kaye am Boden liegen zu sehen, und dabei gerufen: »Platz da, macht Platz für den Feuerwehrhauptmann.«

Natürlich hatte es nicht gebrannt, und Ruth hatte das

auch gar nicht angenommen. Aber sie hatte die Erfahrung gemacht, dass die meisten Leute zwar behaupteten, eine Abneigung gegen Autoritäten zu haben, sich in Wahrheit jedoch nach jemandem sehnten, der die Verantwortung übernahm.

CC lag auf dem Rücken. Tot. Das war Ruth sofort klar. Aber sie musste es trotzdem versuchen.

»Olivier, du übernimmst die Herzmassage. Peter? Wo ist Peter Morrow?«

»Hier, hier bin ich.« Er drängte sich durch die Menge, nachdem er vom Spielfeld herübergesprintet war. »Was ist passiert?«

»Du machst Mund-zu-Mund-Beatmung.« Peter zögerte keine Sekunde, das musste man ihm lassen. Er ging neben Olivier in die Knie und machte sich bereit, dann sahen die beiden Männer zu Ruth hoch. Aber sie musste erst noch eine andere Anweisung geben.

»Gabri, such ihren Mann. Clara?«

»Hier.«

»Such die Tochter.«

Dann drehte sie ihnen den Rücken zu, in der Gewissheit, dass man ihre Anweisungen befolgen würde, und begann zu zählen.

»Hatten Sie irgendeine Vorstellung, was ihr zugestoßen war?«, fragte Gamache und brachte sie damit in die Gegenwart zurück.

»Nein.«

Bildete er sich das nur ein, oder war für einen kurzen Moment Unsicherheit in ihren harten Augen aufgeblitzt? Er wartete schweigend ab, aber es kam nichts mehr.

»Was ist dann passiert?«

»Billy Williams sagte, dass sein Pritschenwagen bereitstünde, wir sollten sie hinbringen. Es hatte zwar schon jemand im Krankenhaus angerufen, aber es hätte zwanzig

Minuten gedauert, bis der Krankenwagen da war, und dann noch einmal zwanzig Minuten für die Fahrt zurück. So ging es schneller.«

Sie berichtete von der schrecklichen Fahrt nach Cowansville, und ihr Bericht stimmte weitgehend mit dem überein, was ihm einige Zeit zuvor Peter Morrow erzählt hatte.

»Wie spät ist es?«, fragte sie.

»Fünf vor fünf.«

»Ich muss los.« Sie stand auf und ging ihnen voran durch den Flur, ohne zu ihnen zurückzusehen, als läge ihr Heil jenseits der Haustür. Agent Lemieux hörte es in den Schränken scheppern und klirren, als sie mit ihren schweren Schritten daran vorbeigingen. Skelette, dachte er. Oder Flaschen. Oder beides.

Er mochte Ruth Zardo nicht und fragte sich, warum der Chief sie zu mögen schien.

»Raus.« Ruth hielt die Tür auf, sie hatten kaum Zeit, ihre Stiefel anzuziehen, bevor sie sie mit einer Hand, in der mehr Kraft steckte, als er vermutet hätte, nach draußen beförderte.

Gamache griff in die Tasche seines Anoraks und holte nicht die Handschuhe oder die Mütze hervor, die Lemieux zu sehen erwartet hätte, sondern ein Buch. Der Chief Inspector ging zu der Lampe, die den Hauseingang spärlich beleuchtete, und hielt das Buch so darunter, dass Ruth es sehen konnte.

»Das habe ich in Montréal entdeckt.«

»Sie sind ein Genie. Lassen Sie mich raten. Sie haben es in einem Buchladen entdeckt?«

»Ehrlich gesagt, nein.« Er beschloss, es ihr noch nicht zu verraten.

»Ich schätze, Sie haben diesen Moment gewählt, um mich zu bitten, es zu signieren?«

»Das haben Sie bereits getan. Würden Sie bitte herkommen und einen Blick darauf werfen?«

Agent Lemieux machte sich auf eine bissige Erwiderung gefasst, aber sie blieb aus. Ruth humpelte zu Gamache, und er schlug den schmalen Band auf.

»Du stinkst, von Herzen, Ruth«, las sie laut vor.

»Wem haben Sie das gegeben?«

»Erwarten Sie etwa, dass ich mir jedes Mal merke, was ich schreibe, wenn ich ein Buch signiere?«

»Du stinkst, von Herzen, Ruth«, wiederholte Gamache. »Das ist eine ziemlich ungewöhnliche Widmung, selbst für Sie. Bitte denken Sie nach, Madame Zardo.«

»Ich habe keine Ahnung, und ich bin spät dran.«

Sie trat von ihrer Veranda und ging über den Dorfanger auf die erleuchteten Geschäfte zu. Auf halbem Weg blieb sie jedoch stehen und setzte sich.

In der Dunkelheit. In der Kälte. Auf eine eisverkrustete Bank mitten auf dem Anger.

Lemieux war von der Unverfrorenheit dieser Frau ebenso beeindruckt wie verblüfft. Sie hatte sie mit der Begründung, sie habe eine Verabredung, aus dem Haus geworfen, und dann setzte sie sich frech auf eine Bank und starrte Löcher in die Luft. Das war eindeutig ein Affront. Lemieux drehte sich zu Gamache, um zu fragen, was er davon hielt, aber der Chief schien selbst tief in Gedanken versunken. Ruth Zardo sah auf die hell erleuchteten Bäume und den einzelnen strahlenden Stern, Armand Gamache sah sie an.

12

Lemieux hatte beschlossen, schnell zum Auto zu laufen, das vor dem Haus der Morrows stand, und den Motor anzulassen. Sie fuhren zwar noch nicht gleich zurück, aber inzwischen war es dunkel, und es würde eine gewisse Zeit dauern, bis es im Wagen warm wurde. Wenn er ihn jetzt anließ, war es nachher, wenn sie einstiegen, mollig warm und das Eis an den Scheiben getaut, beides von Vorteil in einer eiskalten Dezembernacht.

»Ich verstehe das nicht, Sir«, sagte er, als er zu Gamache zurückkehrte.

»Da gibt es eine Menge nicht zu verstehen«, sagte Gamache mit einem Lächeln. »Was liegt Ihnen denn speziell auf der Seele?«

»Das ist mein erster Mordfall, wie Sie wissen.«

»Ja.«

»Aber ich habe den Eindruck, wenn man jemanden umbringen will, gibt es eine Menge besserer Methoden.«

»Zum Beispiel?«

»Na ja, praktisch alles ist besser, als einer Frau inmitten einer Menschenansammlung auf einem gefrorenen See einen Stromschlag zu verpassen. Das ist verrückt.«

Genau das war es, was Gamache Kopfzerbrechen bereitete. Es war verrückt.

»Ich meine, warum erschießt man sie nicht oder erwürgt sie? Wir befinden uns hier mitten im tiefsten Winter in

Québec, warum lädt man sie nicht zu einer Spazierfahrt ein und stößt sie aus dem Auto? Dann hätten wir sie auf der *fête des neiges* in Cowansville als Eisskulptur verwenden können. Das ergibt doch keinen Sinn.«

»Daraus folgt Lektion Nummer eins.« Sie gingen auf Oliviers Bistro zu. Lemieux bemühte sich, mit dem hochgewachsenen Mann Schritt zu halten, der mit gemessenen, aber ausholenden Schritten auf das hell erleuchtete Restaurant zusteuerte. »Es ergibt Sinn.«

Gamache blieb abrupt stehen, und Lemieux musste rasch zur Seite ausweichen, um nicht gegen ihn zu prallen. Der Chief Inspector sah den jungen Mann ernst an.

»Das sollten Sie sich unbedingt merken: Alles ergibt Sinn. Alles. Wir wissen es nur noch nicht. Sie müssen es mit den Augen des Mörders betrachten. Darin besteht der Trick, Agent Lemieux, und deshalb ist nicht jeder für die Mordkommission geeignet. Sie müssen begreifen, dass dem Täter seine Tat als gute Idee erscheint, als sinnvolle Handlung. Glauben Sie mir, kein einziger Mörder hat jemals gedacht: ›Mann, das ist vielleicht dumm, aber ich werde es trotzdem tun.‹ Nein, Agent Lemieux, unsere Aufgabe ist es, den Sinn zu finden.«

»Wie?«

»Wir sammeln Beweise, natürlich. Das ist ein Großteil unserer Arbeit.«

»Aber es ist noch mehr, nicht wahr?« Lemieux wusste, dass Gamache eine hohe Aufklärungsquote vorweisen konnte. Wenn andere mit ihrem Latein am Ende waren, schaffte er es, irgendwie herauszufinden, wer den Mord begangen haben könnte. Lemieux stand mucksmäuschenstill da. Der große Mann war im Begriff, ihm zu sagen, wie er es machte.

»Wir hören zu.«

»Das ist alles?«

»Wir hören ganz genau zu. Hilft Ihnen das weiter?« Gamache grinste. »Wir hören zu, bis uns die Ohren wehtun. Nein, Agent, die Wahrheit ist, wir hören einfach nur zu.«

Gamache öffnete die Tür des Bistros und trat ein.

»Patron.« Olivier begrüßte Gamache mit einem Kuss auf jede Wange. »Es soll schneien, habe ich gehört.«

»Ein paar Zentimeter, morgen.« Gamache nickte bedächtig. »Vielleicht mehr.«

»Météo Média oder die Wettervorhersage Burlington?«

»Radio Canada.«

»Ach, *Patron,* die dachten auch, die Separatisten würden das letzte Referendum gewinnen. Vorhersagen von Radio Canada kann man nicht trauen.«

»Da haben Sie möglicherweise recht, Olivier.« Gamache lachte und stellte Lemieux vor. Das Bistro war brechend voll, lauter Leute, die sich vor dem Essen noch einen Drink genehmigten. Er nickte einigen von ihnen zu. »Ziemlich viel los.«

»Das ist immer so an Weihnachten. Viele sind zu Besuch bei der Verwandtschaft, und um über die neuesten Ereignisse auf dem Laufenden zu bleiben, geht man eben in Rick's Café.«

Rick's Café? Welcher Rick? Lemieux verstand schon wieder nur Bahnhof. Vermutlich war das ein Rekord. Bislang hatte es wenigstens immer ein paar Minuten gedauert, bis er bei einer Befragung den Überblick verlor, und das im Allgemeinen, wenn die Engländer miteinander redeten. Jetzt unterhielt sich der Chief mit einem anderen Québecer auf Französisch, und Lemieux hatte bereits nach der Begrüßung keine Ahnung mehr, worum es ging. Das konnte ja heiter werden.

»Die Leute scheinen nicht sehr betroffen zu sein«, sagte Gamache.

»In der Tat«, stimmte Olivier zu.

»Das Monster ist tot, und die Dorfbewohner feiern«, sagte Gabri, der plötzlich neben Gamache stand.

»Gabri«, sagte Olivier in tadelndem Ton. »Das ist schrecklich. Weißt du denn nicht, dass man über die Toten nur Gutes sagt?«

»Tut mir leid, du hast recht. CC ist tot.« Gabri drehte sich zu Gamache. »Gut.«

»Ach du lieber Himmel«, sagte Oliver. »Nehmen Sie sich in Acht. Er gibt wieder Bette Davis.«

»Es wird eine stürmische Nacht«, stimmte Gabri zu. *»Salut, mon amour.«* Gabri und Gamache umarmten sich zur Begrüßung. »Haben Sie Ihre Frau endlich verlassen?«, fragte Gabri.

»Und Sie?«

Gabri stellte sich neben Olivier. »Das ist eine Idee, jetzt, wo es erlaubt ist. Der Chief Inspector könnte unser Brautführer sein.«

»Ich dachte, Ruth soll unser Brautführer sein.«

»Stimmt. Tut mir leid, Chief.«

»Vielleicht könnte ich ja als Brautjungfer fungieren. Erzählen Sie mal. Ich habe gehört, Sie haben sich heute alle Mühe gegeben, Madame de Poitiers zu retten.«

»Nicht mehr als Peter und vermutlich erheblich weniger als Ruth.« Olivier deutete mit dem Kopf zum Fenster in Richtung der unsichtbaren Frau, die draußen allein in der Kälte saß. »Sie wird bald kommen, um ihr übliches Glas Scotch zu trinken.«

Ihre wichtige Verabredung, dachte Lemieux.

Gamache sagte zu Gabri: »Ich würde mich gern in Ihrer Pension einquartieren. Zwei Zimmer.«

»Doch hoffentlich nicht für diese grässliche Möchtegernpolizistin, die Sie letztes Mal dabeihatten.«

»Nein, nur Inspector Beauvoir und ich.«

»*Merveilleux.* Das geht in Ordnung.«

»*Merci, patron.* Bis morgen dann.«

Auf dem Weg zur Tür flüsterte Gamache Lemieux zu: »Rick's Café stammt aus dem Film *Casablanca.* Das ist Lektion Nummer zwei. Wenn Sie irgendetwas nicht wissen, dann fragen Sie. Sie müssen zugeben können, wenn Sie etwas nicht wissen, sonst werden Sie immer verwirrter, oder noch schlimmer, Sie ziehen die falschen Schlüsse. Alle Fehler, die ich gemacht habe, beruhten darauf, dass ich etwas vermutete und mich dann so verhielt, als wäre es eine Tatsache. Sehr gefährlich, Agent Lemieux. Glauben Sie mir. Ich frage mich, ob Sie nicht bereits einen falschen Schluss gezogen haben.«

Lemieux war zutiefst getroffen. Er wollte unbedingt einen guten Eindruck auf Gamache machen. Er musste einen guten Eindruck auf ihn machen, wenn er seine Aufgabe erledigen wollte. Nun dachte der Chief aus irgendeinem Grund, er befände sich auf dem Holzweg. Soweit Lemieux wusste, befand er sich weder auf einem Weg, noch hatte er irgendwelche Schlüsse gezogen, was diesen Fall betraf. Wer hätte das zu diesem frühen Zeitpunkt schon gekonnt?

»Sie müssen sehr vorsichtig vorgehen, Agent Lemieux. Ich denke oft, dass wir auf jeder Hand, mit der wir schießen oder schreiben, ›Ich könnte mich irren‹ eintätowiert haben sollten.«

Sie standen vor dem Bistro, Gamaches Gesicht war in der Dunkelheit nicht genau zu sehen, aber Lemieux vermutete, dass er lächelte. Das musste ein Scherz sein. Der Leiter der Mordkommission der Sûreté du Québec konnte unmöglich solche Selbstzweifel hegen.

Trotzdem, er wusste, dass es seine Aufgabe war, von Gamache zu lernen. Und er wusste, wenn er den Chief beobachtete und gut zuhörte, dann würde sich nicht nur das Rätsel dieses Falls lösen, sondern ihm würde auch etwas über Gamache enthüllt.

Das wollte Robert Lemieux unbedingt.

Er zog sein Notizbuch hervor und schrieb in der klirrenden Kälte die beiden Lektionen auf. Dann wartete er, für den Fall, dass noch mehr kam, aber Armand Gamache erweckte den Eindruck, als sei er plötzlich eingefroren, Mütze auf dem Kopf, Handschuhe an den Händen, alles, wie es sein sollte. Nur der Mann selbst nicht.

Er starrte in der Ferne. Auf etwas jenseits dieses hübschen Dorfes, jenseits von Ruth Zardo und den beleuchteten Bäumen. Er starrte auf etwas in der Dunkelheit.

Als Lemieux genauer hinsah und seine Augen sich langsam an die Finsternis gewöhnten, erkannte er die Umrisse von etwas, das noch schwärzer war als die Nacht. Ein Haus auf dem Hügel, der auf das Dorf heruntersah. Während er in die Dunkelheit starrte, schien es Gestalt anzunehmen, und eine Reihe von Türmchen begann sich von dem dunklen Himmel und dem noch dunkleren Wald abzuheben. Aus einem der Schornsteine sah er kaum wahrnehmbar Rauch aufsteigen, der gleich darauf wie ein Gespenst im Wald verschwand.

Gamache holte tief Luft, stieß sie in kleinen weißen Wölkchen wieder aus und drehte sich mit einem Lächeln zu dem jungen Mann neben ihm um.

»Fertig?«

»Ja, Sir.«

Lemieux wusste nicht, warum, aber auf einmal hatte er ein bisschen Angst, und er war sehr froh, sich in der Gesellschaft von Armand Gamache zu befinden.

Auf der Kuppe des Hügels brachte Agent Lemieux das Auto rutschend neben einer Schneewehe zum Stehen und hoffte, dass er dem Chief noch genug Platz zum Aussteigen gelassen hatte.

Das hatte er, Gamache verharrte einen kurzen Augenblick, um das alte, dunkle Haus zu mustern, bevor er mit entschlossenen Schritten über den langen schmalen Weg zu der unbeleuchteten Eingangstür ging. Während Gamache sich dem alten Hadley-Haus näherte, versuchte er die Vorstellung abzuschütteln, dass es ihn beobachtete, die Jalousien halb geschlossen, wie die Augen einer Schlange.

Das war natürlich die Ausgeburt einer lebhaften Phantasie, diese Seite an sich hatte er zu akzeptieren gelernt und förderte sie sogar. Manchmal war sie hilfreich. Aber manchmal war sie auch schmerzhaft. Gamache war sich nicht sicher, was es im Moment war.

Drinnen im Haus beobachtete Richard Lyon, wie die beiden Männer sich näherten. Der eine war offensichtlich der Chief. Nicht nur dass er als Erster den Weg entlangkam, er strahlte auch Autorität aus. Das war eine Eigenschaft, die Lyon an anderen auffiel, vor allem weil es etwas war, das ihm ganz und gar fehlte. Der andere war kleiner und dünner und ging mit den federnden Schritten eines jungen Mannes.

Tief Luft holen. Reiß dich zusammen. Sei ein Mann. Sei ein Mann. Sie waren jetzt fast an der Tür. Sollte er öffnen, bevor sie davorstanden? Sollte er warten, bis sie klingelten? Wäre es unhöflich, sie warten zu lassen? Würde es von Nervosität zeugen, wenn er gleich öffnete?

In Richard Lyons Kopf jagten sich die Gedanken, aber sein Körper war wie erstarrt. Das war sein natürlicher Zustand. Er hatte einen wendigen Verstand und einen unbeholfenen Körper.

Sei ein Mann. Ein fester Händedruck. Sieh ihm in die Augen. Senk die Stimme. Lyon summte leise vor sich hin und versuchte, seine Stimme eine Oktave tiefer zu zwingen. Hinter ihm in dem düsteren Wohnzimmer starrte seine Tochter Crie ins Leere.

Was jetzt? In einer solchen Situation hätte CC ihm normalerweise genau gesagt, was er tun sollte. Sei ein Mann. Reiß dich zusammen. Er war nicht besonders erstaunt darüber, in seinem Kopf noch immer ihre Stimme zu hören. Es war beinahe tröstlich.

Gott, was bist du für ein Versager.

Beinahe tröstlich. Es wäre hilfreich, wenn sie etwas Praktisches sagte, wie »Geh, und mach die Tür auf, du Idiot« oder »Setz dich hin und lass sie warten. Mein Gott, muss ich mich denn um alles kümmern?«

Die Türglocke schlug an, und Richard Lyon zuckte zusammen.

Wie idiotisch. Du hast sie doch kommen sehen. Du hättest zur Tür gehen und ihnen aufmachen sollen. Jetzt werden sie dich für unhöflich halten.

Gott, was für ein Versager.

Armand Gamache stand vor der Tür, Lemieux hinter sich, und versuchte, nicht an das letzte Mal zu denken, als er hier gewesen war. Versuchte, in dem alten Haus der Hadleys einfach nur ein Gebäude zu sehen. Gebäude, so sagte er sich, waren aus ganz normalen Baumaterialien errichtet. Dieses Haus bestand aus den gleichen Baumaterialien wie das, in dem er in Outremont wohnte. Es hatte nichts Besonderes an sich. Dennoch schien das Haus zu seufzen und zu beben.

Armand Gamache gab sich einen Ruck, straffte die Schultern und reckte das Kinn vor. Er würde den Teufel tun und sich von einem Haus einschüchtern lassen. Trotzdem fühlte sich ein Teil von ihm wie ein Sechsjähriger, der sich als Mutprobe dem verwunschenen Haus genähert hatte und jetzt am liebsten nach Hause gelaufen wäre, so schnell ihn die zittrigen Beine trugen.

Was für ein Anblick, dachte er und stellte sich Lemieux vor, der zusah, wie Chief Inspector Gamache kreischend an ihm vorbei hinunter ins Dorf rannte. Das sollte er wohl lieber nicht tun. Wenigstens noch nicht.

»Vielleicht sind sie nicht zu Hause.« Lemieux sah sich hoffnungsvoll um.

»Sie sind da.«

»Hallo.« Die Tür wurde so unvermittelt aufgerissen, dass Lemieux erschrocken zusammenfuhr. Vor ihnen stand ein kleiner, gedrungener Mann, der mit sehr leiser Stimme sprach. Für Gamache klang er wie jemand, der gerade erst eine Kehlkopfentzündung überstanden hatte. Der Mann räusperte sich und setzte noch einmal an.

»Hallo.« Das klang schon etwas gesünder.

»Mr Lyon? Mein Name ist Armand Gamache. Ich bin Leiter der Mordkommission bei der Sûreté du Québec. Tut mir leid, dass ich Sie stören muss.«

»Schon gut«, sagte Lyon, erfreut über seinen Tonfall und seine Wortwahl. Es klang nicht einstudiert. »Ein entsetzlicher Tag. Wir sind natürlich sehr mitgenommen. Kommen Sie herein.«

Für Gamache klang das, was der Mann sagte, einstudiert. Aber irgendwie nicht gut genug. Er sagte die richtigen Worte, aber im falschen Ton, wie ein schlechter Schauspieler, der seinen gelernten Text aufsagte, ohne mit dem Herzen dabei zu sein.

Gamache holte tief Luft und trat über die Schwelle. Er war beinahe überrascht, dass keine Geister und Dämonen um seinen Kopf herumwirbelten, dass nichts Schauderhaftes und Schreckliches passierte.

Stattdessen fand er sich in einer düsteren Diele wieder. Er musste sich beherrschen, um nicht zu lachen.

Das Haus hatte sich praktisch überhaupt nicht verändert. Es begrüßte seine Gäste noch immer mit der dunklen Holzvertäfelung in der ungemütlichen Diele. Die kalten Marmorfußböden waren blitzblank gewienert. Als die beiden Männer Lyon ins Wohnzimmer folgten, stellte Gamache fest, dass es keinerlei Weihnachtsschmuck zu geben schien. Es brannten auch nicht sehr viele Lampen. Hier und da ein Lichtfleck, aber bei Weitem nicht hell genug, um dem Raum das Düstere zu nehmen.

»Können wir vielleicht ein bisschen mehr Licht machen?«, fragte Gamache und nickte Lemieux zu, der rasch durch das Zimmer ging und Lampen anknipste, bis es hell erleuchtet, wenn auch nicht gemütlicher war. Die Wände waren kahl, lediglich ein paar Rechtecke ließen erkennen, wo bei Timmer Hadley einmal Bilder gehangen hatten. CC und ihr Mann hatten es nicht für nötig befunden, neu zu streichen. Genau genommen schienen sie es nicht für nötig befunden zu haben, überhaupt etwas zu tun. Die Möbel sahen aus, als wären sie mitsamt dem Haus übernommen worden. Sie waren wuchtig und verschnörkelt und, wie er gleich darauf merken sollte, äußerst unbequem.

»Meine Tochter Crie.« Lyon watschelte vor ihnen her und deutete auf ein dickes Mädchen in einem gelben Strandkleid, das auf dem Sofa saß. »Crie, diese Herren sind von der Polizei. Sag schön Guten Tag.«

Sie schwieg.

Gamache setzte sich neben sie und sah sie an, während sie weiterhin starr geradeaus sah. Er fragte sich, ob sie autistisch war. Sie war völlig in sich gekehrt, allerdings war sie auch gerade erst Zeugin des Mordes an ihrer Mutter geworden. Es wäre ungewöhnlich, wenn ein Kind anders reagiert hätte.

»Crie, mein Name ist Armand Gamache. Ich bin von der Sûreté. Es tut mir sehr leid, was mit deiner Mutter passiert ist.«

»So ist sie immer«, erklärte Lyon. »Obwohl sie offenbar gut in der Schule ist. Ich nehme an, dass das bei einem jungen Mädchen normal ist. Launenhaft.« Es läuft gut, dachte er bei sich. Du hast ihn zum Narren gehalten. Vermassle es jetzt nicht. Trauere um deine Frau, aber kümmer dich um deine Tochter. Sei ein Mann.

»Wie alt ist Crie?«

Lemieux setzte sich auf einen kleinen Sessel in der Ecke und zog sein Notizbuch hervor.

»Dreizehn. Nein, warten Sie. Sie ist zwölf. Lassen Sie mich nachdenken. Sie hat …«

Oje.

»Schon gut, Mr Lyon, wir können nachsehen. Ich denke, wir sollten uns vielleicht besser allein unterhalten.«

»Oh, Crie macht das nichts aus, oder, Crie?«

Keine Antwort.

»Aber mir«, sagte Gamache.

Während Lemieux zuhörte und sich Notizen machte, versuchte er Gamaches Rat zu beherzigen und keine voreiligen Schlüsse zu ziehen, was diesen weichlichen, stammelnden, albernen, dummen kleinen Mann betraf.

»Crie, würdest du bitte hinaufgehen und eine Weile fernsehen?«

Crie starrte weiter vor sich hin.

Lyon wurde rot. »Crie, ich rede mit dir. Bitte tu …«

»Vielleicht sollten wir in ein anderes Zimmer gehen.«

»Das ist nicht nötig.«

»Doch, das ist es«, sagte Gamache freundlich und erhob sich. Er streckte den Arm aus und schob Lyon vor sich her. Der kleine Mann watschelte durch die Diele in das dahinter liegende Zimmer. An der Tür sah Gamache sich noch einmal nach Crie um, die dasaß wie ein dickes, gerupftes Huhn, das darauf wartete, in den Kochtopf zu wandern.

In diesem Haus spielten sich nach wie vor Tragödien ab.

13

Ja, wir waren heute Morgen bei dem Gemeindefrühstück«, sagte Lyon.

»Sie drei?«

»Ja«, sagte Lyon zögernd.

Gamache wartete. Sie befanden sich jetzt im Esszimmer.

»Wir sind getrennt hingefahren, CC und ich. Sie hatte noch eine geschäftliche Besprechung.«

»Vor dem Frühstück?«

»Es ist gerade eine sehr anstrengende Zeit für sie. Sehr wichtig. Es passieren große Dinge.«

»Was hat Ihre Frau gemacht?«

»Das wissen Sie nicht?« Lyon wirkte ehrlich überrascht.

Gamache zog die Augenbrauen hoch und schüttelte den Kopf.

Lyon stand auf und eilte aus dem Zimmer, um kurz darauf mit einem Buch zurückzukehren. »Das ist CC.«

Gamache nahm das Buch und betrachtete das Bild auf dem Einband. Ganz und gar weiß, mit gebogenen schwarzen Augenbrauen, zwei stechenden blauen Augen, Nasenlöchern und blutroten schmalen Lippen, die in der Mitte schwebten. Es war kunstvoll und seltsam. Die Wirkung war abstoßend. Der Fotograf musste sie verabscheut haben, dachte Gamache.

Der Titel des Buchs lautete *Be Calm – Ruhe finden.*

Gamache versuchte sich daran zu erinnern, warum ihm

das so vertraut vorkam. Es würde ihm wieder einfallen, das wusste er. Unter dem Titel war ein schwarzes Symbol zu sehen.

»Was ist das?«, fragte Gamache.

»Ach das. Das ist nicht so gut geworden. Das soll das Logo von CCs Firma sein. Ein Adler.«

Gamache blickte auf den schwarzen Fleck. Jetzt, wo Lyon es ihm verraten hatte, konnte er den Adler erkennen. Der Kopf im Profil, gebogener Schnabel, zum Schrei geöffnet. Gamache hatte zwar noch nie ein Marketingseminar besucht, aber er vermutete, dass die meisten Firmen ein Logo wählten, das von Stärke oder Kreativität oder Selbstvertrauen zeugte, irgendeiner positiven Eigenschaft eben. Dieses hier ließ an Zorn denken. Es sah nach einem ziemlich wütenden Vogel aus.

»Sie können es behalten. Wir haben noch mehr davon.«

»Danke. Aber ich weiß immer noch nicht, was Ihre Frau gemacht hat.«

»Sie war Be Calm.« Lyon schien nicht begreifen zu können, dass nicht jeder in CC de Poitiers' Universum kreiste.

»Li Bien? Das Innere ins Gleichgewicht bringen? Wissen Sie, fast jeder von uns ist zu unausgewogen.«

»Sie war Ernährungsberaterin?«, riet Gamache aufs Geratewohl.

»Ernährung? Nein. Sie hat Häuser gestaltet, Zimmer, Möbel, Kleidung. Alles. Das Leben. CC hat alles geschaffen.« Er breitete die Arme aus wie ein Prophet aus dem Alten Testament. »Sie war brillant. In diesem Buch geht es um ihr Leben und ihre Philosophie.«

»Und die lautete?«

»Nun ja, das ist wie bei einem Ei. Oder eigentlich eher wie Farbe an einer Wand. Aber natürlich nicht an der Wand, sondern Li Bien. Unter der Wand. Die Farbe im Inneren. So ungefähr.«

Lemieux' Hand mit dem Stift schwebte über dem Notizbuch. Sollte er das alles aufschreiben?

Mein Gott, dachte Lyon. Halt den Mund. Bitte, halt den Mund. Du bist ein dicker, hässlicher, dummer, dummer Versager.

»Wann hat sie heute Morgen das Haus verlassen?« Gamache versuchte es auf einem anderen Weg.

»Sie war schon fort, als ich aufstand. Ich schnarche leider ziemlich, deshalb schlafen wir getrennt. Aber es roch nach Kaffee, sie dürfte also erst kurz vorher gegangen sein.«

»Und wann war das?«

»Ungefähr um halb acht. Als ich eine Stunde später zur Legion Hall kam, war CC schon da.«

»Mit ihrem Geschäftspartner?«

Zögerte er erneut?

»Ja, Saul Soundso. Er hat hier über die Feiertage ein Haus gemietet.«

»Und was tut er für Ihre Frau?« Gamache hoffte, dass Lemieux sein Gesicht unter Kontrolle hatte.

»Er ist Fotograf. Er macht Bilder. Er hat dieses Foto aufgenommen. Gut, nicht wahr?« Lyon deutete auf das Buch in Gamaches Hand.

»Hat er bei dem Frühstück Aufnahmen gemacht?«

Lyon nickte, seine Augen waren rund und gerötet und schienen um irgendetwas zu flehen. Aber worum, fragte sich Gamache.

Sie flehten ihn an, nicht weiter nachzubohren, wurde ihm plötzlich klar.

»War der Fotograf während des Curling-Wettkampfs anwesend?«, fragte er.

Lyon nickte unglücklich.

»Sie wissen, was das bedeutet, nicht wahr?«

»Das sind nur Gerüchte. Bösartige Verleumdungen, die jeder Grundlage entbehren.«

»Es bedeutet, er hat möglicherweise Fotos von der Person gemacht, die Ihre Frau umgebracht hat.«

»Oh« war alles, was Lyon überrascht hervorbrachte. Aber sosehr Gamache sich auch anstrengte, er hätte nicht sagen können, ob Lyon glücklich überrascht oder verängstigt überrascht war.

»Was meinst du, wer es war?«, fragte Clara und reichte Peter ein Glas Rotwein, bevor sie sich wieder auf ihrem Sessel niederließ und einen Schluck aus ihrem Glas nahm.

»Ruth.«

»Ruth? Nein!« Clara setzte sich auf und sah Peter an. Er irrte sich fast nie. Das war eine der Eigenschaften, mit denen er einem ziemlich auf die Nerven gehen konnte. »Du glaubst, Ruth hat CC umgebracht?«

»Ich glaube, wenn ich es immer wieder sage, habe ich am Ende recht. Ruth ist, soweit ich weiß, die Einzige hier, die ohne größere Bedenken jemanden umbringen könnte.«

»Das traust du ihr doch nicht wirklich zu?« Clara war überrascht, auch wenn sie ihm nicht schlichtweg widersprechen konnte.

»Doch. Es liegt in ihrer Natur. Wenn sie bis jetzt noch niemanden umgebracht hat, dann nur deshalb, weil es ihr an einem Motiv und der Gelegenheit mangelte. Die Fähigkeit dazu hat sie.«

»Aber würde sie jemanden mit einem Stromschlag umbringen? Ich habe mir immer vorgestellt, wenn Ruth jemanden umbringen würde, dann mit ihrem Stock, oder mit einer Pistole, oder sie würde ihn mit dem Auto überfahren. Sie ist nicht gerade subtil.«

Peter ging zum Regal und musterte die Bücher, die dort kreuz und quer übereinandergelegt und hineingepresst waren. Er überflog die Titel, von Biographien und Romanen bis zu hoher Literatur und Geschichte. Jede Menge Krimis. Und Gedichte. Wunderbare Gedichte, die Clara in der Badewanne summen und seufzen ließen, dem Ort, an dem sie Gedichte am liebsten las, weil die meisten Bände schmal und leicht genug waren, um sie mit feuchten Händen zu halten. Peter war eifersüchtig auf die Worte, die seiner Frau so viel Vergnügen bereiteten. Sie gab Geräusche von sich, als würden sie sie liebkosen, in sie eindringen und sie auf eine Art und Weise berühren, die ihm vorbehalten sein sollte. Er wollte, dass jeder ihrer Seufzer ihm vorbehalten war. Aber sie seufzte für Hecht und Atwood, Angelou und sogar Yeats. Sie stöhnte und summte vor Vergnügen über Auden und Plessner. Aber das größte Vergnügen bereitete ihr Ruth Zardo.

»Erinnerst du dich daran?« Er trat mit einem schmalen Buch zu Clara und gab es ihr. Sie schlug es auf und begann zu lesen:

»Du warst eine Motte,
die gegen meine Wange strich
im Dunkeln.
Ich tötete dich,
dabei
warst du nur eine Motte,
ohne Stachel.«

Sie schlug ein anderes Gedicht auf, wieder aufs Geratewohl, dann noch eines und noch eines.

»In fast allen geht es um Tod oder Verlust«, sagte sie und ließ das Buch sinken. »Das ist mir bis jetzt nie aufgefallen. In Ruth' Gedichten geht es fast immer um den Tod.« Sie klappte das Buch zu. Es war einer von Ruth' älteren Gedichtbänden.

»Nicht nur um den Tod«, sagte Peter, warf ein Birkenscheit auf das Feuer im Kamin und sah zu, wie sich die

Flammen zischend darüber hermachten, bevor er in die Küche ging, um nach dem Abendessen zu sehen, das auf dem Herd vor sich hin köchelte. Von dort aus rief er: »Aber sie sind auch sehr subtil. Ruth hat Seiten, die wir überhaupt nicht kennen.«

»Dabei warst du nur eine Motte, ohne Stachel«, wiederholte Clara die Verse. War CC nur eine Motte gewesen? Nein. CC de Poitiers hatte einen Stachel gehabt. Sobald man der Frau nahe gekommen war, hatte man ihn zu spüren gekriegt. Clara war sich nicht sicher, ob sie in Bezug auf Ruth einer Meinung mit Peter war. Ruth machte all ihrer Verbitterung in ihren Gedichten Luft. Sie hielt nichts zurück, und Clara wusste, dass die Art von Zorn, die zu einem Mord führte, lange gären musste, oft verborgen unter einer dicken Schicht Freundlichkeit.

Das Telefon läutete, nachdem Peter mit dem Anrufer ein paar kurze Worte gewechselt hatte, hängte er wieder ein.

»Trink aus«, rief er von der Tür her. »Das war Myrna, die uns auf ein Glas ins Bistro einlädt.«

»Ich muss das eine Glas Wein runterstürzen, um das nächste zu kriegen?«

»Wie in alten Zeiten, was?«

Armand Gamache stand draußen vor dem alten Hadley-Haus. Die Tür hatte sich hinter ihm geschlossen, und er hatte das Gefühl, wieder ausatmen zu können. Er hatte außerdem das Gefühl, sich albern zu benehmen. Er war mit Lyon durch den düsteren alten Kasten gegangen, und nichts, was er gesehen hatte, hatte ihm das Haus sympathischer gemacht, aber es versteckten sich auch keine bösen Geister darin. Es war einfach nur müde und traurig und sehnte sich nach Lachen. Wie seine Bewohner.

Bevor er das Haus verlassen hatte, war er noch einmal ins Wohnzimmer gegangen, wo Crie nach wie vor in ihrem

Strandkleid und Flipflops saß. Er hatte ihr eine Decke um die Schultern gelegt und sich ihr gegenübergesetzt, er hatte einen Moment lang ihr ausdrucksloses junges Gesicht betrachtet und dann die Augen geschlossen.

Er versuchte ihr zu sagen, dass alles wieder gut werden würde. Irgendwann. Das Leben wäre nicht immer so schmerzhaft. Die Welt wäre nicht immer so grausam. Lass ihr Zeit, Kleine. Gib ihr noch eine Chance. Komm zurück.

Das wiederholte er ein paarmal, und als er die Augen wieder öffnete, sah er, dass Lemieux in der Tür stand und ihn beobachtete.

Jetzt, draußen im Freien, zog Gamache in seinem Anorak die Schultern zusammen und ging den Weg entlang zum Auto. Es fing gerade an zu schneien, dicke, leichte, hübsche Flocken. Er blickte auf das Dorf hinunter, das im Widerschein der Lichterketten und der Schneeflocken glitzerte. Dann schwebte etwas, was Gabri gesagt hatte, wie eine Schneeflocke durch seinen Kopf. »Das Monster ist tot, und die Dorfbewohner feiern.« Eine Anspielung auf Frankenstein. Aber hatten dort die Dorfbewohner das Monster nicht sogar selbst umgebracht?

War es möglich, dass sich die Bewohner dieses hübschen, verschlafenen, friedlichen Örtchens zusammengetan und CC de Poitiers umgebracht hatten?

Gamache wollte den Gedanken schon beiseiteschieben. Das war eine verrückte Idee. Aber dann musste er daran denken, dass es auch ein verrückter Tod war.

»Haben Sie eine Frage?«, erkundigte sich Gamache, ohne sich zu dem jungen Mann umzudrehen.

»Nein, Sir.«

»Lektion Nummer drei, mein Junge. Lügen Sie mich niemals an.« Jetzt drehte er sich um und bedachte Agent Lemieux mit einem Blick, den dieser niemals vergessen würde. Es lag Zuneigung darin, aber auch eine Warnung.

»Was haben Sie im Wohnzimmer mit der Tochter gemacht?«

»Ihr Name ist Crie. Wonach sah es denn aus?«

»Sie saßen zu weit weg von ihr, um mit ihr zu reden. Und, na ja …«

»Sprechen Sie weiter.«

»Sie hatten die Augen geschlossen.«

»Stimmt.«

»Haben Sie gebetet?« Lemieux war die Frage peinlich. Beten war für seine Generation schlimmer als eine Vergewaltigung, schlimmer als Sodomie, schlimmer als Versagen. Er hatte das Gefühl, den Chief gerade zutiefst beleidigt zu haben. Aber der Mann hatte ihn aufgefordert zu fragen.

»Ja, ich habe gebetet, wenn auch vermutlich nicht auf die gewohnte Art und Weise. Ich habe an Crie gedacht und versucht, ihr zu vermitteln, dass es sich auf dieser Welt ganz gut leben lässt und dass sie ihr noch eine Chance geben soll.«

Das war mehr, als Robert Lemieux hören wollte. Sehr viel mehr. Er begann sich zu fragen, wie schwierig dieser Einsatz wohl noch würde. Aber während Lemieux den Chief dabei beobachtete, wie er langsam und nachdenklich zum Wagen zurückging, musste er sich eingestehen, dass ihn Gamaches Antwort irgendwie getröstet hatte. Vielleicht würde es doch nicht so schlimm werden. Er zog sein Notizbuch heraus. Als sie nebeneinander im warmen Auto saßen, sah Gamache lächelnd zu, wie Agent Lemieux seine Worte aufschrieb.

Peter und Clara schüttelten den Schnee von ihren Mänteln, hängten sie an die Garderobe neben der Tür und sahen sich um. Das Bistro war voll, und es herrschte ein beachtlicher Geräuschpegel. Die Bedienungen schlängelten sich, Tabletts mit Getränken und Essen balancierend, geschickt zwischen den kleinen runden Holztischen durch.

»Hier drüben.« Myrna erhob sich von dem Sofa vor dem Kamin. In ihrer Gesellschaft befanden sich Ruth und ein Paar, das gerade Anstalten machte zu gehen.

»Ihr könnt unsere Plätze haben«, sagte Hanna Parra, die Gemeindevorsteherin, während sie und ihr Mann Roar sich Schals um die Hälse wickelten. »Hat's schon angefangen zu schneien?«

»Ein bisschen«, entgegnete Peter, »aber die Straßen müssten noch frei sein.«

»Wir haben es ja nicht weit. Nur eine kurze Fahrt.« Roar schüttelte ihnen die Hand, und Hanna küsste sie links und rechts auf die Wange. Eine Verabschiedung war in Québec keine unbedeutende Angelegenheit.

Eine Begrüßung allerdings auch nicht.

Nachdem sie die Runde gemacht und Küsschen links und rechts verteilt hatten, ließen Clara und Peter sich in die weichen Ohrensessel sinken. Peter suchte Gabris Blick, und bald darauf kam der wohlbeleibte Mann mit zwei Gläsern Rotwein und zwei Schälchen Cashewkernen an.

»Hättet ihr so etwas für möglich gehalten?« Gabri genehmigte sich einen Schluck von Claras Wein und eine Handvoll Nüsse.

»Sind sie sicher, dass es Mord war?«, fragte Myrna.

Peter und Clara nickten.

»Die Untersuchung wird wieder von diesem Esel Gamache geleitet«, sagte Ruth und griff nach Peters Weinglas, »ihr wisst ja, was letztes Mal passiert ist.« Sie nahm einen Schluck.

»Hat er den Fall etwa nicht gelöst?«, fragte Myrna und schob ihr Glas Scotch auf die andere Seite des Tisches.

»Na ja.« Ruth sah sie spöttisch an. »Reines Glück. Denkt doch mal nach. Die Frau bricht auf dem Eis zusammen, und er glaubt, dass sie unter Strom gesetzt wurde. Wie denn? Durch Gottes Hand?«

»Sie ist durch einen Stromschlag getötet worden«, sagte Peter in dem Moment, als Olivier zu ihnen trat.

»Ihr redet von CC«, sagte er und warf einen sehnsüchtigen Blick zu den leeren Sesseln am Kamin. Aber er hatte das Lokal voller Gäste, es war gar nicht daran zu denken, dass er sich jetzt hinsetzte.

»Peter glaubt, dass du es warst, Ruth«, sagte Clara.

»Vielleicht war ich es auch. Und vielleicht bist du der Nächste.« Sie bedachte Peter mit einem irren Grinsen, und er wünschte, Clara hätte den Mund gehalten.

Ruth griff nach dem nächstbesten Glas auf dem Tisch.

»Was hast du der Polizei erzählt?«, fragte Olivier Peter.

»Ich habe einfach nur geschildert, was passiert ist.«

»Der Chief Inspector hat Zimmer in der Pension reserviert.« Olivier nahm Peters leeres Glas und hob es mit fragendem Blick. Peter schüttelte, überrascht, dass es schon leer war, den Kopf. Zwei waren genug.

»Du glaubst also nicht, dass sie mit einem Stromschlag umgebracht worden ist?«, fragte Clara Ruth.

»O doch. Das war mir sofort klar. Ich war nur überrascht, dass dieser Einfaltspinsel Gamache so schnell draufgekommen ist.«

»Wie konnte dir das denn sofort klar sein?«, fragte Myrna skeptisch.

Ruth sagte:

»In der Luft hat ein verbrannter Geruch gehangen,
und schon war CC das Licht ausgegangen.«

Myrna musste gegen ihren Willen lachen. Es war ein besonders passendes oder auch unpassendes Zitat. In der Luft hatte tatsächlich ein Geruch nach Verbranntem gehangen.

»Ich musste an ein anderes Gedicht denken«, sagte Clara.

»Er schuf der Welt genug Verdruss,
Sein Lebenslicht brannt' bis zum Schluss.
Weshalb so mancher denken möcht,
Was von ihm blieb, das riecht recht schlecht.«

Die Runde am Kamin lauschte schweigend Claras Vortrag. Hinter ihnen wogten die Stimmen auf und ab, Gelächter erklang. Gläser klirrten. Niemand trauerte um CC de Poitiers. Für Three Pines war ihr Tod kein Verlust. Sie hatte einen schlechten Geruch hinterlassen, aber selbst der verzog sich allmählich. Three Pines wirkte erleichtert, fröhlicher und frischer, jetzt, wo sie nicht mehr da war.

Gamache roch das Ragout, noch bevor er durch die Tür getreten war. Das Aroma von Bœuf Bourguignon mit Rindfleisch und Pilzen, winzigen Perlzwiebeln und Burgunder. Er hatte Marie-Reine vom Büro aus angerufen, um ihr zu sagen, dass er zurück war. Auf ihre Bitte hin hatte er aus der Bäckerei um die Ecke frisches Baguette mitgebracht. Jetzt mühte er sich mit dem Karton mit Beweisstücken, seiner Aktentasche und dem kostbaren Baguette durch die Tür. Er wollte das Brot nicht schon zerbrechen, bevor er die Wohnung betreten hatte, obwohl es nicht das erste Mal gewesen wäre.

»Ist das der Gärtnerjunge?«

»*Non, Madame Gamache, désolé.* Es ist nur der Bäckerjunge.«

»Hoffentlich mit einem Baguette.« Sie kam aus der Küche und trocknete sich die Hände an einem Geschirrtuch. Als sie ihn sah, erschien auf ihrem Gesicht ein zärtliches Lächeln. Er stand mitten im Flur, hielt mit beiden Händen den Karton fest, seine Ledertasche war im Begriff, ihm von der Schulter zu rutschen und die dicke Jacke mitzureißen, das knusprige Baguette unter seinem Arm schrappte ihm übers Gesicht.

»Ich fürchte, es ist nicht mehr das, was es mal war.« Er lächelte sie entschuldigend an.

»Für mich ist es genau richtig, Monsieur.« Sie zog es vorsichtig unter seinem Arm hervor, damit er den Karton auf den Boden stellen konnte.

»*Voilà.* Schön, zu Hause zu sein.« Als er sie in die Arme nahm und ihr einen Kuss gab, spürte er ihren weichen Körper durch seine Jacke. Seit ihrer ersten Begegnung hatten sie beide zugelegt. Keiner von ihnen hätte auch nur noch im Entferntesten in Hochzeitskleid oder Hochzeitsanzug gepasst. Aber das nahm Gamache gerne hin, denn sie hatten auch in anderer Hinsicht zugenommen. Wenn Leben bedeutete, dass man in jeder Hinsicht wuchs, dann hatte er nichts dagegen einzuwenden.

Reine-Marie erwiderte seine Umarmung und spürte, wie die Feuchtigkeit aus seiner mit Schnee vollgesogenen Jacke in ihren Pullover drang. Das nahm sie gerne hin. Für ein kleines bisschen Unbehagen wurde sie mit immensem Wohlbehagen belohnt.

Nachdem er geduscht und einen frischen Rollkragenpullover mit einer Tweedjacke darüber angezogen hatte, setzte er sich mit einem Glas Wein zu ihr vor den Kamin. Es war ihr erster ruhiger Abend seit Wochen, nach all den Familienbesuchen und dem ganzen Weihnachtstrubel.

»Sollen wir hier essen?«, fragte er.

»Das ist eine wunderbare Idee.«

Er stellte die Klapptische vor ihren Sesseln auf, während sie das Bœuf Bourguignon mit Eiernudeln und dazu einen Korb mit dem aufgeschnittenen Baguette aus der Küche holte.

»Was für ein seltsames Paar«, sagte Reine-Marie, nachdem er seinen Bericht über die Ereignisse des Tages beendet hatte. »Ich frage mich, warum CC und Richard zusammengeblieben sind. Ich frage mich, warum sie überhaupt geheiratet haben.«

»Das geht mir genauso. Richard Lyon wirkt so passiv, so unsicher, ich habe mich gefragt, wie viel davon Theater war. Aber wie dem auch sei, es muss ziemlich nervtötend sein, mit ihm zusammenzuleben, es sei denn, man ist ebenfalls unentschlossen oder sehr geduldig, und es sieht nicht so aus, als ob CC de Poitiers das war. Hast du jemals etwas von ihr gehört?«

»Nein. Aber sie könnte bei unseren englischen Landsleuten bekannt sein.«

»Ich denke, sie hat sich ihre Berühmtheit bloß eingebildet. Das hier hat mir Lyon gegeben.« Er griff in die Aktentasche, die neben seinem Sessel lag, und zog *Be Calm* heraus.

»Im Selbstverlag herausgegeben«, sagte Reine-Marie, nachdem sie den Einband studiert hatte. »Lyon und seine Tochter haben alles mit angesehen?«

Gamache nickte und spießte mit seiner Gabel ein Stück von dem zarten Fleisch auf. »Sie saßen auf den Zuschauerbänken. Lyon hat erst gemerkt, dass etwas passiert war, als alle zu der Stelle sahen, wo CC gesessen hatte. Dann begannen die Leute aufzustehen. Gabri ging zu ihm und sagte, es habe einen Unfall gegeben.«

Ihm fiel auf, dass er von Gabri sprach, als ob Reine-Marie ihn kennen würde. Und sie schien es auch so zu empfinden.

»Und die Tochter? Sie heißt Crie, hast du gesagt? Wie kann man ein Kind Crie nennen? Wie kann man einem Kind so etwas bloß antun, armes Ding.«

»Das kann man wohl sagen. Es geht ihr nicht gut, Reine-Marie. Sie ist in sich gekehrt, nahezu katatonisch. Und furchtbar dick. Sie muss fünfzig, sechzig Pfund Übergewicht haben, dabei ist sie erst zwölf oder dreizehn. Lyon wusste es nicht genau.«

»Dick sein ist kein Zeichen dafür, dass jemand unglücklich ist, Armand. Zumindest hoffe ich das.«

»Stimmt. Aber in diesem Fall steckt noch mehr dahinter.

Es ist so, als hätte sie den Bezug zur Welt verloren. Und noch etwas kommt dazu. Lyon sagte, dass er, als es passiert war, CC daliegen und die anderen Erste Hilfe leisten sah, aber er hatte keine Ahnung, wo Crie war.«

»Du meinst, er hat sich nicht um sie gekümmert?«, fragte Reine-Marie erstaunt, und ihre Gabel blieb auf halbem Weg zu ihrem Mund in der Luft hängen.

Gamache schüttelte den Kopf.

»Was für ein abscheulicher Mensch.«

Es war nicht leicht, dem nicht zuzustimmen, und Gamache fragte sich, warum es ihm trotzdem so schwerfiel.

Vielleicht, überlegte er, vielleicht ist es zu einfach. Vielleicht willst du nicht, dass die Lösung so banal ist und der verachtete, gedemütigte, betrogene Ehemann seine selbstsüchtige Frau umgebracht hat. Vielleicht war das zu einfach für den großartigen Armand Gamache.

»Das ist nur dein Ego«, sagte Reine-Marie, die offenbar seine Gedanken lesen konnte.

»Was?«

»Der Grund dafür, dass du mir nicht zustimmst, was Lyon angeht. Du weißt, dass er es wahrscheinlich getan hat. Du weißt, dass ihre Beziehung ziemlich gestört gewesen sein muss. Warum sonst würde sie ihn so behandeln, und warum sonst würde er es sich gefallen lassen? Warum sonst würde sich ihre Tochter so sehr zurückziehen, dass sie praktisch verschwindet? Ich meine, nach dem, was du sagst, kann sich noch nicht einmal jemand daran erinnern, ob sie da war oder nicht.«

»Sie war da. Sie ist mit den anderen im Pritschenwagen mitgefahren. Aber du hast recht.«

»Womit?«

»Ich will nicht, dass Richard Lyon schuldig ist.«

»Warum nicht?« Sie beugte sich vor.

»Ich mag ihn«, sagte Gamache. »Er erinnert mich an Sonny.«

»An unseren Hund?«

»Weißt du noch, wie er auf der Suche nach einem Grillfest immer von einem Garten zum nächsten gewandert ist?«

»Ich weiß noch, dass er einmal in den 34er Bus gestiegen und in Westmount gelandet ist.«

»Lyon erinnert mich an Sonny. Er will gefallen, er verzehrt sich nach Gesellschaft. Und ich glaube, dass er ein gutes Herz hat.«

»Auf guten Herzen wird herumgetrampelt. Gute Herzen werden gebrochen, Armand. Und dann kennen sie kein Halten mehr. Sei vorsichtig. Tut mir leid, ich hätte das alles nicht sagen sollen. Du verstehst von dem, was du tust, mehr als ich. Verzeih.«

»Es ist immer gut, wenn einem jemand die Wahrheit sagt, vor allem, wenn es um das eigene Ego geht. Wer war das noch mal in *Julius Caesar*, der sagt, seine Aufgabe sei es, hinter dem Kaiser zu stehen und ihm ins Ohr zu flüstern: ›Du bist nur ein Mensch‹?«

»Jetzt bist du also schon ein Kaiser? Das lässt ja das Schlimmste befürchten.«

»Nimm dich in Acht«, sagte er und tunkte den letzten Rest Sauce auf seinem Teller mit einem Stück Baguette auf, »sonst zerstörst du mein Ego noch vollständig. Dann werde ich verschwinden.«

»Warum saß CC nicht bei ihrer Familie?«, fragte sie ein paar Minuten später, als Gamache das Geschirr spülte und sie abtrocknete. »Findest du das nicht merkwürdig?«

»Ich finde die ganze Sache merkwürdig. Ich glaube nicht, dass ich es schon jemals mit einem Fall zu tun hatte, in dem von Anfang an kaum etwas einen Sinn ergeben hat.« Gamache hatte die Ärmel aufgekrempelt und scheuerte hingebungsvoll den Le-Creuset-Topf.

»Warum lässt eine Frau ihre Familie in der Kälte auf einer Bank sitzen und macht es sich selbst auf einem Stuhl neben dem Heizstrahler bequem?« Reine-Marie wirkte aufrichtig verwirrt.

»Ich denke, das ist die Antwort.« Gamache lachte und reichte ihr den Topf. »Weil es bequem und warm ist.«

»Sie war also selbstsüchtig, und er ist abscheulich. Wenn ich Crie wäre, wollte ich auch nichts mehr mit der Welt zu tun haben.«

Als das Geschirr gespült war, nahmen sie ihren Kaffee auf einem Tablett mit ins Wohnzimmer, und Gamache holte den Karton mit den Beweisstücken im Mordfall Elle. Es war an der Zeit, sich mit etwas anderem zu beschäftigen, zumindest für eine Weile. Hin und wieder ließ er einen Bericht sinken, um einen Schluck von seinem Kaffee zu trinken und in das Kaminfeuer zu starren, während er sich gründlicher durch den Inhalt der Schachtel arbeitete, als er es an diesem Vormittag hatte tun können.

Er nahm die kleine mit Schnitzereien verzierte Holzschachtel, öffnete sie und betrachtete die seltsame Ansammlung von Buchstaben. Obdachlose waren nicht gerade berühmt für ihren gesunden Menschenverstand, warum hatte Elle all diese Buchstaben ausgeschnitten? C, B, L, K und M. Er drehte die Schachtel um und musterte erneut die Buchstaben, die auf den Boden geklebt waren. B KLM.

Vielleicht war das C abgefallen. Vielleicht gehörte es in die Lücke zwischen dem B und dem K.

Er griff nach dem Autopsiebericht. Elle war erdrosselt worden. In ihrem Blut hatte man Alkohol gefunden, und es gab Anzeichen dafür, dass sie Alkoholikerin war. Keine Drogen. Blutergüsse an ihrem Hals natürlich.

Was für einen Grund sollte jemand haben, eine Obdachlose umzubringen?

Der Mörder war mit ziemlicher Sicherheit ebenfalls obdachlos. Wie in jeder Randgruppe blieb man auch in dieser weitgehend unter sich. Ein gewöhnlicher Fußgänger hätte sich vermutlich zu wenig um Elle geschert, als dass er sie umgebracht hätte.

Er öffnete den Umschlag, in dem sich die Fotos vom Tatort befanden. Ihr Gesicht war schmutzig und zeigte einen erstaunten Ausdruck. Ihre Beine waren ausgestreckt und von mehreren Schichten Kleidung und Zeitungspapier bedeckt. Er ließ das Foto sinken und sah in den Karton. Da waren sie. Zeitungen, einige davon vergilbt, andere neueren Datums, eingerollt in der Form von Elles Armen und Beinen und ihres Rumpfs, wie ein in seine Einzelteile zerlegter Geist.

Es gab Aufnahmen von Elles schmutzigen Händen mit den grotesken Fingernägeln. Lang und gekrümmt und verfärbt von Gott weiß was, das sich darunter befand. Richtig, der Gerichtsmediziner wusste, was es war. Gamache zog den Bericht zurate. Schmutz, Essen, Exkremente.

Auf einer Hand war Blut, ihr eigenes Blut, dem Bericht zufolge, und die Handfläche zeigte einige frische Schnitte, wie Stigmata. Wer immer sie umgebracht hatte, hatte möglicherweise etwas Blut abbekommen. Selbst wenn die Kleidung gewaschen worden war, befanden sich immer noch DNA-Spuren darauf. Blut war die neue Wunderwaffe.

Gamache machte sich eine Notiz und sah sich das letzte Foto an. Es zeigte Elle, wie sie nackt auf dem kalten Tisch in der Gerichtsmedizin lag. Er starrte es einen Moment lang an und fragte sich, ob er sich jemals an den Anblick einer Leiche gewöhnen würde. Mord erschütterte ihn noch immer.

Dann nahm er seine Lupe und unterzog ihren Körper einer genauen Musterung. Er suchte nach Buchstaben. Hatte sie K, L, C, B und M auf ihren Körper geschrieben oder geklebt? Vielleicht handelte es sich bei den Buchstaben um irgendeinen zwanghaft verehrten Talisman. Manche Verrückte malten sich überall Kreuze auf den Körper und rings um ihre

Häuser, um das Böse fernzuhalten. Vielleicht erfüllten die Buchstaben für Elle die Funktion eines Kreuzes.

Er ließ die Lupe sinken. Ihr Körper war zwar frei von Konsonanten, aber er war von einer dicken Schmutzschicht überzogen. Der Dreck vieler Jahre. Selbst ein gelegentliches Bad oder eine Dusche in der Old Brewery Mission konnte ihn nicht entfernen. Er war in ihren Körper eingraviert wie eine Tätowierung. Und wie eine Tätowierung erzählte er eine Geschichte. Er war so beredsam wie ein Gedicht von Ruth Zardo.

Ich verstehe. Du kannst nichts
entbehren, keine Hand, kein Stück Brot, keinen Schal
gegen die Kälte,
kein gutes Wort. Gott
weiß, es gibt nicht genug
für jeden. Du brauchst alles.

Ein gutes Wort. Das erinnerte ihn an etwas anderes. Crie. Wie vielleicht Elle sehnte sie sich nach einem guten Wort. Bettelte darum so sicher, wie Elle um Essen gebettelt hatte.

Die Tätowierung aus Schmutz sagte etwas über Elles äußeres Leben, aber sie sagte nichts darüber, was sich in ihrem Inneren abgespielt hatte, unter den Schichten von stinkender Kleidung und Dreck und der vom Alkohol ausgedörrten Haut. Während Gamache den ausgestreckt auf dem Tisch liegenden Körper betrachtete, fragte er sich, was diese Frau gedacht und gefühlt haben mochte. Gamache wusste, dass sie die Antworten auf all diese Fragen wahrscheinlich mit in ihr Grab nehmen würde. Er wusste, dass er vielleicht ihren Namen herausfinden würde, dass er vielleicht sogar ihren Mörder finden würde, aber sie würde er wahrscheinlich niemals finden. Diese Frau war schon vor vielen Jahren verloren gegangen.

Wie Crie, nur noch ein Stück weiter unten.

Dann sah er es. Eine kleine Verfärbung, die sich von den anderen Flecken unterschied. Sie war dunkel und rund, zu gleichmäßig für einen Schmutzfleck. Sie befand sich auf ihrer Brust, auf dem Brustbein.

Er hob seine Lupe erneut ans Auge und musterte die Stelle eine Zeit lang. Er wollte sichergehen. Als Armand Gamache wieder aufsah, war er sicher.

Er holte noch einmal die anderen Fotos hervor und sah sich eines davon genau an. Dann kramte er in dem Karton mit den Beweisstücken nach einem kleinen Gegenstand. Etwas, das man leicht übersehen konnte. Es war nicht da.

Er legte sorgfältig alles in den Karton zurück und stellte ihn neben die Tür. Dann setzte er sich wieder in seinen warmen Sessel vor dem Kamin und beobachtete ein paar Augenblicke lang Reine-Marie beim Lesen, wie sich ihre Lippen hin und wieder kaum merklich bewegten und sich ihre Augenbrauen auf eine Weise hoben und senkten, die nur er, der er sie so gut kannte, wahrnahm.

Dann griff er nach *Be Calm* und begann zu lesen.

14

Jean Guy Beauvoir nahm den Pappbecher mit dem gesüßten Milchkaffee und schloss beide Hände darum, um sie zu wärmen. Der große schwarze Holzofen in der Mitte des Raums bemühte sich redlich, aber bislang war es ihm noch nicht gelungen, besonders viel Wärme abzugeben.

Es war zehn Uhr an einem verschneiten Vormittag, fast genau vierundzwanzig Stunden nach dem Mord, das Sûreté-Team hatte sich in seinem Besprechungsraum im ehemaligen Bahnhof von Three Pines versammelt. Sie teilten sich ihn mit einem riesigen Feuerwehrwagen. Die oberhalb der dunklen Holzvertäfelung weiß gestrichenen Wände waren mit detaillierten Karten der Umgebung, Schaubildern zu Feuerbekämpfungsstrategien und einem riesigen Poster, das die bisherigen Träger des Literaturpreises des Generalgouverneurs zeigte, bedeckt.

Hier war die freiwillige Feuerwehr von Three Pines unter dem Kommando von Ruth Zardo zu Hause.

»*Tabernacle.* Diese Frau ist doch eine senile alte Hexe. Lässt uns das Ding da nicht rausfahren.« Beauvoir streckte seinen Daumen zu dem Löschfahrzeug, das die Hälfte des Raums einnahm.

»Hat Madame Zardo einen Grund genannt?«, fragte Gamache.

»Irgendetwas davon, es müsse gewährleistet sein, dass der Wagen nicht einfriert, falls ein Feuer ausbricht«, sagte Beauvoir. »Als ich sie fragte, wann das letzte Feuer ausgebrochen sei, sagte sie, das sei vertraulich. Vertraulich? Seit wann gibt es geheime Feuer?«

»Lassen Sie uns anfangen. Die Berichte, bitte.« Gamache, der Hemd und Krawatte unter einem Merinopullover und einem Tweedjackett trug, saß am Kopfende des Tisches. Er hielt einen Stift in der Hand, machte sich aber nur selten eine Notiz. Um ihn herum schlossen Techniker Telefone, Faxgeräte und Computer an, stellten Schreibtische und Tafeln auf und packten Ausrüstungsteile aus. Gamache bekam nichts davon mit. Er konzentrierte sich ausschließlich darauf, was gesagt wurde.

Agent Robert Lemieux hatte seinen Sonntagsanzug angezogen und seine Schuhe gewienert und war froh, dass die leise Stimme des Instinkts zu ihm gesprochen hatte, und noch froher, dass er auf sie gehört hatte. Neben ihm nippte eine junge Polizistin an ihrem Kaffee und beugte sich aufmerksam nach vorne. Sie hatte sich als Isabelle Lacoste vorgestellt. Lemieux hätte sie nicht unbedingt als besonders attraktiv bezeichnet, sie war nicht der Typ, der in einer Bar sofort alle Blicke auf sich zog. Allerdings machte sie auch nicht den Eindruck, als würde sie häufig in Bars herumhängen. Sie war eher der Typ, der auf der Skipiste anzutreffen war. Natürlich und entspannt, kein bisschen gekünstelt. Ihre Kleidung war schlicht und gut geschnitten, ein dünner Pulli, Schal und Hosen. Der Blick aus ihren dunklen Augen war wach, und ihr hellbraunes Haar wurde von einem breiten Band aus dem Gesicht gehalten. Lemieux bemerkte eine Reihe von Ohrringen in einem ihrer Ohren. Sie war sofort auf ihn zugegangen und hatte ihn begrüßt. Automatisch hatte er ihre Linke gemustert und zu seiner Überraschung einen Ehering daran entdeckt.

»Zwei Kinder«, sagte sie mit einem Lächeln, da sie seinem Blick gefolgt war, ohne ihre Augen von seinem Gesicht abzuwenden. »Ein Junge, René, und ein Mädchen namens Marie. Sie?«

»Nicht verheiratet. Nicht einmal eine Freundin.«

»Das ist gut, zumindest solange die Ermittlung läuft. Sie können viel lernen.« Sie beugte sich vor und flüsterte. »Seien Sie ganz Sie selbst. Der Chief wählt nur Leute aus, die ihm nichts vormachen.«

»Und die gut in ihrem Job sind, wahrscheinlich«, sagte er, was als Kompliment gemeint war.

»*Oh, mais franchement*, man kann in diesem Beruf nicht gut sein, wenn man sich nicht selbst kennt. Wie soll man die Wahrheit über andere herausfinden, wenn man sich nicht die Wahrheit über sich selbst eingestehen will?«

»Bon.« Beauvoir beugte sich vor. »Die gute Nachricht lautet, ich weiß, wie der Strom zu dem Spielfeld auf dem See gekommen ist. Gestern Nachmittag habe ich mit Billy Williams gesprochen, dem Mann, der CC mit seinem Pritschenwagen ins Krankenhaus gefahren hat. Er erzählte mir, dass er den Heizstrahler installiert hat. Ich werde es Ihnen zeigen. Einige von Ihnen waren ja noch nicht am Tatort.«

Beauvoir nahm einen Donut mit Schokoladenglasur in die eine Hand und einen Filzstift in die andere und ging zu einem großen Bogen Papier, der an die Wand geheftet war.

»Das ist der Lac Brume, und das ist Williamsburg. Hier ist das Vereinsheim der Legion. Alles klar?«

Beauvoir war kein Picasso, was für einen Ermittler bei der Mordkommission aber nur von Vorteil war. Seine Zeichnungen waren stets einfach und verständlich. Lac Brume war ein großer Kreis. Ein kleinerer Kreis, ähnlich einem Mond, berührte seinen Rand. Williamsburg. Und ein X markierte die Legion Hall, die unweit des Seeufers lag.

»Von der Legion Hall aus kann man den See nicht direkt sehen. Man muss diese Straße runtergehen und um die Ecke biegen. Dazu braucht man aber nicht länger als fünf Minuten. Vor dem Curling waren alle bei einem Gemeindefrühstück in der Legion Hall. Billy Williams hat mir erzählt, dass er vor dem Frühstück zum Spielfeld wollte und mit seinem Pritschenwagen aufs Eis gefahren ist.«

»Ist das nicht gefährlich?«, fragte einer der Polizisten.

»Das Eis ist an dieser Stelle knapp einen halben Meter dick«, sagte Beauvoir. »Er hat es vor Weihnachten gemessen, als er die Zuschauerbänke und den Heizstrahler aufgestellt hat. Alles, was er am Wettkampftag, also gestern, dann noch tun musste, war, die Bahn wieder freizuschaufeln und den Heizstrahler anzuschließen. Es war ein klarer Morgen, daher beschloss er, beides zu erledigen, bevor er zu dem Frühstück ging. An dieser Stelle hier hatte er seinen Pritschenwagen abgestellt. Man kann die Reifenabdrücke auf den Tatortfotos sehen.« Er reichte die Fotos herum, nachdem er ein kleines X auf seine Skizze gemalt hatte. Die Stelle lag in der Nähe des Ufers.

»Jetzt kommt etwas Wichtiges. Hier ist der Pritschenwagen, hier der Heizstrahler – sie werden auch Wärmestrahler genannt –, hier sind die Zuschauerbänke, und dort drüben«, er zog ein Rechteck auf dem Papier, »ist das Spielfeld. Billy Williams ist Mechaniker beim kanadischen Automobilklub und für die Gegend hier zuständig, deshalb hat er den Pritschenwagen. Ich habe ihn gesehen. Ein Riesenteil. Räder bis hier.« Gamache räusperte sich, und Beauvoir erinnerte sich, wo er war. »Jedenfalls hat er einen Generator auf der Ladefläche seines Pritschenwagens, damit er Starthilfe geben kann. Aber auch das ist nicht einfach ein Generator. Das Ding ist so groß wie ein Haus. Er sagt, er braucht ihn, um auch liegen gebliebenen Sattelschleppern und Baufahrzeugen Starthilfe geben zu können. Er hat also einfach seine Überbrückungskabel genommen und an dem einen Ende mit dem Generator und am anderen mit dem Heizstrahler verbunden. Voilà. Strom und Wärme.«

Agent Lemieux rutschte auf seinem Stuhl herum, dann bemerkte er, dass Agent Lacoste ihn beobachtete. Sie nickte kurz. Um ihn zu ermutigen?, fragte er sich. Sie nickte noch einmal und sah ihn erwartungsvoll an.

»Sir«, sagte er und war froh, dass seine Stimme halbwegs normal klang. Beauvoir warf dem Neuling, der die Frechheit besaß, ihn zu unterbrechen, einen überraschten Blick zu.

»Ja?«

»Na ja, diese Dinger«, er deutete auf die Zeichnung, »dieses Heizding. Als ich es gestern gesehen habe, fiel mir etwas daran auf, aber dann dachte ich mir, dass ich mich lieber erst kundig mache, bevor ich etwas sage. Solche Heizstrahler werden fast immer mit Propangas betrieben. Nicht mit Strom.« Er ließ seinen Blick um den Tisch wandern. Alle Augen waren auf ihn gerichtet. »Ich habe einen Freund angerufen, der Elektriker ist. Er spielt auch Eishockey in unserer Herrenmannschaft.«

Zu Lemieux' Überraschung lächelte Beauvoir. Ein entspanntes, offenes Lächeln, das ihn plötzlich ganz jung aussehen ließ. »Sie haben recht. Auch dieses Gerät wurde mal mit Propangas betrieben«, sagte er. »Aber es ging kaputt und wäre auf dem Müll gelandet, wenn Billy Williams es nicht gerettet hätte. Er war sicher, dass es sich verkabeln lässt und dann bei dem alljährlichen Curling-Großereignis noch gute Dienste leistet. Das war vor ein paar Jahren. Bislang hat es gehalten. Aber man braucht einen Generator, um es mit Strom zu versorgen. Agent Lemieux hat schon gestern die Sprache auf einen Generator gebracht.«

Gamache nickte zu Lemieux, der in seinem Stuhl ein wenig zu wachsen schien. »Ich fürchte, ich habe diesen Hinweis nicht ernst genommen. Es tut mir leid.«

Noch nie hatte sich ein Vorgesetzter bei Lemieux entschuldigt. Er wusste nicht, was er tun sollte, daher tat er nichts.

»War Mr Williams' Generator stark genug, um jemanden zu töten?«, fragte Gamache.

»Das ist die Frage. Mein zweiter Besuch gestern galt dem Krankenhaus in Cowansville, wo ich mit Dr. Harris, der Gerichtsmedizinerin sprach. Sie gab mir den Autopsiebericht. Sie kennt Williams und sagt, dass sein Generator genug Leistung bringt. Es braucht gar nicht besonders viel.« Beauvoir kehrte zu seinem Platz zurück und aß den letzten Bissen von seinem Donut, während er seinen Kaffee mit einem Stift umrührte. »Sie möchte mit Ihnen sprechen, Chief. Sagt, sie komme heute am späten Vormittag mit einem detaillierten Bericht und den Kleidern des Opfers vorbei. Aber sie hat keinen Zweifel daran gelassen, dass es kein Unfall war, falls sich das einer von Ihnen gefragt haben sollte.«

Beauvoir blickte auf seine Notizen. Er wusste nicht genau, wo er anfangen sollte. Er wollte gewiss nicht noch einmal sagen, dass das eine merkwürdige Art war, einen Mord zu begehen, und möglicherweise sogar von Wahnsinn zeugte. Das wusste Chief Inspector Gamache selbst. Sie alle wussten es. Aber Dr. Sharon Harris hatte es gestern Nachmittag mehrmals zu ihm gesagt.

»Ich glaube, Sie sind sich über die Situation nicht ganz im Klaren, Inspector. Sehen Sie sich das an.« Dr. Harris hatte das weiße Laken von dem Opfer gezogen. Auf der kalten, harten Bahre lag eine kalte, harte Frau. Sie fletschte die Zähne, und Beauvoir fragte sich, ob ihre Familie diese Grimasse wiedererkennen würde. Sharon Harris war langsam ein paarmal um die Frau herumgegangen und hatte ihn dabei auf einige interessante Punkte aufmerksam gemacht, wie eine Führerin auf einer Nekrophilen-Tour.

Jetzt reichte er weitere Bilder herum, diesmal diejenigen, die Dr. Harris bei der Autopsie gemacht hatte. Stille breitete sich in dem Raum aus, als jeder ein Bild nach dem anderen betrachtete.

Gamache sah sich die Bilder genau an, dann gab er sie an Agent Lacoste weiter. Er drehte sich ein wenig auf seinem Stuhl, schlug die Beine übereinander und sah aus dem Fenster. Der Schnee, der unablässig fiel, türmte sich immer höher auf den Dächern von Autos und Häusern und auf den Ästen der Bäume. Es war eine friedliche Szenerie, die in scharfem Kontrast zu den Fotos und den Gesprächen in dem alten Bahnhofsgebäude stand. Von seinem Stuhl aus konnte er die Steinbrücke sehen, die das diesseitige Ufer des Flüsschens Bella Bella mit Three Pines verband. Ab und an fuhr ein Auto vorbei, das Motorgeräusch vom Schnee gedämpft.

In dem Raum roch es nach Holzfeuer und Filterkaffee aus feuchten Pappbechern, nach einem Hauch Politur und dem moschusartigen Geruch alter Bücher. Oder Fahrplänen. Das hier war immerhin einmal ein Bahnhof gewesen. Inzwischen stillgelegt wie so viele kleine Bahnhöfe der Canadian National Railway, aber Three Pines hatte für das alte Ziegelgebäude wenigstens eine sinnvolle neue Verwendung gefunden.

Gamache fasste sich mit der vom Kaffee erwärmten Hand an die Nase. Sie war kalt. Und ein wenig feucht. Wenn er ein Hund wäre, wäre das ein gutes Zeichen. Aber der Raum wurde langsam warm, und es gab nichts Angenehmeres, als erst zu frieren und dann die Wärme herannahen und sich ausbreiten zu spüren.

So erging es Armand Gamache gerade. Er war glücklich und zufrieden. Er liebte seine Arbeit, er liebte sein Team. In der Sûreté war für ihn kein Aufstieg mehr möglich, damit hatte er sich abgefunden, weil er kein besonders ehrgeiziger Mann war. Armand Gamache war ein zufriedener Mann.

Diese Phase seiner Arbeit mochte er mit am liebsten. Mit seinem Team zusammenzusitzen und an der Frage zu knobeln, wer den Mord begangen haben könnte.

»Sehen Sie ihre Hände? Und die Füße?« Beauvoir hielt

zwei Autopsiebilder in die Höhe. »Es sind Verbrennungen zu sehen. Haben die Zeugen irgendetwas von einem bestimmten Geruch gesagt?«, fragte er Gamache.

»Ja, haben sie, aber er ist wohl sehr schwach gewesen«, bestätigte Gamache.

Beauvoir nickte. »Das hat Dr. Harris vermutet. Sie meinte, dass es gerochen haben muss. Nach verbranntem Fleisch. Die meisten Opfer von Stromschlägen, die sie heutzutage zu Gesicht bekomme, seien allerdings stärker verbrannt. Manche rauchten sogar.«

Ein paar der im Raum Anwesenden stöhnten auf.

»Buchstäblich«, sagte Beauvoir. »Die meisten Menschen, die auf diese Weise zu Tode kommen, werden von Hochspannungsleitungen getötet. Starkstromelektriker, Wartungsmonteure oder Leute, die einfach das Pech hatten, mit einer dieser Leitungen in Kontakt zu kommen. Sie werden während eines Sturms heruntergerissen oder versehentlich durchgeschnitten, und puff. Auf der Stelle tot.«

Beauvoir hielt inne. Jetzt beugte sich Armand Gamache vor. Er kannte Jean Guy Beauvoir gut genug, um zu wissen, dass er keine Effekthascherei betrieb. Er verabscheute so etwas sogar. Aber er genoss seine kleinen Pausen. Sie verrieten ihn mit schöner Regelmäßigkeit. Wie ein Lügner, der sich räusperte, bevor er eine haarsträubende Geschichte erzählte, oder ein Pokerspieler, der sich an der Nase rieb, so deutete Beauvoir mit einer kleinen Kunstpause an, dass jetzt eine wichtige Information kam.

»Dr. Harris hat seit zehn Jahren keinen Fall mit Niederspannung mehr gehabt. Die automatische Abschaltung hat dem ein Ende bereitet. Sie meint, es wäre nahezu unmöglich.«

Plötzlich war es mucksmäuschenstill im Raum. Selbst die Techniker, die eben noch geschäftig herumgelaufen waren, blieben stehen und hörten zu.

Ein nahezu unmöglicher Mord.

Donuts und Kaffeebecher blieben auf halbem Weg zum Mund in der Luft stehen, Fotos sanken auf den Tisch, alle schienen das Atmen eingestellt zu haben.

»Nahezu«, wiederholte Beauvoir. »Es mussten eine ganze Reihe von Bedingungen erfüllt sein, damit es in diesem Fall funktionierte. CC de Poitiers musste in einer Pfütze stehen. Mitten auf einem zugefrorenen See musste sie bei zehn Grad minus im Wasser stehen. Ihre bloßen Hände mussten mit etwas in Kontakt kommen, das unter Strom stand. Die bloßen Hände.« Er hielt seine Hände in die Höhe, so als müsste das Team daran erinnert werden, wie Hände aussahen. »Das heißt also, sie musste bei Eiseskälte ihre Handschuhe ausziehen. Dann musste sie das einzige Ding weit und breit anfassen, das unter Strom stand. Aber auch das reichte noch nicht. Die Spannung musste durch ihren Körper fließen und von ihren Füßen in die Pfütze. Sehen Sie sich Ihre Füße an.«

Alle sahen ihn an.

»Ihre Füße, Ihre eigenen Füße. Sehen Sie sich bitte Ihre Füße an.«

Alle Köpfe verschwanden unter dem Tisch, bis auf den von Beauvoir. Armand Gamache beugte sich nach unten und musterte seine Stiefel. Außen waren sie aus Nylon. Innen waren sie wattiert und mit Filz gefüttert.

»Sehen Sie sich die Sohlen an«, sagte Beauvoir aufgeregt.

Sie tauchten wieder weg.

»Und?«

»Gummi«, sagte Agent Isabelle Lacoste. Beauvoir sah ihrem klugen Gesicht an, dass sie verstanden hatte. »Gummi mit einem speziellen Profil, damit man auf Eis und Schnee nicht ausrutscht. Ich wette, Sie haben ausnahmslos Gummisohlen.«

Alle nickten.

»Eben«, sagte Beauvoir, der kaum mehr an sich halten konnte. »Wir müssen das natürlich erst durch einige Anrufe bestätigen, aber ich wette, in ganz Québec wird kein Stiefel verkauft, der keine Gummisohlen hat. Das war die letzte Bedingung und vielleicht die unwahrscheinlichste in einer ganzen Reihe von Unwahrscheinlichkeiten. Wenn CC de Poitiers Stiefel mit Gummi- oder auch nur Ledersohlen getragen hätte, dann wäre sie nicht gestorben. Sie fasste etwas aus Metall an. Metall leitet Strom. Die Erde leitet Strom. Unser Körper leitet Strom. Laut Dr. Harris gleicht Strom einem Lebewesen. Er will unbedingt am Leben bleiben. Er rast von einem Leiter zum nächsten, durch das Metall, durch den Körper, in die Erde. Auf dem Weg dorthin rast er durch das Herz. Und das Herz hat seine eigene elektrische Spannung. Erstaunlich, nicht? Dr. Harris hat mir das alles erklärt. Wenn der Strom durch den Körper fließt, beeinflusst er binnen Sekunden den Herzschlag. Er stört dessen normalen Rhythmus, und das führt zu«, er blickte auf seine Notizen, »Kammerflimmern.«

»Aus dem Grund verwendet man auch diese Defibrillatoren, um das Herz wieder zum Schlagen zu bringen«, sagte Lacoste.

»Deshalb implantiert man auch Schrittmacher. Das sind im Grunde nur Batterien, die dem Herz einen elektrischen Impuls geben«, fuhr Beauvoir fort, der das Thema außerordentlich spannend fand. Begeistert war, dass er es mit Fakten zu tun hatte. »Als CC das Metall berührte, geriet ihr Herz innerhalb von Sekunden aus dem Takt.«

»Aber«, sagte Armand Gamache, und alle drehten sich zu ihm hin, »Madame de Poitiers muss geerdet gewesen sein.«

Schweigen breitete sich im Raum aus. Mittlerweile war es nicht mehr ganz so kalt, aber Gamache fror immer noch. Er sah zu Beauvoir und wusste, dass er noch etwas auf Lager hatte.

Beauvoir griff in eine Tasche, die neben seinem Stuhl stand, und stellte ein Paar Stiefel auf den Tisch.

Vor ihnen stand CC de Poitiers' Fußbekleidung, die aus dem feinen Fell der jüngsten und weißesten Seehundbabys gefertigt waren. An den Sohlen, wo alle anderen Stiefel Gummi hatten, konnten die Ermittler winzige Metallstifte erkennen.

Beauvoir drehte einen der Stiefel auf die Seite, sodass man die Sohle genau sehen konnte. Die seltsamen Stifte, die verbogen und angekohlt waren, entpuppten sich als Spikes, die aus der Ledersohle ragten.

Armand Gamache merkte, wie sich seine Kiefer anspannten. Wer trug solche Stiefel? Die Eskimos vielleicht. Am Polarkreis. Aber selbst die würden keine Seehundbabys töten. Die Eskimos waren Jäger, die Achtung vor der Natur hatten und denen es nie in den Sinn käme, die Jungen zu töten. Das mussten sie nicht.

Nein. Nur Rohlinge töteten die Jungen. Und nur Rohlinge unterstützten den Handel damit. Vor ihnen standen die Leichen von zwei Babys. Tierbabys, natürlich, aber Gamache war von jedem sinnlosen Mord abgestoßen. Welche Frau zog die Körper von zwei toten Jungen in Form von Stiefeln mit Spikes an?

Armand Gamache fragte sich, ob CC de Poitiers genau in diesem Moment versuchte, sich einem sehr verwunderten Gott und zwei sehr verärgerten Seehunden zu erklären.

15

Beauvoir hatte sich vor einem weiteren Bogen Papier aufgebaut, der an die Wand geheftet war. CCs Stiefel standen mitten auf dem Tisch wie eine Skulptur und eine Erinnerung daran, wie seltsam Mörder und Mordopfer waren.

»So, zur Rekapitulation. Vier Dinge mussten zusammenkommen, damit der Mörder Erfolg haben konnte.« Beauvoir schrieb beim Sprechen mit. »A: Das Opfer musste im Wasser stehen. B: Es musste seine Handschuhe ausgezogen haben. C: Es musste etwas anfassen, das unter Strom stand. Und D: Es musste Metall an den Sohlen seiner Stiefel haben.«

»Ich habe einen Bericht über den Tatort«, sagte Isabelle Lacoste, die am vorherigen Tag die Tatortermittlung geleitet hatte. »Er ist natürlich nur vorläufig, aber eine Frage können wir doch schon beantworten. Was das Wasser angeht. Wenn Sie sich die Fotos noch mal ansehen, dann werden Sie erkennen, dass der Schnee um den umgefallenen Stuhl herum einen bläulichen Ton hat.«

Gamache sah genau hin. Er hatte den Flecken bisher für einen Schatten gehalten. Schatten auf Schnee erschienen aus einem bestimmten Winkel und in einem bestimmten Licht bläulich. Aber sie zeigten vielleicht nicht gerade diesen Blauton. Bei genauerer Betrachtung war es eigentlich unverkennbar, er hätte beinahe aufgestöhnt. Er hätte es gleich sehen müssen. Sie alle hätten es sehen müssen.

Der Mörder konnte nur auf zwei Arten eine Pfütze erzeugt haben. Das vorhandene Eis oder den Schnee schmelzen oder eine andere Flüssigkeit ausgießen. Wenn er Kaffee, Tee oder Limonade ausgegossen hätte, wären diese binnen kürzester Zeit gefroren.

Was fror nicht?

Etwas, das speziell mit dieser Eigenschaft entwickelt wurde.

Frostschutzmittel für Scheibenwaschanlagen. Die allseits bekannte hellblaue Flüssigkeit, die in Kanada jeder literweise in sein Auto kippte. Sie wurde auf die Windschutzscheibe gesprüht, damit man den Dreck und das Salz wegwischen konnte. Und sie gefror nicht.

War es wirklich so leicht?

»Es ist Scheibenwischwasser«, sagte Lacoste.

Offenbar, dachte Gamache. Wenigstens eine Sache in diesem Fall lag klar auf der Hand.

»Wie konnte der Mörder die Flüssigkeit unbemerkt ausgießen?«, fragte Lacoste.

»Tja, wir wissen nicht, ob der Mörder nicht gesehen wurde«, sagte Gamache. »Diese Frage haben wir nicht gestellt. Und neben Madame de Poitiers saß jemand. Die Frau hat vielleicht etwas mitbekommen.«

»Wer?«, fragte Beauvoir.

»Kaye Thompson.« Gamache erhob sich und trat vor die Skizze, die Beauvoir vom Tatort angefertigt hatte. Er berichtete ihnen von seinen Befragungen am vorhergehenden Tag, dann malte er drei X um den Heizstrahler.

»Gartenstühle. Sie waren für die drei alten Frauen gedacht, die sie auch mitgebracht hatten, aber schließlich benutzte nur eine von ihnen ihren Stuhl. Kaye Thompson saß auf diesem Stuhl hier.« Gamache deutete auf ein X. »Die anderen beiden Frauen nahmen am Curling-Wettkampf teil. CC saß auf dem Stuhl, der dem Heizstrahler am nächsten stand.

Dieser Stuhl hier«, er malte einen Kreis um den Stuhl, der dem Curling-Spielfeld am nächsten war, »lag auf der Seite. Unter ihm befand sich auch die Flüssigkeit, richtig?«, fragte er Lacoste, die nickte.

»Er ist zur Untersuchung im Labor, ich vermute, es wird sich herausstellen, dass dieser Stuhl das Mordinstrument war«, sagte sie.

»Dann war es nicht der Heizstrahler?«, fragte einer der Polizisten an Beauvoir gewandt. »Haben Sie nicht gesagt, dass das Opfer etwas angefasst hat, das am Strom angeschlossen war? Das war doch der Heizstrahler.«

»Genau«, erklärte Beauvoir. »Aber es sieht so aus, als wäre sie nicht dadurch zu Tode gekommen. Es war vermutlich der Stuhl. Wenn man sich die Verletzungen an ihren Händen ansieht, dann erkennt man, dass sie mit den Aluminiumrohren an der Rückenlehne des Stuhls übereinstimmen.«

»Und wie soll das gehen?«, fragte eine der Technikerinnen.

»Das müssen wir herausfinden«, sagte Beauvoir, den diese Frage so beschäftigte, dass er ganz vergaß, der Technikerin zu befehlen, dass sie sich wieder an die Arbeit machen sollte. Sie hatte die richtige Frage gestellt. Wie war der Strom vom Heizstrahler zum Stuhl gekommen und hatte ihn in einen elektrischen Stuhl verwandelt?

Einen elektrischen Stuhl.

Jean Guy Beauvoir wog diesen Gedanken mit seinem klaren, analytischen Verstand ab. War das möglicherweise von Bedeutung? Gab es einen Grund, warum der Mörder CC de Poitiers mithilfe eines elektrischen Stuhls umgebracht hatte?

Ging es um Vergeltung? Rache? War es die Strafe für ein Verbrechen, das CC begangen hatte? Wenn, dann war es die erste Hinrichtung dieser Art in Kanada seit fünfzig Jahren.

»Was meinen Sie?« Gamache wandte sich an die Technikerin, die eben die Frage gestellt hatte, eine junge Frau im

Overall mit einem Werkzeuggürtel um die Taille. »Und wie heißen Sie?«

»Céline Provost, Sir. Ich bin Elektrikerin in der technischen Abteilung der Sûreté. Ich soll hier nur die Computer installieren.«

»*Bon, Agent Provost.* Wie lautet Ihre Theorie?«

Sie starrte eine ganze Minute lang die Zeichnung an und überlegte. »Wie viel Volt hat der Generator?«

Beauvoir nannte ihr die Zahl. Sie nickte und dachte wieder nach. Dann schüttelte sie den Kopf.

»Ich habe mich gefragt, ob der Mörder noch weitere Kabel vom Heizstrahler zum Stuhl gelegt und sie dann unter dem Schnee versteckt haben könnte. Das hätte den Stuhl unter Strom gesetzt.«

»Aber?«

»Es hätte auch bedeutet, dass der Stuhl die ganze Zeit unter Strom stand. Sobald der Mörder die Kabel mit dem Stuhl verbunden hat, stand er unter Strom. Jeder, der ihn berührte, bekam einen Schlag. Der Mörder konnte nicht sicher sein, dass Madame de Poitiers die Erste wäre, die ihn berührt.«

»Gibt es keine Möglichkeit, den Strom an- und abzuschalten?«

»Keine, außer am Generator auf dem Pritschenwagen, und die Dinger machen richtig Krach. Jeder hätte gehört, wenn er ausgeschaltet worden wäre. Und wenn der Mörder die Kabel in letzter Minute befestigt hätte, dann hätte das die Frau, die, wie Sie sagen, gleich daneben saß, sicher bemerkt.«

Gamache überlegte, sie hatte recht.

»Tut mir leid, Sir.«

»Weitere Berichte?«, fragte Gamache, als er sich wieder hinsetzte.

Die nächsten zwanzig Minuten vergingen mit Zusammenfassungen über die am Tatort gefundenen Spuren, die vorläufigen Untersuchungsergebnisse, die ersten Nachforschungen.

»Bislang wissen wir«, berichtete Agent Lacoste, »dass Richard Lyon als allseits bewunderter Abteilungsleiter auf unterer Ebene bei einem Bekleidungshersteller arbeitet. Er erledigt den Papierkram und organisiert die Einteilung der Schichten. Aber in seiner Freizeit hat er das hier erfunden.« Sie hielt eine Zeichnung in die Höhe.

»Genug der Rätsel«, sagte Beauvoir. »Was ist das?«

»Ein geräuschloser Klettverschluss. Offenbar hat das amerikanische Militär ein Problem. Da die Soldaten heute immer öfter Nahkampfeinsätze haben, ist Geräuschlosigkeit von entscheidender Bedeutung. Sie schleichen sich an ihre Feinde an«, Lacoste zog ihren Kopf ein und tat so, als schliche sie sich an, »dann machen sie sich schussbereit. Nur haben sie ihre gesamte Ausrüstung mit Klettverschlüssen an ihrer Uniform befestigt. Wenn sie eine Tasche öffnen, reißen sie den Klettverschluss auf und verraten damit ihre Position. Das ist zu einem Riesenproblem geworden. Wer auch immer einen geräuscharmen Klettverschluss erfindet, kann damit ein Vermögen machen.«

Gamache meinte sehen zu können, wie es in den Köpfen seiner Mitarbeiter zu arbeiten begann.

»Und das hat Lyon getan?«, fragte er.

»Jedenfalls hat er das hier erfunden. Ein Magnetsystem, mit dem man Taschen schließen kann.«

»Raffiniert.«

»Leider müssen die Magnete ziemlich stark sein, damit sie bei den festen Stoffen überhaupt funktionieren. Außerdem braucht man zwei pro Tasche, und die durchschnittliche Uniform hat ungefähr vierzig Taschen. Die Magnete wiegen zusammen fünfzehn Pfund, die zu der ohnehin schon schweren Ausrüstung hinzukommen.«

Ein paar der Anwesenden kicherten.

»Er besitzt neun Patente für die verschiedensten Dinge. Alles Rohrkrepierer.«

»Ein Versager«, sagte Beauvoir.

»Aber er gibt nicht auf«, erklärte Lacoste. »Wenn er irgendwann einen Treffer landet, dann macht er möglicherweise mehr Geld, als er sich je erträumt hätte.«

Gamache hörte ihnen zu und erinnerte sich dabei an die Frage, die ihm Reine-Marie am Abend zuvor gestellt hatte. Warum hatten Richard Lyon und CC de Poitiers geheiratet? Und warum hatten sie sich nicht getrennt? Sie ehrgeizig, selbstherrlich und grausam, er schwach und tölpelhaft? Er hätte erwartet, dass CC ihn umbrachte, nicht umgekehrt.

In dem Moment wurde ihm klar, dass er wie selbstverständlich davon ausging, dass Lyon seine Frau getötet hatte. Von etwas als selbstverständlich auszugehen war sehr gefährlich, das wusste er. War es möglich, dass Richard Lyon schließlich eine Erfindung geglückt war, die sich als einträglich erwies? Hatte er seine Frau ermordet, damit er sein Vermögen nicht mit ihr teilen musste?

»Noch etwas an dem Fall ist seltsam.« Lacoste lächelte entschuldigend Inspector Beauvoir an. Die beiden hatten schon bei vielen Fällen zusammengearbeitet, und sie wusste, dass er einen scharfen, analytischen Verstand besaß. Ein Durcheinander wie hier stellte eine Folter für ihn dar. Er wappnete sich und nickte. »Ich habe CC de Poitiers durch den Computer laufen lassen und keinen Treffer gelandet. Außer einem Führerschein und einer Versichertenkarte. Keine Geburtsurkunde, keinen Pass, nichts, das älter als zwanzig Jahre wäre. Dann habe ich es mit CC Lyon, Cecilia Lyon, Cecilia de Poitiers versucht.« Sie hob ergeben die Hände.

»Versuchen Sie es einmal mit Eleonore und Henri de Poitiers«, schlug Gamache vor und sah auf das vor ihm liegende Buch. »Laut ihrem Buch waren das ihre Eltern. Und suchen Sie auch nach Li Bien.« Er buchstabierte es für sie.

»Was ist das?«

»Ihre Lebensphilosophie. Eine Philosophie, von der sie hoffte, dass sie Feng-Shui ersetzen würde.«

Beauvoir versuchte zugleich interessiert und informiert auszusehen. Er war keins von beiden.

»Eine Philosophie«, fuhr Gamache fort, »von der sie hoffte, dass sie sie sehr reich machen würde.«

»Ein Mordmotiv?« Beauvoir wachte wieder auf.

»Möglicherweise, wenn sie tatsächlich Erfolg gehabt hätte. Aber bislang macht es den Eindruck, als wäre CC de Poitiers in etwa so erfolgreich gewesen wie ihr Ehemann. Ist das alles, können wir jetzt die Aufgaben verteilen?« Er machte Anstalten aufzustehen.

»Sir, da ist noch etwas«, meldete sich Agent Robert Lemieux. »Sie haben mir den Abfall aus dem Haus der Lyons gegeben. Ich habe ihn durchgesehen und eine Aufstellung gemacht. Hier.«

»Das hat Zeit, Agent, danke«, sagte Gamache. »Wir haben einen arbeitsreichen Tag vor uns. Ich werde mit Kaye Thompson sprechen, um herauszufinden, was sie gesehen hat. Ich möchte, dass Sie diesen Fotografen suchen, von dem Richard Lyon gesprochen hat«, sagte er zu Beauvoir, der eifrig nickte, endlich würde die Jagd beginnen. »Zumindest hat er Fotos beim Gemeindefrühstück gemacht und beim Curling. Vielleicht hat er sogar den Mord fotografiert. Sein Name ist Saul Soundso.«

»Saul Petrov.« Das große rote Feuerwehrauto sprach mit einer weiblichen Stimme.

Eine junge Frau trat hinter ihm hervor.

»Ich habe ihn gefunden.«

Beim Näherkommen sah sie Erstaunen, sogar Entsetzen in den Gesichtern der Männer und Frauen um den Tisch. Das überraschte sie nicht. Sie war darauf vorbereitet.

»Guten Morgen, Agent Nichol«, sagte Armand Gamache.

16

Beauvoir verteilte die Aufgaben, während Gamache mit Agent Yvette Nichol unter vier Augen sprach. Es gab einen abgeschlossenen Raum, der einmal dem Schaffner gedient hatte. Inzwischen hatte ihn Ruth Zardo übernommen. Es befanden sich ein Schreibtisch, ein Stuhl und ungefähr dreihundert Bücher darin. Er war mit Sicherheit feuergefährlich.

Kaum war Agent Nichol hinter dem Feuerwehrauto hervorgetreten, hatte sich Chief Inspector Gamache von seinem Platz erhoben, wie ein Mann, der hingerichtet werden sollte und sich in das Unvermeidliche fügte. Er hatte Beauvoir zugenickt, und der hatte sogleich gewusst, was das hieß. Wortlos ging Gamache Nichol entgegen und führte sie in den kleinen Raum.

Beauvoir sah seinen Leuten zu, die auf die Computertastaturen einhackten oder sich die Finger wund wählten, aber in Gedanken war er beim Chief. Und Nichol. Die unangenehme, erbärmliche, lächerliche kleine Person, die ihnen bei ihrem letzten Fall beinahe alles vermasselt und ein Team entzweit hätte, das auf harmonischer Zusammenarbeit beruhte.

»Erklären Sie sich, bitte.« Gamache stand in dem kleinen Zimmer und schaute auf die zierliche Frau hinunter. Ihre kurzen mausgrauen Haare waren vom Abnehmen der Mütze zerzaust und schienen darüber hinaus von einem betrunkenen Gärtner mit der Heckenschere geschnitten worden zu sein. Ihre farblose Kleidung saß schlecht, und Gamache meinte einen Klecks Eigelb an ihrem fusseligen Wollpullover zu erkennen. Von einer schweren Akne in ihrer Jugend waren Narben und rote Flecken in ihrem Gesicht zurückgeblieben, und dort, wo die Haut nicht rot war, sah sie teigig aus. Der einzige Glanz in ihren grauen Augen rührte von Angst her. Und noch etwas, dachte Gamache. Tücke. Sie hat vor jemandem Angst, aber nicht vor mir.

»Ich bin Ihnen zugeteilt worden, Sir.« Sie hielt den Blick starr auf ihn gerichtet. »Superintendent Francœur hat heute Morgen angerufen und mir gesagt, dass ich mich bei Ihnen melden soll. Das kam auch für mich ziemlich überraschend.« Sie versuchte, zerknirscht zu klingen, brachte es aber nur zu einem jammernden Tonfall. »Ich habe Ihre Aufzeichnungen und die von Inspector Beauvoir gelesen.«

»Wie das?«

»Na ja, der Superintendent hat sie mir nach Hause geschickt. Mir ist Ihre Notiz über den Fotografen aufgefallen und dass Sie ihm oberste Priorität gegeben haben. Ich stimme mit Ihnen überein …«

»Da bin ich aber froh.«

»Ich meine, ich finde, Sie haben recht. Äh, selbstverständlich haben Sie recht.« Jetzt wurde sie nervös. »Hier.« Sie streckte ihm unvermittelt einen Zettel entgegen. Er nahm ihn und las.

Saul Petrov, Rue Tryhorn 17.

»Ich habe auf der Karte nachgesehen, wo das liegt. Sehen Sie, hier.« Sie zog eine Karte aus ihrer Jackentasche und reichte sie ihm. Er nahm sie nicht. Er starrte sie nur an.

»Ich habe etwa fünfzehn Agenturen für Ferienhäuser hier in der Gegend angerufen. Keiner kannte ihn, aber schließlich bin ich auf ein Restaurant in Saint-Rémy gestoßen, das Le Sans Souci. Leute aus der Gegend vermieten über das

Lokal Ferienhäuser. Ich fragte den Eigentümer, und er erinnerte sich an den Anruf von einem Mann aus Montréal vor ein paar Tagen. Er hat das Haus vom Fleck weg gemietet. Ich habe dann dort angerufen, und tatsächlich, es ist der Fotograf. Saul Petrov.«

»Haben Sie mit ihm gesprochen?«

»Ja, Sir. Das musste ich. Um mir seine Identität bestätigen zu lassen.«

»Und was ist, wenn er der Mörder ist? Was ist, wenn er genau in diesem Moment die Fotos verbrennt oder seine Koffer packt? Wann haben Sie ihn angerufen?«

»Vor ungefähr zwei Stunden.« Yvette Nichols Stimme war zu einem Flüstern geworden.

Gamache holte tief Luft und sah sie ein paar Sekunden lang schweigend an, dann schritt er zur Tür.

»Inspector Beauvoir? Bitte nehmen Sie einen Kollegen mit und finden Sie heraus, ob sich der Fotograf, den wir suchen, an dieser Adresse aufhält. Agent Lemieux, Sie bleiben hier. Ich muss mit Ihnen reden.« Er wandte sich wieder an Nichol. »Setzen Sie sich, und warten Sie auf mich.«

Sie plumpste auf einen Stuhl, als wäre ihr der Boden unter den Füßen weggezogen worden.

Beauvoir nahm den Zettel, konsultierte die Karte an der Wand und war innerhalb von Minuten zur Tür hinaus, aber erst nachdem er einen Blick auf Agent Nichol geworfen hatte, die in dem winzigen, engen Raum saß und einen so erbärmlichen Anblick bot, wie es ein Mensch bei lebendigem Leib nur tun konnte. Er war überrascht, dass er ein gewisses Mitleid mit ihr verspürte. Chief Inspector Gamaches böse Seite war legendär. Nicht weil sie so böse war, sondern weil er sie so gut verbarg. Kaum jemand hatte sie jemals gesehen. Aber diejenigen, denen das gelungen war, vergaßen sie ihr Lebtag nicht.

»Ich habe einen Auftrag für Sie«, sagte Gamache zu Lemieux. »Ich möchte, dass Sie nach Montréal fahren und einige Erkundigungen für mich einziehen. Es geht um eine Frau namens Elle, wobei das nicht ihr richtiger Name war. Sie war obdachlos und wurde kurz vor Weihnachten ermordet.«

»Hat das mit dem Fall de Poitiers zu tun?«

»Nein.«

»Habe ich etwas falsch gemacht?« Lemieux sah völlig geknickt aus.

»Überhaupt nicht. Ich möchte nur, dass einige Erkundigungen zu dem Fall eingezogen werden, und glaube, dass es eine gute Übung für Sie ist. Haben Sie schon mal in Montréal gearbeitet?«

»Ich war nur mal zu Besuch dort«, bekannte Lemieux.

»Na dann los!« Er konnte die Sorge in Lemieux' Gesicht erkennen. »Sie kriegen das schon hin. Ich würde Sie nicht hinschicken, wenn ich nicht von zwei Dingen überzeugt wäre. Erstens, dass Sie es können, und zweitens, dass Sie es tun sollten.«

»Was genau soll ich tun?«

Gamache erklärte es ihm, die beiden gingen zu Gamaches Auto, wo der Chief eine Pappschachtel für Beweisstücke aus seinem Kofferraum holte und sie Lemieux mit einigen Anweisungen übergab.

Gamache blickte Lemieux' Auto nach, als es langsam über die alte Steinbrücke fuhr und dann den Dorfanger umrundete, bevor es über die Rue du Moulin Three Pines verließ. Der Chief stand in dem stetig fallenden Schnee, und sein Blick fiel auf die Gestalten auf dem Dorfanger. Einige trugen Tüten mit Einkäufen aus Sarahs Bäckerei oder Monsieur Béliveaus Gemischtwarenladen. Familien fuhren Schlittschuh. Hunde wurden spazieren geführt. Ein Hund, ein junger Schäferhund, spielte mit etwas, das er herumrollte, verbuddelte und in die Luft warf.

Er vermisste Sonny.

Bei dem Wetter sahen im Grunde alle gleich aus. Alle waren in dicke Anoraks und Mützen eingemummt und kaum voneinander zu unterscheiden. Wenn er die Kinder und die Hunde erkennen könnte, so überlegte er, wüsste er auch, wer die Erwachsenen waren.

Das war eines der Probleme, das auf sie wartete. Im Winter sahen die Leute in Québec praktisch einer wie der andere aus. Wie bunte Marshmallows. Es fiel schon schwer, Männer von Frauen zu unterscheiden. Die Gesichter, Haare, Hände, Füße, Körper, alles war zum Schutz gegen die Kälte verhüllt. Selbst wenn jemand den Mörder gesehen hatte, war fraglich, ob er ihn auch identifizieren konnte.

Er sah den herumtollenden Hunden zu und erkannte mit einem Lächeln, womit sie spielten. Sonnys Lieblingsspielzeug im Winter.

Ihre gefrorenen Haufen.

Selbst das vermisste er.

»Sie sind in meinem Team nicht willkommen, Agent Nichol.« Ein paar Minuten später sah Gamache in das vernarbte, verschreckte Gesicht. Er hatte ihre Manipulationsversuche, ihre Arroganz, ihre Wut satt. Davon hatte er während des letzten Falls genug abbekommen.

»Ich verstehe, Sir. Es war allerdings nicht meine Idee. Ich weiß, dass bei unserer letzten Zusammenarbeit ziemlich viel schiefgegangen ist. Es tut mir leid. Wie kann ich Ihnen beweisen, dass ich mich geändert habe?«

»Sie können gehen.«

»Ich wünschte, das wäre möglich.« Sie sah jämmerlich drein. »Das können Sie mir glauben. Ich wusste, dass Sie so denken, und ich werfe Ihnen das auch gar nicht vor, ehrlich. Ich weiß nicht, was ich mir beim letzten Mal gedacht habe. Ich war dumm. Arrogant. Aber ich glaube, ich habe mich geändert. Ein Jahr im Drogendezernat.« Sie blickte ihn an, um zu sehen, ob sie damit irgendeine Wirkung erzielte.

Tat sie nicht.

»Auf Wiedersehen, Agent Nichol.«

Er verließ das Zimmer, schlüpfte in seine Jacke und stieg in sein Auto, ohne sich noch einmal umzublicken.

»Tut mir leid, Chief Inspector, aber Kaye Thompson ist im Moment nicht da. Sie hat die Nacht bei ihrer Freundin verbracht. Emilie Longpré.«

Die Leiterin des Altenheims in Williamsburg machte einen freundlichen und zupackenden Eindruck. Das Heim selbst befand sich in einer umgebauten Villa, die Zimmer waren großzügig und hell, wenn auch ein wenig betagt, und sie rochen nach Puder. Wie die Bewohner selbst.

Armand Gamache war wenigstens klug genug, um über sich selbst zu lachen. Madame Longré lebte in Three Pines und könnte sogar eine der formlosen Gestalten gewesen sein, die er den Dorfanger hatte überqueren sehen. Er war wegen Agent Nichol so aufgebracht gewesen, dass er wie ein trotziges Kind, für das er eigentlich sie hielt, hinausgestürmt, in sein Auto gestiegen und davongebraust war. Nun ja. Da war er nun, einige Kilometer von der Zeugin entfernt, die eben noch nur ein paar Meter entfernt gewesen war. Er lächelte und überließ es der Heimleiterin, zu überlegen, was dieser große Mann so lustig fand.

Statt sich direkt auf den Rückweg nach Three Pines zu machen, parkte Gamache seinen Wagen an der Legion Hall und ging zur Tür. Sie war nicht verriegelt. Das war nichts Ungewöhnliches. Er ging hinein, seine Schritte hallten in dem großen, leeren Raum wider. Auf einer Seite befand sich eine Durchreiche zur Küche wie in einer Caféteria. Er stellte sich das bunte Treiben während des Frühstücks am zweiten Weihnachtsfeiertag vor, die lauten Begrüßungen, die Rufe nach mehr Kaffee oder Tee. Beatrice Mayer, die ihr merkwürdiges Gebräu anbot.

Warum wurde sie eigentlich Mother genannt? Clara schien davon auszugehen, dass er selbst darauf kommen könnte, auch ohne sie zu kennen. Beatrice Mayer? Mother Bea? Er schüttelte den Kopf, wusste aber, dass es ihm irgendwann einfallen würde. Es war die Art Rätsel, die er mochte.

Er kehrte im Geiste zu dem Frühstück am zweiten Weihnachtsfeiertag zurück und mischte sich unter die Leute. Der Raum war gut geheizt und mit dem fröhlichsten, kitschigsten Weihnachtsschmuck dekoriert, den man sich nur vorstellen konnte. Wobei er keinen Gedanken daran verschwenden musste, ihn sich vorzustellen. Er hing noch. Die Sterne und Schneeflocken aus Plastik und Krepppapier. Der künstliche Baum, dem mindestens die Hälfte seines Plastik- und Drahtgeästs fehlte. Die Papierglocken und die grünen und blauen Schneemänner, die von aufgeregten, müden und nicht allzu begabten Kindergartenkindern gemalt und gebastelt worden waren. Das treue Klavier in der Ecke hatte bestimmt Weihnachtslieder gehämmert. Der Raum musste nach Pancakes und Ahornsirup, der von Bäumen aus der Gegend stammte, gerochen haben. Nach Eiern und gepökeltem Schinken.

Und CC und ihre Familie? Wo waren sie gesessen? Hatte sich irgendjemand zu ihrem letzten Mahl zu ihnen gesetzt? Hatte irgendjemand gewusst, dass es ihr letztes Mahl war?

Einer von ihnen hatte es gewusst. Einer war in ebendiesem Raum gesessen, hatte gegessen, getrunken, gelacht, Weihnachtslieder gesungen und einen Mord geplant.

Draußen blieb Gamache einen Moment stehen, um sich wieder zurechtzufinden, dann machte er sich nach einem Blick auf seine Armbanduhr auf den Weg zum Lac Brume. Er hatte Williamsburg immer gemocht. Es unterschied sich deutlich von Saint-Rémy, das eher französisch war, während Williamsburg traditionell englisch war, auch wenn sich das langsam änderte und die beiden Sprachen und Kulturen sich vermischten. Beim Gehen betrachtete er die hübschen Häuser und Läden, die alle von strahlend weißem Schnee bedeckt waren. Es war still: die Art Friede, die der Winter brachte, so als würde die Erde ausruhen. Auf der weichen Schneedecke machten die Autos fast keine Geräusche, und die Schritte der Leute auf den Bürgersteigen waren nicht zu hören. Alles war leise und gedämpft. Es war sehr, sehr friedlich.

Er hatte viereinhalb Minuten gebraucht, um von der Legion Hall zum See zu kommen. Er hatte sich nicht beeilt, aber er hatte auch lange Beine, und er schätzte, dass die meisten Leute ein bisschen länger brauchten. Es war immerhin ein ungefährer Richtwert.

Er stand am Straßenrand und sah zum See hinunter, der unter eine Schneedecke verwaist dalag. Das Curling-Spielfeld war fast nicht mehr zu sehen, und der einzige Hinweis darauf, dass hier etwas passiert war, waren die Zuschauerbänke, die einsam und verlassen dastanden, so als warteten sie auf eine Gesellschaft, die niemals eintreffen würde.

Was sollte er mit Yvette Nichol machen? Die Ruhe hier verschaffte ihm einen Moment, um über dieses Problem nachzudenken. Er hatte sich schon einmal von ihr zum Narren halten lassen, und Armand Gamache war nicht der Mann, der so etwas zweimal mit sich geschehen ließ.

Sie war aus einem bestimmten Grund hier, und das war nicht unbedingt der Mord an CC de Poitiers.

Inspector Beauvoir verließ Three Pines in Richtung Saint-Rémy. Nach einigen Minuten Fahrt auf von Bäumen gesäumten, verschneiten kleinen Nebenstraßen bog er in die Einfahrt zu einem verwinkelten Holzhaus ein. Er hatte einen Kollegen mitgenommen, nur für den Fall. Jetzt klopfte er an die Tür und stand mit locker hängenden Armen da, versuchte entspannt zu wirken, sogar etwas desinteressiert. Das war er allerdings nicht. Er war jederzeit bereit, die Verfolgung aufzunehmen. Er hoffte sogar, dass es zu einer Verfolgungsjagd käme. Herumsitzen und reden war Gamaches Spezialität. Rennen seine.

»Ja?« Ein zerzaust wirkender Mann mittleren Alters stand auf der Schwelle.

»Monsieur Petrov? Saul Petrov?«

»Ja, das bin ich.«

»Ich bin wegen des Mordes an CC de Poitiers hier. Soweit ich weiß, kannten Sie sie.«

»Ich habe Sie schon erwartet. Warum haben Sie so lange gebraucht? Ich habe ein paar Fotos, die Sie interessieren könnten.«

Gamache zog seine dicke Jacke aus und rückte Jackett und Pullover zurecht, die dabei verrutscht waren. Wie alle im Winter zupfte auch er ständig an irgendeinem Kleidungsstück, als hätte ihm hinten jemand eine Maus in den Ausschnitt gesteckt. Er hielt einen Moment inne, sammelte seine Gedanken, dann trat er in den kleinen abgeschlossenen Raum, griff zum Telefon und wählte.

»Ach, Sie sind es, Armand. Haben Sie mein Geschenk erhalten?«

»Wenn Sie Agent Nichol meinen, ja, das habe ich, Superintendant Francœur. Danke.« Gamache schlug einen jovialen Ton an.

»Was kann ich für Sie tun?« Francœurs Stimme klang tief, sanft und klug. Nichts wies auf den listigen, den verschlagenen, den grausamen Mann hin, der hinter dieser wohlmeinenden Fassade steckte.

»Ich möchte wissen, warum Sie sie mir geschickt haben.«

»Ich hatte den Eindruck, dass Sie vorschnell in Ihrem

Urteil waren, Chief Inspector. Agent Nichols hat jetzt ein Jahr lang im Drogendezernat gearbeitet, wir sind sehr zufrieden mit ihr.«

»Warum haben Sie sie dann von dort abgezogen?«

»Stellen Sie etwa mein Urteilsvermögen infrage?«

»Nein, Sir. Sie wissen, ich habe keinen Grund, mich zu fragen, warum Sie etwas tun.«

Das hatte gesessen, dachte Gamache. Gift floss durch die Leitung und füllte das große, nackte Schweigen.

»Warum rufen Sie an, Gamache?«, knurrte die Stimme, ohne sich weiter zu verstellen.

»Ich wollte Ihnen dafür danken, Sir, dass Sie mir Agent Nichol geschickt haben. *Joyeux Noël.*«

Dann legte er auf, aber da war die Verbindung bereits unterbrochen. Gamache war zufrieden.

Ihm waren von höchster Ebene in der Sûreté du Québec die Hände gebunden worden, einer Ebene, auf der er sich selbst einmal bewegt hatte. Offiziell leitete er immer noch die Mordkommission und nahm einen hohen Rang ein. Aber inoffiziell hatte sich die Lage geändert. Seit dem Fall Arnot.

Wie viel sich geändert hatte, war ihm allerdings erst seit Kurzem richtig klar. Es gab keine Anfragen mehr, Beauvoir die Ermittlung in einem Fall zu übertragen. Agent Isabelle Lacoste war seit dem Fall Arnot mehr als einmal zu unbedeutenden Aufgaben in unbedeutenden Abteilungen abkommandiert worden, wie auch andere Mitarbeiter der Mordkommission. Gamache hatte sich nichts dabei gedacht, er war davon ausgegangen, dass die zeitweiligen Versetzungen einfach notwendig waren. Er wäre ihm niemals in den Sinn gekommen, dass seine Leute für etwas bestraft wurden, für das er verantwortlich war.

Bis vor ein paar Wochen sein unmittelbarer Vorgesetzter und Freund, Superintendent Michel Brébeuf, Reine-Marie und ihn zum Abendessen eingeladen und ihn dann nach dem Essen beiseitegenommen hatte.

»*Ça va,* Armand?«

»Ja, *merci,* Michel. Die Kinder machen wie immer Sorgen. Sie wollen einfach nicht hören. Der kleine Luc hat seine Stelle gekündigt und will mit Sophie und den Kindern in der Welt herumreisen. Annie arbeitet zu viel. Sie verteidigt die arme bedrängte Alcoha gegen all die ungerechtfertigten Vorwürfe. Wie kann nur jemand glauben, ein Unternehmen würde wissentlich die Umwelt vergiften?« Gamache grinste.

»Schockierend.« Brébeuf bot ihm einen Cognac und eine Zigarre an. Gamache nahm den Drink an und schlug die Zigarre aus. Sie saßen in freundschaftlichem Schweigen in Brébeufs Arbeitszimmer, hörten Radio Canada und dem Gemurmel der Frauen zu, die lachten und sich gegenseitig auf den neuesten Stand brachten.

»Was wollten Sie mir sagen?« Gamache hatte sich in seinem Stuhl gedreht und sah Brébeuf direkt an.

»Eines Tages werden Sie sich einmal irren, Armand«, erwiderte lächelnd sein Freund, der oft nicht wusste, inwieweit Gamache seine Gedanken lesen konnte. Alles konnte er sicher nicht voraussagen.

»Ihrer Meinung nach habe ich mich doch schon einmal geirrt, Michel, und zwar gehörig. Aber das ist vorbei und vergessen.«

»Nein. Es ist nicht vorbei und vergessen.«

Das war es also. Während sich erneut Schweigen wie eine Schneedecke über sie breitete, erkannte Gamache auf einmal die Tiefe des Problems. Und dass er unwillentlich Beauvoir und die anderen mit hineingerissen hatte. Jetzt wurden sie unter Schichten von Verleumdungen und Verachtung begraben.

»Der Fall Arnot ist noch nicht abgeschlossen.« Gamache

blickte Brébeuf in die Augen. Er wusste in diesem Moment, welchen Mut sein Freund bewies, ihm das mitzuteilen.

»Seien Sie vorsichtig, Armand. Die Sache ist ernster, als selbst Sie ahnen.«

»Ich glaube, Sie haben recht«, bekannte Gamache.

Jetzt hatte Superintendent Francœur ihm wieder Agent Nichol geschickt. Das musste natürlich nichts heißen. Vielleicht hieß es nur, dass sie Francœur so sehr genervt hatte, dass er sich entschlossen hatte, sich ein wenig an ihm zu rächen, indem er ihm Nichol wieder aufhalste. Das war die wahrscheinlichste Erklärung. Ein kleiner gemeiner Spaß, sonst nichts.

17

Bingo«, sagte Beauvoir, als er in den geheizten Besprechungsraum schritt und seine dicke Jacke ablegte. Er warf seine Mütze auf seinen Schreibtisch, gefolgt von den Handschuhen. »Sie hatten recht. Der Fotograf hat die Bilder.«

»Sehr gut«, sagte Gamache und klopfte ihm auf die Schulter. »Lassen Sie sehen.«

»Na ja, er hatte sie nicht bei sich«, sagte Beauvoir, so als wäre das auch wirklich zu viel erwartet.

»Wo sind sie?«, fragte Gamache, seine Stimme klang merklich enttäuscht.

»Er hat die Filme an das Labor in St. Lambert geschickt, mit dem er zusammenarbeitet. Er hat sie per Eilpost geschickt, sie sollten morgen eintreffen.«

»Im Labor.«

»Genau.« Beauvoir spürte bei seinem Chief weniger Begeisterung, als er erwartet hatte. »Aber er sagt, er habe während des Frühstücks und beim Curling Hunderte von Fotos gemacht.«

Beauvoir sah sich um. Isabelle Lacoste war mit ihrem Computer beschäftigt, und Agent Yvette Nichol saß allein am anderen Tischende wie auf einer Insel und beobachtete das Festland in Gestalt von Gamache.

»Hat er etwas gesehen?«, fragte Gamache.

»Ich habe ihn gefragt. Er behauptet, dass er sich als Fotograf so sehr aufs Fotografieren konzentriert, dass er überhaupt nicht darauf achtet, was ringsum passiert, daher sei er genauso überrascht wie die anderen gewesen, als CC zu Boden stürzte. Allerdings hat er auch gesagt, er habe den Auftrag gehabt, CC zu fotografieren, und nur sie, daher habe er die ganze Zeit über die Kamera auf sie gehalten.«

»Dann muss er doch etwas gesehen haben«, sagte Gamache.

»Möglich«, räumte Beauvoir ein, »vielleicht wusste er nicht, was er sieht. Wenn sie erstochen oder niedergeschlagen oder erwürgt worden wäre, hätte er vielleicht reagiert, aber so? Alles, was CC tat, war, aufzustehen und den vor ihr stehenden Stuhl zu berühren. Daran ist nichts Merkwürdiges, und gewiss nichts Bedrohliches.«

Das stimmte.

»Warum hat sie das getan?«, fragte Gamache. »Es stimmt natürlich, was Sie sagen: Es würde keine Aufmerksamkeit erregen, mag es noch so seltsam sein, dass sie es getan hat. Wir haben allerdings nur Petrovs Aussage, dass er damit beschäftigt war, zu fotografieren, und nicht damit, sie unter Strom zu setzen.«

»Wohl wahr«, sagte Beauvoir, der seine Hände am Ofen wärmte und nach der Kaffeekanne griff. »Er gab sich sehr hilfsbereit. Vielleicht ein bisschen zu hilfsbereit.« In Beauvoirs Welt machte sich jeder, der hilfsbereit war, sofort verdächtig.

Emilie Longpré deckte den Tisch für drei und faltete und glättete die Stoffservietten öfter als nötig. Die Wiederholung dieser Bewegung hatte etwas Beruhigendes. Mother war noch nicht eingetroffen, aber sie würde bald kommen. Nach der Uhr an der Küchenwand musste Mothers mittäglicher Meditationskurs jeden Augenblick zu Ende sein.

Kaye hielt ein Schläfchen, aber Em fand keine Ruhe. Normalerweise würde sie jetzt still bei einer Tasse Tee sitzen und die aktuelle Ausgabe von *La Presse* lesen, aber heute ertappte sie sich dabei, wie sie die Kochbücher abstaubte und Pflanzen goss, die frisch gegossen waren, alles, um sich von ihren quälenden Gedanken abzulenken.

Sie beschäftigte sich mit der Erbsensuppe, rührte den Schinkenknochen in dem großen Topf herum, damit sich sein Aroma ausbreitete. Henri saß geduldig zu Ems Füßen und starrte mit seinen durchdringenden braunen Augen zu ihr hoch, so als könne er allein durch Willenskraft den Knochen dazu bringen, aus dem Topf in sein hungriges Maul zu springen. Er wedelte mit dem Schwanz, während Em geschäftig in der Küche hin und her lief, und achtete darauf, ihr möglichst oft im Weg zu stehen.

Das Maisbrot konnte in den Ofen geschoben werden, wenn es fertig war, würde Mother kommen.

Eine halbe Stunde später bog Mothers Auto tatsächlich in Ems Einfahrt. Mother stieg aus und eilte watschelnd über den glatten Weg. Ihr Schwerpunkt saß so tief, dass sie, wie Kaye oft sagte, nur unter größter Willensanstrengung umfallen könnte. Genauso wenig konnte Mother laut Kaye ertrinken. Aus einem Grund, der Em nicht klar war, wurde Kaye nicht müde zu überlegen, auf welche Weise Bea ihrem Schöpfer gegenübertreten könnte. Mother revanchierte sich für den Gefallen, indem sie unablässig erklärte, dass sie ihm ja wenigstens überhaupt gegenübertreten würde.

Jetzt taten sich die drei Freundinnen Erbsensuppe auf und nahmen sich Scheiben des frischen, warmen Brots mit schmelzender Butter darauf. Sie saßen an dem bequemen Küchentisch. Henri, der nicht aus dem Zimmer geschickt worden war, hatte sich unter dem Tisch zusammengerollt und hoffte auf ein paar Krümel.

Als zehn Minuten später Gamache klingelte, hatte noch keine von ihnen ihr Essen angerührt, das mittlerweile kalt war. Hätte Gamache sich zum Fenster geschlichen und hineingespäht, hätte er die drei Freundinnen um den Tisch sitzen gesehen, wie sie sich an den Händen hielten und in ein Gebet versunken waren, das offenbar kein Ende nahm.

»Machen Sie sich keine Gedanken wegen des Schnees, Chief Inspector«, sagte Em, als Gamache die Stiefelabdrücke, die sie auf dem Steinboden im Windfang hinterlassen hatten, bemerkte. »Henri und ich verteilen den Matsch im ganzen Haus.« Sie nickte zu dem kleinen Deutschen Schäferhund, der ungefähr sechs Monate alt war und so aussah, als könnte er jeden Augenblick vor Aufregung explodieren. Stattdessen wedelte er jedoch heftig mit dem Schwanz, und sein Hinterteil, das sich technisch betrachtet auf dem Boden befand, bewegte sich mit einer solchen Geschwindigkeit hin und her, dass Gamache zu der Überzeugung kam, er könnte Feuer damit machen.

Sie stellten sich vor, zogen ihre Stiefel aus und entschuldigten sich, dass sie beim Mittagessen störten. Die Küche roch nach selbst gemachter frankokanadischer Erbsensuppe und frisch gebackenem Brot.

»Namaste«, sagte Mother, legte ihre Hände aneinander und verbeugte sich leicht vor den Männern.

»O Gott«, sagte Kaye. »Nicht schon wieder.«

»Namaste?«, fragte Gamache. Beauvoir hatte nicht gefragt, weil sie alt war, eine *anglaise* und einen violetten Kaftan trug. Solche Leute redeten ständig irgendwelches dummes Zeug.

Der Chief erwiderte die Verbeugung mit feierlicher Miene. Beauvoir tat so, als hätte er es nicht bemerkt.

»Es ist eine altehrwürdige Begrüßung«, sagte Beatrice Mayer, strich sich über ihre wilden roten Haare und warf Kaye einen besorgten Blick zu, die sie aber ignorierte.

»Darf ich?« Der Chief Inspector deutete auf Henri.

»Auf eigene Gefahr, Monsieur. Er könnte sie zu Tode lecken«, warnte ihn Em.

»In Sabber ertränken ist wahrscheinlicher«, sagte Kaye und drehte sich um, um in den Tiefen des Hauses zu verschwinden.

Gamache ging in die Hocke und kraulte Henris Ohren, die wie zwei Segel von seinem Kopf abstanden. Der Hund legte sich sofort auf den Rücken, damit er ihm den Bauch streicheln konnte, was Gamache auch tat.

Em führte sie durch die Küche ins Wohnzimmer. Das Haus war einladend und behaglich und wirkte, als ob nichts Böses darin geschehen könnte. Selbst Beauvoir war entspannt und fühlte sich wohl. Gamache vermutete, dass sich hier jeder wohlfühlte. Insbesondere in Gegenwart dieser Frau.

Emilie Longpré entschuldigte sich und kehrte eine Minute später mit zwei Schalen Erbsensuppe zurück.

»Sie sehen hungrig aus«, sagte sie schlicht und verschwand wieder in der Küche. Bevor die Männer protestieren konnten, saßen sie schon vor dem Kamin, zwei dampfende Schüsseln und einen Korb mit Maisbrot auf den Klapptischchen vor sich. Gamache war klar, dass das nicht ganz ehrlich war. Er hätte früher Einspruch dagegen erheben können, dass die drei alten Damen sich um sie bemühten, aber Emilie Longpré hatte recht. Sie waren hungrig.

Jetzt aßen die beiden Kriminalbeamten und hörten zu, was das Trio auf ihre Fragen zu antworten hatte.

»Können Sie uns sagen, was gestern passiert ist?«, fragte Beauvoir Kaye. »Offenbar fand zum fraglichen Zeitpunkt gerade ein Curling-Wettkampf statt.«

»Mother hatte gerade das Haus geräumt«, begann Kaye, und Beauvoir bereute sogleich seine Entscheidung, sie als Erste zu befragen. Nichts in dem Satz ergab einen Sinn.

Mother hatte gerade das Haus geräumt. *Rien*, keinerlei Sinn. Noch eine durchgeknallte Anglo. Wobei das bei dieser hier eigentlich keine Überraschung war. Man konnte schon von Weitem sehen, dass sie einem Irrenhaus entsprungen war. Jetzt saß sie vor ihm, nahezu begraben unter Schichten von Pullovern und Decken. Sie sah aus wie ein Wäschesack. Mit Kopf. Einem sehr kleinen, sehr alten Kopf. Alle zehn Haare auf ihrem winzigen, verschrumpelten Schädel standen steil nach oben, was von der Heizungsluft herrührte.

Sie sah aus wie ein Muppet mit Schnüren.

»Désolé, mais qu'est-ce que vous avez dit?«, versuchte er es auf Französisch.

»Mother. Hatte. Gerade. Das. Haus. Geräumt.« Die alte Frau sprach mit sehr klarer und erstaunlich kräftiger Stimme.

Gamache, der das Ganze beobachtete, bemerkte, dass sich Emilie und Beatrice anlächelten. Nicht böse, sondern als lächelten sie über etwas, das sie nun schon ihr Leben lang kannten.

»Sprechen wir über dieselbe Sache, Madame? Curling?«

»Oh, ich verstehe.« Kaye lachte. Es war ein nettes Lachen, stellte Beauvoir fest. Es verwandelte ihr Gesicht, sodass es nicht mehr misstrauisch und verkniffen aussah, sondern ausgesprochen freundlich. »Ja, ob Sie's glauben oder nicht, ich spreche von unserem Curling-Wettkampf. Und Mother ist diese Dame hier.« Sie deutete mit einem gichtigen Finger auf die Freundin im Kaftan. Aus irgendeinem Grund überraschte ihn das nicht. Er hatte »Mother« vom ersten Augenblick an unsympathisch gefunden, und das war ein weiterer Grund. Mother. Wer wollte schon Mother genannt werden? Wenn sie nicht eine Mutter Oberin war, und ihrem Erscheinungsbild nach zu urteilen, bezweifelte Beauvoir das.

Sie würde nur Scherereien machen, davon war er überzeugt. Das spürte er regelrecht, auch wenn er es niemals so sagen würde, ganz bestimmt nicht in Anwesenheit von Gamache.

»Was heißt das, Madame?« Beauvoir wandte sich wieder an Kaye und biss von seinem Brot ab, wobei er gerade noch verhindern konnte, dass ihm die Butter übers Kinn lief.

»›Das Haus räumen‹ ist ein Begriff beim Curling«, sagte Kaye. »Em kann das besser erklären. Sie war der Skip, das ist der Mannschaftskapitän.«

Beauvoir wandte sich an Madame Longpré. Ihre blauen Augen wirkten nachdenklich und klar, vielleicht ein wenig müde. Ihre Haare zeigten eine hübsche hellbraune Tönung, und der Schnitt stand ihr ausgezeichnet. Sie machte einen zurückhaltenden und freundlichen Eindruck und erinnerte ihn an Reine-Marie Gamache. Er blickte kurz zu seinem Chief, der mit der gewohnt ruhigen Konzentration zuhörte. Wenn er Madame Longpré ansah, erkannte er dann in ihr seine Frau in dreißig Jahren?

»Haben Sie jemals Curling gespielt, Inspector?«, fragte Em Beauvoir.

Beauvoir war überrascht, sogar ein wenig beleidigt, so etwas gefragt zu werden. Curling? Er war Mittelstürmer in der Eishockeymannschaft der Sûreté. Mit seinen sechsunddreißig Jahren schlug er seine zehn Jahre jüngeren Gegner immer noch mit links. Curling? Es wäre ihm schon peinlich, dieses Wort auch nur in den Mund zu nehmen.

»Offenbar nicht«, fuhr Em fort. »Was eigentlich schade ist. Es ist ein wunderbarer Sport.«

»Sport, Madame?«

»Aber ja. Sehr schwierig. Er erfordert einen guten Gleichgewichtssinn und eine perfekte Hand-Auge-Koordination. Probieren Sie es doch einmal.«

»Würden Sie es uns zeigen?« Das war das erste Mal, dass Gamache das Wort ergriff, seit sie Platz genommen hatten. Er sah Em freundlich an, und sie erwiderte sein Lächeln mit einem Nicken.

»Wie wäre es mit morgen Vormittag?«

»Ausgezeichnet«, sagte Gamache.

»Können Sie beschreiben, was kurz zuvor und in dem Moment passierte, als Ihnen klar wurde, dass etwas nicht stimmt?« Beauvoir wandte sich wieder an Emilie. Er konnte es genauso mit der Vernünftigen von den dreien probieren.

»Wir spielten schon seit fast einer Stunde. Da wir nur zum Vergnügen spielten, dauerte es nicht so lange wie ein reguläres Spiel, außerdem wollten wir vermeiden, dass die Leute anfingen zu frieren, schließlich befanden wir uns im Freien.«

»Das blieb allerdings ein frommer Wunsch. Es war eiskalt. So kalt war es noch nie«, sagte Kaye.

»Wir waren am Verlieren, wie üblich«, fuhr Em fort. »Irgendwann stellte ich fest, dass die andere Mannschaft eine ganze Menge Steine im Haus hatte.«

Als sie Beauvoirs Gesichtsausdruck sah, holte sie zu einer Erklärung aus. »Das Haus ist das Ziel, diese roten Ringe, die auf das Eis gemalt sind. Dort sollen die eigenen Steine liegen bleiben. Die gegnerische Mannschaft hatte sich ziemlich gut geschlagen, das Haus war voll mit ihren Steinen. Daher bat ich Mother darum, ›das Haus zu räumen‹, wie man sagt.«

»Ich hole aus und spiele meinen Stein ab.« Mother stand auf und streckte ihren rechten Arm vor, dann holte sie nach hinten aus und schwang ihn mit einer schnellen Bewegung wieder nach vorne, was so ähnlich wie ein schwingendes Pendel aussah. »Der Stein schießt über das Eis und stößt so viele Steine aus dem Haus wie möglich.«

»Das hört sich an wie das Break beim Poolbillard«, sagte Beauvoir und merkte an den Gesichtern, dass sie mit diesem Begriff so viel anfangen konnten wie er mit »das Haus räumen«.

»Es macht einen Heidenspaß«, sagte Mother.

»Es macht so viel Spaß«, ergänzte Em, »dass es zu einer Tradition am zweiten Weihnachtsfeiertag geworden ist. Ich bin überzeugt, dass die meisten Leute nur kommen, weil sie Mother beim Räumen des Hauses zuschauen wollen.«

»Es ist sehr beeindruckend, wie die Steine in alle Richtungen schießen«, sagte Mother.

»Und laut«, sagte Kaye.

»Normalerweise ist damit das Ende des Wettkampfs eingeläutet. Danach geben wir auf«, sagte Em. »Dann gehen wir alle in die Legion Hall zurück und trinken einen Eiergrog.«

»Bis auf gestern«, sagte Beauvoir. »Was geschah gestern?«

»Ich hatte gar nicht mitbekommen, dass etwas nicht stimmt, bis alle dorthin rannten, wo Kaye und CC de Poitiers saßen«, sagte Mother.

»Ich auch nicht«, sagte Em. »Ich beobachtete Mothers Stein. Wie alle anderen auch. Dann brach Riesenjubel aus, aber der verstummte plötzlich. Ich dachte …«

»Was dachten Sie, Madame?«, fragte Gamache, als er ihre betroffene Miene sah.

»Sie dachte, dass ich das Zeitliche gesegnet hätte«, sagte Kaye. »Stimmt doch, oder?«

Em nickte.

»Pech gehabt. Sie überlebt uns alle«, sagte Mother. »Sie ist jetzt schon hundertfünfundvierzig.«

»Das ist mein IQ«, sagte Kaye. »Ich bin genau zweiundneunzig. Man trifft nicht viele Leute, deren Alter höher als ihr IQ ist.«

»Wann haben Sie gemerkt, dass etwas passiert ist?«, fragte Beauvoir Kaye, beiläufig und ohne sich anmerken zu lassen, dass das die Schlüsselfrage war. Vor ihm saß die einzige Zeugin des Verbrechens.

Kaye dachte einen Moment lang nach, ihr kleines, faltiges Gesicht sah aus wie eine Kartoffel, die zu lange in der Sonne gelegen hatte.

»Diese Frau, die starb, CC. Sie saß in Ems Stuhl. Wir bringen immer unsere eigenen Gartenstühle mit und stellen sie unter den Heizstrahler. Die Leute sind sehr nett und überlassen uns die wärmsten Plätze. Nur dieses schreckliche Frauenzimmer …«

»Kaye«, sagte Emilie mit einem leichten Tadel in der Stimme.

»Das war sie, und das wissen alle. Sie hat ständig Leute herumkommandiert, Sachen verschoben, irgendwas gerade gerückt. Ich hatte in der Legion Hall die Salz- und Pfefferstreuer für das Frühstück auf die Tische gestellt, und sie ist herumgegangen und hat sie umgestellt. Und sich über den Tee beschwert.«

»Das war mein Tee«, sagte Mother. »Sie hatte noch nie einen natürlich biodynamischen Kräutertee getrunken, obwohl sie angeblich in Indien war.«

»Bitte«, sagte Em. »Die arme Frau ist tot.«

»CC und ich saßen nebeneinander, ungefähr zwei Meter voneinander entfernt. Wie schon gesagt, es war ziemlich kalt, und ich war dick eingepackt. Ich glaube, ich war ein wenig eingenickt. Das Nächste, woran ich mich erinnere, ist, dass CC vor Mothers Stuhl steht und ihn an der Rückenlehne packt, als wolle sie ihn hochheben und durch die Luft schleudern. Aber sie hat irgendwie gezittert. Alle jubelten und klatschten, dann habe ich gemerkt, dass CC überhaupt nicht jubelt, sondern schreit. Schließlich ließ sie den Stuhl los und fiel um.«

»Was haben Sie getan?«

»Ich bin natürlich aufgestanden und habe geguckt, was passiert ist. Sie lag auf dem Rücken, und es roch irgendwie komisch. Ich schätze mal, ich habe irgendetwas gerufen, denn plötzlich standen lauter Leute um uns herum. Dann übernahm Ruth Zardo das Kommando. Was für ein Besen. Schreibt fürchterliche Gedichte. Nichts reimt sich. Da ist mir Wordsworth lieber.«

»Warum ist sie aufgestanden?«, fragte Beauvoir hastig, bevor Kaye oder Gamache anfingen, Gedichte zu zitieren.

»Woher soll ich das denn wissen?«

»Haben Sie jemand anderes bei den Stühlen gesehen? Der sich über sie gebeugt hat, zum Beispiel? Oder vielleicht etwas zu trinken verschüttet hat?«

»Niemanden«, sagte Kaye mit Bestimmtheit.

»Hat Madame de Poitiers mit Ihnen gesprochen?«, fragte Gamache.

Kaye zögerte. »Sie schien sich an Mothers Stuhl zu stören. Irgendetwas war daran, das sie zu ärgern schien, hatte ich den Eindruck.«

»Ach ja?«, sagte Mother. »Davon hast du mir ja gar nichts erzählt. Was könnte sie an meinem Stuhl aufgeregt haben, außer dass es meiner war? Diese Frau hatte es auf mich abgesehen. Jetzt ist sie gestorben, mit meinem Stuhl in den Händen.«

Mothers Gesichtsfarbe passte zu ihrem Kaftan, ihre bittere Stimme hallte in dem ruhigen und stillen Zimmer wider. Auf einmal schien sie zu merken, wie sie klang, und riss sich zusammen.

»Was meinen Sie damit, Madame?«, fragte Gamache.

»Womit?«

»Sie sagten, Madame de Poitiers habe es auf Sie abgesehen gehabt. Was meinen Sie damit?«

Mother sah zu Emilie und Kaye, als fühle sie sich plötzlich einsam und verlassen.

»Sie meint«, kam Kaye ihrer Freundin zu Hilfe, »dass CC de Poitiers eine dumme, nichtsnutzige und rachsüchtige Frau war. Die bekommen hat, was sie verdiente.«

Agent Robert Lemieux hatte sich tief in die labyrinthischen Gänge der Sûreté in Montréal vorgewagt, ein Gebäude, das er von Werbeplakaten kannte, aber noch nie besucht hatte.

Auf den Plakaten waren darüber hinaus eine Menge glücklicher Québecer zu sehen gewesen, die sich mit eifrigen Mienen um einen uniformierten Polizisten scharten. Auch das hatte er im richtigen Leben noch nie gesehen.

Er hatte die Tür gefunden, sie war geschlossen, auf der Milchglasscheibe stand der Name, den ihm Chief Inspector Gamache genannt hatte.

Er klopfte und rückte seine Tasche zurecht.

»*Venez*«, bellte eine Stimme. Ein schmaler Mann mit beginnender Glatze sah von seinem Zeichentisch auf. Die einzige Lichtquelle in dem Zimmer war eine kleine Lampe, die den Tisch beleuchtete. Lemieux wusste nicht, ob das Zimmer winzig oder höhlenartig war, aber er konnte es spüren. Es rief ein klaustrophobisches Gefühl in ihm hervor.

»Sind Sie Lemieux?«

»Ja, Sir. Chief Inspector Gamache schickt mich.« Er trat einen Schritt weiter in das Zimmer, in dem es nach Formaldehyd und seinem seltsamen Benutzer roch.

»Ich weiß. Sonst hätte ich Sie gar nicht empfangen. Ich habe viel zu tun. Zeigen Sie mal, was Sie haben.«

Lemieux klappte seine Tasche auf und zog eine Fotografie von Elles schmutziger Hand heraus.

»Und?«

»Na ja, hier, sehen Sie?« Lemieux fuhr mit dem Zeigefinger über die Mitte der Hand.

»Sie meinen die Blutflecken?«

Lemieux nickte und versuchte, möglichst fachkundig auszusehen, dabei betete er zu Gott, dass dieser barsche Mann ihn nicht weiter ausfragte.

»Ich ahne, was er meint. Außergewöhnlich. Gut, richten Sie dem Chief Inspector aus, dass er es bekommt, wenn es fertig ist. Gehen Sie jetzt.«

Was Agent Lemieux tat.

»Das war ziemlich interessant«, sagte Beauvoir, als die beiden Männer durch die wachsenden Schneemassen zum Besprechungsraum zurückgingen.

»Was fanden Sie denn interessant?«, fragte Gamache, der seine Hände hinter dem Rücken verschränkt hielt.

»Mother. Sie verbirgt etwas.«

»Vielleicht. Aber könnte sie die Mörderin sein? Sie war die ganze Zeit auf dem Spielfeld.«

»Den Stuhl hätte sie vor dem Spiel unter Strom setzen können.«

»Stimmt. Und sie hätte Frostschutzmittel ausschütten können. Aber wie brachte sie CC dazu, den Stuhl anzufassen, bevor das jemand anderes tat? Da liefen Kinder herum. Eines von ihnen hätte den Stuhl anfassen können. Kaye hätte ihn anfassen können.«

»Die beiden haben die ganze Zeit über gestritten. Vielleicht sollte ja auch Madame Thompson unter Strom gesetzt werden. Vielleicht hat Mother die Falsche ermordet.«

»Das ist möglich«, sagte Gamache. »Aber ich glaube dennoch nicht, dass Madame Mayer das Leben Unbeteiligter aufs Spiel gesetzt hätte.«

»Dann scheiden die Curling-Spieler also aus?«, fragte Beauvoir enttäuscht.

»Meiner Meinung nach ja, aber wenn wir morgen Madame Longpré am See treffen, werden wir mehr darüber erfahren.«

Beauvoir seufzte.

Er war wirklich erstaunt, dass nicht das gesamte Dorf vor Langeweile gestorben war. Allein über Curling zu sprechen raubte ihm jeden Lebenswillen. Es kam ihm wie eine typische Marotte der Anglos vor, eine Entschuldigung dafür, Schottenmuster zu tragen und herumzugrölen. Die meisten Anglos erhoben ihre Stimme nicht gern. Frankokanadier gestikulierten, brüllten und umarmten sich dagegen ständig. Beauvoir fragte sich, warum Anglos überhaupt Arme hatten, außer vielleicht, um ihr Geld herumtragen zu können. Curling lieferte ihnen wenigstens eine Entschuldigung, sich einmal Luft zu machen. Er war einmal in die Übertragung der kanadischen Landesmeisterschaft auf CBC geraten, ganz kurz. Alles, woran er sich erinnerte, war ein Haufen Männer, die Besen in der Hand hielten und auf einen runden Stein starrten, während einer von ihnen herumbrüllte.

»Wie konnte jemand CC de Poitiers unter Strom setzen, ohne dass es ein anderer mitbekommt?«, fragte Beauvoir, als sie den geheizten Besprechungsrum betraten und mit ihren Stiefeln aufstampften, um den Schnee abzuschütteln.

»Ich weiß es nicht«, bekannte Gamache und ging an Agent Nichol vorbei, die versuchte, seine Aufmerksamkeit auf sich zu ziehen. Sie hatte an einem leeren Schreibtisch gesessen, als er das Bahnhofsgebäude verlassen hatte, jetzt saß sie immer noch dort.

Gamache zog seine Daunenjacke aus und hängte sie auf. Beauvoir klopfte jede Schneeflocke einzeln von den Schultern seiner Jacke.

»Bin ich froh, dass ich nicht Schnee schippen muss.«

»Wenn jeder seinen eigenen Schnee wegschippen würde, dann käme man durch die ganze Stadt«, sagte Gamache. Als er Beauvoirs verwirrten Gesichtsausdruck sah, fügte er hinzu: »Emerson.«

»Lake und Palmer?«

»Ralph und Waldo.«

Gamache ging zu seinem Schreibtisch und dachte, dass er eigentlich den Fall im Kopf haben sollte, stattdessen grübelte er über Nichol, die Situation war wahrscheinlich schon viel zu verfahren.

Emerson, Ralph und Waldo? Wer war das denn?, fragte sich Beauvoir. Wahrscheinlich irgendeine unbekannte

Hippie-Band aus den Sechzigern. Der Text ergab nicht mal Sinn.

Während Beauvoir »Lucky Man« vor sich hin summte, rief Gamache seine E-Mails ab, las eine halbe Stunde, hörte sich Berichte an, dann streifte er erneut Jacke, Mütze und Handschuhe über und ging.

Gamache lief durch den unablässig fallenden Schnee um den Dorfanger, einmal, noch einmal und noch einmal. Er ging an Leuten mit Schneeschuhen vorbei, andere glitten auf Langlaufskiern dahin. Er winkte Dorfbewohnern zu, die ihre Wege und Einfahrten freischaufelten. Billy Williams fuhr mit einer Schneefräse vorbei und warf Berge von Schnee auf die Straße und in die Gärten der Leute. Niemand schien sich daran zu stören. Was machte schon ein Viertelmeter mehr?

Aber die meiste Zeit dachte Gamache nach.

18

Sir.«

»Sir.«

»Sir.«

Als Gamache in den Besprechungsraum zurückkam, wurde er von einem Chor von Leuten empfangen, die mit ihm sprechen wollten.

»Sir, Agent Lemieux ist am Telefon, aus Montréal.«

»Sagen Sie ihm, er soll dranbleiben. Ich nehme das Gespräch da drin an.« Er nickte zu dem kleinen Büro.

»Sir«, rief Agent Isabelle Lacoste quer durch den Raum. »Ich habe hier ein Problem.«

»Sir.« Beauvoir tauchte neben ihm auf. »Wir haben in diesem Labor wegen der Filme nachgefragt. Sie haben sie noch nicht, aber sie geben uns Bescheid, sobald sie eintreffen.«

»Gut. Schauen Sie doch bitte, ob Sie Agent Lacoste helfen können. Ich bin gleich bei ihr. Agent Nichol?«

Das geschäftige Treiben im Raum kam unvermittelt zum Stillstand. Es schien unmöglich, dass all die Stimmen so schnell verstummten, aber es war so. Alle Augen richteten sich auf Nichol, dann wieder auf Gamache.

»Kommen Sie mit.«

Nichol und sämtliche Blicke folgten Gamache in das winzige Büro.

»Nehmen Sie Platz«, Gamache deutete auf den einzigen Stuhl im Zimmer, dann hob er den Hörer ab. »Stellen Sie bitte Lemieux durch.« Er wartete einen Moment. »Agent? Wo sind Sie?«

»Ich bin in der Old Brewery Mission und komme gerade von der Sûreté. Er wird sich darum kümmern.«

»Haben Sie eine Ahnung, bis wann?«

»Nein, Sir.«

Gamache lächelte. Er konnte sich Lemieux in dem bedrohlichen Zimmer mit dem ebenso begnadeten wie bedrohlichen Mann vorstellen. Der arme Lemieux.

»Gut gemacht.«

»Danke. Sie hatten übrigens recht. Man kannte die obdachlose Frau hier in der Mission.« Er klang so aufgeregt, als habe er gerade das erste Atom gespalten.

»Als Elle?«

»Ja, Sir. Unter diesem Namen. Sie hatten auch mit der anderen Sache recht. Der Leiter der Mission steht gerade neben mir. Wollen Sie ihn sprechen?«

»Wie heißt er?«

»Terry Moscher.«

»Geben Sie mir bitte Mr Moscher.«

Nach einem Moment tönte eine tiefe, autoritäre Stimme aus dem Hörer.

»*Bonjour*, Chief Inspector.«

»Monsieur Moscher. Als Erstes sollten Sie wissen, dass diese Angelegenheit nicht in unseren Zuständigkeitsbereich fällt. Es geht um einen Mord in Montréal, aber man hat uns gebeten, ein paar diskrete Ermittlungen anzustellen.«

»Ich verstehe, Chief Inspector. Um Ihre Frage zu beantworten, Elle blieb viel für sich, wie das die meisten hier tun. Daher kannte ich sie nicht besonders gut; keiner von den Mitarbeitern kannte sie. Aber ich habe herumgefragt, und ein paar unserer Küchenhilfen erinnern sich, dass sie einen Anhänger um den Hals trug, irgendein altes Silberding, sagen sie.«

Gamache schloss die Augen und betete um die erhoffte Antwort auf seine nächste Frage.

»Hat sich irgendjemand daran erinnert, wie er aussah?«

»Nein. Ich habe nachgefragt, eine der Köchinnen hat gesagt, sie habe Elle gegenüber einmal eine Bemerkung darüber gemacht, weil sie ein bisschen mit ihr plaudern wollte, aber Elle habe den Anhänger sofort versteckt. Er schien ihr wichtig zu sein, Obdachlosen sind ja manchmal die seltsamsten Dinge wichtig. Sie sind fixiert auf bestimmte Dinge. Und das war offenbar eines der Dinge, auf die Elle fixiert war.«

»Eins? Gab es noch andere?«

»Möglich, aber wenn, dann wissen wir nichts davon. Wir versuchen, die Privatsphäre der Leute zu achten.«

»Ich will Sie nicht länger aufhalten, Monsieur Moscher. Sie haben sicher viel zu tun.«

»Im Winter ist immer viel zu tun. Ich hoffe, Sie finden denjenigen, der sie ermordet hat. Normalerweise fallen sie dem Wetter zum Opfer. Das wird heute eine mörderisch kalte Nacht.«

Jeder der Männer dachte beim Auflegen, dass es nett wäre, den anderen kennenzulernen.

»Sir?« Beauvoir steckte seinen Kopf zur Tür herein. »Können Sie mal kommen? Agent Lacoste hat etwas gefunden.«

»Eine Minute noch.«

Beauvoir schloss die Tür, aber erst nachdem er einen Blick auf Agent Nichol geworfen hatte, die stocksteif auf dem Stuhl saß, mit ihrer langweiligen, schlecht sitzenden Kleidung, einer Frisur, die vielleicht vor zehn Jahren einmal in Mode gewesen war, grauen Augen und grauer Gesichtsfarbe. Die meisten Frauen in Québec, jedenfalls die Frankokanadierinnen, legten Wert auf Chic und Eleganz. Die Jüngeren waren oft recht originell angekleidet. Selbst in der Sûreté. Agent Lacoste zum Beispiel war nur wenig älter als Nichol, aber die beiden trennten Welten voneinander. Lacoste hatte Schwung. Ihre Haare, die sie zu einer lässig eleganten Frisur geschnitten trug, waren stets gepflegt, ihre Kleider waren schlicht, hatten aber das gewisse Etwas. Natürlich hatten auch Nichols Kleider und ihre Erscheinung ein gewisses Etwas. Sie waren langweilig und farblos. Beauvoir wünschte, er könnte bleiben und mit anhören, wie ihr der Chief die Leviten las, weil sie sich wieder hergewagt hatte.

Nachdem sich die Tür geschlossen hatte, drehte sich Gamache um und musterte die junge Frau, die vor ihm saß.

Sie ging ihm auf den Wecker. Schon ihre lächerliche Büßermiene verursachte ihm Juckreiz. Sie versuchte, andere zu manipulieren, war unfreundlich und hochnäsig. Das wusste er.

Aber er wusste auch, dass er sich geirrt hatte.

Das war es, worüber er nachgedacht hatte, während er den Dorfanger umrundete. Er hatte seine Kreise gezogen und war immer wieder an demselben Punkt angelangt.

Er hatte unrecht gehabt.

»Es tut mir leid«, sagte er und blickte ihr dabei in die Augen. Sie erwiderte seinen Blick erwartungsvoll, als wappne sie sich gegen mehr. Es tut mir leid, aber Sie sind gefeuert. Es tut mir leid, aber Sie packen jetzt besser Ihre Sachen. Es tut mir leid, aber Sie sind eine erbärmliche Versagerin, und ich will nicht, dass Sie irgendetwas mit dieser Ermittlung zu tun haben.

Sie hatte recht, es kam noch mehr.

»Ich habe Sie missachtet, und das war falsch.«

Sie wartete immer noch, beobachtete sein Gesicht. Seine dunkelbraunen Augen, die so ernst und nachdenklich dreinschauten. Er sah auf sie hinunter, die Hände locker vor sich gefaltet, Haare und Schnurrbart frisch geschnitten. Das kleine Zimmer roch leicht nach Sandelholz. Der Geruch war so schwach, dass sie sich fragte, ob sie ihn sich einbildete, glaubte es aber nicht. Ihre Nerven waren zum Zerreißen gespannt, als warte sie auf ihre Hinrichtung. Mit dem nächsten Satz würde sie in Schande nach Montréal zurückgeschickt. Zurück ins Drogendezernat. Zurück in das winzige, makellose Haus im äußersten Osten von Montréal, dessen Gemüsegarten jetzt unter einer Schneedecke lag, zurück zu ihrem Vater, der so stolz auf ihre Erfolge war.

Wie sollte sie ihm erklären, dass sie wieder gefeuert worden war? Das war ihre letzte Chance. Zu viele Leute zählten auf sie. Nicht nur ihr Vater, auch der Superintendent.

»Ich gebe Ihnen noch eine Chance, Agent. Ich möchte, dass Sie Richard Lyon und seine Tochter Crie unter die Lupe nehmen. Schule, Finanzen, Freunde, Familie. Ich möchte diese Informationen morgen früh vorliegen haben.«

Nichol stand auf, sie fühlte sich wie in einem Traum. Chief Inspector Gamache lächelte sie freundlich an, das erste Mal, seit sie in Three Pines war.

»Sie sagen, Sie hätten sich geändert?«

Nichol nickte. »Ich weiß, dass ich das letzte Mal schrecklich war. Es tut mir leid. Ich werde es dieses Mal besser machen. Wirklich.«

Er bedachte sie mit einem langen Blick und nickte. Dann streckte er ihr die Hand entgegen. »Gut. Dann sollten wir was geschehen ist vielleicht vergessen und noch mal ganz von vorne anfangen.«

Sie legte ihre schmale Hand in seine.

Das Arschloch glaubte ihr.

Draußen im Besprechungsraum sah Beauvoir, wie die beiden sich die Hände schüttelten, und hoffte inständig, dass sie sich verabschiedeten, aber er hatte seine Zweifel. Als Nichol das Zimmer verlassen hatte, eilte er sofort zu Gamache.

»Sie haben es nicht getan.«

»Was, Jean Guy?«

»Das wissen Sie ganz genau. Sie haben sie nicht wieder in das Team aufgenommen.«

»Ich habe keine andere Wahl. Superintendent Francœur hat sie mir zugeteilt.«

»Sie hätten ablehnen können.«

Gamache lächelte. »Man muss seine Kräfte einteilen, Jean Guy. Auf diesen Kampf wollte ich sie jedenfalls nicht verschwenden. Abgesehen davon hat sie sich vielleicht geändert.«

»O Gott. Wie oft wollen Sie denn noch versuchen, diesen lahmen Vogel zum Fliegen zu bringen?«

»Sie glauben, dass ich wieder den gleichen Fehler mache?«

»Sie etwa nicht?«

Gamache sah durch das Fenster hinaus zu Nichol, die bereits an einem Computer saß.

»Nun, wenigstens weiß ich, wann ich mich ducken muss.«

»Das tun Sie offenbar schon, Sir. Sie glauben ihr doch nicht etwa?«

Gamache verließ das winzige Zimmer und ging zum Schreibtisch von Agent Lacoste.

»Was haben Sie herausgefunden?«

»Ich versuche schon den ganzen Vormittag, Informationen über Cecilia de Poitiers oder ihre Eltern zu finden. Nichts. Ich habe ihr Buch quergelesen – übrigens ziemlich durchgeknallt –, weil ich dachte, darin fänden sich vielleicht irgendwelche Hinweise. Da Sie Frankreich erwähnten, habe ich bei der dortigen Sûreté nachgefragt. Vor einer halben Stunde bekam ich diese Antwort.«

Bitte belästigen Sie uns nicht mit solchen Scherzen.

»*Zut alors*«, sagte Gamache, »was haben Sie getan?«

»Ich habe geantwortet.« Sie zeigte ihm eine weitere Mail.

Sehr geehrte eingebildete Arschlöcher, ihr dämlichen

zweibeinigen Rindviecher von der allmächtigen Pariser Sûreté tragt die Nase offenbar so hoch, dass ihr eine echte Anfrage nicht einmal erkennen würdet, wenn sie euch in eure mageren kleinen Testikel beißt. Wir sind hier damit beschäftigt, Verbrechen aufzuklären, während ihr von dem Tag träumt, an dem ihr wenigstens über die Hälfte unserer Intelligenz verfügt, ihr dummen Trottel.

Mit freundlichen Grüßen, Agent Isabelle Lacoste, Sûreté du Québec.

»So kann man natürlich auch damit umgehen«, Gamache lächelte.

Beauvoir war tief beeindruckt und freute sich auf eine weitere Phantasie.

»Ich habe sie nicht abgeschickt.« Lacoste sah wehmütig auf die Mail. »Stattdessen habe ich die Mordkommission in Paris angerufen«, sagte sie. »Wenn ich nicht in ein paar Minuten von ihnen höre, rufe ich noch mal an. Ich verstehe diese Antwort nicht. Haben Sie schon mal mit den Leuten dort zu tun gehabt, Sir?«

»Ein paar Mal. Eine solche Antwort habe ich noch nie bekommen.« Er sah sich noch einmal die kurze Nachricht aus Paris an. Ein weiterer Aspekt an diesem Fall, der nicht zu begreifen war.

Wie kamen sie auf die Idee, dass ihre Anfrage ein Scherz war?

Gamache setzte sich an seinen Schreibtisch und machte sich daran, den Stapel Papiere und Nachrichten, die auf ihn warteten, durchzugehen. Er stolperte über Lemieux' Aufstellung zum Inhalt von CC de Poitiers' Mülleimer. So etwas wurde routinemäßig überprüft und förderte nur selten etwas zutage, weil Mörder meistens nicht so dumm waren, irgendwelche Beweisstücke in den eigenen Mülleimer zu werfen. Wobei Richard Lyon Gamache vielleicht nicht gerade dumm vorgekommen war, aber doch etwas in der Art.

Er holte sich einen Kaffee, setzte sich und fing an zu lesen.

Essensreste
Milch- und Pizzakartons
Altes, zerrissenes Armband
Zwei Weinflaschen, nichts Edles
Zeitungen
Leere Müslipackung, Honig und Nüsse
Eine Videokassette – *Der Löwe im Winter*
Saftverpackungen aus Plastik
Schokoriegelpapier – Mars
Geschenkpapier
Schuhschachtel aus Eskimoladen in Montréal

Diese Leute waren offenbar keine Anhänger der Mülltrennung, dachte Gamache. Er nahm an, dass das Video kaputt war und dass die Schachtel aus dem Eskimoladen die Stiefel enthalten hatte. Es waren keine Materialien zum Verkabeln eines Heizstrahlers dabei. Es war keine leere Flasche Frostschutzmittel für die Scheibenwaschanlage dabei.

Das wäre auch zu viel verlangt gewesen.

Saul Petrov lief im Wohnzimmer seines Chalets auf und ab. Draußen ließ der Schneefall langsam nach. Sollte er der Polizei erzählen, was CC gesagt hatte? Sie hatte in Three Pines nach etwas gesucht, so viel war klar. Er war überzeugt, dass es um Geld gegangen war. Hatte sie es gefunden?

Nach seinem Gespräch mit der Polizei heute Vormittag hatte er ihren Ehemann besucht, er wollte wissen, wie sie gewohnt hatte, und vielleicht ein bisschen herumschnüffeln. Richard Lyon hatte kühl reagiert, sogar abweisend. Das hatte Petrov offen gestanden überrascht. Er hätte nicht gedacht, dass der Mann so viel Rückgrat besaß. Lyon hatte immer schwach gewirkt, kleinlaut. Aber er hatte es geschafft, unmissverständlich zu vermitteln, dass Saul nicht willkommen war.

Lyon hatte Grund, ihn nicht zu mögen, das wusste Saul. Bald hätte er noch mehr Grund.

Jetzt lief Petrov von einem Ende des vollgestellten Wohnzimmers zum anderen, trat die Zeitung aus dem Weg, sie rutschte neben den Kamin. Er verlor langsam die Geduld. Was sollte er der Polizei erzählen? Was sollte er für sich behalten? Vielleicht sollte er warten, bis die Fotos entwickelt waren. Er hatte den Polizisten die Wahrheit gesagt. Er hatte die Filme an sein Labor geschickt. Nur nicht alle. Eine Filmrolle hatte er behalten. Eine Filmrolle, mit der er möglicherweise genug Geld machen konnte, um sich endlich zur Ruhe zu setzen. Dann würde er vielleicht dieses Haus kaufen und die Leute aus Three Pines kennenlernen. Vielleicht würde er dann sogar den wunderbaren Künstler finden, dessen Mappe CC weggeworfen hatte. Er lächelte. CC mochte in Three Pines nicht fündig geworden sein, er schon. Er nahm die kleine Filmrolle und besah sie sich, sie lag schwarz und hart in seiner Hand. Er hatte durchaus ethische Prinzipien, allerdings hingen sie von der jeweiligen Situation ab, und dies war eine sehr vielversprechende Situation.

»*Vous avez dit ›l'Aquitaine‹? J'ai besoin de parler à quelqu'un là-bas? Mais pourquoi?*« Isabelle Lacoste war bemüht, sich ihre Verärgerung nicht anhören zu lassen. Sie wusste, am meisten ärgerte sie sich über sich selbst. Sie kam sich dumm vor. Das ging ihr nicht oft so, aber jetzt schon, bei diesem sehr geduldigen und offenbar intelligenten Beamten der Pariser Sûreté, der ihr erklärte, sie solle im Aquitaine anrufen. Sie wusste nicht einmal, was das war.

»Was ist das Aquitaine?«, musste sie fragen. Es nicht zu tun wäre noch dümmer gewesen.

»Das ist eine Region in Frankreich«, sagte er mit nasaler Stimme. Aber es war dennoch eine freundliche Stimme, er versuchte auch überhaupt nicht, ihr das Gefühl zu vermitteln, dass sie dumm war, sondern wollte ihr nur Informationen geben.

»Warum sollte ich dort anrufen?« Das verwandelte sich langsam in ein Quiz.

»Wegen der Namen, die Sie mir genannt haben, natürlich. Eleonore de Poitiers. Eleonore von Aquitanien. Hier ist die Nummer der örtlichen Gendarmerie.«

Er hatte ihr die Nummer durchgegeben, der Gendarm dort hatte auch gelacht und gesagt, nein, sie könnte nicht mit Eleonore de Poitiers sprechen. »Es sei denn, Sie haben vor, in Bälde das Zeitliche zu segnen.«

»Was meinen Sie damit?« Sie hatte keine Lust mehr, sich das Gelächter anzuhören, und hatte auch keine Lust mehr, immer wieder dieselbe Frage zu stellen. Aber da sie mit Armand Gamache zusammenarbeitete, der über einen schier unerschöpflichen Vorrat an Geduld verfügte, wusste sie, was jetzt vonnöten war.

»Sie ist tot«, sagte der Gendarm.

»Tot? Ermordet?«

Erneutes Gelächter.

»Wenn Sie mir etwas mitteilen können, tun Sie das bitte.« Sie würde sich morgen in Geduld üben.

»Denken Sie mal darüber nach. Eleonore de Poitiers.« Er sagte den Namen sehr langsam und laut, als würde das helfen. »Ich muss jetzt leider Schluss machen. Meine Schicht endet um zehn Uhr.«

Er legte auf. Lacoste sah automatisch auf ihre Uhr. Viertel nach vier. In Québec. Viertel nach zehn in Frankreich. Der Mann war ihretwegen zumindest länger geblieben.

Hatte es ihr etwas gebracht?

Sie sah sich um. Gamache und Bouvoir waren gegangen. Genau wie Agent Nichol.

Agent Lacoste drehte sich wieder zu ihrem Computer, rief Google auf und gab »Eleonore von Aquitanien« ein.

19

Die Wände in dem Meditationsraum waren von einem beruhigenden Wasserblau. Der Boden war mit einem Teppich in einem dunklen, warmen Grün ausgelegt. Unter der hohen Decke drehte sich träge ein Ventilator. In den Ecken waren Kissen aufgestapelt, von denen aus man meditative Höhenflüge starten konnte, wie Gamache vermutete.

Er und Beauvoir waren nach Saint-Remy gefahren, um Mother Bea in ihrem Meditationszentrum aufzusuchen. Er drehte den Kopf und sah zu den Fenstern, hinter denen völlige Dunkelheit herrschte. Alles, was er erkennen konnte, war sein eigenes Spiegelbild und das von Beauvoir, der hinter ihm stand und aussah, als habe er das Tor zur Hölle durchschritten.

»Erwarten Sie, dass irgendein Gespenst über Sie herfällt?«

»Man kann nie wissen.«

»Ich dachte, Sie sind Atheist.«

»Ich glaube nicht an Gott, aber das heißt nicht, dass es keine Gespenster gibt. Riechen Sie das?«

»Das ist Weihrauch.«

»Ich glaube, mir wird schlecht.«

Gamache blickte zur rückwärtigen Wand. An der oberen Kante stand dort in geschwungener Schrift *Be Calm*. Der Name von Madame Mayers Zentrum lautete Be Calm. Zufällig hatte auch CC ihr Unternehmen und ihr Buch so genannt.

Be Calm – Ruhe finden.

Ironischerweise war keine der beiden Frauen mit Ruhe begabt, soweit er das beurteilen konnte.

Unter diesen beiden Wörtern stand noch mehr. Die Sonne war untergegangen und der Raum nur schwach beleuchtet. Von dort, wo er stand, konnte er die Inschrift nicht lesen, er wollte gerade näher an die Wand treten, als Mother mit wehendem violetten Kaftan und Haaren, die wie ein Feuersturm in alle Richtungen abstanden, eintraf.

»Hallo, willkommen. Wollen Sie den Kurs um fünf Uhr besuchen?«

»Nein, Madame«, Gamache lächelte. »Wir sind gekommen, um Sie um Ihre Hilfe zu bitten.«

Mother stand wachsam vor ihm. Sie wirkte wie eine Frau, die daran gewöhnt war, dass man ihr Fallen stellte, oder zumindest daran, sich das vorzustellen.

»Sie scheinen mir eine sensible Frau zu sein. Sie sehen und spüren Dinge, die anderen verschlossen bleiben. Ich hoffe, es ist nicht anmaßend von mir, das zu sagen.«

»Ich glaube nicht, dass ich mit größerer Intuition begabt bin als andere«, sagte sie. »Wenn überhaupt, dann hatte ich das Glück, dass ich an mir selbst arbeiten konnte. Vielleicht weil ich es auch mehr brauchte als die meisten.« Sie lächelte Gamache an, Beauvoir schenkte sie keine Beachtung.

»Die Erleuchteten sind immer diejenigen, die es als Letzte von sich sagen würden«, erwiderte Gamache. »Wir wollten allein mit Ihnen sprechen, Madame, weil wir Ihre Hilfe brauchen. Wir würden gerne wissen, was Sie von Madame de Poitiers hielten.«

»Ich kannte sie nicht besonders gut.«

»Das müssen Sie auch nicht, oder? Sie sind eine Lehrerin, Sie treffen so viele Menschen, die ganz verschieden gestrickt sind. Sie durchschauen sie vielleicht besser, als sie sich selbst durchschauen.«

»Ich vermeide es, Urteile zu fällen, Chief Inspector.«

»Das meine ich auch nicht, ich meine Scharfblick.«

»CC de Poitiers hatte, glaube ich, große Probleme.« Mother führte sie zu einer Ansammlung von Kissen und deutete auf eines. Gamache ließ sich nieder, wobei er das letzte Drittel des Wegs eher im freien Fall zurücklegte. Er konnte gerade noch verhindern, nach hinten zu kippen. Beauvoir beschloss, es gar nicht erst zu riskieren. Abgesehen davon war es lächerlich und vielleicht sogar beleidigend, einem Kriminalbeamten ein Kissen als Sitzgelegenheit anzubieten.

Mother ließ sich gekonnt nieder und landete wie ein Fallschirmspringer genau in der Mitte des dunkelroten Kissens. Gut, sie konnte auch nicht so tief fallen.

»Eine verlorene Seele, wie ich meine. Wäre sie nicht ermordet worden und hätte sie die Bescheidenheit besessen zu fragen, ich glaube, dann hätte ich ihr helfen können.«

Beauvoir verspürte einen leichten Brechreiz.

»Sie war einmal hier, müssen Sie wissen. Ich hielt es für ein gutes Zeichen, dass sie kam, weil ich dachte, sie suche eine stützende Hand. Aber da lag ich falsch.«

»Was wollte sie?«

»Ich habe keine Ahnung.« Mother machte einen aufrichtig verwirrten Eindruck. Das war, dachte Beauvoir, die erste echte Reaktion von ihr. »Ich kam herein, sie stand dort drüben und rückte die Bilder gerade.« Mother deutete auf ein paar gerahmte Fotos an der Wand, zwei weitere standen auf etwas, das wie ein Altar aussah. »Sie fasste alles im Raum an. Alles wurde bewegt.«

»Inwiefern?«

»Na ja, sozusagen in Reih und Glied gebracht. Wenn eine Stunde vorbei ist, werfen die Schüler die Kissen einfach in die Ecke, wie Sie sehen. Sie landen an der Stelle, an der Gott sie haben will. Ich dränge mich nicht so gerne in den Vordergrund.«

Beauvoirs Brechreiz wurde schlimmer.

»Aber CC schien keinen Raum betreten zu können, ohne alles anzufassen und zurechtzurücken. Fürchterlich verkrampft. Da bleibt kein Platz für Geistiges, wenn man so etwas tun muss. Alle Kissen waren fein säuberlich an der Wand aufgestapelt, alle Bilder hingen gerade, alles perfekt.«

»Warum war sie gekommen?«, fragte Gamache.

»Ich habe nicht die geringste Ahnung. Als sie mich sah, machte sie einen überraschten Eindruck, als hätte ich sie bei einer Missetat erwischt. Nachdem sie gegangen war, habe ich mich umgesehen, ob etwas fehlt, weil sie so schuldbewusst geschaut hatte. Sie hatte versucht, es durch Aggressivität zu verdecken. Ganz typisch.«

»Wofür?«, fragte Gamache.

Die Frage schien Mother zu verblüffen, und Beauvoir fragte sich, ob sie es nicht gewohnt war, dass man ihr Fragen stellte.

»Na, für unglückliche Menschen natürlich«, erwiderte sie gleich darauf spitz. »Ich hatte den Eindruck, sie sucht nach etwas, und ich meine nicht Erleuchtung. Ich glaube, sie gab sich sogar der Illusion hin, dass sie die bereits hätte. Aber es fiele einem schwer, einen weniger erleuchteten Menschen zu finden.«

»Sehr scharfsinnig beobachtet«, sagte Gamache. Mother suchte nach Anzeichen für Sarkasmus in seiner Miene. »Wie kommen Sie auf die Idee, dass sie sich für erleuchtet hielt?«

»Haben Sie ihr Buch gelesen? Es strotzt geradezu vor Blasiertheit. Sie hatte kein inneres Zentrum, keinen echten Glauben. Sie stürzte sich auf jede geistige Lehre, die ihr über den Weg lief. Ein bisschen hiervon, ein bisschen davon. Sie flickte sich einen spirituellen Weg zusammen, der hauptsächlich aus Matsch und Schlaglöchern bestand. Das Ganze erinnerte mich an Frankenstein. Sie beutete alle möglichen

Glaubensrichtungen und Lehren kannibalistisch aus und hat daraus Li Bien zusammengeschustert.«

Das Wort »Mist« musste nicht ausgesprochen werden.

»Sie war nicht in der Balance.« Mother hob ihre Arme und breitete sie wie zu einer Umarmung aus, dabei fielen die Falten ihres Kaftans fließend bis auf den Boden, sodass sie einem Gemälde aus der Renaissance ähnelte, das von einem weniger guten Maler stammte.

»Erzählen Sie mir von Li Bien«, bat Gamache.

»Es hat etwas damit zu tun, dass man seine Gefühle in seinem Innern bewahren soll. Sie schien zu glauben, dass Gefühle die Wurzel allen Übels sind und der Trick darin besteht, sie nicht zu zeigen, oder besser noch, sie gar nicht erst zu empfinden.«

»Und Li Bien selbst, ist das eine alte Lehre wie Zen?«

»Li Bien? Habe ich noch nie zuvor gehört. Soweit ich weiß, hat sie es sich selbst ausgedacht.« Gamache, der CC de Poitiers' Buch gelesen hatte, fand es interessant, dass Mother zwar nichts sagte, das nicht der Wahrheit entsprach, aber doch einige entscheidende Punkte ausließ. Wie die Li-Bien-Kugel. Die Grundlage von CC de Poitiers' Lehre und das einzige Stück, das ihre vor langer Zeit verstorbene Mutter ihr vermacht hatte. Sie schrieb in ihrem Buch ausführlich darüber, und es war Gamache als der einzige Teil der Geschichte erschienen, in dem es um etwas ging, das ihr tatsächlich am Herzen lag. So als habe CC dieses Geschenk tatsächlich von ihrer Mutter erhalten und gewusst, dass es kostbar war, aber nicht, warum und wie. Deshalb hatte sie ein ganzes Glaubensgebäude darum herum errichtet.

Sie verwandelte die Li-Bien-Kugel in etwas Heiliges. Und jetzt konnte man sie nirgendwo finden. Seine Mitarbeiter hatten auf seine Anweisung hin ihr Haus im *quartier* Notre Dame de Grace in Montréal durchsucht. Es hatte zu nichts geführt, außer dem Wunsch, die antiseptische Atmosphäre dort schnellstmöglich wieder zu verlassen. Daraufhin hatten sie noch einmal das alte Hadley-Haus durchsucht und auch dort nichts gefunden.

Natürlich konnte es sein, dass er falschlag und die Li-Bien-Kugel nie existiert hatte. Vielleicht hatte Mother recht, und CC hatte auch das erfunden.

»Ging es nicht auch um Licht?«, fragte er, weil er neugierig war, was Mother dazu sagen würde.

»Ja, stimmt, das war ein noch verworreneres Zeug. Sie schien zu glauben, dass jedes Licht oder Weiß spirituell ist, Farben wie Rot oder Blau dagegen böse sind. Sie ging sogar so weit, jeder Farbe eine Empfindung zuzuordnen. Rot war Wut, Blau Niedergeschlagenheit, Gelb Feigheit oder Angst, so was in der Art. Ich kann mich nicht genau erinnern, außer dass es reichlich seltsam war. Ich weiß nicht, ob sie selbst daran geglaubt hat, aber die Botschaft, die sie unters Volk brachte, lautete, dass je leuchtender und weißer man ist, desto besser.«

»War sie eine Rassistin?«

Mother zögerte. Gamache hatte den Eindruck, dass sie CC am liebsten in einem möglichst schlechten Licht dargestellt hätte, und rassistisch war ziemlich schlecht. Aber, das musste er ihr lassen, sie ließ es bleiben.

»Ich glaube nicht. Ich glaube, ihr ging es um irgendwelche inneren Dinge. Gefühle, Empfindungen. Sie ging davon aus, dass wir uns in der Balance befinden, wenn wir alle unsere Gefühle für uns behalten und wenn sie sich im Gleichgewicht befinden.«

»Was meinte sie damit?«

»Erinnern Sie sich an Ihren Physikunterricht? In dieser Hinsicht war CC meiner Meinung nach wirklich ziemlich gerissen, sogar gefährlich. Sie nahm etwas, das bis zu einem gewissen Grad der Wahrheit oder den Tatsachen entsprach, dann erweiterte sie es, bis man es nicht mehr wiedererkannte. Die Physik lehrt uns, dass Weiß sich aus allen Farben zusammensetzt. Wenn man alle Farben miteinander mischt, erhält man Weiß, während Schwarz das Fehlen von Farbe ist. CC zufolge heißt das, wenn Gefühle Farben sind und man ist aufgeregt, wütend, traurig, eifersüchtig und so weiter, dann ist eine Farbe dominant, und man ist nicht in der Balance. Das Ziel ist es, Weiß zu erreichen. Alle Farben, alle Gefühle in einer Art Gleichgewicht.«

Für Beauvoir war das alles nur Blabla. Er hörte schon seit Längerem nicht mehr zu und starrte auf ein Poster von Indien, das an der Wand hing, wobei er sich vorzustellen versuchte, er würde neben dem Mann in dem Lendenschurz auf dem kahlen Berg stehen. Alles war besser als das hier.

»Hat sie recht damit?«

Mother schien durch diese unschuldige Frage geradezu vor den Kopf gestoßen.

»Nein, sie hat nicht recht. Ihre Überzeugungen waren lächerlich und beleidigend. Sie gab den Menschen den Rat, ihre Gefühle hinunterzuschlucken. Wenn jemand ihrem Buch wirklich folgen würde, dann würde das mit einem schweren seelischen Schaden enden. Sie hatte einfach nicht alle Tassen im Schrank.«

Mother holte tief Luft und versuchte, ihre eigene Balance wiederzufinden.

»Aber«, nahm Gamache den Faden mit freundlicher Stimme wieder auf, »geht es bei einer Meditation nicht oft genau darum? Nicht das Fehlen von Gefühlen oder dass man sie hinunterschlucken soll, sondern zu verhindern, dass sie einen beherrschen? Und sind nicht eine der Disziplinen beim Meditieren die Chakras?«

»Ja, da haben Sie recht, aber das darf man nicht verwechseln. Ich unterrichte selbst die Chakra-Methode. Ich habe es von ihm gelernt.« Sie deutete auf das Poster, in dem sich Beauvoir gerade befand. »In Indien. Es ist eine Technik, um innere und äußere Balance zu finden. Im Körper gibt es sieben Zentren, vom Scheitel bis, nun, zu den Geschlechtsorganen. Jedes Zentrum hat eine Farbe, und wenn sie sich im Gleichgewicht befinden, befindet man sich in Balance. Wenn Sie sich dafür interessieren, kommen Sie doch in meinen Kurs. Einer fängt übrigens gleich an.«

Mit Schwung erhob sie sich von ihrem Kissen. Gamache tat es ihr nach, allerdings etwas weniger elegant. Sie ging zur Tür und hielt sie ihnen auf. Gamache blieb kurz davor stehen und sah sich die Inschrift an der Wand aus der Nähe an.

Be Calm stand dort und darunter: Seid ruhig und erkennt, dass Ich Gott bin.

»Das ist schön«, sagte er. »Kommt mir bekannt vor.«

Zögerte Mother einen Moment, bevor sie antwortete?

»Es stammt aus Jesaja.«

»Sie haben Ihr Zentrum Be Calm genannt. Stammt der Name vielleicht daher?« Er nickte zur Wand.

»Ja. So lautet der Anfang des Spruchs in der King-James-Bibel. Es ist mir ein bisschen peinlich, dass ich meine Wände mit einem Spruch ziere, der im Grunde christlich ist, aber wir bieten den Anhängern aller Glaubensrichtungen eine geistige Heimstatt. Die Leute, die hierherkommen, um Yoga zu machen und zu meditieren, glauben an alles Mögliche. Einige sind Christen, andere Juden, einige folgen Buddha, wieder andere tendieren zu den Hindu-Lehren. Wir nehmen, was in jedem Glauben von Bedeutung ist. Wir sind hier nicht dogmatisch.«

Gamache entging nicht, dass das offenbar eine Tugend war, wenn sie das tat, aber bei CC war es banal.

»Da Jesaja zum Alten Testament gehört, stecken Sie ja auch nicht in der Christenfalle.« Gamache lächelte. »Warum haben Sie diesen speziellen Spruch gewählt?«

»Er kommt dem buddhistischen Glaubenssatz sehr nahe,

dass wir Gott finden, wenn wir ruhig und gelassen sind«, erklärte Mother. »Das ist ein schöner Gedanke.«

»Ja, das stimmt«, sagte Gamache, und er meinte es ernst. »Ruhig und gelassen.« Er drehte sich um und blickte in die Augen der kleinen alten Frau neben ihm. »Und still.«

Mother zögerte kaum merklich. »Und still, Chief Inspector.«

»*Merci,* Madame.« Er schloss seine Hand um Beauvoirs Arm und führte ihn zur Tür. Beauvoir hielt sich nicht einmal damit auf, den Reißverschluss seiner Jacke zuzumachen. Er stürzte aus der Tür in die eiskalte Abendluft, als würde er in einen kalten Gebirgsbach springen. Er hustete und schnaubte, als die eisige Luft in seine Lungen drang, aber es war ihm egal. Hauptsache, er kam wieder zu Sinnen.

»Geben Sie mir die Schlüssel.« Gamache streckte die Hand aus, und Beauvoir ließ den Bund ohne zu protestieren hineinfallen. »Geht es Ihnen gut?« Er führte den Inspector zum Beifahrersitz.

»Ja. Es war nur diese Frau, dieser Raum.« Er wedelte matt mit der Hand vor seinem Gesicht. Ihm war immer noch übel, und er hoffte, dass er den Brechreiz unterdrücken konnte, bis sie in der Pension waren. Aber er konnte es nicht.

Fünf Minuten später hielt Gamache Beauvoirs Kopf über den Rinnstein, während dieser sich übergab und hustete und diese Frau samt ihrer blöden Balance, die einen völlig aus dem Gleichgewicht bringen konnte, verfluchte.

20

Es geht schon wieder«, Beauvoir war leichenblass.

»Irgendwann bestimmt«, sagte Gamache, als er Beauvoir praktisch die Treppe in der Pension hochschleppte und in sein Zimmer brachte. Er half ihm, sich auszuziehen, und ließ ihm ein Bad ein, schließlich sank Beauvoir sauber in das breite, bequeme Bett mit der weichen Biberbettwäsche und der Daunendecke. Gamache schüttelte die Kissen auf und zog die Decke bis unter Beauvoirs Kinn, es fehlte nur noch, dass er sie ihm an den Seiten feststopfte. Er stellte das Tablett mit Tee und Crackern in Reichweite.

Beauvoirs Füße lagen auf einer Wärmflasche, die in einem Säckchen steckte und deren Wärme sich langsam von seinen eiskalten Füßen aus in seinem zitternden Leib ausbreitete. Beauvoir hatte sich noch nie so krank und gleichzeitig so erleichtert gefühlt.

»Geht's besser?«

Beauvoir nickte und versuchte zu verhindern, dass seine Zähne klapperten. Gamache legte seine riesige, kühle Hand auf die Stirn des jüngeren Mannes und ließ sie dort einen Moment liegen, dabei sah er ihm in die fiebrigen Augen.

»Ich hole Ihnen noch eine Wärmflasche. Wäre Ihnen das recht?«

»Ja, danke.«

Beauvoir fühlte sich wie ein kranker Dreijähriger, der flehend den starken und ruhigen Blick seines Vaters suchte.

Ein paar Minuten später kehrte Gamache mit der Wärmflasche zurück.

»Sie hat mich verflucht«, sagte Beauvoir und krümmte sich um die Wärmflasche, mittlerweile war es ihm egal, ob er wie ein kleines Mädchen aussah.

»Sie haben die Grippe.«

»Diese Mother hat mir die Grippe an den Hals gewünscht. O Gott, glauben Sie, dass ich vergiftet wurde?«

»Es ist die Grippe.«

»Vogelgrippe?«

»Menschengrippe.«

»Oder SARS«, Beauvoir kämpfte sich in die Höhe. »Sterbe ich jetzt an SARS?«

»Es ist die Grippe«, sagte Gamache. »Ich muss jetzt gehen. Hier ist das Handy, hier steht eine Tasse Tee. Und hier ist der Papierkorb.« Er hielt den Blecheimer hoch, damit Beauvoir ihn sehen konnte, dann stellte er ihn neben das Bett. Seine Mutter hatte den Eimer immer »Rülpsschüssel« genannt, wenn er als Kind krank war, auch wenn sie beide wussten, dass das Problem nicht Rülpsen war. »Jetzt ruhen Sie sich erst einmal aus, und schlafen Sie.«

»Wenn Sie wiederkommen, werde ich tot sein.«

»Ich werde Sie vermissen.« Gamache strich die weiche weiße Bettdecke glatt, befühlte noch einmal die Stirn des Mannes und ging auf Zehenspitzen aus dem Zimmer. Beauvoir schlief bereits.

»Wie geht es ihm?«, fragte Gabri Gamache, als er die Treppe herunterkam.

»Er schläft. Sind Sie die nächste Zeit hier?«

»Ich kann es einrichten.«

Gamache zog seine Jacke an und blieb auf der Schwelle stehen. »Es wird kälter.«

»Es hat aufgehört zu schneien. Ich habe gehört, dass es morgen minus zwanzig Grad werden soll.«

Beide Männer sahen zur Tür hinaus. Es war längst Nacht, und die Bäume und der Teich lagen im Schein künstlichen Lichts. Ein paar Leute führten ihre Hunde aus oder fuhren Schlittschuh. Die Fenster des Bistros leuchteten einladend, und die Tür öffnete und schloss sich, als die Dorfbewohner kamen, um sich ihren spätnachmittäglichen Toddy zu genehmigen.

»Es muss fünf Uhr sein«, sagte Gabri und nickte in Richtung Dorfanger. »Ruth. Sie sieht fast lebendig aus.«

Gamache trat aus der warmen Pension und eilte um den Dorfanger herum. Er überlegte, ob er stehen bleiben und Ruth ansprechen sollte, entschied sich dann aber dagegen. Etwas an der Frau hielt ihn von einer kleinen unverbindlichen Plauderei oder überhaupt irgendeinem Gespräch ab. Seine Schritte knarzten auf dem Schnee, ein sicheres Zeichen, dass die Temperatur fiel. Sein Gesicht fühlte sich an, als würde er durch eine Wolke feiner Nadeln gehen, und seine Augen fingen an zu tränen. Mit Bedauern schritt er an dem Bistro vorbei. Er hatte eigentlich vorgehabt, jeden Nachmittag im Bistro zu sitzen, etwas zu trinken, seine Notizen durchzusehen und sich mit den Dorfbewohnern zu unterhalten.

Das Bistro war seine Geheimwaffe bei der Jagd auf Mörder. Nicht nur in Three Pines, sondern in jeder Stadt und jedem Dorf in Québec. Zunächst suchte er sich ein nettes Café, eine Brasserie oder ein Bistro, dann suchte er den Mörder. Weil Armand Gamache etwas wusste, auf das die meisten seiner Kollegen niemals kamen. Mord war eine rein menschliche Angelegenheit, es waren ja auch nur Menschen daran beteiligt. Den Mörder als eine Monstrosität, etwas Widernatürliches zu beschreiben, bedeutete, ihm einen unverdienten Vorsprung zu geben. Nein. Mörder waren menschlich, und die Wurzel eines jeden Mords war eine Empfindung. Zweifellos verzerrt. Verdreht und hässlich.

Nichtsdestoweniger eine Empfindung. Eine, die so mächtig war, dass sie einen Menschen dazu getrieben hatte, einen anderen ins Jenseits zu befördern.

Gamaches Aufgabe bestand darin, Beweisen nachzuspüren, aber auch, Gefühlen nachzuspüren. Und da gab es für ihn nur eine Möglichkeit, nämlich die, Leute kennenzulernen. Zu beobachten und zuzuhören. Aufmerksam zu sein. Das ging am besten auf vermeintlich ganz alltägliche Weise an vermeintlich ganz alltäglichen Orten.

Wie einem Bistro.

Als er daran vorbeiging, fragte er sich, ob sich der Mörder gerade darin aufhielt und an diesem kalten Abend einen Scotch oder einen heißen Cider genoss. Sich an dem offenen Kamin und der Gesellschaft seiner Freunde wärmte. Oder war der Mörder dort draußen, in der Kälte und Dunkelheit? Ein Außenseiter, verbittert, verstoßen, verarmt?

Er ging über die Steinbrücke und genoss die im Dorf herrschende Stille. Das lag am Schnee. Er breitete eine schlichte, saubere Decke über alles, dämpfte jedes Geräusch und hielt alles darunter am Leben. Die Bauern und Gärtner in Québec hofften im Winter auf zwei Dinge: eine Menge Schnee und ununterbrochene Kälte. Frühes Tauwetter war eine Katastrophe. Es verführte das Junge und Verletzliche dazu hervorzuspitzen, nur damit es dann an der Wurzel erfror. Ein tödlicher Frost.

»Und fällt ihn so wie mich«, zitierte Gamache im Stillen, überrascht von dem Bezug. Wolseys Fahrewohl. Shakespeare natürlich. Warum war ihm auf einmal dieses Zitat in den Sinn gekommen?

Und übermorgen, tödlich, kommt ein Frost,
Und wenn er wähnt, der gute sichre Mann,
Die Größe reife – nagt ihm der die Wurzel
Und fällt ihn so wie mich.

Wurde er gefällt? Wiegte man ihn in Sicherheit, dass er alles in der Hand hatte, dass alles nach Plan ging?

Der Fall Arnot ist noch nicht abgeschlossen, hatte ihn sein Freund Michel Brébeuf gewarnt. Nahte ein tödlicher Frost? Gamache schlug ein paarmal die Arme um sich, um sich zu wärmen und zu beruhigen. Er schnaubte leise und schüttelte den Kopf. Es war wirklich beschämend. Eben noch war er der namhafte Chief Inspector Gamache, Leiter der Mordkommission der Sûreté du Québec, der in einem Mordfall ermittelte, und schon im nächsten Moment war er Jäger und Gejagter seiner Phantasien.

Er blieb stehen und betrachtete erneut das ehrwürdige Dorf mit seinen alten, geliebten Häusern, bewohnt von geliebten Menschen.

Selbst Ruth Zardo. Es zeichnete diesen stillen, ruhigen Ort aus, dass seine Bewohner in ihren Herzen sogar Raum fanden für jemanden, der so verletzt wie Ruth war.

Und CC de Poitiers? Hätten sie das auch für sie getan? Oder für ihren Mann und ihr Kind?

Zögernd hob er seinen Blick von dem Lichterkranz, den Three Pines darstellte, auf das alte Hadley-Haus, das in der Dunkelheit lag wie die Ausnahme, die die Regel bestätigte. Es befand sich außerhalb des Kreises, am Rand des Dorfes. Im Niemandsland.

War der Mörder dort, an diesem Unheil verkündenden Ort, der Groll zu hegen und auszustrahlen schien?

Gamache stand in der Eiseskälte und fragte sich, warum CC solchen Groll gehegt hatte. Warum hatte sie ihn mit allem, was sie tat, hervorgerufen? Er hatte noch mit niemandem gesprochen, der über ihren Tod traurig gewesen wäre. Ihr Dahinscheiden bedeutete für keine Menschenseele einen Verlust, hatte er den Eindruck. Nicht einmal für ihre Familie. Vielleicht sogar gerade für ihre Familie nicht. Er neigte den Kopf ein wenig zur Seite, als könnte er dann leichter denken. Aber es half nicht. Ein Gedanke, der sich gerade zu formen begonnen hatte, hatte sich verflüchtigt. Es war irgendetwas im Zusammenhang mit dem Hegen von Groll gewesen.

Er machte kehrt und ging zu dem alten Bahnhofsgebäude, das hell erleuchtet war und fast so einladend wie das Bistro wirkte.

»Chief«, rief Lacoste, kaum war er, begleitet von einem Schwall kalter Luft, eingetreten. »Bin ich froh, Sie zu sehen. Wo ist der Inspector?«

»Krank. Er glaubt, Beatrice Mayer habe ihn verflucht.«

»Da wäre sie nicht die Erste.«

»Stimmt.« Gamache lachte. »Wo ist Agent Nichol?«

»Weg. Sie hat ein paar Anrufe getätigt, dann ist sie verschwunden, das ist ein paar Stunden her.« Sie beobachtete sein Gesicht, ob sich darin spiegelte, was sie selbst empfand. Nichol hatte es mal wieder versaut. Es machte fast den Eindruck, als würde sie wie unter Zwang ihre eigene Karriere und die Fälle des Teams ruinieren. Aber Gamache verzog keine Miene.

»Haben Sie etwas für mich?«

»Massenhaft Nachrichten. Die Gerichtsmedizinerin hat angerufen. Sie sagt, dass sie um halb sechs in Oliviers Bistro kommt. Sie wohnt in der Nähe, oder?«

»In einem Dorf namens Cleghorn Halt, ein Stück die Bahnlinie hinunter. Three Pines liegt auf ihrem Heimweg. Was will sie?«

»Sie hat den fertigen Autopsiebericht. Möchte mit Ihnen darüber reden. Dann kam ein Anruf von Agent Lemieux aus Montréal. Er lässt Ihnen ausrichten, dass er Ihnen etwas per Mail geschickt hat. Er bittet Sie um Rückruf. Aber vorher …« Sie ging zu ihrem Schreibtisch, und Gamache folgte ihr. »Ich habe Eleonore de Poitiers gefunden.«

Lacoste setzte sich vor ihren Computer und drückte eine

Taste. Ein Bild erschien. Es war eine Schwarzweißdarstellung einer mittelalterlich anmutenden Frau, die auf einem Pferd saß und eine Fahne trug.

»Weiter«, sagte Gamache.

»Das ist es. Das ist sie. Eleonore de Poitiers ist Eleonore von Aquitanien. Diese Frau hier.« Sie deutete auf den Bildschirm. Gamache zog sich einen Stuhl heran und setzte sich neben Lacoste, mit zusammengezogenen Augenbrauen und weit vorgebeugt, als zöge ihn der Bildschirm zu sich heran. Er starrte das Bild an, versuchte es zu verstehen.

»Erzählen Sie weiter.«

»Möchten Sie wissen, was ich glaube oder was ich weiß? Ach egal, beides ist nicht viel. CC de Poitiers hat behauptet, ihre Mutter und ihr Vater seien Eleonore und Henri de Poitiers und stammten aus Frankreich. In ihrem Buch«, Lacoste deutete auf das Exemplar auf ihrem Tisch, »beschreibt sie ihre Kindheit in einer wohlhabenden Familie in Frankreich. Dann ist die Familie bankrottgegangen, und man schickte sie nach Kanada, wo sie bei entfernten, ungenannten Verwandten aufwuchs, richtig?«

Gamache nickte.

»Nun, diese Frau ist Eleonore.« Lacoste nickte noch einmal zu der mittelalterlichen Reiterin, dann klickte sie mit der Maus, und das Bild wechselte. »Das ist ihr Vater.« Auf dem Bildschirm erschien ein streng dreinblickender, kräftiger, blonder Mann, der eine Krone trug. »Henri Plantagenet. König Heinrich II. von England.«

»Das verstehe ich alles nicht.«

»Das sind die einzigen Henri und Eleonore de Poitiers in Frankreich.« Agent Lacoste deutete auf den Bildschirm, auf dem sie die beiden Bilder jetzt nebeneinander sehen konnten.

»Aber das ergibt überhaupt keinen Sinn«, sagte Gamache, der vergeblich versuchte, das Gehörte zu verdauen.

»Sie waren einfach nie ein pubertierendes Mädchen.«

»Was meinen Sie damit?«

»Solche Geschichten sprechen die Phantasie von jungen Mädchen an. Eine starke und tragische Königin, ein edler König. Ein Kreuzzug. Eleonore de Poitiers war mit ihrem ersten Gatten auf einem Kreuzzug. Sie stellte ein Heer aus dreihundert Frauen auf und ritt einen Teil des Wegs barbusig. So heißt es jedenfalls. Schließlich ließ sie ihre Ehe mit Ludwig VII. von Frankreich annullieren und heiratete Heinrich II.«

»Und lebte glücklich bis an ihr Ende?«

»Nicht ganz. Er steckte sie in den Kerker, aber erst nachdem sie ihm vier Söhne geboren hatte. Einer von ihnen war Richard Löwenherz. Sie war umwerfend.« Lacoste betrachtete die Frau auf dem Pferderücken und stellte sich vor, ihrem Heer anzugehören. Im Gefolge dieser bemerkenswerten Frau barbusig durch Palästina zu reiten. Nicht nur pubertierende Mädchen fühlten sich von Eleonore von Aquitanien angezogen.

»Richard Löwenherz?«, fragte Gamache. »Aber keine Tochter namens CC?«

»Die als Designerin in Three Pines lebte? Nein, König Heinrich starb 1189. Eleonore 1204. Das heißt, dass CC de Poitiers schon lange fällig war oder dass sie log. Kein Wunder, dass mich die gesamte Pariser Sûreté ausgelacht hat. Glücklicherweise habe ich mich als Agent Nichol gemeldet.«

Gamache schüttelte den Kopf. »Das heißt, sie hat sie erfunden. Sie hat fast tausend Jahre zurückgegriffen, um sich Eltern zu schaffen. Warum? Warum sollte sie das tun? Und warum diese?«

Die beiden saßen einen Moment lang schweigend da und dachten nach.

»Wer waren denn ihre richtigen Eltern?«, fragte Lacoste schließlich.

»Das scheint mir eine ausgesprochen wichtige Frage zu sein.«

Gamache ging zu seinem Schreibtisch. Es war zwanzig nach fünf. Gerade noch Zeit, um mit Lemieux zu sprechen, bevor er Dr. Harris traf. Er rief seine E-Mails auf und wählte die Nummer, die Lemieux hinterlassen hatte.

»Agent Lemieux«, tönte es aus dem Apparat.

»Hier spricht Gamache«, rief er, ohne genau zu wissen, warum er so laut sprach.

»Gut, dass Sie anrufen, Chief. Haben Sie das Bild des Zeichners von der Sûreté bekommen? Er hat gesagt, dass er es Ihnen mailen will.«

»Ich sehe gerade erst meine Post durch. Was hat er gesagt, und warum brüllen wir eigentlich so?«

»Ich stehe am Busbahnhof. Es kommt gerade ein Bus. Der Zeichner hat gesagt, dass es aussieht, als hätte Elle im Moment ihres Todes etwas in der Hand gehalten und fest umklammert.«

»Und das erklärt die Schnitte in ihrer Handfläche?«

»Genau.« Der Bus musste losgefahren sein oder den Motor ausgestellt haben, weil der Lärm im Hintergrund nachließ. Lemieux sprach in normaler Lautstärke weiter. »Ich habe ihm das Autopsiefoto gegeben, und er hat die Zeichnung angefertigt, um die Sie ihn gebeten haben. Sie ist leider nicht sehr präzise, wie Sie sehen werden.«

Während Lemieux sprach, ging Gamache seine Nachrichten auf der Suche nach derjenigen durch, die von dem exzentrischen Künstler aus den labyrinthischen Gängen der Sûreté stammte. Er klickte sie an und wartete, während die quälend langsame Modemverbindung das Bild herunterlud.

Nach und nach tauchte es auf dem Bildschirm auf.

»Ich habe mich bei anderen Obdachlosen nach Elle erkundigt«, fuhr Lemieux fort. »Es ist kein besonders gesprächiger Menschenschlag, aber die meisten erinnern sich an sie.

Es gab eine kleine Rauferei um ihren Stammplatz, als sie ihn aufgab. Offenbar entsprach er dem, was im normalen Leben ein Penthouse ist. Direkt über einem der Lüftungsgitter. Seltsam, dass sie ihn verlassen hat.«

»Das ist tatsächlich merkwürdig«, murmelte Gamache, während das Bild stückchenweise auf dem Bildschirm erschien. Es war erst zur Hälfte zu sehen. »Das haben Sie gut gemacht, Lemieux. Gehen Sie nach Hause.«

»Ja, Sir.«

Gamache lächelte. Er meinte die Freude auf Lemieux' Gesicht sehen zu können.

Die nächsten fünf Minuten verbrachte Gamache damit, auf den Bildschirm zu starren und zuzusehen, wie das Bild erschien. Millimeter für Millimeter. Als es endlich vollständig heruntergeladen war, lehnte er sich auf seinem Stuhl zurück, faltete die Hände über dem Bauch und betrachtete es.

Plötzlich schreckte er hoch und sah auf die Uhr. Fünf nach halb sechs. Zeit, die Gerichtsmedizinerin zu treffen.

21

Dr. Sharon Harris hatte es sich gerade erst in ihrem Sessel bequem gemacht und einen Dubonnet bestellt, als Gamache eintraf und sie mit Entschuldigungen und Lächeln überhäufte. Er schloss sich dem Dubonnet an und setzte sich. Sie hatten einen Tisch am Fenster, das auf den zugefrorenen Teich und die Kiefern hinaussah. Über ihre Schulter konnte er das Feuer im Kamin lodern sehen. Dr. Harris spielte geistesabwesend mit einem kleinen weißen Preisschild, das am Tisch hing. Sie warf einen Blick darauf.

»Zweihundertsiebzig Dollar.«

»Hoffentlich nicht der Dubonnet.« Gamaches Hand mit dem bislang unberührten Glas blieb auf halbem Weg zum Mund in der Luft stehen.

»Nein.« Sie lachte. »Der Tisch.«

»Santé.« Er nahm einen Schluck und lächelte. Das hatte er ganz vergessen. In dem Bistro befanden sich lauter von Olivier gesammelte Antiquitäten. Alles stand zum Verkauf. Er konnte seinen Aperitif trinken und anschließend das geschliffene Bleikristallglas kaufen. Es war sogar ein sehr hübsches Glas. Als er es in die Höhe hob und hindurchsah, fing es das bernsteinfarbene Licht des Kaminfeuers auf und zerlegte es. Wie ein sehr warmer Regenbogen. Oder die Chakras, dachte er.

»Wollen Sie immer noch hierherziehen?«, fragte er, nachdem er in die Gegenwart zurückgekehrt war und ihren sehnsüchtigen Blick aus dem Fenster bemerkt hatte.

»Wenn ein Haus auf den Markt kommt, greife ich sofort zu, allerdings sind sie immer schnell weg.«

»Das alte Hadley-Haus stand vor ungefähr einem Jahr zum Verkauf.«

»Außer bei diesem Haus, wobei ich zugeben muss, dass ich mir das Exposé angesehen habe. Billig, fast geschenkt.«

»Wie viel haben sie verlangt?«

»Ich erinnere mich nicht mehr genau, aber es waren weniger als hunderttausend.«

»C'est incroyable«, sagte Gamache und nahm eine Handvoll Cashewkerne.

Dr. Harris sah sich im Bistro um, das sich langsam mit Gästen füllte. »Der Mord scheint die Leute nicht sehr zu berühren. Unser Opfer war nicht besonders beliebt, was?«

»Nein, offenbar nicht. Sie war diejenige, die das Hadley-Haus gekauft hat.«

»Ah«, sagte Dr. Harris.

»Ah?«, fragte Gamache.

»Wer dieses Haus kauft, muss im höchsten Maße unsensibel sein. Mir fiel es schon schwer, das Bild in dem Exposé anzusehen.«

»Nicht alle Leute sind gleich sensibel.« Gamache lächelte.

»Das stimmt«, sagte sie, »würden Sie es kaufen?«

»Ich betrete es nicht einmal gern«, flüsterte er ihr verschwörerisch zu. »Es wird mir ganz mulmig dabei. Nun, was haben Sie für mich?«

Dr. Harris beugte sich nach unten und zog ein Dossier aus ihrer Aktentasche. Sie legte es auf den Tisch, nahm sich eine Handvoll Nüsse, lehnte sich zurück und sah wieder aus dem Fenster, wobei sie abwechselnd an ihrem Aperitif nippte und sich eine Nuss in den Mund steckte.

Gamache setzte seine Lesebrille auf und verbrachte die

nächsten zehn Minuten damit, den Bericht durchzugehen, dann ließ er ihn sinken und nahm nachdenklich einen Schluck von seinem Dubonnet.

»Niacin«, sagte er.

»Niacin«, bestätigte sie.

»Erzählen Sie mir etwas darüber.«

»Bis auf das Niacin war sie eine gesunde, wenn auch vielleicht untergewichtige achtundvierzigjährige Frau. Sie hatte geboren. Sie stand kurz vor den Wechseljahren. Alles ganz natürlich und normal. Ihre Füße waren von dem Stromstoß verkohlt, sie hatte Blasen an den Händen, die genauso angeordnet waren wie die Rohre an dem Stuhl. Darunter war ein feiner Schnitt, aber der war schon älter und fast verheilt. Es stimmt alles mit einem Tod durch Stromschlag überein, bis auf diese eine Sache. Das Niacin.«

Gamache beugte sich vor, nahm seine Brille von der Nase und tippte damit auf die Mappe. »Was ist Niacin?«

»Ein Vitamin. Aus dem B-Komplex.« Sie lehnte sich vor, sodass sie jetzt beide über dem Tisch gebeugt dasaßen. »Es wird bei zu hohen Cholesterinwerten verschrieben, es gibt auch Leute, die es nehmen, weil sie glauben, dass es die Gehirnleistung erhöht.«

»Stimmt das?«

»Nicht bewiesen.«

»Wie kommen die Leute dann darauf?«

»Na ja, die Einnahme von Niacin führt dazu, dass einem das Blut ins Gesicht schießt, ich schätze mal, jemand hat gedacht, das heißt, es strömt Blut ins Gehirn, und was das angeblich bedeutet, ist klar.«

»Mehr Gehirnleistung.«

»Klar wie Kloßbrühe.« Sie schüttelte geringschätzig den Kopf. »Nur Leute mit wenig Hirn können auf solche Schlussfolgerungen kommen. Die normale Dosis beträgt fünf Milligramm. Das reicht, um den Herzschlag und den

Blutdruck leicht zu erhöhen. Wie gesagt, es wird oft verschrieben, aber man kann es auch ohne Rezept bekommen. Ich glaube nicht, dass man es überdosieren kann. Es wird sogar manchen Frühstücksflocken beigefügt. Niacin und Thiamin.«

»Die normale Dosis beträgt also fünf Milligramm, und wie viel hatte CC davon in sich?«

»Zwanzig.«

»Puh. Das sind eine ganze Menge Frühstücksflocken.«

»Sie verdächtigen doch nicht etwa Herrn Bircher?«

Gamache schmunzelte, und um seine Augen erschien ein Kranz von netten Lachfältchen.

»Was hätten zwanzig Milligramm bewirkt?«, fragte er.

»Ziemliche Hitzewallungen. Schweißausbrüche, Verfärbung des Gesichts.« Dr. Harris dachte nach. »Da ich mit dem Stoff nicht sehr vertraut bin, habe ich im Handbuch der Pharmakologie nachgesehen. Die Wirkung von Niacin ist völlig ungefährlich. Unangenehm vielleicht, aber nicht gefährlich. Wenn der Betreffende sie damit umbringen wollte, dann hat er das falsche Mittel gewählt.«

»Nein, ich vermute, er wählte genau das Richtige. Er war der Mörder und das Niacin sein Komplize. CC de Poitiers wurde durch einen Stromschlag getötet, nicht wahr?«

Dr. Harris nickte.

»Sie wissen besser als wir alle, wie schwer das zu bewerkstelligen ist.«

Wieder nickte sie.

»Besonders mitten im Winter. Sie musste nicht nur eine Stromquelle anfassen, sie musste auch mit Metall an den Stiefeln in einer Pfütze stehen und ...«

Er führte es nicht weiter aus. Dr. Harris dachte einen Moment lang darüber nach. Versuchte sich die Szene vorzustellen. Die Frau stand in einer Pfütze vor einem Stuhl, streckte ihre Hand aus ... »Bloße Hände. Sie musste bloße Hände haben. So hat er es gemacht. Und ich dachte, Sie haben wegen einer möglichen Vergiftung um eine große Blutuntersuchung gebeten.«

»Die Handschuhe. Ich habe mich immer wieder gefragt, warum sie ihre Handschuhe ausgezogen hat. Warum sollte jemand bei dieser Kälte die Handschuhe ausziehen?«

»Weil ihr heiß war«, sagte Dr. Harris. Sie liebte ihre Arbeit, aber sie beneidete Gamache und Beauvoir darum, dass sie die einzelnen Puzzlestücke zusammensetzen durften.

»Jemand hat ihr während des Gemeindefrühstücks Niacin verabreicht, damit sie Hitzewallungen bekam. Wie lange hat es wohl gedauert, bis sie sich einstellten?«, fragte Gamache.

»Ungefähr zwanzig Minuten.«

»Dann konnte sie also unten beim Curling sein, wenn ihr heiß wurde. Irgendwann zog sie ihre Handschuhe aus, vielleicht auch ihre Mütze. Das werden wir morgen auf den Fotos sehen.«

»Welche Fotos?«

»Es war ein Fotograf dabei. CC hatte ihn angeheuert, damit er PR-Fotos von ihr macht. Die Filme werden morgen im Labor eintreffen.«

»Wozu brauchte sie solche Fotos?«

»Sie war Designerin, eine Art Martha Stewart *en miniature*. Hatte gerade ein Buch herausgebracht und plante einen Katalog. Die Fotos brauchte sie für den Katalog.«

»Nie von ihr gehört.«

»Da sind Sie nicht die Einzige. Sie selbst schien sich jedenfalls als großes Vorbild zu sehen, als eine Art Guru. Wie bei Martha Stewart ging ihr Unternehmen über die Frage, welche Farbe die Wände haben sollten – Weiß übrigens –, hinaus und wurde zu einer persönlichen Lebensphilosophie.«

»Hört sich unangenehm an.«

»Ich bin mir noch nicht darüber im Klaren«, bekannte Gamache und lehnte sich bequem zurück. »Ich weiß nicht, ob sie völlig im Wahn lebte oder ob sie nicht doch eine gewisse Größe hatte. Sie hatte einen Traum, und den verfolgte sie, die Zweifler konnten ihr gestohlen bleiben.«

»Sie finden ihre Philosophie also richtig?«

»Nein. Ich habe heute mit jemandem gesprochen, der ihr Vorgehen mit dem von Frankenstein verglich. Ich glaube, das trifft es ganz gut. Der Vergleich taucht übrigens nicht zum ersten Mal in diesem Fall auf. Jemand anderes hat davon gesprochen, dass die Dorfbewohner den Tod des Monsters feiern wie bei Frankenstein.«

»Das Monster war nicht Frankenstein«, erinnerte ihn Dr. Harris. »Dr. Frankenstein erschuf das Monster. Und es stirbt auch nicht.«

Gamache spürte ein merkwürdiges Ziehen in der Brust, während sie sprach. Da war etwas. Etwas, dem er sich immer wieder angenähert hatte, das sich ihm immer wieder entzog.

»Und was jetzt, *patron*?«, fragte sie.

»Dank Ihnen und dem Niacin haben wir einen Riesenschritt nach vorn gemacht. Danke. Jetzt folgen wir einfach den Scheinwerfern.«

»Welchen Scheinwerfern?«

»Ich stelle mir immer vor, dass ein Fall einer Fahrt von hier nach Gaspé gleicht. Ein langer Weg, dessen Ende ich nicht erkennen kann. Aber das muss ich auch nicht. Ich muss nur das nächste vor mir liegende Stück ausleuchten und den Scheinwerfern folgen. Irgendwann werde ich schon ankommen.«

»Wie Diogenes mit seiner Lampe?«

»So in der Art. Nur suchte er nach einem ehrlichen Mann. Ich suche nach einem Mörder.«

»Seien Sie vorsichtig. Der Mörder kann den Mann mit der Lampe kommen sehen.«

»Noch eine Frage. Wie wurde das Niacin verabreicht?«

»Es ist wasserlöslich, allerdings ziemlich bitter. Kaffee würde den Geschmack möglicherweise überdecken. Orangensaft vermutlich auch.«

»Tee?«

»Wohl kaum, der ist nicht stark genug.«

Sie sammelte ihre Sachen zusammen und holte den Autoschlüssel aus der Tasche. Sie hielt ihn in Richtung Fenster und drückte einen kleinen Knopf. Ein Auto reagierte, die Scheinwerfer leuchteten auf, und wahrscheinlich sprang die Heizung an, um das Innere zu erwärmen. Von allen Erfindungen der letzten zwanzig Jahre, von denen Gamache wusste, waren die Autositzheizung und die automatische Zündung die zwei besten. Dumm für Richard Lyon, dass er stattdessen den magnetischen Soldaten erfunden hatte.

Gamache begleitete sie zur Tür des Bistros, aber kurz davor fiel ihm noch etwas ein. »Was wissen Sie von Eleonore de Poitiers?«

Dr. Harris hielt inne.

»Nichts. Wer ist das?«

»Wie steht es mit König Heinrich II.?«

»König Heinrich II.? Sie wollen mich nicht ernsthaft über einen schon ewig toten englischen König ausfragen? Mein Lieblingskönig war immer Ethelred der Unberatene. Tut es der auch?«

»Was Sie nicht alles wissen! Ethelred und Bircher Müsli.«

»Katholische Erziehung. Tut mir leid, dass ich Ihnen nicht weiterhelfen konnte.«

»Niacin.« Er deutete auf das Dossier, das noch auf ihrem Tisch lag. »Damit haben Sie mir den Tag gerettet.«

Sie lief vor Freude rot an.

»Ach«, sagte er, als er ihr in den Mantel half, »eine Frage hätte ich noch. Eleonore von Aquitanien?«

»Na, das ist leicht. *Der Löwe im Winter.*«

»Schatz, gehst du bitte an die Tür? Ich bin im Atelier«, rief Clara. Keine Antwort. »In Ordnung«, rief sie nach dem zweiten Klopfen. »Ich gehe selbst. Bemüh dich nicht. Nein, ehrlich. Es macht mir überhaupt nichts aus.« Die letzten Worte brüllte sie gegen die geschlossene Tür seines Ateliers. Sie war ziemlich sicher, dass er dort drinnen war und ein Computerspiel spielte.

Dass jemand anklopfte, war ungewöhnlich. Die meisten Leute, die sie kannte, marschierten einfach ins Haus. Und bedienten sich auch aus dem Kühlschrank. Peter und Clara kamen manchmal nach Hause und fanden auf dem Sofa die schlafende Ruth vor, ein Glas Scotch und die *Times Literary Review* auf dem Fußschemel neben ihr. Einmal entdeckten sie Gabri im Bad. Offenbar war das heiße Wasser in der Pension ausgegangen.

Clara riss die Tür auf, auf den Strom kalter Luft vorbereitet und nicht besonders überrascht, Chief Inspector Gamache vor sich zu sehen, obwohl ein winzig kleiner Teil von ihr gehofft hatte, es wäre der Chefkurator des MOMA, der ihre Arbeiten sehen wollte.

»Kommen Sie herein.« Sie trat beiseite und schloss schnell die Tür hinter ihm.

»Ich will Sie nicht lange aufhalten.« Er machte eine kleine Verbeugung vor ihr, und sie erwiderte diese Verbeugung, dachte aber gleich darauf, ob sie nicht einen Knicks hätte andeuten sollen. »Haben Sie ein Videogerät?«

Nun, mit dieser Frage hatte sie sicher nicht gerechnet.

Er öffnete den Reißverschluss seines Anoraks und zog eine Videokassette heraus, die ganz warm von seinem Körper war.

»*Der Löwe im Winter?*« Sie sah auf die Hülle.

»Genau. Ich würde es mir gerne so bald wie möglich ansehen.« Er wirkte völlig gelassen und entspannt, aber Clara kannte ihn gut genug, um zu wissen, dass das keine beiläufig ausgesprochene Bitte war und dass es ihm auch nicht darum ging, auf nette Weise einen ruhigen Winterabend auf dem Land zu verbringen.

»Haben wir. Allerdings kommen Ruth und Myrna zum Abendessen.«

»Ich möchte nicht stören.«

»Das können Sie überhaupt nicht.« Sie nahm seinen Arm und führte ihn in die warme und einladende Küche. »Wir haben immer Platz für einen unverhofften Gast, ich wollte nur sichergehen, dass die Gesellschaft Sie nicht stört. Peter hat aus dem übrig gebliebenen Truthahn und Gemüse eine Spezialität der Familie zubereitet. Es sieht grässlich aus, schmeckt aber göttlich.«

Bald darauf tauchte Peter aus seinem Atelier auf, und auch die anderen trafen ein. Während Myrna alle umarmte, ging Ruth zur Bar.

»Gott sei Dank«, war Ruth' Reaktion, als sie erfuhr, dass Gamache ein Video ansehen wollte. »Ich dachte schon, ich müsste noch einen Abend lang Konversation treiben.«

Clara bereitete einen Korb mit Essen für Richard und Crie vor, und Myrna bot an, ihn den beiden zu bringen.

»Soll ich Sie fahren?«, bot Gamache an.

»Es ist nur ein kurzer Weg. Abgesehen davon, darf ich mir einen Nachschlag nehmen, wenn ich zu Fuß gehe.« Myrna lächelte, während sie einen riesigen bunten Schal um ihren Hals wickelte, sodass sie aussah wie eine afrikanische Medizinfrau bei einem Kältezauber.

»Könnten Sie nach Crie sehen, wenn Sie dort sind?« Gamache senkte die Stimme. »Ich mache mir Sorgen um sie.«

»Was denken Sie?«, fragte Myrna, ihr normalerweise fröhliches Gesicht war jetzt forschend und ernst. »Es ist doch nicht verwunderlich, wenn sich ein Kind, das gerade miterlebt hat, wie seine Mutter ermordet wurde, eine Zeit lang etwas merkwürdig verhält.«

»Das stimmt, aber es scheint mehr zu sein. Achten Sie doch bitte auf sie.«

Sie nickte und ging.

Agent Yvette Nichol schloss zu dem Auto auf, das vor ihr auf der Überholspur der Autobahn von Montréal in die Townships fuhr. Ihre Stoßstange war nur Zentimeter von der des anderen Autos entfernt. Der Fahrer musste sie jeden Moment bemerken. Das war der Moment, dem sie stets entgegenfieberte. Würde er auf die Bremse treten? Selbst ein kurzes Antippen würde die beiden Autos bei 140 Stundenkilometern ineinanderkrachen lassen, sie wären innerhalb von Sekunden in einem Feuerball vereint. Nichol umklammerte das Lenkrad etwas fester, die Augen vor Konzentration und Wut zusammengekniffen. Wie konnte er es wagen, sie dazu zu zwingen, langsamer zu fahren? Wie konnte er es wagen, auf ihrer Spur zu fahren? Warum wechselte er nicht die Spur? Lahme Krücke. Sie würde es ihm zeigen, so wie sie es jedem zeigte, der ihr im Weg stand. Wut machte sie unbesiegbar. Aber da war noch etwas anderes.

Häme.

Der Fahrer würde sich vor Angst in die Hosen machen.

»Ich habe Ihr Buch gelesen«, sagte Gamache zu Ruth, als die beiden vor dem munter prasselnden Feuer saßen, während Peter in der Küche mit den Töpfen klapperte und Clara ihr Bücherregal nach Lesestoff durchforstete.

Ruth machte den Eindruck, als würde sie lieber mit siedendem Öl als mit Komplimenten überschüttet. Sie entschloss sich, ihn zu ignorieren, und nahm einen großen Schluck von ihrem Scotch.

»Aber meine Frau hat eine Frage.«

»Sie haben eine Frau? Jemand hat sich bereit erklärt, Sie zu heiraten?«

»Ja, und sie war damals nur ein ganz kleines bisschen betrunken. Sie möchte wissen, was das GUT im Titel heißt.«

»Das überrascht mich nicht, dass Ihre Frau keine Ahnung hat, was GUT heißt. Wahrscheinlich weiß sie auch nicht, was glücklich und gesund heißt.«

»Sie ist Bibliothekarin, und sie sagt, ihrer Erfahrung nach stehen Großbuchstaben immer für etwas. Der Titel Ihres Buchs lautet *Mir geht's GUT*, und GUT ist in Großbuchstaben geschrieben.«

»Sie ist schlau, Ihre Frau. Sie ist die Erste, die das bemerkt, oder zumindest die Erste, die danach fragt. GUT steht für Gallig, Unsicher und Todtraurig. Ich bin GUT.«

»Da kann ich Ihnen nur recht geben«, sagte Gamache.

Agent Robert Lemieux wechselte auf die langsamere Spur, damit ihn der Irre, der sich bei einem Tempo von 140 Stundenkilometern an seine Stoßstange geklemmt hatte, überholen konnte. Wenn er in der Stimmung gewesen wäre, hätte er sein Blaulicht aufs Dach gestellt und wäre hinter ihm hergejagt, aber er hatte andere Dinge im Kopf.

Er war sicher, dass er in Montréal gute Arbeit geleistet hatte. Er hatte den Polizeizeichner dazu gebracht, die Zeichnung anzufertigen. Er war am Busbahnhof und in der Old Brewery Mission gewesen. Er hatte den Fall Elle vorangetrieben, den Gamache offenbar nicht an die große Glocke hängen wollte.

Das hatte er in seinem Notizbuch notiert.

Agent Lemieux hatte erreicht, was er wollte und sollte. Er war ziemlich sicher, dass Gamache ihm vertraute. Genau darum ging es. Es hing eine Menge davon ab, Gamaches Vertrauen zu gewinnen.

»Der Einzige, der meiner Erinnerung nach während des Curling-Wettkampfs herumlief, war dieser Fotograf«, sagte

Myrna ein paar Minuten später. Sobald sie zurückgekehrt war, hatten Peter und Clara die Schüsseln mit dem Essen aufgetragen, damit sich die Gäste bedienen konnten. Gamache hatte sie kurz beiseitegenommen, und Myrna hatte ihm beigepflichtet, dass mit Crie etwas ganz und gar nicht stimmte. Sie vereinbarten, sich am nächsten Tag zu einem Gespräch zu treffen.

Die Teller mit dem Abendessen standen auf kleinen Klapptischen im Wohnzimmer. Clara hatte recht gehabt. Es sah aus wie etwas, das man auf dem Boden der Spüle fand, wenn man am ersten Weihnachtsfeiertag nach dem Geschirrspülen das Wasser abgelassen hatte. Kartoffelbrei, Truthahn, Bratensoße und Erbsen, alles in einem Topf zusammengerührt. Auf dem Sofatisch standen frisches Brot und Schüsseln mit grünem Salat, zwischen all dem trieb sich Lucy wie ein hungriger Hai herum.

»Stimmt, überall ist man über diesen Fotografen gestolpert«, pflichtete Clara ihr bei, nahm sich eine dicke Scheibe Brot und schmierte Butter darauf. »Aber er hat nur Fotos von CC gemacht.«

»Das war sein Auftrag. Wo befanden Sie sich eigentlich alle?«, fragte Gamache. Er nahm einen Schluck Rotwein und wartete auf die Antworten.

»Auf der Bank, neben Gabri«, sagte Ruth.

»Ich saß zwischen Myrna und Olivier«, sagte Clara, »und Peter spielte, aber das wissen Sie ja schon.«

»Neben mir saß Richard Lyon«, sagte Myrna.

»War er die ganze Zeit dort?«, fragte Gamache.

»Ganz sicher. Ich hätte gemerkt, wenn er gegangen wäre. Körperwärme. Aber was ist mit Kaye Thompson?«, Myrna sah zu den anderen. »Sie saß gleich neben CC. Sie muss etwas gesehen haben.«

Alle nickten und blickten Gamache erwartungsvoll an. Er schüttelte den Kopf. »Ich habe heute mit ihr gesprochen.

Sie sagt, sie habe nichts gesehen. Sie habe erst bemerkt, dass etwas nicht stimmte, als CC anfing zu schreien.«

»Davon habe ich gar nichts mitbekommen«, sagte Ruth.

»Das hat auch sonst niemand«, sagte Gamache. »Es wurde von dem Lärm überdeckt, als Mother das Haus räumte.«

»Ach ja, stimmt«, sagte Peter. »Alle haben gejubelt.«

»Was ist mit Crie?«, fragte Gamache. »Hat sie irgendjemand bemerkt?«

Fragende Blicke.

Gamache dachte erneut, wie traurig es sein musste, Crie zu sein. Sie hatte all ihre Gefühle hinuntergeschluckt, all ihren Schmerz. Da war sie so dick und dennoch unsichtbar. Niemand sah sie. Das war das Schlimmste, wenn man von niemandem beachtet wurde, das hatte er selbst schon erfahren.

»Haben Sie eine King-James-Bibel?«, fragte Gamache Clara. »Altes Testament, genauer gesagt.«

Sie gingen zum Bücherregal, Clara fand sie schließlich nach einigem Herumkramen.

»Darf ich sie mir bis morgen ausleihen?«

»Sie dürfen Sie bis nächstes Jahr ausleihen, wenn Sie wollen. Ich erinnere mich nicht, wann ich das letzte Mal etwas im Alten Testament nachgelesen habe«, sagte Clara.

»Das letzte Mal?«, fragte Peter.

»Oder das erste Mal«, bekannte Clara lachend.

»Wollen Sie den Film jetzt ansehen?«

»Ja, sehr gerne«, sagte Gamache.

Peter griff nach der Kassette, die auf dem Wohnzimmertisch lag, aber Gamache hielt seine Hand fest.

»Das mache ich, wenn Sie gestatten.« Gamache nahm ein Taschentuch und ließ den Film aus der Hülle gleiten. Alle registrierten es, aber keiner fragte nach, und Gamache sah keinen Anlass, ihnen zu erklären, dass dieses spezielle Band im Abfall der Toten gefunden worden war.

»Wovon handelt er?«, fragte Myrna.

»Eleonore von Aquitanien und ihrem Ehemann König Heinrich«, sagte Ruth. Gamache drehte sich überrascht zu ihr hin. »Was denn? Es ist ein großartiger Film. Katherine Hepburn und Peter O'Toole. Das Ganze spielt an Weihnachten, wenn ich mich richtig erinnere. Merkwürdig, oder? Jetzt ist auch Weihnachten.«

An diesem Fall waren viele Dinge merkwürdig, dachte Gamache.

Der Vorspann lief, der Metro-Goldwyn-Mayer-Löwe brüllte, die dramatische Musik erfüllte das gemütliche kleine Wohnzimmer, und groteske Wasserspeier grinsten höhnisch vom Bildschirm herunter. Der Film roch schon jetzt nach Macht und Verfall.

Und Angst.

Der Löwe im Winter begann.

Agent Nichols Auto schlingerte durch die verschneite Kurve, sie schaffte es nur mit Mühe, von der Hauptstraße auf die kleine Landstraße abzubiegen, die nach Three Pines führte. Gamache hatte sie nicht aufgefordert, sich ein Zimmer in der Pension zu nehmen, sie würde es dennoch tun, und wenn sie selbst dafür bezahlen musste. Nachdem sie die Leiterin von Cries versnobter Privatschule in Montréal befragt hatte, war Agent Nichol nach Hause gefahren und hatte gemeinsam mit ihren Verwandten, die sich in dem winzigen, penibel aufgeräumten Haus versammelt hatten, einen Bissen gegessen.

Ihr Vater wirkte bei solchen Treffen immer nervös und hatte seine Töchter instruiert, niemals die Familiengeschichte in der Tschechoslowakei zur Sprache zu bringen. Nichol hatte in dem makellosen Häuschen im Osten von Montréal, in dem sie aufgewachsen war, eine Parade von entfernten Verwandten und Freunden von Freunden an sich vorbeidefilieren und eine Zeit lang dort wohnen sehen, wobei es vielleicht weniger eine Parade als ein Leichenzug war. Sie schleppten sich durch die Tür, alle schwarz gekleidet und mit todernsten Mienen, redeten in einer Sprache, die sie nicht verstand, und beanspruchten alle Aufmerksamkeit, die die Welt zu bieten hatte. Sie forderten und brüllten und heulten und jammerten. Sie kamen aus Polen, Litauen und Ungarn, die kleine Yvette hörte ihnen zu und kam zu der Überzeugung, dass jeder Mensch eine eigene Sprache sprach. Sie lungerte in der Nähe der Tür zu dem winzigen, rettungslos überfüllten Wohnzimmer herum, das früher so nett und ruhig gewesen war, und versuchte zu verstehen, worum es in den Gesprächen ging. Zunächst redeten die Neuankömmlinge freundlich mit ihr, wenn sie nicht reagierte, sprachen sie lauter, bis sie sie schließlich in einer Universalsprache anbrüllten und ihr zu verstehen gaben, dass sie faul, dumm und respektlos sei. Auch ihre Mutter, die früher einmal so sanft und freundlich gewesen war, war ungeduldig geworden und brüllte sie an. In einer Sprache, die sie verstand. Die kleine Yvette Nikulev war zur Fremden geworden. Ihr ganzes Leben hatte sie immer nur daneben gestanden. Hatte sich danach gesehnt, dazuzugehören, aber sie wusste, dass sie es nicht tat, wenn selbst ihre Mutter sich auf die Seite der anderen schlug.

Damals fingen die quälenden Ängste an. Wenn schon ihr Zuhause so verwirrend und unerträglich war, was wartete dann dort draußen auf sie? Angenommen, man würde sie nicht verstehen? Angenommen, es passierte etwas, aber sie konnte den Anweisungen nicht folgen? Angenommen, sie brauchte etwas? Wer würde es ihr geben? So kam es, dass Yvette Nichol lernte zu nehmen.

»Du arbeitest also wieder mit Gamache zusammen«, hatte ihr Vater gesagt.

»Ja, Sir.« Sie lächelte ihn an. Er war der Einzige, der in

ihrer Kindheit zu ihr gehalten hatte. Der Einzige, der sie vor jenen Eindringlingen beschützt hatte. Er hatte sie angesehen, zu sich gewunken und ihr ein in raschelndes Zellophanpapier gewickeltes Karamellbonbon gegeben. Er hatte ihr gesagt, sie dürfe es erst in ihrem Versteck auswickeln. Nicht vor den neugierigen und gierigen Blicken anderer. Es war ihr Geheimnis. Ihr Vater hatte ihr den Wert und die Notwendigkeit von Geheimnissen beigebracht.

»Erzähl ihm bloß nie von der Tschechoslowakei. Versprich mir das. Er würde es nicht verstehen. Sie wollen in der Sûreté nur echte Québecer. Wenn er herausfindet, dass du Tschechin bist, schmeißen sie dich raus. Wie Onkel Saul.«

Schon die Vorstellung, mit dem dummen Onkel Saul verglichen zu werden, verursachte ihr Übelkeit. Der dumme Onkel Saul Nikolev, der nicht bei der tschechischen Polizei aufgenommen worden war und die Familie nicht beschützen konnte. So waren sie alle zugrunde gegangen. Bis auf ihren Vater Ari Nikolev, ihre Mutter und die unzufriedenen und verbitterten Verwandten, die ihr Haus als Müllkippe benutzten und ihren ganzen Mist bei der jungen Familie abluden.

In dem kleinen, ordentlichen hinteren Schlafzimmer sah Ari Nikolev zu, wie seine Tochter ihren Koffer mit den farblosesten, langweiligsten Sachen vollpackte, die sie in ihrem Schrank hatte. Auf seinen Rat hin.

»Ich kenne die Männer«, hatte er gesagt, als sie protestierte.

»Aber die Männer werden mich in diesen Sachen nicht attraktiv finden.« Sie deutete mit dem Finger auf den Kleiderhaufen. »Ich dachte, du willst, dass Gamache mich mag.«

»Aber doch nicht so. Glaub mir, er wird dich mögen.«

Als sie sich umdrehte, um nach ihrem Waschbeutel zu suchen, ließ er ein paar Karamellbonbons in ihrem Koffer verschwinden, wo sie sie am Abend finden würde. Und an ihn denken würde. Und mit etwas Glück niemals herausfinden würde, dass er sein eigenes kleines Geheimnis hatte.

Es gab keinen Onkel Saul. Keine Grausamkeiten durch die Kommunisten. Keine ehrenhafte, kühne Flucht über die Grenze. Er hatte sich das alles vor Jahren ausgedacht, um die Verwandten seiner Frau zum Schweigen zu bringen, die ihre Zelte bei ihnen aufgeschlagen hatten. Es war sein aus Worten zusammengesetzter Rettungsring, der ihn in ihrem Meer aus Leid und Klagen über Wasser gehalten hatte. Wahres Leid. Selbst er konnte das nicht leugnen. Aber auch er brauchte seine Helden- und Überlebensgeschichten.

So kam es, dass er, nachdem er Angelina und Yvette gezeugt hatte, Onkel Saul zeugte. Dessen Aufgabe hatte darin bestanden, die Familie zu retten, indem er versagt hatte. Dass Saul so spektakulär in Ungnade gefallen war, hatte Ari seine gesamte fiktive Familie gekostet.

Er wusste, dass er es Yvette erzählen sollte. Wusste, dass das, was ursprünglich ihm als Rettungsring dienen sollte, ein Anker geworden war, der sein kleines Mädchen festhielt. Sie verehrte ihn, und Ari Nikolev sehnte sich nach diesem Blick aus ihren grauen Augen.

»Ich rufe dich jeden Tag an«, sagte er und hob den Koffer, der kaum etwas wog, vom Bett. »Wir müssen zusammenhalten.« Er lächelte und nickte in Richtung des Stimmengewirrs, das aus dem Wohnzimmer drang, in dem sich die Verwandten verschanzt hatten. »Ich bin stolz auf dich, Yvette, und ich weiß, dass du es gut machen wirst. Du musst.«

»Ja, Sir.«

Keiner der blöden Verwandten hob auch nur den Kopf, als sie ging und ihr Vater ihr den Koffer zu ihrem Auto trug und im Kofferraum verstaute. »Falls es einen Unfall gibt, wird er dich nicht am Kopf treffen.«

Er umarmte sie und flüsterte ihr ins Ohr: »Nicht dass du es vermasselst.«

Jetzt näherte sie sich Three Pines. Oben auf der Rue du Moulin trat sie auf die Bremse, das Auto rutschte auf der glatten Straße ein Stück zur Seite. Vor ihr lag das Dorf, die Lichterketten an den großen Bäumen spiegelten sich wie ein riesiges Kirchenfenster rot, grün und blau auf Schnee und Eis. Vor den Fenstern der Läden und Häuser konnte sie Leute hin und her laufen sehen.

Etwas regte sich in ihrem Inneren. War es Angst? Ärger vielleicht, weil sie ihr eigenes warmes Zuhause verlassen musste, um hierherzukommen? Nein. Sie blieb ein paar Minuten im Auto sitzen, ihre Schultern entspannten sich und sanken langsam nach unten, während sie in langen, gleichmäßigen Zügen atmete. Sie versuchte, dieses seltsame Gefühl zu identifizieren. Dann zog sie die Augenbrauen zusammen und starrte durch die Windschutzscheibe auf das fröhliche kleine Dorf und wusste plötzlich, was sie fühlte.

Erleichterung. Ob es sich so anfühlte, wenn man eine Last loswurde, nicht mehr auf der Hut war?

Ihr Handy klingelte. Sie zögerte, da sie wusste, wer es war, und keine Lust hatte, diesen letzten Gedanken aufzugeben.

»Ja, *bonjour*. Ja, Sir, ich bin in Three Pines. Ich werde ihn für mich gewinnen. Ich weiß, wie wichtig es ist. Ich werde nicht versagen«, sagte sie auf die Ermahnung hin.

Sie unterbrach die Verbindung und nahm den Fuß von der Bremse. Das Auto glitt in das Dorf und hielt vor der Pension an.

Eleonore und Heinrich stritten sich, dass die Fetzen flogen. Ihre Söhne taten es ihnen nach und wandten sich gegeneinander und gegen die Eltern. Alle hackten aufeinander ein. Es war schauderhaft und wunderbar. Als der Film zu Ende war, riss Gamache seinen Blick von der Mattscheibe los und stellte verwundert fest, dass sein Teller leer war. Er erinnerte sich nicht, gegessen zu haben. Er erinnerte sich nicht einmal, geatmet zu haben.

Aber eines wusste er. Wenn er die Wahl hätte, dann wären Eleonore und Heinrich die letzten Menschen, die er als Eltern haben wollte. Gamache starrte auf den Abspann und fragte sich, was ihm entgangen war, weil ihm etwas entgangen sein musste. Es gab einen Grund, warum CC dieses Video hatte und warum sie den Namen de Poitiers angenommen hatte, wahrscheinlich gab es auch einen Grund, warum sie ein völlig intaktes Video weggeworfen hatte. Sie hatten die Kassette in ihrem Mülleimer gefunden. Warum?

»Vielleicht hatte sie es auf DVD?«, schlug Clara vor, als er in die Runde fragte, ob ihnen eine Erklärung einfiele. »Wir haben unsere Sammlung auch nach und nach ausgetauscht. Sämtliche Lieblingsfilme von Peter gehen kaputt, weil er sich die guten Stellen immer wieder ansieht.«

»Hallo, alle zusammen«, hörten sie Gabris fröhliche Stimme aus der Küche. »Ich habe von dem Videoabend gehört. Bin ich zu spät?«

»Der Film ist gerade zu Ende«, sagte Peter. »Tut mir leid, alter Knabe.«

»Kam nicht früher los. Musste mich den Kranken und Siechen widmen.«

»Wie geht es Inspector Beauvoir?«, fragte Gamache, als er in die Küche kam.

»Schläft noch. Er hat die Grippe«, erklärte Gabri den anderen. »Habe ich Fieber? Ich hoffe, ich habe mich nicht angesteckt.« Er hielt Peter seine Stirn hin, der ihn allerdings ignorierte.

»Nun, selbst wenn du sie dir eingefangen haben solltest, sind wir wohl kaum gefährdet«, erklärte Ruth. »Die Wahrscheinlichkeit, dass sie von Gabri auf einen Menschen überspringt, ist recht gering.«

»Miststück.«

»Schlampe.«

»Kümmert sich im Moment jemand um ihn?«, fragte Gamache, der überlegte, ob er sich auf den Weg machen sollte.

»Diese Nichol ist aufgetaucht und hat sich ein Zimmer genommen. Hat sogar selbst bezahlt, mit kleinen zusammengerollten Scheinen. Jedenfalls hat sie gesagt, dass sie sich um ihn kümmert.«

Gamache hoffte, dass Beauvoir nicht bei Bewusstsein war.

Beauvoir hatte einen Albtraum. In seinem Fieber träumte er, dass er mit Agent Nichol im Bett lag. Ihm wurde wieder übel.

»Hier.« Eine Frauenstimme, die recht angenehm war, durchdrang den Fieberschleier.

Wie durch Zauberhand war der Papierkorb nach oben geschwebt und befand sich jetzt direkt unter seinem Mund. Er würgte, allerdings war nicht mehr viel in seinem Magen, das er hochwürgen konnte.

Er sank auf das feuchte Laken zurück und hatte das merkwürdige Gefühl, dass ein kaltes Tuch auf seine Stirn gelegt wurde und ihm jemand Gesicht und Mund abwischte.

Jean Guy Beauvoir fiel wieder in einen unruhigen Schlaf.

»Ich habe Nachtisch mitgebracht.« Gabri deutete auf eine Pappschachtel auf dem Küchentisch. »Schokoladentorte.«

»Weißt du, ich glaube, ich fang langsam an, dich zu mögen«, sagte Ruth.

»Wozu ein Schwuler doch gut ist.« Er lächelte und fing an, die Torte auszupacken.

»Ich mache Kaffee«, sagte Myrna.

Gamache räumte die Teller ab und ließ warmes Wasser in

die Spüle laufen, um den Abwasch zu erledigen. Während er das Geschirr wusch und es Clara zum Abtrocknen reichte, sah er aus dem mit Eisblumen überzogenen Fenster auf die Lichter von Three Pines und dachte über den Film nach. *Der Löwe im Winter.* Er ging im Kopf die Figuren durch, die Handlung, den wiederholten wüsten Schlagabtausch zwischen Eleonore und Heinrich. Es war ein Film über die Verwerfungen und Verwicklungen von Macht und Liebe.

Warum war er CC so wichtig gewesen? Und war er auch für den Fall wichtig?

»Der Kaffee braucht noch einen Moment«, sagte Clara und hängte das feuchte Geschirrtuch über eine Stuhllehne. Der Raum war bereits von dem kräftigen Geruch von frisch aufgebrühtem Kaffee und guter Schokolade erfüllt.

»Ich würde gerne einmal Ihr Atelier sehen«, sagte Gamache zu Clara, er wollte sich möglichst weit von dem Kuchen entfernen, um nicht der Versuchung zu erliegen, seinen Finger hineinzustecken. »Ich glaube, ich habe noch nie eines Ihrer Werke gesehen.«

Die beiden durchquerten die Küche und gingen zur Tür von Claras Atelier, die sperrangelweit offen stand. Die Tür zu Peters Atelier daneben war geschlossen.

»Damit die Muse nicht entkommen kann«, erklärte Clara, und Gamache nickte verständig. Er trat in die Mitte von Claras großem Atelier und blieb still stehen.

Überall in dem Atelier waren Abdeckplanen ausgebreitet, es roch angenehm nach Öl- und Acrylfarben und Leinwand. In der Ecke stand ein alter, abgewetzter Sessel, und Stapel von Kunstzeitschriften dienten als Beistelltisch, auf dem ein benutzter Kaffeebecher stand. Gamache drehte sich langsam um und blieb vor einer Wand stehen, an der drei Bilder hingen.

Er trat näher an sie heran.

»Das ist Kaye Thompson«, sagte er.

»Sehr gut.« Clara trat an seine Seite. »Und das ist Mother.« Sie deutete auf das nächste Bild. »Emilie habe ich vor einiger Zeit Dr. Harris verkauft, aber schauen Sie dort.« Sie zeigte zum Ende der Wand, wo eine große Leinwand stand. »Alle drei.«

Gamache stand vor einem Bild von drei alten Frauen, die die Arme ineinander verschränkt hatten und sich gegenseitig hielten. Es war eine erstaunlich komplexe Arbeit, mit Schichten aus Fotografien, Malerei und sogar Schrift. Em, die Frau in der Mitte, lehnte sich weit nach hinten, aus vollem Halse lachend, die anderen stützten sie, ebenfalls lachend. Das Bild strahlte intensive Nähe aus, einen innigen Moment im Leben der Frauen. Es fing ihre Freundschaft und ihr gegenseitiges Vertrauen ein. Es sprach von Zuneigung und von einem Interesse, das weit über nette gemeinsame Mittagessen und den Austausch von Geburtstagsgrüßen hinausging. Gamache hatte das Gefühl, er würde direkt in die Seelen der drei Frauen blicken, die Gemeinschaft der drei war fast mehr, als man ertragen konnte.

»Ich nenne es *Die drei Grazien*«, sagte Clara.

»Vollkommen«, flüsterte Gamache.

»Mother ist der Glaube, Em die Hoffnung und Kaye das Mitleid. Ich hatte es satt, dass die drei Grazien immer als drei hübsche junge Dinger dargestellt werden. Ich glaube, dass die Weisheit mit dem Alter, dem Leben, dem Schmerz kommt. Dem Wissen, worauf es ankommt.«

»Ist es fertig? Es sieht so aus, als wäre noch Platz für eine weitere Figur.«

»Das haben Sie sehr gut erkannt. Es ist fertig, aber ich versuche in jeder meiner Arbeiten ein bisschen Platz zu lassen, eine Art Riss.«

»Warum?«

»Können Sie lesen, was auf der Wand hinter den dreien steht?« Sie nickte zu ihrem Bild.

Gamache beugte sich vor und setzte seine Lesebrille auf.

Läut alle Glocken, die noch klingen,
Vergiss den hehren Opfergang.
Es ist der Riss in allen Dingen,
durch den das Licht nach innen drang.

Er las es laut vor. »Schön. Madame Zardo?«, fragte er.

»Nein, Leonhard Cohen. In allen meinen Arbeiten ist irgendeine Art von Gefäß zu sehen. Ein Behältnis. Manchmal verbirgt es sich im negativen Raum, manchmal ist es ganz offensichtlich. In den *Drei Grazien* ist es recht offensichtlich.«

Für Gamache war es nicht offensichtlich. Er trat von dem Bild zurück, dann sah er, was sie meinte. Das Gefäß, eine Art Vase, wurde von ihren Körpern gebildet, und der freie Platz, den er bemerkt hatte, war der Riss, der das Licht hineinließ.

»Ich mache das für Peter«, sagte sie leise. Zuerst dachte Gamache, er hätte sich verhört, aber dann fuhr sie fort und klang dabei, als spräche sie mit sich selbst. »Er ist wie ein Hund, wie Lucy. Er ist ganz und gar treu. Er steckt alles, was er hat, in eine Sache. Ein Interesse, ein Hobby, einen Freund, eine Liebe. Ich bin seine Liebe, das macht mir eine Heidenangst.« Sie drehte sich um und sah in Gamaches nachdenkliche braune Augen. »Er richtet all seine Liebe auf mich. Ich bin sein Gefäß. Und was ist, wenn ich einen Riss bekomme? Wenn ich zerbreche? Wenn ich sterbe? Was tut er dann?«

»Ihre gesamte künstlerische Arbeit dreht sich um dieses Thema?«

»Es geht in erster Linie um Unvollkommenheit und Unbeständigkeit. In allem ist irgendwo ein Riss.«

»Und durch den Riss fällt das Licht«, sagte Gamache. Er dachte an CC, die so viel über Licht, Erleuchtung und Beleuchtung geschrieben hatte, davon ausgehend, dass es auf Vollkommenheit beruhte. Gegen die Frau neben ihm war sie wahrhaft keine Leuchte.

»Peter versteht es nicht. Wird es vielleicht niemals verstehen.«

»Haben Sie jemals Ruth gemalt?«

»Warum fragen Sie?«

»Nun, offen gestanden, wenn hier irgendjemand einen Sprung in der Schüssel hat, ich meine, einen Riss …« Er lachte, und Clara fiel ein.

»Nein, und wissen Sie warum? Ich habe Angst davor. Ich glaube, sie könnte mein Meisterwerk werden, ich habe Angst, mich daran zu wagen.«

»Falls Sie es nicht zustande bringen?«

»Sie haben es erfasst. Ruth hat darüber hinaus etwas Beängstigendes an sich. Ich weiß nicht, ob ich wirklich einen solch tiefen Einblick in sie haben möchte.«

»Irgendwann werden Sie es wollen«, sagte er, und sie glaubte ihm. Gamache sah sie schweigend an, seine dunkelbraunen Augen ruhten ruhig und friedlich auf ihr. Sie wusste, dass er mit diesen Augen schon Furchtbares gesehen hatte. Ermordete und verstümmelte Frauen, Kinder, Ehemänner, Ehefrauen. Tag für Tag war er mit Gewalt und Tod konfrontiert. Sie blickte auf seine Hände, die groß und ausdrucksvoll waren, und wusste, welche schrecklichen Dinge sie tun mussten. Leichen von Menschen anfassen, die vor ihrer Zeit gestorben waren. Um sein Leben und das anderer kämpfen. Und, was vielleicht das Schlimmste war, er hatte diese Hände gehoben und leise an die Türen von Angehörigen geklopft. Um es ihnen zu sagen. Um ihre Herzen zu brechen.

Gamache ging zur nächsten Wand, wo ihn die erstaunlichsten Kunstwerke erwarteten. Die Gefäße waren dieses Mal Bäume. Es waren große Bäume, die sich nach oben öffneten, üppig, reif. Schmelzend, als sei ihre innere Hitze für sie selbst zu viel. Sie leuchteten buchstäblich. Die Farben der Bilder waren milchig, wie Venedig im Morgengrauen, warm, verwaschen und edel.

»Sie sind wunderbar, Clara. Sie leuchten.« Er drehte sich erstaunt zu ihr um, als würde er die Frau das erste Mal sehen. Er hatte gewusst, dass sie scharfsichtig, mutig und mitfühlend war. Aber er hätte nicht gedacht, dass sie so talentiert war. »Hat diese Bilder schon jemand gesehen?«

»Ich habe CC kurz vor Weihnachten meine Mappe gegeben. Sie ist mit Denis Fortin befreundet.«

»Dem Galeristen«, sagte Gamache.

»Dem besten in Québec, vielleicht sogar in ganz Kanada. Er hat Verbindungen zum Musée d'art contemporain und dem Museum of Modern Art in New York. Wenn er einen Künstler gut findet, stehen ihm Tür und Tor offen.«

»Aufregend«, sagte Gamache.

»Na ja. Er mochte meine Arbeit nicht.« Sie wandte sich ab, weil sie es nicht über sich brachte, jemandem in die Augen zu sehen, wenn sie ihr Versagen eingestand. »CC und Fortin waren gerade bei Ogilvy's, als ich zur Präsentation von Ruth' Buch dort war. Wir sind auf der Rolltreppe aneinander vorbeigefahren. Ich wollte nach oben, und die beiden sind nach unten. Ich hörte, wie CC zu ihm sagte, es sei schade, dass er meine Arbeit für die, ich zitiere, ›banalen Werke einer Amateurin‹ hielte.«

»Das hat er gesagt?«, Gamache war überrascht.

»Na ja, er nicht, aber CC. Sie wiederholte, was er gesagt hatte, und er widersprach ihr nicht. Dann waren wir auch schon aneinander vorbeigefahren, im nächsten Moment stand ich draußen vor der Tür. Gott sei Dank gab es die Obdachlose.«

»Welche Obdachlose?«

Sollte sie es ihm erzählen? Sie fühlte sich schon jetzt völlig entblößt und schutzlos und hatte nicht den Mut, noch mehr von sich preiszugeben, selbst diesem Mann gegenüber, der zuhören konnte, als wäre sie der einzige Mensch auf Erden. Sie konnte ihm doch nicht gestehen, dass sie glaubte, Gott sei eine Pennerin.

Glaubte sie es immer noch?

Sie hielt einen Moment inne und überlegte. Ja, lautete die einfache und klare Antwort. Ja, sie glaubte, dass sie Gott zu Weihnachten in den kalten, dunklen, gesegneten Straßen von Montréal getroffen hatte. Dennoch, sie hatte an diesem Abend schon genug von sich erzählt.

»Ach, nichts. Ich brachte ihr einen Kaffee und fühlte mich dadurch besser. Das scheint immer zu funktionieren, oder?«

Bei freundlichen und mitfühlenden Menschen, dachte Gamache, nicht bei jedem. Er wusste, dass sie etwas für sich behielt, beschloss jedoch, sie nicht weiter zu drängen. Abgesehen davon hatte es sicher nichts mit dem Fall zu tun, und es war nicht seine Art, jemand zum Sprechen zu bringen, nur weil er es konnte.

»Wusste CC, dass Sie mitbekamen, was sie sagte?«

Clara tat so, als müsse sie in ihrem Gedächtnis kramen, aber sie wusste es genau. Hatte es von dem Moment an gewusst, in dem sie CC auf der Rolltreppe gesehen hatte.

»Ja, wir haben uns kurz in die Augen gesehen. Sie wusste es.«

»Das muss entsetzlich gewesen sein.«

»Einen Augenblick lang dachte ich, mein Herz würde stehen bleiben. Ich war wirklich überzeugt, dass Fortin meine Arbeit mögen würde. Es ist mir gar nicht in den Sinn gekommen, dass das nicht der Fall sein könnte. Es war mein Fehler, dass ich mich solchen Illusionen hingegeben habe.«

»Wird man von jemandem verletzt, ist man doch nicht selbst schuld daran, wenn man Schmerz verspürt.«

Er sah sie an, ihre Hände waren zu Fäusten geballt, die Knöchel traten weiß hervor, ihr Atem ging schwer, als pumpe sie sich auf. Er kannte Clara Morrow als eine freundliche, liebevolle und tolerante Frau. Wenn CC de Poitiers eine solche Reaktion bei Clara hervorrufen konnte, wie musste es dann erst bei anderen sein?

Er ergänzte die lange Liste von Verdächtigen um Claras Namen. Was verbarg sie in jenem inneren Raum, den sie selbst vor sich verschlossen und unzugänglich hielt? Was hatte vor ein paar Minuten für einen kurzen Moment hinter ihrem Schweigen hervorgelugt?

»Nachtisch.« Gabri streckte seinen Kopf ins Atelier.

22

Was glauben Sie, wer CC umgebracht hat?«, fragte Myrna, leckte ihre Gabel ab und nahm einen Schluck von dem starken schwarzen Kaffee. Die Kombination aus frisch gemahlenem und aufgebrühtem Kaffee und Schokoladentorte versetzte Myrna beinahe in Ekstase.

»Ich glaube, ich muss zuerst einmal herausfinden, wer sie war«, gestand Gamache. »Ich glaube, der Mörder kommt aus ihrer Vergangenheit.« Dann berichtete er ihnen von CC und ihrer Phantasiewelt. Er sprach mit tiefer, ruhiger Stimme, wie ein Geschichtenerzähler aus alter Zeit. Die Freunde saßen im Kreis um ihn herum, ihre Gesichter leuchteten im Schein des Kaminfeuers bernsteinfarben. Sie aßen ihren Kuchen und tranken ihren Kaffee, ihre Augen wurden immer größer, je mehr er ihnen über das Geheimnis und die Täuschung enthüllte.

»Sie war also nicht die, für die sie sich ausgab«, sagte Clara, als er geendet hatte. Sie hoffte, dass ihr die Genugtuung nicht allzu deutlich anzuhören war. CC war im Grunde verrückt gewesen.

»Warum hat sie sich gerade die beiden als Eltern ausgesucht?« Myrna deutete mit dem Kopf in Richtung Fernseher.

»Keine Ahnung. Fällt Ihnen etwas dazu ein?«

Alle überlegten.

»Es ist nicht ungewöhnlich, dass Kinder sich einbilden,

sie wären adoptiert«, sagte Myrna. »Selbst glückliche Kinder machen diese Phase durch.«

»Das stimmt«, sagte Clara. »Ich weiß noch, dass ich dachte, meine richtige Mutter wäre die Königin von England und sie hätte mich in die Kolonien geschickt, damit ich dort als Bürgerliche aufwachse. Jedes Mal, wenn es an der Tür läutete, dachte ich, sie käme, um mich zu holen.«

Clara konnte sich noch gut daran erinnern, dass sie sich vorgestellt hatte, Königin Elisabeth würde auf der Schwelle ihres bescheidenen Elternhauses in Notre Dame de Grace in Montréal stehen und alle Nachbarn würden sich die Hälse verrenken, um einen Blick auf die Königin mit ihrer Krone und dem langen purpurfarbenen Umhang zu erhaschen. Und mit Handtasche. Clara wusste genau, was die Königin in dieser Handtasche verwahrte. Ein Foto von ihr und ein Flugticket, um sie mit nach Hause zu nehmen.

»Aber«, sagte Peter, »du hast diese Phase überwunden.«

»Ja«, sagte Clara und log dabei nur ein kleines bisschen, »dafür hatte ich dann andere Phantasien.«

»Ich muss doch sehr bitten. Heterosexuelle Phantasien haben am Abendbrottisch nichts zu suchen«, sagte Gabri.

Aber Claras Träume hatten mit Sex nicht das Geringste zu tun.

»Genau da liegt das Problem«, sagte Gamache. »Ich stimme Ihnen zu, dass wir uns als Kinder alle unsere eigene Welt geschaffen haben. Wir waren Cowboys und Indianer, Weltraumforscher, Prinzen und Prinzessinnen.«

»Soll ich euch von meiner erzählen?«, fragte Gabri.

»Bitte, lieber Gott, lass das Haus in die Luft fliegen«, sagte Ruth.

»Ich habe immer geträumt, ich wäre hetero.«

Die ebenso schlichten wie ergreifenden Worte brachten alle für einen Moment zum Schweigen.

»Ich habe immer geträumt, ich wäre beliebt«, sagte Ruth in die Stille hinein. »Und hübsch.«

»Ich habe immer geträumt, ich wäre weiß«, sagte Myrna. »Und dünn.«

Peter sagte nichts. Er konnte sich nicht daran erinnern, dass er als Kind irgendwelche Träume gehabt hatte. Er war zu sehr damit beschäftigt gewesen, sich mit der Realität auseinanderzusetzen.

»Und Sie?«, fragte Ruth Gamache.

»Ich habe immer geträumt, ich hätte meine Eltern gerettet«, sagte er und dachte an den kleinen Jungen, der aus dem Wohnzimmerfenster sah, an die Rückenlehne des Sofas gelehnt, die Wange auf dem groben Bezug. Manchmal spürte er noch heute den kratzigen Stoff an seiner Wange, wenn es im Winter stürmte. Wann immer seine Eltern zum Essen ausgegangen waren, hatte er auf sie gewartet und in der Dunkelheit Ausschau nach den Scheinwerfern gehalten. Und jeden Abend waren sie nach Hause gekommen. Bis auf einmal.

»Wir alle haben unsere Phantasien«, sagte Myrna. »Warum sollte sich CC darin unterscheiden?«

»In einem Punkt hat sie sich unterschieden«, sagte Gamache. »Wollen Sie immer noch weiß und dünn sein?«

Myrna brach in herzhaftes Lachen aus. »Unter keinen Umständen. Auf die Idee käme ich nicht mehr.«

»Oder hetero?«, fragte er Gabri.

»Olivier würde mich umbringen.«

»Irgendwann verlieren sich unsere Kindheitsphantasien, sei das gut oder schlecht, oder es treten andere an ihre Stelle. Aber nicht bei CC. Das ist der Unterschied. Sie schien an sie zu glauben, das ging sogar so weit, dass sie sich den Namen de Poitiers zulegte. Wir wissen nicht einmal, wie sie richtig hieß.«

»Es würde mich interessieren, wer ihre Eltern waren«,

sagte Gabri. »Sie war Ende vierzig, richtig? Sie dürften jetzt also über siebzig sein. Wie du.« Gabri drehte sich zu Ruth, die einen Augenblick wartete, bevor sie sprach.

»Längst tot und anderswo begraben
Hat meine Mutter über mich noch Macht.«

»Aus einem Gedicht?«, fragte Gamache, als Ruth geendet hatte. Es klang irgendwie vertraut.

»Ach, wie kommen Sie denn darauf?«, gab Ruth giftig zurück.

»Wenn mein Tod uns scheidet
Dann sollen Vergeben und Vergebenes eins werden
Oder wird es, wie immer, zu spät sein?«

»Na, Gott sei Dank. Ich dachte schon, wir müssten einen Abend ohne deine Gedichte auskommen«, sagte Gabri. »Bitte, mach doch weiter. Noch ist mir nicht genug nach Selbstmord zumute.«

»Ihre Lyrik ist beeindruckend«, sagte Gamache. Ruth schienen seine freundlichen Worte näher zu gehen als Gabris spitze Bemerkungen.

»Ach, lassen Sie mich doch in Ruhe.« Sie schob Gamache zur Seite und steuerte auf die Tür zu.

»Na, das war wohl ein Griff ins Klo«, sagte Gabri.

Gamache fiel wieder ein, woher er das Gedicht kannte. Er hatte es im Auto gelesen, auf dem Weg hierher, zu Beginn der Ermittlungen. Vorsichtig nahm er die Kassette aus dem Videogerät.

»Danke«, sagte er zu Clara und Peter. »Ich muss zu Inspector Beauvoir zurück. Haben Sie eine von Ihren Mappen übrig?«, fragte er Clara. »Ich würde sie gern mitnehmen.«

»Klar.« Sie führte ihn in ihr Atelier und dort zu ihrem

überquellenden Arbeitstisch. Sie knipste eine Lampe an und wühlte in den Papierstapeln. Er sah ihr eine Weile zu, bis sein Blick von etwas angezogen wurde, das auf dem Regal hinter ihrem Arbeitstisch glänzte. Er stand einen Augenblick lang reglos da, fast als hätte er Angst, der Gegenstand könnte davonflattern, sobald er sich bewegte. Dann ging er leise und langsam darauf zu, pirschte sich heran. Zugleich griff er in seine Tasche und zog ein Taschentuch heraus. Er streckte die Hand aus, ruhig und entschlossen, bedeckte den Gegenstand vorsichtig mit dem Taschentuch und nahm ihn aus dem Regal. Selbst durch den Stoff hindurch fühlte er sich irgendwie warm an.

»Ist sie nicht wundervoll?«, fragte Clara, als er zurücktrat und den Gegenstand unter die Lampe hielt. »Peter hat sie mir zu Weihnachten geschenkt.«

Gamache hielt eine schimmernde Kugel in seiner Hand. Es war etwas darauf gemalt. Drei Nadelbäume, deren Äste sich unter der Last des Schnees bogen. Darunter stand das Wort *Noël* und darunter wiederum, ganz zart, noch etwas. Ein einzelner großer Buchstabe.

L.

Gamache hatte die Li-Bien-Kugel gefunden.

Peter Morrow wirkte, als fühlte er sich in die Enge getrieben, und er war es auch. Auf Gamaches Frage hin hatte Clara strahlend berichtet, bei dem hübschen Zierrat handele es sich um das erste Weihnachtsgeschenk, das Peter jemals für sie gekauft habe. Bis zu diesem Jahr, hatte sie erklärt, seien sie zu arm dafür gewesen.

»Oder zu knauserig«, sagte Ruth.

»Woher haben Sie es?«, fragte Gamache in höflichem, aber bestimmtem Ton, der eine Antwort verlangte.

»Weiß ich nicht mehr«, versuchte Peter sich herauszureden, Gamaches entschlossener Blick brachte ihn jedoch dazu, klein beizugeben. »Ich wollte etwas für dich kaufen.« Peter drehte sich zu Clara, um eine Erklärung ringend.

»Aber?« Clara konnte sich denken, was jetzt kam.

»Ich bin zum Einkaufen nach Williamsburg gefahren …«

»Das Paris des Nordens«, sagte Gabri zu Myrna.

»Berühmt für seine Geschäfte«, stimmte Myrna ihm zu.

»… und da bin ich an den Containern bei der Sperrmüllsammelstelle vorbeigekommen und …«

»Es ist vom Müll?«, rief Clara aus. »Vom Müll?«

Die Hündin Lucy, aufgeschreckt durch den schrillen Klang von Claras Stimme, versuchte sich zwischen Claras Beinen zu verkriechen.

»Vorsicht, sonst zerspringt die Kugel noch«, sagte Ruth.

»Vom Müll.« Claras Stimme wurde wieder tiefer, sie senkte den Kopf und funkelte Peter an, der sich, ähnlich wie kurz zuvor Ruth, wünschte, das Haus möge auf der Stelle in die Luft fliegen.

»Indiana Jones, der Jäger des verlorenen Mülls hat erneut einen Schatz gefunden«, sagte Gabri.

»Sie haben das da«, Gamache hielt die Li-Bien-Kugel in die Höhe, »in einem Müllcontainer in Williamsburg gefunden?«

Peter nickte. »Ich wollte mich bloß umsehen, nur mal so zum Spaß. Es war relativ mildes Wetter, deshalb war nicht alles festgefroren. Ich war gar nicht lange da, und das Ding ist mir sofort ins Auge gesprungen. Sie sehen selbst, warum. Sogar bei künstlichem Licht glüht es; vielleicht können Sie sich vorstellen, wie es im hellen Sonnenschein ausgesehen hat. Es war wie ein Leuchtfeuer. Es hat mich gerufen.« Er warf einen Blick zu Clara, um zu sehen, ob sich damit vielleicht etwas retten ließ. »Ich glaube, ich sollte es finden. Vorherbestimmung.«

Von der Göttlichkeit seines Geschenks war sie jedoch nicht so leicht zu überzeugen.

»Wann war das?«, erkundigte sich Gamache.

»Ich kann mich nicht mehr genau erinnern.«

»Versuchen Sie es, Mr Morrow.« Jetzt sahen alle Gamache an. Der Mann schien gewachsen zu sein und strahlte eine Autorität und eine Eindringlichkeit aus, die selbst Ruth zum Schweigen brachte. Peter dachte einen Moment nach.

»Es war ein paar Tage vor Weihnachten. Jetzt weiß ich es wieder, es war am Tag nach deiner Buchpräsentation«, sagte er zu Ruth. »Am 23. Dezember. Clara war zu Hause und führte Lucy spazieren, während ich Weihnachtsgeschenke einkaufen ging.«

»Aus dem Müll fischen, meinst du wohl?«, sagte Clara.

Peter seufzte und schwieg.

»Wo haben Sie die Kugel gefunden?«, fragte Gamache.

»Am Rand des Containers, als hätte sich jemand gestreckt und sie dort hingelegt, statt sie einfach reinzuwerfen.«

»Haben Sie sonst noch etwas gefunden?«

Gamache beobachtete Peter ganz genau, um zu sehen, ob er log. Peter schüttelte den Kopf. Gamache glaubte ihm.

»Was ist damit? Warum ist sie so wichtig?«, fragte Myrna.

»Das ist die sogenannte Li-Bien-Kugel«, sagte Gamache, »sie hat CC gehört. Sie hat ihre gesamte spirituelle Philosophie um diese Kugel herum aufgebaut. In ihrem Buch hat sie die Kugel beschrieben, sie sieht so aus wie die hier, und sie hat erklärt, es sei die einzige Hinterlassenschaft ihrer Mutter. Um genau zu sein, sie schreibt, ihre Mutter hätte sie bemalt.«

»Da sind drei Tannenbäume drauf«, sagte Myrna.

»Und eine Initiale«, sagte Clara. »Ein L.«

»Also ist CC deshalb hierhergezogen«, sagte Gabri.

»Warum?«, fragte Peter, der darüber nachgedacht hatte, welcher Krach ihn erwartete, und das Gespräch nicht genau mitverfolgt hatte.

»Drei Tannenbäume?«, sagte Gabri, ging zum Fenster

und deutete hinaus. »Oder drei Kiefern. *Trois pins.* Three pines?«

»Was soll das denn jetzt werden«, sagte Ruth, »ein bisschen Sprachkunde?«

»Nein, ein bisschen Erdkunde«, sagte Gabri. »Wir sind hier nämlich in, na?« Er sah Peter auffordernd an.

»In Three Pines«, sagte Peter, bei dem jetzt endlich der Groschen fiel. »CCs Mutter war von hier?«

»Und ihr Name fing mit einem L an«, sagte Myrna.

Emilie Longpré lag im Bett. Es war noch früh am Abend, nicht einmal zehn, und sie war müde. Sie nahm ihr Buch und versuchte zu lesen, aber es wog schwer in ihrer Hand. Sie bemühte sich, es zu halten, sie wollte die Geschichte fertig lesen, wissen, wie sie ausging. Sie hatte Angst, dass ihre Zeit zu Ende sein könnte, bevor sie mit dem Buch zu Ende war.

Jetzt lag ihr das Buch schwer auf dem Bauch, es fühlte sich ein bisschen an wie damals, als sie mit David schwanger gewesen war. Sie hatte in genau diesem Bett gelegen, neben ihr Gus, der Kreuzworträtsel löste und leise vor sich hin murmelte. In ihr das Kind.

Jetzt hatte sie nur noch ein Buch zur Gesellschaft. Nein, rief sie sich zur Ordnung. Nicht nur ein Buch. Sie hatte Bea und Kaye. Sie waren bei ihr, und sie würden es bis zum Ende bleiben.

Em sah, wie das Buch, schwer von Worten, sich auf ihrem Bauch hob und senkte. Sie sah auf das Lesezeichen. Halb durch. Sie war erst halb durch. Emilie nahm das Buch wieder auf, dieses Mal hielt sie es mit beiden Händen fest und las eine Weile, verlor sich in der Geschichte. Sie hoffte, dass sie ein gutes Ende nehmen würde. Dass die Heldin Liebe und Glück finden würde. Oder vielleicht auch einfach nur sich selbst. Das würde schon reichen.

Das Buch fiel erneut zu, als Em die Augen zufielen.

Mother Bea konnte in die Zukunft sehen, es war nichts Gutes, was sie sah. War es nie gewesen. Selbst in den besten Zeiten verfügte Mother über die Gabe, das Schlimmste zu sehen. Es war eine Eigenschaft, die ihr kein Glück gebracht hatte. In den Trümmern ihrer Zukunft zu leben nahm ihr zweifellos jede Freude an der Gegenwart. Der einzige Trost bestand darin, dass fast keine ihrer Befürchtungen jemals wahr geworden war. Die Flugzeuge waren nie abgestürzt, die Aufzüge nie in die Tiefe gerauscht, die Brücken spannten sich weiterhin sicher über Abgründe. Na gut, ihr Mann hatte sie verlassen, aber das war genau genommen keine besondere Katastrophe. Manche würden vielleicht sogar sagen, es sei eine sich selbst erfüllende Voraussage gewesen. Sie hatte ihn vertrieben. Er hatte sich immer beklagt, in ihrer Beziehung seien sie zu dritt. Beatrice, er und Gott. Einer müsste gehen.

Sie hatte nicht lange überlegen müssen.

Jetzt lag Mother Bea im Bett, behaglich in die weiche, warme Biberbettwäsche gekuschelt, ihr stämmiger Körper bis zur Nasenspitze von dem schweren Federbett umhüllt. Sie hatte Gott ihrem Ehemann vorgezogen, aber wenn sie ehrlich war, hätte sie ihm auch eine gute Daunendecke vorgezogen.

Von allen Orten auf der Welt war sie hier am liebsten. Zu Hause in ihrem Bett, sicher und geborgen. Also warum konnte sie nicht schlafen? Warum konnte sie nicht mehr meditieren? Warum konnte sie nicht einmal mehr essen?

Kaye lag im Bett und erteilte den jungen und verängstigten Infanteristen, die mit ihr im Schützengraben kauerten, Befehle. Ihre flachen Helme waren verrutscht, ihre Gesichter waren schlamm- und scheißeverkrustet und zeigten die ersten Barthaare. Mehr sollten es auch nicht werden, wie sie wusste, aber das sagte sie ihnen lieber nicht. Stattdessen hielt sie ihnen eine aufmunternde Rede und versicherte ihnen, wenn es so weit wäre, würde sie als Erste aus dem Schützengraben springen, und anschließend stimmte sie mit Inbrunst »Rule Britannia« an.

Sie würden alle bald sterben, das wusste sie. Kaye rollte sich zu einer Kugel zusammen, von Scham erfüllt angesichts der Feigheit, die sie ihr ganzes Leben lang wie ein Kind in ihrem Leib mit sich herumgetragen hatte und die in einem krassen Gegensatz zur offenkundigen Tapferkeit ihres Vaters stand.

»Es tut mir leid«, sagte Peter zum hundertsten Mal.

»Es hat nichts damit zu tun, dass du sie aus dem Müll geholt hast, sondern dass du mich angelogen hast«, log Clara. Es hatte sehr wohl etwas damit zu tun, dass er das blöde Ding aus dem Müll geholt hatte. Wieder einmal hatte er ihr Abfall zu Weihnachten geschenkt. Als sie sich nichts anderes hatten leisten können, hatte das keine Rolle gespielt. Sie hatte für ihn etwas gebastelt, weil sie in solchen Dingen geschickt war, und er hatte im Müll gewühlt, weil er es nicht war, dann hatten sie beide so getan, als gefielen ihnen ihre Geschenke.

Aber das hier war etwas anderes. Jetzt konnten sie es sich leisten, trotzdem wühlte er lieber im Müll.

»Es tut mir leid«, sagte er, und er wusste, dass damit nicht geholfen war, aber er hatte keine Ahnung, was helfen würde.

»Vergiss es«, sagte sie.

Er war klug genug, um zu wissen, dass das nicht besonders klug wäre.

Gamache saß neben Beauvoir. Obwohl sein Fieber gesunken war, hatte er ihm noch einmal eine Wärmflasche gemacht. Gamache konnte nur noch eine Wärmflasche finden und fragte sich, wo die andere abgeblieben war. Jetzt saß er da, abwechselnd Beauvoir betrachtend und in dem dicken Buch lesend, das er auf dem Schoß liegen hatte.

Er hatte bei Jesaja nachgelesen, nur um sicherzugehen, und sich dann den Psalmen zugewandt. Als er in die Pension zurückgekommen war, hatte er seinen Gemeindepfarrer angerufen, und Vater Néron hatte ihm die entsprechende Stelle genannt.

»Es hat mich gefreut, Sie am Heiligen Abend in der Kirche zu sehen, Armand«, hatte Vater Néron gesagt. Darauf hatte Gamache bereits gewartet. »Und ihre Enkelin kennenzulernen. Sie sieht Reine-Marie sehr ähnlich, glückliches Kind.« Gamache wartete. »Es ist so schön, eine intakte Familie zu sehen. Zu schade, dass Sie in der Hölle landen und nicht die Ewigkeit mit ihr zusammen verbringen werden.« Ta-ta.

»Zum Glück, *mon père,* werden sie ebenfalls in der Hölle landen.«

Vater Néron hatte gelacht. »Was ist, wenn ich recht habe, und Sie gefährden Ihre unsterbliche Seele, weil Sie nicht jede Woche in die Kirche gehen?«, fragte er.

»Dann werde ich Ihre angenehme Gesellschaft bis in alle Ewigkeit vermissen, Marcel.«

»Was kann ich für Sie tun?«

Gamache hatte es ihm gesagt.

»Nicht Jesaja. Das stammt aus Psalm 46. Allerdings weiß ich nicht genau, welcher Vers. Offen gestanden, einer meiner Lieblingspsalmen, aber er kommt bei den Vorgesetzten nicht besonders gut an.«

»Warum nicht?«

»Nun ja, denken Sie mal nach, Armand. Wenn man nichts weiter tun müsste als still sein, um Gott nahezukommen, dann würde man mich nicht mehr brauchen.«

»Angenommen, es stimmt, was da steht?«, fragte Gamache.

»Dann werden Sie und ich uns doch noch in der Ewigkeit treffen. Ich hoffe es.«

Jetzt las Gamache den Psalm und warf hin und wieder über seine Lesebrille hinweg einen Blick auf Beauvoir. Warum hatte Mother gelogen und behauptet, die Stelle stamme aus Jesaja? Sie musste es besser wissen. Und was noch auffälliger war, warum hatte sie die Stelle falsch zitiert und *Be Calm* an die Wand geschrieben, *Seid ruhig und erkennt, dass Ich Gott bin*?

»Steht es so schlecht um mich?«

Gamache hob den Kopf und stellte fest, dass Beauvoir ihn mit klarem Blick ansah und lächelte.

»Nicht dein Körper, junger Mann. Deine Seele ist's, um die ich weine.«

»Da ist was Wahres dran, Monsignore.« Beauvoir richtete sich mühsam auf einem Ellbogen auf. »Sie können sich nicht vorstellen, was für grässliche Träume ich hatte. Ich habe sogar geträumt, Agent Nichol wäre bei mir«, gestand er mit gesenkter Stimme.

»Wie furchtbar«, sagte Gamache. »Dann geht es Ihnen ja besser.« Er nahm seine kühle Hand von Beauvoirs kühler Stirn.

»Viel besser. Wie spät ist es?«

»Mitternacht.«

»Gehen Sie schlafen, Sir. Mir geht's gut.«

»Gallig, Unsicher und Todtraurig?«

»Ich hoffe, das kommt nicht in meine nächste Beurteilung.«

»Nein, das ist nur ein bisschen Poesie.«

Wenn das Poesie ist, dachte Beauvoir und ließ sich schläfrig in die weichen Kissen zurücksinken, dann könnte ich mich eines Tages damit anfreunden.

»Warum lesen Sie die Bibel?«, murmelte er, bereits halb eingeschlafen.

»Es geht um die Inschrift an der Wand in Mothers Meditationszentrum. Psalm 46, Vers 11. Es müsste *Be Still* heißen, *Seid stille und erkennt, dass Ich Gott bin.*«

Beauvoir schlief ein, begleitet von der Stimme und dem Gedanken.

23

Die Leuchtziffern der Uhr neben dem Bett zeigten 5:51 an. Es war noch dunkel und würde auch noch eine Weile dunkel bleiben. Gamache lag warm zugedeckt im Bett und spürte die frische, kalte Luft, die durch das einen Spaltbreit geöffnete Fenster drang, über sein Gesicht streichen.

Zeit aufzustehen.

Er duschte und zog sich in dem kühlen Zimmer mit den dunklen Holzmöbeln, den weiß gestrichenen Wänden und dem flauschigen Federbett rasch an. Es war geschmackvoll und viel zu behaglich. Gamache schlich auf Zehenspitzen die finstere Treppe der Pension hinunter. Er hatte seine wärmsten Sachen an und schlüpfte in seinen dick gefütterten Anorak. Als er letzte Nacht angekommen war, hatte er Mütze und Handschuhe in einen der Ärmel gestopft und blieb jetzt beim Anziehen mit dem rechten Arm darin stecken. Ein geübter Schubs ließ den Bommel der Mütze unten in der Öffnung erscheinen, gefolgt von den Handschuhen, wie bei einer kleinen Geburt.

Der Schnee knirschte unter seinen Sohlen, als er sich von der Pension entfernte. Es war ein klirrend kalter Morgen, aber absolut windstill, und Gamache dachte, dass der Wetterbericht wohl recht hatte. Es würde ein eiskalter Tag, selbst für Québecer Verhältnisse. Leicht vornübergebeugt, mit gesenktem Kopf, die behandschuhten Hände auf dem Rücken verschränkt, schritt Gamache dahin und dachte über diesen verworrenen Fall mit seinen mysteriösen Verdächtigen und Hinweisen nach.

Eine Pfütze aus Frostschutzmittel, Niacin, *Der Löwe im Winter*, Überbrückungskabel, Psalm 46,11 und eine lang verschollene Mutter. Und das war nur, was er bisher herausgefunden hatte. CC war seit zwei Tagen tot, was er jetzt wirklich brauchte, war eine göttliche Eingebung.

Der Fall führte ihn in der Dunkelheit im Kreis um den Dorfanger herum, obwohl es im Winter niemals stockfinster war. Der Schnee, der alles bedeckte, hatte einen eigenen Schimmer. Gamache stapfte vorbei an den schlafenden Dorfbewohnern in ihren Häusern, aus deren Kaminen senkrecht Rauch in die Luft stieg, vorbei an den dunklen Geschäften, dem schwachen Lichtschein im Keller von Sarahs Bäckerei, der frische Croissants verhieß.

In der erstaunlichen Stille und Behaglichkeit des schlafenden Dorfes drehte er eine Runde nach der anderen, seine Schritte knirschten auf dem harten Schnee, und sein Atmen klang ihm laut in den Ohren.

Schlief CCs Mutter in einem dieser Häuser? Schlummerte sie friedlich, oder schreckte ihr Gewissen sie auf, wie ein Eindringling, der Böses im Sinn hatte?

Wer war CCs Mutter?

Hatte CC sie gefunden?

Wollte sie gefunden werden?

Hatte CC die Suche nach ihren Wurzeln hierhergeführt, oder gab es ein anderes, finsteres Motiv?

Was hatte es mit der Li-Bien-Kugel auf sich? Wer hatte sie weggeworfen? Warum hatte der Betreffende sie nicht einfach in den Müllcontainer geschmissen, wo sie in tausend Splitter zersprungen wäre?

Glücklicherweise hatte Armand Gamache eine Schwäche für Rätsel. In der nächsten Sekunde schoss quer über den Dorfanger eine dunkle Gestalt auf ihn zu.

»Henri! Viens ici«, befahl eine Stimme. Für einen Hund mit so großen Ohren schien Henri ziemlich schwerhörig zu sein. Gamache wich aus, und Henri schlitterte an ihm vorbei.

»Désolée«, rief Emilie Longpré, als sie keuchend näher kam. »Henri, du hast überhaupt keine Manieren.«

»Es ist mir eine Ehre, von Henri als Spielkamerad auserkoren zu werden.«

Sie wussten beide, dass Henri auch mit seinen eigenen gefrorenen Haufen spielte, die Ehre verteilte Henri also recht großzügig. Trotzdem neigte Em leicht den Kopf zum Zeichen, dass sie seine höfliche Antwort zu schätzen wusste. Emilie Longpré gehörte zu einer aussterbenden Art von Québecoise. Die Grande Dame, die nicht aufdringlich und rücksichtslos war und andere schikanierte, sondern sich durch ihre Würde und Freundlichkeit auszeichnete.

»Wir sind es nicht gewohnt, auf unserem Morgenspaziergang jemandem zu begegnen«, erklärte Emilie.

»Wie spät ist es denn?«

»Kurz nach sieben.«

»Darf ich mich Ihnen anschließen?«

Er passte sich ihrem Tempo an, und zu dritt setzten sie ihren gemächlichen Gang um den Dorfanger fort. Gamache warf Schneebälle für Henri, der darüber vor Freude schier außer sich geriet, während in einem Haus nach dem anderen das Licht anging. Auf dem Weg von der Pension zum Bistro winkte ihnen von ferne Olivier zu. Einen Moment später ging hinter den Fenstern das Licht an.

»Wie gut kannten Sie CC?«, fragte Gamache und sah Henri dabei zu, wie er auf dem zugefrorenen Teich schlingernd einem Schneeball hinterherjagte.

»Nicht besonders gut. Ich bin ihr nur ein paarmal begegnet.«

In der Dunkelheit konnte Gamache Emilies Gesichtsausdruck nicht ausmachen. Das empfand er als Nachteil, und er konzentrierte sich deshalb umso mehr auf ihre Stimme.

»Sie hat mich besucht.«

»Warum?«

»Ich habe sie eingeladen. Dann bin ich ihr etwa eine Woche später in Mothers Meditationszentrum begegnet.« In Emilies Stimme schwang eine gewisse Belustigung mit. Sie sah die Szene noch deutlich vor sich. Mothers Gesicht hatte die Farbe ihres Kaftans angenommen, der an diesem Tag dunkelrot war. CC stand abgemagert und selbstherrlich in der Mitte des Meditationsraums und ließ sich über Mothers Leben und Wirken aus.

»Es ist natürlich verständlich«, sagte CC herablassend zu Mother. »Es ist Jahre her, dass Sie Ihren spirituellen Weg erneuert haben, nach so langer Zeit kriegt alles etwas Abgestandenes«, sagte sie und hielt munter mit spitzen Fingern ein purpurfarbenes Meditationskissen als Beweis für Mothers beklagenswert altmodische Philosophie hoch. Und die Einrichtung. »Ich meine, seit wann hat die Farbe Purpur denn etwas Göttliches?«

Mit dem Ausdruck stummen Entsetzens riss Mother den Mund auf und griff sich in die Haare. Davon bekam CC jedoch nichts mit. Sie legte den Kopf in den Nacken und sah zur Decke, streckte die Hände aus und fing wie eine riesige Stimmgabel an zu summen.

»Nein, hier ist kein Geist zu spüren. Ihr Ego und Ihre Gefühle lassen keinen Raum dafür. Wie soll das Göttliche es zwischen all diesen schrillen Farben aushalten? Hier gibt es zu viel von Ihnen und zu wenig von der höheren Macht. Immerhin, Sie tun Ihr Bestes, und Sie haben wirklich Pionierarbeit geleistet, als Sie vor dreißig Jahren in der Provinz Meditation …«

»Vierzig«, sagte Mother, die ihre Stimme wiedergefunden hatte, auch wenn sie kaum mehr als ein Krächzen war.

»Wie auch immer. Es war völlig gleichgültig, was Sie angeboten haben, weil sowieso niemand eine Ahnung davon hatte.«

»Verzeihung?«

»Ich bin in der Hoffnung hergekommen, hier jemanden zu finden, mit dem ich ein gewisses Karma teilen kann.« CC hatte einen Seufzer ausgestoßen und sich umgesehen, dabei hatte sie finster ihren erleuchteten, gebleichten Kopf geschüttelt. »Nun ja, mein Weg liegt klar vor mir. Mir ist eine besondere Gabe zuteilgeworden, und ich habe die Absicht, andere daran teilhaben zu lassen. Ich werde mein Haus für alle öffnen und lehren, was ich von meinem Guru in Indien gelernt habe. Da mein Unternehmen und mein Buch Be Calm heißen, werde ich auch mein Meditationszentrum so nennen. Ich fürchte, Sie werden sich für Ihre kleine Einrichtung hier einen anderen Namen suchen müssen. Ich glaube sogar fast, es ist an der Zeit, dass Sie Ihre Pforten für immer schließen.«

Em fürchtete um CCs Leben. Mother verfügte wahrscheinlich gerade noch über genug Kraft, um CC zu erwürgen, und sie sah so aus, als hätte sie genau das vor.

»Ich erkenne Ihren Zorn«, sagte CC, als erspürte sie plötzlich etwas, das praktisch nicht zu übersehen war. »Sehr schädlich.«

»Mother hat sie natürlich nicht ernst genommen«, sagte Em, nachdem sie Gamache die Szene geschildert hatte.

»Aber CC hatte vor, den Namen ihres Zentrums zu verwenden. Das hätte für Mother katastrophale Folgen haben können.«

»Stimmt, aber ich denke nicht, dass Mother ihr geglaubt hat.«

»Ihr Zentrum heißt Be Calm. Man scheint auf Schritt und Tritt auf diesen Namen zu stoßen. War das nicht auch der Name Ihrer Curling-Mannschaft?«

»Wer hat Ihnen denn das erzählt?« Em lachte. »Das muss fünfzig, sechzig Jahre her sein. Eine uralte Geschichte.«

»Aber eine interessante Geschichte, Madame.«

»Freut mich, dass Sie es so sehen. Es war ein Scherz. Wir haben uns selbst nicht ernst genommen, und es war uns ziemlich egal, ob wir gewinnen oder nicht.«

Es war die gleiche Geschichte, die er schon einmal gehört hatte, aber er wünschte, er hätte dabei ihr Gesicht sehen können.

Henri kam angehumpelt und hob zuerst die eine Pfote und dann die andere.

»Ach, der arme Henri. Wir sind zu lange draußen geblieben.«

»Soll ich ihn tragen?«, fragte Gamache mit schlechtem Gewissen, weil er nicht daran gedacht hatte, dass der kalte Schnee den Pfoten eines Hundes schaden konnte. Jetzt erinnerte er sich daran, wie er im letzten Winter unter Mühen den guten alten Sonny drei Straßen weit nach Hause geschleppt hatte, weil der die Kälte an den Pfoten nicht mehr aushielt. Es hatte ihnen beiden das Herz zerrissen. Er erinnerte sich daran, wie er Sonny ein paar Monate später an sich gedrückt hatte, als der Tierarzt gekommen war, um ihn einzuschläfern. Und er erinnerte sich daran, dass er beruhigende Worte in die zotteligen alten Ohren geflüstert und in die tränenden Augen geblickt hatte, als sie sich mit einem letzten schwachen Wedeln des zottigen Schwanzes schlossen. Als Gamache Sonnys Herz zum letzten Mal schlagen spürte, war es ihm, als wäre nicht nur das alte Herz stehen geblieben, sondern als hätte Sonny sich zu guter Letzt einfach seinem Schicksal ergeben.

»Wir sind fast da«, sagte Em mit belegter Stimme, ihre Lippen und ihre Wangen waren ganz steif vor Kälte.

»Darf ich Sie zum Frühstück einladen? Ich würde unsere Unterhaltung gerne fortsetzen. Wie wär's im Bistro?«

Emilie Longpré zögerte nur einen kurzen Moment, dann nahm sie die Einladung an. Sie lieferten Henri zu Hause ab und machten sich dann in der Morgendämmerung auf den Weg zu Oliviers Bistro.

»Joyeux Noël«, sagte der gut aussehende junge Kellner zu Gamache und führte sie zu einem Tisch vor dem eben erst entfachten Kaminfeuer. »Schön, Sie wiederzusehen.«

Gamache rückte Em den Stuhl zurecht und sah dem jungen Mann hinterher, der zur Espressomaschine ging, um ihnen zwei *café au lait* zu machen.

»Philippe Croft«, sagte Em, die seinem Blick gefolgt war. »Ein netter junger Mann.«

Gamache lächelte erfreut. Der junge Croft. Das letzte Mal, als er Philippe gesehen hatte, im Zusammenhang mit einem anderen Fall, war er alles andere als nett gewesen.

Es war gerade acht Uhr, und sie hatten das Lokal für sich.

»Das ist ein seltenes Vergnügen, Chief Inspector«, sagte Em und studierte die Speisekarte.

Die Haare standen ihr nach dem Abnehmen der Mütze nach allen Seiten vom Kopf ab. Bei ihm war es kaum anders. Sie sahen beide aus, als hätten sie eine kleine Rauferei hinter sich. Jetzt nippten sie an ihrem Kaffee und spürten, wie sich die Wärme in ihrem Körper ausbreitete. Ihre Gesichter waren von einem rosigen Hauch überzogen, und ihre Wangen begannen langsam aufzutauen. Der Duft des frisch aufgebrühten Kaffees vermischte sich mit dem Geruch des lodernden Kaminfeuers, und die Welt schien freundlich, so, wie sie sein sollte.

»Wollen Sie heute Vormittag tatsächlich Unterricht im Curling?«, fragte Em. Gamache hatte ihre Verabredung keineswegs vergessen und freute sich schon darauf.

»Falls es nicht zu kalt ist.«

»Das Wetter dürfte perfekt dafür sein. Sehen Sie sich den Himmel an.« Sie deutete mit dem Kopf zum Fenster. Die aufgehende Sonne begann den Himmel mit einem leuchtenden Schimmer zu überziehen. »Klar und kalt. Heute Nachmittag wird es vor Kälte nicht auszuhalten sein.«

»Darf ich die Eier mit Würstchen empfehlen?« Philippe stand mit gezücktem Block neben ihnen. »Die Würstchen sind von Monsieur Pagés Farm.«

»Sie sind hervorragend«, raunte Em.

»Madame?«, sagte Gamache auffordernd.

»Ich würde die Würstchen ja furchtbar gern essen, *mon beau Philippe,* aber ich fürchte, in meinem Alter ist das ein bisschen zu viel. Liefert euch Monsieur Pagé auch noch den Speck?«

»Aber ja, selbst geräuchert, Madame Longpré. Der beste in ganz Québec.«

»*Merveilleux.* Welch ein Luxus.« Mit einem vergnügten Lächeln beugte sie sich über den Tisch zu Gamache. »Für mich bitte ein pochiertes Ei, dazu ein Stück von Sarahs Baguette und ein bisschen von dem wunderbaren Speck.«

»Und ein Croissant?« Philippe zwinkerte ihr zu. Durch die offen stehende Verbindungstür drang der verführerische Duft von Croissants, die ein Haus weiter gerade gebacken wurden, zu ihnen.

»Na ja, vielleicht eins.«

»Monsieur?«

Gamache bestellte, und nach wenigen Minuten hatte er einen Teller mit Würstchen und French Toast vor sich stehen. Außerdem einen Krug mit Ahornsirup aus der Gegend, zwischen ihm und Em standen ein Körbchen mit dampfenden Croissants und verschiedene hausgemachte Marmeladen. Sie aßen, unterhielten sich und nahmen vor dem lodernden, warmen Kaminfeuer hin und wieder einen Schluck von ihrem Kaffee.

»Also, was für einen Eindruck hatten Sie von CC?«, fragte er.

»Sie hat auf mich wie eine sehr einsame Frau gewirkt. Sie tat mir leid.«

»Andere haben sie als selbstsüchtig, kleinlich, rücksichtslos und geradeheraus als ein bisschen dumm beschrieben. Niemand, um dessen Gesellschaft man sich reißt.«

»Das stimmt, ja. Sie war furchtbar unglücklich und hat das an anderen ausgelassen. Das tun manche, nicht wahr? Sie können es nicht ertragen, wenn andere glücklich sind.«

»Trotzdem haben Sie sie zu sich nach Hause eingeladen.«

Diese Feststellung hatte ihm auf der Zunge gelegen, seit sie es vorhin auf ihrem Spaziergang erwähnt hatte. Aber wenn er sie äußerte, wollte er ihr Gesicht sehen.

»Ich bin in meinem Leben selbst schon furchtbar unglücklich gewesen«, sagte sie mit leiser Stimme. »Sie nicht auch, Chief Inspector?«

Mit dieser Antwort hätte er nicht gerechnet. Er nickte.

»Das dachte ich mir. Ich finde, wenn man selbst eine solche Erfahrung gemacht und überstanden hat, ist man verpflichtet, anderen zu helfen. Wir können nicht einfach zusehen, wie jemand ertrinkt, wenn wir selbst gerettet wurden.«

Auf einmal war es ganz still im Raum, Gamache merkte, dass er die Luft anhielt.

»Ich verstehe, Madame, und ich pflichte Ihnen bei«, sagte er schließlich. Sanft fuhr er fort: »Würden Sie mir von Ihrem Kummer erzählen?«

Sie erwiderte seinen Blick. Dann griff sie in die Tasche ihrer Strickjacke und zog ein zusammengeknülltes weißes Papiertaschentuch heraus und noch etwas anderes. Sie legte eine kleine Schwarz-Weiß-Fotografie vor ihn auf den Tisch, sie war von dem Taschentuch verstaubt. Liebevoll fuhr sie mit dem Finger darüber und wischte die Fusseln weg.

»Das ist Gus, mein Mann, und das mein Sohn David.«

Der große Mann hatte den Arm um die Schultern des schlaksigen jungen Mannes, eigentlich noch ein Junge, gelegt. Der Junge sah wie ein typischer Jugendlicher in den Siebzigern aus, mit langen zotteligen Haaren und einer Jacke mit breitem Revers. Seine Krawatte war ebenfalls breit, hinter ihnen stand ein Ungetüm von Auto.

»Das war kurz vor Weihnachten 1976. David war Geiger. Na ja, eigentlich hat er nur ein einziges Stück gespielt.« Sie lachte. »Eine außergewöhnliche Geschichte. Er hatte es als ganz kleines Kind gehört, kaum dass er laufen konnte. Gus und ich hatten eine Platte aufgelegt, und David hörte plötzlich auf zu spielen und wackelte schnurstracks zur Stereoanlage. Wir mussten es immer wieder spielen. Sobald er sprechen konnte, fragte er nach einer Geige. Wir haben das natürlich nicht ernst genommen. Aber es war ihm ernst damit. Eines Tages hörte ich ihn im Keller üben. Es klang unbeholfen und falsch, aber es war eindeutig dieses Stück.«

Gamache spürte, wie das Blut aus seinen Händen und Füßen wich und in sein Herz strömte, das sich schmerzhaft zusammenzog.

»David hatte sich das Stück selbst beigebracht. Er war damals sechs. Sein Lehrer hat schließlich aufgegeben, weil sich David geweigert hat, irgendetwas anderes zu üben oder zu spielen. Immer nur dieses eine Stück. Ein willensstarkes Kind. Das hatte er von Gus.« Sie lächelte.

»Was für ein Stück war das?«

»Tschaikowsky, Violinkonzert D-Dur.«

Gamache konnte sich nicht daran erinnern.

»David war ein ganz normaler Jugendlicher. Er war Torwart in seiner Eishockey-Mannschaft, ging fast während der gesamten Highschool mit einem der Chartrand-Mädchen, wollte an der Université de Montréal Forstwissenschaft studieren. Er war ein wunderbarer Junge, aber in keiner Weise außergewöhnlich, bis auf diese eine Sache.«

Sie schloss die Augen, einen Moment später hob sie die Hand und ließ ein zierliches, von blauen Adern überzogenes Handgelenk sehen. Ihre Hand bewegte sich mit fließenden Bewegungen hin und her. Geisterhafte Töne füllten den Raum zwischen ihnen, kreisten um den Tisch, und schließlich schien das ganze Bistro von einer Musik erfüllt, die Gamache zwar nicht hören, sich jedoch vorstellen konnte. Er wusste, dass Em sie ganz deutlich hörte.

»Glücklicher Junge, eine solche Leidenschaft in sich zu haben«, sagte er leise.

»Das ist wahr. Wenn ich dem Göttlichen nie begegnet wäre, hätte ich es in seinem Gesicht erkannt, wenn er spielte. Er war gesegnet und wir auch. Ich glaube nicht, dass er mehr daraus machen wollte, aber dann ist etwas passiert. Kurz vor den Prüfungen im Dezember kam er mit einem Zettel nach Hause. Die Musikhochschule veranstaltete jedes Jahr einen Wettbewerb. Alle Musiker mit dem gleichen Instrument mussten jeweils ein Stück spielen, das das Komitee ausgesucht hatte. In dem Jahr«, sie deutete mit einem Nicken auf das Foto, »war es das Violinkonzert D-Dur von Tschaikowsky. David war völlig aus dem Häuschen. Das Vorspielen fand am 15. Dezember in Gaspé statt. Gus beschloss, ihn hinzufahren. Sie hätten den Zug nehmen oder fliegen können, aber Gus wollte ein bisschen Zeit mit David allein verbringen. Vielleicht wissen Sie ja selbst, wie das mit Jugendlichen ist? David war siebzehn und wie alle Jungen in dem Alter. Sehr verschlossen. Gus wollte ihm auf seine Weise sagen, dass er ihn liebte und alles für ihn tun würde. Dieses Foto wurde aufgenommen, kurz bevor sie losfuhren.«

Em senkte den Blick, und ihr Finger kroch über den Holztisch darauf zu, hielt jedoch kurz davor inne.

»David wurde bei dem Wettbewerb Zweiter. Er rief ganz aufgeregt an.« Sie konnte ihn immer noch hören, völlig außer Atem, als könnte er vor Freude kaum an sich halten. »Sie hatten vor, noch zu bleiben und sich ein paar der anderen Teilnehmer anzuhören, aber ich hatte die Wettervorhersage gehört, es war ein Sturm angekündigt, deshalb habe ich sie überredet, sofort loszufahren. Den Rest können Sie sich denken. Es war ein herrlicher Tag, so wie heute. Klar und kalt. Wie sich zeigte, war es zu kalt, zu klar. Glatteis auf der Fahrbahn, hieß es. Gus schien die Sonne direkt ins Gesicht. Und blendete ihn.«

24

Also, wer ist die Mutter von CC?«, fragte Beauvoir. Sie saßen seit einer halben Stunde bei der morgendlichen Besprechung, und er fühlte sich wieder ganz wie der Alte. Mit einem wesentlichen Unterschied.

Sein altes Ich konnte Agent Yvette Nichol nicht ausstehen, aber an diesem Morgen stellte er fest, dass er sie eigentlich sehr nett fand, er konnte sich gar nicht mehr daran erinnern, warum das einmal anders gewesen war. Sie hatten in der Pension gemeinsam gefrühstückt und waren in brüllendes Gelächter ausgebrochen, als sie von ihrem Versuch berichtete, ihm eine Wärmflasche zu machen. In der Mikrowelle.

»Klar, Sie finden das lustig«, sagte Gabri und knallte zwei Portionen Eier Benedikt vor sie auf den Tisch. »Sie sind ja auch nicht nach Hause gekommen und haben etwas vorgefunden, das aussah, als wäre die Katze in der Mikrowelle explodiert. Wobei ich an der Katze nie besonders gehangen habe. Aber an der Wärmflasche.«

Jetzt saßen sie alle um den Konferenztisch herum und hörten sich die einzelnen Berichte an. Die Li-Bien-Kugel war auf Fingerabdrücke untersucht worden. Man hatte sie ins Labor nach Montréal geschickt und Abdrücke von drei verschiedenen Personen gefunden.

Nichol hatte von ihren Recherchen berichtet. Sie war nach Montréal gefahren, um in Cries Schule Erkundigungen über sie einzuziehen.

»Ich wollte ein bisschen mehr erfahren als das, was im Klassenbuch steht. Offenbar hält man sie für ein kluges Mädchen, aber nicht besonders aufgeweckt, wenn Sie verstehen. Pedantisch, methodisch. Ich habe den Eindruck, Crie ist dort nicht besonders beliebt. Die stellvertretende Direktorin nannte sie einmal Brie und verbesserte sich dann schnell. Am besten ist Crie in den naturwissenschaftlichen Fächern, in letzter Zeit zeigte sie auch Interesse am Theater. In den vergangenen Jahren hat sie sich bei den Aufführungen immer im Hintergrund gehalten und sich um die Technik gekümmert, aber dieses Jahr hat sie tatsächlich mitgespielt. Offenbar war es eine mittlere Katastrophe. Lampenfieber. Man musste sie von der Bühne führen. Die anderen Kinder waren nicht sehr nett zu ihr. Die Eltern offenbar auch nicht.«

»Und die Lehrer?«, fragte Gamache.

Nichol schüttelte den Kopf. »Eins ist interessant. Der Scheck für das Schulgeld ist ein paarmal geplatzt. Deshalb habe ich mir CCs Finanzen ein bisschen näher angesehen. Es scheint so, als hätten CC und ihr Mann weit über ihre Verhältnisse gelebt. Genau genommen haben sie nur ein paar Monate vom vollständigen Ruin getrennt.«

»War CC versichert?«, fragte Beauvoir.

»Mit zweihunderttausend Dollar. Richard Lyon stammt aus bescheidenen Verhältnissen. Er ist Diplomingenieur mit einem Abschluss von Waterloo, hat aber nie in dem Beruf gearbeitet. Seine jetzige Stelle hat er seit achtzehn Jahren. Er ist ein popliger kleiner Abteilungsleiter. Stellt Terminpläne auf. Für den Job überqualifiziert. Er verdient zweiundvierzigtausend im Jahr, nach Abzug der Steuern bleiben dreißig. Sie hat in den sechs Jahren, seit sie ihr Unternehmen gegründet hat, keinerlei Gewinn gemacht. Übernimmt hier und da kleinere Aufträge für Inneneinrichtungen, aber im vergangenen Jahr scheint sie die meiste Zeit damit verbracht zu haben, dieses Buch zu schreiben und eine eigene Produktlinie mit Wohnaccessoires zu entwerfen. Hier.« Nichol warf einen Katalog auf den Tisch. »Das ist die Vorlage für den Katalog, den sie herausgeben wollte und an dem der Fotograf gearbeitet hat, vermute ich.«

Beauvoir blätterte darin herum. Li-Bien-Seife, Li-Bien-Kaffeebecher, Be-Calm-Bademäntel.

»CC hatte nächste Woche einen Termin für eine Besprechung mit Direct Mail Inc.«, fuhr Nichol fort. »Das ist der größte Katalogversandhandel in den Vereinigten Staaten. Sie hatte vor, sie für ihre Produktlinie zu gewinnen. Wenn das geklappt hätte, wäre sie eine gemachte Frau gewesen.«

»Was sagt die Firma dazu?«, fragte Isabelle Lacoste.

»Ich warte auf einen Rückruf«, sagte Nichol mit einem Lächeln, das, wie sie hoffte, *danke, dass du gefragt hast* ausdrückte.

»Gibt es aus dem Labor irgendwas zu den Fotos, die er beim Curling gemacht hat?«, fragte Beauvoir Lacoste.

»Ich habe jemanden losgeschickt, um die Negative entwickeln zu lassen. Er müsste sich bald melden.«

»Gut«, sagte Gamache, dann berichtete er ihnen von dem Niacin, von dem Film *Der Löwe im Winter* und Psalm 46,11.

»Also, wer ist die Mutter von CC?«, stellte Beauvoir die Schlüsselfrage.

»Es gibt in Three Pines einige wenige Frauen, die das richtige Alter hätten«, sagte Lacoste. »Emilie Longpré, Kaye Thompson und Ruth Zardo.«

»Aber nur eine von ihnen hat den Buchstaben L im Namen«, sagte Agent Lemieux, der damit zum ersten Mal das Wort ergriff. Er ließ Agent Nichol nicht aus den Augen. Er wusste nicht, warum, aber er mochte sie nicht, es gefiel ihm nicht, dass sie auf einmal hier aufgetaucht war, und noch viel weniger gefiel ihm dieses plötzliche kumpelhafte Getue mit Inspector Beauvoir.

»Ich werde das überprüfen«, sagte Lacoste, und damit war die Besprechung beendet.

Gamache griff nach der Holzschachtel auf seinem Tisch, drehte sie automatisch herum und betrachtete die auf den Boden geklebten Buchstaben.

»Was ist das?« Beauvoir zog sich einen Stuhl neben den Chief.

»Ein Beweisstück aus einem anderen Fall«, sagte Gamache und reichte Beauvoir die Schachtel. Er hatte plötzlich das Gefühl, Beauvoir wäre vielleicht in der Lage, etwas zu entdecken, das ihm entgangen war. Er würde die Buchstaben innen und außen betrachten und des Rätsels Lösung finden. Gamache sah zu, wie der Inspector die Schachtel hin und her drehte.

»Einer Ihrer Weihnachtsfälle?«

Gamache nickte schweigend, er wollte Beauvoir in seiner Konzentration nicht stören.

»Ein Haufen Buchstaben? Verrückt.« Er gab Gamache die Schachtel zurück.

Nun ja, so viel zu Intuition.

Bevor Gamache den Raum verließ, beugte er sich zu Lacoste hinunter und sagte: »Setzen Sie Beatrice Mayer auch auf Ihre Liste.«

Der Curling-Stein glitt über das raue Eis und stieß mit einem lauten Knall, der von den Hügeln rings um den Lac Brume widerhallte, gegen den Stein am anderen Ende des Spielfelds. Es war ein bitterkalter Vormittag, der bislang kälteste in diesem Winter, und das Thermometer fiel immer noch weiter. Falls sie bis Mittag blieben, würden sie vermutlich hübsche Eisskulpturen abgeben. Die Sonne, die ihnen zwar Licht spendete, aber keine Wärme, wurde gleißend hell vom Schnee reflektiert und stach jedem in die Augen, der keine Sonnenbrille trug.

Billy Williams hatte das Spielfeld auf dem See für sie freigeräumt, jetzt sahen er, Beauvoir, Lemieux und Gamache zu, wie sich die winzige Emilie Longpré aufrichtete und bei jedem keuchenden Atemzug ein weißes Wölkchen ausstieß.

Wir dürfen nicht mehr lange bleiben, dachte Gamache. Wir müssen sie bald ins Warme bringen, bevor sie uns hier erfriert. Bevor wir alle erfrieren.

»Sie sind dran«, sagte sie zu Beauvoir, der ihren Schuss mit höflicher Aufmerksamkeit verfolgt hatte. Curling war kein ernst zu nehmender Sport. Als Beauvoir sich bückte und zum anderen Ende des Spielfelds blickte, acht Meter weit entfernt, wusste er bereits, wie es ausgehen würde. Er würde sie mit seinem angeborenen Talent alle verblüffen. Bald schon könnte er sich vor Aufforderungen, der kanadischen Olympiamannschaft im Curling beizutreten, kaum noch retten. Selbstverständlich würde er ablehnen, weil es ihm zu peinlich wäre, mit einer so lächerlichen Freizeitbeschäftigung in Verbindung gebracht zu werden. Vielleicht würde er noch einmal über das Angebot nachdenken, wenn er zu alt war, um richtigen Sport zu treiben.

Clara stieg in die Badewanne mit den Löwenfüßen. Sie war zwar immer noch sauer auf Peter, weil er ihr nur Müll geschenkt hatte, aber allmählich ließ ihr Ärger nach. Sie glitt in das heiße, duftende Wasser und spielte mit den Zehen mit ein paar Klumpen des Kräuterbads, das ihr Peters Mutter zu Weihnachten geschenkt hatte. Sie wusste, dass sie bei ihr anrufen und sich bedanken sollte, aber das hatte noch Zeit. Seine Mutter nannte sie hartnäckig Clare und hatte ihr bis letztes Jahr immer Kochutensilien geschenkt. Bücher, Pfannen, einmal eine Schürze. Clara hasste Kochen und hatte den Verdacht, dass Peters Mutter das wusste.

Sie fuhr mit den Händen durch das Wasser und gab sich ihrer Lieblingsphantasie hin. Nämlich dass der Chefkurator des Museum of Modern Art in New York vor ihrer Tür stand. Sein Wagen war in der Eiseskälte liegen geblieben, er brauchte Hilfe.

Clara sah alles genau vor sich. Er käme ins Haus, sie würde ihm Tee machen, wenn sie sich dann umdrehte, um ihm die Tasse zu geben, wäre er verschwunden. In ihrem Atelier. Dort würde sie ihn überraschen, mit großen Augen.

Nein. Mit Tränen in den Augen.

Er würde weinen, weil ihre Arbeiten so schön, so schmerzerfüllt, so herausragend waren.

»Von wem ist das?«, würde er fragen, ohne seine Tränen zu verbergen.

Sie würde nichts sagen, ihn einfach von selbst darauf kommen lassen, dass die große Künstlerin leibhaftig vor ihm stand, bescheiden und schön. Er würde ihr erklären, sie sei die beste Künstlerin ihrer und aller vorhergegangenen Generationen. Die begnadetste, erstaunlichste, genialste Künstlerin, die jemals zu irgendeiner Zeit irgendwo gelebt hatte.

Weil sie über einen ausgeprägten Sinn für Gerechtigkeit verfügte, würde sie ihm Peters Atelier zeigen, der Chefkurator des MOMA würde sich höflich umsehen. Aber es bestünde kein Zweifel. Das wahre Talent war sie.

Clara summte vor sich hin.

»Jetzt gehen Sie in die Knie, Inspector. Sie fassen den Stein am Griff, als ob Sie jemandem die Hand schütteln wollten.« Sie beugte sich über ihn. »Jetzt holen Sie mit dem Stein in der rechten Hand nach hinten aus und strecken gleichzeitig das linke Bein nach hinten, und dann bringen Sie den Stein mit Schwung nach vorne. Nicht stoßen, denken Sie dran. Einfach loslassen.«

Beauvoir sah über das Spielfeld zu ihrem Stein am anderen Ende. Plötzlich kam er ihm sehr weit weg vor.

Gamache sah, wie Beauvoir tief Luft holte und den rechten Arm nach hinten schwang, wobei der Stein ihn schon jetzt aus dem Gleichgewicht zu bringen drohte. Beauvoir erinnerte sich an den albernen Besen, der ihm als Balancierhilfe dienen sollte, und stützte sich darauf, er spürte, wie ihm die Füße wegzurutschen begannen. Irgendetwas stimmte da nicht.

Der Stein plumpste auf das Eis, und Beauvoir machte einen uneleganten Hopser, irgendwie hatte er sich beim Schwungholen verschätzt. Sein rechter Arm schoss nach vorne, seine Finger umklammerten noch immer den Griff des Steins, während sein linkes Bein nach Halt suchte. Er spürte, wie er fiel.

Flach wie eine Flunder landete Beauvoir auf dem Eis, mit ausgebreiteten Armen und Beinen, immer noch den Stein in der Hand.

»Saubere Landung«, sagte Billy Williams und lachte.

Clara dachte über den Film vom vergangenen Abend nach. Es war eine Weile her, seit sie das letzte Mal ein Video gesehen hatte. Fast alle ihre Filme waren auf DVD, weil Peter seine Lieblingsvideos ruiniert hatte. Er hatte sie immer wieder an den gleichen Stellen angehalten, um sich seine Lieblingsszenen noch einmal anzusehen, das hatten die Bänder nicht vertragen. Sie hatten zu leiern angefangen.

Clara setzte sich in der Wanne auf, an ihrem Körper klebten duftende Badekräuter. Konnte es das sein?

»Liebling, Mom ist am Telefon, um sich für unser Geschenk zu bedanken.« Peter kam mit dem Telefon in der Hand ins Badezimmer. Clara machte eine abwehrende Geste, aber es war zu spät. Mit einem wütenden Blick zu Peter trocknete sie sich die Hände ab.

»Hallo, Mrs Morrow. Nein, Sie stören überhaupt nicht, ich wünsche Ihnen ebenfalls frohe Weihnachten. Meine

Arbeit in der Apotheke? Sehr gut, danke der Nachfrage.« Wenn Blicke töten könnten, wäre Peter auf der Stelle tot umgefallen. Clara arbeitete seit fünfzehn Jahren nicht mehr in der Apotheke. »Vielen Dank auch für Ihr Geschenk. So liebevoll ausgesucht. Ich verwende es gerade. Ja, *bon appétit.*« Clara beendete das Gespräch und reichte Peter das Telefon. »Scheint so, als hätte sie mir eine Tütensuppe geschenkt. Gemüse.«

Sie blickte auf ihre Füße und entdeckte eine Erbse, die auf dem Wasser schwamm, gleich neben einem Stück leuchtend roter Karotte.

»Habe ich gewonnen?« Beauvoir klopfte sich ab und starrte auf den Curling-Stein zu seinen Füßen.

»Kommt darauf an, welches Spiel Sie spielen.« Em lächelte. »Sie beherrschen es zweifellos meisterhaft, den Stein nicht von der Stelle zu bewegen. Gratulation.«

»Merci, madame.« Die fürchterliche Kälte kam dem Inspector zu Hilfe. Sie verbarg die Röte, die ihm vermutlich in die Wangen gestiegen war. Während Beauvoir den Stein betrachtete, der einsam zu seinen Füßen lag, begann er, wenn auch widerstrebend und nur für sich, Curling-Spielern Respekt zu zollen.

Gamache holte die Fotos hervor, die seine Leute am Tatort gemacht hatten. An der Stelle, an der Mother »das Haus geräumt hatte«, lagen fünf Steine im Schnee.

In seinem Kopf begann ein Gedanke Gestalt anzunehmen.

25

»Tut mir leid, Mrs Morrow, Chief Inspector Gamache ist nicht da«, sagte Isabelle Lacoste und riss sich von ihrem Computerbildschirm los, um die Frau anzusehen, die vor ihr stand.

»Wann erwarten Sie ihn denn zurück?«

»Ich weiß es nicht.« Sie sah auf die Uhr. Fast Mittag. »Ich denke, er ist bald wieder da. Ist es wichtig?«

Clara zögerte. Sie war sich nicht ganz sicher, aber irgendetwas sagte ihr, dass es wichtig war.

»Nein, es kann warten.« Sie wandte sich zum Gehen, und ihr Blick fiel auf Yvette Nichol, die vor einem zweiten Computer saß. Die beiden Frauen hegten keine besondere Sympathie füreinander, trotzdem wunderte Clara sich immer noch darüber, welche Feindseligkeit die junge Polizistin ihr gegenüber an den Tag gelegt hatte, als sie sich vor einem Jahr zum ersten Mal begegnet waren. Jetzt blickte Agent Nichol von ihrem Schreibtisch hoch, fing Claras Blick auf und sah rasch wieder weg.

Na ja, immer noch besser als der finstere Blick, den ich sonst geerntet habe, dachte Clara.

Die Beamten der Sûreté waren jetzt allein auf dem Eis. Emilie Longpré hatte sich verabschiedet, um sich mit Kaye zum Mittagessen in Williamsburg zu treffen, und Billy Williams hatte entweder irgendetwas davon gemurmelt, dass er für den Ski-Weltcup trainieren oder dass er Feuerholz schlagen müsste. Gamache kam es so vor, als verstünde jeder außer ihm, was Billy meinte. Gamache verstand jedenfalls kein Wort von dem, was der Mann sagte.

Gamache ging zu den Zuschauerbänken, setzte sich und betrachtete nachdenklich ein paar lange, kalte Minuten lang zuerst das Eis und dann die Stelle, an der CC gesessen hatte und gestorben war. Dann ging er um die Zuschauerbänke herum zu der Stelle, an der Billy seinen Pritschenwagen geparkt hatte.

»Der Mörder stand hier«, sagte Gamache mit Gewissheit in der Stimme und stellte sich mitten in den Schnee. »Er hat beim Curling zugesehen und gewartet. In dem Moment, als CC aufgestanden ist und nach dem Stuhl gegriffen hat, der vor ihr stand, hat er die Kabel angeschlossen.«

»Das Labor hat bestätigt, was wir bereits wussten«, sagte Lemieux. »Er hat die Überbrückungskabel von Mr Williams benutzt. Man hat sie völlig verschmort in seinem Pritschenwagen gefunden. Aber er sagt, er habe mit ihnen den Heizstrahler an den Generator angeschlossen; wie hat es der Mörder geschafft, sie während des Curling-Wettkampfs vom Heizstrahler zu entfernen und am Stuhl zu befestigen, ohne gesehen zu werden?«

»Das war gar nicht nötig«, sagte Gamache. »Der Mörder muss die Kabel vom Heizstrahler gelöst und am Stuhl befestigt haben, bevor irgendjemand hier war.« Er ging von dem Phantom-Pritschenwagen zu dem Phantom-Heizstrahler und dann weiter hinaus auf das Eis, zu den nicht vorhandenen Stühlen. »Während alle anderen beim Gemeindefrühstück waren, hat er die Kabel vom Heizstrahler gelöst und sie ans Bein des Gartenstuhls geklemmt, dann hat er das andere Ende vom Generator gelöst.«

»Aber wäre es den Leuten denn nicht aufgefallen, dass der Heizstrahler nicht läuft?«, fragte Lemieux.

»Es ist ihnen aufgefallen. Mindestens zwei Leute haben darüber geredet, wie kalt es sei, eine davon war Kaye Thompson. Deshalb glaube ich ja auch, dass der Heizstrahler nie an war.«

»Ich verstehe immer noch nicht, warum niemand etwas gesehen hat«, sagte Beauvoir.

»Na ja, zum einem wurde jedes Geräusch, das der Mörder verursacht hat, zum Beispiel das Knirschen seiner Stiefel auf dem Schnee, von dem Generator übertönt. Und Mr Williams Pritschenwagen stand hinter den Zuschauerbänken. Er wurde von ihm nicht gerade verdeckt, aber die Leute auf den Bänken hätten sich extra umdrehen müssen, um ihn zu sehen. Die Einzigen, die irgendetwas hätten mitbekommen können, waren Kaye und CC. Da ist noch etwas. Zuerst dachte ich, wir hätten es mit jemandem zu tun, der einfach sehr viel Glück gehabt hat, aber inzwischen glaube ich, es hatte nichts mit Glück zu tun, sondern war vielmehr sehr sorgfältig geplant. Der Mörder hat genau den richtigen Moment abgepasst. Er hat gewartet, bis er sicher sein konnte, dass alle Augen auf das Spielfeld gerichtet waren.«

Agent Lemieux versuchte, sich das Ganze vorzustellen. Die Curling-Spieler, die Zuschauer, die beiden Frauen auf den Gartenstühlen. Den unter Strom gesetzten Stuhl, der direkt vor ihnen stand.

»Bei dem Wettkampf gab es einen Höhepunkt«, sagte Gamache, ging ein Stück hinaus auf das Eis und wandte sich dann um, um die beiden verblüfften Polizisten anzusehen. »Mother Bea hat das Haus geräumt. Das war Tradition. Wie oft haben wir das in den vergangenen beiden Tagen gehört? Einige Leute sind eigens deswegen gekommen. Und warum? Das haben wir heute herausgefunden. Bei einem Sport, in dem es um Fingerspitzengefühl und Raffinesse geht, ist das der leidenschaftlichste Spielzug. Beinahe gewaltsam. Stellen Sie sich das Geräusch vor, das der Stein von Mother gemacht hat, als sie ihn mit aller Kraft über das Eis donnern ließ. Stellen Sie sich vor, wie dieser Stein am anderen Ende des Spielfelds gegen einen zweiten Stein stieß, und der dann gegen den nächsten und so weiter. Eine regelrechte Kettenreaktion. Innerhalb weniger Sekunden sind etliche Curling-Steine gegeneinandergestoßen, in alle Richtungen davongeschossen und haben dabei einen Heidenlärm verursacht. Ungeheuer aufregend.«

»Fesselnd«, sagte Beauvoir.

»Und laut«, sagte Lemieux, ihm wurde die Genugtuung zuteil, dass Chief Inspector Armand Gamache sich mit einem breiten triumphierenden Lächeln im Gesicht und einem freudigen Funkeln in den Augen zu ihm umdrehte.

»Richtig. Das ist es. Der perfekte Augenblick für einen Mord. Wer hätte dieses Schauspiel nicht wie gebannt verfolgt? Und wer hätte die Schreie einer Frau gehört, die einen Stromschlag abbekommt? Es war das perfekte Timing.«

»Aber woher konnte der Mörder wissen, dass CC den Stuhl anfassen würde, noch dazu genau in diesem Moment?«, fragte Beauvoir.

»Gute Frage«, erwiderte Gamache und ging mit raschen Schritten zu ihrem Wagen. Es wurde immer noch kälter, und das Sprechen fiel zunehmend schwer. »Und warum hat Kaye Thompson nichts gesehen? Und wie konnte der Mörder die Kabel wieder abmachen und auf Billys Pritschenwagen werfen, ohne dabei gesehen zu werden?«

Die Männer stiegen ein und warteten darauf, dass es warm wurde. Agent Lemieux spürte seine Zehen nicht mehr, und er wackelte mit ihnen in seinen Stiefeln, um die Blutzirkulation wieder in Schwung zu bringen. Beauvoir blickte aus dem vereisten Fenster.

»Gut, die Curling-Spieler können wir damit von der Liste streichen. Sie hätten es nicht tun können. Wenn Myrna Landers bei ihrer Aussage bleibt, dass Richard Lyon die ganze

Zeit neben ihr gesessen hat, dann scheidet er ebenfalls aus, obwohl ich nach wie vor glaube, dass er es war.«

»Was meinen Sie, Agent?«, fragte Gamache Lemieux.

»Für mich ergibt das alles keinen Sinn. Der Mörder musste ihr bei dem Gemeindefrühstück Niacin verabreichen, hinter dem Stuhl Frostschutzmittel ausgießen, sichergehen, dass sie Stiefel mit Metallbeschlägen oder Spikes anhatte, die Kabel befestigen und auf den richtigen Moment warten, und das alles, ohne dass ihn jemand sieht. Und hinterher hat er alles wieder aufgeräumt? Das ist einfach viel zu kompliziert. Warum hat er sie nicht einfach erschossen?«

»Das frage ich mich auch«, sagte Gamache.

Nach dem Mittagessen trafen die Fotos aus dem Labor ein, und das gesamte Team scharte sich gespannt um Gamache, als er die Umschläge öffnete. Es war irgendwie unheimlich, das Gesicht von jemandem zu sehen, der im nächsten Augenblick sterben sollte. Gamache erwartete immer, in den Augen des Betreffenden eine Vorahnung zu sehen, eine Art Vorauswissen, aber er hatte bereits Tausende solcher Fotos wie diese hier betrachtet und noch nie etwas Derartiges entdeckt.

Trotzdem war es unheimlich. Näher würden sie dem Opfer niemals kommen, Gamache wurde bewusst, dass er bis jetzt nur ein einziges Fotos von CC gesehen hatte, nämlich das auf dem Umschlag ihres Buches, und das hatte etwas von einer Karikatur an sich. Jetzt sah er sie also vor sich, wenige Minuten bevor ihr Leben ein Ende fand. Es war schade, dass sie sich nicht zu amüsieren schien. Stattdessen saß sie mit säuerlicher, abweisender Miene beim Gemeindefrühstück. Rings um sie lauter vergnügte Leute, die sich mit ihren Sitznachbarn unterhielten, lachend den Kopf zurückwarfen. CC dagegen war völlig unbewegt. Neben ihr starrte Richard auf seinen Teller.

Plante er den Mord? Waren die Würstchen die Curling-Spieler und die Pancakes die Stühle? Waren die Speckscheiben die Überbrückungskabel? Und CC? Was wäre sie wohl auf dem Teller gewesen? Das Messer?

Weitere Fotos. Mother Bea und Myrna hinter CC. CC mit einer Gruppe plötzlich finster dreinblickender Dorfbewohner, als wäre CC eine Wolke, die ihren Himmel verdunkelte.

Dann die Fotos vom Curling. CC auf ihrem Stuhl, allzu krampfhaft darum bemüht, wie Audrey Hepburn auf Urlaub in den Alpen auszusehen. Dann kam ein interessantes Foto. CC mit gerötetem Gesicht. Sicher, die plötzliche Röte konnte von der Kälte kommen, aber die Wangen von Kaye neben ihr waren lediglich von einem rosigen Hauch überzogen, sie waren nicht knallrot wie die von CC.

»Sehen Sie mal«, Lacoste deutete auf eines der Fotos. »Das Blaue da hinter dem Stuhl ist das Frostschutzmittel.«

»Sie hat die Handschuhe ausgezogen«, sagte Lemieux, auf ein anderes Foto zeigend. Sie näherten sich dem entscheidenden Moment. Gamache öffnete den nächsten Umschlag. Alle beugten sich etwas weiter über den Tisch, als bekämen sie auf diese Weise die Fotos einen Sekundenbruchteil früher zu sehen. Gamache breitete sie mit einer Handbewegung, die von langen Pokernächten zeugte, auf dem Tisch aus.

CC lag auf dem Boden. Ruth gestikulierte. Olivier beugte sich über die Leiche, Gabri stand da und sah sich mit suchendem Blick um.

Die nächsten Fotos zeigten die ebenso hektischen wie heldenhaften Versuche, eine Frau zu retten, die keiner mochte. Clara, die Crie wegführte, um dem Mädchen den schrecklichen Anblick zu ersparen. Gabri neben Richard, seinen Arm haltend. Peter und Billy Williams, die mit CC zum Pritschenwagen liefen. Auf dem letzten Foto war Billys Pritschenwagen zu sehen, wie er um eine Kurve verschwand.

Die Bilder sprachen für sich, aber sie erzählten nicht die ganze Geschichte.

»Es fehlen welche«, sagte Gamache mit ernster Miene. Als er mit Beauvoir und Lemieux im Schlepptau auf die Tür zuschritt, eilte ihm Agent Lacoste hinterher.

»Mrs Morrow hat Sie gesucht. Und ich habe die Frauen überprüft, die als Mutter von CC infrage kämen. Kaye Thompson ist zu alt. Emilie Longpré hatte ein Kind, einen Sohn, aber der ist bei einem Autounfall ums Leben gekommen. Allerdings wäre es möglich, dass sie ein zweites Kind hatte. Eine Tochter, die sie zur Adoption freigegeben hat. Am interessantesten ist das, was ich über Beatrice Mayer herausgefunden habe. Beatrice Louise Mayer.«

Diese neue Information verarbeitend, ging Gamache mit raschen Schritten zum Wagen, Beauvoir musste sich anstrengen, um ihn einzuholen, und diesen Rollentausch fand er ziemlich beunruhigend.

Saul Petrov saß in dem Sessel neben dem Fenster in seinem Wohnzimmer, eine Tasse Kaffee in der Hand. Vor zwei Tagen noch hätte er den Sessel, genau genommen das gesamte Chalet als schäbig bezeichnet. Die Bezüge waren farblos und fadenscheinig, die Teppiche abgetreten, die Einrichtung altmodisch. Neben einem verblichenen Foto von den Niagarafällen hing eine Sammlung Löffel aus verschiedenen kanadischen Urlaubsorten an der Wand.

Doch als er heute aufgestanden und gut gelaunt die ausgetretene Treppe hinuntergestiegen war, hatte er das Haus auf einmal ganz hübsch gefunden. Als die Sonne aufging, im Kamin ein Feuer brannte und es nach frisch aufgebrühtem Kaffee roch, stellte Saul sogar fest, dass ihm das Haus wirklich ausnehmend gut gefiel.

Jetzt saß er in der Sonne, die durch das Fenster ins Zimmer schien, und genoss den wunderbaren Ausblick auf den unberührten Schnee vor seinem gemieteten Chalet, den Wald im Hintergrund und die wiederum dahinter aufragenden zerklüfteten grauen Berge.

Er hatte noch niemals einen solchen Frieden empfunden.

Neben ihm auf dem Tisch lagen ein Untersetzer mit einer Ansicht von Banff und ein noch nicht entwickelter Film.

»Hallo, Clara«, rief Gamache in sein Handy. Es war so winzig, dass es ihn an den Inhalt eines Überraschungseies erinnerte. »Ich bin's, Gamache. Ich rufe vom Handy aus an, die Verbindung ist schlecht. Sie haben mich gesucht?«

»Ich … Video … Peter.«

»Wie bitte?«

»Das Video gestern Abend.« Plötzlich drang ihre Stimme kristallklar an sein Ohr, und Gamache stellte fest, dass sie die Kuppe eines Hügels erreicht hatten. Bald würden sie in das nächste Tal fahren und durch einen Wald, er war sicher, dass die Verbindung dann wieder zusammenbrechen würde. Hoffentlich kam sie schnell zur Sache.

»Peter hat inzwischen DVDs«, sagte sie. Schneller, schneller, flehte er im Stillen, hütete sich jedoch, es laut zu sagen. Sobald man jemanden aufforderte, sich zu beeilen, führte das unweigerlich dazu, dass alles nur noch länger dauerte. Der Wagen fuhr über den weiten Hang ins Tal hinunter. »Weil seine Videobänder allesamt leiern. Er hält sie immer an seinen Lieblingsstellen an, das dehnt das Band.« Schneller, schneller, dachte Gamache, als er das Tal näher kommen sah. »Vielleicht hat CC das ja auch getan?«, fragte Clara, ihre Stimme wurde bereits schwächer.

»Wir sind ziemlich sicher, dass sie es nicht weggeworfen hat, weil es geleiert hat.« Er begriff nicht, worauf sie hinauswollte, und jetzt fing es auch schon wieder an zu rauschen.

»… weiß ich. Nicht so schlecht … brauche eins.«

Dann brach die Verbindung ab.

Saul sah den Wagen die verschneite Einfahrt heraufkriechen. Er nahm die Filmrolle und umschloss sie mit der Hand, als könnte sie ihm mittels Osmose sagen, was er tun sollte. So wie CC es ihm immer gesagt hatte.

Dann wusste er die Antwort. Er war endlich frei. Er fühlte sich erleichtert, heiter, zum ersten Mal seit Monaten. Seit Jahren. Er fühlte sich sogar klug, so als könnte er sich möglicherweise in einem Gespräch behaupten, als wäre er über Nacht größer geworden, hätte etwas von seinem alten Witz wiedergefunden.

Er war kein Langweiler mehr.

Er lächelte dankbar und schloss die Augen, spürte durch die Lider hindurch die hellen, warmen Strahlen der Sonne. Er konnte noch einmal von vorne anfangen, hier, an diesem Ort, an dem es so viel Licht gab. Er konnte dieses zauberhafte, gemütliche Chalet kaufen und all die Schönheit, die er rings um sich sah, auf Fotos festhalten. Vielleicht konnte er den Künstler ausfindig machen, dessen Mappe CC in den Papierkorb geworfen hatte, und ihm erzählen, was passiert war. Ihm sagen, dass es ihm leidtue, vielleicht würden sie Freunde.

Die Männer stiegen aus dem Wagen. Beamte der Sûreté, wie Saul wusste. Er blickte auf die Filmrolle in seiner Hand, ging hinüber zum Kamin und warf sie ins Feuer.

26

Setzen Sie sich bitte.« Saul nahm ihnen die dicken Anoraks ab, stopfte sie in den Schrank und schloss schnell die Tür, bevor sie wieder herausfallen konnten. Er sagte sich, dass dies die Stunde null war, der Beginn eines neuen Lebens, und jedes neue Leben sollte ohne Reue beginnen. Saul Petrov hatte beschlossen, alles zu erzählen. Fast alles.

Gamache sah sich im Zimmer um und schnupperte. Irgendwie roch es verbrannt, und der Geruch kam nicht von den Holzscheiten im Kamin. Er hatte etwas Stechendes, nicht von etwas Natürlichem. Er spürte, wie sich seine Nerven anspannten, alles um ihn herum schien sich zu verlangsamen. Brannte es hier irgendwo? Eine durchgeschmorte elektrische Leitung vielleicht? Die alten Chalets in den Wäldern hier waren oft von irgendeinem auf sich allein gestellten Siedler zusammengezimmert worden, der viel vom ewigen Kreislauf der Natur verstand, aber praktisch nichts von Stromkreisen. Mit zusammengekniffenen Augen suchte Gamache die Wände, die Steckdosen, die Lampen nach Rauchfähnchen ab, während er gleichzeitig auf das verräterische Knistern lauschte, das ein überspringender Funke erzeugte, und sich seine Nase bemühte, den merkwürdig beißenden Geruch zu identifizieren.

Lemieux, der neben ihm stand, bemerkte plötzlich die erhöhte Aufmerksamkeit des Chiefs. Er sah Gamache an und versuchte herauszufinden, wem oder was sie galt.

»Woher kommt dieser Geruch, Monsieur Petrov?«, fragte Gamache.

»Ich rieche nichts«, erwiderte Saul.

»Ich schon«, sagte Beauvoir. »Riecht wie Plastik oder so was.«

Jetzt roch Lemieux es ebenfalls.

»Ach das«, sagte Petrov und lachte. »Ich habe einen alten Film ins Feuer geworfen. Nicht mehr zu gebrauchen. Ich hätte ihn wohl lieber in den Müll werfen sollen. Hab nicht nachgedacht.« Er lächelte entwaffnend. Gamache ging zum Kamin, und richtig, da war er, ein leise vor sich hin schmurgelnder gelbschwarzer Klumpen. Eine alte Filmrolle. Vielleicht auch nicht so alt. Aber wie dem auch war, sie war hinüber.

»Offenbar«, sagte Gamache. Petrov war es gewohnt, dass die Leute, vor allem CC, durch ihn hindurchsahen, jetzt erfuhr er etwas völlig Neues. Er hatte das Gefühl, dass Gamache in ihn hineinsah. »Sie haben offenbar nicht nachgedacht. Das war möglicherweise nicht besonders klug von Ihnen.«

Petrovs neues Leben war kaum eine halbe Stunde alt, und schon empfand er Reue. Dennoch, dieser ruhige Mann sah so aus, als könnte er ihn vielleicht verstehen. Petrov bot ihnen einen Platz an und setzte sich ebenfalls. Ihm war fast schwindlig vor Aufregung. Er konnte es kaum abwarten, ein Geständnis abzulegen und sein neues Leben weiterzuleben. Völlig neu anfangen. Er hatte das Gefühl, er müsste gleich in Tränen ausbrechen, und war diesem Polizisten von der Mordkommission zutiefst dankbar, dass er sich sein Geständnis anhörte. Saul Petrov war streng katholisch erzogen worden, und wie die meisten seiner Generation hatte er sich später von der Kirche, den Priestern und dem ganzen religiösen Brimborium abgewandt. Aber jetzt, in diesem schlichten, sogar schäbigen Zimmer, in dem statt Buntglasfenstern

Tischsets aus Plastik an der Wand zu sehen waren, wäre er am liebsten auf die Knie gefallen.

O ja, auf einen neuen Anfang.

»Da gibt es etwas, das ich Ihnen sagen muss.«

Gamache sah ihn schweigend an. Petrov blickte in seine freundlichen, nachdenklichen Augen, und es gab niemanden mehr außer ihm.

»CC und ich hatten eine Affäre. Etwa ein Jahr lang. Ich bin nicht ganz sicher, aber ich glaube, ihr Mann wusste Bescheid. Wir waren leider nicht besonders diskret.«

»Wann haben Sie sich das letzte Mal getroffen?«, fragte Beauvoir.

»Am Morgen des Tages, an dem sie starb.« Es kostete ihn einige Willensanstrengung, seine Augen von Gamache zu lösen und den Mann mit dem verkniffenen Gesicht auf dem anderen Stuhl anzusehen. »Sie kam ab und zu, und wir haben miteinander geschlafen. Es war eine rein körperliche Sache, sonst nichts. Sie hat sich nichts aus mir gemacht und ich mir nichts aus ihr.«

Jetzt war es heraus. Eine kleine unbedeutende Angelegenheit. Er atmete aus, fühlte sich bereits leichter.

»Hat sie Ihnen erzählt, warum sie hier ein Haus gekauft hat?«, fragte Beauvoir.

»Nein. Ich habe mich auch darüber gewundert. Aber sie tat nichts ohne Grund, meistens ging es dabei um Geld.«

»Sie glauben, dass Geld ihr Motiv war?«

»Das war immer so. Sogar bei unserer Affäre. Ich bin nicht so dumm zu glauben, dass sie mit mir ins Bett ging, weil ich ein so toller Liebhaber bin. Es ging darum, billig einen Fotografen zu bekommen. Eine Art Bezahlung.«

Es überraschte ihn, wie viel Scham er bei diesen Worten empfand. In diesem Moment erschien es ihm plötzlich unglaublich. Hatte er CC im Austausch für Sex wirklich seine Rechnung erlassen?

»Ich kann mich täuschen, aber ich hatte den Eindruck, dass CC das Haus hier gekauft hat, weil sie sich etwas davon versprach, damit meine ich nicht Ruhe und Frieden. Soweit ich es beurteilen kann, war das Einzige, was CC geliebt hat, Geld. Und Prestige.«

»Erzählen Sie uns, was Sie an dem Tag, an dem sie starb, gemacht haben«, sagte Beauvoir.

»Ich bin ungefähr um sieben aufgestanden und habe Feuer gemacht, dann habe ich Kaffee aufgesetzt und gewartet. Ich wusste, dass sie kommen würde, und das tat sie dann auch gegen acht. Wir haben nicht viel geredet. Ich fragte sie, wie sie Weihnachten verbracht habe, sie zuckte nur mit den Schultern. Ihre Tochter tut mir leid. Es muss schrecklich sein, eine solche Mutter zu haben. Jedenfalls ist sie eine Stunde später wieder gegangen. Wir hatten ausgemacht, uns bei dem Gemeindefrühstück zu treffen.«

»Wann hat sie beschlossen hinzugehen?«

»Ich verstehe Ihre Frage nicht.«

»Nun ja, hatte sie im letzten Moment beschlossen, zu dem Frühstück und zum Curling-Wettkampf zu gehen, oder hatte sie das schon länger geplant?«

»Oh, das war länger geplant. Ich hatte ihr davon erzählt, aber sie wusste es bereits. Sie waren bereits im Jahr davor dort, kurz nachdem sie das Haus hier gekauft hatte. Sie wollte, dass ich sie inmitten des, Zitat, ›gemeinen Volks‹ fotografiere. Also bin ich zu diesem Frühstück gegangen und habe ein paar Filme verschossen, dann sind wir zu dem Curling-Wettkampf. Es war bitterkalt. Irgendwann hat meine Kamera nicht mehr funktioniert. Ich musste sie unter meine Jacke stecken, unter meine Achsel, um sie wieder aufzutauen. Ich bin herumgelaufen und habe versucht, sie aus möglichst vielen verschiedenen Blickwinkeln zu fotografieren. CC war nicht sehr fotogen, es war also wichtig, dass Licht und Blickwinkel stimmten und möglichst noch irgendetwas anderes Interessantes auf dem Bild war. Diese alte Frau, die neben ihr saß, war einfach großartig. Was für ein Gesicht, und der Blick, mit dem sie CC angesehen hat, phantastisch!« Petrov lehnte sich in seinem Sessel zurück und lachte in Erinnerung daran, dass Kaye so finster dreingesehen hatte, als wäre CC etwas, das ihr Hund auf den Teppich gekotzt hatte. »Sie hat CC dauernd gesagt, dass sie still sitzen soll. CC hat selten auf jemanden gehört. Eigentlich nie, meiner Erfahrung nach, aber auf diese alte Frau hat sie gehört. Würde ich auch tun. Sie ist wirklich furchteinflößend. CC saß tatsächlich still. Halbwegs. Auf jeden Fall hat es mir die Arbeit leichter gemacht.«

»Warum hat Kaye Thompson zu CC gesagt, sie soll still sitzen?«, fragte Chief Inspector Gamache.

»CC war von der nervösen Sorte. Immerzu ist sie aufgesprungen, um einen Aschenbecher oder ein Bild oder eine Lampe zurechtzurücken. Nichts hat ihr gepasst. Ich nehme an, dass das dem alten Mädchen irgendwann auf die Nerven gegangen ist. Sie hat ein Gesicht gemacht, als würde sie ihr gleich den Hals umdrehen.«

Gamache wusste, dass das nur eine Redensart war, Petrov war offensichtlich überhaupt nicht bewusst, was er da gerade gesagt hatte.

»Wir haben heute Morgen aus dem Labor die Abzüge Ihrer Fotos bekommen«, sagte Beauvoir, ging zum Tisch und breitete sie darauf aus. Petrov folgte ihm mit den beiden anderen Männern. Auf dem Tisch lag eine Reihe von Bildern. CCs letzte Augenblicke und die danach.

»Fällt Ihnen irgendetwas Außergewöhnliches daran auf?«, fragte Beauvoir.

Nach einer Minute richtete Petrov sich auf und schüttelte den Kopf. »Sieht alles genau so aus, wie ich es in Erinnerung habe.«

»Es fehlt nichts? Zum Beispiel der Film mit den Aufnahmen zwischen diesem Bild und diesem? Von der lebendigen CC zur toten CC. Der gesamte Mord fehlt.« Beauvoirs Stimme wurde lauter. Anders als Gamache, der sich den ganzen Tag lang hinsetzen und mit einem Verdächtigen plaudern konnte, in der Hoffnung, dass er schließlich mit der Sprache herausrücken würde, war Beauvoir der Meinung, dass man einen Verdächtigen unbedingt von Anfang an unter Druck setzen musste.

»Der Mord muss in der Zeit passiert sein, als die Kamera eingefroren war«, sagte Petrov und betrachtete die Fotos, darum bemüht, keine Angst zu zeigen, sich nicht in Trotz und Selbstmitleid zu flüchten, wie er es während der Beziehung zu CC so oft getan hatte.

»Was für ein Zufall!«, sagte Beauvoir und holte tief Luft. »Oder habe ich vielleicht gerade die Bilder eingeatmet, auf denen der Mord zu sehen ist? Was meinen Sie? Haben Sie den Film verbrannt, auf dem zu sehen ist, wie CC umgebracht wird?«

»Warum sollte ich? Ich meine, wenn ich Aufnahmen von dem Mord an CC hätte, dann könnte ich damit doch beweisen, dass ich es nicht war.«

Darauf wusste Beauvoir nichts zu erwidern.

»Ich habe Ihnen alle Filme gegeben, die ich an dem Tag verschossen habe. Ehrlich.«

Mit zusammengekniffenen Augen beobachtete Beauvoir, wie der kleine Mann die Schultern einzog. Er hat irgendetwas auf dem Kerbholz, ich weiß es, dachte Beauvoir. Aber ihm fiel nichts ein, mit dem er ihn festnageln konnte.

Die Polizisten gingen, Beauvoir stapfte zum Auto, und Lemieux folgte ihm mit einigem Abstand, weil er nicht riskieren wollte, zur Zielscheibe von Beauvoirs Ärger zu werden. Gamache blieb auf der Veranda stehen und blinzelte in die Sonne. Er merkte, wie sich seine Nasenlöcher in der Eiseskälte zusammenzogen.

»Es ist wunderschön hier. Sie sind ein beneidenswerter Mann«, sagte er, streifte einen Handschuh ab und streckte die Hand aus. Saul Petrov ergriff sie und spürte die Wärme einer menschlichen Berührung. Er war so lange mit CC zusammen gewesen, dass er beinahe vergessen hatte, dass die meisten Menschen Wärme verströmten. »Seien Sie nicht dumm, Mr Petrov.«

»Ich habe Ihnen die Wahrheit gesagt, Chief Inspector.«

»Das hoffe ich, Sir.« Gamache lächelte und ging schnell zum Auto, sein Gesicht begann bereits wieder taub zu werden. Petrov ging in sein warmes Wohnzimmer zurück und sah dem Auto nach, bis es hinter einer Biegung verschwand, dann betrachtete er erneut die helle neue Welt vor sich und fragte sich, wie dumm er bereits gewesen war. Er wühlte in den Schubladen, bis er einen Stift und eine unbeschriebene Weihnachtskarte gefunden hatte. Er verfasste eine kurze Nachricht, dann machte er sich auf den Weg nach Saint-Rémy, um einen Briefkasten zu suchen.

»Halten Sie an«, sagte Gamache. Beauvoir trat auf die Bremse und blickte zum Chief. Gamache saß auf dem Beifahrersitz und starrte aus dem Fenster, er hatte die Stirn in Falten gelegt, und seine Lippen bewegten sich kaum merklich. Nach einer Minute schloss er die Augen und schüttelte lächelnd den Kopf.

»Ich muss mit Kaye Thompson reden. Setzen Sie mich in Williamsburg ab, dann fahren Sie zurück nach Three Pines und bringen Clara Morrow den *Löwen im Winter*. Fragen Sie sie, was sie gemeint hat. Sie weiß, worum es geht.«

Beauvoir wendete und fuhr Richtung Williamsburg.

Gamache hatte soeben herausgefunden, was Clara bei ihrem verstümmelten Gespräch gesagt hatte, und falls sie recht hatte, würde das einiges erklären.

»Scheiß auf den Papst?«

Gamache hätte nie gedacht, dass er das einmal aus seinem eigenen Mund hören würde, nicht einmal als Frage. Vor allem nicht als Frage.

»Das haben sie gerufen.« Kaye sah ihn mit ihren scharfen blauen Augen an, die jetzt jedoch leicht getrübt waren. Erschöpfung. Emilie Longpré, die neben ihr auf dem Sofa saß, beugte sich vor und hörte zu, ohne den Blick von ihrer Freundin zu wenden.

»Warum?«, fragte Kaye zurück.

Das war die eine Frage, die normalerweise er stellte, jetzt stellte sie jemand ihm. Er hatte den Eindruck, dass hier etwas vor sich ging, das er nicht verstand, dass es irgendeinen Subtext gab, von dem er nichts mitbekam.

Er sah aus dem Fenster ihres bescheidenen Zimmers im Altenheim und dachte einen Moment nach. Sie hatte einen wunderbaren Ausblick auf den Lac Brume. Die Sonne ging gerade unter, und die Berge warfen lange Schatten über den See, sodass ein Teil davon im gleißenden Licht lag und der andere in Dunkelheit, wie Yin und Yang. Langsam verschwand die Szenerie vor seinen Augen, und er sah stattdessen die Männer im Schützengraben, in ihren jungen Gesichtern stand das blanke Entsetzen. Man hatte ihnen aufgetragen, das Unfassbare zu tun, und sie waren, unfassbar, im Begriff, es zu tun.

»Ich frage mich, ob sie wussten, dass Worte töten können«, sagte Gamache langsam, laut denkend, vor sich das Bild der unschuldigen Männer, unentschuldbar jung, die dem sicheren Tod entgegenblickten.

Wie schaffte man es, so etwas zu tun? Könnte er es? Es war eine Sache, sich ohne zu überlegen in eine gefährliche Situation zu stürzen, aber es war etwas ganz anderes, zu warten und zu warten und zu warten und dabei zu wissen, was geschehen würde. Es trotzdem zu tun. Völlig sinnlos. Völlig zwecklos.

»Das ist doch lächerlich. Indem man ›Scheiß auf den Papst‹ schreit, bringt man keinen einzigen Deutschen um. Was für eine Munition benutzen Sie denn? Was machen Sie, wenn ein Mörder auf Sie schießt? Rennen Sie hinter ihm her und schreien *›Tabernacle!‹, ›Sacré!‹, ›Chalice!‹?* Ich hoffe nur, ich gerate in Ihrer Gegenwart niemals in eine Situation, in der es um Leben und Tod geht. *Merde.*«

Gamache lachte. Seine tiefsinnige Bemerkung hatte offensichtlich ihre Wirkung verfehlt. Wahrscheinlich hatte Kaye recht. Er begriff einfach nicht, warum die jungen Männer an der Somme das gerufen hatten.

»Ich habe Fotos mitgebracht, die ich Sie bitten möchte sich anzusehen.« Er breitete Sauls Fotos auf dem Tisch aus.

»Wer ist das?«, fragte Kaye.

»Das bist du, *ma belle*«, sagte Emilie.

»Soll das ein Witz sein? Ich sehe aus wie eine Kartoffel in einem Wäschesack.«

»Auf einigen der Fotos scheinen Sie mit CC zu reden«, sagte Gamache. »Was haben Sie zu ihr gesagt?«

»Wahrscheinlich, dass sie still sitzen soll. Sie hat ständig herumgezappelt. Nervtötend.«

»Und sie hat auf Sie gehört? Warum?«

»Auf Kaye hört jeder«, sagte Em mit einem Lächeln. »Sie ist der geborene Chef, wie ihr Vater.«

Gamache dachte, dass das nicht ganz stimmte. Er fand, dass von den drei Freundinnen in Wirklichkeit Emilie Longpré die eigentliche Chefin war, wenn auch die stillste.

»Unsere liebe Kaye hat jahrzehntelang den Thompson-Betrieb oben am Mont Echo geleitet, ganz allein. Einen Haufen Holzfäller ausgebildet und an der Kandare gehalten, und sie haben sie vergöttert. Es war der erfolgreichste Betrieb weit und breit.«

»Wenn ich es geschafft habe, diese ungehobelten Kerle dazu zu bringen, einmal die Woche in die Wanne zu steigen, dann konnte ich auch CC dazu bringen, still zu sitzen«, sagte Kaye. »Ich konnte solche nervösen Frauenzimmer noch nie leiden.«

»Wir glauben inzwischen, dass de Poitiers nicht ihr richtiger Name war«, sagte Gamache und beobachtete die Reaktion der beiden Frauen. Sie betrachteten einfach nur weiter die Fotos. »Wir glauben, dass ihre Mutter aus Three Pines stammte und CC deshalb hierhergekommen ist. Um ihre Mutter zu finden.«

»Armes Kind«, sagte Em, immer noch ohne aufzusehen. Gamache fragte sich, ob sie seinem Blick absichtlich auswich. »Und, hat sie?«

»Ihre Mutter gefunden?«, fragte Gamache. »Ich weiß es nicht. Aber wir wissen, dass der Name ihrer Mutter mit einem L anfing. Kennen Sie jemanden, auf den das zutrifft?«

»Na ja, da gäbe es schon jemanden«, sagte Emilie. »Eine Frau namens Longpré.«

Kaye wollte sich vor Lachen ausschütten. »Kommen Sie, Chief Inspector. Sie werden doch nicht ernsthaft die gute Em verdächtigen? Glauben Sie, sie könnte ein Kind im Stich lassen? Das brächte Em genauso wenig fertig, wie beim Curling zu gewinnen. Völlig ausgeschlossen.«

»Besten Dank, meine Liebe.«

»Sonst noch jemand?«, hakte Gamache nach. Ein paar Sekunden lang blieb es still, dann schüttelten die beiden Frauen den Kopf. Da war Gamache klar, dass sie etwas vor ihm verbargen. Es konnte gar nicht anders sein. Sie hatten beide zur gleichen Zeit wie CCs Mutter in Three Pines gelebt, eine schwangere junge Frau wäre in den fünfziger Jahren in einem kleinen Dorf in Québec mit Sicherheit aufgefallen.

»Kann ich Sie mitnehmen?«, fragte Em nach längerem unbehaglichen Schweigen.

Gamache beugte sich vor, um die Fotos einzusammeln,

und dabei fiel ihm etwas auf einem der Bilder auf. Kaye funkelte CC besonders böse an, und CC blickte starr auf den leeren Stuhl vor ihr, als könnte sie sich kaum beherrschen, ihn gerade zu rücken. Da wusste er, wie der Mörder die Tat begangen hatte.

27

Clara und Peter Morrow schalteten den Fernseher und den Videorekorder ein, und Beauvoir schob die Videokassette in den Schacht.

Die Aussicht ödete ihn an. Zwei Stunden lang irgendeinen alten englischen Film ansehen, in dem wahrscheinlich nur geredet und geredet und geredet wurde. Keine Explosionen. Kein Sex. Lieber hatte er die Grippe, dachte er, als sich den *Löwen im Winter* anzutun. Agent Lemieux, der neben ihm auf dem Sofa saß, war dagegen ganz aufgeregt.

Kinder.

Emilie Longpré brachte Gamache wie gewünscht zu dem alten Hadley-Haus.

»Wollen Sie, dass ich warte?«

»Nein, Madame, sehr liebenswürdig von Ihnen. Es wird mir guttun, zu Fuß zurückzugehen.«

»Es ist kalt, Chief Inspector, und es wird im Laufe des Abends noch kälter.« Sie deutete auf das Armaturenbrett, auf dem Zeit und Temperatur angezeigt wurden. Minus fünfzehn Grad Celsius, dabei war die Sonne eben erst untergegangen. Es war halb fünf.

»Ich habe das Haus noch nie gemocht«, sagte sie und sah zu den Türmchen und gähnend schwarzen Fenstern hoch. Dahinter lag einladend das Dörfchen Three Pines, die hellen Lichter versprachen Gesellschaft und einen Aperitif bei einem munter prasselnden Feuer. Gamache gab sich einen Ruck und stieß die Autotür auf, deren eingefrorene Angeln protestierend quietschten. Er sah zu, wie sich Emilies Auto über den kleinen Hügel in Richtung Dorf entfernte, dann drehte er sich wieder zu dem Haus um. Im Wohnzimmer brannte Licht, und als er die Klingel drückte, ging auch in der Diele ein Licht an.

»Kommen Sie rein, kommen Sie rein.« Richard Lyon zerrte ihn praktisch durch die Tür, dann schlug er sie wieder zu. »Schrecklich kalt. Kommen Sie nur, Chief Inspector.«

O Mann, tu doch nicht so leutselig. Kannst du nicht einmal normal sein? Versuch einmal, so zu sein wie jemand, den du bewunderst. Präsident Roosevelt vielleicht. Oder Captain Jean Luc Picard vom Raumschiff Enterprise.

»Was kann ich für Sie tun?« Jetzt gefiel Lyon der Klang seiner Stimme schon besser. Ruhig, gemessen und kontrolliert. Er durfte keinen Unsinn machen.

»Ich möchte Ihnen ein paar Fragen stellen, aber zuerst einmal, wie geht es Ihrer Tochter?«

»Crie?«

Wie kam es, fragte sich Gamache, dass Lyon jedes Mal, wenn er sich nach seiner Tochter erkundigte, verwundert klang, fast erstaunt darüber, dass er eine Tochter hatte oder dass sich irgendjemand für sie interessierte.

»Ihr geht's gut, denke ich. Hat eine Kleinigkeit zu Mittag gegessen. Ich habe die Heizung hochgedreht, damit sie nicht friert.«

»Spricht sie?«

»Nein, aber sie war noch nie sehr gesprächig.«

Gamache hatte das Bedürfnis, den lethargischen Mann zu schütteln, der in einer wattierten Welt zu leben schien, in die nichts vordrang. Gamache marschierte unaufgefordert ins Wohnzimmer und setzte sich Crie gegenüber. Das Mädchen trug andere Sachen. Jetzt hatte sie weiße Shorts an, die ihr fast die Beine abschnürten, und ein rosafarbenes rückenfreies Oberteil. Sie trug Zöpfe, und ihr Gesicht war ausdruckslos.

»Crie, ich bin's, Chief Inspector Gamache. Wie geht es dir?«

Keine Antwort.

»Es ist kalt hier. Ich gebe dir meine Strickjacke, was meinst du?« Er zog seine Jacke aus und legte sie ihr über die bloßen Schultern, dann wandte er sich an Lyon.

»Sie sollten sie nachher vielleicht in eine Decke wickeln und ein Feuer im Kamin anzünden.«

»Aber das gibt keine Wärme ab.« Kling nicht bockig. Kling stark, wie der Herr im Haus. Kling bestimmt. »Abgesehen davon ist kein Holz da.«

»Im Keller ist Holz. Ich helfe Ihnen beim Hochtragen, wahrscheinlich haben Sie recht, was die Wärme angeht, aber ein Feuer verbreitet eine freundliche Atmosphäre und macht hell. So etwas ist auch wichtig. Aber lassen Sie uns erst zu meinen Fragen kommen.« Gamache verließ das Wohnzimmer und ging in den Flur. Er wollte möglichst wenig Zeit hier verbringen. Er wollte Myrna vor Ladenschluss in der Buchhandlung treffen.

»Wie lautete der Nachname Ihrer Frau?«

»De Poitiers.«

»Ihr richtiger Name.«

Lyon starrte ihn völlig perplex an. »Nicht de Poitiers? Was wollen Sie damit sagen?«

»Diesen Namen hat sie erfunden. Wussten Sie das nicht?«

Lyon schüttelte den Kopf.

»Wie sieht Ihre finanzielle Lage aus, Monsieur Lyon?«

Er öffnete den Mund, dann schloss er ihn schnell wieder, bevor ihm die Lüge entschlüpfen konnte. Er musste nicht mehr lügen, nicht mehr tun, als sei er etwas und jemand anderes, als er war. Darauf hatte CC immer bestanden und ihn gezwungen mitzumachen. So zu tun, als seien sie in einem Haus wie diesem geboren worden, einem Herrenhaus, dem Haus auf dem Hügel. Dass ihnen von Geburt an eine große Zukunft beschieden war. Und Reichtum.

»Für den Kauf dieses Hauses musste ich mir meine gesamte Altersversorgung auszahlen lassen«, gestand er. »Wir haben uns völlig übernommen.«

Mit Erstaunen stellte er fest, wie leicht ihm dieses Bekenntnis fiel. CC hatte ihm gesagt, dass sie niemals die Wahrheit verraten durften. Wenn die Leute erfuhren, wie ihr Leben tatsächlich aussah, wären sie ruiniert. Aber Betrug und Heimlichtuerei hatten sie gerade in den Ruin gestürzt. Und jetzt sagte Richard Lyon die Wahrheit, und es passierte nichts Schlimmes.

»Das trifft wohl nicht mehr zu. Ihre Frau war auf mehrere hunderttausend Dollar versichert.«

Jetzt passiert doch etwas Schlimmes, Lyon bereute sofort wieder, dass er die Wahrheit gesagt hatte. Was würde Präsident Roosevelt tun? Captain Picard? CC?

»Ich weiß nicht, wovon Sie reden.«

Lüge.

»Ihre Unterschrift befindet sich auf der Police. Wir haben die Unterlagen.«

Es passierte tatsächlich etwas ganz Schlimmes.

»Sie sind Diplomingenieur und Erfinder. Sie hätten die Überbrückungskabel leicht anschließen können, die Ihre Frau unter Strom setzten. Sie hätten gewusst, dass sie im Wasser stehen und bloße Hände haben musste. Sie hätten ihr das Niacin unbemerkt beim Frühstück verabreichen können. Sie kannten sie gut genug, um zu wissen, dass sie sich den besten Stuhl unter dem Heizstrahler nehmen würde.« Jetzt wurde Gamaches Stimme, die völlig vernünftig geklungen hatte und damit nur noch mehr zu dem Albtraum beitrug, ganz leise. Er griff in seine Aktentasche und zog ein Foto heraus. »Was mich von Anfang an verwirrt hat, war die Frage, woher der Mörder wusste, dass CC den vor ihr stehenden Stuhl anfassen würde. So etwas tut man nicht selbstverständlich. Jetzt weiß ich es. Deswegen hat sie es gemacht.«

Er zeigte Richard Lyon das Bild. Richard sah seine Frau, ein oder zwei Minuten bevor sie starb. Kaye neben ihr sagte etwas, aber CCs Aufmerksamkeit war auf den Stuhl vor ihr gerichtet.

Richard Lyon wurde blass.

»Das hätten Sie auch gewusst, Sir.«

»Ich habe es nicht getan.« Er sprach leise und näselnd. Selbst die Stimmen in seinem Kopf waren geflohen und hatten ihn allein gelassen. Ganz allein.

»Er hat es nicht getan«, sagte Myrna zwanzig Minuten später.

»Woher wollen Sie das wissen?«, fragte Gamache und ließ sich auf dem Schaukelstuhl nieder. Er streckte seine langen Beine vor dem warmen Holzofen aus. Myrna hatte ihm einen heißen Toddy gemacht und ihn auf den Stapel *New York Review of Books* auf der zwischen ihnen stehenden Wäschetruhe gestellt. Gamache taute langsam auf.

»Er saß die ganze Zeit über neben mir auf der Bank.«

»Ich erinnere mich, dass Sie mir das erzählt haben, aber ist es nicht möglich, dass er für ein paar Minuten verschwunden war?«

»Als Sie vom alten Hadley-Haus hierhergelaufen sind, hätten Sie es da nicht gemerkt, wenn Ihre Jacke plötzlich verschwunden wäre, und sei es nur für ein paar Minuten?«, fragte sie mit einem Zwinkern.

»Vielleicht.« Er wusste, worauf sie anspielte, und wollte es nicht hören. Wollte nicht hören, dass sein perfekter Verdächtiger, sein einziger perfekter Verdächtiger es nicht getan haben konnte, weil Myrna das plötzliche Fehlen von Lyons Körperwärme, wenn schon nicht das seiner Person bemerkt hätte.

»Ich hege keine besonderen Sympathien für den Mann«, sagte sie. »Jemand hat im Laufe von mehreren Jahren Crie so zugesetzt, dass sie sich völlig in sich zurückgezogen hat. Zuerst dachte ich, dass sie möglicherweise autistisch ist, aber nachdem ich ein paar Minuten mit ihr verbrachte habe, glaube ich das nicht mehr. Ich denke, sie ist geflüchtet, in ihren Kopf. Und ich glaube, dafür kann man Richard Lyon die Schuld geben.«

»Erzählen Sie.« Gamache nahm den heißen Becher in die Hand. Er konnte den Rum und die Gewürze riechen.

»Ich möchte mich ja nicht zu weit aus dem Fenster lehnen, aber meiner Meinung nach wurde Crie ihr ganzes Leben lang verbal und emotional missbraucht. Ich glaube, dass CC diejenige war, die sie missbraucht hat, aber an einem Kindesmissbrauch sind immer drei Parteien beteiligt. Der Missbrauchte, derjenige, der missbraucht, und derjenige, der zuschaut. Ein Elternteil tut es, aber der andere steht daneben und unternimmt nichts dagegen.«

»Wenn CC ihre Tochter missbraucht hat, hat sie dann auch ihren Mann missbraucht?« Gamache erinnerte sich an den verängstigten und verloren wirkenden Lyon.

»Davon kann man mit an Sicherheit grenzender Wahrscheinlichkeit ausgehen. Er ist trotzdem Cries Vater, er hätte sie beschützen müssen.«

»Und hat es nicht getan.«

Myrna nickte. »Können Sie sich vorstellen, wie es gewesen sein muss, in diesem Haus zu leben?« Myrna saß mit dem Rücken zum Fenster und konnte daher das Hadley-Haus nicht sehen, aber sie meinte es zu spüren.

»Sollen wir das Jugendamt einschalten? Würde es Crie woanders besser gehen?«

»Nein, ich denke, dass das Schlimmste vorbei ist. Was sie braucht, ist viel Liebe von dem ihr verbliebenen Elternteil und eine intensive Therapie. Hat jemand mit ihrer Schule gesprochen?«

»Sie sagen, dass sie intelligent ist, ihre Noten sind sogar ausgezeichnet, aber sie würde sich nicht einfügen.«

»Und wird das womöglich auch nie mehr tun. Der angerichtete Schaden ist wahrscheinlich viel zu groß. Wir sind, was wir glauben, und Crie glaubt etwas Schreckliches von sich. Sie hat es ihr Leben lang zu hören bekommen, jetzt verfolgt es sie, und es hat die Stimme ihrer eigenen Mutter. Es ist die Stimme, die die meisten von uns in stillen Momenten hören und die uns flüsternd etwas Freundliches sagt oder uns Vorwürfe macht. Unsere Mutter.«

»Oder unser Vater«, sagte Gamache, »wobei er in diesem Fall nichts sagte. Sie sagte zu viel, und er sagte zu wenig. Die arme Crie. Kein Wunder, dass die Geschichte mit einem Mord endete.«

»Wir leben in einer Welt der gelenkten Raketen und der ungelenkten Menschen«, sagte Myrna. »Dr. Martin Luther King jun.«

Gamache nickte, dann fiel ihm noch ein anderer Spruch ein.

Deine Überzeugungen werden deine Gedanken,
Deine Gedanken werden deine Worte,
Deine Worte werden dein Handeln,
Dein Handeln wird deine Bestimmung.

»Mahatma Gandhi«, sagte er. »Das ist nicht alles, aber an den Rest erinnere ich mich nicht mehr.«

»Ich wusste gar nicht, dass Mahatma eine solche Plaudertasche war, aber er hat recht. Sehr zutreffend. Es beginnt mit unseren Überzeugungen, und unsere Überzeugungen stammen von unseren Eltern, wenn wir einen kranken Elternteil haben, dann haben wir kranke Überzeugungen, und das infiziert alles, was wir fortan denken und tun.«

Gamache fragte sich, wer CCs Mutter war und welche Überzeugungen sie ihrer Tochter mitgegeben hatte. Er nippte an seinem Toddy, langsam wurde ihm warm, und er sah sich um. Der Laden erinnerte an das Bibliothekszimmer auf einem Landsitz. An den Wänden reihten sich dunkle Holzregale, auf diesen wiederum reihten sich Bücher. Hier und dort lagen geknüpfte Teppiche auf dem Boden, mitten im Laden stand ein Vermont-Castings-Holzofen mit einem Sofa davor und einem Schaukelstuhl auf jeder Seite. Für Gamache, der Buchhandlungen liebte, war diese hier die schönste, die er kannte.

Er war einige Minuten vor fünf eingetroffen und unterwegs an Ruth vorbeigekommen. Die alte Dichterin blieb wieder mitten auf dem Dorfanger stehen und ließ sich auf die eisverkrustete Bank fallen. Als er jetzt aus Myrnas Fenster blickte, sah er sie noch immer dort sitzen, sich steif und unbewegt gegen die fröhlichen Lichter der Weihnachtsbäume abzeichnend.

»Alle Kinder sind mal traurig«, zitierte Gamache, »aber manche kommen drüber hinweg.«

Myrna folgte seinem Blick.

»Biergang«, sagte sie.

»Biergang«, wiederholte Robert Lemieux. Er war im Haus der Morrows und hatte sich vom Sofa erhoben. Clara und Inspector Beauvoir saßen noch da, mit Augen wie Satellitenschüsseln, und starrten auf die Mattscheibe. Das einzige Lebenszeichen von Beauvoir, das Lemieux seit dem Beginn des Films vernommen hatte, war ein gelegentlicher Seufzer. Lemieux hatte sich bemüht, in den Film hineinzukommen, war aber immer wieder eingenickt, wie er feststellen musste.

Er sah sich schon, der Kopf auf Beauvoirs Schulter gesunken, der Mund offen, ein Speichelfaden im Mundwinkel. Da war es besser, aufzustehen und herumzugehen.

Jetzt blickte er aus dem Fenster, Peter Morrow gesellte sich zu ihm.

»Was macht sie?« Lemieux deutete zu der alten Frau, die auf der Bank saß, während alle anderen im Dorf sich in ihren Häusern einigelten oder durch die eisige Nacht eilten.

»Ach, das ist ihr Biergang.«

Lemieux schüttelte den Kopf. Arme alte Säuferin.

Als Myrna zu Ende gesprochen hatte, ging Gamache zu seiner Jacke und tastete ihre Taschen ab, bis er fand, wonach er suchte. Das Exemplar von Ruth' Buch, das sie bei Elles Leichnam gefunden hatten.

Er kehrte zu seinem Platz zurück, schlug es an irgendeiner Stelle auf und las.

»Sie ist eine bemerkenswerte Dichterin«, sagte Myrna. »Schade, dass sie ein so schwieriger Mensch ist. Darf ich?« Sie streckte die Hand aus und schlug das Buch auf der ersten Seite auf. »Hat Clara Ihnen das Buch geliehen?«

»Nein. Warum?«

»Na ja, es ist ihr gewidmet.« Myrna zeigte es ihm. »Du stinkst, von Herzen, Ruth«.

»Clara ist ›Du stinkst‹?«

»Ja, an diesem Tag hat sie gestunken. Aber komisch. Sie sagte, sie habe es verloren. Dann wird sie es wohl wiedergefunden haben – aber Sie sagen, dass Sie es nicht von ihr bekommen haben?«

»Nein, es gehört zu einer Ermittlung.«

»In einem Mordfall?«

»Sie sagten, sie habe es nach der Buchpräsentation verloren? Wo?« Gamache beugte sich vor, seine klugen Augen auf Myrna gerichtet.

»Im Ogilvy's. Sie kaufte das Buch während Ruth' Veranstaltung, ließ es sich signieren, dann mussten wir gehen.« Myrna spürte, wie sich seine Gespanntheit auf sie übertrug, auch wenn sie nicht wusste, warum.

»Fuhren Sie gleich nach Hause zurück?«

»Ich holte das Auto und habe sie vor dem Kaufhaus aufgesammelt. Wir haben nirgendwo angehalten.«

»Ist sie noch irgendwohin, bevor Sie sie abgeholt haben?«

Myrna dachte darüber nach und schüttelte den Kopf. Gamache erhob sich. Er musste zu den Morrows.

»Aber am nächsten Tag erzählte sie mir etwas. Sie kaufte für die alte Bettlerin draußen etwas zu essen. Sie …« Myrna unterbrach sich.

»Sprechen Sie weiter.« Gamache drehte sich an der Tür noch einmal um.

»Nichts.«

Gamache sah sie an.

»Ich kann es nicht sagen. Das soll Clara selbst tun.«

»Die Bettlerin ist tot. Ermordet.« Er hob Ruth' Buch in die Höhe und sagte leise: »Sie müssen es mir sagen.«

28

Peter ließ Gamache eintreten und nahm ihm seine Jacke ab. Es roch unverkennbar nach Popcorn, und im Hintergrund sang ein gotischer Chor.

»Sie schauen gerade den Film zu Ende an«, sagte Peter.

»Er ist aus«, sagte Clara, als sie in die Küche rauschte, um Gamache zu begrüßen. »Noch besser als beim ersten Mal, finde ich. Wir haben etwas entdeckt.«

Sie gingen ins Wohnzimmer, wo Jean Guy Beauvoir saß und mit großen Augen auf den Bildschirm starrte, über den gerade der Abspann lief.

»*Mon Dieu,* kein Wunder, dass ihr Engländer die Schlacht auf der Abraham-Ebene gegen uns Franzosen gewonnen habt«, sagte er. »Ihr seid alle völlig bekloppt.«

»Das ist im Krieg ganz nützlich«, stimmte Peter zu. »Aber wir sind nicht alle wie Eleonore von Aquitanien oder Heinrich.« Er war versucht, darauf hinzuweisen, dass Eleonore und Heinrich beide Franzosen waren, kam dann aber zu dem Schluss, dass das unhöflich wäre.

»Glauben Sie nicht?«, fragte Beauvoir. Die Anglokanadier in Québec waren ihm ein ständiges Rätsel. Ihre Heimlichtuerei machte ihm immer Angst. Er wusste nie, was sie dachten. Und solange er das nicht wusste, brauchte er gar nicht erst zu überlegen, was sie tun würden. Unter Engländern fühlte er sich schutzlos und gefährdet. Das mochte er nicht. Offen gestanden, mochte er sie nicht, und dieser

Film hatte nicht dazu beigetragen, dass er seine Meinung änderte.

Beängstigend.

»Hier.« Clara drückte auf die Rückspultaste, und das Band surrte zurück. »Ungefähr bei Minute siebzehn. Da fängt es an zu spinnen.«

Nach einigem Nachdenken hatte sich Gamache einen Reim auf Claras Gebrabbel machen können. Videobänder dehnten sich, wenn man sie zu oft an derselben Stelle anhielt. Und wenn sie sich dehnten, fing das Bild an zu eiern. Clara hatte gemeint, wenn Peter seine Videos an interessanten Stellen anhielt und das Band dort ausleierte, dann hatte CC möglicherweise dasselbe gemacht.

»Es gibt eine Stelle, da ist mit dem Band etwas nicht in Ordnung«, sagte Lemieux. »Aber wir haben sie uns immer wieder angesehen, und es passiert einfach nichts an dieser Stelle.«

»Ich bin überzeugt«, Gamache wandte sich an den jungen Polizisten, »dass es für jedes Bild in diesem Film einen Grund gibt. Und dass es auch einen Grund gibt, warum CC den Film dort angehalten hat.«

Lemieux wurde rot. Die Lektion kannte er schon. Alles hatte seinen Grund. Gamache hatte einen ganz sachlichen Ton angeschlagen, aber sie wussten beide, dass es das zweite Mal war, dass er Lemieux das sagen musste.

»Gut, dann wollen wir mal.« Clara setzte sich und drückte auf die Abspieltaste.

Eine Barke nährte sich der kargen Küste. Katherine Hepburn, als die alternde Eleonore, in Tücher gehüllt, schön und spröde. Es gab keinen Dialog, nur eine lange, ruhige Einstellung von dem Boot, den Ruderern und der Königin.

Als die Barke beinahe das Ufer erreicht hatte, fing das Band an zu spinnen. Nur einen Moment lang. Es eierte.

»Da.« Clara drückte auf die Pausentaste. »Ich zeige es Ihnen noch mal.«

Noch zweimal spulte sie zurück und drückte die Abspieltaste, noch zweimal traf Eleonore zu dem verheerenden Weihnachtsfest mit ihrer Familie ein.

Clara hielt das Band an genau der Stelle, an der es zu eiern begann, an. Der Bug des Bootes füllte fast das ganze Bild. Es waren keine Gesichter zu sehen. Überhaupt nichts von den Schauspielern. Nur nackte schwarze Bäume, eine nahezu tote Landschaft, graues Wasser und der Bug der Barke. Nichts. Lemieux hatte vielleicht doch recht, dachte Gamache.

Er lehnte sich auf dem Sofa zurück und starrte auf den Fernseher. Irgendwann lief der Film automatisch weiter, und Clara musste das Band zurückspulen, vorlaufen lassen und wieder anhalten.

Die Minuten vergingen.

»Was sehen Sie«, fragte er jeden im Raum.

»Das Boot«, sagte Clara.

»Bäume«, sagte Peter.

»Wasser«, platzte Beauvoir heraus, der etwas sagen wollte, bevor nichts mehr übrig war.

Lemieux hätte sich einen Tritt geben können. Jetzt gab es nichts mehr, was er sagen konnte. Er ertappte Gamache dabei, wie er ihn belustigt ansah, aber es war noch etwas anderes in seinem Blick. Anerkennung. Besser, man sagte nichts, als dass man irgendetwas sagte, nur damit man nicht schwieg. Lemieux erwiderte das Lächeln und entspannte sich.

Gamache wandte sich wieder dem Fernseher zu. Boot, Bäume, Wasser. War es reiner Zufall, dass CC den Film an dieser Stelle angehalten hatte? Versuchte er, zu viel in die Sache hineinzuinterpretieren? Hatte sie auf Pause gedrückt, weil sie sich etwas zu trinken holen oder aufs Klo gehen wollte? Aber nur weil man es einmal angehalten hatte, wäre das Band nicht ausgeleiert; sie musste es oft anhalten, um einen solchen Schaden zu verursachen.

Er stand auf und streckte seine Beine.

»Tja, es bringt wohl nichts, es weiter anzustarren. Da ist nichts. Sie hatten recht und ich unrecht. Es tut mir leid«, sagte er zu Lemieux, der so überrascht war, dass er nicht wusste, wie er reagieren sollte.

»Tut mir leid«, sagte Clara, die sie zum Windfang begleitete. »Ich dachte, ich hätte etwas entdeckt.«

»Was durchaus hätte sein können. Sie haben einen Instinkt für Verbrechen, Madame.«

»Ach, Sie schmeicheln mir, Monsieur.«

Wäre Peter ein Hund gewesen, dann hätten sich seine Nackenhaare aufgestellt. Er mochte sich noch so sehr bemühen, aber er konnte seine Eifersucht auf Gamache und den unbeschwerten Umgang, den die beiden miteinander hatten, nicht überwinden. Im Windfang zog Gamache ein Buch aus seiner Jackentasche und reichte es Clara mit einem Lächeln. Nach seinem Gespräch mit Myrna hatte er eine dunkle Ahnung, was zu tun er im Begriff war, und wünschte, dass er es nicht tun müsste.

»Wie nett von Ihnen, aber ich habe Ruth' neuestes Buch schon.«

»Aber nicht dieses Exemplar«, sagte er beinahe flüsternd. Peter strengte sich ebenso wie die anderen an, um zu verstehen, was die beiden miteinander redeten.

Clara schlug das Buch auf und lächelte breit. »›Du stinkst, von Herzen, Ruth‹. Sie haben es gefunden. Habe ich es auf der Straße verloren oder im Bistro liegen gelassen?«

»Nein, Sie haben es in Montréal verloren.«

Clara sah Gamache verwirrt an. »Und dort haben Sie es gefunden? Aber das ist doch nicht möglich!«

»Es wurde bei der Leiche einer Frau entdeckt.« Er sprach

die Worte langsam und deutlich aus, sodass sie sie auch sicher hörte und verstand. »Man fand sie vor Ogilvy's, kurz vor Weihnachten.« Gamache sah Clara an, musterte ihr Gesicht. Sie sah noch immer verwirrt aus, erstaunt. Mehr nicht.

»Es war eine Obdachlose, die auf der Straße lebte.«

Jetzt konnte er sehen, dass ihr allmählich ein Licht aufging. Ihre Augen wurden ein wenig größer, sie hob ihren Kopf und drehte ihn von ihm weg, als wolle sie seinen Worten ausweichen.

»Nein«, flüsterte Clara und wurde blass. Sie holte ein paarmal tief Luft, während alle schwiegen. »Die alte Frau, die Pennerin auf der Straße?«

Das Schweigen dehnte sich aus, alle Augen waren auf Clara gerichtet, während sie die Nachricht zu verdauen versuchte. Clara merkte, wie sie fiel, nicht zu Boden, sondern viel tiefer, in den Abgrund zerstörter Träume.

Ich habe deine Bilder immer sehr gemocht, Clara.

Nein. Das bedeutete, dass die Pennerin doch nicht Gott war. Sondern nur eine verrückte alte Frau. Genauso auf dem Irrweg wie Clara. Sie hielten beide Claras Bilder für gut. Sie lagen beide falsch. CC und Fortin hatten recht.

Deine Arbeiten sind das banale Werk einer Amateurin. Du bist eine Versagerin. Du hast keine eigene Sprache, keine Vorstellungskraft, keinen Wert. Du hast dein Leben verschwendet.

Die Worte lasteten auf Clara, drückten sie nieder und zogen sie über den Rand des Abgrunds.

»O Gott« war alles, was sie herausbrachte.

»Peter, machen Sie ihr bitte eine Tasse Tee? Heiß und süß?«, fragte Gamache, und Peter war sowohl verärgert, dass Gamache daran gedacht hatte, als auch froh, etwas tun zu können.

»Gehen Sie zum Besprechungsraum, fragen Sie Agent Lacoste, ob sie etwas herausgefunden hat«, flüsterte Gamache rasch Beauvoir zu, dann drehte er sich wieder um und führte Clara ins Wohnzimmer, wo ihm einfiel, dass er Beauvoir ärgerlicherweise das Video nicht mitgegeben hatte. Er hoffte, er würde es nicht vergessen.

»Erzählen Sie mir davon«, sagte er zu Clara, nachdem er sie zu dem warmen Feuer geführt hatte.

»Ich bin auf dem Weg zu Ogilvy's praktisch über sie gestolpert. Es war der Abend, an dem Ruth ihr neues Buch vorstellte. Ich hatte ein schlechtes Gewissen, weil ich so viel Glück hatte.« Sie führte den Satz nicht weiter aus, da sie wusste, dass Gamache sie verstand. Sie sah die Szene erneut vor sich. Wie sie die Buchhandlung verließ, das Essen kaufte, auf die schicksalhafte Rolltreppe trat. An CC vorbeifuhr.

Es sind die banalen Werke einer Amateurin.

Wie sie wie betäubt in die kalte Nacht hinaustrat und am liebsten heulend und schreiend die Straße hinuntergerannt wäre und rücksichtslos all die Passanten beiseitegeschubst hätte. Stattdessen beugte sie sich über die Obdachlose, diesen Haufen stinkender, verdreckter Lumpen und Verzweiflung, und blickte in ihre wässrigen Augen.

»Ich habe deine Bilder immer sehr gemocht, Clara.«

»Das hat sie gesagt?«, fragte Gamache.

Clara nickte.

»Kannten Sie sie?«

»Ich hatte sie noch nie zuvor gesehen.«

»Aber das kann nicht sein«, sagte Lemieux und ergriff damit das erste Mal bei einer Befragung das Wort, die Worte kamen ihm unwillkürlich über die Lippen. Er schloss schnell wieder den Mund und sah verschreckt zu Gamache. Statt ihm einen Rüffel zu erteilen, sah ihn dieser interessiert an. Dann wandte er sich wieder ab.

Erleichtert hörte Lemieux dem Gespräch weiter zu, auch wenn er kaum an sich halten konnte. Er fand das Ganze höchst verstörend.

»Wie erklären Sie sich das?«, fragte Gamache und ließ Clara dabei keine Sekunde aus den Augen.

»Das kann ich nicht.«

»Doch, das können Sie«, ermutigte Gamache sie, forschend, prüfend und sie bittend, sich ihm zu öffnen. »Sagen Sie es mir.«

»Ich glaube, sie war Gott. Glaubte, sie wäre Gott.« Clara kämpfte darum, nicht die Fassung zu verlieren, Tränen stiegen in ihr auf.

Gamache saß abwartend da. Er sah weg, damit Clara sich sammeln konnte. Er starrte auf den Fernseher und sah vor seinem geistigen Auge das eingefrorene Bild von der Barke. Nein. Nicht das Boot, nur den Bug. Mit einer Zeichnung. Ein Seeungeheuer. Eine Schlange. Nein. Ein Vogel.

Ein Adler.

Ein schreiender Adler.

Da wusste Gamache, warum CC das Band gerade an dieser Stelle angehalten hatte. Er musste zum Besprechungsraum, bevor Lacoste ging. Die Uhr auf dem Kaminsims zeigte kurz nach sechs an. Vielleicht war es schon zu spät. Er winkte Lemieux zu sich und flüsterte ihm etwas ins Ohr. Der junge Mann verließ schnell und leise das Zimmer. Kurz darauf sah Gamache ihn den Gartenweg entlangeilen und durch das Tor treten.

Gamache fluchte über sich selbst, weil er vergessen hatte, Lemieux das Video mitzugeben, damit er es in den Karton mit den Beweisstücken zurücklegte. Er hatte den leisen Verdacht, dass auch er ohne das Band aufbrechen würde. Peter kam mit dem Tee, und Clara riss sich zusammen.

»Ich muss Sie das noch einmal fragen, Clara. Sind Sie sicher, dass Sie Elle niemals zuvor begegnet sind?«

»Elle? War das ihr Name?«

»So wird sie in dem Polizeibericht genannt. Wir kennen ihren richtigen Namen nicht.«

»Ich habe seit diesem Abend viel darüber nachgedacht. Auch Myrna hat mich das gefragt. Ich kannte sie nicht. Glauben Sie mir.«

Gamache glaubte ihr.

»Wie ist sie gestorben?«, fragte Clara. »War es die Kälte?«

»Sie wurde ermordet, kurz nachdem sie mit Ihnen gesprochen hat.«

29

Armand Gamache dachte dann doch daran, die Videokassette mit in den Besprechungsraum zurückzunehmen. Er legte die Kassette auf seinen Schreibtisch und ging zu Lacoste, um deren Computer sich schon die anderen drängten. Als er sah, dass Agent Nichol an ihrem Schreibtisch saß, winkte er sie heran.

»Lemieux hat mir gesagt, was Sie suchen«, sagte Lacoste und warf ihm einen kurzen Blick zu. »Sehen Sie hier.« Ihr Bildschirm war zweigeteilt und zeigte zwei nahezu identische Bilder. Den Kopf eines Adlers, stilisiert, schreiend.

»Das hier«, Lacoste deutete auf das linke Bild, »ist das Wappen von Eleonore von Aquitanien.«

»Und das hier?«, Gamache zeigte auf die andere Bildschirmhälfte.

»Das ist das Firmenlogo von CC. Es ist auch auf dem Buchumschlag, so in etwa jedenfalls. Es ist ziemlich unscharf, keine gute Reproduktion, aber so sieht es aus.«

»Sie hatten recht«, sagte Beauvoir. »CC hat das Video bei Minute siebzehn angehalten, damit sie sich den Bug des Bootes genau ansehen konnte. Sie muss es als Eleonores Wappen erkannt haben und wollte es kopieren.«

»Es passt alles zusammen«, murmelte Lemieux.

»Aber wie haben Sie die Verbindung hergestellt?«, fragte Beauvoir.

»Ich hatte Ihnen allen etwas voraus«, bekannte Gamache.

»Lyon hatte mir CCs Buch gezeigt und mich auf das Logo hingewiesen. Dieses Logo prägt sich einem ein.« Das erklärte also die lächerliche Wahl eines kampflustigen Adlers als Logo, dachte er. Es war Eleonores Wappen.

»Da ist etwas, das ich Ihnen zeigen möchte.« Gamache ging zu seiner Aktentasche und holte die Fotos von Saul Petrov heraus. Während Gamache die Bilder ausbreitete, schleppten die anderen ihre Stühle zum Konferenztisch.

»Ich habe herausgefunden, warum CC den vor ihr stehenden Stuhl angefasst hat«, sagte er und nickte zu der Reihe von Bildern. »Es ist genau zu sehen.«

Die anderen starrten darauf, nach einer Minute bekam Gamache Mitleid mit ihnen. Sie waren alle müde und hungrig, und Agent Lacoste hatte noch die lange Heimfahrt nach Montréal vor sich.

»Sehen Sie hier?« Er deutete auf eine der ersten Aufnahmen von CC, wie sie beim Curling zusah. »Der Stuhl steht ordentlich gerade, oder?«

Sie nickten.

»Und jetzt sehen Sie hier.« Er deutete auf eines der letzten Bilder von CC.

»Mein Gott, das springt einem ja förmlich ins Auge. Wie konnte ich das nur übersehen?« Beauvoir blickte überrascht von den Bildern zu Gamache. »Er steht total schief.«

»Ja und?«, sagte Lacoste.

»Alle Leute, die sie gut kannten oder auch nur gelegentlich Kontakt mit ihr hatten, haben dasselbe gesagt. CC hatte den Tick, alles um sich herum zu ordnen. So was«, Gamache zeigte auf den Stuhl, dessen eines Bein im Schnee versunken war, »ließ ihr garantiert keine Ruhe. Das einzig Überraschende ist, dass es so lange gedauert hat.«

»Der Stuhl stand am Anfang gerade, worauf Sie schon hingewiesen haben«, sagte Nichol. »Jemand muss ihn später gekippt haben.«

Gamache nickte. War das auf der Filmrolle zu sehen, die Petrov verbrannt hatte? Zeigte sie einen Dorfbewohner, der wie zufällig vorbeiging und sich kurz auf den Stuhl lehnte? War der Betreffende dann zu dem Generator gelaufen und hatte gewartet, bis CC sich erhob? Dann musste er nur noch die beiden Kabel festklemmen und zack. Mord.

Es war brillant und hatte sogar eine gewisse Eleganz.

Aber wer war es? Richard Lyon war der perfekte Verdächtige. Er wusste, dass seine Frau nach dem schief stehenden Stuhl greifen würde.

»Dieser Fotograf verbirgt irgendetwas«, sagte Beauvoir.

»Da stimme ich zu«, sagte Gamache. »Er hat kurz vor unserem Eintreffen eine Filmrolle im Kamin verbrannt. Ich glaube, es war die mit den Bildern von dem Mord.«

»Aber warum sollte er das tun?«, fragte Lemieux. »Wie er selbst gesagt hat, wenn er ein Foto von dem Mörder hätte, würde das seine Unschuld beweisen.«

»Was, wenn er vorhat, jemanden mit den Bildern zu erpressen?«, fragte Nichol.

»Warum sollte er die Filmrolle dann zerstören? Dann würde er den Film doch wohl eher gut aufbewahren, oder?«, sagte Lacoste und erntete dafür ein beunruhigend freundliches Lächeln.

Ziege, dachte Nichol. Sie sah sich um und stellte fest, dass Gamache sie beobachtete. Wusste er Bescheid, fragte sie sich. Wie er dastand, so selbstgewiss und locker, inmitten seines Teams. Sie blieb außen vor, wie immer. Nun, das würde sich bald ändern.

»Warum sollte er die Bilder von dem Mord an CC vernichten?«, fragte sich Gamache laut, nahm Platz und betrachtete die Fotos. »Es sei denn, er will den Mörder decken.«

»Warum sollte er? Er kennt hier doch niemanden, oder?«, fragte Lemieux.

»Nehmen Sie Saul Petrov unter die Lupe«, sagte Gamache

zu Nichol. »Finden Sie so viel wie möglich über ihn heraus.« Er rieb sich müde über die Augen.

Er trat zu seinem Schreibtisch, nahm das Video und ging damit in den Abstellraum, in dem sie die Beweisstücke lagerten. Der kleine Karton mit den Sachen aus CCs Mülleimer stand auf dem Boden. Er nahm die Inventarliste heraus, bevor er den *Löwen im Winter* wieder an seinen Platz legte, dann legte er das Blatt zurück und starrte auf die Liste, die er fast auswendig kannte. Müslipackung, Essensreste, die mittlerweile entsorgt worden waren, das Video, ein zerrissenes Armband, eine Schuhschachtel und Geschenkpapier. Außer dem Video stand nichts Bemerkenswertes auf der Liste. Und dem Armband.

Gamache streifte Handschuhe über und fing an wieder in dem Karton herumzukramen. Nach einer Minute war er leer, bis auf ein schmutziges kleines Ding, das sich wie ein unerwünschter Welpe in einem Hundezwinger in der Ecke versteckte. Es war braun, dreckig und kaputt. Aber was es nicht war, war ein Armband. Gamache setzte seine Lesebrille auf, hob den Gegenstand hoch und ließ ihn auf Armeslänge entfernt vor seinem Gesicht baumeln. Er holte tief Luft, dann hielt er ihn sich näher an die Augen und musterte das kleine Objekt, das von einem abgewetzten Lederband hing.

Es war kein Armband, es war ein Halsband. Mit einem Anhänger daran. Ein kleiner, matt gewordener, verdreckter Kopf. Der Kopf eines schreienden Adlers.

Gamache wusste, dass CC, die pingelige CC mit ihrem Ordnungstick, dieses schmutzige Ding niemals getragen hätte. Er wusste, wer es getragen hatte.

Langsam erhob sich Armand Gamache, die Bilder und Gedanken in seinem Kopf überstürzten sich. Er ging mit dem Schmuckstück zu seinem Schreibtisch, dann holte er zwei Dokumente hervor: das Bild des Polizeizeichners und ein Autopsiefoto von Elle.

Als er die Autopsiefotos von Elle das erste Mal gesehen hatte, hatte er einen Fleck auf ihrer Brust wahrgenommen. Er war gleichmäßig rund und hatte eine andere Farbe als der Rest ihrer verschmutzten Haut. Es war eine Verfärbung, wie sie von unreinem Metall kam, das auf Schweiß reagierte. Er wusste beim Betrachten des Fotos sofort, dass Elle einen Anhänger getragen hatte. Einen billigen Anhänger zwar, aber er musste ihr etwas bedeutet haben.

Es gab noch einen zweiten Hinweis darauf, dass sie einen Anhänger getragen hatte. Um ihren Hals war ein feiner, dunkler Striemen, der durchaus von dem Lederband stammen konnte, als es zerriss. Und die Schnitte in ihrer Hand. Er hatte Agent Lemieux zur Old Brewery Mission geschickt, damit er Erkundigungen einzog, ob sich jemand daran erinnerte, dass Elle eine Halskette getragen hatte. Das wurde bestätigt, auch wenn keiner sie von Nahem gesehen hatte und sagen konnte, wie sie aussah. Er hatte in dem Karton mit den Beweisstücken danach gesucht, aber nichts gefunden. Da wusste er, wenn er den Anhänger finden würde, hätte er gleichzeitig Elles Mörder gefunden.

Nun, er hatte den Anhänger gefunden. In Three Pines, hundert Kilometer weit von der eisigen Straße in Montréal entfernt, wo man Elle entdeckt hatte und ihr der Anhänger entwendet worden war. Wie war er hierhergekommen?

Armand Gamache schloss die Augen und ließ die Ereignisse in seinem Kopfkino abspielen. Er konnte sehen, wie Elles Mörder mit ihr rang. Der Mörder packte den Anhänger und zerriss das Lederband. Dann entwand Elle es ihm wieder, und als sie erwürgt wurde, umklammerte sie den Anhänger so fest, dass er ihr in die Hand schnitt wie eine Plätzchenform. Gamache hatte den Zeichner der Sûreté darum gebeten, die blutigen Punkte miteinander zu verbinden und zu rekonstruieren, wie der Anhänger ausgesehen haben könnte.

Er betrachtete die Zeichnung. Der Zeichner hatte einen Kreis gezogen, mit einem Keil und einer Art Hals daran. Zunächst war er nicht schlau daraus geworden, aber jetzt begriff er es. Der Keil war der zum Schrei geöffnete Schnabel des Adlers. Das Übrige waren Kopf und Hals.

Elle war also gestorben, während sie ihre Kette umklammert hielt. Warum hatte sie Elle so viel bedeutet, dass sie sie noch im Sterben festhielt. Und warum hatte der Mörder sich die Zeit genommen, sie ihr aus der Hand zu winden?

Was war dann? Gamache lehnte sich zurück und faltete die Hände über dem Bauch. Sämtliche Geräusche im Raum, im Dorf, in Québec wichen zurück. Er befand sich in seiner eigenen Welt, zusammen mit dem Mörder. Nur sie beide. Was hatte der Mörder getan und warum?

Er hatte der toten Elle den Anhänger entwendet und mit nach Hause genommen. Er hatte ihn in den Abfall geworfen. CCs Abfall. Gamache spürte, wie er sich langsam dem Ziel näherte. Es war nach wie vor nur schemenhaft zu sehen und stand ihm noch lange nicht klar vor Augen, aber die Scheinwerfer leuchteten jetzt hell, schnitten gleißend durch die Nacht. Bevor er die Frage nach dem Wer beantworten konnte, musste Gamache das Warum kennen. Warum war der Mörder nicht einfach geflohen? Warum hatte er sich die Zeit genommen, den Anhänger aus Elles Hand zu winden?

Weil es ein schreiender Adler war. Es war eine schmutzige und billige Version dessen, was er an diesem Abend auf dem Bildschirm gesehen hatte. Das Wappen von Eleonore von Aquitanien, das Logo von CC de Poitiers und der Anhänger der Bettlerin zeigten alle dasselbe Motiv.

Der Mörder hatte es mitgenommen, weil es der Beweis für etwas Schrecklicheres war als der Mord an Elle. Es bewies, dass zwischen Elle und CC eine Verbindung bestand. Sie teilten mehr als ein Symbol.

Elle war CCs Mutter.

»Erzählen Sie mir doch nichts«, sagte Beauvoir und streckte seine behandschuhte Hand nach dem Anhänger aus. »Irgendeine tote alte Pennerin war CC de Poitiers' Mutter?«

Gamache nahm den Telefonhörer und wählte. »Genau.«

»Das verstehe ich nicht«, sagte Beauvoir, und Lemieux war froh, dass er es sagte. Nichol, die an ihrem Computer saß, warf verstohlene Blicke zu den drei Männern. Sie beobachtete, wie Lacoste aufstand und sich zu ihnen gesellte.

»Ja, *allô«*, sagte der Chief Inspector. »Ist Terry Moscher da? Ja, ich warte.« Er bedeckte die Sprechmuschel mit der Hand. »Wie groß ist die Wahrscheinlichkeit, dass die tote Obdachlose und CC dasselbe Emblem haben? Wenn es ein Schmetterling wäre, meinetwegen. Eine Blume, bitte. So etwas ist ziemlich verbreitet. Aber das hier?« Er deutete auf den Anhänger, der an Beauvoirs Faust baumelte. »Wen kennen Sie, der so etwas als Schmuck tragen würde?«

Beauvoir musste ihm recht geben; wenn er seiner Frau eine Kette mit einem wahnsinnigen Adler daran schenken würde, dann würde die sich sicher bedanken. Es war also mehr als Zufall, aber mussten die beiden deshalb gleich Mutter und Tochter sein?

»Ja, hallo, Monsieur Moscher? Hier spricht Chief Inspector Gamache. Mir geht es gut, danke. Ich habe nur eine Bitte an Sie. Sie erwähnten, dass sich Elle die paar Male, die sie in der Old Brewery Mission übernachtet hat, in Ihr Buch eintrug. Würde es Ihnen etwas ausmachen, die Einträge herauszusuchen? Ja, ich warte.« Er drehte sich zu seinen Leuten um. »Wir schicken die Halskette ins Labor, damit die ein paar Untersuchungen vornehmen.«

»Ich nehme sie mit«, sagte Lacoste.

»Gut. Wir sollten die Ergebnisse in weniger als einem Tag bekommen. Sie werden uns etwas über die Fingerabdrücke erzählen können, aber vielleicht auch über das Blut daran. Ja, ich bin noch am Apparat.«

Er konzentrierte sich wieder auf sein Telefonat. »Ich verstehe. Ja. Könnten Sie mir bitte gleich eine Kopie der Seite faxen? Und ich schicke heute Abend einen Kollegen vorbei, der das Buch mitnimmt. Vielen Dank.«

»Was? Was hat er gesagt?«, fragte Beauvoir.

»Ich war ein Idiot. Als ich ihn neulich Abend bat, in seinem Buch nachzusehen, bestätigte er, dass Elle sich eingetragen hatte. Zumindest dachte ich, dass er das gesagt und gemeint hätte.« Das Faxgerät klingelte und fing an zu drucken. Sie sahen alle zu, wie das Papier quälend langsam aus der Maschine kroch. Endlich war es durch, Beauvoir nahm es und überflog die Unterschriften.

TV Bob
Frenchie
Little Cindy
L

»L«, sagte er leise und reichte Gamache das Blatt. »L, nicht Elle.«

»Ihr Name war L«, sagte Gamache, nahm das Fax mit zu seinem Schreibtisch und hielt die Li-Bien-Kugel in die Höhe. Er drehte sie, bis er die Signatur sehen konnte. L. Genau wie in dem Buch.

Wer auch immer die Frau war, die dieses außerordentliche Kunstwerk vor Jahren geschaffen hatte, sie hatte sich vor Kurzem in der Old Brewery Mission in Montréal eingetragen, um der mörderischen Kälte zu entkommen. Sie war eine Obdachlose geworden, eine Pennerin. Und schließlich ein Mordopfer mit einer abgeschlossenen Ermittlungsakte. In diesem Moment hatte Gamache das Gefühl, dass er sie wenigstens nach Hause gebracht hatte. Nach Three Pines. L war CCs Mutter. Er war sich dessen sicher. Aber das bedeutete noch etwas anderes. L war tot. CC war tot.

Jemand brachte die Frauen dieser Familie um.

30

Gamache und Beauvoir warfen sich in ihre Anoraks und Stiefel, und Beauvoir dachte gerade noch daran, auf die Fernbedienung an seinem Autoschlüssel zu drücken, damit das Auto wenigstens eine Minute hatte, um warm zu werden.

»Einen Moment noch.« Gamache nahm seine Mütze wieder ab und ging zu seinem Schreibtisch zurück, griff nach dem Telefon und wählte. »Hier spricht Chief Inspector Armand Gamache von der Sûreté du Québec. Spreche ich mit dem Wachhabenden?«

Beauvoir war schon fast zur Tür hinaus, als er sich noch einmal umdrehte und Nichol ein Zeichen machte mitzukommen. Sie sprang von ihrem Stuhl auf.

»Nein.« Gamache bedeckte die Sprechmuschel mit der Hand und wandte sich an Nichol. »Sie bleiben hier. Agent Lemieux, Sie begleiten uns.«

Nichol hielt mitten in der Bewegung inne, als hätte sie einen Schlag erhalten, und sah zu, wie Agent Lemieux an ihr vorbeieilte und sie mit einem kleinen, entschuldigenden Lächeln bedachte. Sie hätte ihn erwürgen können.

Beauvoir sah den Chief einen Moment lang verwirrt an, dann trat er in die Kälte. Er hatte gedacht, dass er auf das, was ihn erwartete, vorbereitet war, aber da lag er falsch. Die Temperatur war noch weiter gesunken, und seine Haut begann zu brennen, während er den Weg zum Auto zurücklegte, zuerst in einem gemächlichen Tempo, bis er schließlich fast rannte. Der Motor leierte vor sich hin, sämtliche Flüssigkeiten waren noch zäh, beinahe gefroren. Die Fenster waren eisverkrustet, und Beauvoir öffnete die quietschende Tür, um sich zwei Eiskratzer zu schnappen. Eisstückchen sprangen von den Klingen, als wäre er ein Holzschnitzer, der ein Auto schnitzte. Lemieux gesellte sich zu ihm, und die beiden kratzten wie die Wilden die Fenster frei. Tränen nahmen Beauvoir die Sicht, während die beißende Kälte sich über jeden Quadratzentimeter unbedeckter Haut hermachte.

»Ich habe uns angemeldet. Er erwartet uns«, sagte Gamache, stieg ein und legte automatisch den Gurt an, obwohl sie nicht einmal einen Kilometer weit zu fahren hatten. An jedem anderen Abend wären sie zu Fuß gegangen. Aber nicht an diesem.

Ihr Ziel erhob sich vor ihnen. Beauvoir war so sehr damit beschäftigt gewesen, das Auto fahrbereit zu machen, dass er gar keinen Gedanken daran verschwendet hatte, wohin sie fuhren. Als er jetzt auf die Bremse stieg, traf ihn die Erkenntnis wie ein Schlag. Das alte Hadley-Haus. Das letzte Mal, als er dort gewesen war, hatte er Blut gespuckt. Dieses Haus schien Hunger nach Blut und Angst zu haben. Lemieux sprang vom Rücksitz und hatte schon den halben Weg zur Tür hinter sich gebracht, bevor Beauvoir sich auch nur rühren konnte. Er spürte etwas auf seinem Arm und blickte zu Gamache auf dem Beifahrersitz.

»Es ist alles gut.«

»Ich weiß nicht, was Sie meinen«, zischte Beauvoir.

»Natürlich nicht«, sagte Gamache.

Schließlich ging die Tür auf, und Lyon trat einen Schritt zurück, um sie hereinzulassen.

»Ich würde gerne mit Crie sprechen.« Der Chief Inspector klang höflich, aber bestimmt.

»Sie ist in der Küche. Wir haben uns gerade zum Essen hingesetzt.«

Lyon blickte ihn mit seltsam leeren Augen an. Es war, dachte Beauvoir, als wäre er ausgehöhlt. Er fragte sich, welche Gedanken in Lyons Kopf widerhallten. Er sah sich um. Das letzte Mal, als er hier war, war der Strom ausgefallen, und er konnte nur mithilfe seiner Taschenlampe etwas erkennen. Es war nicht viel. Jetzt stellte er überrascht fest, dass es wie ein ganz normales Haus aussah. Aber darin wiederum lag der eigentliche Schrecken dieser Häuser und dieser Leute. Sie sahen normal aus. Sie lockten einen herein, dann fiel langsam die Tür zu, und man war gefangen. Mit einem Monster. In einem Monster.

Hör auf, so zu denken, befahl ihm sein Gehirn. Das ist ein ganz normales Haus. Das ist ein ganz normales Haus.

»Sie ist dort hinten.«

Die Männer folgten Lyon in die Küche. Beauvoir stellte überrascht fest, dass es gut roch, nach Hausmannskost.

»Ms Landers hat uns etwas zu essen gebracht«, erklärte Lyon.

Crie saß am Tisch, das Essen auf dem Teller vor ihr wurde langsam kalt.

»Sie isst in letzter Zeit nicht viel.«

»Crie, ich bin's noch mal, Chief Inspector Gamache.« Gamache setzt sich auf den Stuhl neben sie. Er legte seine große, kräftige Hand sanft auf ihre dickliche blasse Hand und ließ sie dort liegen. »Ich wollte mich nur vergewissern, dass es dir gut geht. Kann ich irgendetwas für dich tun?« Er wartete geduldig auf eine Antwort, die aber nicht kam. »Ich möchte dich um einen Gefallen bitten.« Seine Stimme klang ruhig und freundlich. »Iss doch bitte etwas zu Abend. Ich weiß, du hast keinen großen Appetit, aber es täte dir gut, und wir möchten, dass du gesund und schön bleibst.«

Es war still in der Küche. Sie starrte mit unbewegter Miene vor sich hin. Schließlich erhob sich Gamache.

»Gute Nacht, Crie. Wir sehen uns bald wieder. Wenn du irgendetwas brauchst, ich wohne gleich den Hügel hinunter in der Pension.«

Gamache drehte sich um und nickte seinen Männern und Lyon zu, dann verließ er das Zimmer, und alle folgten ihm, einschließlich Lyon, der die Gesellschaft dieser Männer, die offenbar genau wussten, was sie taten, auf merkwürdige Weise entspannend fand.

»Wir glauben, dass wir die Mutter von CC gefunden haben«, sagte er in der Diele zu Lyon.

»Wer ist es?«

»Wir kennen ihren Namen noch nicht, aber wir glauben, dass sie aus Three Pines stammte. Wir wissen nur, dass sie kurz vor Weihnachten ermordet wurde.« Gamache beobachtete Lyons Gesicht ganz genau und glaubte ein kurzes Aufblitzen zu sehen, aber dann war es auch schon wieder vorbei.

»Ermordet? Beide? CC und ihre Mutter? Aber was bedeutet das?«

»Das bedeutet, dass möglicherweise jemand versuchen wird, Ihre Tochter umzubringen«, sagte Gamache, die Augen, in denen eine deutliche Warnung lag, unverwandt auf Lyon gerichtet. »Die örtliche Polizei schickt einen Wagen …«

»Er ist gerade eingetroffen«, sagte Lemieux, der die Scheinwerfer gesehen hatte.

»… sodass das Haus rund um die Uhr bewacht ist. Dem Mädchen wird nichts passieren. Haben Sie mich verstanden?«

Lyon nickte. Das ging alles so schnell. Zu schnell. Er brauchte Zeit zum Nachdenken.

Gamache nickte ihm kurz zu und verließ das Haus.

Olivier legte im Bistro noch ein Scheit in das Feuer und schob es zurecht. Jean Guy Beauvoir und Chief Inspector Gamache unterhielten sich leise an ihrem Tisch neben dem Kamin. Das Bistro war gut besucht, leise Gespräche erfüllten den Raum. Olivier nahm die Weinflasche und goss ihnen nach.

»Hier kommt Ihr Abendessen. *Bon appétit.*« Er lächelte und ging.

Vor Beauvoir wurde ein Steak mit Pommes frites gestellt, das Fleisch zischte noch vom Holzkohlengrill, die Pommes frites waren dünn und goldbraun, dazu gab es ein kleines Schälchen Mayonnaise. Beauvoir nippte an seinem Rotwein, ließ die dunkle Flüssigkeit in seinem Glas kreisen und blickte dabei ins Feuer. Es war ein langer, kalter Tag gewesen, jetzt war er endlich vorbei. Jetzt konnten er und Gamache über den Fall reden und die Einzelheiten durchkauen. Das war für Beauvoir immer der schönste Teil der Arbeit. Erst recht, wenn er von einem gegrillten Steak, Pommes frites, Wein und einem knisternden Feuer begleitet war.

Vor Gamache stand ein Teller mit Lammkoteletts, die intensiv nach Knoblauch und Rosmarin dufteten und von winzigen Kartoffeln und grünen Bohnen umgeben waren. Zwischen den beiden Männern stand ein Korb mit warmen Brötchen und ein Teller mit Butterbällchen.

Gamache hatte seine Serviette weggenommen, damit der Teller vor ihm abgestellt werden konnte, und Beauvoir bemerkte den Zettel, auf den Gamache etwas gekritzelt hatte. Er las die auf dem Kopf stehenden Buchstaben.

B KLM. Das L war mehrmals eingekreist worden.

»Ls Schachtel«, sagte Beauvoir, als er die Buchstaben entziffert hatte. »Sie muss die Buchstaben jahrelang gesammelt haben. Zwanghaft. Wie ihre Tochter. Ich frage mich, ob so etwas erblich ist.«

»Das frage ich mich auch.« Die Wärme, der Wein, das Feuer,

das Essen, all das lullte Gamache ein. Er war entspannt und zufrieden damit, was sie heute geschafft hatten, auch wenn er sich Sorgen um Crie machte. Obwohl er wusste, dass sie sich in Sicherheit befand. Er hatte Lyon gewarnt. Sie beobachteten ihn. Armand Gamache war nach wie vor überzeugt, dass Richard Lyon ihr Mann war. Wer sollte es sonst sein? Er aß sein Lamm und genoss den feinen würzigen Geschmack. »Warum hat sich der Mörder damit aufgehalten, L den Anhänger aus der Hand zu nehmen, Jean Guy?«

»Er muss wichtig sein. Vielleicht weist er auf ihn hin, verrät ihn?«

»Vielleicht.« Gamache nahm ein Brötchen, brach es auseinander und verstreute dabei über den ganzen Tisch Krümel. »Warum hat er L ermordet? Warum CC? Warum beide? Und warum jetzt? Was ist passiert, dass der Mörder sie beide innerhalb von ein paar Tagen umbringen musste?«

»CC stand kurz davor, einen Vertrag mit einem amerikanischen Unternehmen abzuschließen. Vielleicht sollte sie davon abgehalten werden.«

»Aber warum sie davon abhalten? Sie wäre dadurch sehr viel mehr wert gewesen. Abgesehen davon, habe ich so ein Gefühl, dass der Vertrag mit den Amerikanern eine weitere von CCs Wahnideen war. Wir werden sehen. Aber selbst wenn, warum musste ihre Mutter aus dem Weg geräumt werden?«

»Stammte L aus Three Pines? Was meinen Sie?«

»Ich vermute, wir sollten uns morgen darauf konzentrieren, jemanden aufzuspüren, der sie kannte. Ich habe noch eine Frage für Sie.« Sie hatten ihre Teller leer gegessen, und Beauvoir tunkte den Saft seines Steaks mit einem Stück Brötchen auf. »Warum hat sie das Video weggeworfen? Es war völlig in Ordnung, wie wir gesehen haben.«

Eine Kellnerin räumte ihre Teller ab, und Olivier kam mit einer Käseplatte.

»Die sind alle aus dem Kloster in Saint-Benoît-du-Lac«, sagte Olivier und wedelte mit einem Messer über der Platte herum. »Sie sind dazu ausersehen, Käse herzustellen und Gregorianische Gesänge zu singen. Alle ihre Käse sind nach Heiligen benannt. Das hier ist ein Saint-André und das ein Saint-Albray.«

»Und dieser hier?« Beauvoir deutete auf ein großes dreieckiges Stück.

»Das ist ein Saint-Blauschimmel«, sagte Olivier. »Und das ein Saint-Cheddar. Mist. Wieder einmal eine gute Theorie den Bach runtergegangen.« Er schnitt von jedem Käse ein Stückchen ab und stellte einen Korb mit Baguette und Crackern dazu.

»Ich weiß genau, wie er sich jetzt fühlt.« Gamache lächelte und strich ein wenig Saint-André auf einen dünnen Cracker. Sie aßen schweigend, und Gamache blickte auf den jüngeren Mann ihm gegenüber. »Was liegt Ihnen auf der Seele?«

Beauvoir blickte über den Rand seines Glases, dann trank er den letzten Schluck, gerade rechtzeitig bevor der Cappuccino serviert wurde. »Warum haben Sie Nichol verboten mitzukommen?«

»Ärgert es Sie, dass ich Ihrer Anweisung widersprochen habe?«

»Nein«, sagte Beauvoir, obwohl es natürlich an ihm nagte. »Allerdings mag ich es nicht, wenn meinen Anweisungen widersprochen wird, insbesondere vor dem Team.«

»Sie haben recht, Jean Guy. Normalerweise würde ich das auch nicht tun.«

Das stimmte, dachte Beauvoir. In all den Jahren, in denen sie zusammenarbeiteten, war es nur selten vorgekommen, und nur in Extremsituationen.

War das eine Extremsituation? Gamache hatte sich vorgebeugt, wirkte plötzlich sehr müde. Beauvoir hätte sich ohrfeigen können. Warum hatte er nicht daran gedacht?

»Sie trauen ihr nicht, oder? Sie trauen Nichol nicht.«

»Sie vielleicht?«

Beauvoir überlegte einen Moment, dann nickte er. »Sie hat mich beeindruckt. Sie wissen, dass ich die Frau nicht mag. Bei dem letzten Fall war sie eine einzige Katastrophe, aber dieses Mal? Ich halte es für möglich, dass sie sich geändert hat. Sie nicht?«

Gamache hob kurz die Hand, als wäre das selbstverständlich nicht der Fall. Es wirkte nicht sehr überzeugend.

»Was ist?« Beauvoir beugte sich vor. »Sagen Sie es mir.«

Aber Gamache sagte nichts. Nach Beauvoirs Erfahrung gab es nur eine Sache, die solches Schweigen bei seinem Chef hervorrufen konnte.

»Mein Gott. Es geht doch nicht etwa um den Fall Arnot? Bitte sagen Sie mir, dass das nicht stimmt.« Er spürte, wie Wut in ihm aufstieg, und sein Abendessen. So ging es ihm immer, wenn er an Pierre Arnot und das, was er getan hatte, dachte. Was er anderen, was er der Sûreté angetan hatte. Und Gamache. Das war aber doch schon so lange her. Und es konnte nichts mit Nichol zu tun haben. Oder doch?

»Sagen Sie es mir«, verlangte er. »Ich habe es satt!« Er brüllte jetzt fast. Als er es merkte, sah er sich um, ob es irgendjemand mitbekommen hatte, und senkte seine Stimme. »Sie können das nicht vor mir geheim halten«, knurrte er. »Sie können das nicht allein auf sich nehmen. Das haben Sie beim ersten Mal gemacht, Arnot hätte Sie beinahe umgebracht. Was ist mit Nichol und Arnot?«

»Lassen Sie es gut sein, Jean Guy.« Gamache streckte seinen Arm über den Tisch und tätschelte Beauvoirs Hand. »Es besteht keine Verbindung zwischen ihnen. Ich bin nur wachsam, was sie angeht. Nichol ist sicherlich umgänglicher als das letzte Mal. Vielleicht gehe ich zu hart mit ihr ins Gericht.«

Beauvoir musterte ihn einen Moment. »Unsinn. Sie wollen mich nur beruhigen. Was denken Sie tatsächlich?«

»Es ist nur ein Gefühl.« Gamache lächelte schwach und wartete darauf, dass Beauvoir die Augen verdrehte.

»Ihr Gefühl trügt Sie nicht immer.«

»Also nur manchmal? Es ist wirklich nicht wichtig, Jean Guy.«

Gamache trank einen Schluck von seinem Cappuccino und fragte sich, ob er langsam zynisch wurde, wenn er der Meinung war, dass Menschen sich weder ändern wollten noch konnten. Alles deutete darauf hin, dass Agent Nichol ihre Arroganz abgelegt hatte und den enormen Groll, den sie mit sich herumgeschleppt hatte, losgeworden war. Seit sie gestern zu ihnen gestoßen war, hatte sie bewiesen, dass sie Befehle befolgen und Kritik annehmen konnte. Sie hatte einiges geleistet, Selbstständigkeit bewiesen und mit dem, was sie über Crie herausgefunden hatte, gute Arbeit geleistet. Sie hatte sogar von sich aus ein Zimmer in der Pension genommen und zahlte aus eigener Tasche dafür.

Das war tatsächlich eine völlig neue Nichol.

Warum traute er ihr dennoch nicht?

Gamache lehnte sich zurück und machte Olivier ein Zeichen, dann wandte er sich wieder Beauvoir zu.

»Ich muss mich bei Ihnen entschuldigen. Ich hätte Ihrer Anweisung nicht widersprechen sollen und ganz bestimmt nicht vor dem Team. Darf ich Sie auf einen Cognac einladen?«

Beauvoir durchschaute den Bestechungsversuch, hatte aber nichts dagegen. Olivier servierte das bernsteinfarbene Getränk in den passenden bauchigen Gläsern, und die beiden Männer besprachen den Fall, redeten über alles, dachten aber nur an eines. Agent Yvette Nichol.

31

Mitten in der Nacht, um zwanzig nach zwei, ging der Alarm los. Die Sirene drang durch die eiskalte Luft in jedes Haus im Dorf, durch die Mauern aus Feldstein und Mörtel, durch dickes rosafarbenes Isoliermaterial und Schindeln, durch süße Träume und unruhigen Schlaf und kündete von einem Albtraum.

Feuer.

Gamache sprang aus dem Bett. Über das Sirenengeheul hinweg konnte er Schritte, Rufe und das Klingeln eines Telefons hören. Er schlüpfte in seinen Morgenmantel und warf einen Blick in den Flur, wo er in der Dunkelheit einen verschwommenen menschlichen Umriss ausmachte.

Beauvoir.

Von unten hörte er die hohe, schrille Stimme einer Frau.

»Was ist los, was ist passiert?«

Gamache lief rasch die Treppe hinunter, Beauvoir folgte ihm schweigend.

»Ich rieche gar keinen Rauch«, sagte Gamache und lief mit großen Schritten zu Nichol, die in einem rosafarbenen Flanellschlafanzug in der Tür ihres Zimmers stand. Sie sah völlig verschreckt aus. »Kommen Sie.« Seine Stimme war ruhig und gelassen. Nichol merkte, dass sie wieder zu atmen begann.

Während sie ins Erdgeschoss eilten, hörten sie, wie Olivier Gabri etwas zurief.

»Es ist an der Old Stage Road. Ruth hat die Adresse. Ich mache mich auf den Weg.«

»Einen Moment noch«, rief Gamache. »Was ist los?«

Olivier verharrte mitten im Schritt, so als habe er einen Geist gesehen.

»*Mon Dieu.* Sie habe ich ganz vergessen. Es brennt. Die Sirene kommt vom Bahnhof, sie ruft die freiwillige Feuerwehr zusammen. Ruth hat gerade angerufen, um mir zu sagen, wo das Feuer ist. Ich bin der Fahrer des Löschfahrzeugs. Sie fährt mit Gabri direkt dorthin.«

Gabri kam den Flur entlanggerannt, er trug seinen Wärmeschutzanzug mit reflektierenden Streifen an den Armen, Beinen und der Brust und hatte einen schwarzen Helm unter dem Arm.

»Ich bin weg.« Er küsste Olivier auf den Mund und drückte seinen Arm, bevor er in der Eiseskälte verschwand.

»Können wir etwas tun?«, fragte Beauvoir.

»Ziehen Sie Ihre wärmsten Klamotten an, und kommen Sie auch zum alten Bahnhof.« Ohne einen Blick zurück verschwand Olivier in der Nacht, der Anorak flatterte um die rennende Gestalt. Im ganzen Dorf gingen die Lichter an.

Die drei hasteten nach oben und trafen sich binnen weniger Minuten wieder an der Haustür. Beauvoir bekam kaum Luft, so kalt war es, als sie über den Dorfanger liefen. Bei jedem Atemzug froren seine Nasenlöcher kurz zu, und die Luft fühlte sich in seinen Nebenhöhlen wie ein Eispickel an, jagte einen stechenden Schmerz durch seine Stirn und trieb ihm eisige Tränen in die Augen. Nach der Hälfte des Weges konnte er kaum noch etwas sehen. Musste das Feuer gerade in dieser Nacht ausbrechen, dachte er und bemühte sich, die Augen offen zu halten und gleichmäßig zu atmen. Er fror am ganzen Körper, Pullover, Jeans und all die wärmenden Kleidungsstücke richteten gegen diese barbarische Kälte nichts aus, genauso gut hätte er nackt sein können. Neben ihm husteten Nichol und Gamache, auch sie rangen nach Luft. Es war, als atmete man Säure ein.

Das Sirenengeheul verstummte, als sie die Hälfte des Weges zurückgelegt hatten. Beauvoir wusste nicht, was schlimmer war, das Kreischen der Sirene oder das Kreischen des Schnees unter seinen Sohlen, das sich anhörte, als würde die Erde vor Schmerz aufheulen. Er hörte im Dunkeln Dorfbewohner keuchen und herumstolpern, wie arme Soldaten auf dem Weg in eine ihnen unbekannte Hölle.

Ganz Three Pines war auf den Beinen.

»Ziehen Sie die an.« Olivier deutete auf die Schutzanzüge, die ordentlich aufgereiht in den offenen Spinden hingen. Die drei taten wie geheißen, bald war der ganze Raum voll von Freiwilligen. Die Morrows, Myrna, Monsieur Béliveau und etwa ein Dutzend andere Dorfbewohner, die alle mit schnellen, sicheren Bewegungen ihre Ausrüstung anlegten.

»Em hat mit der Telefonkette angefangen. Die Autos laufen schon warm«, berichtete Clara Olivier, der zustimmend nickte.

Mit besorgten Mienen standen sie vor der Wand und sahen auf die riesige Landkarte.

»Hier ist das Feuer. Die Old Stage Road Richtung Saint-Rémy. Nach ungefähr vier Kilometern geht eine Straße nach links ab. Die Rue Tryhorn Nr. 17. Es kommt nach einem Kilometer, auf der rechten Seite. Los geht's. Sie kommen mit mir mit.« Er deutete auf Gamache und die anderen beiden und lief zum Löschfahrzeug.

»Das ist das Haus von Petrov. Ich bin völlig sicher«, sagte Beauvoir und kletterte neben Gamache auf den Beifahrersitz, während sich Nichol auf den Rücksitz quetschte.

»Was?«, sagte Olivier, während er den riesigen Wagen in Richtung der Old Stage Road lenkte, die anderen Autos unmittelbar hinter sich.

»Mein Gott, Sie haben recht.« Gamache drehte sich zu

Olivier und rief über den Lärm hinweg: »In dem Haus wohnt jemand. Sein Name ist Saul Petrov. Könnte es falscher Alarm sein?«

»Dieses Mal nicht. Der Notruf kam von einer Nachbarin. Sie hat Flammen gesehen.«

Gamache starrte aus dem Fenster und beobachtete, wie die Scheinwerfer die Dunkelheit über der schneebedeckten Straße durchschnitten, das Fahrzeug fast schneller als das Licht.

»Minus dreißig Grad«, sagte Olivier wie zu sich selbst. »Gott steh uns bei.«

Schweigen breitete sich in der Kabine aus, während sie dahinrasten und das Gefährt auf der vereisten, schneebedeckten Fahrbahn immer wieder ins Schlingern geriet. Vor sich konnten sie andere Fahrzeuge abbiegen sehen.

Was sie erwartete, übertraf Gamaches schlimmste Befürchtungen. Er fühlte sich wie auf einer Pilgerfahrt zur Hölle. Ein Löschfahrzeug aus Williamsburg war eingetroffen und bespritzte das brennende Haus mit Wasser. Noch bevor das Wasser auf die Flammen traf, war es praktisch gefroren, und der Sprühnebel bedeckte alles mit einer dünnen Eisschicht. Die Freiwilligen, die die Schläuche auf das Feuer richteten, begannen binnen Kurzem Kristallfiguren zu ähneln. Männer und Frauen jeden Alters arbeiteten gut eingespielt Hand in Hand. Von ihren Helmen und Kleidungsstücken hingen Eiszapfen, und alle Teile des Hauses, die nicht brannten, sahen aus wie Glas. Die Szenerie schien aus einem besonders makabren Märchen zu stammen, es war zugleich unglaublich schön und schrecklich.

Gamache sprang aus dem Fahrzeug und lief zu Ruth Zardo, die in ihrer Feuerwehrhauptmannsuniform ein paar Schritte entfernt stand und die Leute dirigierte.

»Wir werden bald eine neue Wasserquelle brauchen«,

sagte sie. »Irgendwo hier in der Nähe ist ein Teich.« Peter und Clara sahen sich um, ob sie irgendwelche Hinweise auf einen zugefrorenen Teich entdeckten, aber in der Dunkelheit war nichts als Schnee zu sehen.

»Wie sollen wir den finden?«, fragte Peter.

Ruth sah sich um. »Die Frau dort aus der Nachbarschaft kann euch sicher helfen.«

Peter rannte zu dem Löschfahrzeug und schnappte sich eine Elektropumpe, während Clara zu der Frau lief, die allein dastand und sich eine behandschuhte Hand vor den Mund hielt, als bestünde die Gefahr, dass sie den Schrecken einatmete, den sie sah. Innerhalb kürzester Zeit sah man von den Morrows und der Frau nur noch den in der Ferne auf und ab hüpfenden Lichtkegel einer Taschenlampe.

Das brennende Haus wurde von den Scheinwerfern der Fahrzeuge beleuchtet, die aus genau diesem Grund an ganz bestimmten Positionen standen. Gamache erkannte eine Führungspersönlichkeit, wenn er eine vor sich hatte, jetzt war ihm klar, warum die Bewohner von Three Pines Ruth Zardo zur Leiterin ihrer Feuerwehr gemacht hatten. Gamache vermutete, dass sie die Hölle gut genug kannte und dieser Anblick sie nicht schrecken konnte. Sie war ruhig und bestimmt.

»Da ist jemand im Haus«, rief er ihr über das Brüllen des Wassers, der Flammen und der laufenden Motoren hinweg zu.

»Nein, die Eigentümer halten sich gerade in Florida auf. Ich habe die Nachbarin gefragt.«

»Da liegt sie falsch«, schrie Gamache. »Wir waren heute Vormittag hier. Ein Mann namens Saul Petrov hat das Haus gemietet.«

Jetzt hatte er Ruth' ganze Aufmerksamkeit.

»Wir müssen ihn rausholen.« Sie sah zu dem Haus. »Gabri, ruf den Krankenwagen.«

»Habe ich schon. Er ist unterwegs. Ruth, von dem Haus ist kaum noch was übrig.«

Es war klar, was das bedeutete.

»Wir müssen es versuchen.« Ruth sah sich um. »Wir können ihn nicht einfach seinem Schicksal überlassen.« Sie deutete auf das Haus. Gabri hatte recht. Die Flammen hatten es bereits halb verschlungen, sie zischten und brüllten, als würden die Feuerwehrleute geweihtes Wasser auf ein vom Teufel besessenes Haus spritzen. Gamache hätte nicht gedacht, dass Eis und Feuer nebeneinander existieren konnten, jetzt sah er es mit eigenen Augen. Ein lichterloh brennendes Eishaus.

Die Feuerwehrleute verloren den Kampf.

»Wo ist Nichol?«, brüllte Beauvoir Gamache ins Ohr. Der Lärm war ohrenbetäubend. Gamache drehte sich abrupt um. Sie spazierte doch hoffentlich nicht irgendwo hier herum. So dumm konnte sie nicht sein.

»Ich habe gesehen, wie sie dort hinübergegangen ist«, brüllte Monsieur Béliveau, der Besitzer des Gemischtwarenladens, dessen Gesicht mit einer Eisschicht überzogen war.

»Suchen Sie sie«, sagte Gamache zu Beauvoir, der mit heftig klopfendem Herzen in die Richtung verschwand, in die Monsieur Béliveau gedeutet hatte. Sei bitte nicht so dumm, lieber Gott, sei bitte nicht so dumm.

Aber sie war es.

Beauvoir folgte keuchend den Fußstapfen im Schnee. Dieses blöde Weibsstück, fluchte er innerlich. Die Abdrücke führten direkt auf die Hintertür des Hauses zu. Scheiße, Scheiße, Scheiße. Er drehte sich zweimal um die eigene Achse, hoffte inständig, dass er sie irgendwo entdecken würde. Er rief ihren Namen in Richtung des Hauses, ohne eine Antwort zu erhalten.

Scheiße, hallte es in seinem Kopf wider.

»Wo ist sie?« Gamache tauchte neben ihm auf und brüllte in sein Ohr. Hier, auf der Rückseite des Hauses war es ein bisschen leiser, wenn auch nicht viel. Beauvoir deutete auf die Tür und sah, wie Gamaches Miene versteinerte. Beauvoir glaubte zu hören, dass sein Chef »Reine-Marie« flüsterte, kam dann aber zu dem Schluss, dass er sich getäuscht haben musste, dass der Lärm eigene Worte gebar.

»Bleiben Sie hier.« Gamache ging weg und kehrte eine Minute später mit Ruth zurück.

»Ich verstehe«, sagte Ruth. Die alte Frau humpelte noch stärker als sonst, und sie sprach gedämpft, das Gesicht erstarrt. Auch Beauvoirs Gesicht war vollkommen gefühllos, seine Hände wären bald auch so weit. Er sah zu den Feuerwehrleuten, dem Bäcker, dem Gemischtwarenhändler, dem Handwerker, und fragte sich, wie sie das schafften. Sie waren von Eis bedeckt, sie blinzelten in die Wasserstrahlen und die Flammen, ihre Gesichter rußgeschwärzt. Alle paar Augenblicke strichen sie sich mit ihren behandschuhten Händen über die Stirn, um die Eiszapfen vom Rand ihrer Helme zu entfernen.

»Gabri, schaff ein halbes Dutzend Schläuche her. Konzentriert euch auf diesen Teil des Hauses.« Ruth zeigte auf den Teil des Gebäudes, der noch nicht in Flammen stand.

Gabri verstand sofort und lief los, verschwand im Rauch oder Sprühnebel, Beauvoir konnte es nicht mehr unterscheiden.

»Hier«, sie wandte sich an Gamache, »nehmen Sie das.« Sie reichte ihm eine Axt.

Gamache nahm sie dankbar und versuchte zu lächeln, aber sein Gesicht war starr vor Kälte. Seine Augen tränten von dem Rauch und der eisigen Luft, jedes Mal, wenn er die Lider schloss, bekam er sie nur unter Mühen wieder auf. Sein Atem ging stoßweise, und er spürte seine Füße nicht mehr. Seine Kleidung, feucht von dem durch den Adrenalinstoß hervorgerufenen Schweiß, klebte kalt und klamm an seiner Haut.

»Dummes Ding«, sagte er leise und ging auf das Haus zu.

»Was haben Sie vor?« Beauvoir packte seinen Arm.

»Was glauben Sie wohl, Jean Guy?«

»Das können Sie nicht machen.« Beauvoir meinte, sein Kopf würde explodieren. Was hier passierte, war unfassbar und ereignete sich in Lichtgeschwindigkeit. Zu schnell, um mitzukommen.

»Ich muss«, sagte Gamache und sah Beauvoir an, der tosende Lärm schien einen Moment lang auszusetzen. Beauvoir ließ Gamaches Arm los.

»Geben Sie her.« Er nahm seinem Chef die schwere Axt aus der Hand. »Sie schlagen damit noch jemandem das Auge aus. Kommen Sie.«

Beauvoir fühlte sich, als hätte er einen Schritt in einen Abgrund getan. Aber er hatte genau wie Gamache keine andere Wahl. Er konnte seinen Chef nicht allein in ein brennendes Gebäude gehen sehen. Nicht allein.

Im Haus herrschte eine unheimliche Ruhe. Nicht, dass überhaupt nichts zu hören gewesen wäre, aber im Vergleich zu dem ohrenbetäubenden Lärm draußen herrschte hier drinnen eine nahezu klösterliche Stille.

Der Strom war ausgefallen, die beiden Männer knipsten ihre Taschenlampen an. Zumindest war es warm, auch wenn man nicht daran denken durfte, warum. Sie befanden sich in der Küche, Beauvoir stieß gegen etwas, dabei fiel laut klappernd ein Holzkasten mit Besteck zu Boden. Selbst in dieser Situation meldete sich seine gute Erziehung, und er überlegte kurz, ob er stehen bleiben und das Besteck aufheben sollte.

»Nichol«, rief Gamache.

Nichts.

»Petrov«, versuchte er es noch einmal. Wieder nichts, bis

auf das dumpfe Grollen, das sich anhörte, als würde ein hungriges Tier brüllen. Beide Männer drehten sich um und sahen hinter sich. Die Tür ins nächste Zimmer war geschlossen, aber unter dem Türschlitz konnten sie es flackern sehen.

Das Feuer kam näher.

»Dahinter liegt die Treppe zum ersten Stock.« Beauvoir deutete auf die Tür. Gamache antwortete nicht. Es war nicht nötig. Draußen hörten sie Ruth mit kratziger, kalter Stimme Befehle geben.

»Hier entlang.« Gamache führte Beauvoir von den Flammen weg.

»Da, da ist etwas.« Beauvoir riss eine Falltür im Küchenboden auf und leuchtete mit seiner Taschenlampe hinein. »Nichol?«

Nichts.

Er entdeckte eine Leiter und reichte Gamache seine Taschenlampe. Warum machte er das eigentlich alles? Eines jedenfalls wusste er: Je früher er hier wieder raus war, desto besser. Er schwang seine Beine in das Loch, ertastete die Leiter und kletterte rasch hinunter. Gamache gab ihm die Taschenlampe und leuchtete mit seiner in das Loch hinein.

Es war ein Vorratskeller. Bierkästen, Wein, Kisten mit Kartoffeln, Rüben und Pastinaken. Es roch nach Erde, Spinnen und Rauch. Beauvoir leuchtete in die Dunkelheit und sah eine Wand aus Rauch, die sich langsam auf ihn zubewegte. Der Anblick hatte fast etwas Hypnotisierendes. Fast.

»Nichol? Petrov?«, rief er, um der Form Genüge zu tun, während er bereits wieder nach der Leiter griff. Er wusste, dass sie nicht da waren.

»Schnell, Jean Guy.« Gamaches Stimme klang drängend. Beauvoir streckte den Kopf durch die Falltür und sah, dass die Tür zum Nachbarzimmer rauchte. Bald würde sie, wie sie beide wussten, in Flammen aufgehen.

Gamache zog ihn aus dem Loch.

Der Lärmpegel stieg, als sich die Flammen näherten. Draußen brüllten die Stimmen immer lauter.

»In diesen alten Häusern gibt es immer eine zweite Treppe«, sagte Gamache und leuchtete in der Küche herum. »Eine kleine Stiege, die möglicherweise mit Brettern vernagelt ist.«

Beauvoir riss Schranktüren auf, während Gamache die Wandverschalung abklopfte. Beauvoir hatte versucht, das Haus seiner *grand-mère* in Charlevoix zu vergessen, mit seiner winzigen, versteckten Stiege, die von der Küche in das darüberliegende Stockwerk führte. Er hatte seit Jahren nicht mehr daran gedacht. Hatte es vermieden. Hatte es tief in seinem Gedächtnis vergraben und versteckt, aber hier stand er jetzt in einem fremden, brennenden Haus, und die Erinnerung drängte mit Macht an die Oberfläche. Wie der Rauch im Keller, rollte sie unabwendbar auf ihn zu, umschloss ihn langsam, und plötzlich war er wieder in dem Haus auf der geheimen Stiege. Versteckte sich vor seinem Bruder. Das hatte er zumindest gedacht, bis er sich zu langweilen begann und hinauswollte. Die Tür war von außen abgeschlossen. Er hatte kein Licht bei sich, plötzlich bekam er auch keine Luft mehr. Die Wände kamen näher, stürzten über ihm zusammen. Die Treppe stöhnte. Das Haus, so vertraut und heimelig, wandte sich gegen ihn. Als man das völlig hysterische Kind fand und wegbrachte, sagte sein Bruder, es sei ein Versehen gewesen, Jean Guy hatte ihm das nie geglaubt und ihm nie verziehen.

Mit sechs Jahren hatte Jean Guy Beauvoir gelernt, dass es nirgendwo sicher war und dass man niemandem trauen konnte.

»Hier«, rief er und starrte auf die ersten Stufen der Stiege. Er hatte sie zuerst für einen Besenschrank gehalten, aber dann sah er im Schein seiner Taschenlampe eine steile, schmale Treppe, die nach oben führte. Er leuchtete mit seiner Taschenlampe und sah, dass die Luke am Ende der Stiege geschlossen war. Bitte, lieber Gott, nicht abgeschlossen.

»Los.« Gamache begann, vor Beauvoir nach oben zu klettern. »Kommen Sie.« Er sah zurück, wunderte sich, dass Beauvoir kurz zögerte, bevor er ihm auf der dunklen engen Stiege folgte.

Die Stiege war für die kleinwüchsigeren Menschen von vor hundert Jahren gebaut worden, unterernährte Québecer Bauern, nicht für die heutigen wohlbeleibten Kommissare der Sûreté, die dicke Wärmeschutzanzüge der Feuerwehr trugen. Es gab kaum genug Platz, um zu kriechen. Gamache nahm seinen Helm ab, und Beauvoir tat es ihm nach, erleichtert, das klobige Ding loszuwerden. Gamache zwängte sich die enge Stiege hoch, seine Jacke schabte an der Wand lang. Oben war es finster, die Lichtkegel ihrer Taschenlampen hüpften über die geschlossene Klappe. Beauvoirs Herz klopfte heftig, er atmete flach und schnell. Wurde der Rauch dichter? Ja. Er war überzeugt, dass er die Flammen über seinen Rücken lecken spürte, und warf einen Blick hinter sich, aber da war nur Dunkelheit. Das war allerdings keine echte Beruhigung. Bitte, lass uns so schnell wie möglich hier raus. Selbst wenn der gesamte erste Stock in Flammen stand, war das besser, als auf der Treppe eingeschlossen zu sein.

Gamache stemmte seine Schulter gegen die Klappe und drückte.

Nichts passierte.

Er drückte noch einmal, stärker. Sie gab nicht nach.

Beauvoir sah nach unten. Rauch drang unter der Tür durch. Und die Tür oben war geschlossen.

»Moment, lassen Sie mich mal.« Er versuchte, sich an Gamache vorbeizuschieben, obwohl nicht einmal ein Blatt Papier zwischen ihn und die Wand gepasst hätte. »Nehmen

Sie die Axt«, brüllte er fast. Er nahm wahr, dass seine Haut brannte und sein Atem flach und keuchend ging. Ihm war schwindlig, und er glaubte jeden Moment ohnmächtig zu werden.

»Wir müssen hier raus«, rief er und schlug mit der Faust gegen die Wand. Die Treppe hatte ihn gepackt und würgte ihn. Er bekam fast keine Luft mehr. Gefangen.

»Jean Guy«, rief Gamache. Seine Wange lag an der Klappe, und er stemmte sich dagegen. Er konnte nicht vor, er konnte nicht zurück, er konnte auch Jean Guy nicht beruhigen, der offenbar eine Panikattacke hatte.

»Drücken Sie, Sie müssen stärker drücken«, rief Beauvoir, seine Stimme schrill vor Angst. »O Gott, der Rauch dringt zu uns hoch.«

Gamache spürte, wie Beauvoir sich gegen ihn drängte, um dem Rauch und den Flammen zu entfliehen.

Wir werden hier drinnen sterben, dachte Beauvoir. Die Wände schlossen sich um ihn, dunkel und eng, fesselten und erstickten ihn.

»Jean Guy«, rief Gamache. »Hören Sie auf damit.«

»Sie ist es nicht wert. Um Gottes willen, verschwinden wir von hier.« Er schrie und zerrte an Gamaches Arm, versuchte ihn in die Dunkelheit zurückziehen. »Sie ist es nicht wert. Wir müssen hier raus.«

»Hören Sie auf damit«, befahl Gamache. Er drehte sich so gut es ging in dem beengten Raum um. Das Licht von Beauvoirs Taschenlampe traf ihn ins Gesicht und blendete ihn. »Hören Sie mir zu. Hören Sie?«, brüllte er. Der Griff um seinen Arm lockerte sich. Die Treppe füllte sich langsam mit Rauch. Gamache wusste, dass nicht mehr viel Zeit blieb. Er streckte den Kopf vor, um an dem Licht vorbei in das Gesicht unter ihm zu blicken.

»Wen lieben Sie, Jean Guy?«

Beauvoir glaubte zu halluzinieren. Lieber Gott, wollte der

Chief etwa ein Gedicht rezitieren? Er wollte nicht mit Ruth Zardos trübseligen Worten im Ohr sterben.

»Was?«

»Denken Sie an jemanden, den Sie lieben.« Die Stimme des Chiefs klang bestimmt und fest.

Ich liebe Sie. Das kam Beauvoir als Erstes in den Sinn.

Dann dachte er an seine Frau, an seine Mutter. Aber zuerst an Armand Gamache.

»Stellen Sie sich vor, dass wir hier sind, um diesen Menschen zu retten.« Das war kein Rat, sondern ein Befehl.

Beauvoir stellte sich vor, dass Gamache in dem brennenden Haus gefangen war, verletzt, seinen Namen rief. Plötzlich war die enge Treppe nicht mehr ganz so eng, die Dunkelheit nicht mehr ganz so bedrohlich.

Reine-Marie, dachte Gamache, immer wieder dachte er an sie und hatte es getan, seit ihm klar war, dass er das brennende Haus betreten musste. Nicht wegen Agent Yvette Nichol. Nicht wegen Saul Petrov. Nur wegen Reine-Marie. Die Vorstellung, sie retten zu müssen, verdrängte jeden Gedanken an seine persönliche Sicherheit. Keine Angst konnte sich dagegen behaupten. Alles, was zählte, war, sie zu finden. Nichol wurde Reine-Marie, Angst wurde zu Mut.

Immer wieder warf er sich gegen die Klappe. Er fing an zu husten und hörte auch Beauvoir husten.

»Sie hat sich bewegt«, rief er Beauvoir zu und verdoppelte seine Anstrengungen. Jemand musste ein Möbelstück darauf gestellt haben. Einen Kühlschrank, nach dem Gewicht zu urteilen.

Er wich für den Bruchteil einer Sekunde zurück und sammelte seine Kräfte. Schweigend starrte er auf die Klappe. Dann schloss er die Augen. Als er sie wieder öffnete, stemmte er sich mit aller Kraft dagegen. Sie bewegte sich weit genug, dass er den Griff der Axt in den Spalt schieben konnte. Er benutzte die Axt als Hebel und schaffte es so, die

Klappe aufzustemmen. Rauch drang durch den Spalt und machte ihn blind. Er presste sein Gesicht an die Schulter, versuchte, durch den Stoff zu atmen. Er hörte und spürte, wie das Möbelstück umfiel und die Klappe aufsprang.

»Nichol«, bellte er, atmete tief den Rauch ein und hustete ihn wieder aus. Das wenige, das er in dem schmalen Lichtkegel seiner Taschenlampe sehen konnte, verriet ihm, dass sie sich in einem kleinen Schlafzimmer befanden. Neben der Luke lag eine umgekippte Kommode. Beauvoir stolperte hinter ihm her, merkte, dass der Rauch hier dichter war als auf der Stiege. Es blieb ihnen so gut wie keine Zeit mehr.

Beauvoir konnte hören, wie nahe das Feuer war, und er spürte dessen Hitze. Eben noch war ihm eiskalt gewesen, jetzt glühte er, ein rascher Wechsel, von dem seine *grand-mére* gesagt hatte, dass er ihn eines Tages umbringen würde.

»Nichol! Petrov!«, riefen die beiden Männer.

Sie lauschten, dann gingen sie in den Flur, und da war es. Die Flammen leckten an der Decke, dann zogen sie sich zurück, als schöpften sie Luft. Gamache lief in gebückter Haltung den Flur hinunter, weg von dem Feuer, dann duckte er sich in das nächste Zimmer, stolperte über etwas, als er über die Schwelle trat.

»Ich bin hier.« Nichol kam auf die Knie und warf sich gegen Gamache. »Danke, danke.« Es kam ihm vor, als versuchte sie, ihm unter die Haut zu kriechen. »Ich bin es wert. Wirklich. Es tut mir so leid.« Sie klammerte sich wie eine Ertrinkende an ihn.

»Petrov? Hören Sie doch. Wo ist Petrov?«

Sie schüttelte den Kopf.

»Gut. Nehmen Sie das.« Er drückte ihr die Taschenlampe in die Hand. »Beauvoir, gehen Sie voran.«

Beauvoir machte kehrt, alle drei rannten gebückt durch den Flur zurück, in Richtung der Flammen und des Rauchs. Als er in das kleine Schlafzimmer schlüpfte, wäre er beinahe durch die offene Luke im Boden gestürzt. Er leuchtete hinein und sah Rauch und Flammen, die ihm entgegenquollen.

»Hier können wir nicht mehr runter«, rief er. Das Gebrüll kam jetzt aus nächster Nähe. Hatte sie fast erreicht. Gamache lief zum Fenster und stieß einen Ellbogen durch die Scheibe.

»Dort«, hört er Ruth schreien. »Dort oben. Holt die Leitern.«

Binnen Sekunden erschien Billy Williams' Gesicht im Fenster, kurz darauf taumelten sie alle drei von dem Gebäude weg. Gamache drehte sich um und sah, wie es verschlungen wurde und leuchtend rote Funken, Rauch und Saul Petrov himmelwärts schossen.

32

Am nächsten Tag wachten sie erst spät auf. Alles war wie verzaubert. Die verfluchte eisige Kälte hatte sich verzogen, Schnee fiel in dicken Flocken und legte sich auf die Autos, die Häuser und die Leute, die langsam wieder ihr normales Leben aufnahmen. Von seinem Zimmer aus konnte Gamache Peter Morrow sehen, wie er Futter in ein Vogelhäuschen streute. Kaum war er weggegangen, ließen sich Schwarzkopfmeisen und Eichelhäher darauf nieder, schnell gefolgt von hungrigen Eichhörnchen und Streifenhörnchen. Billy Williams schaufelte die Eisbahn frei, was nicht mehr als ein Rückzugsgefecht darstellte, da sich hinter ihm gleich wieder Schnee darauf niederließ. Emilie Longpré ging mit Henri spazieren. Langsam. An diesem Tag schien sich jeder mit halber Kraft zu bewegen. Seltsam, dachte Gamache, als er sich duschte und Cordhose, Rollkragenpulli und Wollpullover überzog, das Dorf schien durch den Tod des unbekannten Fotografen ärmer geworden zu sein als durch den von CC.

Es war zehn Uhr morgens. Sie waren um halb sieben in die Pension zurückgekehrt. Gamache hatte sich die Badewanne volllaufen lassen und versucht, während seines ausgiebigen heißen Bads nicht zu denken. Ein Satz ging ihm dennoch nicht aus dem Kopf.

»Ich bin es wert. Wirklich«, hatte Nichol gesagt, als sie sich schluchzend an ihn geklammert hatte. Ich bin es wert.

Gamache wusste nicht, warum, aber es stimmte ihn nachdenklich.

Jean Guy Beauvoir hatte sich kurz geduscht und war dann völlig erledigt ins Bett gekrochen. Er fühlte sich, als hätte er gerade einen Triathlon durchgestanden und gewonnen. Einen Moment fragte er sich, ob sich Curling-Spieler jemals so fühlten. Körperlich war er an seiner Grenze angelangt. Er fror und war völlig erschöpft. Aber in seinem Kopf schwirrten die Gedanken.

Sie konnten Petrov nicht retten, aber sie waren in das brennende Haus eingedrungen und hatten Nichol gerettet.

Ruth Zardo hatte ein Bad genommen und sich dann an den Plastiktisch in der Küche gesetzt, sich einen Scotch genehmigt und ein Gedicht geschrieben.

Eine hab ich noch:
Du liegst schon auf dem Sterbebett.
Dein letzter Atem ist fast ausgehaucht.
Wen genau hast du denn eigentlich gebraucht,
all die Jahre, dass er dir verzeihe, bitte?

Yvette Nichol war gleich ins Bett gegangen, verdreckt, stinkend, kaputt, aber sie empfand noch etwas anderes. Sie lag im Bett, sicher und warm.

Gamache hatte sie gerettet. Buchstäblich. Aus einem brennenden Haus. Sie war mehr als froh, sie war überglücklich. Endlich war da jemand, der sich um sie kümmerte. Und es war nicht irgendjemand, es war der Chief Inspector.

War da ein Hoffnungsschimmer?

Der Gedanke, dass sie vielleicht endlich dazugehörte, einen Platz im Wohnzimmer bekam, hatte sie sanft in den Schlaf gewiegt.

Sie hatte Gamache von Onkel Saul erzählt.

»Warum sind Sie hineingegangen?«, hatte er sie gefragt, als sie sich im Schulbus aufwärmten und von älteren freiwilligen Helfern mit etwas zu essen und heißen Getränken versorgt wurden.

»Weil ich ihn retten wollte«, hatte sie geantwortet und hätte sich dabei am liebsten in seinem Blick verloren, sich in seine Arme geschmiegt. Nicht wie eine Geliebte, sondern wie ein Kind. Behütet und geliebt. Er hatte sie gerettet. Er hatte sich ihretwegen durch das Feuer gekämpft. Er bot ihr etwas, wonach sie sich ihr ganzes Leben lang gesehnt hatte. Zugehörigkeit. Er hätte sie nicht gerettet, wenn er sie nicht mögen würde. »Sie hatten doch gesagt, dass der Fotograf in dem Haus ist, und ich wollte ihn retten.«

Gamache hatte seinen Kaffee getrunken und sie nur angesehen. Er hatte gewartet, bis niemand mehr in der Nähe war, dann hatte er mit gesenkter Stimme gesagt: »Es ist in Ordnung, Yvette. Sie können es mir jetzt sagen.«

Da hatte sie es ihm erzählt. Er hatte aufmerksam zugehört, sie nicht ein Mal unterbrochen, nicht gelacht oder auch nur gelächelt. Manchmal sprach aus seinen Augen das Mitgefühl. Sie erzählte ihm Dinge, die noch nie die vier Wände ihres ordentlichen Zuhauses verlassen hatten. Sie erzählte ihm von dem dummen Onkel Saul in der Tschechoslowakei, der es nicht in den Polizeidienst geschafft und die Familie nicht gerettet hatte. Andernfalls hätte er sie vor dem Putsch warnen und sie schützen können. Aber er konnte es nicht, er hatte es nicht getan und starb. Sie starben alle. Sie starben, weil sie nicht dazugehörten.

»Sie sind in das Haus gegangen, weil er Saul hieß?«, hatte Gamache gefragt, nicht um sich über sie lustig zu machen, sondern um ganz sicher zu sein.

Sie hatte genickt und nicht einmal das Bedürfnis verspürt, sich zu verteidigen, es zu erklären oder irgendjemandem die Schuld zu geben. Er hatte sich zurückgelehnt, aus dem

Fenster auf das immer noch brennende Haus gestarrt; die Feuerwehrleute bemühten sich nicht mehr darum, es zu retten, sondern ließen es jetzt einfach niederbrennen.

»Darf ich Ihnen einen Rat geben?«

Sie nickte wieder, begierig zu hören, was er ihr zu sagen hatte.

»Lassen Sie es hinter sich. Sie haben ein eigenes Leben. Es ist nicht das von Onkel Saul oder das Ihrer Eltern.« Sein Gesicht war sehr ernst geworden, sein Blick prüfend. »Sie können nicht in der Vergangenheit leben, und Sie können sie ganz bestimmt nicht ungeschehen machen. Was Onkel Saul widerfahren ist, hat mit Ihnen nichts zu tun. Erinnerungen können einen umbringen, Yvette. Die Vergangenheit kann ihren Arm ausstrecken, einen packen und an einen Ort zerren, wo man nicht sein sollte. Zum Beispiel in ein brennendes Haus.«

Er hatte noch einmal zu den hungrigen, zuckenden Flammen geblickt, dann wieder zu ihr. Er hatte sich vorgebeugt, bis sich ihre Köpfe fast berührten. Es war ein Moment größter Nähe. Mit sanfter Stimme hatte er ihr zugeflüstert. »Begraben Sie Ihre Toten.«

Jetzt lag sie warm und geborgen im Bett. Alles wird gut, sagte sie sich und sah auf den Schnee, der sich auf ihrem Fensterbrett sammelte. Sie zog die Daunendecke bis zum Kinn hoch und vergrub ihre Nase darin. Sie roch nach Rauch.

Mit dem Geruch kam die Erinnerung an einen Satz, der durch den Qualm zu ihr gedrungen war. Sich seinen Weg gebahnt und sie gefunden hatte, als sie zusammengekauert auf dem Boden lag, verängstigt und allein. Sie würde sterben, das wusste sie. Allein. Statt dass ihre Retter sie fanden, taten es deren Worte.

Sie ist es nicht wert.

Sie würde verbrennen, allein. Weil sie es nicht wert war,

gerettet zu werden. Die Stimme hatte Beauvoir gehört. Und diesen Worten folgte durch den beißenden Rauch nicht Gamaches Stimme, die sagte: »Doch, das ist sie.«

Alles was sie gehört hatte, war das Brüllen des näher kommenden Feuers und der Aufschrei ihres eigenen Herzens.

Dieser verdammte Gamache hätte sie sterben lassen. Er hatte gar nicht sie gesucht, er hatte Petrov gesucht. Das waren die ersten Worte aus seinem Mund gewesen, als er sie entdeckt hatte. »Wo ist Petrov?« Nicht: »Geht es Ihnen gut?« oder »Gott sei Dank, wir haben Sie gefunden.«

Er hatte sie auch noch dazu gebracht, ihm von Onkel Saul zu erzählen. Ihren Vater zu verraten. Ihre Familie. Jetzt wusste er alles. Jetzt wusste er ganz genau, dass sie es nicht wert war.

Der Teufel sollte Gamache holen.

»Es muss Brandstiftung gewesen sein«, sagte Beauvoir und schaufelte Rührei in seinen Mund. Er war halb verhungert.

»Ruth glaubt das nicht«, sagte Gamache, verteilte Erdbeermarmelade auf seinem Croissant und trank einen Schluck von seinem starken, heißen Kaffee. Sie saßen im Esszimmer der Pension, einem warmen, gemütlichen Raum, der von einem riesigen Kamin und einem Fenster mit der Aussicht auf den Wald und die dahinter liegenden Berge beherrscht war, die jetzt allerdings von dem dicht fallenden Schnee verborgen wurden.

Beide Männer flüsterten, ihre Kehlen waren rau vom Rauch und vom vielen Schreien in der Nacht zuvor. Gabri sah fürchterlich aus, und Olivier wollte das Bistro erst mittags öffnen.

»Heute Morgen wird gegessen, was auf den Tisch kommt. Keine Sonderwünsche«, hatte Gabri sie angebellt, als sie unten erschienen waren. Dann hatte er ein wunderbares Frühstück aus Eiern, über Ahornholz geräuchertem Schinken, French Toast und Sirup für sie gezaubert. Dazu gab es dampfende, buttrige Croissants. »Zu Ihrem Glück muss ich immer kochen, wenn ich gestresst bin. Was für eine Nacht. Tragisch.«

Nachdem er in der Küche verschwunden war, wandte Beauvoir sich wieder Gamache zu.

»Was soll das heißen, sie glaubt nicht, dass es Brandstiftung war? Was denn sonst? Ein Hauptverdächtiger oder zumindest ein Zeuge in einem Mordfall stirbt in einem Feuer, und das soll reiner Zufall sein?«

»Sie sagt, die Nachbarin hat gesehen, dass Flammen aus dem Kamin schossen.«

»Na und? Überall sind Flammen herausgeschossen. Sie wären beinahe aus mir herausgeschossen.«

»Die Nachbarin glaubt, dass es ein Unfall war, ein Kaminbrand. Wir werden sehen. Der Brandsachverständige wird mittlerweile dort sein. Wir bekommen heute Nachmittag einen Bericht. Manchmal ist eine Zigarre nur eine Zigarre, Jean Guy.«

»Und wenn sie in Flammen aufgeht, was ist sie dann? Nein, Sir. Das war Brandstiftung. Saul Petrov ist ermordet worden.«

Den Rest des Tags vertrödelten sie mehr oder weniger, während sie sich von den Ereignissen der Brandnacht erholten und auf die Ergebnisse des Sachverständigen warteten. Lemieux hatte herausgefunden, dass Saul Petrovs nächste Verwandte eine Schwester in der Stadt Québec war. Ein Polizist wurde losgeschickt, der ihr die Nachricht überbringen und weitere Hintergrundinformationen einholen sollte.

Nach dem Frühstück stapfte Beauvoir durch den knietiefen Pulverschnee und ließ ihn aufwirbeln, während er von Haus zu Haus ging und die Dorfbewohner befragte, in der Hoffnung, jemanden zu finden, der eine Frau kannte, deren Name mit L begann und die vor fünfundvierzig Jahren in der Gegend gewohnt hatte. Lemieux widmete sich dem Kirchenregister.

Es war ein ruhiger, geradezu verträumter Tag, das Leben wurde von der Erschöpfung und der dicken Schicht Schnee gedämpft. Gamache saß an seinem Schreibtisch. Hinter ihm reinigten die Feuerwehrleute das Löschfahrzeug und brachten ihre Ausrüstung in Ordnung. Gelegentlich nickte er ein, die Füße auf dem Schreibtisch, die Augen geschlossen und die Hände über dem Bauch gefaltet.

Sie ist es nicht wert.

Erschrocken fuhr er hoch. Beauvoirs Stimme, voller Panik, erklang wieder in seinem Kopf, und wieder stank es nach Rauch. Er nahm die Füße vom Schreibtisch, sein Herz raste. Die Feuerwehrleute verrichteten ihre Arbeit auf der anderen Seite des riesigen Raums, sodass er in diesem Teil allein war. Er fragte sich kurz, wie es wäre, sich nach Three Pines zurückzuziehen, der freiwilligen Feuerwehr beizutreten und eines der alten Häuser im Dorf zu kaufen. Ein Schild neben die Tür zu hängen. *A. Gamache, Détective privé.*

Auf einmal bemerkte er, dass er keineswegs allein war. Agent Nichol saß still an einem Computer. Er überlegte einen Moment lang und fragte sich, ob er im Begriff war, etwas sehr Dummes zu tun. Er erhob sich und ging zu ihr hinüber.

»Als der Brand am schlimmsten wütete und wir versuchten, Sie zu retten …« Er setzte sich vor sie und zwang sie damit, ihn anzusehen. Sie war blass und strömte den Geruch nach Rauch aus, als wäre er ihr bis unter die Haut gedrungen. Ihre Kleidung saß schlecht und war nicht ganz sauber, ein Fettfleck auf dem Revers, verschmutzte Manschetten. Ihre schlecht geschnittenen Haare fielen ihr in die Augen. Er verspürte beinahe das Bedürfnis, ihr seine Kreditkarte mit der Anweisung, sich etwas Hübsches zum Anziehen zu kaufen, zu geben. Er verspürte beinahe das Bedürfnis, mit seiner großen, müden Hand über ihre Stirn zu fahren, um ihr die mausgrauen Haare aus den wütend blickenden Augen zu streichen. Er tat natürlich weder das eine noch das andere. »Da wurde etwas gesagt. Ich vermute, Sie haben es gehört. Einer von uns rief: ›Sie ist es nicht wert.‹«

Jetzt blickte sie ihm geradewegs in die Augen, ihre Miene verbittert.

Gamache erwiderte den Blick. »Es tut mir leid«, sagte er. »Es ist an der Zeit, ehrlich zu sein, für uns beide.«

Er erzählte ihr, was er vorhatte, seinen Plan. Sie hörte zu. Als er fertig war, bat er sie, das Gesagte für sich zu behalten. Sie versprach es ihm und dachte zweierlei. Dass er möglicherweise klüger war, als sie ihm zugetraut hätte, und dass er scheitern würde. Nachdem er gegangen war, zog sie ihr Handy hervor und tätigte schnell und heimlich einen Anruf.

»Ich habe ihm von Onkel Saul erzählt«, flüsterte sie. »Ich weiß, ich weiß. Es gehört nicht zum Plan. Ja, Sir. Aber ich bin hier vor Ort, und es war eine Entscheidung, die ich in letzter Sekunde getroffen habe«, log sie. Sie konnte wohl kaum zugeben, dass es ihr in einem Moment der Schwäche entschlüpft war. »Ja, es war ein Risiko, das stimmt. Ich hatte Angst, dass er es falsch verstehen würde, aber ich glaube, es hat funktioniert. Es schien ihn zu berühren.« Zumindest das stimmte. Dann erzählte sie ihm alles, was Gamache ihr gesagt hatte.

Gegen Ende des Tages waren zwanzig Zentimeter Pulverschnee gefallen. Kein Schnee von der Sorte also, aus der man Schneemänner bauen konnte, aber man konnte sich wunderbar hineinfallen lassen, und Gamache sah viele Kinder, die sich mit ausgebreiteten Armen und Beinen in das pulvrige Weiß stürzten.

Der Brandsachverständige war gerade gegangen.

Er war natürlich noch nicht zu einem abschließenden Urteil gelangt, aber für den Anfang hatte er festgestellt, dass Kreosot das Feuer verursacht hatte.

»Dann hat also jemand das Kreosot angezündet und Petrov umgebracht«, sagte Beauvoir.

»Genau«, bestätigte der Brandsachverständige. »Petrov hat das Kreosot angezündet.«

»Wie bitte?«

»Als Petrov an diesem Tag Feuer machte, beging er damit Selbstmord, auch wenn er es nicht wusste. Kreosot ist eine natürliche Substanz. Sie kommt in Holz vor, das nicht trocken genug ist. Ich vermute, dass der Kamin seit Jahren nicht gereinigt wurde und dass das Holz frisch war, tja, und dann …« Der Inspector hob die Hände zur Decke, um das Unvermeidliche und gar nicht mal Besondere anzudeuten.

Saul Petrov hatte das Streichholz entzündet, das ihn umbrachte. Es war also doch ein Unfall.

Gamache beobachtete durch das Fenster, wie der Brandsachverständige den Schnee von seinem Pick-up kehrte. Die Sonne war untergegangen, im Licht des Weihnachtsschmucks konnte er sehen, wie Schnee durch die Luft stob wie von lauter Miniblizzards, als die Dorfbewohner ihre Gehwege und Einfahrten freischippten. Auf dem Dorfanger fegte Ruth Zardo den Schnee von ihrer Bank, dann ließ sie sich darauf sinken.

Es musste fünf sein, dachte Gamache und warf einen Blick auf seine Uhr, dann nahm er den Hörer ab und wählte die Nummer von Agent Lacoste. Sie war ins Labor der Sûreté gefahren, um auf die Untersuchungsergebnisse für den Anhänger und die Li-Bien-Kugel zu warten.

»Ja, *allô?*«

»Gamache hier.«

»Ich bin schon unterwegs, es dauert nicht mehr lange, Chief. Sie glauben nicht, was die im Labor herausgefunden haben.«

Eine halbe Stunde später hatte sich das Team wieder im Besprechungsraum versammelt.

»Hier.« Lacoste reichte Gamache, der seine Lesebrille aufsetzte, den Bericht. »Ich hielt es für besser, damit herzukommen, statt Ihnen am Telefon davon zu berichten. Damit Sie es mit eigenen Augen sehen können.«

Seine Augenbrauen zogen sich vor Konzentration zusammen, als versuchte er, ein Dokument in einer fremden Sprache zu entziffern.

»Was ist denn?«, rief Beauvoir und streckte die Hand nach dem Bericht aus. Aber Gamache gab ihn nicht her. Stattdessen starrte er ihn weiter an, zuerst das eine Blatt, dann das andere, dann wieder das erste. Schließlich sah er die anderen an, seine dunkelbraunen Augen blickten verwirrt und besorgt. Geistesabwesend reichte er Beauvoir die Blätter, der sie schnell nahm und zu lesen begann.

»Das ist doch kompletter Blödsinn«, sagte er, nachdem er die Daten überflogen hatte. »Das ergibt überhaupt keinen Sinn. Wer war denn der Labortechniker?« Er prüfte die Unterschrift am Schluss und grummelte. »Dann muss er einen schlechten Tag gehabt haben.«

»Das dachte ich zuerst auch«, sagte Lacoste und amüsierte sich über ihre Mienen. Sie hatte immerhin die anderthalbstündige Fahrt von Montréal hierher gehabt, um über die Ergebnisse nachzudenken. »Ich ließ ihn die Tests wiederholen. Deshalb hat es so lange gedauert.«

Die Blätter wurden herumgereicht, bis sie schließlich bei Agent Nichol landeten.

Gamache nahm sie zuletzt wieder und legte sie fein säuberlich vor sich hin. Es war still im Raum, alle dachten nach.

Das Feuer knisterte im Holzofen, die Kaffeemaschine blubberte, zischte und erfüllte den Raum mit Kaffeeduft. Lacoste stand auf und schenkte sich eine Tasse ein.

»Was, glauben Sie, bedeutet das?«, fragte Gamache sie.

»Es bedeutet, dass Crie nicht mehr in Gefahr ist.«

»Weiter.« Gamache beugte sich vor, die Ellbogen auf den Tisch gestützt.

»Es bedeutet, dass wir wissen, wer L umgebracht hat und dass dieser Mensch keine Bedrohung für Crie ist«, sagte Lacoste und beobachtete beim Sprechen die Gesichter der anderen. Gamache kam noch mit, das war klar, wenn auch einen Schritt hinter ihr. Beauvoir hörte zu, bemühte sich zu begreifen, und die anderen beiden waren einfach baff.

»Wovon reden Sie?«, fragte Beauvoir ungeduldig. »Der Gentest sagt eindeutig, dass L CCs Mutter war. Wir wissen das von den Blutproben, die bei der Autopsie entnommen wurden.« Er klopfte auf den vor Gamache liegenden Bericht.

»Das ist nicht der interessante Teil«, sagte Gamache, nahm eines der beiden Blätter und reichte es Beauvoir. »Um das hier geht es.«

Beauvoir nahm das Blatt und las es noch einmal. Es waren die Ergebnisse der Untersuchungen, die an dem Anhänger vorgenommen worden waren. Das Blut auf dem Adleranhänger stammte von L, aber das wussten sie schon. Er sah auf den nächsten Absatz. In dem es um das Blut auf dem Lederband ging.

Dieselbe Blutgruppe, klar. Bla, bla, bla. Dann hielt er inne. Dieselbe Blutgruppe, aber nicht dasselbe Blut. Auf dem Lederband befand sich nicht Ls Blut. Es war das von CC de Poitiers. Was suchte CCs Blut auf dem Band?

Er sah zu Gamache, der gerade zu seinem Schreibtisch gegangen war, eine Akte holte und damit zum Konferenztisch zurückkam. Er schlug die Mappe auf und überflog ein paar

Seiten, dann blieben seine Augen an einer Stelle hängen, und er las sie sorgfältig durch.

»Hier. Ist es das, was Sie meinen?« Er reichte Agent Lacoste den Autopsiebericht von CC, sie las die Passage, auf die er deutete, und nickte dann lächelnd.

»Ganz genau.«

Gamache lehnte sich zurück und atmete laut aus.

»Crie ist nicht mehr durch die Person in Gefahr, die L getötet hat, weil diese Person bereits tot ist.«

»Der Fotograf«, sagte Lemieux.

»Nein«, sagte Lacoste. »CC de Poitiers. Sie hat ihre eigene Mutter umgebracht. Das ist die einzig mögliche Schlussfolgerung. CC hat ihrer Mutter die Kette vom Hals gerissen und hat sie dabei kaputtgemacht. Daher stammt der Striemen an Ls Hals, aber auch CC hat sich verletzt, sie hat sich in die Hand geschnitten. Die Handfläche. Sehen Sie hier, in dem Autopsiebericht von CC? Ihre Handflächen waren verbrannt, aber der Gerichtsmediziner hat noch eine andere Wunde erwähnt, die darunter lag und halb verheilt war. CC hat ihre Mutter umgebracht, dann der Toten die Kette aus der Hand genommen und sie hier in den Müll geworfen.«

»Und wer hat die Videokassette und die Li-Bien-Kugel weggeworfen?«, fragte Beauvoir.

»Auch CC. Auf der Li-Bien-Kugel waren die Fingerabdrücke von drei Personen, von Peter und Clara Morrow und von CC.«

»Wie nicht anders zu erwarten«, beharrte Beauvoir. »Sie gehörte ihr. Niemand sonst bekam sie jemals zu Gesicht, geschweige denn, dass jemand sie anfasste.«

»Wenn irgendjemand sie ihr gestohlen und sie dann weggeworfen hätte, befänden sich die Abdrücke einer vierten Person darauf«, erklärte Gamache.

»Warum sollte CC die Li-Bien-Kugel wegwerfen?«

»Da habe ich nur eine Vermutung«, sagte Lacoste, »aber ich würde sagen, dass sie es aus Schuldgefühl tat. Zwei Dinge in ihrem Haus erinnerten sie an ihre Mutter, der Film *Löwen im Winter* und die Li-Bien-Kugel. Ich glaube nicht, dass CC Beweise vernichten wollte. Ich glaube, sie hat sie weggeworfen, weil sie es nicht ertrug, sie zu sehen.«

»Aber warum hat sie das Video in den Hausmüll geschmissen und die Li-Bien-Kugel auf den Müllplatz gebracht?«

»Keine Ahnung«, gab Lacoste zu. »Vielleicht hat sie es an verschiedenen Tagen gemacht. Vielleicht hat sie das Video gleichzeitig mit der Kette weggeworfen, und von der Kugel konnte sie sich nicht so schnell trennen.«

»Sie war ihr sicher mehr wert«, sagte Gamache. »Es muss ihr schwergefallen sein, sich ihrer zu entledigen. Die Kugel war zu einem Symbol ihrer Familie geworden, ihrer Philosophie, ihrer Träume. Vielleicht hat sie es deswegen nicht übers Herz gebracht, sie einfach wegzuwerfen, sondern hat sie vorsichtig auf den Rand des Containers gelegt.«

»CC hat ihre eigene Mutter umgebracht«, wiederholte Beauvoir. »Warum?«

»Geld«, sagte Lacoste, die Zeit gehabt hatte, darüber nachzudenken. »Sie war im Begriff, sich mit Interessenten aus den USA zu treffen, denen sie ihre Philosophie andrehen wollte. Sie hatte vor, Li Bien groß zu vermarkten und ein Vermögen damit zu machen.«

»Aber das war doch wahrscheinlich nicht mehr als ein Hirngespinst«, sagte Lemieux.

»Vielleicht, aber solange sie daran glaubte, war das egal. Alles hing davon ab, dass sie Li Bien an die Amerikaner verkaufte.«

»Und dann kam ihr ihre Mutter, eine Obdachlose, dazwischen«, sagte Gamache und nickte, »und brachte ihre mühsam aufrechterhaltene Lebenslüge ins Wanken. Etwas musste sterben, entweder ihr Traum oder ihre Mutter. Sie musste nicht lange überlegen.« Er sah auf die Schachtel in seinen Händen. Drehte sie einmal mehr um.

B KLM.

Warum hatte L diese Buchstaben gesammelt? Er klappte den Deckel auf und fuhr mit dem Zeigefinger durch die ausgeschnittenen Buchstaben. Ks, Ms, Cs, Ls und Bs.

Langsam klappte er den Deckel wieder zu, stellte die Schachtel auf seinen Schreibtisch und blickte in die Ferne. Dann erhob er sich und ging auf und ab. Auf und ab, auf und ab, mit gemessenen, ruhigen Schritten, den Kopf gebeugt und die Hände hinter seinem Rücken verschränkt.

Nach ein paar Minuten blieb er stehen.

Er wusste die Antwort.

33

Madame Longpré«, Gamache erhob sich und verbeugte sich vor der schmächtigen vor ihm stehenden Frau.

»Monsieur Gamache.« Sie nickte leicht und ließ sich auf dem Stuhl nieder, den er ihr zurechtrückte.

»Was darf ich Ihnen bringen lassen?«

»Einen Espresso bitte.«

Die beiden hatten sich im Bistro verabredet, ihr Tisch stand neben dem Kamin. Es war zehn Uhr morgens, und es schneite wieder einmal. Es war eines jener nicht seltenen, aber dennoch ungewöhnlichen meteorologischen Phänomene, die im Winter in Québec vorkamen: Es schneite, und gleichzeitig schien die Sonne. Gamache sah aus dem Fenster und war bezaubert, kristalline Prismen, zart und zerbrechlich, schwebten vorüber und legten sich sanft auf Three Pines. Auf den Bäumen und der Kleidung der Dorfbewohner, die vorbeigingen, glitzerte es rosa, blau und grün.

Ihr Kaffee wurde serviert.

»Haben Sie sich von dem Feuer erholt?«, fragte sie. Em war dort gewesen, zusammen mit Mother und sogar Kaye. Sie hatten die ganze Nacht Brote und Getränke verteilt und die Helfer mit Decken versorgt. Sie waren alle müde gewesen, und Gamache hatte beschlossen, mit seinem Gespräch mit Emilie bis zu diesem Morgen zu warten.

»Es war eine furchtbare Nacht«, sagte er. »Eine der schlimmsten, an die ich mich erinnere.«

»Wer war der Mann?«

»Er hieß Saul Petrov.« Gamache wartete auf eine Reaktion. Aber er erntete nur ein höfliches Nicken. »Ein Fotograf. Er machte Bilder von CC.«

»Wozu?«

»Für ihren Katalog. Sie hatte ein Treffen mit einem amerikanischen Unternehmen vereinbart, in der Hoffnung, die Leute für ihr Projekt interessieren zu können. Sie hatte vor, ein Guru für Stilfragen zu werden, auch wenn ihre Bestrebungen weit über Stilfragen hinauszugehen schienen.«

»Eine Art all-inclusive«, schlug Em vor. »Sie stattete ihre Klienten innerlich und äußerlich aus.«

»CC de Poitiers hatte große Träume, so viel ist klar«, stimmte Gamache zu. »Sie sagten, Sie hätten CC einige Male getroffen, haben Sie auch ihre Familie kennengelernt? Ihren Mann und ihre Tochter?«

»Ich kenne sie nur vom Sehen, ich habe niemals mit ihnen gesprochen. Sie waren am zweiten Weihnachtsfeiertag beim Curling, wie alle.«

»Und soweit ich weiß auch in der Christmesse.«

»Stimmt.« Em lächelte bei der Erinnerung. »Sie hat uns alle hinters Licht geführt, die Tochter.«

»Wie das?« Gamache war überrascht, das zu hören.

»Oh, nicht in bösartiger Absicht. Nicht wie ihre Mutter, auch wenn CC nicht so gut täuschen konnte, wie sie gerne glaubte. Viel zu leicht zu durchschauen. Nein, Crie ist schüchtern, zurückgezogen. Sieht einem nie in die Augen. Aber sie hat eine wunderschöne Stimme. Sie hat uns damit schier den Atem geraubt.«

Emilie dachte an die Christmesse in der überfüllten Kapelle. Sie hatte zu Crie hinübergesehen, dort stand ein völlig verwandeltes Mädchen. Die Freude am Singen hatte sie schön gemacht.

»Sie sah aus wie David, wenn er Tschaikowsky spielte.«

Und dann die schreckliche Szene vor der Kirche.

»Woran denken Sie?«, fragte Gamache leise, als er die plötzliche Traurigkeit auf Ems Gesicht sah.

»Nach dem Gottesdienst standen wir draußen noch zusammen. CC befand sich auf der Rückseite der Kirche. Von dort führt eine Abkürzung zu ihrem Haus. Wir konnten sie nicht sehen, nur hören. Da war außerdem noch ein ganz seltsames Geräusch.« Em spitzte ihre Lippen, während sie sich zu erinnern versuchte. »Wie das, das Henri macht, wenn er über die Holzdielen läuft und ich ihm die Krallen nicht geschnitten habe. Ein Klicken, nur lauter.«

»Ich glaube, dieses Rätsel kann ich für Sie lösen«, sagte Gamache. »Wahrscheinlich waren es ihre Stiefel. Sie hatte sich selbst zu Weihnachten ein Paar Stiefel aus Baby-Seehundfell geschenkt. Die Sohlen waren mit Spikes versehen.«

Em sah überrascht und angeekelt aus.

»*Mon Dieu,* was muss Er nur von uns denken?«

»Sie sagten, Sie konnten mehr als nur ihre Stiefel hören.«

»Sie hat ihre Tochter angeschrien. Fiel regelrecht über sie her. Es war schrecklich.«

»Worum ging es?«, fragte Gamache.

»Was Crie anhatte. Gut, es entsprach nicht ganz dem Anlass. Ein rosa Strandkleid, glaube ich, aber hauptsächlich schienen CCs Vorwürfe sich gegen Cries Stimme zu richten, ihren Gesang. Sie hat eine göttliche Stimme. Nicht in der Weise, wie Gabri das Wort gebraucht, ich meine wirklich göttlich. Und CC hat sich über sie mokiert, hat sie heruntergemacht. Nein, es war mehr als das. Sie hat sie vernichtet. Es war schrecklich. Ich habe alles mit angehört und nichts unternommen. Nichts gesagt.«

Gamache war still.

»Wir hätten ihr helfen müssen.« Emilie sprach leise und ruhig. »Es war Weihnachten, und wir standen alle da und wurden Zeugen eines Mordes, denn das war es, Chief Inspector. Ich will mir nichts vormachen. CC hat ihre Tochter an diesem Abend umgebracht, und ich habe ihr dabei geholfen.«

»Sie gehen zu weit, Madame. Sie sollten es mit Ihren Schuldgefühlen nicht übertreiben. Mir ist klar, dass Sie wegen dem, was geschehen ist, ein schlechtes Gewissen haben, und ich gebe Ihnen recht, jemand hätte einschreiten sollen. Aber ich weiß auch, dass das, was vor der Kirche geschah, kein Einzelfall war. Die Tragödie von Cries Leben besteht darin, dass sie nie etwas anderes kennengelernt hat. Es ist wie mit dem Schnee dort draußen.« Sie sahen beide aus dem Fenster. »Die Beleidigungen häuften sich aufeinander, bis Crie völlig unter ihnen begraben war.«

»Ich hätte etwas unternehmen müssen.«

Sie waren beide einen Moment lang still. Emilie blickte nach draußen, und Gamache blickte sie an.

»Für morgen ist ein Schneesturm angesagt«, sagte Em. »Sie haben eine Sturmwarnung ausgegeben.«

»Wie viel erwarten sie denn?« Davon hatte er noch nichts gehört.

»Auf dem Wetterkanal hieß es, dass bis zu dreißig Zentimeter Neuschnee fallen. Sind Sie jemals von einem Schneesturm überrascht worden?«, fragte sie.

»Ein Mal, als ich nach Abitibi unterwegs war. Es war dunkel, und die Straßen waren leer. Ich hatte mich verfahren.« Er sah das dichte Schneegestöber im Licht seiner Scheinwerfer wieder vor sich, die Welt verengte sich zu einem leuchtenden Trichter. »Ich bog falsch ab und endete in einer Sackgasse. Die Straße wurde immer schmaler. Es war mein eigener Fehler.« Er beugte sich vor und flüsterte: »Es war reine Sturheit, aber nicht verraten.« Er sah sich um.

Emilie lächelte. »Das bleibt unser kleines Geheimnis. Abgesehen davon bin ich überzeugt, dass es mir keiner glauben würde. Was ist passiert?«

»Die Straße wurde immer schmaler.« Zur Illustration hob er die Hände und bewegte sie aufeinander zu, bis es aussah, als würde er beten. »Es war kaum noch etwas von einer Straße zu erkennen. Mittlerweile war es nur noch ein Pfad und dann«, er drehte seine Hände um, »nichts mehr. Nur noch Wald und Schnee. Die Schneewehen reichten bis zum Autodach. Ich konnte weder vor noch zurück.«

»Was haben Sie getan?«

Er zögerte, wusste nicht, welche Antwort er geben sollte. Alle Antworten, die ihm in den Sinn kamen, waren wahr, aber es gab verschiedene Ebenen von Wahrheit. Da ihm klar war, worum er sie bitten wollte, entschied er, dass er ihr denselben Respekt schuldete.

»Ich habe gebetet.«

Sie sah auf diesen großen, selbstsicheren, ans Befehlen gewohnten Mann und nickte. »Was haben Sie gebetet?« So leicht ließ sie ihn nicht davonkommen.

»Kurz bevor das passierte, hielten Inspector Beauvoir und ich uns im Rahmen unserer Ermittlungen in einem Fischerdorf namens Baie des Moutons an der Lower North Shore auf.«

»Das Land, das Gott Kain gab«, sagte sie völlig unerwartet. Gamache kannte das Zitat, aber da war er seiner Erfahrung nach einer der wenigen. Als der Forschungsreisende Jacques Cartier im 17. Jahrhundert die wüsten Felsformationen an der Mündung des Sankt-Lorenz-Stroms das erste Mal sah, schrieb er in sein Tagebuch: »Das muss das Land sein, das Gott Kain gab.«

»Vielleicht ziehen die Verdammten mich an.« Gamache lächelte. »Vielleicht jage ich deswegen Mörder wie Kain. Die Gegend ist öde und karg; dort wächst praktisch nichts, aber für mich ist sie beinahe unerträglich schön, wenn man nur weiß, wo man suchen muss. Hier ist es einfach. Hier ist überall Schönheit zu finden. An den Flüssen, in den Bergen, in den Dörfern, insbesondere Three Pines. Aber in Baie des Moutons ist sie weniger augenfällig. Man muss danach suchen. Sie findet sich in den Flechten auf den Felsen und in den winzigen rosa Blumen, die man beinah nicht sehen kann, man muss dazu auf die Knie gehen. Sie findet sich im Frühling in den Blüten der Moltebeere.«

»Haben Sie Ihren Mörder gefunden?«

»Ja.«

Wie er das sagte, verriet ihr, dass da noch mehr war. Sie wartete, und als nichts mehr kam, entschloss sie sich zu fragen.

»Und was haben Sie noch gefunden?«

»Gott«, sagte er schlicht. »In einem Diner.«

»Was hat er gegessen?«

Die Frage kam so unerwartet, dass Gamache kurz zögerte, dann lachte er.

»Zitronenröllchen.«

»Woher wissen Sie, dass es Gott war?«

Diese Befragung lief überhaupt nicht so, wie er sich das vorgestellt hatte.

»Das weiß ich nicht«, gab er zu. »Er kann auch ein einfacher Fischer gewesen sein. Er war jedenfalls wie einer angezogen. Aber er sah mit so großer Zärtlichkeit zu mir herüber, mit einer solchen Liebe, dass ich völlig verdutzt war.« Er war versucht, die Augen abzuwenden und auf die Tischplatte zu blicken, auf der seine Hände lagen. Aber er tat es nicht. Er sah sie unverwandt an.

»Was hat Gott getan?«, fragte Emilie mit sanfter Stimme.

»Er aß seinen Kuchen auf, dann drehte er sich zur Wand. Er schien eine Zeit lang daran zu reiben, dann drehte er sich wieder zu mir um, mit dem strahlendsten Lächeln, das ich je gesehen habe. Eine tiefe Freude überkam mich.«

»Ich kann mir vorstellen, dass Sie oft von Freude erfüllt sind.«

»Ich bin ein glücklicher Mann, Madame. Ich bin sehr glücklich, und ich weiß es.«

»*C'est ça.*« Sie nickte. »Es geht darum, es zu wissen. Ich wurde erst zu einem glücklichen Menschen, nachdem meine Familie umgekommen war. So schrecklich das auch klingen mag.«

»Ich glaube, ich weiß, was Sie meinen«, sagte Gamache.

»Ihr Tod veränderte mich. Irgendwann stand ich in meinem Wohnzimmer und konnte mich weder vor noch zurück bewegen. Deshalb habe ich Sie nach dem Schneesturm gefragt. So erging es mir, Monat um Monat. Als hätte ich mich in einem Schneesturm verirrt. Ich hörte nur noch das Heulen und Tosen um mich. So konnte ich nicht mehr weitermachen. Ich wollte sterben. Ich wusste nicht wie, aber ich wusste, ich konnte den Verlust nicht länger ertragen. Ich war steckengeblieben. Wie Sie in diesem Schneesturm. Verloren, ohne Orientierung, in einer Sackgasse. In meinem Fall natürlich im übertragenen Sinne. Meine Sackgasse war mein Wohnzimmer. Ich war am vertrautesten, heimeligsten Ort in meinem Leben verloren gegangen.«

»Was geschah?«

»Es klingelte an der Tür. Ich erinnere mich noch, dass ich überlegte, ob ich an die Tür gehen oder mich umbringen sollte. Dann klingelte es noch einmal, und ich weiß nicht, vielleicht hat es mit meiner guten Erziehung zu tun, jedenfalls riss ich mich zusammen und ging zur Tür. Und dort stand Gott. Er hatte ein paar Kuchenkrümel im Mundwinkel.«

Gamaches dunkelbraune Augen wurden immer größer.

»Das war ein Witz.« Sie legte kurz ihre Hand auf seinen Arm und lächelte. Gamache musste über sich selbst lachen. »Es war ein Straßenarbeiter«, fuhr sie fort. »Er wollte das Telefon benutzen. Er trug ein Schild.«

Sie hielt inne, konnte einen Moment nicht weitersprechen.

Gamache wartete. Er hoffte, dass nicht *Das Ende ist nah* auf dem Schild stand. Der Raum um sie herum verschwand. Die einzigen beiden Menschen auf der Welt waren die winzige, zerbrechliche Emilie Longpré und Armand Gamache.

»Es war ein Schild mit der Aufschrift *Vorsicht Glatteis.*«

Ein paar Sekunden lang schwiegen sie beide.

»Woher wussten Sie, dass es Gott war?«, fragte Gamache.

»Wann wird ein Dornbusch, der brennt, zu einem brennenden Dornbusch?«, fragte Em, und Gamache nickte. »Meine Verzweiflung verschwand. Die Trauer blieb natürlich, aber mir wurde klar, dass die Welt kein dunkler, grausamer Ort ist. Ich war so erleichtert. In diesem Moment fand ich Hoffnung. Der Fremde mit dem Schild hatte sie mir gegeben. Es klingt lächerlich, ich weiß, aber auf einmal verschwand die Düsterkeit.«

Sie hielt kurz inne und erinnerte sich mit einem Lächeln auf dem Gesicht.

»Mother hat sich fürchterlich geärgert, das kann ich Ihnen sagen. Sie musste bis nach Indien reisen, um Gott zu finden, dabei war er die ganze Zeit hier. Sie ging nach Kaschmir, und ich ging zur Tür.«

»Das sind beides lange Reisen«, sagte Gamache. »Und Kaye?«

»Kaye? Ich glaube nicht, dass sie diese Reise unternommen hat, ich glaube, es macht ihr Angst. Kaye machen viele Dinge Angst.«

»Clara Morrow hat Sie als die drei Grazien gemalt.«

»Hat sie das? Eines Tages wird die Frau entdeckt, und die Welt wird erkennen, was für eine erstaunliche Künstlerin sie ist. Sie sieht Dinge, die andere nicht sehen. Sie sieht in jedem Menschen das Beste.«

»Auf jeden Fall sieht sie, wie sehr Sie drei sich lieben.«

Em nickte. »Ich liebe sie tatsächlich. Ich liebe all das.« Sie sah sich in dem heiteren Raum um, Feuer knisterte in den Kaminen, Olivier und Gabri sprachen mit den Gästen, Preisschildchen baumelten von Stühlen, Tischen und Kerzenhaltern. Als Gabri sich einmal über Olivier geärgert hatte, hatte er die Leute mit einem Preisschildchen am Revers bedient.

»Mein Leben hat sich seit dem Tag, an dem ich die Tür geöffnet habe, grundlegend verändert. Ich bin jetzt glücklich. Zufrieden. Ist das nicht seltsam? Ich musste quer durch die Hölle, um Glück zu finden.«

»Die Leute erwarten, dass ich durch meine Arbeit zum Zyniker geworden bin«, bekannte Gamache unvermittelt, »aber sie haben keine Ahnung. Es ist so, wie Sie sagen. Ich verbringe meine Tage damit, in das letzte Zimmer unseres inneren Hauses zu blicken, dasjenige, das wir sogar vor uns selbst verschlossen und verborgen halten. Dasjenige mit all unseren stinkenden, verrottenden, wartenden Monstern darin. Meine Arbeit besteht darin, Leute aufzuspüren, die anderen das Leben nehmen. Und dazu muss ich herausfinden, warum sie das tun. Dazu wiederum muss ich in ihre Köpfe eindringen und diese letzte Tür öffnen. Aber wenn ich wieder herauskomme«, er breitete die Arme aus, »ist die Welt plötzlich viel schöner, viel lebendiger, viel anziehender. Wenn man das Schlimmste sieht, weiß man das Beste zu schätzen.«

»So ist es«, Emilie nickte. »Sie mögen die Menschen.«

»Ich liebe sie«, bekannte er.

»Was hat Ihr Gott an der Wand gemacht?«

»Er hat etwas darauf geschrieben.«

»Gott hat etwas auf die Wand in dem Diner geschrieben?« Em konnte es nicht glauben, auch wenn sie selbst nicht wusste, warum. Ihr Gott lief immerhin mit einem Straßenschild herum.

Gamache nickte und erinnerte sich, wie er den grauhaarigen, schönen Fischer an der Fliegengittertür zu dem Lokal, das nach Meer roch, beobachtet hatte. Er hatte Gamache angeblickt und gelächelt. Nicht das strahlende, offene Lächeln, das er ihm wenige Minuten zuvor geschenkt hatte, sondern ein warmes und beruhigendes Lächeln, als wolle er sagen, dass er verstünde und dass alles in Ordnung käme.

Gamache war aufgestanden, zu dem Tisch gegangen und hatte gelesen, was auf der Wand stand. Er hatte sein Notizbuch herausgezogen, das mit Informationen über Tod, Mord und Trauer vollgekritzelt war, und er hatte die vier schlichten Zeilen abgeschrieben.

Dann wusste er, was er tun musste. Nicht weil er ein besonders mutiger oder besonders guter Mann war, sondern weil ihm keine andere Wahl blieb. Er musste nach Montréal zurückkehren, zur Sûreté, und den Fall Arnot zu Ende bringen. Er hatte seit Monaten gewusst, dass er das tun musste, dennoch war er davor weggelaufen und hatte sich hinter der Arbeit versteckt. Hinter den Leichen und der ernsthaften, ehrenvollen Aufgabe, Mörder zu finden, als sei er der Einzige bei der Polizei, der dazu in der Lage war.

Der Spruch an der Wand hatte ihm nicht gesagt, was er tun sollte. Das wusste er. Er hatte ihm den Mut gegeben, es zu tun.

»Aber woher wissen Sie, dass Sie das Richtige getan haben?«, fragte Em, Gamache wurde bewusst, dass er die ganze Zeit über laut geredet hatte.

Die blauen Augen sahen ihn ruhig und fest an. Aber etwas war anders. Das Gespräch schien einen neuen Zweck zu haben. Er nahm eine Intensität an ihr wahr, die vorher nicht da war.

»Ich weiß nicht. Selbst jetzt bin ich nicht ganz sicher. Viele Leute sind überzeugt, dass ich falsch gehandelt habe. Das wissen Sie. Bestimmt haben Sie davon in der Zeitung gelesen.«

Emilie nickte. »Sie haben Superintendent Arnot und seine

beiden Kollegen davon abgehalten, noch mehr Menschen umzubringen.«

»Ich habe sie davon abgehalten, sich selbst umzubringen«, sagte Gamache. Er erinnerte sich ganz deutlich an das Treffen. Er gehörte damals zum Kreis der Eingeweihten bei der Sûreté. Pierre Arnot war ein hoher Polizeibeamter und genoss allseits Respekt, wenn auch nicht vonseiten Gamaches. Er kannte Arnot seit seinem ersten Tag bei der Polizei, und die beiden waren nie gut miteinander ausgekommen. Gamache hatte den Verdacht, dass Arnot ihn für schwach hielt, während er Arnot für rücksichtslos hielt.

Als herauskam, was Arnot und zwei seiner besten Männer getan hatten, als selbst seine Freunde es nicht länger leugnen konnten, hatte Arnot eine Bitte geäußert. Dass man sie nicht verhaftete. Noch nicht. Arnot hatte eine Jagdhütte in Abitibi, nördlich von Montréal. Dorthin wollten sie gehen und nicht mehr wiederkommen. Es wurde entschieden, dass es das Beste war, für Arnot, für die Mittäter, für die Familien.

Alle waren dieser Meinung.

Außer Gamache.

»Warum haben Sie sie aufgehalten?«, fragte Emilie.

»Es hatte schon genug Tote gegeben. Es war an der Zeit, Gerechtigkeit zu üben. Ein altmodischer Gedanke.« Er sah auf und lächelte sie an. Nach kurzem Schweigen fuhr er fort. »Ich glaube, es war das Richtige, aber ich hadere immer noch manchmal mit meiner Entscheidung. Ich bin wie ein viktorianischer Prediger. Ich habe Zweifel.«

»Wirklich?«

Gamache sah erneut in das Feuer und dachte lange und angestrengt nach. »Ich würde es wieder tun. Es war das Richtige, zumindest von meinem Standpunkt aus betrachtet.«

Er sah sie an und wartete einen Moment.

»Wer war L, Madame?«

»Elle?«

Gamache griff in seine Aktentasche und zog die Holzschachtel heraus, drehte sie um, damit man die Buchstaben, die auf den Boden geklebt waren, sehen konnte. Er deutete auf das L. »L, Madame Longpré.«

Sie sah ihm immer noch in die Augen, dennoch schien ihr Blick abzudriften und sich auf einen Punkt in der Ferne zu richten.

Vorsicht Glatteis. Bald hätte sie es erreicht.

34

Sie war unsere Freundin«, sagte Emilie und blickte Gamache dabei in die Augen. »Wir nannten sie El, aber sie selbst schrieb sich einfach nur mit einem großen L.« Em fühlte sich das erste Mal seit Tagen ruhig. »Sie wohnte im Nachbarhaus.« Em deutete auf ein kleines Québecer Haus mit einem steilen Metalldach und winzigen Gauben. »Ihre Familie hat es vor vielen Jahren verkauft und ist weggezogen. Nachdem El verschwunden war.«

»Was ist passiert?«

»Sie war jünger als wir anderen. Ein bezauberndes, überaus freundliches Mädchen. Solche Kinder werden manchmal gepiesackt, weil die anderen wissen, dass sie sich nicht wehren. Nicht so El. Sie gehörte zu den Kindern, die das Beste in anderen zutage fördern. Sie war in jeder Hinsicht gut. Ein strahlendes Kind. Wenn sie ein Zimmer betrat, wurde es hell, und die Sonne ging auf.«

Em sah sie noch vor sich, ein Kind, das so reizend war, dass die anderen nicht einmal eifersüchtig waren. Vielleicht hatten auch alle gespürt, dass jemand, der so freundlich und gut war, nicht lange unter ihnen weilen konnte. El hatte etwas Kostbares und Zerbrechliches an sich.

»Sie hieß Eleanor, nicht wahr?«, fragte Gamache, auch wenn er die Antwort schon zu kennen glaubte.

»Eleanor Allaire.«

Gamache schloss die Augen. Er hatte es geschafft.

»El, die Kurzform von Eleanor«, flüsterte er.

Emilie nickte. »Darf ich?« Ihre zierlichen Hände fassten über den Tisch und nahmen die Schachtel, hielten sie auf den Handflächen, als wolle sie es ihr ermöglichen wegzufliegen. »Die habe ich viele Jahre lang nicht mehr gesehen. Mother gab sie ihr, als El den Aschram in Indien verließ. Sie gingen gemeinsam dorthin, müssen Sie wissen.«

»Sie war das L in B KLM, nicht wahr?«

Em nickte.

»Mother Bea ist B, Kaye ist K, und Sie sind M.«

»Sie sind sehr klug, Chief Inspector. Wir hätten uns in jedem Fall angefreundet, aber es faszinierte uns, dass zufällig alle unsere Namen wie Buchstaben des englischen Alphabets klangen. Insbesondere, weil wir alle gerne lasen. Es hatte auch etwas Romantisches an sich, wie ein Geheimcode.«

»Leitete sich davon Be Calm ab?«

»Das haben Sie auch herausgefunden?«

»Bei diesem Fall tauchte Be Calm zu oft auf. Dann besuchte ich das Meditationszentrum von Mother.«

»Namens Be Calm.«

»Ja, aber es war die Inschrift an der Wand, die verräterisch war.«

»Das scheint Ihnen öfter zu passieren. Muss bei Ihrer Arbeit hilfreich sein, wenn die Antworten an die Wand geschrieben sind.«

»Die Schwierigkeit besteht nur darin, dass man sie erkennt. Das Zitat ist falsch, und das passte nicht so recht zu Mother. Sie tut zwar so, als wäre sie nicht von dieser Welt, aber ich habe den Verdacht, dass das Gegenteil der Fall ist. Sie hätte niemals *Seid ruhig und erkennt, dass Ich Gott bin* auf ihre Wand geschrieben, wenn sie das nicht gewollt hätte.«

»Seid stille und erkennt, dass Ich Gott bin«, zitierte Em korrekt. »Das war Els Problem. Sie konnte nicht still sein.

Kaye war diejenige, die bemerkte, dass sich die Buchstaben, die für unsere Namen standen, zu einem Wort zusammensetzen ließen. B KLM. Be calm. Die Übereinstimmung reichte jedenfalls, damit wir einen Sinn darin erkannten, und es war gleichzeitig verfremdet genug, um ein Geheimnis daraus zu machen. Unser Geheimnis. Aber Sie haben es herausgefunden, Chief Inspector.«

»Ich habe viel zu lange dafür gebraucht.«

»Gibt es für so etwas ein zeitliches Limit?«

Gamache lachte. »Nein, vermutlich nicht, aber manchmal bin ich richtiggehend entsetzt über meine eigene Blindheit. Ich habe tagelang auf diese Buchstaben gestarrt, weil ich wusste, dass sie El viel bedeutet haben. Ich hatte sogar ein Exemplar von Ruth' Gedichtband. *Mir geht's GUT.* Jeder der Buchstaben von GUT steht für ein anderes Wort.«

»Aber nein. Wofür denn?«

»Gallig, unsicher und todtraurig«, sagte er. Sie lachte.

»*J'adore Ruth.* Jedes Mal, wenn ich denke, sie ist abscheulich, tut sie etwas wie das. Perfekt.«

»Ich habe die Buchstaben auf der Schachtel angestarrt und bin davon ausgegangen, dass die Leerstelle zwischen B und KLM nichts bedeutet. Aber das tut sie. In ihr liegt die Antwort. Sie liegt in dem, was nicht da ist. In dem winzigen Raum zwischen den Buchstaben.«

»Wie die Wildblumen in dem Land, das Gott Kain gab«, sagte Em. »Man muss genau hinsehen, um sie zu erkennen.«

»Ich dachte nicht, dass der Platz absichtlich frei gelassen worden war. Ich dachte, dass dort eigentlich das C hineingehörte«, bekannte Gamache.

»Das C?«

»Öffnen Sie die Schachtel.«

Em tat es und sah lange hinein. Dann holte sie einen winzigen Buchstaben heraus. Sie legte ihn auf ihre Fingerspitze und hielt ihn Gamache hin. Ein C.

»Sie hat auch ihre Tochter in die Schachtel gelegt«, sagte Em. »Das ist Liebe.«

»Was ist passiert?«

Em erinnerte sich an die Zeit, als die Welt noch neu war. »El war ein unruhiger Geist. Während wir anderen sesshaft wurden, wurde El immer rastloser. Sie wirkte so zerbrechlich und zart. Empfindsam. Wir baten sie immer wieder, Ruhe zu geben.«

»Sie haben sogar Ihre Curling-Mannschaft Be Calm genannt«, sagte Gamache. »Das war ein weiterer Hinweis. Sie haben immer nur drei Mitglieder des ursprünglichen Teams erwähnt, dabei hat eine Curling-Mannschaft vier Mitglieder. Eines fehlte also. Als ich Clara Morrows Bild von Ihnen drei als Grazien sah, hatte ich den Eindruck, dass jemand fehlte. In der Komposition war eine Lücke.«

»Aber Clara hat El nie kennengelernt«, sagte Emilie. »Nicht einmal von ihr gehört, soweit ich weiß.«

»Das stimmt, aber wie Sie sagten, Clara sieht Dinge, die andere nicht sehen. Sie drei bilden auf dem Werk eine Art Vase, Gefäß nannte sie es. Nur fehlt dort ein Stück, da ist ein Riss. Wo El wäre.

Läut alle Glocken, die noch klingen,
Vergiss den hehren Opfergang.
Es ist der Riss in allen Dingen,
durch den das Licht nach innen drang.«

»Was für ein außergewöhnliches Gedicht. Ruth Zardo?«

»Leonhard Cohen. Clara hat es in ihrer Arbeit verwendet. Sie hat es auf die Wand hinter Ihnen drei geschrieben, wie ein Graffito.«

»Es ist der Riss in allen Dingen, durch den das Licht nach innen dringt«, sagte Emilie.

»Was geschah mit El?« Er erinnerte sich an die Autopsiefotos. Eine schmutzige, ausgemergelte, verrückte alte Trinkerin auf dem Tisch. Wie weit entfernt war das von der strahlenden jungen Frau, die Em beschrieben hatte.

»Sie wollte nach Indien gehen. Sie dachte, dass dort ihr Geist vielleicht zur Ruhe käme und sie Frieden fände. Wir anderen losten aus, wer sie begleiten sollte, es traf Mother. Es ist die reinste Ironie, dass El mit Indien nicht besonders viel anfangen konnte, aber Mother dort Antworten auf Fragen fand, von denen sie nicht einmal gewusst hatte, dass sie sich ihr stellten.«

»Mother«, sagte Gamache. »Beatrice Mayer. Das ist auch sehr clever. Ich fragte Clara, warum Bea von allen Mother genannt wird, und sie meinte, ich solle es selbst herausfinden.«

»Und das taten Sie.«

»Hat eine Weile gedauert. Ich habe es erst verstanden, als ich *Der Löwe im Winter* sah.«

»Wie das?«

»Er wurde von MGM produziert. Metro, Goldwyn, Mayer. Mayer. Man spricht es genauso aus wie *mère*. Das französische Wort für *mother*. Beatrice Mayer wurde zu Mother Bea. Da wusste ich, dass ich mich in Gesellschaft von Leuten befand, die nicht nur Bücher, sondern Wörter liebten. Gesprochene und geschriebene Wörter, die Macht der Wörter.«

»Als Kaye fragte, warum ihr Vater und die anderen ›Scheiß auf den Papst‹ brüllten, als sie in den Tod rannten, sagten Sie, vielleicht deswegen, weil sie wussten, dass Worte töten können. Kaye hat das bestritten, aber ich denke, Sie haben recht. Ich weiß, dass Worte töten können. Das habe ich am Weihnachtsabend miterlebt. Sie mögen das für melodramatisch halten, Chief Inspector, aber ich sah, wie CC ihre Tochter mit Worten tötete.«

»Was geschah mit El?«, fragte er noch einmal.

Beauvoir brachte das Auto zum Stehen und blieb noch einen Moment sitzen. Die Heizung lief, und die Autositze hatten sich erwärmt. Beau Dommage sang aus dem Lautsprecher: *La complainte du phoque en Alaska.* Auf Schulfesten hatte er früher zu diesem Lied geknutscht. Es war immer das letzte Lied, und es brachte die Mädchen immer zum Weinen.

Er wollte nicht gehen. Nicht nur, weil es im Auto so gemütlich war, voller netter, herzerwärmender Erinnerungen, sondern wegen dem, was ihn erwartete. Das Meditationszentrum erstrahlte im klaren Morgenlicht.

»Bonjour, Inspecteur.« Bevor er anklopfen konnte, hatte Mother lächelnd die Tür geöffnet. Aber das Lächeln reichte nicht bis zu ihren Augen. Es ging kaum über ihre Lippen hinaus, die schmal und weiß waren. Er spürte ihre Anspannung, und in dem Moment wich seine eigene Anspannung. Der Vorteil lag auf seiner Seite, das wusste er.

»Darf ich eintreten?« Er würde sich eher die Zunge abbeißen, als zu fragen: »Mother, darf ich?« Genauso wenig würde er sie fragen, warum jeder sie Mother nannte, auch wenn er vor Neugier beinahe platzte.

»Ich hatte den Eindruck, dass Sie sich das letzte Mal hier nicht besonders wohlgefühlt haben«, sagte sie und machte seinen Vorsprung zum Teil wett. Beauvoir wusste nicht, was mit dieser Frau los war. Sie war plump und unattraktiv. Statt zu gehen, watschelte sie, und die Haare standen ihr in alle Richtungen vom Kopf ab. Dazu trug sie Betttücher oder vielleicht auch Vorhänge, es konnten ebenso gut Schonbezüge sein. Sie war in jeder Hinsicht lächerlich. Und doch hatte sie etwas.

»Als ich das letzte Mal hier war, hat mich die Grippe gepackt. Es tut mir leid, wenn ich mich schlecht benommen habe.« Gamache hatte ihn darauf aufmerksam gemacht, dass er sich mit einer Entschuldigung einen Vorteil verschaffte, auch wenn sie ihm nur schwer über die Lippen kam. Über die Jahre hatte er festgestellt, dass das stimmte. Die Leute fühlten sich überlegen, wenn sie glaubten, dass sie jemandem etwas vorwerfen konnten. Aber wenn sich der Betreffende entschuldigte, hatten sie nichts mehr in der Hand. Was natürlich ärgerlich war.

Jetzt fühlte sich Beauvoir mit Madame Mayer gleichgestellt.

»Namaste«, sagte sie, legte ihre Hände wie zum Gebet aneinander und verbeugte sich.

Mist. Schon fühlte er sich wieder verunsichert. Er wusste, dass sie ihn dazu bringen wollte nachzufragen, aber er tat es nicht. Er zog seine Stiefel aus und schritt durch den großen Meditationsraum mit seinen beruhigenden wasserblauen Wänden und dem grünen Teppich auf dem Boden.

»Ich möchte Ihnen ein paar Fragen stellen.« Er drehte sich um und sah, wie Madame Mayer auf ihn zugewackelt kam. »Was hielten Sie von CC de Poitiers?«

»Das habe ich doch schon dem Chief Inspector gesagt. Sie waren sogar dabei, auch wenn Sie wahrscheinlich zu krank waren, um zuhören zu können.«

Sie war erschöpft. Ihr Mitgefühl war aufgebraucht. Es kümmerte sie alles nicht mehr. Sie wusste, sie konnte das Lügengebäude nicht länger aufrechterhalten, und sehnte sich mittlerweile danach, dass das alles ein Ende fand. Sie wachte nicht mehr mitten in der Nacht auf und machte sich Sorgen. Inzwischen konnte sie überhaupt nicht mehr schlafen.

Mother war todmüde.

»CC war eine Schwindlerin. Ihre ganze Philosophie war kompletter Schwachsinn. Sie hatte ein paar Lehren genommen und sie durcheinandergewürfelt, heraus kam diese gefährliche Idee, dass die Leute ihre Gefühle nicht zeigen sollten. Das ist lächerlich. Wir bestehen aus Gefühl. Das macht uns zu dem, was wir sind. Ihre Vorstellung, dass wirklich reife Menschen nichts mehr fühlen, ist lächerlich. Ja, wir wollen in der Balance sein, aber das bedeutet nicht, dass man keine Empfindungen hat oder zeigt. Ganz im Gegenteil. Es heißt«, jetzt begann sich Mother zu ereifern, zu erschöpft, um sich länger zusammenzureißen, »es heißt, dass man etwas ganz und gar, mit aller Leidenschaft fühlt. Es heißt, dass man das Leben umarmt. Und es dann loslässt.

Sie hielt sich für ganz toll, als sie hierherkam und sich uns gegenüber aufspielte. Li Bien hier, Be Calm dort. Ihre ganzen geschmackvollen weißen Klamotten und Möbel, die Bettwäsche und dummen Aurakissen, beruhigenden Babydecken und was für Blödsinn noch alles. Sie war krank. Sie verleugnete und unterdrückte ihre Gefühle und verwandelte sie in etwas Groteskes. Sie behauptete, dass sie völlig in der Balance sei, ganz geerdet. Nun, sie war so gut geerdet, dass es sie umbrachte. Karma.«

Beauvoir fragte sich, ob Karma das indische Wort für Ironie war.

Mother schäumte vor Wut. So mochte er seine Verdächtigen. Außer Kontrolle, imstande, alles zu tun und zu sagen.

»Dennoch haben Sie und CC beide Ihre Unternehmen Be Calm genannt. Bedeutet ruhig nicht gelassen? Nichts zeigen?«

»Es besteht ein Unterschied zwischen leblos und ruhig.«

»Ich glaube, das sind reine Wortspielereien. Wie das dort.« Er deutete auf die Wand, auf der der Spruch stand. Dann ging er hin.

»›Seid ruhig und erkennt, dass Ich Gott bin.‹ Sie sagten Chief Inspector Gamache, es wäre aus Jesaja, aber ist es nicht aus den Psalmen?«

Er liebte diesen Teil seines Berufs. Er sah sie vor seinen Augen schrumpfen und wunderte sich, dass sie dabei kein Geräusch von sich gab wie etwa ein Luftballon, aus dem die Luft wich. Langsam holte er sein Notizbuch hervor.

»Psalm 46, Vers 11. Seid stille und erkennt, dass Ich Gott bin. Sie haben gelogen und das Zitat an der Wand bewusst verändert. Warum? Was bedeutet Be Calm wirklich?«

Beide schwiegen. Beauvoir konnte ihren Atem hören.

Dann passierte etwas. Er sah, was er angerichtet hatte. Er hatte eine alte Frau gebrochen. Etwas veränderte sich, und er sah eine geschlagene alte Frau vor sich, mit zerzausten Haaren und einem plumpen, schlaffen Körper. Ihr Gesicht war kalkweiß, faltig und weich, ihre Hände waren von Adern überzogen, knochig und zitterten.

Ihr Kopf war gebeugt.

Das war sein Werk. Er hatte es mit Absicht getan und mit Freude.

»Eleanor und Mother blieben sechs Monate in der Kommune«, erzählte Em Gamache, ihre Hände spielten auf einmal nervös mit dem Griff ihrer Espressotasse. »Mother ließ sich immer weiter darauf ein, aber El packte wieder die Ruhelosigkeit. Schließlich verließ sie die Kommune und kehrte nach Kanada zurück, allerdings nicht nach Hause. Eine Zeit lang verloren wir ihre Spur.«

»Wann wurde Ihnen klar, dass sie psychisch labil war?«, fragte Gamache.

»Das war uns immer klar. Ihr Geist war unruhig. Sie konnte nie bei einer Sache bleiben, sondern nahm sich laufend neue Aufgaben vor, die sie stets mit Bravour meisterte. Um ihr Gerechtigkeit widerfahren zu lassen, muss ich sagen, wenn sie etwas fand, das sie mochte, war sie wie besessen davon. Sie brachte all ihr Können und ihre Kraft ein. Dann war sie phantastisch.«

»Wie Li Bien?« Gamache holte eine Pappschachtel aus seiner Tasche.

»Was haben Sie denn noch alles da drin?« Em betrachtete seine Ledertasche. »Die Montréal Canadians?«

»Ich hoffe nicht. Sie spielen heute Abend.« Em beobachtete, wie er mit seinen riesigen Händen vorsichtig die Umhüllung von dem Gegenstand entfernte und ihn langsam ans Tageslicht holte. Er legte ihn neben der Holzschachtel auf den Tisch, und einen wunderbaren Moment lang war Emilie Longpré wieder in ihrem jungen Körper und sah die Li-Bien-Kugel zum ersten Mal. Sie leuchtete und hatte etwas Unwirkliches an sich, ihre Schönheit unter der unsichtbaren Glasschicht eingeschlossen. Sie war sowohl bezaubernd als auch schrecklich.

Wie Eleanor Allaire.

Die junge Emilie Longpré hatte gewusst, dass sie sie verlieren würden. Hatte damals schon gewusst, dass ihre schillernde Freundin in der realen Welt nicht überleben konnte. Jetzt war die Li-Bien-Kugel nach Three Pines zurückgekehrt, nur ohne diejenige, die sie geschaffen hatte.

»Darf ich sie in die Hand nehmen?«

Gamache legte sie in ihre Hände, wie er es schon mit der Schachtel getan hatte; sie nahm sie, aber die Kugel hielt sie mit ihren Händen fest umschlossen, so als schütze sie etwas Kostbares.

Ein letztes Mal griff er in die Tasche und zog ein langes Lederband heraus, das voller Schmutz, Öl und Blut war. Daran baumelte ein Adlerkopf.

»Ich muss die ganze Wahrheit wissen, Madame.«

In der Zwischenzeit saß Beauvoir neben Mother und lauschte ihren Worten, so wie er als Kind seiner Mutter zugehört hatte, wenn sie Geschichten voller Abenteuer und Dramatik erzählte.

»Als CC das erste Mal hierherkam«, erklärte Mother, »zeigte sie ein fast unnatürliches Interesse an uns.«

Beauvoir wusste instinktiv, dass sie mit »uns« Emilie, Kaye und sich selbst meinte.

»Sie schneite einfach herein und fragte uns aus, fast wie bei einem Verhör. Das waren keine normalen Besuche unter Nachbarn, selbst für jemanden, der so taktlos wie CC war.«

»Wann wurde Ihnen klar, dass sie Els Tochter ist?«

Mother zögerte. Beauvoir hatte den Eindruck, dass das Zögern nicht dazu diente, sich eine Lüge auszudenken, sondern um tiefer in die Vergangenheit abzutauchen.

»Die Hinweise häuften sich. Was den letzten Zweifel bei mir ausräumte, war der Verweis auf Ramen Das in ihrem Buch.« Mother nickte zu dem kleinen Altar an der Wand mit den stinkenden Räucherstäbchen in ihren Haltern, die auf einem bunten und mit Spiegelchen besetzten Tuch standen. An der Wand darüber hingen ein Poster und eine gerahmte Fotografie. Beauvoir erhob sich und betrachtete beides. Das Poster zeigte einen ausgemergelten Inder in einer Windel, der an einer Steinmauer stand, einen langen Stock in der Hand hielt und lächelte. Er sah aus wie Ben Kingsley in dem Film *Gandhi,* aber so sahen für Beauvoir alle älteren Inder aus. Auf dem kleineren Bild saß derselbe Mann zwischen zwei jungen, westlich aussehenden, schlanken Frauen, die ebenfalls lächelten und gebauschte Nachthemden trugen. Vielleicht waren es auch Vorhänge. Oder Schonbezüge. Überrascht drehte er sich zu Mother um. Der zerzausten, birnenförmigen, müden Mother.

»Sind Sie das?« Er deutete auf eine der Frauen. Mother stellte sich neben ihn und lächelte über sein Erstaunen und sein Unvermögen, dieses Erstaunen zu verbergen. Sie fühlte sich nicht beleidigt. Sie war selbst oft überrascht darüber.

»Und das ist El.« Sie deutete auf die andere Frau. Während sowohl der Guru als auch Mother nur lächelten, schien diese Frau zu strahlen. Beauvoir konnte kaum seine Augen von ihr abwenden. Dann fielen ihm die Autopsiefotos ein, die Gamache ihm gezeigt hatte. Ja, Mother hatte sich verändert, aber auf eine Weise, die natürlich war und sie noch erkennen ließ, wenn es sie auch nicht attraktiver machte. Die andere Frau dagegen war verschwunden. Der Glanz verloren, das Strahlen war immer dunkler und matter geworden und schließlich unter den Schichten von Dreck und Verzweiflung völlig erloschen.

»Von Ramen Das wissen nicht viele Leute. Aber da war natürlich noch mehr.« Mother ließ sich auf ein Kissen sinken. »CC nannte ihre Philosophie Li Bien. Ich habe im Laufe meines langen Lebens diesen Begriff nur von einer einzigen anderen Person gehört. El. CC nannte ihr Unternehmen und ihr Buch Be Calm. Und sie verwendete ein Logo, das nur wir kannten.«

»Den Adler?«

»Das Wappen von Eleonore von Aquitanien.«

»Das müssen Sie mir erklären, Mother.« Beauvoir traute seinen eigenen Ohren nicht, er hatte sie tatsächlich gerade Mother genannt, und es kam ihm völlig normal vor. Er hoffte, dass er nicht bald an ihrer Brust lag.

»In der Schule haben wir die Geschichte Großbritanniens und Frankreichs durchgenommen«, sagte Mother. »Kanada hatte offenbar keine eigene Geschichte. Als wir zu dem Abschnitt über Eleonore von Aquitanien kamen, fing El an zu spinnen. Sie beschloss, dass sie Eleonore von Aquitanien war. Sie brauchen gar nicht so hochnäsig dreinzuschauen, Inspector. Erzählen Sie mir nicht, dass Sie nicht herumgerannt sind und Cowboy und Indianer gespielt haben oder so getan haben, als wären Sie Superman oder Batman.«

Beauvoir schnaubte. Er hatte nichts dergleichen gemacht. Was für eine absurde Idee. Er war Jean-Claude Killy gewesen, der weltbeste Skiläufer. Er hatte sogar seine Mutter aufgefordert, ihn Jean-Claude zu nennen. Sie hatte nicht gewollt. Dennoch war er in seinem Zimmer die tollsten Rennen gefahren, hatte olympisches Gold gewonnen, war unzählige Male den schlimmsten Lawinen entkommen und hatte unterwegs Nonnen und dankbare Millionäre gerettet.

»El war damals schon auf der Suche, wusste, dass etwas nicht stimmte, als gehörte sie nicht zu ihrer Familie. Sie fand Trost bei dem Gedanken, dass sie Eleonore von Aquitanien war, und Em bastelte ihr sogar eine Kette mit dem Wappen von Eleonore. Mit dem Adler. Ein besonders kämpferischer Adler.«

»Sie haben eins und eins zusammengezählt, als CC hierherzog, war Ihnen endgültig klar, dass sie Els Tochter ist.«

»So war es. Wir wussten, dass sie ein Kind hatte. El war einige Jahre verschwunden, dann bekamen wir plötzlich eine Karte aus Toronto. Sie hatte sich auf irgendeinen Kerl eingelassen, der schnell wieder von der Bildfläche verschwand, nachdem er sie geschwängert hatte. Sie war nicht verheiratet, und zur damaligen Zeit, Ende der fünfziger Jahre, war ein uneheliches Kind ein Skandal. Als sie Indien verließ, ging es ihr psychisch nicht gut, das wusste ich. Sie hatte einen brillanten Verstand, der aber auch leicht zu erschüttern und unausgeglichen war. Arme CC, die in einem solchen Zuhause aufwuchs. Kein Wunder, dass Balance für sie eine so große Bedeutung hatte.« Mother sah Beauvoir überrascht an. Das war ihr eben erst bewusst geworden. »Ich empfand keine Sympathie für CC, kein Mitgefühl. Anfangs, als wir begriffen, dass sie die Tochter unserer geliebten El war, versuchten wir noch, sie in unser Leben einzubinden. Ich will nicht behaupten, dass wir jemals warm mit ihr wurden. Es war einfach schwer, sie zu mögen. El war wie der Sonnenschein, hell, liebevoll und freundlich. Aber sie gebar Dunkelheit. CC lebte nicht im Schatten ihrer Mutter. Sie war der Schatten ihrer Mutter.«

»Das fand man in Els Hand.« Gamache versuchte, es ihr möglichst schonend beizubringen, aber er wusste, dass er den Schrecken nicht mildern konnte. »El mochte psychisch labil gewesen sein, aber ihr Herz war unerschütterlich. Sie wusste, was wichtig war. Während all der Jahre auf der Straße, hielt sie diese beiden Dinge fest.« Er berührte die Schachtel und deutete mit dem Kopf auf den Anhänger. »Sie drei. Sie umgab sich mit ihren Freundinnen.«

»Wir versuchten, sie im Auge zu behalten, aber sie kam immer wieder in die Klinik, irgendwann entließ man sie, und sie landete auf der Straße. Wir versuchten, ihr eine Unterkunft in einem Wohnheim zu besorgen, aber sie blieb nie für längere Zeit. Wir mussten lernen, ihre Wünsche zu respektieren.«

»Wann nahm man ihr CC weg?«, fragte Gamache.

»Das weiß ich nicht genau. Ich denke, CC war etwa zehn, als man El das erste Mal in die Klinik einwies.«

Sie schwiegen einen Moment, stellten sich das kleine Mädchen vor, das man von seinem Zuhause fortbrachte. Ein verdreckter, ungesunder Ort, aber immerhin ihr Zuhause.

»Wann haben Sie El wiedergesehen?«

»Mother, Kaye und ich fahren oft mit dem Bus nach Montréal, vor ein paar Jahren sahen wir El zufällig am Busbahnhof. Es war ein Schock, sie so zu sehen, aber schließlich gewöhnten wir uns daran.«

»Sie haben ihr Bilder von Clara gezeigt?«

»Clara? Warum sollten wir das tun?« Em war offensichtlich verwirrt. »Wir verbrachten nie viel Zeit mit ihr, immer nur ein paar Minuten, also gaben wir ihr Kleidung, Decken, etwas zu essen und ein bisschen Geld. Wir haben ihr niemals Bilder von Clara gezeigt. Warum sollten wir?«

»Haben Sie ihr je ein Foto von Clara gezeigt?«

»Nein.« Wieder schien Em von der Frage in höchstem Maße erstaunt.

Ja, warum eigentlich, dachte Gamache.

Ich habe deine Bilder immer gemocht, Clara, hatte El gesagt, als Clara niedergeschlagen und verzweifelt war.

»Woher wussten Sie, dass El ermordet worden war?« Er formulierte die Frage mit brutaler Offenheit.

Em war offenbar darauf vorbereitet und zeigte kaum eine Reaktion.

»Wir fuhren am 23. Dezember nach Montréal, um ihr ein Weihnachtsgeschenk zu bringen.«

»Warum noch einmal? Warum haben Sie es ihr nicht nach Ruth' Buchpräsentation gegeben?«

»El war ein Gewohnheitstier. Alles, was nicht dem gewohnten Ablauf entsprach, warf sie aus der Bahn. Vor ein paar Jahren wollten wir ihr das Geschenk früher übergeben, das brachte sie völlig durcheinander, daraus zogen wir unsere Lehre. Es musste der Dreiundzwanzigste sein. Sie sehen überrascht aus.«

Das war er auch. Er konnte nicht glauben, dass eine Frau, die auf der Straße lebte, strikt Termine einhielt. Woher sollte sie überhaupt wissen, welches Datum war?

»Henri weiß, wann es Abendessen gibt und wann Zeit für seinen Spaziergang ist«, sagte Em, nachdem ihr Gamache gesagt hatte, was ihn verwirrte. »Ich will El nicht mit meinem Hund vergleichen, aber letztlich war sie so. Sie bestand fast ausschließlich aus Instinkt. El lebte auf der Straße; sie war verrückt, besudelt mit ihren eigenen Exkrementen, besessen, eine Trinkerin. Aber sie war noch immer die reinste Seele, die ich jemals kennengelernt habe. Wir haben uns vor dem Ogilvy's nach ihr umgesehen, dann am Busbahnhof. Schließlich haben wir die Polizei gerufen. Da haben wir erfahren, dass sie ermordet worden ist.«

Em blickte weg, ihre Selbstbeherrschung bröckelte. Aber Gamache wusste, dass sie noch eine Frage ertragen musste.

»Wann wurde Ihnen klar, dass ihre Tochter sie umgebracht hatte?«

Emilies Augen weiteten sich. *»Sacré«*, flüsterte sie.

35

Nein«, brüllte Beauvoir den Fernseher an. »Halt ihn auf. Wo bleibt die Verteidigung?«

»Vorsicht, pass auf.« Neben ihm rutschte Robert Lemieux auf dem Sofa hin und her und versuchte, den New York Ranger aufzuhalten, der im New Forum über das Eis sauste.

»Er schießt!«, schrie der Kommentator. Beauvoir und Lemieux beugten sich vor, es hätte nur noch gefehlt, dass sie sich aneinander festhielten, und verfolgten, wie der kleine schwarze Punkt vom Schläger des Rangers über das Eis geschossen wurde. Gabri umklammerte die Lehnen seines Sessels, Oliviers Hand blieb auf halbem Weg zur Käseplatte in der Luft hängen.

»Tor!«, kreischte der Kommentator.

»Thomas. Dieser Idiot.« Lemieux drehte sich zu Beauvoir. »Wie viel zahlen die ihm? Hundert Milliarden pro Jahr, und dann kann er so was nicht halten.« Er deutete auf den Fernseher.

»Sie zahlen ihm nur etwa fünf Millionen«, sagte Gabri, während er mit seinen riesigen Fingern flink eine Scheibe Baguette mit Saint-Albray belegte und das Ganze mit einem Löffelchen Marmelade krönte. »Noch Wein?«

»Ja, bitte.« Beauvoir hielt ihm sein Glas entgegen. Das war das erste Eishockeyspiel, das er sich ohne Bier und Chips ansah. Eigentlich war zur Abwechslung Käse und Wein auch mal ganz nett. Eigentlich war auch Agent Lemieux ganz nett. Bis zu diesem Augenblick hatte er ihn als eine Art bewegliches Möbelstück betrachtet, wie einen Stuhl mit Rollen. Es diente einem bestimmten Zweck, aber es gab keinen Grund, freundlich damit umzugehen. Doch jetzt erlebten sie Seite an Seite die demütigende Niederlage durch diese miesen New York Rangers mit, und Lemieux erwies sich als zuverlässiger und sachkundiger Verbündeter. Ebenso wie Gabri und Olivier, zugegeben.

Die Erkennungsmelodie von *Hockey Night in Canada* erklang, und Beauvoir erhob sich, um seine Beine auszustrecken und eine Runde durch den Salon der Pension zu drehen. Chief Inspector Gamache saß in einem Sessel und telefonierte.

»Thomas hat noch einen reingelassen«, sagte Beauvoir.

»Ich hab's gesehen. Er geht zu weit aus dem Tor heraus«, erwiderte Gamache.

»Das ist seine Taktik. Er schüchtert die andere Mannschaft damit ein, zwingt sie zu schießen.«

»Und funktioniert es?«

»Heute Abend nicht«, gab Beauvoir zu. Er nahm das leere Glas des Chiefs und ging damit weg. Dieser Idiot Thomas. Das könnte ja selbst er besser. Während die Werbung lief, stellte Jean Guy Beauvoir sich vor, dass er für die Canadians im Tor stand. Aber Beauvoir war kein Torhüter. Er war ein Stürmer. Er genoss das Scheinwerferlicht, das Spiel mit dem Puck, das Keuchen, das rasche Dahingleiten auf dem Eis und das Schießen. Den Gegner aufstöhnen hören, wenn er gegen die Bande gedrückt wurde. Ihm vielleicht noch einen zusätzlichen Stoß in die Rippen verpassen.

Nein, er kannte sich gut genug, um zu wissen, dass er niemals einen guten Torhüter abgeben würde.

Anders Gamache. Er war derjenige, bei dem sich alle darauf verließen, dass er sie rettete.

Er kam mit dem frisch gefüllten Weinglas zurück und

stellte es auf den Tisch neben das Telefon. Gamache bedankte sich mit einem Lächeln.

»*Bonjour?*« Gamache hörte die vertraute Stimme, und sein Herz schlug ein paar Takte schneller.

»*Qui, bonjour,* spreche ich mit Madame Gamache, der Bibliothekarin? Ich habe gehört, bei Ihnen ist ein Buch überfällig?«

»Bei mir ist ein Ehemann überfällig, und der ist ein Bücherwurm«, erwiderte sie und lachte. »Hallo, Armand. Wie läuft es?«

»Eleanor Allaire.«

Am anderen Ende blieb es einen Augenblick still.

»Danke, Armand. Eleanor Allaire.« Reine-Marie sprach den Namen aus, als sei er Teil der Novene. »Ein schöner Name.«

»Und eine schöne Frau, wie ich gehört habe.«

Dann erzählte er ihr alles. Von Eleanor, von ihren Freundinnen, Indien und der Tochter. Wie sie zu der wurde, die verloren ging und sich auf der Straße wiederfand. Von CC, die aus ihrem Zuhause gerissen und von Gott weiß wem großgezogen wurde und auf der Suche nach ihrer Mutter bis nach Three Pines gekommen war.

»Was hat sie auf die Idee gebracht, ihre Mutter könnte sich dort aufhalten?«, fragte Reine-Marie.

»Das Bild, das ihre Mutter auf die Weihnachtskugel gemalt hatte. Die Li-Bien-Kugel. Das Einzige, was CC von El besaß. Entweder hat es ihr jemand erzählt, oder sie ist von selbst darauf gekommen, dass mit den drei Kiefern auf der Kugel das Dorf gemeint ist, aus dem ihre Mutter stammt. Heute Nachmittag haben wir mit einigen der älteren Dorfbewohner gesprochen, die können sich an die Allaires erinnern. Es gab nur die eine Tochter, Eleanor. Sie sind vor beinahe fünfzig Jahren weggezogen.«

»CC hat also in Three Pines ein Haus gekauft, um nach

ihrer Mutter zu suchen? Aber warum erst jetzt? Warum hat sie das nicht schon vor Jahren getan?«

»Ich glaube, das werden wir niemals genau wissen«, sagte Gamache und nahm einen Schluck von seinem Wein. Im Hintergrund konnte er die Erkennungsmelodie von *Hockey Night in Canada* hören. Reine-Marie sah sich an diesem Samstagabend ebenfalls das Spiel an. »Thomas ist heute Abend nicht gut in Form.«

»Er sollte sich nicht so weit aus dem Tor wagen«, erwiderte sie. »Die Rangers haben ihn durchschaut.«

»Fällt dir etwas dazu ein, warum CC plötzlich beschlossen hat, nach ihrer Mutter zu suchen?«

»Du sagtest, CC habe wegen ihres Katalogs Kontakt mit einem amerikanischen Unternehmen aufgenommen?«

»Was meinst du?«

»Ich frage mich, ob CC vielleicht so lange gewartet hat, bis sie von ihrem Erfolg überzeugt war.«

Gamache dachte über ihre Worte nach, während er den Spielern auf dem Bildschirm dabei zusah, wie sie sich gegenseitig den Puck zuschossen, ihn verloren, hastig rückwärts übers Eis glitten, als die andere Mannschaft zum Angriff startete. Beauvoir und Lemieux ließen sich mit einem Seufzer gegen die Sofalehne sinken.

»Der Vertrag mit den Amerikanern.« Er nickte. »Und das Buch. Wir glauben, dass El deshalb vom Busbahnhof zu Ogilvy's umgezogen ist. CC hatte Plakate aufhängen lassen, um für ihr Buch zu werben. Eines davon hing am Busbahnhof. El muss es gesehen und begriffen haben, dass CC de Poitiers ihre Tochter ist, deshalb ist sie zu Ogilvy's, um sie zu suchen.«

»Und CC ist nach Three Pines gekommen, um ihre Mutter zu suchen«, sagte Reine-Marie. Es war eine herzzerreißende Vorstellung, dass die beiden zutiefst verletzten Frauen sich gegenseitig gesucht hatten.

Vor Gamaches geistigem Auge erschien das Bild der gebrechlichen kleinen El, alt und frierend, wie sie an den langen Häuserblocks entlangschlurfte, ihren kostbaren Platz über dem Lüftungsgitter der U-Bahn aufgab, in der Hoffnung, ihre Tochter zu finden.

»Schieß, schieß doch endlich«, riefen die Männer im Salon.

»Schuss und Tor!«, schrie der Kommentator unter dem begeisterten Beifall der Zuschauer im New Forum und dem geradezu hysterischen Gejohle von Beauvoir, Lemieux, Gabri und Olivier, die sich in die Arme fielen und Freudentänze aufführten.

»Kowalski«, rief Beauvoir Gamache zu. »Endlich. Jetzt steht es drei zu eins.«

»Was hat CC in dem Dorf gemacht?«, fragte Reine-Marie. Sie hatte den Fernseher in ihrem Wohnzimmer ausgeschaltet, um sich besser auf das Gespräch konzentrieren zu können.

»Na ja, sie ging wohl davon aus, dass eine der alten Frauen ihre Mutter war, deshalb scheint sie alle ausgequetscht zu haben.«

»Und dann fand sie ihre Mutter vor Ogilvy's«, sagte Reine-Marie.

»El muss CC erkannt haben. Ich denke, sie hat sich ihr genähert, und CC hat ihr keine Beachtung geschenkt, weil sie sie für irgendeine Pennerin hielt. Aber El hat nicht lockergelassen. Sie ist ihr gefolgt, hat sie vielleicht sogar mit Namen angesprochen. Selbst das könnte CC noch darauf geschoben haben, dass die Frau ihren Namen aus dem Buch kannte. Ich glaube, dass El in ihrer Verzweiflung schließlich ihre Jacke aufgemacht hat, um CC den Anhänger zu zeigen. Das konnte CC nicht mehr ignorieren. Sie hat sich an ihn aus ihrer Kindheit erinnert. Emilie Longpré hatte ihn gemacht. Er war einmalig.«

»Da begriff CC, dass diese Frau ihre Mutter war«, sagte

Reine-Marie leise, während sie sich die Szene vorstellte und sich fragte, was sie empfunden hätte. Auf der verzweifelten Suche nach ihrer Mutter. Sehnsucht nicht nur nach der Mutter zu haben, sondern auch nach deren Anerkennung. Sehnsucht danach, von ihr in die Arme geschlossen zu werden.

Dann stand El ihr gegenüber. Eine stinkende, betrunkene, armselige Pennerin. Ihre Mutter.

Und was hatte CC getan?

Sie war durchgedreht. Reine-Marie konnte sich denken, was geschehen war. CC hatte nach der Halskette gegriffen und sie ihrer Mutter vom Hals gerissen. Dann hatte sie den langen Schal gepackt und zugezogen, immer weiter, immer fester.

Sie hatte ihre Mutter umgebracht. Um die Wahrheit zu verbergen, so wie sie es ihr ganzes Leben lang getan hatte. Natürlich, so musste es gewesen sein. Wie sonst? CC könnte es getan haben, um den Vertrag mit den Amerikanern zu retten, weil sie befürchtete, er würde platzen, wenn herauskäme, dass die Schöpferin von Li Bien und Be Calm eine obdachlose Alkoholikerin zur Mutter hatte. Oder sie könnte es getan haben, weil sie befürchtete, zum Gespött ihrer möglichen Kundschaft zu werden.

Wahrscheinlicher war jedoch, dass sie keine Sekunde an solche Dinge gedacht hatte. Sie hatte instinktiv gehandelt, so wie ihre Mutter. CCs Instinkt riet ihr stets, sich all dessen zu entledigen, was ihr unangenehm war. Es auszulöschen und verschwinden zu lassen. So wie sie es mit ihrem nachgiebigen und trägen Ehemann und ihrer dicken und schweigsamen Tochter getan hatte.

El war für sie eine riesige, stinkende Unannehmlichkeit.

Eleanor Allaire war durch die Hand ihres einzigen Kindes gestorben.

Und dann war das Kind gestorben. Reine-Maire seufzte, die Vorstellung machte sie traurig.

»Wenn CC ihre Mutter umgebracht hat«, sagte sie, »wer hat dann CC umgebracht?«

Gamache wartete einen Moment. Dann sagte er es ihr.

Im ersten Stock der Pension lag Yvette Nichol in ihrem Zimmer auf dem Bett und lauschte der Erkennungsmelodie von *Hockey Night in Canada* und den gelegentlichen Schimpftiraden und Jubelrufen, die aus dem Salon kamen. Sie wäre furchtbar gern unten bei den anderen gewesen. Um über den neuen Vertrag von Thomas zu diskutieren und darüber, ob der Trainer an der blamablen Leistung der Mannschaft in dieser Spielzeit schuld war und ob Toronto gewusst hatte, dass Pagé verletzt war, als sie ihn an die Canadians verkauft hatten.

Sie hatte etwas für Beauvoir empfunden in jener Nacht, in der sie sich um ihn gekümmert hatte, und am nächsten Morgen bei ihrem gemeinsamen Frühstück. Keine Verliebtheit, überhaupt nicht. Eher so etwas wie Geborgenheit. Erleichterung, als wäre ein Gewicht, von dem sie nicht einmal gewusst hatte, dass es auf ihr lastete, von ihr genommen worden.

Dann kam das Feuer und ihre Dummheit, in das brennende Haus zu laufen. Noch ein Grund, diesen blöden Onkel Saul zu hassen. Es war natürlich seine Schuld. Alles Schlimme, was der Familie widerfuhr, ließ sich auf ihn zurückführen. Er war die Fäulnis an der Wurzel des Familienstammbaums.

Sie ist es nicht wert. Die Worte hatten sich tief in ihre Seele gebrannt. Zuerst hatte sie gar nicht gewusst, wie sehr es sie verletzt hatte. Das wusste man nie. Man war wie betäubt. Aber mit der Zeit war es ihr klar geworden. Sie war zutiefst verletzt.

Gamache hatte mit ihr gesprochen, das war interessant gewesen. Hatte ihr sogar geholfen. Wenn auch nur, um ihr zu zeigen, was sie zu tun hatte. Sie nahm ihr Handy und wählte eine Nummer. Ein Mann meldete sich, im Hintergrund war der Lärm aus dem Eishockeystadion zu hören.

»Ich muss dich noch etwas fragen«, sagte Gamache, und sein veränderter Ton ließ Reine-Marie aufhorchen. »Habe ich mich im Fall Arnot richtig verhalten?«

Reine-Marie brach es beinahe das Herz, Armand diese Frage stellen zu hören. Nur sie wusste, welchen Preis er gezahlt hatte. Nach außen hin hatte er couragiert und unerschütterlich gewirkt. Weder Jean Guy noch Michel Brébeuf, nicht einmal ihre engsten Freunde wussten, was er durchgemacht hatte. Aber sie wusste es.

»Warum fragst du das gerade jetzt?«

»Es ist dieser Fall. Inzwischen geht es nicht mehr nur um Mord. In gewisser Weise geht es auch um Überzeugungen.«

»Bei jedem Mord, mit dem du zu tun hast, geht es um Überzeugungen. Wovon der Mörder überzeugt ist, wovon du überzeugt bist.«

Das stimmte. Wir sind, wovon wir überzeugt sind. Der einzige Fall, in dem er ernsthaft in Gefahr gewesen war, seine Überzeugungen zu verraten, war der Fall Arnot.

»Vielleicht hätte ich sie sterben lassen sollen.«

Jetzt hatte er es ausgesprochen. Hatte ihn im Fall Arnot sein Ego angetrieben? Sein Stolz. Der feste Glaube, dass er recht hatte und alle anderen unrecht?

Gamache erinnerte sich an die hastig einberufene, geheime Besprechung in der Sûreté. Die Entscheidung, die Männer Selbstmord begehen zu lassen, zum Besten der gesamten Polizei. Er erinnerte sich daran, dass er seine Einwände vorgebracht hatte und überstimmt worden war. Dann war er gegangen. Er empfand noch immer Scham, wenn er daran dachte, was als Nächstes passiert war. Er hatte einen Fall in Baie des Moutons übernommen, so weit weg von den

Kollegen wie nur möglich. Wo er wieder einen klaren Kopf bekommen konnte. Aber er hatte die ganze Zeit über gewusst, was er tun musste.

Der Fischer hatte den letzten Zweifel ausgeräumt.

Gamache hatte das nächstbeste Flugzeug bestiegen und war nach Montréal zurückgekehrt. Es war das Wochenende, an dem Arnot beschlossen hatte, nach Abitibi zu fahren. Gamache hatte sich auf den langen Weg dorthin gemacht. Kurz vor seinem Ziel war das Wetter umgeschlagen. Ein heftiger Sturm, der erste dieses Winters, war über das Land gefegt. Gamache hatte sich verfahren und war stecken geblieben.

Aber er hatte gebetet und geschoben, schließlich hatten die Reifen wieder gegriffen, und das Auto war den Weg zurückgefahren. Zurück auf die Hauptstraße. Die richtige Straße. Er hatte die Hütte gefunden, gerade noch rechtzeitig.

Als Gamache die Hütte betrat, hatte Arnot kurz gezögert und dann versucht, an sein Gewehr zu kommen. In diesem Augenblick, als Arnot aufsprang, hatte Gamache die Wahrheit erkannt. Arnot würde dafür sorgen, dass die anderen starben, und dann würde er sich aus dem Staub machen.

Gamache hatte einen Satz quer durch den Raum gemacht und das Gewehr als Erster zu fassen bekommen. Dann war plötzlich alles vorbei gewesen. Die drei Männer waren nach Montréal zurückgebracht worden, wo sie vor Gericht gestellt wurden. In einem Prozess, den niemand wollte, außer Armand Gamache.

Der Prozess hatte über Wochen die Medien beherrscht und die Sûreté und die Bevölkerung gespalten. Viele hatten Gamache dafür verantwortlich gemacht. Er hatte das Unfassbare getan. Er hatte die Sache an die Öffentlichkeit gezerrt.

Gamache hatte gewusst, dass es so kommen würde, und das war der Grund für sein Zögern gewesen. Es ist schlimm, den Respekt seiner Kollegen zu verlieren. Zum Paria zu werden war bitter.

Und wenn er wähnt, der gute sichre Mann,
Die Größe reife – nagt ihm der die Wurzel
Und fällt ihn so wie mich.

»Und wenn er fällt, fällt er wie Luzifer«, sagte Gamache leise.

»Der Hoffnung ewig bar«, beendete Reine-Maire das Zitat. »Bist du so bedeutend, Armand, dass dein Fall zur Legende wird?«

Er lachte kurz auf. »Ich bade nur gerade ein bisschen in Selbstmitleid. Du fehlst mir.«

»Du fehlst mir, mein Schatz. Und ja, Armand, du hast dich richtig verhalten. Aber ich verstehe deine Zweifel. Sie sind es, die dich zu einem großen Mann machen, nicht das, dessen du dir sicher bist.«

»O Mann, dieser bescheuerte Thomas! Haben Sie das gesehen?« Beauvoir stand vor dem Fernseher, hielt sich den Kopf und blickte in die Runde. »Verkauft ihn«, brüllte er die Mattscheibe an.

»Na, wer wärst du heute Abend lieber?«, fragte Reine-Marie. »Armand Gamache oder Carl Thomas?«

Gamache lachte. Es passierte nicht oft, dass er seine Zweifel die Oberhand gewinnen ließ, aber heute Abend war es geschehen.

»Der Fall Arnot ist noch nicht abgeschlossen, oder?«, fragte Reine-Marie.

Yvette Nichol kam die Treppe herunter und lächelte, als sie seinen Blick auffing. Sie nickte ihm zu und gesellte sich dann zu den anderen, die zu beschäftigt mit dem Spiel waren, um Notiz von ihr zu nehmen.

»Nein. Es ist noch nicht zu Ende.«

36

In den Häusern von Three Pines gingen nacheinander die Lichter aus, bis zu guter Letzt auch die Lichterketten an den riesigen Weihnachtsbäumen erloschen und sich die schwarze Nacht über das Dorf breitete. Gamache erhob sich aus seinem Sessel. Als die anderen ins Bett gegangen waren, hatte er das Licht im Salon ausgemacht, und dann hatte er still dagesessen, den Frieden genossen und dem Dorf dabei zugesehen, wie es sich zur Ruhe begab. Leise zog er Anorak und Stiefel an und verließ das Haus. Emilie Longpré zufolge hatte Environment Canada für den folgenden Tag eine Sturmwarnung ausgegeben, aber das war kaum zu glauben. Er ging bis zur Straßenmitte.

Eine stille Nacht. Eine klare Nacht. Er legte den Kopf in den Nacken und sah zum Himmel hinauf. Er war mit funkelnden Sternen übersät. Gamache dachte, dass ihm das vermutlich die liebste Stunde war. Unter einem Winterhimmel zu stehen, über sich das Sternenzelt, das aussah, als hätte Gott einem Schneesturm Einhalt geboten, sodass Millionen von fröhlich glitzernden Flocken in der Luft hingen.

Er hatte keine Lust zu laufen, verspürte nicht das Bedürfnis, auf und ab zu gehen. Er hatte seine Antworten. Er war ins Freie gegangen, um mitten in Three Pines, mitten in der Nacht allein zu sein. In Frieden.

Am nächsten Morgen wurde er vom Sturm geweckt. Gamache konnte ihn von seinem Bett aus sehen. Oder besser gesagt, er konnte nichts sehen. Die Fensterscheiben waren zugeschneit, und an der Stelle, wo die Flocken durch das einen Spaltbreit offene Fenster den Weg ins Zimmer gefunden hatten, hatte sich sogar eine kleine Schneewehe auf den Holzdielen gebildet. Es war eiskalt und finster. Und still. Völlig still. Er stellte fest, dass sein Wecker nicht leuchtete. Er knipste versuchsweise das Licht an.

Nichts.

Der Strom war ausgefallen. Er kletterte aus dem Bett und schloss das Fenster, dann zog er Morgenrock und Pantoffeln an und öffnete die Tür. Von unten drangen gedämpfte Stimmen herauf. Im Erdgeschoss erwartete ihn ein märchenhaftes Bild. Gabri und Olivier hatten Petroleumlampen und Sturmkerzen angezündet. Der Raum bestand aus unzähligen Inseln bernsteinfarbenen Lichts. Es war zauberhaft, eine nur von Flammen erhellte Welt. Im Kamin brannte ein Feuer und verbreitete mit seinem Flackern Licht und Wärme. Er trat näher. Die Heizung musste schon seit Stunden ausgefallen sein, das Haus war der reinste Eisschrank.

»Bonjour, monsieur l'inspecteur«, erklang Oliviers fröhliche Stimme. »Die Heizung läuft inzwischen wieder, dank unseres Notstromgenerators, aber es wird ein, zwei Stunden dauern, bis sich das Haus wieder aufgewärmt hat.«

In diesem Moment erzitterten die Wände. *»Mon Dieu«*, sagte Olivier. »Da draußen ist ja wirklich was los. In den Nachrichten gestern Abend haben sie gesagt, dass mit einem halben Meter Neuschnee zu rechnen ist, vielleicht noch mehr.«

»Wie spät ist es?«, fragte Gamache und hielt seine Armbanduhr an eine Petroleumlampe.

»Zehn vor sechs.«

Gamache weckte die anderen, sie frühstückten, wie es

vermutlich auch die ursprünglichen Bewohner der alten Poststation getan hatten. Im Schein des Feuers. Mit getoasteten englischen Muffins, Marmelade und *café au lait.*

»Gabri hat den Herd und die Espressomaschine an den Generator angeschlossen«, erklärte Olivier. »Es gibt kein Licht, aber sonst haben wir alles, was wir brauchen.«

Als sie sich einige Zeit später auf den Weg zum Besprechungsraum machten, war der Strom wieder da, wenn auch mit Unterbrechungen. Der Schnee fiel in dichten Flocken vom Himmel und wurde ihnen von dem heftigen Wind ins Gesicht gepeitscht. Sie stemmten sich ihm mit gesenkten Köpfen entgegen, und nur mit Mühe schafften sie es, auf der kurzen, vertrauten Strecke durchs Dorf nicht vom Weg abzukommen. Der Schnee kroch in ihre Ärmel und Krägen, in ihre Ohren und jede noch so kleine Öffnung in ihrer Kleidung, als sei er auf der Suche nach blanker Haut. Und er fand sie.

Vor dem Besprechungsraum wickelten sie sich aus ihren Schals, schüttelten den Schnee von ihren durchgeweichten Mützen und traten mit ihren Stiefeln gegen die Hauswand, um wenigstens einen Teil der daran klebenden Schneeklumpen loszuwerden.

Lacoste steckte wegen des Sturms in Montréal fest und würde den Tag im Büro verbringen. Beauvoir hängte sich ans Telefon und machte schließlich einen Apotheker in Cowansville ausfindig, der in den vergangenen Wochen Niacin verkauft hatte. Er beschloss hinzufahren, obwohl der Schnee die Straßen nahezu unpassierbar machte.

»Da ist doch nichts weiter dabei«, sagte er, begeistert von der Aussicht, sich der Aufklärung des Falls zu nähern und sich in den Sturm hinauszubegeben. Der Held, der Jäger, der die Gefahr herausforderte, allen Widrigkeiten trotzte, es mit dem seit Menschengedenken schlimmsten Schneesturm aufnahm. Er war einfach unglaublich.

Er stürmte hinaus und stand unvermittelt bis zu den Knien im Neuschnee. Nachdem er zu seinem Auto gestapft war, verbrachte er die nächste halbe Stunde damit, es freizuschaufeln. Der Schnee war noch weich und leicht und brachte die Erinnerung an heiß herbeigesehnte Schneestürme zurück, derentwegen die Schule ausfiel.

Das Wetter hielt die Dorfbewohner nicht davon ab, ihre Häuser zu verlassen, einige von ihnen waren auf Schneeschuhen und Langlaufskiern unterwegs, um Besorgungen zu erledigen, in dem Schneegestöber kaum auszumachen. Beauvoirs Auto war das einzige auf der Straße.

»Sir.« Eine Stunde später trat Lemieux zu Gamache. »Das habe ich unter der Tür gefunden.«

In der Hand hielt er einen langen, dicken Umschlag, feucht von geschmolzenem Schnee.

»Haben Sie gesehen, wer ihn gebracht hat?« Gamache blickte von Lemieux zu Nichol. Sie zuckte die Achseln und wandte sich wieder ihrem Computer zu.

»Nein, Sir. Bei diesem Schneegestöber könnte jemand direkt vor dem Haus stehen, und wir würden es nicht bemerken.«

»Wir haben es auch nicht bemerkt«, sagte Gamache. Auf dem Umschlag stand in sorgfältiger, zierlicher Schrift »Chief Inspector Armand Gamache, Sûreté du Québec«. Er riss ihn auf, und ein ungutes Gefühl überkam ihn. Nachdem er die beiden Seiten überflogen hatte, sprang er auf und eilte mit großen Schritten durch das Zimmer, zog hastig seinen Anorak über und begab sich in das Unwetter hinaus, ohne sich erst lange damit aufzuhalten, sie zu schließen.

»Kann ich irgendetwas tun?«, rief ihm Lemieux hinterher.

»Ziehen Sie Ihre Jacke an. Agent Nichol, kommen Sie her. Ziehen Sie sich etwas über, und helfen Sie mir, das Auto freizuschaufeln.«

Sie sah ihn wütend an, ohne sich noch länger die Mühe zu machen, ihre Gefühle zu verbergen, tat jedoch wie geheißen. Mit vereinten Kräften hatten sie den Volvo innerhalb von ein paar Minuten freigeschaufelt, auch wenn ihn der unablässig fallende Schnee gleich wieder zuzudecken begann.

»Das reicht.« Er riss die Tür auf und warf Schaufel und Eiskratzer hinein. Lemieux und Nichol rannten los und versuchten, als Erste an der Beifahrertür zu sein.

»Sie bleiben hier«, rief Gamache, bevor er die Tür zuschlug und Gas gab. Die Reifen drehten durch, fanden keinen Halt. Dann machte das Auto unvermittelt einen Satz nach vorn. Gamache warf einen Blick in den Rückspiegel und sah Lemieux in gebeugter Haltung noch immer an der Stelle stehen, wo er den Wagen angeschoben hatte. Nichol stand hinter ihm, die Hände in die Hüften gestemmt.

Gamaches Herz hämmerte gegen seine Rippen, aber er zwang sich, nicht zu fest auf das Gaspedal zu treten. Es hatte so viel geschneit, dass man kaum noch erkennen konnte, wo die Straße aufhörte. Oben auf der Rue du Moulin blieb er zögernd stehen. Die Scheibenwischer liefen auf höchster Stufe und kamen trotzdem fast nicht nach. Ringsum türmte sich der Schnee, Gamache wusste, wenn er zu lange stehen blieb, würde er nicht mehr wegkommen. Aber wohin sollte er sich wenden?

Er sprang aus dem Auto und blickte zuerst in die eine Richtung, dann in die andere. Wohin? Nach Saint-Rémy? Nach Williamsburg? Welche Richtung?

Er zwang sich, tief durchzuatmen. Bleib ruhig. Er hörte den Wind heulen und spürte den kalten Schnee, der an ihm kleben blieb. Nichts passierte. Es erschien keine Schrift an der Wand, keine Stimme flüsterte ihm im Wind etwas zu. Aber da war eine Stimme in seinem Kopf. Die barsche, bittere, klare Stimme von Ruth Zardo.

Wenn mein Tod uns scheidet,
Dann sollen Vergeben und Vergebenes eins werden.
Oder wird es, wie immer, zu spät sein?

Er sprang wieder in den Wagen und fuhr, so schnell er es wagte, in Richtung Williamsburg, dorthin, wo Vergeben und Vergebenes eins werden sollten. Würde er zu spät kommen?

Wie lange hatte der Brief hinter der Tür gelegen?

Nach einer Ewigkeit, wie es schien, kam die Legion Hall in Sicht. Er fuhr daran vorbei und bog nach rechts ab. Da stand der Wagen. Er wusste nicht, ob er erleichtert oder entsetzt sein sollte. Er hielt dahinter an und stieg aus.

Er stellte sich auf die Kuppe des kleinen Hügels und sah auf den Lac Brume hinaus, der Schnee traf ihn ins Gesicht und machte ihn nahezu blind. In der Ferne, zwischen den wirbelnden Flocken, konnte er gerade noch drei Gestalten ausmachen, die sich über das Eis kämpften.

»Namaste, Namaste«, wiederholte Mother immer wieder, bis ihre Lippen völlig ausgetrocknet waren, aufsprangen und bluteten und sie nicht mehr sprechen konnte. Das Wort blieb in ihr stecken, sie wiederholte es im Stillen. Aber ihr Herz war so von Entsetzen erfüllt, dass es keinen Platz darin fand. Mother blieb nichts mehr außer ihrer Furcht und ihrer Ungläubigkeit.

Kaye kämpfte sich zwischen ihnen vorwärts, ihre Beine drohten ihr jeden Augenblick den Dienst zu versagen, sie wurde von den beiden Freundinnen gestützt, so wie sie es ihr ganzes Leben lang getan hatten, wie ihr plötzlich klar wurde. Warum hatte sie bis jetzt gebraucht, um das zu begreifen? Jetzt, wo es dem Ende zuging, denn das war das Ende, war sie ganz und gar von ihnen abhängig. Sie hielten sie, stützten sie und würden sie in das nächste Leben hinüber begleiten.

Sie kannte jetzt die Antwort auf ihr Rätsel. Warum ihr Vater und seine Kameraden mit dem Ausruf »Scheiß auf den Papst« in den Tod gegangen waren.

Es gab keine Antwort. Es waren seine Worte, sein Leben, sein Weg und sein Tod.

Das hier war ihrer. Sie hatte ihr ganzes Leben damit verbracht, etwas herauszufinden, das nicht das Geringste mit ihr zu tun hatte. Sie würde es nie verstehen, und sie musste es auch gar nicht verstehen. Alles, was sie verstehen musste, waren ihr Leben und ihr Tod.

»Ich liebe euch«, krächzte sie, aber der Wind trug ihre Worte davon, und sie verhallten ungehört von alten Ohren.

Em hielt Kaye, während sich die drei Frauen weiter auf den See hinausschleppten. Mother hatte aufgehört zu zittern und zu beben, selbst ihr Schluchzen war verstummt, bis nichts mehr zu hören war außer dem Toben des Sturms.

Sie näherten sich jetzt dem Ende. Em konnte ihre Hände und ihre Füße nicht mehr spüren. Der einzige Trost war, dass sie auch den stechenden Schmerz nicht mehr ertragen musste, wenn sie wieder auftauten. Über das Heulen des Windes hinweg hörte sie etwas anderes. Über den See wehten die Klänge einer einzelnen Geige.

Em öffnete die Augen, aber sie sah nichts außer Weiß.

Vorsicht Glatteis.

Armand Gamache stand am Ufer. Der eisige Wind fegte von den Bergen her unbarmherzig über den See, über die drei Frauen und das verschneite Curling-Spielfeld hinweg und über die Stelle, an der CC gestorben war, er sammelte Kraft, Schmerz und Entsetzen auf dem Weg und schlug ihm schließlich ins Gesicht. Gamache rang nach Luft und umklammerte Ems Brief, das weiße Papier verschmolz mit dem weißen Schnee vor ihm und hinter ihm und um ihn herum. Er wurde von Weiß eingehüllt, so wie die drei Frauen.

Er machte einen Schritt nach vorne, es drängte ihn, auf dem See hinter ihnen herzulaufen. Alles in ihm verlangte danach, sie zu retten, aber er blieb stehen, auch wenn ihm vor Anstrengung ein Schluchzen in die Kehle stieg. In ihrem Brief hatte Em ihn gebeten, sie sterben zu lassen, wie der Legende nach die Ältesten bei den Eskimos, die sich auf einer Eisscholle dem Tod entgegentreiben ließen.

Natürlich hatten sie CC umgebracht. Seit gestern wusste er es. Wahrscheinlich hätte er es schon viel länger wissen können. Es war unmöglich, dass niemand den Mord beobachtet hatte, das war ihm die ganze Zeit über klar gewesen. Kaye konnte nicht neben CC sitzen, ohne den Mörder zu sehen.

Und dann war da der Mord selbst. Er war viel zu kompliziert. Das Niacin, der geschmolzene Schnee, der gekippte Stuhl, die Überbrückungskabel. Schließlich der tödliche Stromschlag genau zum richtigen Zeitpunkt, als Mother das Haus geräumt hatte und sämtliche Augen ausschließlich auf sie gerichtet waren.

Und hinterher die Kabel wegräumen.

Das hätte keiner allein tun können, ohne gesehen zu werden.

Das bittere Niacin hatte sich in dem Tee befunden, den Mother am ersten Weihnachtsfeiertag zum Frühstück serviert hatte. Em hatte das Frostschutzmittel verteilt, als sie die Stühle aufgestellt hatte. Sie hatte sich auf den einen Stuhl gesetzt, um CC davon fernzuhalten.

Kaye war der wichtigste Part zugekommen. Gamache hatte angenommen, dass wer auch immer CC den Stromschlag verpasst hatte zuerst die Kabel am Stuhl befestigt und dann in der Nähe von Billys Pritschenwagen auf den richtigen Moment gewartet hatte, um sie an den Generator anzuschließen. In Ems Brief stand jedoch etwas anderes. Sie hatten die Kabel an Billys Generator angeschlossen, dann hatte Kaye auf Ems Zeichen gewartet, dass Mother im Begriff war, das Haus zu räumen. Als es so weit war, war sie zu dem leeren Stuhl gegangen, hatte sich auf die Lehne gestützt, damit er schräg stand, und dann die Kabel befestigt. Von diesem Moment an stand er unter Strom.

Inzwischen hatte auch das Niacin zu wirken begonnen und CC veranlasst, ihre Handschuhe auszuziehen.

Mother setzte dazu an, das Haus zu räumen. Alle Blicke ruhten auf ihr.

Der Stein glitt über das Eis, die Zuschauer brachen in Jubelrufe aus, alle waren aufgesprungen, auch CC stand auf. Sie machte einen Schritt nach vorn, trat in die Pfütze, fasste mit bloßen Händen an die Lehne des Metallstuhls, und das war's.

Sie waren natürlich gewisse Risiken eingegangen. Kaye musste die Kabel lösen und wegschaffen, leuchtend rote Kabel, die an einer Stelle lagen, wo Kabel nichts zu suchen hatten. Sie hatten darauf vertraut, dass sich die allgemeine Aufmerksamkeit auf CC konzentrieren würde und ihnen genug Zeit blieb, sie wieder einzusammeln. Das hatte Em übernommen und sie auf Billys Pritschenwagen geworfen. Beinahe hätte Billy sie erwischt, als er angerannt kam, um den Motor anzulassen und die Ladefläche für CC freizuräumen. Sie hatte sich damit herausgeredet, dass sie die gleiche Idee gehabt hätte und gerade dabei wäre, Platz für CC und die Rettungsmannschaft zu schaffen.

Das Einzige, was Gamache noch gefehlt hatte, war ein Motiv. Aber das hatten Em und Mother ihm geliefert.

Crie.

Sie mussten Els Enkelin vor dem Ungeheuer, das ihre Mutter war, retten. Sie hatten Crie singen hören, und sie hatten gehört, wie CC über sie hergefallen war und sie gedemütigt hatte. Und sie hatten das Mädchen gesehen.

Crie starb zweifellos langsam innerlich, sie erstickte unter einer Schicht von Fett, Angst und Schweigen. Sie hatte sich so weit in ihre eigene Welt zurückgezogen, dass sie sie kaum noch verlassen konnte. CC war dabei, ihre Tochter umzubringen.

Jetzt sah er, wie die winzige dunkle Gestalt in der Mitte, die kleinste der drei, zu Boden sank. Die beiden anderen taumelten und versuchten, sie wieder aufzurichten. Um noch ein paar Schritte weiterzugehen. Gamache spürte, dass seine Knie zitterten, er hätte sich am liebsten in den Schnee geworfen und das Gesicht in den Händen vergraben. Um nicht mit ansehen zu müssen, wie die drei Grazien starben.

Stattdessen stand er jedoch aufrecht da, der Schnee drang unter seinen Kragen und in seine Ärmel, bedeckte sein Gesicht und fiel in seine weit aufgerissenen Augen. Er zwang sich zuzusehen, wie zuerst die eine Frau, dann die andere auf die Knie sank. Er blieb bei ihnen, ein Gebet auf den aufgesprungenen Lippen, das er ununterbrochen wiederholte.

Doch dann drängte sich ihm auf einmal ein neuer Gedanke auf.

Gamache blickte auf den zerknitterten Brief in seiner Hand, dann wieder zu den dunklen Gestalten im Schnee. Einen Augenblick lang stand er noch reglos da, starr vor Verwunderung.

»Nein«, schrie er dann und stürzte vorwärts. »Nein«, rief er und machte kehrt, sah auf seinen Wagen, der hinter ihm stand und schon halb unter dem Schnee begraben war. So wie die Frauen. Er rannte darauf zu, verzweifelt keuchend.

Es war zu spät, das wusste er, er musste es trotzdem versuchen.

37

Gamache wendete und raste nach Williamsburg, schnurstracks zu einer *cantine* an der Rue Principale.

»Ich brauche Hilfe«, rief er von der Tür des Restaurants in den Raum. Alle Köpfe drehten sich zu ihm, dem groß gewachsenen Fremden, der über und über mit Schnee bedeckt war und Forderungen stellte. »Ich bin Chief Inspector Gamache von der Sûreté. Auf dem Lac Brume stecken drei Frauen im Schnee fest. Wir brauchen Motorschlitten, um ihnen zu helfen.«

Zuerst blieb es still, dann erhob sich ein Mann von seinem Stuhl und sagte: »Dank Wollschal.« Es war Billy Williams.

»Ich komme auch mit.« Ein weiterer Mann stand auf. Bald war das ganze Lokal auf den Beinen, und nach wenigen Minuten fand sich Gamache an Billy geklammert auf einem Motorschlitten wieder, der an der Spitze einer Flotte anderer über die Rue Principale sauste und Kurs auf den Lac Brume nahm.

Der Sturm tobte mit unverminderter Stärke, Gamache versuchte, etwas zu erkennen und Billy zu den gestürzten Frauen zu dirigieren. Er betete, dass der Schnee sie nicht bereits völlig zugedeckt hatte.

»Irgendwo hier müssen sie sein«, schrie Gamache von der Seite Billys Canadians-Mütze an.

Billy drosselte das Tempo. Die Fahrer der anderen Motorschlitten folgten seinem Beispiel, um die Frauen nicht zu überfahren. Billy richtete sich auf und lenkte sein Gefährt geschickt durch den tiefen Schnee, während er Ausschau nach einer Erhebung, einem Buckel, einem Körper hielt.

»Laubsägende Inder«, schrie Billy und deutete auf einen für Gamache unsichtbaren Punkt. Sie waren jetzt ringsum von einem gleichförmigen Weiß umgeben. Williamsburg war verschwunden, das Ufer war verschwunden, und die anderen Motorschlitten mitsamt Fahrern wurden von dem Schneegestöber verschluckt. Billy fuhr eine Kurve und hielt auf eine Stelle zu, die für Gamache genauso aussah wie jede andere Stelle auf dem See. Aber als sie sich näherten, konnte er einige Konturen erkennen.

Die Frauen waren zu Boden gesunken und hielten einander umklammert, inzwischen waren sie tatsächlich von einer Schneeschicht bedeckt. Aber Billy Williams hatte sie gefunden. Er riss sich die Handschuhe herunter, und während Gamache durch den tiefen Schnee auf die Frauen zustapfte, steckte Billy zwei Finger in den Mund und pfiff. Sein Pfiff übertönte selbst das Heulen des Sturms. Während Gamache auf die Knie fiel und den Schnee von Em, Mother und Kaye zu fegen begann, pfiff Billy noch einmal, und als Gamache die drei Frauen vom Schnee befreit hatte, streckten sich viele Paar Hände nach ihnen aus. Die Männer trugen sie zu ihren Motorschlitten, innerhalb weniger Sekunden befanden sich alle auf dem Rückweg ans Ufer.

Gamache klammerte sich an Billy. Ringsum war alles weiß. Der Schnee schlug ihnen entgegen und ließ sie kaum atmen, geschweige denn etwas sehen. Es war ihm ein Rätsel, woher Billy wusste, in welcher Richtung das Ufer lag. Gamache hatte den Eindruck, dass sie weiter auf den See hinausfuhren, weg vom Ufer. Er öffnete den Mund, um Billy etwas zuzurufen, schloss ihn dann jedoch wieder.

Ihm war klar, dass er jegliche Orientierung verloren hatte. Und ihm war klar, dass er Billy vertrauen musste. Er klammerte sich an ihn und wartete darauf, dass der Motorschlitten das Ufer erreichte und die leichte Steigung zur Rue Principale hinauf nahm. Aber vergebens. Fünf Minuten vergingen, zehn, jetzt war sich Gamache sicher, dass sie noch immer mitten auf dem Lac Brume waren. Verirrt. In einem Schneesturm.

»Wo sind wir?«, schrie er die Mütze an.

»Kleine Schlange würg leichter«, schrie Billy zurück und fuhr unbeirrt weiter.

Drei Minuten später, die Gamache wie eine Ewigkeit erschienen, erreichte der Motorschlitten eine kleine Erhebung, und Billy fuhr eine Kurve nach links. Plötzlich befanden sie sich zwischen lauter Kiefern. Das Ufer, sie hatten das Ufer erreicht, dachte Gamache verblüfft. Er warf einen Blick über die Schulter und sah die anderen Motorschlitten, die ihrer Spur folgten.

Billy raste mit seinem Gefährt einen schmalen Weg entlang, dann weiter auf einer Straße, die noch nicht geräumt und frei von Verkehr war. Gamache hielt Ausschau nach seinem Wagen, er wusste, dass er bis zum Krankenhaus in Cowansville noch eine lange Fahrt vor sich hatte. Aber Billy hatte einen anderen Weg gewählt.

So ein Trottel, dachte Gamache. Er hat sich auf dem See verfahren, Gott allein weiß, wo wir jetzt sind.

»Ingwerbier«, rief Billy und deutete nach vorn.

Ein riesiger blauer Neonbuchstabe tauchte vor ihnen auf. H. Hospital.

Billy Williams hatte sie durch den Schneesturm hindurch, quer über den See und direkt zum Hospital von Cowansville gefahren.

»Was hat Sie darauf gebracht?«, fragte Beauvoir Gamache, als die beiden Männer auf Kaye Thompson hinunterblickten. Sie war an alle möglichen Geräte und Infusionen angeschlossen und in eine silberne Heizdecke gehüllt. Sie sah aus wie eine Ofenkartoffel. Wie ihr Vater vor ihr hatte sie dem Tod ins Auge geblickt und war ihm gerade noch von der Schippe gesprungen.

Gamache holte ein zerknülltes, feuchtes Blatt Papier aus der Tasche. Er gab es Beauvoir und wandte sich dann wieder Kaye zu; während er sie betrachtete, dachte er darüber nach, was sie in den letzten Tagen durchgemacht haben musste. Mit dem Wissen, was sie mit größter Wahrscheinlichkeit tun würden.

Beauvoir setzte sich und glättete das Blatt vorsichtig, bis es wieder eine gewisse Ähnlichkeit mit einem Brief hatte. Er war in einer klaren, altmodischen Handschrift verfasst, in Emilies wunderbarem Französisch. Er erklärte alles. Dass Crie Emilie an ihren Sohn David erinnert hatte. So begabt, so glücklich mit ihrer Musik. Als sie nach der Christmette mit angehört hatten, wie CC über Crie herfiel, war ihnen klar gewesen, dass sie keine andere Wahl hatten. Sie mussten CC töten, um Crie zu retten.

»Das erklärt einiges«, sagte Beauvoir, nachdem er zu Ende gelesen hatte. »Das komplizierte Verbrechen, warum Kaye angeblich nichts gesehen hat. Es passt alles zusammen. Sie mussten es zu dritt tun. Das Niacin war in Mothers Tee, Emilie passte auf, wann Mother beim Curling für den nötigen Lärm sorgen und die Aufmerksamkeit von CC ablenken würde. Kaye lehnte sich auf den Stuhl, damit er schief stand. Sie wussten, dass CC nicht anders konnte und ihn gerade stellen würde.« Beauvoir deutete auf den Brief auf seinem Schoß. »Madame Longpré bittet Sie, sie Selbstmord begehen zu lassen, und Sie hatten vor, ihr diese Bitte zu erfüllen.«

Er war nicht mit besonders viel Feingefühl gesegnet, aber er bemühte sich, es weniger grob klingen zu lassen, als es war.

Gamache und Beauvoir verließen den Raum, in dem Kaye lag, und traten auf den geschäftigen Flur hinaus. Ärzte und Schwestern eilten an ihnen vorüber, die Notaufnahme war mit den Opfern von Verkehrsunfällen, Skiläufern mit gebrochenen Knochen, Leuten, denen der Schneesturm Erfrierungen und Frostbeulen beschert hatte, überfüllt. Die beiden Männer entdeckten zwei freie Stühle und setzten sich.

»Sie haben recht, ich hatte vor, sie sterben zu lassen.« Er konnte es kaum glauben, dass er das sagte. »Seit gestern war ich überzeugt, dass sie die Einzigen waren, die CC umgebracht haben konnten. Ems Brief bestätigte mich nur darin. Aber als ich ihnen dann zusah, wie sie sich auf dem zugefrorenen See vorwärtskämpften, musste ich an die Ältesten bei den Eskimos denken, dass sie sich auf eine Eisscholle setzen und dem Tod entgegentreiben lassen, um in Zeiten des Hungers die Gemeinschaft zu retten. Sie opfern ihr Leben, damit andere weiterleben können. Dann waren da noch CCs Stiefel.«

»Die Mukluks. Eskimostiefel. Sie wollen damit doch nicht sagen, dass bei der ganzen Sache ein Eskimo die Hand im Spiel hatte?« Beauvoir fragte sich, wer das wohl sein könnte.

»Nein.« Gamache bedachte ihn mit einem leichten Lächeln.

»Gut. Dann waren es also nur die drei. Ich hatte schon die Befürchtung, das ganze Dorf wäre daran beteiligt.«

Ein junger Arzt kam den Flur entlang auf sie zugeeilt und trocknete sich dabei die Hände.

»Chief Inspector Gamache? Ich komme gerade von Madame Mayer. Es sieht so aus, als käme sie durch. Sie ist zäh wie Leder, auch wenn sie nicht danach aussieht. Natürlich hat sie Frostbeulen und eine leichte Unterkühlung. Interessanterweise war es aber vermutlich gerade der Schnee, der ihnen das Leben gerettet hat. Er hat eine Art Decke gebildet, die hat sie vor der Kälte geschützt. Aber die andere

Frau, Emilie Longpré?« Gamache schloss für einen kurzen Moment die Augen. »Ich fürchte, sie hat es nicht überlebt.«

Gamache hatte es gewusst. Als er sie hochgehoben hatte, war sie ihm viel zu leicht vorgekommen. Er hatte das Gefühl, sie festhalten zu müssen, damit sie nicht davonschwebte. Während er sie hielt, hatte er alle seine Gebete für sie gesprochen. Aber der Riss in dem Gefäß reichte bereits zu tief.

Emilie Longpré lag jetzt in Gus' Armen, warm, sicher und glücklich, und hörte David zu, wie er Tschaikowskys Violinkonzert D-Dur spielte. Em war zu Hause.

»Madame Mayer ist bei Bewusstsein, falls Sie mit ihr sprechen möchten.«

»Gern.« Gamache folgte dem Arzt den Flur hinunter.

»Da ist noch was«, sagte der Arzt, als sie sich der Tür näherten. »Madame Mayer wiederholt ununterbrochen etwas, ich habe mich gefragt, ob Sie es uns vielleicht erklären könnten.«

»Namaste«, sagte Beauvoir. »Das bedeutet, der Gott in mir grüßt den Gott in dir.« Gamache drehte sich überrascht zu ihm um. »Ich habe es nachgeschlagen.«

»Nein, was Namaste heißt, weiß ich«, sagte der Arzt und öffnete die Tür.

Gamache sah Beauvoir an. »Die Eskimostiefel. Emilie Longpré hat sie in ihrem Brief nicht erwähnt. Sie wusste nichts davon, bis ich ihr davon erzählt habe, und selbst dann war ihr die Bedeutung nicht klar.« Gamache verschwand in Beatrice Mayers Zimmer.

Beauvoir blieb allein vor der Tür stehen. Was wollte der Chief damit sagen?

Dann dämmerte es ihm. Wie die Eskimos hatten die drei Grazien versucht, sich zu töten, um jemand anderen zu retten. Um den wahren Mörder zu retten.

Sie hatten CC nicht umgebracht. Jemand anderes hatte es getan.

Aus dem Zimmer ertönte die Stimme von Beatrice Mayer.
»Scheiß auf den Papst!«

Beauvoir hielt vor dem Haus, wieder einmal. Das Auto schlingerte leicht, als er auf die Bremse trat, als ob es lieber nicht hier stehen bleiben wollte.

Das alte Hadley-Haus lag im Dunkeln, der Weg zur Eingangstür war nicht freigeschaufelt, und es waren auch keine Fußspuren zu sehen. Den ganzen Tag über hatte niemand das Haus verlassen oder betreten.

»Soll ich Unterstützung anfordern?«

»Nein. Ich denke, unser Besuch wird ihn nicht sehr überraschen. Vielleicht ist er sogar erleichtert.«

»Ich begreife immer noch nicht, warum CC ihn geheiratet hat«, murmelte Beauvoir und blickte auf die geschlossene Tür.

»Wegen seines Namens«, sagte Gamache. »Nichol hat mich darauf gebracht.«

»Wie hat sie das denn herausgefunden?«

»Na ja, in dem Sinne hat sie das gar nicht, aber sie hat mir erzählt, dass sie wegen Saul Petrovs Namen in das brennende Haus gelaufen ist, um ihn zu retten. Saul. Sie hatte einen Onkel Saul, und ihre Familie empfindet eine Art Kollektivschuld wegen der Angehörigen, die in der Tschechoslowakei umgekommen sind. Einschließlich Onkel Saul. Das Ganze lief unbewusst ab. Es war keine überlegte Handlung.«

»Nichts, was sie tut, ergibt einen Sinn.«

Gamache blieb auf halbem Weg zum Haus stehen und drehte sich zu Beauvoir um. »Alles ergibt einen Sinn. Unterschätzen Sie sie nicht, Jean Guy.« Er hielt den Blick des jüngeren Mannes einen Moment länger als nötig fest, bevor er mit seinem Bericht fortfuhr. »In diesem Fall dreht sich alles um Überzeugungen und die Macht des Wortes. CC de Poitiers hat den einzigen Mann geheiratet, der für sie infrage kam. Sie hat jemanden von königlicher Abstammung geheiratet, wie sie es war. Der Lieblingssohn von Eleonore von Aquitanien war Richard Cœur de Lion. Richard Löwenherz. Richard Lyon.«

»Sie fühlte sich von dem Namen angezogen, nicht von dem Mann?«

»So etwas passiert ständig. Wenn man jemanden mag, der Roger heißt, ist man plötzlich jedem Roger gegenüber freundlich gesinnt.«

Beauvoir schnaubte. Er konnte sich nicht daran erinnern, dass er jemals freundlich gesinnt gewesen wäre.

»Umgekehrt ist es genauso«, fuhr Gamache fort. »Wenn man jemanden namens George nicht leiden kann, ist die Wahrscheinlichkeit ziemlich groß, dass man jeden George erst mal nicht mag. Mir geht es jedenfalls so. Ich bin nicht besonders stolz darauf, aber was soll ich tun? Einer meiner besten Freunde ist Superintendent Michel Brébeuf. Jedes Mal, wenn ich einen Michel kennenlerne, denke ich an ihn und finde die betreffende Person sofort sympathisch.«

»Sie finden jeden sofort sympathisch. Das zählt nicht. Nennen Sie mir ein Gegenbeispiel.«

»Na gut. Suzanne. In der Grundschule gab es eine Suzanne, die gemein zu mir war.«

»Nein, so was, sie war gemein zu Ihnen?« Beauvoirs Gesicht legte sich in unzählige Lachfältchen.

»Sehr gemein.«

»Was hat sie gemacht? Sie mit dem Messer gepiekt?«

»Sie hat mir Schimpfnamen gegeben. Vier Jahre lang. Sie ist mir durch die Flure gefolgt, durch der Jahre Bogen, hinunter in die labyrinthschen Wege des eignen Geists.«

»Das Letzte war ein Zitat, oder?«, sagte Beauvoir.

»Ich fürchte, ja. ›Jagdhund des Himmels‹ von Francis Thompson. Und vielleicht war sie das. Sie hat mir beigebracht, dass Worte verletzen und dass sie manchmal töten. Und manchmal heilen sie.«

Sie standen jetzt vor der Tür und läuteten, die Tür öffnete sich.

»Monsieur Lyon«, sagte Beauvoir und trat über die Schwelle. »Wir müssen uns unterhalten.«

Gamache kniete neben Crie. Ein dunkelroter Badeanzug schnürte ihr Arme und Beine ein.

»Wer kümmert sich um sie?«, fragte Lyon. »Ob sie ohne mich zurechtkommt?«

Beauvoir lag die Frage auf der Zunge, woher diese plötzliche Sorge rührte. Man brauchte sich ja bloß anzusehen, wie weit das Zusammenleben mit ihm sie gebracht hatte. Da konnte es doch nur besser werden. Als er jedoch Lyons Gesicht sah, resigniert, furchtsam, niedergeschlagen, hielt er den Mund.

»Machen Sie sich keine Sorgen«, sagte Gamache und richtete sich langsam auf. »Man wird sich um sie kümmern.«

»Ich hätte CC schon früher Einhalt gebieten müssen. Es hätte nie so weit kommen dürfen. CC hatte an Crie vom Tag ihrer Geburt an ständig etwas auszusetzen. Ich habe ein paarmal versucht, mit CC zu reden.« Lyon sah Gamache um Verständnis flehend an. »Aber ich konnte es nicht.«

Die drei Männer blickten auf Crie hinunter, die auf ihrem Bett saß, umgeben von Schokolade und Bonbonpapier, als wäre ein Süßigkeitenschauer auf sie niedergegangen. Sie ist das letzte Glied in der Kette, dachte Gamache, in ihr sammeln sich alle Befürchtungen und Träume ihrer Mutter und Großmutter. Das war es, was sie geschaffen hatten. Wie Frankensteins Monster. Ein Flickwerk aus ihren eigenen Ängsten.

Chief Inspector Gamache nahm ihre Hand, drückte sie und sah in die ausdrucklosen Augen.

»Crie, warum hast du deine Mutter umgebracht?«

Crie spürte die Strahlen der Sonne, die ihr das Gesicht und den wohlgeformten, schlanken Körper bräunten, während sie am Strand lag. Ihr Freund nahm ihre Hand, hielt sie und sah ihr dabei zärtlich in die Augen. Sein jugendlicher Körper glänzte und schimmerte, als leuchte er von innen heraus, er zog sie an sich, nahm sie in die Arme und gab ihr einen zarten Kuss.

»Ich liebe dich, Crie«, flüsterte er. »Du bist alles, was man sich nur wünschen kann. Du weißt wahrscheinlich gar nicht, wie schön du bist, wie talentiert, wie klug. Du bist das wunderbarste Mädchen auf der Welt. Singst du etwas für mich?«

Crie sang. Sie erhob ihre Stimme, und der junge Mann in ihren Armen seufzte und lächelte verzückt.

»Ich werde dich niemals verlassen, Crie. Ich werde nicht zulassen, dass dir jemals wieder jemand wehtut.«

Sie glaubte ihm.

38

Die Tür wurde geöffnet, bevor Gamache und Reine-Marie klopfen konnten.

»Wir haben auf Sie gewartet.«

»Stimmt nicht«, rief Ruth aus dem Inneren des Hauses. »Wir haben ohne Sie mit Essen und Trinken angefangen.«

»Um genau zu sein, hat sie nie damit aufgehört«, flüsterte Peter.

»Das habe ich gehört«, schrie Ruth. »Nur weil es die Wahrheit ist, ist es nicht weniger beleidigend.«

»Bonne année«, sagte Clara, küsste die Gamaches auf beide Wangen und nahm ihnen die Mäntel ab. Es war das erste Mal, dass sie Reine-Marie sah, sie war genau so, wie Clara sie sich vorgestellt hatte. Lächelnd und herzlich, freundlich und elegant in ihrem gut geschnittenen, leicht ausgestellten Rock mit Bluse, Kaschmirpullover und Seidenschal. Gamache trug ein Tweedjackett mit Krawatte und dazu eine Flanellhose. Perfekt geschnitten und mit Nonchalance getragen.

»Ein gutes neues Jahr.« Reine-Marie lächelte. Sie wurde Olivier und Gabri, Ruth und Myrna vorgestellt.

»Wie geht es Mother und Kaye?«, fragte Peter dann.

»Auf dem Weg der Besserung«, sagte Gamache. »Aber sie sind immer noch sehr schwach und fühlen sich verloren ohne Em.«

»Es ist unfassbar«, sagte Olivier, der auf der Armlehne

von Gabris Sessel saß. Im Kamin prasselte ein Feuer, auf dem Klavier stand ein Tablett mit Getränken. Der Weihnachtsbaum machte den an sich schon einladenden Raum noch behaglicher.

»Die Austern stehen auf dem Klavier, außerhalb der Reichweite von Lucy«, erklärte Clara. »Nur ein Morrow bringt es fertig, einen Hund mit einer Vorliebe für Austern zu besitzen.«

»Wir haben beim Hereinkommen das Fass gesehen«, sagte Reine-Marie und dachte an den hölzernen Bottich mit Austern, der neben der Eingangstür der Morrows im Schnee stand. So etwas hatte sie schon seit vielen Jahren nicht mehr gesehen, seit ihrer Kindheit auf dem Land. Ein Fass voller Austern am Neujahrstag. Eine alte Tradition in Québec.

Nachdem sich die Gamaches jeder einen Teller mit Austern, dünn mit Butter bestrichenem Pumpernickel und geviertelten Zitronen geholt hatten, gesellten sie sich zu den anderen an den Kamin.

»Wie geht es Crie?«, fragte Clara und setzte sich neben Peter.

»Sie ist in einer psychiatrischen Klinik. Die nächste Zeit wird sie keinen Prozess durchstehen, falls überhaupt jemals«, sagte Gamache.

»Woher wussten Sie, dass sie ihre Mutter umgebracht hat?«, fragte Myrna.

»Ich dachte zuerst, es wären die drei Frauen gewesen«, gab Gamache zu und nahm einen Schluck Wein. »Sie haben mich komplett hinters Licht geführt. Dann sind mir diese Seehundfellstiefel wieder eingefallen.«

»Unglaublich«, sagte Ruth und schlürfte eine Auster.

»In ihrem Brief geht Emilie auf das Niacin ein, auf das Frostschutzmittel, die Überbrückungskabel. Aber eine entscheidende Sache fehlt.« Gamache hatte die ungeteilte Aufmerksamkeit sämtlicher Anwesenden. »Wenn sie all das getan hätten, wovon sie in ihrem Brief schreibt, wäre CC noch am Leben. In ihrem Brief erwähnt Emilie mit keinem Wort die Stiefel. Aber CC musste die Eskimo-Mukluks mit den Spikes tragen. Sie waren der Schlüssel zur Lösung dieses Falls. Ich habe Emilie gestern davon erzählt, sie war überrascht. Mehr noch, sie war entsetzt. Sie hatte CC nach dem Gottesdienst am Weihnachtsabend klackernd den Weg entlanglaufen hören, aber sie konnte sie nicht sehen. Sie hatte keine Ahnung, woher das Geräusch kam.«

»Keiner von uns wusste das«, sagte Clara. »Es klang wie ein Monster mit Krallen.« Während Clara Gamache zuhörte, kam ihr ein vertrautes Weihnachtslied in den Sinn. Traurig, seufzend, blutend, sterbend, eingemauert in dem kalten steinernen Grab. Ironischerweise stammte es aus »Die drei Könige«, wie Clara einfiel.

»Ich begriff, dass die Frauen CC nicht umgebracht haben konnten. Aber sie wussten, wer es war«, sagte Gamache, seine Zuhörer, sogar Lucy, saßen mucksmäuschenstill da und sahen ihn an. »Mother hat uns alles erzählt. Kaye hat uns lediglich Namen, Rang und Seriennummer genannt, die genau genommen ihre Telefonnummer ist. Dann hat sie nur noch lauter unverständliches Zeug von sich gegeben, wie dass sie ihre Männer in die Badewanne stecken will.«

Gabri drehte sich zu Reine-Marie. »Also ich finde das sehr verständlich.«

»Das glaube ich, *mon beau Gabri*«, sagte Reine-Marie.

»Mother zufolge hat Kaye alles gesehen, und bei dem, was sie nicht gesehen hat, haben sie später eins und eins zusammengezählt. Beispielsweise haben sie nicht gesehen, wie Crie ihrer Mutter das Niacin in den Tee getan hat. Aber sie haben gesehen, wie sie Frostschutzmittel hinter dem Stuhl ausgeschüttet hat. Emilie hat gesehen, dass sie sich in der Nähe von Billy Williams Pritschenwagen herumdrückte. Sie haben sich anfangs nichts dabei gedacht, aber als Kaye dann auch noch beobachtet hat, wie Crie den Stuhl absichtlich verrückte und Überbrückungskabel daran befestigte, fing sie an, sich zu fragen, was dahintersteckte, auch wenn sie nicht mit einem Mord gerechnet hätte. CC hat sich natürlich auf das Geschehen auf dem Spielfeld konzentriert, aber als sie den Stuhl anfasste und einen Schlag bekam, begriff Kaye sofort, was passiert war. Immerhin hat sie ihr ganzes Leben lang in einem Holzfällercamp gearbeitet. Sie kannte sich mit Generatoren und Stromkabeln aus. Bevor Kaye CC zu Hilfe geeilt ist, hat sie die Kabel gelöst und zur Seite geworfen. Bei all der Aufregung sind die Leute darauf herumgetrampelt und haben sie im Schnee begraben. Während sie alle mit CC beschäftigt waren, hat Kaye die Kabel aufgesammelt. Em hat sie dabei beobachtet und wollte wissen, was sie da tut. Kaye hatte keine Zeit, ihr alles zu erklären, und sagte nur, sie müsste die Kabel zu Billys Pritschenwagen zurückbringen. Eine ausführlichere Erklärung brauchte Emilie auch gar nicht.«

»Sie wussten also, dass Crie ihre Mutter umgebracht hat«, sagte Myrna. »Aber wussten sie auch, dass CC ihrerseits ihre Mutter umgebracht hat?«

»Nein. Nicht, bevor ich es Em neulich erzählt habe. Der Tod von CC hatte auch nichts damit zu tun, dass sie ihre Mutter getötet hat. Jedenfalls nicht unmittelbar. Mother würde wahrscheinlich sagen, es war Karma.«

»Ich auch«, sagte Clara.

»Crie hat ihre Mutter praktisch aus Notwehr umgebracht. Sie hat zum Schluss so sehr gelitten, dass sie es nicht länger ertragen konnte. Das passiert bei Kindern gelegentlich. Sie bringen entweder sich selbst um, oder sie töten ihren Peiniger. Emilie hat gesagt, Crie hätte alle hinters Licht geführt, allerdings nicht in böser Absicht. Sie meinte, dass Crie auf den ersten Blick langweilig wirkte, wie eine graue Maus. Aber das war sie nicht.«

»Wir haben sie am Heiligen Abend singen hören«, sagte Olivier. »Es war ergreifend.«

Die anderen nickten.

»Sie ist darüber hinaus eine Einser-Schülerin. Ausgezeichnet, vor allem in den naturwissenschaftlichen Fächern. In den vergangenen Jahren war sie bei Aufführungen des Schultheaters immer für die Beleuchtung zuständig.«

»Das sind die Versager immer«, sagte Ruth. »Ich auch.«

»In diesem Jahr hat ihre Klasse im Unterricht unter anderem Vitamine und Mineralstoffe durchgenommen. Den Vitamin-B-Komplex. Niacin. In der letzten Arbeit vor Weihnachten hatte sie vierundneunzig von hundert Punkten. Crie verfügte über die nötigen Kenntnisse, um ihre Mutter umzubringen.«

»Ich frage mich, ob die Vorstellung eines elektrischen Stuhls eine gewisse Rolle dabei gespielt hat«, sagte Myrna.

»Kann sein. Das werden wir vielleicht nie erfahren. Sie befindet sich mehr oder weniger in einem katatonischen Zustand.«

»Sie wussten also, dass es nicht die drei Grazien waren, aber wie sind Sie darauf gekommen, dass es Crie war?«, fragte Peter.

»CCs Stiefel. Nur zwei Leute wussten davon. Richard und Crie. Ich wollte glauben, dass Richard es getan hat. Er war der perfekte Verdächtige.«

»Wieso sagen Sie das?« Myrna klang leicht pikiert, und die anderen sahen sie verwundert an. »Er ist heute damit in den Laden gekommen.« Sie griff in ihre Tasche und zog etwas heraus, das wie ein schlichter Handschuh aussah. »Es ist phantastisch. Geben Sie mir mal das da.« Sie deutete auf ein aufgeschlagenes Buch, das auf dem Fußschemel lag. Sie streifte den Handschuh über und nahm es. »Seht ihr. Man kann es ganz leicht halten. Er hat irgendetwas mit dem Handschuh gemacht, ihn irgendwie verstärkt. Wenn man ihn anhat, fühlt sich ein gebundenes Buch auf einmal leichter an als ein Taschenbuch.«

»Lass mich mal probieren«, sagte Clara. Tatsächlich, das Buch lag ausgesprochen gut in ihrer behandschuhten Hand und ließ sich mühelos halten. »Das ist toll.«

»Er hat gehört, dass wir gebundene Bücher nicht besonders mögen, deshalb hat er sich etwas ausgedacht.« Myrna reichte den Handschuh Reine-Marie, die dachte, dass Richard Lyon zu guter Letzt vielleicht doch etwas Nützliches zustande gebracht hatte, möglicherweise sogar etwas Einträgliches.

»Er steht auf dich«, sagte Gabri. Myrna widersprach ihm nicht.

»Aber Sie sind beharrlich dabei geblieben, dass Lyon die ganze Zeit neben Ihnen saß.« Gamache wandte sich Myrna zu.

»Stimmt.«

»Ich habe Ihnen geglaubt. Wenn es also nicht Richard Lyon war, dann musste es seine Tochter sein.«

»Crie ist ein enormes Risiko eingegangen«, sagte Peter.

»Da gebe ich Ihnen recht«, sagte Gamache. »Aber sie hatte einen Vorteil. Es war ihr egal. Sie wusste nicht, wohin sie sich wenden sollte, und sie hatte nichts zu verlieren. Ihre Mutter umzubringen, war der einzige Ausweg, den sie sah.«

»Fünf Uhr. Zeit für mich.« Ruth erhob sich und drehte sich zu Reine-Marie. »Sie sind der einzige Grund zu glauben, dass Ihr Mann doch kein Volltrottel ist.«

»Merci, madame.« Reine-Marie neigte ihren Kopf auf eine Art, die an Emilie erinnerte. *»Et bonne année.«*

»Das bezweifle ich.« Ruth humpelte aus dem Zimmer.

Richard Lyon saß in seiner Werkstatt im Keller und bastelte an seiner Hardcover-Hand herum, wie er sie inzwischen nannte. Neben ihm auf der Werkbank lag eine Weihnachtskarte, die an diesem Morgen mit der Post gekommen war. Sie war von Saul Petrov, der sich für seine Affäre mit CC entschuldigte. Weiter schrieb er, er habe einen Film mit Aufnahmen von CC in kompromittierenden Situationen besessen, diesen Film habe er heute Vormittag verbrannt. Er habe ihn mit dem Hintergedanken aufbewahrt, CC damit zu erpressen, falls sie irgendwann das große Geld machen sollte, er wollte ihn zuerst sogar noch nach ihrem Tod aufbewahren, um das Gleiche mit Lyon zu versuchen. Aber vor Kurzem habe er sein Gewissen wiederentdeckt, das er unwiderruflich verloren geglaubt hatte, und Lyon solle wissen, dass es ihm leidtue. Petrov beendete seinen Brief mit den Worten, er hoffe, dass sie eines Tages gut nachbarschaftlich miteinander verkehren würden, wenn sie schon keine Freunde sein konnten, denn Nachbarn würden sie mit ziemlicher Sicherheit bald werden.

Lyon war überrascht, wie viel ihm diese Karte bedeutete, und er schloss nicht aus, dass Petrov und er möglicherweise eines Tages doch Freunde geworden wären.

Auf dem Weg zu ihrem Wagen, der vor dem Bistro stand, begegneten Gamache und Reine-Marie Agent Lemieux.

»Ich habe vor, Superintendent Brébeuf aufzusuchen«, sagte Gamache, nachdem er dem jungen Mann die Hand geschüttelt und ihn Reine-Marie vorgestellt hatte, »und ihn zu bitten, Sie zur Mordkommission zu versetzen.«

Lemieux riss erstaunt die Augen auf. »Danke, Sir. Ich danke Ihnen vielmals. Ich werde Sie nicht enttäuschen.«

»Das weiß ich.«

Lemieux half ihm, sein Auto freizuschaufeln, während Reine-Marie im Bistro auf die Toilette ging.

»Die arme Madame Zardo«, sagte Lemieux und deutete mit seinem Eiskratzer in Richtung Ruth, die auf ihrer Bank auf dem Dorfanger saß.

»Warum sagen Sie das?«

»Nun ja, sie ist Alkoholikerin. Einer der Dorfbewohner hat gesagt, sie macht ihren Biergang.«

»Wissen Sie, was ein Biergang ist?«

Lemieux wollte schon ja sagen, hielt dann jedoch zögernd inne. Vielleicht hatte er irgendetwas falsch verstanden. Voreilige Schlüsse gezogen. Stattdessen schüttelte er also den Kopf.

»Ich wusste es auch nicht.« Gamache lächelte. »Myrna Landers hat es mir erklärt. Ruth Zardo hatte einen Hund namens Daisy. Ich kannte Daisy. Die beiden waren unzertrennlich. Zwei übellaunige alte Damen, die sich humpelnd und brummelnd durchs Leben schleppten. Vergangenen Herbst wurde Daisy immer schwächer und verwirrter, schließlich war klar, dass das Ende nah ist. Ruth machte mit ihrer alten Freundin einen letzten Nachmittagsspaziergang. Es war fünf Uhr, und sie gingen in den Wald, in dem sie tagtäglich spazieren gegangen waren. Sie hatte ein Gewehr mitgenommen, und als Daisy nicht hinsah, hat sie sie erschossen.«

»Das ist ja furchtbar.«

»Man bezeichnet das als Biergang, weil die meisten Bauern einen Zwölferpack mitnehmen und sich ordentlich betrinken, bevor sie ein Haustier der Familie töten. Ruth war nüchtern. Es war ein Akt der Liebe und der Barmherzigkeit und ungeheurer Courage. Später haben ihr Olivier und Gabri geholfen, Daisy unter der Bank dort zu begraben. Jeden Tag um fünf stattet Ruth Daisy einen Besuch ab.«

Lemieux begriff die Anspielung nicht, aber er begriff, dass er sich geirrt hatte.

»Sie müssen vorsichtig sein«, sagte Gamache. »Ich zähle auf Sie.«

»Tut mir leid, Sir. Ich werde mich bessern.«

Bei der Sûreté klingelte das Telefon, der Superintendent nahm sofort ab. Es war der Anruf, auf den er gewartet hatte. Nachdem er ein paar Sekunden lang zugehört hatte, sagte er: »Das haben Sie gut gemacht.«

»Ich fühle mich nicht wohl dabei, Sir.«

»Glauben Sie etwa, ich? Es kotzt mich an. Aber es muss getan werden.«

Und so war es. Die Situation, in der sich der Superintendent befand, verursachte ihm regelrecht Magenschmerzen. Aber er war der Einzige, der Gamache Einhalt gebieten konnte.

»Ja, Sir. Ich verstehe.«

»Gut«, sagte Michel Brébeuf. »Das wäre dann also geklärt. Ich bekomme gerade einen anderen Anruf. Halten Sie mich auf dem Laufenden.« Er beendete das Gespräch mit Agent Robert Lemieux und nahm den nächsten Anruf entgegen.

»*Bonjour*«, erklang Gamaches tiefe, warme Stimme.

»*Bonne année,* Armand«, sagte Brébeuf. »Was kann ich für Sie tun, *mon ami*?«

»Es gibt da ein Problem. Ich muss mit Ihnen über Agent Nichol sprechen.«

Zu Hause packte Yvette Nichol ihren Koffer aus und stopfte die schmutzige Wäsche in ihre Schubladen. Ihr Vater stand in der Tür und nahm seinen ganzen Mut zusammen, um es ihr zu sagen. Um das neue Jahr mit der Wahrheit über den erfundenen Onkel Saul zu beginnen.

»Yvette.«

»Was ist?« Sie drehte sich um, einen zusammengeknüllten grauen Pullover in der Hand. Ihre Stimme klang trotzig, ein Ton, den sie hin und wieder anderen gegenüber anschlug, wie er mit einer gewissen Befriedigung festgestellt hatte, aber niemals bei ihm. Jetzt nahm er den Geruch von Rauch wahr. Er schien intensiver zu werden, je näher er ihr kam, als wäre seine Tochter geräuchert worden.

»Ich bin stolz auf dich«, sagte er. Sie hatte ihm natürlich von dem Feuer erzählt. Aber es am Telefon zu hören, als sie ihn aus Three Pines anrief, hatte etwas Unwirkliches. Jetzt, als ihm der Rauchgeruch in die Nase stieg, als er sich vorstellte, wie nahe sie den Flammen gewesen war, überkam ihn nachträglich ein gewaltiger Schrecken. Hatte er tatsächlich kurz davor gestanden, sie zu verlieren? Wegen einer Lüge? Wegen eines erfundenen Onkels Saul?

»Ich will nicht mehr darüber reden. Ich habe dir bereits alles erzählt.« Sie drehte ihm den Rücken zu. Zum ersten Mal. Mit einer einzigen bösartigen, berechnenden Bewegung veränderte sie sein Leben für immer. Sie wandte sich von ihm ab.

Zutiefst verstört, kaum in der Lage zu sprechen, versuchte Ari Nikulev noch einmal, den nötigen Mut aufzubringen, um seiner Tochter zu sagen, dass sie ihr Leben beinahe einer Lüge geopfert hätte, die er ihr aufgetischt hatte. Immer wieder. Von Anfang an.

Sie würde ihn natürlich hassen. Während Nikulev den Rücken seiner Tochter anstarrte, erstand vor seinem inneren Auge das Bild der vor ihm liegenden Zukunft, lange einsame, traurige Jahre. All die Wärme, das Lachen und die Zuneigung von Eiseskälte verdrängt, unter Jahren der Lüge und der Reue begraben. War die Wahrheit das wert?

»Ich wollte …«

»Was wolltest du?« Jetzt drehte sie sich wieder zu ihm um, sie wollte, dass er sie noch einmal fragte. Dass er sie dazu brachte, sich alles von der Seele zu reden. Ihm immer wieder von dem schrecklichen Feuer zu erzählen, bis es ein Kapitel der Familiengeschichte wurde, die Kanten durch das ständige Umblättern brüchig geworden und eingerissen.

Bitte, bitte, bitte, flehte sie im Stillen. Bitte frag mich noch mal.

»Ich wollte dir das hier geben.« Er griff in seine Jackentasche und ließ ihr ein Karamellbonbon in die geöffnete Hand fallen, das Zellophanpapier knisterte leicht, wie ein frisch entfachtes Feuer. Als er den düsteren Flur entlangging, klammerte sich der Rauchgeruch an ihn, so wie es früher seine Tochter getan hatte.

»Mit wem hast du gesprochen?«, fragte Reine-Marie, als sie in den Wagen stieg.

»Michel Brébeuf.« Gamache legte den ersten Gang ein. Der erste Teil des Plans, dachte er. Auf dem Weg aus dem Dorf kamen sie an einem Autofahrer vorbei, der ihnen zuwinkte.

»War das nicht Denis Fortin?«, fragte Gamache, der den Galeristen flüchtig kannte.

»Ich habe ihn nicht gesehen, aber dabei fällt mir etwas ein«, sagte Reine-Marie. »Ich habe im Bistro einen Freund von dir getroffen. Er sagte, er habe sich gefreut, dich wiederzusehen.«

»Wirklich? Wer denn?«

»Billy Williams.«

»Du hast verstanden, was er gesagt hat?«, fragte Gamache verblüfft.

»Selbstverständlich. Er hat mich gebeten, dir das hier zu geben.« Sie hielt die kleine Papiertüte in die Höhe, die auf ihrem Schoß lag, in sicherer Entfernung von dem neuen Familienmitglied. Auf dem Rücksitz saß Henri, der aufmerksam ihre Unterhaltung verfolgte und dabei mit dem Schwanz wedelte. Reine-Marie öffnete die Tüte, um Gamache ein Zitronenröllchen zu zeigen. Gamache spürte, wie er Gänsehaut auf den Armen bekam.

»Und sieh mal, da ist eine Serviette, auf der etwas geschrieben steht«, sagte Reine-Marie, griff in die Tüte und zog sie heraus. »Das ist ja seltsam.«

Gamache hielt kurz vor der Kuppe auf der Rue du Moulin am Straßenrand an.

»Lass mich raten«, sagte er und spürte, wie sein Herz gegen seine Rippen hämmerte.

»Wo Liebe ist, da ist Mut,
Wo Mut ist, da ist Frieden,
Wo Frieden ist, da ist Gott.
Und wenn wir Gott haben, dann haben wir alles.«

»Woher wusstest du das?«, fragte Reine-Marie und blickte ihn verblüfft an, die Serviette in der Hand.

Im Rückspiegel des Wagens sah Armand Gamache Three Pines. Er stieg aus und blickte auf das Dorf hinunter, aus jedem Haus fiel ein warmes, einladendes Licht, das Schutz vor einer Welt versprach, in der es manchmal bitterkalt war. Er schloss die Augen und spürte, wie sich sein rasendes Herz langsam wieder beruhigte.

»Geht es dir gut?«, Reine-Marie schob ihre behandschuhte Hand in die seine.

»Es geht mir mehr als gut.« Er lächelte. »Ich habe alles.«

Danksagung

Wie immer gilt der erste Dank Michael, meinem erstaunlichen, wunderbaren, klugen und geduldigen Ehemann.

Ich danke Gary Matthews und James Clark für die Beantwortung drängender Fragen zur Elektrizität. Lili de Grandpré, die dafür gesorgt hat, dass das Französisch stimmt, insbesondere die Flüche, die mir natürlich nie über die Lippen kämen, ihr dagegen offensichtlich schon. Dank an Marc Brault, dass er mir seinen schönen Namen geborgt hat. An Dr. Robert Seymour und Dr. Janet Wilson, die sich mit den medizinischen Fragen beschäftigten und mir die gesuchten Antworten lieferten.

In diesem Buch geht es viel um Curling, einen Sport, den ich sehr mag. Gelegentlich habe ich in Thunder Bay und Montréal selbst Curling gespielt, ich habe große Hochachtung vor der Konzentration und Körperbeherrschung der Spieler, ganz zu schweigen von der Fähigkeit, unter Druck erstaunliche Schüsse hinzulegen. Es ist ein aufregender Sport, ungeachtet dessen, was Inspector Beauvoir davon halten mag. Ich habe den Sutton Curling Club aufgesucht und mit Wayne Clarkson, Ralph Davidson und Bob Douglas gesprochen, die mir die Taktik erklärt haben. Ich danke ihnen für ihre Zeit und Geduld.

Anne Perry habe ich vor der Veröffentlichung meines ersten Romans, *Das Dorf in den roten Wäldern,* auf einem

Krimifestival in Kanada getroffen. Sie erklärte sich bereit, das Buch zu lesen, und war die erste anerkannte Autorin, die einen Kommentar dazu abgab, was für einen Neuling natürlich eine tolle Sache ist. Anne Perry ist in jeder Hinsicht eine wunderbare Frau, ich bin ihr zutiefst dankbar dafür, dass sie mir ihre Zeit geschenkt hat, ganz zu schweigen von ihrer Unterstützung. Mein besonderer Dank gilt auch all den anderen Autoren, die sich zu diesem Buch geäußert haben. Es ist keine geringe Leistung, das Ding von vorn bis hinten zu lesen, wenn man genug anderes zu tun hat. Margaret Yourke, Reginald Hill, Ann Granger, Peter Lovesey, Deborah Crombie und Julia Spencer-Fleming haben diese Zeit für mich erübrigt. Ich werde dasselbe gerne für andere tun.

Vielen Dank an die wunderbare Kim McArthur und ihr Team.

Schließlich danke ich Teresa Chris, meiner Agentin, für ihre Klugheit und ihren nicht unterzukriegenden Humor, und Sherise Hobbs von Headline und Ben Sevier von St. Martin's Press, die mit Verbesserungen zu diesem Buch beigetragen haben, und das stets begleitet von Freundlichkeit und Umsicht.

Ich bin eine glückliche Frau, und ich weiß es.

Die Autorin dankt für die freundliche Genehmigung
zur Verwendung einiger Textpassagen:

Auszüge aus »Anthem« by Leonard Cohen, verwendet mit freundlicher Genehmigung von Leonard Cohen.

Auszüge aus »A Sad Child«, »Waiting«, »Up« and »Half-Hanged Mary« aus *Morning In The Burned House* by Margaret Atwood, verwendet mit freundlicher Genehmigung von McClelland & Stewart Ltd.

Auszüge aus *Morning In The Burned House* by Margaret Atwood, © 1995 by Margaret Atwood, mit freundlicher Genehmigung von Houghton Mifflin Company. All rights reserved.

Auszüge aus *Morning In The Burned House* by Margaret Atwood, © Margaret Atwood, verwendet mit freundlicher Genehmigung von Curtis Brown Ltd, London.

Auszüge aus *Vapour Trails* by Marylyn Plessner, © 2000 Marylyn Plessner, verwendet mit freundlicher Genehmigung von Stephen Jarislowsky.

Auszüge aus »A Cradle Song« by W. B. Yeats, verwendet unter freundlicher Genehmigung von A. P. Watt Ltd. on behalf of Michael B. Yeats.

»›Georges hat gewartet. Er war der zweite Mann in unserem Team. Er war dieses Jahr zum ersten Mal beim Curling dabei.‹
›Georges und wie noch?‹, fragte Gamache.
›Simenon‹, sagte Peter und lächelte, als er Gamache die Stirn runzeln sah. ›Ich weiß. Seine Mutter war mit dem Fluch der Leselust behaftet.‹«

Louise Penny, *Tief eingeschneit*

DER GANZE SIMENON

Die erste deutschsprachige Gesamtausgabe

DER GANZE MAIGRET

Alle 75 Maigret-Romane und 28 Maigret-Erzählungen. In neuen oder grundlegend revidierten Übersetzungen. Ausgewählte Romane mit Nachworten von Andrea Camilleri, Tim Parks, Karl-Heinz Ott, Rüdiger Safranski, Jean-Luc Bannalec und vielen anderen.

DIE GROSSEN ROMANE

Alle 117 großen Romane, einige seit Jahrzehnten endlich wieder lieferbar. Teilweise in neuen oder vollständig revidierten Übersetzungen. Mit Nachworten von Friedrich Ani, John Banville, Julian Barnes, William Boyd, Axel Hacke, Daniel Kehlmann, Martin Mosebach, Joyce Carol Oates, Hans-Ulrich Treichel und vielen anderen. Eine Kooperation der Verlage Kampa und Hoffmann und Campe.

AUSSERDEM

Zum ersten Mal alle Erzählungen, viele davon als deutsche Erstveröffentlichungen, literaturkritische Essays, Reportagen, autobiographische Schriften, Briefe und Gespräche.

»Manche fragen mich:
Was soll ich von Simenon lesen? –
Ich antworte: Alles!«
André Gide

WEIHNACHTSKRIMIS IM KAMPA VERLAG

Georges Simenon
Weihnachten bei den Maigrets

Deutsch von Hansjürgen Wille, Barbara Klau und Bahar Avcilar
Grundlegend überarbeitete Übersetzung
Mit einem Nachwort von Dror Mishani

Der erste Weihnachtstag verläuft nicht nach Madame Maigrets Vorstellungen. Kaum hat sie warme Croissants geholt und den Kaffee aufgesetzt, klingelt es an der Tür: Die neugierige Nachbarin von gegenüber berichtet von einem seltsamen Vorfall am Vorabend. Die kleine Colette habe Besuch vom Weihnachtsmann bekommen. Noch seltsamer erscheint Maigret die kühle Ziehmutter des Mädchens. Von zu Hause aus löst Maigret den Fall und kann seiner Frau das wohl schönste Weihnachtsgeschenk machen.

»Maigret ist immer ein normaler kleiner Bürger geblieben, ein Mensch mit wohlvertrauten Ängsten und Nöten – *Weihnachten bei den Maigrets* zeigt das exemplarisch.«
Claudia Mäder, Neue Zürcher Zeitung

WEIHNACHTSKRIMIS IM KAMPA VERLAG

Georges Simenon
Weihnachten in Paris

Erzählungen
Deutsch von Elisabeth Edl /
Wolfgang Matz und Julia Becker

Zu Weihnachten leuchtet Paris noch glanzvoller als sonst. Ein ganz anderes Blinken beschäftigt die Inspektoren, die in der Weihnachtsnacht Dienst haben: Auf einem großen Stadtplan leuchtet ein Lämpchen auf, wenn jemand an einer der Notrufsäulen der Stadt Alarm schlägt. Als plötzlich ein Lämpchen nach dem anderen anfängt zu blinken, ist die Ruhe dahin. Nie ist jemand am anderen Ende der Leitung, aber Inspektor Janvier ahnt, dass die Weihnachtsnacht auf den Boulevards alles andere als friedlich ist. Hat der Serienmörder wieder zugeschlagen, der ganz Paris seit Wochen in Atem hält? So ungewöhnlich die Jagd nach einem Mörder am Heiligabend, so traurig die Gewissheit, dass an den Feiertagen die Selbstmordrate steigt. Als sich in einem Restaurant in Montmartre ein Mann erschießt, bringt er mit seiner verzweifelten Tat zwei Frauen zusammen, die unterschiedlicher kaum sein könnten, und ermöglicht so ein kleines Weihnachtswunder.